À PROPOS DE L'AUTRICE

Autrice à succès d'une cinquantaine de romans, Susan Mallery a le don de créer des ambiances pleines de charme et d'émotion qui lui valent d'être plébiscitée par la critique. C'est une habituée des listes de meilleures ventes du *New York Times*.

W0380317

Les vœux de Noël

SUSAN MALLERY

Les vœux de Noël

Traduction française de
HÉLÈNE ARNAUD

HARLEQUIN

Titre original :
THE CHRISTMAS WEDDING GUEST

© 2021, Susan Mallery, Inc.
© 2021, HarperCollins France pour la traduction française.

Ce livre est publié avec l'autorisation de HARLEQUIN BOOKS S.A.

Tous droits réservés, y compris le droit de reproduction de tout ou partie de l'ouvrage, sous quelque forme que ce soit.
Toute représentation ou reproduction, par quelque procédé que ce soit, constituerait une contrefaçon sanctionnée par les articles 425 et suivants du Code pénal.

Si vous achetez ce livre privé de tout ou partie de sa couverture, nous vous signalons qu'il est en vente irrégulière. Il est considéré comme « invendu » et l'éditeur comme l'auteur n'ont reçu aucun paiement pour ce livre « détérioré ».

Cette œuvre est une œuvre de fiction. Les noms propres, les personnages, les lieux, les intrigues, sont soit le fruit de l'imagination de l'auteur, soit utilisés dans le cadre d'une œuvre de fiction. Toute ressemblance avec des personnes réelles, vivantes ou décédées, des entreprises, des événements ou des lieux, serait une pure coïncidence.

Le visuel de couverture est reproduit avec l'autorisation de :
© SHUTTERSTOCK

Réalisation couverture : C. ESCARBELT (HarperCollins France)/
MILLS & BOONS UK

Tous droits réservés.

HARPERCOLLINS FRANCE
83-85, boulevard Vincent-Auriol, 75646 PARIS CEDEX 13
Service Lectrices — Tél. : 01 45 82 47 47 - www.harlequin.fr
ISBN 978-2-2804-6170-2

Composé et édité par HarperCollins France.
Imprimé en septembre 2021 par CPI Black Print (Barcelone)
en utilisant 100% d'électricité renouvelable.
Dépôt légal : octobre 2021.

FSC
www.fsc.org
MIXTE
Papier issu de sources responsables
FSC® C159065

Pour limiter l'empreinte environnementale de ses livres, HarperCollins France s'engage à n'utiliser que du papier fabriqué à partir de bois provenant de forêts gérées durablement et de manière responsable.

1

— C'est un aspirateur, déclara Reggie Somerville en faisant de son mieux pour cacher sa perplexité. Tu as réinventé l'aspirateur ?

Gizmo la dévisagea. Même à travers ses lunettes épaisses, elle ne put ignorer l'éclat blessé de ses yeux.

— C'est un aspirateur *intelligent*.

— Nous avons déjà ces petits machins ronds qui se baladent partout pour nettoyer…

— Ces appareils ne sont pas réellement intelligents. Le mien est bien meilleur !

Reggie ne doutait pas de l'intelligence de son client, mais elle avait un petit doute sur celle de la machine. Le cerveau de Gizmo évoluait sur un plan bien supérieur à celui qu'atteignait l'esprit des autres humains. Ses idées étaient en général extraordinaires, mais leur exécution n'avait pas toujours le succès escompté. Reggie avait dû lui répéter un demi-million de fois qu'on ne devrait pas avoir besoin d'être programmeur pour faire fonctionner un appareil ménager.

Elle jeta un coup d'œil dubitatif à la tête triangulaire de l'appareil. La coque violet électrique était attirante et elle appréciait qu'on puisse le laisser nettoyer une pièce seul, ou s'en servir comme d'un classique aspirateur-balai. Le mode d'emploi de dix-huit pages était moins attrayant, mais elle saurait en venir à bout.

Si les essais se passaient bien, ils pourraient aborder les étapes suivantes, et en particulier la question du design. Une fois cette phase réglée, ils lanceraient un bêtatest à plus grande échelle. Et en attendant elle allait passer beaucoup de temps à faire le ménage chez elle…

— Je te rendrai mon rapport dans deux semaines.

Gizmo, ce génie pâle et maigrichon qui vivait dans sa grande maison familiale du nord de Seattle, lui sourit.

— Tu peux même attendre le nouvel an, si tu veux. Je vais être très occupé par les décorations de Noël, d'ici là. Nous avons commencé à les installer juste après Halloween, et le rythme va s'intensifier. J'ai réussi à régler certains problèmes rencontrés l'an dernier : les animatroniques sont aujourd'hui plus vraies que nature ! J'avoue que cela me prend un temps fou, mais par chance ma grand-mère est très impliquée dans le projet !

— Ça a l'air amusant.

— On va mettre tout au point pour le vendredi qui suit Thanksgiving et on continuera à apporter des améliorations pendant tout le mois de décembre. Tu devrais passer à l'approche de Noël. Je te promets que tu seras soufflée.

— J'ai hâte, répondit-elle avec un petit rire.

Ils discutèrent encore quelques minutes, puis elle raccompagna Gizmo à la porte de sa maison, qui était aussi son bureau. Quand son client fut parti, Belle, son grand danois de cinquante-cinq kilos, pointa timidement la tête hors de sa cachette, sous la table.

— Tu n'es pas venue dire au revoir à Gizmo, l'accusa Reggie. Je croyais pourtant que tu l'aimais bien !

Belle lança un regard méfiant en direction de l'aspirateur violet, abandonné au milieu du tapis. De toute évidence, elle considérait que le danger n'était pas encore passé.

— Il ne va pas te faire de mal, tu sais. Il n'est même pas allumé.

Belle fronça les sourcils. Elle ne semblait pas convaincue. Reggie tenta de réprimer un sourire amusé. Sa chienne poussa un petit gémissement guttural, comme pour lui rappeler le fiasco qu'avait été la dernière invention de Gizmo.

— Oui, je n'ai pas oublié ce qui s'est passé avec le robot promeneur de chien, admit Reggie.

Une machine solide au design étrange, qui lui avait d'abord semblé étonnamment efficace, promenant une Belle très inquiète dans la petite cour. Hélas, au bout d'une dizaine de minutes, quelque chose dans la programmation avait dérapé et le robot s'était mis à chasser la pauvre bête. Belle, qui n'était pas la plus brave des créatures à quatre pattes, avait déchiré la moustiquaire de l'entrée pour lui échapper, avant de se terrer sous le bureau de Reggie jusqu'au soir.

Gizmo avait été bouleversé par son échec et Reggie avait dû le réconforter plus encore que sa chienne. Mon boulot est parfois vraiment bizarre ! songea-t-elle en soupirant.

— Je vais laisser l'aspirateur ici, dit-elle à Belle. Il est éteint, tu peux le renifler autant que tu veux, histoire de t'y habituer.

Belle repartit vers le bureau. Tout son corps semblait clamer qu'elle ne s'y habituerait jamais et qu'elle aurait préféré que sa maîtresse ait un travail normal, qui ne mette pas la vie de son unique animal domestique en danger.

— Tu peux aussi t'asseoir dessus, lui rappela Reggie. Le robot pèse dans les cinq kilos. Tu pèses dix fois son poids et tu l'écraserais comme une mouche.

De grands yeux marron s'écarquillèrent, révoltés. Reggie réprima un nouveau sourire.

— Je ne critique pas ton poids ! Tu es très belle et bien plus fine que moi.

Elle s'assit sur le canapé et tapota le coussin posé à côté d'elle. Belle la rejoignit en trois enjambées et bondit sur l'assise pour s'affaler contre sa maîtresse. Le fin pull rose pâle que l'animal portait pour se prémunir contre la fraîcheur humide du mois de novembre mettait en valeur son poil gris sombre. Reggie l'enlaça d'un bras et tira son téléphone de sa poche. Un coup d'œil à l'écran lui apprit qu'elle avait manqué un appel pendant son rendez-vous – un coup de fil de sa mère.

Elle fit de son mieux pour ignorer l'inquiétude qui monta en elle. Non qu'elle n'aimât pas ses parents – au contraire, elle les adorait. C'étaient des gens bien qui s'étaient toujours souciés d'elle. Mais ils insistaient depuis un moment pour qu'elle rentre passer Thanksgiving et Noël à la maison... Et Reggie n'avait pas encore trouvé de bonne raison pour refuser.

L'année précédente, elle était restée à Seattle avec Belle pour seule compagnie, et n'avait fait que subir les fêtes de fin d'année. Elle s'était donnée jusqu'au nouvel an pour faire le deuil de sa rupture et se remettre de l'humiliation d'avoir accepté une demande en mariage un vendredi, d'avoir fêté ses fiançailles le samedi et d'avoir été plaquée le dimanche.

Alors qu'elle avait annoncé l'heureuse nouvelle à tous ceux qu'elle connaissait, qu'elle avait vu toutes ses amies se pâmer devant la bague et avait répondu à toutes leurs questions concernant l'organisation du mariage, elle avait dû expliquer au monde entier que Jake avait finalement changé d'avis. C'était du moins ce qu'elle avait supposé, car ses quelques mots – « Je suis désolé, je ne peux pas faire ça. C'est fini » – ne lui avaient pas donné beaucoup plus d'indices !

Blessée, honteuse, elle s'était noyée dans son travail et sa vie à Seattle. Elle n'avait pas remis les pieds à Wishing Tree depuis, préférant lécher ses plaies en privé. Elle s'était souvent répété qu'elle avait besoin de temps pour se remettre sur pied, mais au fond, elle savait que la vérité était bien moins flatteuse. Elle se cachait. Peut-être était-il temps de ravaler son orgueil et de tourner la page. Elle avait travaillé dur pour oublier Jake et reprendre le cours de sa vie. Thanksgiving arriverait dans une semaine, et elle allait passer les fêtes chez ses parents, comme elle avait l'habitude de le faire chaque année. Ce n'était pas comme si elle pleurait encore le départ de son ex-fiancé : elle était passée à autre chose. Maintenant, il était temps de le prouver à tous les habitants de sa ville natale… et peut-être aussi à elle-même.

— En tout cas, c'est le projet, dit-elle à sa chienne avant de rappeler sa mère.

La sonnerie résonna quelques instants avant que sa mère ne décroche.

— Salut, maman.

— Reggie ! C'est toi ! Tu ne devineras jamais ce qui se passe… C'est merveilleux. Ton père et moi allons nous marier !

Reggie cligna des paupières une fois ou deux, pour essayer de comprendre.

— Vous êtes *déjà* mariés ! Votre trente-cinquième anniversaire tombe le mois prochain. Je pensais d'ailleurs qu'on pourrait organiser une petite fête.

Elle en parlait en effet avec sa sœur depuis deux semaines.

Sa mère éclata de rire.

— Tu as raison. Techniquement, nous sommes mariés. Nous l'avons fait en petit comité et, pour être honnête, j'ai toujours regretté de ne pas avoir une grande cérémonie. Ton père m'a rappelé que ce regret me hantait depuis trente-cinq ans et qu'il était temps d'y remédier. Nous avons décidé de renouveler nos vœux lors d'une grande cérémonie, suivie d'une réception, le mercredi précédant Noël.

— Tu organises un mariage ?

— Oui. À l'hôtel. Et nous inviterons tout le monde. Je m'amuse beaucoup à tout planifier, mais ça me donne énormément de travail… J'espérais que tu pourrais m'aider…

— À préparer ton *mariage* ?

— Oui, ma puce. Tu es sûre que tu vas bien ?

— J'ai la tête qui tourne.

— Je sais que c'est une surprise, admit sa mère, mais je suis tellement heureuse ! Tu rentres pour Thanksgiving, n'est-ce pas ?

— Bien sûr.

— Parfait. Du coup, je pensais que tu pourrais rester jusqu'à Noël. Il y a assez de place dans le sous-sol pour installer ton bureau et tu pourrais travailler le matin, puis m'aider pendant les après-midi. Cela ne prendra que cinq semaines, Reggie. Sans compter que tu peux exercer ton métier n'importe où.

Certes, techniquement, c'était vrai. Mais Reggie n'était pas enchantée à l'idée de mettre sa vie sur pause pendant plus d'un mois et de réemménager chez ses parents.

— Et Belle ? demanda-t-elle dans l'espoir de changer la donne.

— Tu sais bien que nous l'adorons.

— Elle a peur de Burt.

— Oh non, ils s'entendent très bien. S'ils se cherchent, c'est par jeu.

Reggie repensa à la manière dont sa chienne se mettait à trembler de peur à chaque fois qu'elle croisait le petit teckel de son père. Burt était généralement gentil, mais il n'avait jamais apprécié Belle et passait son temps à lui courir après pour lui mordre les pattes. Lorsque Reggie rentrait à Wishing Tree, sa chienne cherchait toujours à l'éviter, glissant de la table au canapé sans toucher le sol – en brisant tout sur son passage.

— Je veux qu'elle soit demoiselle d'honneur, ajouta sa mère. Nous lui trouverons une robe adorable et nous pourrons lui attacher un panier rempli de fleurs autour du cou.

Reggie caressa Belle.

— Elle serait ravissante en demoiselle d'honneur.

— Tu vois ? Alors, dis-moi que tu vas venir m'aider à préparer mon mariage, Reggie. J'ai besoin de toi. Dena est très occupée à l'école et elle souffre d'atroces nausées matinales. Je ne sais pas d'où elle tient ça : je n'ai eu aucun problème pendant mes deux grossesses, mais elle est épuisée. Ça fait trop longtemps que tu n'es pas rentrée à la maison, ma chérie. Le moment est venu.

Reggie s'était déjà répété ces mots une dizaine de fois – sans y ajouter le chantage affectif du mariage, bien entendu.

— Maman ! commença-t-elle avant de soupirer.

Pourquoi lutter contre l'inévitable ? Lorsqu'elle retrouverait la maison de ses parents, elle serait heureuse, elle se sentirait de nouveau à sa place. C'était certain. Et puis, il s'agissait de Wishing Tree au moment de Noël… Aucun autre endroit au monde n'était aussi magique, à cette période de l'année.

— D'accord. Je viendrai. Belle et moi prendrons la route après-demain.

— Quelle joie ! s'écria sa mère. Merci. Tu verras : on va bien s'amuser. La première neige n'est pas encore tombée. Tu seras peut-être là à temps pour la voir et nous irons ensemble à la fête. Bon, maintenant que je sais que tu viendras, j'ai encore une faveur à te demander.

Reggie aurait-elle dû en rire ou gémir ?

— Qu'est-ce que tu as fait ?

— Rien du tout, protesta sa mère.

— Ça doit être important pour que tu m'en parles.

— Tu as raison. La classe de Dena va organiser un projet de tricot pour son œuvre de charité annuelle. D'habitude, je me fais un plaisir de gérer ça pour elle, mais cette année, avec le mariage et tout le reste, je n'aurai pas le temps. J'espérais que tu accepterais de prendre ma place.

Reggie ferma les yeux.

— Maman…

Elle s'interrompit. De toute manière, elle finirait par dire oui, tôt ou tard. Une fois de plus : à quoi bon lutter ?

Chaque classe de l'école primaire de la ville organisait une œuvre de charité pour Noël et y travaillait pendant tout le mois de décembre. Depuis que Dena, la grande sœur de Reggie, avait commencé à y enseigner, toute la famille s'était impliquée dans ces projets. Les deux années précédentes, leur mère avait pris la tête des opérations, gérant les élèves et commandant le matériel nécessaire. Elle faisait tout pour leur permettre d'accomplir leur bonne action dans les meilleures conditions possible.

— C'est exactement pour ça que je ne voulais pas revenir, soupira Reggie.

— Non, et tu le sais. Tu n'es pas rentrée depuis un an parce que Jake a été trop stupide pour voir quelle perle tu es. J'espère sincèrement qu'il va passer le reste de sa vie à regretter sa décision et qu'il sera rongé par un eczéma incurable pour sa peine !

— Bravo, maman.

Un nouvel éclat de rire lui parvint.

— Je soutiendrai toujours mes filles.

— Toujours, répéta Reggie avec un sourire. D'accord, tu as gagné : je veux bien devenir la reine du tricot.

— Magnifique ! Je t'enverrai un e-mail avec toutes les informations dont tu auras besoin. Tu vas t'amuser avec les enfants, je te le promets. En attendant, tu veux bien réfléchir à une idée de cadeau pour les invités du mariage ? J'aimerais un objet que nous pourrions faire nous-mêmes, afin de rendre ce présent unique. J'ai pensé à peindre des dessous-de-verre ou à fabriquer des petits savons. J'ai toujours eu envie d'apprendre à en faire. Mais on peut aussi envisager des fleurs, des plantes en pots...

Faire du savon ?

— Maman, tu sais qu'on peut trouver des savonnettes ravissantes déjà prêtes et emballées sur Internet.

— Je ne veux pas acheter des cadeaux anonymes. Je veux qu'on en fasse un vrai projet mère-fille. Bref, on se retrouve très vite, de toute manière. Préviens-moi quand tu quitteras Seattle, pour que je sache à quelle heure commencer à m'inquiéter de ne pas te voir arriver.

— Et si je décidais de ne rien te dire, pour que tu ne t'inquiètes pas du tout ?

— Oh non, ce ne serait pas drôle. J'ai hâte de te voir ! J'embrasserai ton père de ta part.

— Merci, maman. Et félicitations pour votre mariage.

Dena Somerville s'était bien doutée qu'être enceinte et célibataire présenterait un certain nombre de défis, mais elle n'avait jamais envisagé qu'elle serait malade à chaque seconde de chaque jour. Sa mère ne cessait de parler de *ses* grossesses *si faciles* et des femmes de la famille qui mettaient leurs enfants au monde sans avoir besoin de prendre un seul jour de congé.

Assise dans sa salle de bains, le dos contre le mur, espérant que la nausée daignerait enfin lui accorder une heure de répit, Dena songea que sa mère mentait certainement – à moins qu'elle-même n'ait été adoptée !

Les choses n'étaient pas censées se passer comme ça... Elle retourna le gant humide qui lui rafraîchissait la nuque et regretta de ne pas pouvoir sauter les huit semaines à venir, et se transporter comme par magie au moment tant attendu où, d'après son médecin, les vomissements s'arrêteraient. Hélas, ne sachant pas comment voyager dans le temps, elle devrait se résigner à sentir les nausées reprendre dans une heure ou deux. Dans ces moments-là, elle avait trois chances sur cinq de rendre son déjeuner, sans le moindre signe avant-coureur.

Ce qui l'agaçait le plus, c'était qu'elle avait eu un *plan*. Un bon plan. Un plan rationnel. Un plan qui surpassait tout le reste. Elle avait toujours travaillé dur pour mettre ses projets à exécution, les uns après les autres. La chance, le destin, ce n'était pas pour elle : quand elle voulait quelque chose, elle était prête à tout pour y parvenir, même si c'était parfois difficile.

Elle avait réalisé son rêve d'enfance de devenir enseignante et elle adorait son métier – plus encore qu'elle ne l'avait espéré. Quand sa grand-mère Regina était décédée, elle avait divisé ses biens en deux parts transmises à ses petites-filles. Reggie, baptisée en son honneur, avait obtenu des placements financiers florissants, et Dena avait hérité du B&B de Wishing Tree. Elle avait immédiatement emménagé dans le grand appartement qui occupait l'étage de l'ancienne charreterie et avait passé plusieurs étés à rénover les lieux.

Si elle n'avait pas eu autant de succès sur le plan sentimental, ce n'était pas faute d'avoir essayé. Pendant des années. Elle s'était inscrite sur des sites de rencontre, avait voyagé à Seattle toutes les deux semaines pendant cinq mois dans l'espoir de trouver l'âme sœur. Installé sur son téléphone trois applications différentes pour rencontrer des hommes et souvent répété haut et fort qu'elle cherchait quelqu'un. Elle avait participé à des groupes de rencontre, des *blind dates* et des rendez-vous doubles avec ses amies.

Mais, au bout de deux ans d'efforts, elle avait fini par accepter qu'elle n'allait certainement pas croiser M. Parfait dans la rue – ni même M. Pas-si-mal. Elle avait alors commencé à se poser *la* question : en abandonnant tout espoir de mariage, devait-elle également renoncer à l'idée de fonder une famille ? La réponse ne s'était pas fait attendre. Non. Cent fois non. Elle aimait les enfants et elle désirait en avoir.

N'écoutant que son esprit logique et factuel, elle avait donc passé douze mois à se renseigner sur l'insémination artificielle, ce que sa sœur appelait la « méthode poire à jus ». Six mois plus tard, sa décision était prise. Elle avait calculé la date de la première injection pour que l'accouchement éventuel coïncide avec la fin de l'année scolaire, histoire de pouvoir passer tout l'été avec son bébé.

Elle avait ensuite choisi les couleurs de la future chambre d'enfant, s'était renseignée sur les meilleures crèches et avait pris des notes pour préparer l'inévitable repas de famille au cours duquel elle allait devoir expliquer à ses parents son projet. Tout le monde l'avait soutenue dès le départ, à commencer par ses parents, Reggie et le personnel du B&B, qui était devenu comme une seconde famille au fil du temps. Elle avait même réussi à tomber enceinte du premier coup.

Oui, elle avait essayé de penser à tout... Mais elle n'avait pas un instant imaginé qu'elle serait à ce point terrassée par les nausées matinales.

L'effet du linge mouillé sur sa nuque et du carrelage froid sous ses fesses finit par atténuer son malaise et elle prit le risque de se relever. Une fois debout, elle attendit quelques instants pour voir si son estomac allait la punir, mais tout semblait calme. Avec un peu de chance, elle survivrait deux heures avant la prochaine vague.

Resserrant la ceinture de son peignoir, elle sortit sur le balcon pour profiter un instant du petit matin encore sombre et froid. Comme toujours, l'air glacé contracta ses poumons et la fit frissonner. Mais elle n'avait encore rien trouvé de mieux pour apaiser les derniers spasmes de sa nausée.

Il était à peine 6 heures du matin et la ville semblait encore presque entièrement endormie. Dans cette région du Nord, à un mois du jour le plus court de l'année, le soleil ne pointerait pas son nez avant plusieurs heures. Dena leva les yeux vers les étoiles, qui scintillaient paisiblement. Il faisait bien assez froid pour qu'il neige ! Hélas, le ciel restait incroyablement clair. Les fameux premiers flocons que tout le monde ici attendait n'étaient pas encore tombés.

Bientôt, songea-t-elle avec un sourire. Bientôt, il neigerait et Wishing Tree serait en fête – car c'était la spécialité de la ville.

Elle jeta un coup d'œil en direction du bâtiment principal du B&B. La cuisine était déjà allumée. Ursula, leur cuisinière, douée et acerbe, commençait à préparer les petits déjeuners. Une fois le service terminé, elle s'attellerait aux déjeuners à emporter. Viendrait ensuite la cuisson d'une fournée de cookies, de brownies et de scones vendus chaque après-midi dans le hall. Enfin, avant de rentrer chez elle, Ursula devrait encore confectionner des petits-fours et gourmandises salées pour le rendez-vous nocturne quotidien : « Snacks et Vin ».

Elle préparait parfois des quiches-portion ou confectionnait des plateaux de fromage alléchants. Ses champignons farcis étaient très appréciés, tout comme ses beignets de crabe. Et il y avait le vin. Une carte bien garnie des meilleurs cépages de l'État de Washington : L'École, Painted Moon, Northstar, Lake Chelan, Doubleback et Figgins.

— Ah, cher vin… Comme je t'aimais, murmura Dena avant d'éclater de rire.

Par chance, elle pouvait encore profiter de la plupart des snacks. Les fromages à pâte molle lui étaient interdits et ces temps-ci les olives l'écœuraient, mais tout le reste lui convenait très bien.

Soudain, une seconde lampe s'alluma, inondant de lumière la petite cour privée. Le rez-de-chaussée de la charreterie était partagé entre un espace de stockage pour le B&B et une suite de luxe pour les clients désirant plus d'intimité. C'était leur chambre la plus coûteuse, mais Dena n'avait jamais de mal à la louer, surtout à cette époque de l'année.

Le résident actuel, un type d'une beauté à couper le souffle arrivé deux jours plus tôt, l'avait réservée jusqu'au nouvel an. La jeune femme était presque aussi excitée par les zéros qui s'aligneraient sur le livre de comptes du B&B que par l'allure stupéfiante de son client. La plupart des gens qui venaient chez elle étaient des couples ou des familles. Les beaux célibataires n'étaient pas monnaie courante…

Non pas que le statut marital de cet homme l'intéressât ! Elle avait reconnu que l'amour n'était pas pour elle, et elle était enceinte. Ce n'était pas le moment de commencer une histoire avec un client de passage. De plus, cet homme à l'allure et au charme irrésistibles était hors de portée. Toutefois, même les futures mamans pouvaient profiter du spectacle, songea-t-elle en souriant.

Jusqu'à présent, il avait été un voisin plutôt calme, pas du genre à claquer les portes ou à mettre la télé trop fort. La veille, elle avait entendu de la musique monter de sa suite, la même chanson jouée en boucle. Ses doux accords l'avaient bercée dans son lit, elle n'avait aucune raison de se plaindre.

Un nouveau souffle d'air froid se glissa entre les pans de son peignoir et elle frissonna de plus belle. Elle prit une profonde inspiration, puis rentra. Il était temps de commencer la journée. Elle se brossa les dents et s'habilla rapidement. Une fois dans la cuisine, elle s'attabla devant le seul petit déjeuner qui avait une chance de passer, en ce moment : un sandwich avocat-œuf-salade dans du pain de seigle. Le menu n'avait peut-être rien d'appétissant pour une personne normale, mais son médecin lui avait donné le feu vert.

Elle contempla à regret sa cafetière. Elles avaient été si proches, avant que sa vie ne soit entièrement redéfinie par le petit être de la taille d'un haricot qui grossissait dans son ventre... Elle n'avait pas de regrets, loin de là ! Renoncer temporairement au café n'était pas cher payé pour assurer le bien-être de son bébé, et elle avait pu se préparer à ce sacrifice. C'étaient les nausées quasi permanentes qui allaient avoir sa peau.

Heureusement, pour l'instant, son estomac se tenait à carreau. Elle remplit sa gourde, récupéra son déjeuner dans le frigo et descendit jusqu'à sa voiture. Si son corps voulait bien coopérer, la journée serait belle – comme chaque journée qu'elle passait à l'école. De plus, son agenda lui réservait plein de bonnes choses pour les semaines à venir. Vendredi, elle annoncerait le projet retenu pour l'œuvre de charité annuelle de ses CE2. Le lundi suivant, il y aurait la journée professionnelle mensuelle – si elle se souvenait bien, elle y recevrait un plombier, une vétérinaire et le propriétaire d'une plantation de sapins de Noël. Toutes ces possibilités, songea-t-elle en ouvrant la portière. Oui, elle était décidément la femme la plus chanceuse du monde. Et sa vie était là pour le prouver.

2

Reggie plia consciencieusement les genoux et hissa un sac de croquettes de vingt kilos sur son épaule. L'une des raisons qui l'avaient poussée à adopter un chien, deux ans plus tôt, avait été l'idée de sortir plus souvent pour le promener. Quand on travaille à la maison, il est si facile de devenir trop sédentaire… Mais elle n'avait pas songé que l'arrivée de Belle l'amènerait à faire autant de musculation, simplement pour transporter les sacs de nourriture qu'elle dévorait. La bonne nouvelle, c'était qu'elle n'avait plus aucun mal à porter des charges lourdes et qu'elle put jeter son fardeau sans peine dans son coffre, à côté des sacs de cadeaux.

Belle la contemplait depuis le porche d'un air anxieux. Non seulement elle n'était pas bien courageuse, mais elle avait aussi une phobie de la séparation. Elle paraissait toujours angoissée à l'idée que Reggie pourrait un jour l'abandonner.

— Tu sais bien que je ne ferai jamais ça, lui dit sa maîtresse. Tu viens avec moi. Regarde, j'ai déjà commencé à faire ta valise !

La chienne poussa un petit gémissement inquiet.

Reggie empila un second sac de croquettes sur le premier, puis y ajouta trois lots de pâtée en boîte. Elle retourna dans la maison pour s'assurer qu'elle avait fermé toutes les portes et que la chaudière était en mode hors-gel.

L'une des valises attendait déjà près de la porte d'entrée. Elle vérifia le contenu de la deuxième, ouverte sur le canapé, s'assurant qu'elle avait emporté suffisamment de pulls, de manteaux et de combinaisons en flanelle pour Belle. Elle ajouta sur le dessus les jouets préférés de sa chienne et quelques sachets de friandises. Belle se lécha les babines en reconnaissant les couleurs des emballages.

— Tu n'en auras pas avant notre arrivée à Wishing Tree, lui rappela Reggie. Bon, je crois que nous sommes prêtes.

Elle ferma la valise et tira le collier rose de Belle de la poche de son jean.

— Viens ici, beauté. On va t'enfiler ça.

Belle resta patiemment assise tandis que sa maîtresse attachait son collier. Reggie porta ensuite les valises jusqu'à la voiture, puis revint prendre son manteau, son sac à main et son chien. Elle installa Belle sur la banquette arrière, s'assura que la grille de protection qui séparait l'habitacle en deux était bien fixée, puis s'assit derrière le volant et démarra.

— On s'arrêtera manger un hamburger dans le resto que tu aimes, annonça-t-elle.

Belle se mit à remuer frénétiquement la queue, le nez à la fenêtre. Rien ne lui faisait autant plaisir qu'un bon burger !

Reggie partit en direction du nord. Elle suivrait l'autoroute 2 pendant un bon moment, avant de bifurquer sur la voie rapide de Wishing Tree. La ville était située à une trentaine de kilomètres au sud de la frontière canadienne et à deux cent quarante kilomètres à l'est de Seattle. Reggie avait jeté un coup d'œil aux prévisions de trafic avant de partir. La journée s'annonçait pauvre en bouchons et les routes étaient sèches.

Reggie appréciait de pouvoir rouler en toute sécurité,

mais au fond d'elle elle devait bien avouer qu'elle était à la fois heureuse et inquiète à l'idée de rentrer chez ses parents.

Une année avait-elle suffi pour que tous les habitants aient oublié ce qui lui était arrivé ? Jake ne vivait plus à Wishing Tree, c'était déjà ça. Paisley, sa meilleure amie, grande pourvoyeuse de potins locaux, lui avait glissé que son ex-fiancé avait été promu directeur de l'un des hôtels familiaux dans le Colorado après avoir fait ses armes comme adjoint dans le complexe de Wishing Tree. Il avait déménagé au début du printemps. Certes, Paisley était de manière générale la plus informée des habitantes de la ville mais, dans ce cas précis, elle avait un avantage : elle était l'une des ferventes partisanes de Reggie dans cette affaire *et* la gérante événementielle de l'hôtel.

— Tout va bien se passer, déclara Reggie à voix haute, avant d'allumer la radio.

Elle avait tourné la page. Toutefois, le fait de savoir qu'elle ne risquerait pas de croiser Jake dans la rue restait un soulagement. Elle ne serait pas obligée d'avoir une conversation gênante avec lui, et personne ne pourrait penser qu'il lui manquait toujours.

Une heure plus tard, elle était même prête à admettre que sa hâte de retrouver la maison était plus forte que ses angoisses. Rester si loin pendant tous ces mois avait été stupide... Elle était bien trop forte pour laisser un homme la séparer de sa ville natale.

Soudain, son téléphone portable se mit à sonner. Elle appuya sur un bouton du tableau de bord pour activer le mode mains-libres.

— Allô ?

— Salut ! Comment se passe la route ?

Reggie sourit en reconnaissant la voix de sa sœur.

— Très bien. Belle a aperçu une biche et elle a essayé

de sauter par la fenêtre pour la rattraper, mais j'ai réussi à la convaincre de rester assise.

— Tes fenêtres sont ouvertes ? demanda Dena d'un ton surpris. Il fait moins deux !

— Non, elles sont fermées, bien sûr. Mais Belle ne s'embarrasse pas de ce genre de détails, tu le sais très bien.

— Ah, je reconnais bien ma nièce canine préférée ! Est-ce que sa valise est plus grosse que la tienne ?

— Un peu, oui, admit Reggie. C'est parce qu'elle est bien plus spéciale que moi. Alors, comment te sens-tu ? Tu vomis toujours partout ?

Sa sœur répondit par un grognement.

— J'essaye de ne pas « vomir partout », comme tu le dis si élégamment. Mais, oui, je suis toujours aussi malade...

— Maman n'arrête pas de dire que ses grossesses étaient faciles. Je suis vraiment désolée que ce ne soit pas le cas pour toi.

— Moi aussi ! Heureusement, dans quelques semaines, les nausées vingt-quatre heures sur vingt-quatre devraient cesser. Je suis très fatiguée, pour être honnête. J'ai même failli m'endormir en classe, hier. D'après mon médecin, ça devrait passer aussi.

— Beaucoup de choses *passent* quand on est enceinte, plaisanta Reggie. Je ne le savais pas.

— Moi non plus... On l'apprend ensemble, n'est-ce pas ?

— J'ai hâte d'attaquer ton projet de tricot, reprit Reggie en guettant du coin de l'œil un camion qui la doubla en trombe.

Elle roulait déjà à deux kilomètres au-dessus de la limite, et elle lui adressa un geste agacé. Allait-elle le retrouver arrêté par une voiture de police, un peu plus loin ?

— Tu es sûre de vouloir t'en charger ? demanda Dena

d'une voix un peu soucieuse. Ça représente beaucoup de travail. Je pourrais…

— Non, tu ne pourrais pas, coupa Reggie avec fermeté. Dena, tu enseignes à plein temps, tu gères le B&B et tu es enceinte. Tu ne crois pas que c'est bien assez ? J'ai lu tous les documents que maman m'a envoyés et je serai ravie de prendre sa place pendant qu'elle prépare son mariage. Et ce sera amusant. Ma B.A. de fin d'année ! J'ai acheté un tricotin circulaire pour m'entraîner et ça m'a beaucoup plu. Les enfants vont adorer !

— Je te remercie d'aider ma classe.

— Je t'en prie.

— Quelques parents devraient rejoindre le groupe, glissa Dena d'une voix soudain un peu tendue. Nous en parlerons quand tu seras arrivée.

— Plus nous serons nombreux, plus nous ferons de bonnets et d'écharpes. Ce sera une bonne chose d'avoir d'autres adultes.

— On en reparlera, répéta sa sœur.

— Pas de problème. S'il te plaît, ne dis pas à maman que je suis déjà en route. Je ne veux pas qu'elle s'inquiète pour moi.

— Quoi ? Notre mère, s'inquiéter ? gloussa Dena. Mais ça n'arrive jamais, voyons ! Tant qu'on est sur le sujet, elle hésite encore à nous demander d'être ses demoiselles d'honneur.

Reggie ne put réprimer une grimace.

— C'est son mariage et elle a le dernier mot, bien sûr, mais il est hors de question que je sois demoiselle d'honneur.

— Pareil pour moi. J'aurais peur de vomir avant la fin de la cérémonie…

Reggie sourit de nouveau.

— Ce serait inédit, comme animation.

— Peut-être, seulement personne ne voudra être témoin de ça. Dis-moi... L'idée de rentrer ne te dérange vraiment pas ?

Le changement de sujet était si inattendu que Reggie eut besoin de quelques secondes pour comprendre la question.

— Non, dit-elle. Il est temps. J'adore passer les fêtes à la maison et je ne vais pas laisser les événements de l'année dernière gâcher notre Noël en famille.

— C'est une bonne façon de voir les choses. Dis-moi, quel pourcentage de cette phrase est du baratin ?

Reggie éclata de rire.

— À peu près quarante pour cent.

— Pas mal !

La voix de sa sœur avait un ton malicieux.

— Tu veux que je me renseigne pour savoir s'il y a un type sympa en quête d'amour, en ville ?

— Petit un, s'il y avait une telle créature à Wishing Tree, Paisley et toi vous seriez déjà battues pour l'avoir. Et, petit deux, j'ai passé ma vie à sortir avec des types sympas. Il est peut-être temps que je me tourne vers les *bad boys* ; pour changer et pour ne pas être surprise quand j'aurai le cœur brisé.

— Tu as déjà envisagé que ça puisse marcher et que vous viviez ensemble heureux pour toujours ?

— Bien sûr. Parce que ça arrive souvent.

Reggie aperçut devant elle l'éclat d'un gyrophare. Elle se décala d'une voie pour doubler le camion, qui avait bien été arrêté par une patrouille.

Le karma, songea-t-elle avec un sourire. Comment pouvait-on ne pas y croire ?

— Bon, il faut que je raccroche. On se retrouve très vite.

— OK, répondit Dena. Je t'aime, Belle !

La chienne aboya en reconnaissant son nom.

— Demande à ta maman de s'arrêter pour un hamburger.

Reggie rit de plus belle.

— Ne t'en fais pas, c'est déjà prévu. À tout à l'heure, frangine.

— À tout à l'heure.

Toby Newkirk considérait qu'il faisait plutôt partie des gens accomplis. Il était à la tête d'une entreprise florissante qui employait plus de deux cents personnes dans tout l'ouest des États-Unis, il avait un fils de huit ans à la fois joyeux et intelligent, et beaucoup d'amis. Il avait aussi une belle maison et s'occupait de sa grand-mère tous les jours. Il payait ses factures dans les temps, mettait de l'argent de côté pour les études de son fils et il soulevait son poids sur le banc de musculation sans même transpirer. Enfin si, il transpirait ; mais il y parvenait quand même. Alors, pourquoi l'idée de devoir retrouver l'enseignante de CE2 de son fils pour un rendez-vous le rendait-il à la fois mal à l'aise et anxieux ? Harrison allait très bien. Il lisait mieux que ses camarades et développait des aptitudes remarquables pour le sport.

Toby chassa de son mieux ses inquiétudes et se présenta à l'accueil de l'école. On lui dit que Mlle Somerville l'attendait dans sa classe.

Les couloirs de l'école primaire de Wishing Tree étaient silencieux – tous les élèves participaient à leur assemblée musicale mensuelle. Harrison lui en avait parlé au petit déjeuner, lui annonçant que la chorale de l'école devait s'y produire.

Toby trouva donc Dena seule à son bureau. Elle avait un an de plus que lui et ils se connaissaient depuis toujours. C'était une femme de taille moyenne aux cheveux châtains et aux yeux noisette. Reggie, sa petite sœur, avait un jour regretté qu'elles soient toutes les deux « ordinaires à pleurer ». À l'époque où ils étaient tous au lycée et où Toby et Reggie formaient un couple inséparable... Il n'était pas d'accord, bien sûr. Rien n'était ordinaire, chez Reggie Somerville.

Mais tout cela était de l'histoire ancienne, songea-t-il en frappant au montant de la porte laissée ouverte.

Dena leva les yeux et lui adressa un grand sourire.

— Bonjour, Toby ! C'est gentil de t'être déplacé. Je ne te retiendrai pas longtemps.

Elle lui indiqua la chaise installée près du bureau – une chaise taille adulte, heureusement. Il n'aurait jamais pu se glisser sur celles des enfants.

Il remarqua en s'asseyant que Dena avait le visage pâle, comme si elle couvait quelque chose.

— Tout va bien ? demanda-t-il.

Voulait-il vraiment entendre la réponse ? Parfois, quand un homme demandait à une femme ce qui n'allait pas, il finissait par trop en apprendre. Dans ces cas-là, plus la conversation durait, plus il était facile de faire un faux pas et de provoquer un drame...

— Harrison s'en sort très bien, dit-elle.

D'un seul coup, elle se détourna et ravala plusieurs fois sa salive.

— Attends juste un instant.

Elle semblait respirer plus profondément que d'habitude et sa main trembla un peu quand elle attrapa la tasse abandonnée sur son bureau. Pendant une seconde, Toby crut voir son teint verdir, mais elle relâcha son souffle et se détendit.

— Ça va, dit-elle.

Que venait-il de se passer ? Toby eut soudain envie de partir, très loin et très vite. Instinct masculin de base, face à une situation féminine gênante.

Mais au lieu de s'enfuir, ce qui aurait été à la fois lâche et ridicule, il resta sagement assis et attendit.

Dena sourit de nouveau.

— Je t'ai fait venir pour t'annoncer que l'idée de Harrison a été retenue pour l'œuvre de charité de cette année. Je l'annoncerai vendredi aux élèves. Toute la classe sera équipée de tricotins circulaires pour faire des bonnets et des écharpes à distribuer aux enfants dans le besoin. Nous commencerons le lundi qui suit Thanksgiving, ce qui nous laissera trois semaines pour finir le projet et livrer nos créations.

— C'est un peu court, non ?

— Je sais. Nous avons le même problème chaque année. J'ai plusieurs fois émis l'idée de commencer les œuvres de charité à la mi-novembre, mais personne ne semble décidé à me suivre dans cette voie. Nous allons devoir travailler dur si nous voulons fabriquer assez de pièces à temps.

— Je pensais me proposer pour aider la classe, quelle que soit l'idée retenue.

— J'espérais que tu dirais ça.

Elle le dévisagea soudain plus gravement.

— Par contre, il y a une petite complication…

— Laquelle ?

Dena se détourna un instant avant de répondre :

— Je suis désolée, ce que je vais te dire te paraîtra sans doute indiscret. Mais je considère que tu as le droit de savoir, à cause de… Reggie.

Toby fronça les sourcils.

— Ta sœur ?

Elle sourit de nouveau.

— Combien de Reggie as-tu connues dans ta vie ?

— Aucune, à part elle. Je ne l'ai pas vue depuis des années.

Au moins dix ans. Non, douze. Pas depuis son départ de Wishing Tree, à la fin du lycée.

— J'ai entendu dire qu'elle vivait à Seattle.

— En effet, mais elle vient passer les fêtes ici. Ma mère s'occupe en général de gérer les œuvres de charité de l'école, seulement mes parents ont décidé de renouveler leurs vœux cet hiver et de donner une grande réception de mariage. Maman n'aura donc pas le temps de s'occuper du projet.

Elle s'interrompit un instant avant de reprendre d'un ton prudent :

— Reggie la remplacera.

Toby ne sut pas comment réagir à cette annonce inattendue ; mais il n'eut pas besoin d'y réfléchir, car Dena pâlissait de nouveau. Elle s'agrippa à son bureau et se mit à respirer plus vite.

— Tu es sûre que ça va ?

Elle fit non de la tête et continua à haleter pendant quelques secondes. Puis, sans prévenir, les couleurs revinrent sur ses joues et elle se laissa retomber contre le dossier de sa chaise.

— Cette fois, c'était violent, murmura-t-elle. J'ai cru que j'allais encore vomir.

Elle releva les yeux vivement et s'excusa.

— Pardon, je n'aurais pas dû dire ça.

— Tu es malade ?

— Pas vraiment.

Elle hésita un instant.

— Je suis enceinte.

— Tu es...

Dena gloussa.

— Tu devrais voir ton expression ! Oui, j'ai fait une insémination artificielle il y a deux mois.

Avait-elle réellement fait ça ? Toby savait que ce genre

de procédure existait, bien sûr, mais il n'avait encore jamais rencontré qui que ce soit qui ait franchi le pas. Jusqu'à maintenant. Comment devait-il réagir ?

— Et ça te rend malade ?

— D'après mon médecin, les nausées devraient passer dans quelques semaines. En attendant, je fais peur à tout le monde...

— Y compris moi.

— Navrée, lâcha-t-elle avec un nouveau sourire. Bon, pour en revenir à l'œuvre de charité... Étant donné ton passif avec ma sœur, je n'étais pas certaine que tu sois prêt à travailler à ses côtés. Je tenais donc à te prévenir le plus tôt possible.

Toby n'était revenu s'installer à Wishing Tree que l'année précédente et, pendant tout ce temps, il n'avait pas une seule fois pensé à Reggie. Bien sûr, il avait entendu certaines rumeurs – le fait qu'elle habitait à Seattle, ou qu'au moment de son retour avec Harrison elle s'était fiancée à Jake Crane avant de s'en séparer dans le même week-end.

— Dena, beaucoup d'eau a coulé sous les ponts depuis cette époque. Je ne suis même pas sûr que Reggie se souvienne de moi.

— Oh ! moi, je suis certaine du contraire. Tu as été son premier vrai petit copain. Les filles ont tendance à se souvenir de ce genre de choses.

Toby réfléchirait plus tard à cette nouvelle information, quand il en aurait le temps...

— Quoi qu'il en soit, je n'ai aucun problème à faire équipe avec elle pour ce projet, et je suppose qu'elle te dira la même chose.

Dena sourit.

— Je te le dirai quand je le saurai. Je ne lui ai pas encore parlé de toi. Je voulais d'abord m'assurer que tout allait bien de ton côté. Tu es un père très investi et je t'admire pour ça. Je sais que Harrison reste toujours ta priorité, et c'est une bonne chose.

— Merci. Du coup, avons-nous terminé ?

— Bien sûr. J'apprécierais que tu feignes la surprise, quand Harrison t'annoncera que son idée a été retenue. Ça lui ferait plaisir.

— Ne t'en fais pas : je saurai être abasourdi comme il se doit.

Il se leva, puis hésita un instant avant de quitter la salle.

— Ai-je raison de penser que ta grossesse est encore un secret pour la plupart des gens ?

— Oui, et ta discrétion sur ce point sera la bienvenue.

— Je ne dirai rien. À part une chose : félicitations !

— Merci. La naissance est prévue pour le début de l'été, je n'aurai donc pas besoin de me faire remplacer pour les dernières semaines de cours.

Ils échangèrent encore quelques mots, puis Toby s'en alla. Alors qu'il conduisait en direction du centre-ville et de son bureau, au-dessus de sa boutique, il se demanda quelle avait été la plus grande surprise de cet entretien. L'annonce du retour de Reggie ? Ou le fait que l'enseignante célibataire de son fils ait décidé d'avoir un enfant par insémination artificielle ?

Bien sûr, il ne jugeait pas le choix de Dena. Il la connaissait surtout en tant qu'institutrice de Harrison, mais il savait qu'elle était intelligente et posée. Elle n'avait sans doute pas pris cette décision à la légère. Élever un enfant seul était une tâche difficile – il en savait quelque chose ! Il n'avait appris l'existence de Harrison qu'aux trois mois de son fils. En un instant, il était passé du statut du type célibataire sans la moindre responsabilité à celui de jeune père chargé d'un bébé qu'il n'avait jamais vu. À l'époque, ses connaissances en matière d'éducation auraient pu tenir dans un mouchoir de poche… Mais il s'en était sorti.

Il avait été sincère au sujet de Reggie, en rappelant à sa sœur que leur relation s'était passée dans une autre vie. Bien entendu, il avait été fou d'elle, à l'époque. Il avait même imaginé qu'il passerait sa vie avec elle. Et alors ? Ils avaient été jeunes et amoureux, ce qui n'était plus le cas à présent. Travailler avec elle sur le projet de l'école ne lui poserait pas le moindre problème. Ça pourrait même être amusant d'apprendre à se connaître de nouveau.

Son cœur était en sécurité, et il le savait. Reggie mise à part, il avait fait preuve d'un très mauvais jugement en matière de femmes. S'il n'avait eu qu'à s'occuper de lui, il aurait pu être tenté de conjecturer sur ce qui pourrait se passer entre eux, mais les choses étaient devenues plus compliquées. À présent, le centre de son univers était Harrison.

3

Alors que le monde entier s'élançait à toute vitesse, impatient de voir ce que l'avenir réservait, Wishing Tree, dans l'État de Washington, se contentait de paresser à son rythme. Certes, le haut débit avait atteint la ville, qui s'entourait d'une zone d'activité bourgeonnante, et les hautes technologies n'y étaient pas en reste. Le nouveau centre commercial avait aussi beaucoup de succès et on racontait que certains grands vignobles de la région envisageaient d'y ouvrir des boutiques. Mais, fondamentalement, Wishing Tree restait ce qu'elle avait toujours été : une petite ville accueillante, familiale, entièrement consacrée à Noël.

Les rues nord-sud portaient des noms rendant hommage à la fête, comme Jolly Drive et Reindeer Avenue. Les rues est-ouest, elles, avaient des noms d'arbres : Noble, Spruce, et même Mountain Hemlock Highway. La place centrale traditionnelle était remplacée par la Couronne – un espace circulaire qui accueillait tous les événements d'importance. Les parades (il y en avait beaucoup) débutaient et se terminaient là. C'était également ici que se déroulait la traditionnelle illumination du grand sapin de Noël. Des boutiques étalaient leurs vitrines tout autour de la Couronne et, dès qu'un local se libérait, de nombreuses enseignes se disputaient la place.

Tout en conduisant lentement le long des rues, Reggie

sentit s'apaiser une tension qui l'avait hantée insidieusement jusqu'à présent. Elle avait pris la bonne décision en revenant. Seattle était une ville merveilleuse et elle aimait sa vie là-bas, mais rentrer à Wishing Tree pour passer les fêtes en famille avait aussi quelque chose de magique.

Ses parents vivaient dans l'un des plus anciens quartiers, où les maisons de brique s'élevaient au milieu de vastes jardins. Les porches surdimensionnés laissaient beaucoup de place pour installer des décorations festives. Pour l'instant, on voyait partout des dindes et des épouvantails. Dès le vendredi qui suivrait Thanksgiving, on découvrirait une tout autre ambiance, comme si un interrupteur était soudain actionné pour brancher la ville entière sur une nouvelle fréquence. Celle de la plus belle saison de l'année.

Depuis la banquette arrière, Belle commença à s'agiter. Elle devait reconnaître l'endroit et avait sans doute hâte de retrouver ses grands-parents humains. Reggie remarqua bien vite l'absence de bonshommes de neige parmi les décorations. C'était la règle, ici : pas de bonshommes de neige avant les premiers flocons. Et cet événement répondait à une définition très précise. L'averse devait durer au moins un quart d'heure et le sol devait rester blanc. C'était alors qu'on annoncerait le début officiel de la saison de Noël. Une alarme sonnerait en ville et tout le monde se précipiterait vers la Couronne pour une célébration.

Observant les gazons nus, Reggie songea que la neige se faisait décidément bien attendre, cette année. Avec un peu de chance, elle serait toujours là quand les flocons montreraient le bout de leur nez. Après tout, il ne s'était encore jamais passé un an sans que Wishing Tree ait droit à son Noël blanc. Aucune raison pour que les choses soient différentes cette fois.

Elle se gara devant la maison à deux étages dans laquelle elle avait grandi. La façade de brique s'agrémentait de larges fenêtres et d'un porche abrité. C'était leur foyer, à Dena et elle. Reggie le connaissait par cœur. Elle savait quelles marches de l'escalier grinçaient, à force de rentrer tard en catimini, et combien de temps elle pouvait passer sous la douche avant de manquer d'eau chaude. Elle connaissait le son de la pluie sur le toit depuis sa chambre de l'étage, savait quels recoins du sous-sol feraient un bon bureau d'appoint et lesquels, au contraire, la mettaient mal à l'aise.

Dès qu'elle eut coupé le moteur, la porte d'entrée s'ouvrit et ses parents sortirent pour l'accueillir. Belle était si pressée de les rejoindre qu'elle faillit briser la vitre arrière. Reggie contourna rapidement la voiture pour la libérer. La chienne s'élança, avec tout l'enthousiasme de son grand corps, pour faire la fête à deux de ses personnes préférées.

— Voilà ma jolie fille ! s'écria la mère de Reggie en ouvrant grand les bras.

Son père se précipita entre la chienne et elle pour amortir le choc. Belle se mit ensuite à leur tourner autour en aboyant, en gémissant et en gigotant dans tous les sens pour mieux les couvrir de baisers baveux.

Reggie contempla ses parents, à la recherche du moindre changement depuis leur visite à Seattle, quelques mois plus tôt. Son père avait quelques cheveux gris supplémentaires sur les tempes. Leigh, sa mère, n'aurait bien sûr jamais laissé une telle chose *lui* arriver. Elle allait régulièrement chez le coiffeur pour une coupe et une retouche au niveau des racines. Ses cheveux châtains avaient toujours la même nuance – celle dont Reggie avait hérité, pour accompagner leurs yeux noisette identiques.

Elle rejoignit ses parents, faisant preuve de plus de retenue que Belle. Son père la serra contre lui.

— Comment s'est passée la route ? demanda-t-il avant de laisser la place à Leigh, qui l'embrassa à son tour.

— Très bien, sans trop de circulation. On s'est arrêtées manger un hamburger.

Leigh prit la grosse tête de Belle entre ses mains et se pencha sur elle.

— Ta maman t'a offert un bon repas parce que tu as été sage, hein ?

La chienne remua vivement la queue. Soudain, un aboiement sec résonna, et elle se figea. Reggie vit Burt, le teckel de huit kilos de son père, se précipiter vers eux depuis la maison. Belle se réfugia immédiatement derrière sa maîtresse, la queue entre les pattes.

— Il va vraiment falloir que tu apprennes à le supporter, lui dit Reggie avant de caresser la tête de Burt. Salut, mon grand !

Burt bondit de joie avant de se tourner vers Belle en grognant. La pauvre chienne recula encore plus.

Leigh vint à sa rescousse.

— Tu devrais lui faire face. Il n'est pas aussi courageux qu'il veut le faire croire. Montre-lui qui est la patronne, ma grande. Je te promets que ça marchera.

Bon conseil, songea Reggie. Hélas, Belle n'avait pas encore appris à parler anglais et sa compréhension des humains se limitait au ton de leur voix. Les détails – et le conseil qu'on lui donnait – lui échappèrent complètement.

Leigh guida les chiens à l'intérieur pendant que son époux aidait sa fille à décharger la voiture. Ils portèrent les valises dans son ancienne chambre de l'étage, stockèrent les croquettes dans un placard de la cuisine, et Reggie descendit son ordinateur ainsi que le prototype de Gizmo dans la pièce qui faisait office de salle de jeux, atelier de travaux manuels et bureau d'appoint, au sous-sol.

Elle fit un peu de place sur la longue table, remarquant des modèles de faire-part de mariage et une longue liste d'invités. Apparemment, ses parents n'avaient pas plaisanté en parlant de grande fête pour célébrer le renouvellement de leurs vœux.

Elle remonta au rez-de-chaussée et nota en chemin quelques changements depuis sa dernière visite. Les planchers avaient été cirés de frais et les murs repeints. Il y avait une nouvelle cuisinière – un monument à six feux pour remplacer l'ancien appareil, plus simple, qu'elle avait toujours connu.

Le mobilier du salon, que l'on n'utilisait qu'en présence d'invités, était comme d'habitude immaculé. C'était sans doute la seule pièce de la maison interdite aux animaux. Dans la salle familiale, le grand canapé et les deux fauteuils inclinables étaient usés mais encore confortables. La télévision était peut-être plus grande, mais à part ça rien ne semblait différent. Y compris Burt, qui mordillait les pattes de Belle jusqu'à la faire crier de peur et bondir, tremblante, sur le canapé, sur lequel elle s'installa pour l'observer avec un mélange de crainte et de révolte.

— Oh ! Belle ! soupira Reggie en s'asseyant près d'elle. Il faut vraiment qu'on te rende plus courageuse. Franchement, tes crottes sont quasiment aussi grosses que lui !

— Des paroles pleines de sagesse, plaisanta son père en se penchant sur le dossier pour l'embrasser sur le front. Ça fait du bien de t'avoir à la maison, ma puce.

— Et ça me fait du bien de rentrer.

— Je dois passer à la boutique, mais je reviens vite.

Leigh passa la tête par la porte de la cuisine et lança :

— On mange à 18 h 30, Vince. Pas 18 h 40 ou 45.

Il sourit.

— Rappelle-moi pourquoi je t'épouse ?

Leigh se redressa, rayonnante :

— Parce que tu serais perdu sans moi !

— Oui, c'est certain...

Ils s'embrassèrent. Vince disparut dans le garage en leur adressant un petit salut. Burt le regarda partir et soupira quand la porte se referma, avant de se rouler en boule dans son panier, près de l'un des fauteuils. Belle lui adressa un dernier regard soupçonneux. Jugeant sans doute qu'il ne présentait pas de danger immédiat, elle se laissa tomber sur le coussin et posa la tête sur les genoux de Reggie.

Quand sa mère vint s'installer près d'elle, Reggie demanda :

— Alors, comment se passent les préparatifs du mariage ?

— Parfois j'ai l'impression d'être très organisée, et le reste du temps je patauge. J'ai parlé de cette histoire de demoiselles d'honneur avec Dena, hier.

— Oui, elle me l'a dit. Maman, tu sais que la décision t'appartient. Si tu veux vraiment que nous soyons tes demoiselles d'honneur, pas de problème. Et, si tu n'y tiens pas, ça ne nous dérange pas non plus.

— Merci. Mais je pense que je vais renoncer. Après tout, ce n'est pas un vrai mariage.

Reggie acquiesça, en faisant de son mieux pour cacher son soulagement.

— Et puis, tu as toujours Belle.

— C'est vrai. Il va falloir que tu lui couses une robe. Quelque chose de joli avec beaucoup de dentelle, et peut-être une traîne.

— Une traîne risquerait de lui faire peur. Elle pourrait avoir l'impression d'être poursuivie…

— D'accord. Juste une jolie robe, alors, en rouge ou en vert.

Reggie caressa le museau de sa chienne.

— En rouge. C'est ta couleur préférée, n'est-ce pas ?

Belle fit claquer sa queue contre l'assise du canapé.

— Est-ce que tu veux un enterrement de vie de jeune fille ? demanda-t-elle ensuite à sa mère.

— Oh non, je suis trop vieille pour ça ! Et pas de cadeaux non plus.

— Les gens vont peut-être vouloir vous offrir quelque chose.

Leigh haussa les épaules.

— Dans ce cas, qu'ils fassent des dons en notre nom à la fondation de la ville. Ce n'est pas comme si ton père et moi avions *besoin* de quoi que ce soit. Ce que nous avons nous suffit amplement. Nous voulons juste faire la fête.

— Et vous marier.

Sa mère sourit.

— Oui, nous marier.

Quelques minutes plus tard, Reggie monta à l'étage pour défaire ses bagages. Belle la suivit, non sans jeter des coups d'œil anxieux de tous les côtés, comme si elle s'attendait à voir apparaître Burt au coin d'une porte.

— Tu n'as rien à craindre, la rassura Reggie. Il ne monte pas jusqu'ici, sauf le soir, quand papa le porte.

Malheureusement, Belle ne sembla pas se détendre.

Reggie ouvrit la porte de son ancienne chambre. Elle avait été rénovée pendant l'été qui avait suivi sa première année de fac. Les murs bleu ciel étaient relaxants et tous ses souvenirs de lycée étaient depuis longtemps emballés dans des cartons, laissant les étagères presque vides.

Sa chienne s'approcha du grand panier molletonné installé dans un coin et le renifla.

— Burt n'est pas venu dessus. Maman garde la porte close quand on n'est pas là.

Refusant de la croire sur parole, Belle inspecta consciencieusement chaque centimètre carré du coussin avant de s'installer dessus. Reggie déballa d'abord la valise de sa chienne. Elle entassa ses manteaux, bottines et écharpes sur le palier de l'étage avant de glisser ses pyjamas dans un tiroir de la grande commode. Elle venait de poser sa propre valise sur le lit quand elle entendit quelqu'un monter. Une voix familière l'appela :

— Tu es arrivée !

Belle bondit pour accueillir Dena. Sa queue frappa la jambe de Reggie au passage et celle-ci poussa un petit cri de douleur.

— Ça va me faire un bleu, marmonna-t-elle en suivant sa chienne dans le couloir.

Les deux sœurs s'embrassèrent, puis Reggie prit un instant pour contempler Dena.

— Comment te sens-tu ?

— Un peu moins écœurée, pour le moment, ce qui est toujours agréable...

— Tu n'as pas l'air enceinte.

— Non, pas encore, admit Dena avant de précéder Reggie dans sa chambre et de s'affaler sur la chaise, près du petit bureau. Je comptais garder le secret jusqu'au troisième ou quatrième mois ; mais avec ces nausées je suis bien obligée d'expliquer aux gens ce qui se passe, pour qu'ils ne me croient pas malade. J'ai horreur de voir mes plans sens dessus dessous.

— On ne peut pas faire un bébé selon un plan.

Dena sourit.

— Si, à condition de s'en donner les moyens. Bref, te revoilà. Ça te fait du bien ?

— C'est un peu tôt pour le dire, mais pour l'instant ça va. J'ai décidé qu'il était absurde de penser que les gens se soucient de mes drames personnels. C'était il y a un an, Jake ne vit plus ici et personne ne va aborder le sujet. Nous avons tous bien assez à faire avec nos propres vies.

Dena baissa les yeux un instant, puis regarda de nouveau sa sœur.

— Qu'est-ce qu'il y a ? demanda Reggie en ouvrant sa valise pour en sortir une pile de culottes.

— Tu as raison à propos de Jake, murmura Dena. Personne ne va se soucier de lui. Mais je ne suis pas sûre que ça va empêcher les gens de bavarder à ton sujet...

Reggie rangea ses sous-vêtements dans un tiroir de la commode.

— Que veux-tu dire ?

— Je ne voulais pas t'en parler avant, alors que tu te remettais encore de ta rupture avec Jake, mais Toby est revenu vivre en ville à peu près à cette époque.

La première pensée de Reggie fut qu'elle n'avait pas « rompu » avec Jake. Il l'avait plaquée sans la moindre explication ! Puis, alors que les paroles de sa sœur faisaient leur chemin en elle, elle se rendit compte que ce n'était pas le plus important.

— Tu veux dire... mon Toby ? demanda-t-elle en s'affalant sur le lit. Celui avec qui je sortais au lycée ?

— Exactement.

Toby. Elle n'avait plus pensé à lui depuis des années. Il avait été son premier amour, son premier petit copain, son premier tout. Après leur bal de promo, ils s'étaient disputés et elle l'avait quitté sur un coup de tête. Deux jours plus tard, il faisait ses valises et s'en allait de Wishing Tree, pour toujours. Du moins, c'était ce qu'elle avait pensé.

— Comment va-t-il ? Est-ce que tu l'as vu ? Je n'arrive pas à croire qu'il soit revenu depuis un an et que personne ne m'en ait parlé !

Elle fit de son mieux pour rassembler les quelques informations qu'elle avait glanées ici et là, ces dernières années.

— Sa grand-mère vit toujours à Wishing Tree, c'est bien ça ? Et son père est mort il y a deux ans ?

— Oui, répondit Dena d'un air tendu. Toby a ouvert une succursale des Tourtes de Judy sur la Couronne, et il a même installé son siège social à Seattle.

— Quoi ?

Reggie avait dû crier malgré elle, car Belle redressa la tête d'un seul coup, à la recherche d'un signe de danger. Puis, comme elle ne dénicha aucune menace imminente dans la chambre, elle se rendormit.

— Il travaille vraiment à Seattle ?

Dena secoua la tête.

— Non, il reste ici, la plupart du temps. Je crois qu'il ne va en ville que une ou deux fois par mois. Il s'est acheté une maison, qu'il partage avec sa grand-mère, près du parc des Lampions.

C'était la partie la plus huppée de la ville, songea vaguement Reggie.

— Dis-moi, comment se fait-il que tu en saches aussi long sur lui ?

Sa sœur prit une profonde inspiration.

— Harrison, son fils de huit ans, est dans ma classe.

— Quoi ? !

Cette fois, Reggie bondit de son lit et se campa devant Dena, les poings sur les hanches.

— Toby a un fils, dans ta classe, et tu n'as jamais pensé à me le dire ?

En face d'elle, Dena paraissait de plus en plus mal à l'aise.

— Je sais… Ce n'est pas bien de ma part, hein ? Pour être honnête, je ne savais pas comment aborder le sujet et, à chaque fois que je pensais t'en parler, une petite voix me répétait que c'était une mauvaise idée…

Reggie sentit un vertige lui monter à la tête. Ça faisait beaucoup trop d'un coup.

— Il est donc marié, lâcha-t-elle.

— Non. Il vit seul. Harrison ne parle jamais de sa mère et je n'ai pas osé lui poser de questions. Toby vient à toutes les réunions parents-enseignants. C'est un bon père et il aime sincèrement son garçon.

Toby était de retour et il avait un fils ? Tout cela paraissait surréaliste. Au moins, si Reggie se retrouvait nez à nez avec son premier amour, elle allait pouvoir sans peine chasser Jake de ses préoccupations.

— Waouh ! soupira-t-elle en se rasseyant sur le lit. Je ne sais vraiment pas quoi dire ni même penser.

— Au moins, il ne s'agit pas de Jake.

Reggie éclata de rire.

— C'est exactement ce que je me disais.

— Toby est vraiment un homme bien, reprit Dena d'une voix chargée de sous-entendus.

Sa sœur l'interrompit d'un geste.

— Je t'arrête tout de suite. *Non.* Définitivement non. N'essaye pas de me caser avec un type que je fréquentais au lycée.

Elle s'apprêtait à en dire plus, quand Dena pâlit d'un coup et se mit à chanceler sur sa chaise.

— Qu'est-ce qu'il y a ? demanda-t-elle, soudain inquiète. Tu vas bien ?

Dena secoua la tête, puis prit quelques inspirations très lentes.

— Laisse-moi juste un instant. C'est la nausée. Avec un peu de chance, ça va passer.

— Il y a une corbeille à papier, là, suggéra Reggie, en désespoir de cause.

Sa sœur parvint à sourire, faiblement.

— Merci. Tu es si prévenante.

— J'essaye.

Elle continua à respirer fort pendant quelques instants, puis se détendit enfin.

— C'est bon, je me sens mieux.

Reggie la regarda avec attention. Était-ce bien vrai ?

— C'est arrivé d'un coup, fit-elle remarquer.

— Comme toujours. Je ne pouvais pas rêver mieux...

— Tu vas vraiment bien, avec tous ces soucis de grossesse ?

Dena se fendit d'une petite grimace.

— Si tu veux savoir si je regrette ma décision, la réponse est non. Mais j'admets qu'être enceinte est plus difficile que je ne le pensais. J'étais convaincue d'avoir élaboré le plan parfait.

— Tu sais ce qu'on dit des plans parfaits ? Ils font rire le bon Dieu !

— J'ai toujours pensé, au contraire, qu'Il serait ravi de me voir si organisée : ça Lui fait moins de boulot...

Reggie éclata de rire.

— Un point pour toi. Dis-moi si je peux t'aider pour quoi que ce soit, en tout cas.

— Il n'y a pas grand-chose à faire pour le moment. Mais j'apprécie beaucoup que tu aies accepté de t'occuper du projet tricot de ma classe à la place de maman. Si tu avais refusé, j'aurais été obligée de...

— Bon sang ! s'écria soudain Reggie en bondissant une nouvelle fois du lit. Harrison est dans ta classe ! Je vais travailler avec le fils de Toby...

Dena s'éclaircit la voix.

— Oui, et même plus que ça. Toby est l'un des parents qui... se sont portés volontaires pour aider.

Non, songea Reggie, figée sur place. C'était impossible.

— Tu veux me faire travailler avec Toby ?

— Pourquoi pas ? D'après ce que tu viens de me dire, il n'est qu'un type avec qui tu es sortie, non ?

— Ne retourne pas mes paroles contre moi, s'il te plaît.

Dena sourit de toutes ses dents.

— Bien sûr que si, c'est plus amusant !

Puis son sourire s'effaça, pour laisser place à un ton de voix presque cajoleur :

— Allez, courage. Vous allez tricoter des bonnets pour les enfants dans le besoin. Des gosses qui ne mangent pas à leur faim et qui souffrent du froid.

— N'essaye pas non plus de me faire culpabiliser pour m'empêcher de piquer une crise.

Elle tira plusieurs pulls de sa valise et les fourra sur l'une des étagères de la penderie. Quand elle se retourna, plus calme, elle déclara :

— Très bien, je bosserai avec Toby. Je suis sûre que tout se passera bien. Après tout, est-ce si grave ? Nous sommes tous les deux adultes et je me souviens à peine de son visage.

Dena lâcha un petit rire complice.

— Oh ! tu le reconnaîtras au premier regard, je n'en doute pas. Et pour ton information il est toujours aussi beau...

— Ce sont des sapins de Noël, constata Micah Ruiz en regardant le vallon ondoyant recouvert d'arbres.

Il y en avait des centaines. Non, corrigea-t-il mentalement, des milliers. Des dizaines de milliers.

— Ouaip ! répondit son ami Steve Burdick avec un grand sourire. C'est bien ça. Nous avons des grands pins, de l'épinette bleue et des pins de Frasier.

— Tu arrives à les différencier ?

Le sourire de Steve s'élargit encore.

— Maintenant, oui.

Micah gloussa.

— Combien de temps ça t'a pris, pour apprendre à faire la différence ?

— À peine deux mois.

— Je n'arrive pas à croire que tu sois vraiment propriétaire d'une plantation de sapins de Noël.

— Et pourtant !

— Dans une ville appelée Wishing Tree, en plus.

Steve le dévisagea avec humour.

— On dirait que tu es plus lent que d'habitude. Devrais-je m'inquiéter pour toi ?

— Non, j'essaye juste de digérer l'information. T'entendre m'annoncer au téléphone que tu avais acheté cette plantation et la voir de mes propres yeux, ce n'est pas la même chose. Alors, quel est le plan ?

— Le marché aux sapins de la ville ouvre le samedi qui suit Thanksgiving. Nous ouvrirons le même jour. Les gens viendront en voiture, choisiront un sapin déjà coupé ou iront couper le leur dans la plantation eux-mêmes.

Micah n'en croyait pas ses oreilles.

— Tu laisses tes clients se promener avec des haches ?

— Ils signent une décharge.

— Rien de plus festif !

Micah contempla une fois de plus les longs alignements d'arbres, les montagnes qui clôturaient l'horizon et le ciel bleu, au-dessus. Il avait toujours été convaincu d'être un citadin dans l'âme, mais ces derniers mois lui avaient appris la valeur de la solitude et du calme, dans de beaux paysages.

Steve et lui retournèrent à la camionnette et rejoignirent la grande épicerie, à la sortie de Mountain Hemlock Highway – où la propriétaire, qui devait bien avoir dans les quatre-vingts ans, faisait le meilleur café de la région.

Mme Bevins, petite et courbée, avec des lunettes et des cheveux blancs bouclés, sourit en les voyant entrer.

— Déjà de retour, les garçons ?

— Votre café est irrésistible, répondit tranquillement Steve. Et je voulais montrer à Micah où s'installe le marché aux sapins.

— Juste derrière, expliqua Mme Bevins. Steve et ses gars mettront tout en place samedi matin, et je m'occuperai des paiements.

Elle fit un petit clin d'œil à Micah.

— Je n'aurai rien contre un peu de compagnie, d'ailleurs. Surtout venant d'un homme aussi charmant que vous.

Steve renifla d'un air faussement agacé.

— Ouais, il a toujours été beau gosse.

Mme Bevins leur servit une tasse de café.

— Ce n'est pas son visage qui m'intéresse le plus, mais c'est un bonus appréciable.

Micah la remercia, en gardant prudemment ses distances. Au fil des ans, il était passé pro en évitement de fans un peu trop insistants – et de vieilles dames aguicheuses. Il avait développé un sixième sens pour repérer les mains baladeuses et s'en écarter à temps.

Quand il avait commencé à se faire connaître au sein du groupe, toute cette attention lui avait plu. Et il ne s'était pas fait prier pour profiter des invites de ce genre. Très vite, il avait eu un mariage raté à son actif – un mariage qui s'était terminé aussi vite qu'il avait commencé, sans laisser le temps à Micah ou à son ex de souffrir du divorce. Quelques années plus tard, il avait appris à se montrer plus regardant dans ses conquêtes. Puis il avait rencontré Adriana, et plus aucune autre femme n'avait compté pour lui.

Il avait toujours cru en l'amour. Ses chansons sentimentales avaient énormément de succès et il gagnait presque autant d'argent grâce aux reprises de ses tubes qu'en les enregistrant lui-même. Mais croire en l'amour et écrire sur le sujet ne l'avait pas préparé à ressentir cette émotion au plus profond de lui. Adriana avait bouleversé son univers entier et avait ouvert son cœur d'une manière qu'il n'aurait jamais pu anticiper. Parfois, la nuit, il se redressait dans le lit pour la regarder dormir, si heureux de l'avoir dans sa vie... Quand il pensait aux probabilités de rencontrer un jour une personne capable de rendre le monde à ce point plus beau, de tomber amoureux d'elle et d'en être aimé en retour, il était pris de vertige. Oui, elle avait été le centre de sa vie.

Et la perdre si brutalement, en même temps que leur enfant à naître, avait failli l'anéantir.

Chassant ses souvenirs douloureux, il s'efforça de se concentrer sur le présent. Il suivit Steve à l'arrière du magasin. On y avait aménagé un grand espace fermé par une solide clôture, avec un portail de chaque côté.

— Nous avons déjà marqué les arbres à abattre pour les vendre ici et en ville, lui expliqua Steve. Nous allons commencer à les couper dès lundi, pour être prêts dans les temps.

— C'est marrant, dans mon souvenir, tout ce que tu savais de l'agriculture, c'était comment trouver le dealer d'herbe le plus proche...

— Hé ! coupa Steve en jetant des coups d'œil inquiets autour de lui pour s'assurer que personne ne pouvait les entendre. C'était il y a longtemps, vieux. Maintenant, l'herbe est légale dans l'État de Washington et, de toute manière, je n'y touche plus.

Micah éclata de rire.

— Ne sois pas aussi susceptible...

— Je ne suis plus ton batteur déjanté. Je suis un mari et un père, un membre de la communauté.

— Pardonne-moi. C'est vrai que tu as fait du chemin.

Tous les membres du groupe avaient évolué, songea Micah. Ils avaient commencé à jouer ensemble pendant leur adolescence et maintenant, près de vingt ans plus tard, ils avaient tourné la page depuis longtemps. Tous étaient mariés, la plupart avaient des enfants. Micah avait été le dernier à se poser ; mais, dès sa rencontre avec Adriana, les choses avaient changé pour lui aussi.

— Alors ? demanda soudain Steve en s'accoudant à la barrière. Comment trouves-tu le B&B ?

— J'y suis bien. J'ai une chambre au calme, dans la vieille charreterie.

— On te reconnaît toujours partout où tu vas ?

Micah grimaça. Être reconnu dans la rue faisait partie du métier...

— Un peu, oui. Mais ici les gens se contentent de me regarder avec insistance, puis reprennent leur route. C'est gérable.

— Et tu commences à trouver tes repères, en ville ?

— En fait, je reste dans mon coin, la plupart du temps.

Steve le regarda d'un air grave.

— Tu dois sortir. Voir des gens. T'imprégner de l'atmosphère. C'est bien pour ça que tu es venu, non ?

Son ami avait raison. Micah avait posé ses bagages à Wishing Tree dans l'espoir d'y trouver un peu d'esprit de Noël. S'il avait réussi à réparer son corps après l'accident qui avait coûté la vie à Adriana, puis à se remettre de la perte de sa femme – ce qui lui avait pris beaucoup plus de temps –, il n'avait pas encore retrouvé l'inspiration pour composer. Depuis un an, il n'avait pas griffonné un refrain valable sur un coin de page, encore moins une chanson entière ! Il avait essayé d'écrire seul et avec des partenaires, en vain. Par le passé, il s'en était plutôt bien sorti avec les chansons de Noël et il avait finalement décidé de passer les fêtes dans cette ville, réputée pour son ambiance festive, dans l'espoir de réveiller sa créativité.

Il fallait que ça marche, songea-t-il, les dents serrées. Il en avait terminé avec la scène. Il approchait des quarante ans et était prêt à laisser sa place sous les projecteurs aux jeunes. Mais écrire, composer… c'était différent. C'était ce qui nourrissait son âme ; et son incapacité à créer, ces derniers mois, lui donnait l'impression frustrante de ne plus être bon à rien.

— Au fait, lança soudain Steve, le tirant de ses pensées, j'aurais besoin de te demander une faveur.

Micah le regarda, surpris.

— Bien sûr. Ce que tu veux.

— Lundi, c'est la journée professionnelle dans la classe de Noah et je suis censé y participer. Malheureusement, je n'arriverai pas à préparer les deux espaces de vente *et* à aller parler aux gamins en même temps. J'ai déjà discuté avec Noah, et il serait ravi que tu prennes ma place.

Micah songea au petit garçon de huit ans de son ami. Il aurait sans hésiter bondi dans un immeuble en flammes pour le sauver, mais était-il prêt à faire face à une classe entière pour parler de son métier ?

— Qu'est-ce que je pourrais bien leur dire ? demanda-t-il, perplexe. Il n'y a rien d'instructif, dans la vie d'un rockeur…

— Tu n'as qu'à leur parler de l'écriture et de la composition. Explique-leur comment tu as créé *Moonlight for Christmas*, par exemple. Joue quelques-uns de tes succès. On ne te demandera que dix à quinze minutes de présentation. Tu peux le faire !

Micah aurait voulu refuser. Il ne s'était pas retrouvé devant un public depuis son mariage avec Adriana, quatre ans plus tôt. Ce qui s'était le plus approché d'une représentation, dernièrement, avait été son témoignage au sein du groupe de soutien qu'il avait rejoint après la mort de sa femme. Mais Steve et les autres membres du groupe avaient été là pour lui pendant les six mois de convalescence et de rééducation qu'il avait dû traverser après l'accident. Depuis son départ de la clinique, il avait posé ses bagages chez eux à tour de rôle, évitant de rentrer dans sa maison de Malibu et cherchant désespérément l'inspiration. S'il parvenait à écrire de nouveau, peut-être pourrait-il envisager de retrouver le bonheur, un jour…

Son cœur ne voulait bien sûr pas y croire. Il ne cessait de lui répéter que c'était trop dur, qu'il n'en était pas capable ; mais sa tête le poussait à aller de l'avant. Ce dont il avait besoin, maintenant, ne se trouvait pas dans le passé. Et puis, il s'était toujours battu pour obtenir ce qu'il voulait, que ce soit un bon contrat avec son label ou un premier rendez-vous avec Adriana.

— D'accord, dit-il, sans se laisser le temps de changer d'avis. J'irai parler à la classe de Noah.

— Merci. Tu m'enlèves vraiment une épine du pied. Je t'enverrai un texto pour te donner l'adresse et l'heure. L'école primaire se trouve juste à côté du B&B.

Micah ne put s'empêcher d'éclater de rire.

— On est à Wishing Tree, mon vieux ! Rien n'est vraiment loin, ici.

— C'est mieux : ça évite de se perdre.

Si seulement c'était vrai ! Micah aurait bien eu besoin d'un coup de pouce pour ne pas se perdre, en ce moment. Et d'un peu d'inspiration musicale, voire d'un nuage d'esprit de Noël pour remplir le gouffre qui s'était creusé au fond de lui. C'était beaucoup demander, pour une si petite ville…

D'un autre côté, n'était-ce pas justement la saison des miracles ?

4

Dena se gara à côté de la charreterie. Quand elle avait hérité du B&B, elle s'était réjouie de pouvoir aller travailler à pied, l'école ne se trouvant qu'à quelques minutes de marche. Hélas, le quotidien d'une institutrice s'accompagnait de dossiers, de documents, de caisses et de grands cabas à trimballer dans tous les sens. Il n'y avait donc qu'un choix possible : conduire, ou se trouver un âne prêt à porter ses affaires. Elle avait opté pour la voiture.

Renonçant à vider son coffre pour le moment, elle remonta l'allée pavée qui menait à la porte de la grande demeure victorienne à trois étages. En général, à la mi-novembre, le sol était couvert de neige ; mais pas cette année. En dépit de l'herbe sèche et de la terre nue, le jardin restait joli, avec ses dindes métalliques colorées, ses coloquintes et ses figurines de Pères pèlerins nichées dans les plates-bandes. D'énormes citrouilles avaient été disposées de part et d'autre du porche. Des couronnes de blé et de fruits d'automne ornaient la porte et les fenêtres du rez-de-chaussée.

Le vendredi suivant Thanksgiving, tout cela serait remplacé par les décorations de Noël. Dena se chargeait de l'aménagement intérieur du B&B, mais engageait toujours des professionnels pour s'occuper de la façade et du jardin. Il était hors de question qu'on la fasse grimper sur une échelle de six mètres !

Elle entra dans le hall, puis inspecta rapidement le salon commun, rempli de canapés confortables, de guéridons sculptés, et agrémenté d'une imposante cheminée adossée au mur du fond. Aucun livre ni objet personnel oublié par un client. Tout était en ordre. Elle traversa ensuite l'entrée dans l'autre sens pour s'approcher du comptoir de la réception – un ancien bar rescapé d'une maison de passe qui avait dû exister il y avait plus d'un siècle et demi, quand la ruée vers l'or avait donné naissance à la ville. À l'époque, Wishing Tree s'appelait simplement Trading Post.

Winona, sa gérante quadragénaire, leva les yeux de son travail et lui sourit.

— Comment vas-tu, aujourd'hui ? Un peu mieux ?

— Je n'ai vomi qu'une fois et j'ai réussi à atteindre les toilettes à temps, donc…

— Super ! Quelle victoire !

— Une petite victoire, concéda Dena, amusée. Et ici ? Tout se passe bien ?

— Oui. Les Pinkerton ont encore appelé pour voir si nous avions une chambre pour Noël.

Winona soupira.

— J'aimerais tant pouvoir leur trouver une place, ajouta-t-elle. Ils sont tellement gentils.

Dena acquiesça. Les Pinkerton venaient passer Noël à Wishing Tree tous les ans, et ils descendaient toujours au B&B depuis qu'elle en avait repris les rênes. Ils étaient retraités, doux et chaleureux, et adoraient les travaux manuels en tous genres. Chaque année, ils apportaient des petits cadeaux inattendus pour les clients et le personnel. Une fois, Mme Pinkerton avait créé des petites souris en tissu à accrocher à chaque sapin du B&B, et à offrir à chaque client. Hélas, l'année précédente, ils avaient annoncé qu'ils rendraient exceptionnellement visite à leur famille pour les fêtes cette fois, et Dena ne leur avait pas retenu de chambre. Cependant, un changement de programme soudain les poussait à chercher un hébergement de dernière minute.

— Tu les préviendras si quelque chose se libère, dit-elle à Winona, tout en sachant bien qu'il y avait peu de chances que cela se produise.

— Oui, je confirme toutes les réservations du mois de décembre, cette semaine. Si quelqu'un annule, je les appellerai immédiatement.

Les deux femmes passèrent ensuite en revue le registre des chambres et Winona lui confia les menus du mois de décembre à valider.

— Est-ce que tu as rencontré ton colocataire ? demanda-t-elle avec un clin d'œil quand elles eurent terminé. Il est particulièrement ravissant, non ?

— Ce n'est pas mon colocataire. Il occupe la suite du rez-de-chaussée.

— Oui, c'est bien pratique pour toi... Comme vous vous partagez la petite cour, il pourrait te remarquer et t'inviter à boire un verre chez lui.

— Ça m'étonnerait, répondit Dena. Et puis, je ne peux pas boire.

— Oh oui, pardon ! Dans ce cas, il pourrait te proposer quelque chose à grignoter... ou une galipette rapide dans un coin de porte.

Dena ne put réprimer une grimace.

— Pas super romantique.

Sa collègue sourit de plus belle, d'un air entendu.

— Tu dis ça uniquement parce que tu ne l'as jamais fait. Ça peut être très excitant, crois-moi.

— Je ne suis pas certaine de pouvoir gérer la chose

jusqu'au bout sans me faire de crampe, répondit Dena en s'appuyant contre le comptoir. Et, avant de te perdre dans tes fantasmes, es-tu sûre, au moins, qu'il n'y a pas de Mme Particulièrement-Ravissante dans les parages ?

— Il m'a l'air complètement célibataire. D'ailleurs, j'envisage presque de te griller la priorité...

Cette fois, Dena éclata de rire.

— Fais-toi plaisir ! Je doute qu'il soit mon genre, de toute manière.

— Oh ! chérie, il est le genre de tout le monde.

— Très bien, je n'ai pas besoin d'en entendre davantage. À plus tard.

— À plus tard.

Dena ressortit et rejoignit la charreterie. Elle traversa la cour murée qui desservait les deux appartements du bâtiment secondaire. Celui du bas occupait la moitié du rez-de-chaussée. Le sien, par contre, s'étendait sur toute la surface de l'étage, lui offrant deux grandes chambres, deux salles de bains et un petit bureau. La cuisine en angle était très lumineuse et il y avait même une petite cheminée dans le salon.

Elle avait à peine sorti sa clé de son sac quand une voix grave et masculine l'interpella.

— Bonjour ! Je crois que nous sommes voisins.

Dena fit volte-face et aperçut son mystérieux locataire campé dans l'embrasure de sa porte d'entrée. Winona n'avait pas tort, en effet : il était *particulièrement* charmant. Il devait mesurer un mètre quatre-vingt-dix et avait des cheveux noirs assortis de très beaux yeux bleu azur. Sa mâchoire était carrée, ses épaules, plutôt larges. Il paraissait à la fois fin et fort. Quant à son sourire... il était parfait !

— Hum... Salut, répondit-elle.

Pendant quelques secondes, une partie de son cerveau

se demanda comment faire des galipettes dans les coins de porte. L'idée lui paraissait inconfortable, mais si cet homme lui proposait d'essayer elle était prête à courir le risque de...

Stop ! Ressaisis-toi !

Elle fit de son mieux pour se concentrer sur l'instant présent et s'approcha de l'homme pour lui tendre la main.

— Je suis Dena Somerville. Soyez le bienvenu au B&B de Wishing Tree.

— Micah Ruiz.

Ils se serrèrent la main. Lorsque la chaleur des doigts de Micah se répandit sous sa peau, Dena sentit un courant électrique lui remonter le bras. C'était une sorte de frisson piquant qui lui donna soudain envie de s'approcher. Cet homme sentait-il aussi bon qu'elle le soupçonnait ?

Horrifiée par ses pensées hors de contrôle, elle s'écarta avec fermeté et libéra sa main.

— La suite vous convient-elle ? demanda-t-elle en faisant de son mieux pour se montrer à la fois accueillante et professionnelle. Avez-vous besoin de serviettes supplémentaires ou de quoi que ce soit d'autre ?

Micah fronça les sourcils, juste assez pour lui donner un air perplexe, songeur et encore plus séduisant.

— Pourquoi me demandez-vous ça ?

— Quoi ? Oh...

Elle éclata de rire.

— Navrée : j'aurais dû mieux me présenter. Je suis la propriétaire.

— Alors, vous avez accès à toutes les bonnes choses !

Elle jeta un coup d'œil par-dessus son épaule et baissa la voix.

— Si vous voulez tout savoir, je peux vous obtenir un nouveau pain de savon au lait de chèvre n'importe quand.

— C'est ce que j'appelle le pouvoir !

— J'essaye d'en user avec sagesse. D'ailleurs, puisque j'ai accès à tous les menus à l'avance, je peux aussi vous dire que la soirée Snacks et Vin d'aujourd'hui vous réserve des délices. Nous proposerons des bouchées aux macaronis et fromage fondu, accompagnées d'une assiette de crudités – parce qu'il faut manger équilibré.

— Je ne pense pas avoir jamais mangé de pâtes au fromage en version bouchées.

— Raison de plus pour en essayer une. Ou vingt. Elles sont assez addictives. Bien sûr, tous les plats que nous proposons sont exceptionnels ; et je dis uniquement ça parce que Ursula, notre cuisinière, est la meilleure de toute la vallée.

Micah se fendit d'un demi-sourire.

— Ursula ? Comme la sorcière de *La Petite Sirène* ?

— Non, et par pitié, ne parlez pas de ce dessin animé devant elle. Elle n'apprécie pas d'avoir un nom de méchante…

Elle s'interrompit un instant avant de conclure :

— Bref, rejoignez-nous au salon commun entre 17 et 19 heures. Je vous promets que vous serez abasourdi.

— Je croyais que c'était la *soirée* Snacks et Vin, dit-il d'un air malicieux.

— C'est vrai, mais vous devriez tout de même venir.

Avec moi, pour un rendez-vous. On pourrait apprendre à mieux se connaître et…

Une fois de plus, Dena dut chasser ses pensées indisciplinées. Il allait falloir qu'elle se replonge dans ses livres de grossesse, pour voir si ce genre de problèmes était dû aux hormones.

Sur un rapide signe de la main, elle abandonna Micah et monta à son appartement. Quand elle fut en sécurité chez elle, elle prit le temps de poser son sac à main sur le guéridon de l'entrée et se demanda un instant pourquoi les hommes comme Micah n'apparaissaient jamais sur les sites de rencontre – en tout cas, pas à l'époque où elle cherchait encore l'âme sœur. Si elle avait vu s'afficher sa photo sur son téléphone, elle aurait accepté de le rencontrer sans la moindre hésitation.

D'un autre côté, elle était si ordinaire qu'il n'aurait sans doute même pas regardé son profil et l'aurait encore moins invitée à sortir. Malheureusement.

Elle plaqua en douceur sa paume contre son ventre.

— Ne t'inquiète pas, mon petit haricot, dit-elle à son futur bébé. Je ne cherche pas d'homme. Tu es tout ce dont j'ai besoin, dans ma vie. Et je te le dis avec tendresse, pas pour te mettre la pression.

Toby manipulait avec soin le crochet permettant de passer la laine autour des picots de son tricotin circulaire – une récente acquisition dénichée dans la boutique de loisirs créatifs du centre-ville. Le projet de l'école commencerait dans une semaine et il voulait se familiariser avec la méthode afin de pouvoir donner des conseils aux enfants. L'un des avantages à être le patron de son entreprise, songea-t-il, amusé, c'était qu'il pouvait se permettre de faire une pause tricot en plein après-midi sans que personne le rappelle à l'ordre…

Satisfait des trois premiers rangs qu'il venait de terminer, il rangea le tricotin dans l'un des tiroirs de son bureau. Il l'emporterait à la maison pour s'entraîner encore un peu pendant le week-end. Harrison souhaitait aussi apprendre à s'en servir, voire réaliser un ou deux bonnets avant le début officiel du projet. Son fils tenait à ce que l'œuvre de charité de cette année soit la meilleure que l'école ait jamais accomplie.

Décidément, ce petit bonhomme avait un grand cœur,

songea Toby en remuant sa souris pour rallumer l'écran de son ordinateur. Il était doux, attentionné et amical avec tout le monde. Au vu du patrimoine génétique familial, il avait eu de la chance. Les choses auraient pu être bien différentes, pour Toby comme pour son fils.

Il tenta de relire le tableau de chiffres affiché sur son écran, mais son esprit se mit très vite à vagabonder dans le passé. Sans doute à cause de ce que Dena lui avait dit au sujet de Reggie. Ainsi, elle était de retour en ville… Cela faisait des années qu'il n'avait pas pensé à elle ; mais son nom ne le quittait plus depuis deux jours, réveillant sur son passage un grand nombre de choses qu'il avait tenté d'oublier depuis longtemps.

Le père de Toby avait été un alcoolique, particulièrement violent quand il buvait et à peine moins méchant quand il était sobre. À cause de lui, Toby avait vécu une adolescence difficile, ne se sentant vraiment en sécurité et à son aise que sur le terrain de football du lycée. Les études ne l'avaient pas intéressé et il n'aimait pas suivre les règles. S'il avait vécu dans une ville assez grande pour accueillir de vrais voyous, il aurait sans doute fini par trouver sa place parmi eux. Mais, à Wishing Tree, il n'y avait pas réellement de sales gosses – ce qui n'avait pas empêché Toby de se forger une réputation peu flatteuse.

Reggie avait été l'une des seules personnes à ignorer les ragots qui couraient sur lui. Il se souvenait encore du choc qu'il avait éprouvé quand elle était venue l'aborder près des casiers du vestiaire. Elle portait son uniforme de pom-pom girl, avec sa jupe courte et son maillot moulant. À l'époque, elle affectionnait les queues-de-cheval hautes, qui rebondissaient au moindre de ses pas. Elle était en seconde, et lui en première. Elle s'était campée devant lui, l'avait regardé droit dans les yeux et avait déclaré :

— Tu devrais me proposer de sortir avec toi, un de ces quatre.

Une phrase unique, qui avait bouleversé son existence et semé le trouble en lui. Il n'avait pas été capable de lui répondre. Ou de bouger. Il s'était contenté de la dévisager jusqu'à ce qu'elle lui sourie et s'en aille, sa jupe se soulevant au gré de l'ondulation de ses hanches et sa queue-de-cheval dansant sur sa nuque.

Un peu plus tard dans la journée, Toby était sorti de son entraînement de football à peu près à l'heure où elle terminait sa répétition avec l'équipe des pom-pom girls. Ils s'étaient rejoints de part et d'autre de la barrière qui coupait le terrain en deux, comme si la gravité les y avait guidés. Toby avait fait de son mieux pour paraître détendu, mais il savait qu'il avait échoué. Il avait toutefois réussi à trouver le courage de lui proposer une sortie, le samedi suivant.

« J'adorerais, avait-elle dit.

— Tes parents ne vont pas protester ? »

Elle avait penché la tête sur le côté, songeuse.

« Ils n'approuveront sans doute pas, mais ils ne m'empêcheront pas de te voir. Ils me diront juste de faire attention. »

Elle avait alors tourné les talons avant de se raviser et d'ajouter avec un sourire :

« Tu viendras me chercher chez moi, et tu rencontreras mon père. Ne t'en fais pas, il n'est pas aussi méchant qu'il en a l'air. Contente-toi de faire preuve de respect. Promets-lui que tu ne boiras pas, que tu conduiras prudemment et que tu me ramèneras cinq minutes avant l'heure limite.

— Ça fait beaucoup de règles à respecter, et je n'aime pas vraiment ça... »

Le sourire de Reggie n'avait pas faibli.

« Tu n'es pas aussi mauvais que tu veux le faire croire, Toby Newkirk. Tu fais comme si c'était dans ta nature de ne jamais obéir à ce qu'on te dit ; mais en fait tu attends simplement de rencontrer quelqu'un qui t'aimera assez pour te remettre dans le droit chemin. Et, ce quelqu'un, c'est moi. »

Sur ce, elle s'était éloignée, pour la seconde fois de la journée. Le samedi, Toby était arrivé chez elle à l'heure, il avait subi un interrogatoire interminable de la part de son père et avait raccompagné Reggie *dix* bonnes minutes avant la limite donnée par ses parents.

C'était ainsi que tout avait commencé. Pendant l'année qui avait suivi, ils avaient été inséparables. La simple attirance s'était transformée en amour sincère et, à la fin de la terminale de Toby, Reggie était devenue la seule personne vers qui il se tournait quand la situation chez lui se faisait vraiment grave – et quand il devait cacher les traces laissées par les coups de son père.

Hélas, leur histoire s'était terminée d'un seul coup, juste après leur bal de promo. Le temps avait peut-être adouci la douleur de leur dernière conversation, mais pas les regrets de Toby pour le rôle qu'il avait joué dans cette histoire. Il avait blessé Reggie. Elle considérait même qu'il l'avait trahie, et le fait que cela ait été involontaire n'y changeait rien. Pas pour elle, en tout cas. Évidemment, aujourd'hui, elle devait s'en moquer…

Mais à l'époque les choses avaient été différentes. Toby revoyait encore son visage inondé de larmes quand elle lui avait annoncé que tout était fini entre eux. Deux jours plus tard, son père l'avait réveillé en sursaut à grands coups de batte de base-ball. Toby avait réussi à lui asséner quelques crochets bien placés, juste assez pour s'enfuir. Il avait compris que son père le tuerait s'il restait plus longtemps, et il avait quitté la maison, ainsi que la ville, pensant ne plus jamais y revenir. Il avait été très en colère, et avait souffert tant physiquement qu'émotionnellement. Tout cela lui avait donné ce courage stupide des ados qui pensent tout connaître du monde.

Près de douze ans plus tard, il était de retour à la case départ. Plus vieux, plus mûr, et capable de discerner ce qui était réellement important.

Il jeta un rapide coup d'œil à sa pendule, puis se leva et s'étira. Harrison avait l'habitude de passer à la boutique en rentrant de l'école et Toby allait prendre quelques minutes pour discuter avec lui, comme il le faisait toujours.

Le siège social des Tourtes de Judy, Inc. était situé dans la banlieue de Seattle. Toby s'y rendait toutes les trois ou quatre semaines pour discuter avec son conseil d'administration. Le reste du temps, il travaillait à distance depuis Wishing Tree. Son bureau du premier étage était suffisamment grand pour lui et il aimait cette sensation de se trouver au cœur de la ville.

Le rez-de-chaussée du bâtiment était occupé par la succursale locale des Tourtes de Judy : boutique, cuisine expérimentale et, l'été, terrasse privée. Il descendit de son bureau et traversa la cuisine. Derrière le comptoir, Shaye Harper était en train de servir une cliente.

Toby reconnut immédiatement son ancienne prof de chimie.

— Bonjour, madame LaBella, lança-t-il. J'espère que vous allez bien !

— Oui, comme toujours, merci. Ma fille et sa famille viennent passer le week-end à la maison, je vais donc avoir besoin d'un stock de tourtes pour nourrir tout ce petit monde…

Mme LaBella n'avait pas apprécié Toby, quand elle l'avait eu comme élève. Mais elle avait compris très tôt qu'il était capable de réussir, s'il s'en donnait la peine. Ce qu'il avait obstinément refusé de faire, bien sûr, jusqu'à ce que Reggie lui dise à quel point ses D- la décevaient. Pour lui faire plaisir, il s'était arrangé pour récolter des C dans tous ses cours au trimestre suivant, sauf en algèbre, où il avait par mégarde décroché un B.

L'un des inconvénients de la vie dans les petites villes était que l'on finissait par connaître tout le monde. Quand Toby était revenu s'installer à Wishing Tree, Mme LaBella avait été de ceux qui l'avaient accueilli avec une moue soupçonneuse et un regard hautain. Mais, avec le temps, elle s'était adoucie. Pas grâce à lui, s'il devait être honnête, mais grâce à Harrison.

Son ancienne prof récupéra sa commande et quitta le magasin. Shaye attendit que la porte se soit refermée sur elle avant de déclarer :

— Franchement, je ne comprends pas les clients... Les tourtes de saison se vendent comme des petits pains, mais il s'agit de dinde, de farce et de légumes, exactement ce que nous allons tous manger la semaine prochaine pour Thanksgiving ! Pourquoi les gens les achètent-ils, alors qu'ils vont avoir le même menu dans quelques jours à peine ?

Toby attrapa une des tourtes lui-même.

— Je suppose que c'est de l'anticipation. C'est une manière de se mettre dans l'ambiance avec un peu d'avance. Nous allons garder la recette de saison en boutique jusqu'à dimanche, puis nous la retirerons et nous ne la reproposerons que deux semaines avant Noël.

— La vente de détail est un métier bizarre.

— C'est une question de gestion d'inventaires et de satisfaction des désirs immédiats du client.

Shaye, sa nouvelle employée, récemment arrivée en ville, sourit.

— Tu crois qu'on va m'apprendre tout ça en cours de marketing, au semestre prochain ?

— Sans doute, mais ils n'emploieront pas les mêmes mots pour te l'expliquer.

Il partagea sa tourte en deux et en tendit la moitié à la jeune femme. Tandis qu'elle prenait sa part, sa bague de fiançailles brilla dans un rayon de soleil. Shaye ne s'était pas contentée d'emménager en ville, elle y avait aussi trouvé l'amour en la personne de Lawson Easley, un soldat fraîchement démobilisé.

Elle grignota sa tourte du bout des dents.

— J'avoue que la recette est bonne, admit-elle au bout d'un moment, mais je ne comprends toujours pas pourquoi les gens se ruent sur une farce à la dinde, une semaine avant Thanksgiving.

— Et pourtant...

— Si je suis ton raisonnement, pourquoi ne proposerait-on pas une tourte saveur hot-dog juste avant le Memorial Day ?

Toby gloussa.

— On a essayé, mais les saveurs n'étaient pas au point.

— Tu ne dois pas utiliser la bonne sauce.

— Peut-être.

La porte de la boutique s'ouvrit d'un seul coup et Harrison entra en trombe, suivi de près par son arrière-grand-mère. Il abandonna son sac et contourna le comptoir pour embrasser son père.

— Salut, papa ! C'était super, à l'école, aujourd'hui ! J'ai eu un A en maths et Mme Somerville a dit que nous avions presque tous les parents qu'il nous faut pour aider le groupe de tricot. Elle dit que beaucoup de gens l'appellent pour participer.

Toby sourit, puis chassa d'un geste les mèches rebelles qui tombaient sur le front de son fils.

— Il va falloir qu'on te recoupe les cheveux, mon grand.

Harrison grimaça.

— Non, pas tout de suite ! C'est trop tôt.

Il s'écarta de son père et alla saluer Shaye avant de s'approcher de l'étalage.

— Est-ce que je peux avoir une tourte, s'il te plaît ? demanda-t-il.

— Bien sûr, répondit Toby. Shaye va te servir.

— Il est tellement poli, gloussa grand-mère Judy. Tu n'étais pas comme ça, à son âge…

— Non, j'étais bien trop occupé à m'attirer des ennuis.

Il fit de son mieux pour paraître détendu et rieur, tout en examinant sa grand-mère de près. À une époque, il avait été convaincu qu'il ne remettrait jamais les pieds à Wishing Tree ; mais après la mort du père de Toby Judy avait vieilli de dix ans en quelques jours à peine. Il avait soudain eu peur de la laisser seule et avait su qu'il ne pouvait pas lui demander de quitter la ville dans laquelle elle avait toujours vécu. Il était donc venu la rejoindre. Il lui avait fallu six mois pour déménager le siège social de son entreprise, auparavant installé à Austin.

Il avait ensuite acheté une grande maison, près du parc des Lampions, dans une impasse calme et reposante. Harrison profitait désormais du jardin, dans lequel il jouait avec quelques enfants du voisinage. Le centre-ville n'était qu'à une dizaine de minutes de chez eux en voiture, et l'école se trouvait juste un peu plus au sud.

Son fils, penché sur l'étal, choisit une tourte de saison, s'attirant un soupir amusé de la part de Shaye. Il s'assit à l'une des tables pour manger, tandis que Toby lui apportait une petite brique de lait pour accompagner son goûter. Judy attendit patiemment qu'il ait terminé avant de le reconduire à la porte.

— On se retrouve à la maison, lança-t-elle au moment de sortir.

— Je serai rentré pour 17 heures.

Il les regarda monter dans la petite voiture de Judy, puis aperçut la silhouette d'une femme en train de promener son chien, de l'autre côté de la Couronne. L'animal attira d'abord son attention : c'était un danois massif au poil gris sombre, vêtu d'un pull en laine bleu et vert. Le chien et sa tenue étaient assez étranges pour éveiller sa curiosité, mais quand son regard passa à la femme il sentit son cœur s'arrêter.

Il reconnaissait ce pas léger, bondissant. Les longs cheveux châtains avaient été coupés au carré et l'uniforme de pom-pom girl avait fait place à un jean et une veste, mais son identité ne faisait aucun doute. Toby était face à une version plus âgée de l'adolescente à laquelle il avait offert son cœur, autrefois... Elle avait été son premier amour, la première fille avec qui il avait couché ; bref, la première en tout. Et, comme Dena le lui avait annoncé, Reggie était bel et bien de retour !

5

Micah avait espéré que Wishing Tree serait un peu plus festive, à l'approche de Noël. Hélas, pendant sa longue promenade du samedi matin, il n'avait rien vu de plus dans les jardins qu'un florilège de décorations de Thanksgiving. Partout, il n'y avait que citrouilles, couronnes de blé et Pères pèlerins ; mais pas le moindre lutin ou bonhomme de neige.

Steve lui avait promis que l'ambiance changerait le vendredi suivant, et qu'il serait alors entouré de guirlandes et de sapins. Pourvu que ce soit vrai : Micah avait bien besoin d'un peu d'inspiration. Pour l'instant, ses tentatives pour composer une chanson d'amour thématique se soldaient toutes par un échec cuisant. Il n'avait pas réussi à aligner trois accords, et le refrain le plus entraînant qu'il eût trouvé était « Je t'aime au matin de Noël ». Pas de quoi lui assurer un Grammy…

Il se tint un instant au milieu de ce qui faisait office de place, au centre-ville. L'espace était arrondi et quelqu'un, au B&B, lui avait expliqué qu'on appelait cet endroit la Couronne. La place ouverte et circulaire avait la taille idéale pour accueillir fêtes et marchés, ou même un sapin de Noël géant. Des boutiques l'entouraient de tous côtés. Micah aperçut deux restaurants, une animalerie, un magasin baptisé On Emballe Toute l'Année et, plus important à ses yeux : un coffee shop.

Il passa la porte du Jingle Coffee et rejoignit la file d'attente. La salle était remplie et accueillante, et on y trouvait toutes sortes de tasses et mugs à vendre. Un groupe de gamins était rassemblé autour de ce qui ressemblait à un distributeur de chocolat chaud.

Quand son tour arriva, Micah commanda un grand café noir à emporter et se dirigea vers la porte. Il s'arrêta un instant en passant devant le grand panneau d'affichage, accroché au mur du fond. Un calendrier annonçait les événements de la ville jusqu'au nouvel an, et des gens avaient punaisé des petites annonces tout autour. Quelqu'un vendait une maison de rêve Barbie « d'occasion, mais pas abîmée ». Une autre personne avait trouvé une dent de grand requin blanc passée sur une chaîne près de la librairie.

Un message rappelait aussi l'importance de la prochaine chute de neige, et expliquait qu'elle devrait durer quinze minutes et laisser le sol blanc pour être considérée comme telle. Lorsque ce moment arriverait, les cloches et les alarmes de la ville résonneraient et tous les résidents intéressés seraient invités à rejoindre la Couronne pour participer à la fête.

— Ces gens ont vraiment besoin d'un peu d'action, dans leur vie, murmura Micah par-devers lui.

Il lut un autre message. Le calendrier de l'Avent municipal allait être inauguré le 1er décembre, comme chaque année. On précisait que la participation des habitants était fortement encouragée, en particulier pour les activités quotidiennes d'aide aux voisins.

Micah ressortit enfin, songeant que le quotidien des petites villes était décidément bien différent de ce qu'il connaissait à Los Angeles. Non qu'il eût encore une vie en Californie – il n'avait pas remis les pieds dans sa maison depuis plus d'un an. Depuis la mort d'Adriana et du bébé. Après l'accident, il avait d'abord passé deux semaines à l'hôpital, puis quatre mois dans un centre de rééducation pour réapprendre à marcher et à s'habiller seul. Dès sa sortie, il était parti en Australie pendant un mois, espérant qu'un changement de décor lui ferait du bien, mais cela n'avait pas fonctionné. Depuis, il allait d'un endroit à l'autre, reprenant sans cesse sa route en quête d'une chose qu'il n'arrivait pas vraiment à définir. D'ailleurs, comment la trouver, s'il ne savait pas ce que c'était ?

Après avoir quitté le Jingle Coffee, il longea lentement les vitrines des boutiques pour jeter des coups d'œil à l'intérieur. Il fut obligé de contourner deux femmes qui discutaient près de poussettes – un rappel bien amer. Si ce chauffard ivre avait tourné à gauche plutôt qu'à droite, Adriana et lui s'apprêteraient à passer leur premier Noël en famille avec leur bébé de huit mois… Au lieu de cela, Micah se retrouvait seul avec son cœur en lambeaux et assez de souvenirs douloureux pour se sentir écrasé sous leur poids.

Il termina son café d'une traite et jeta le gobelet dans une poubelle de tri. La journée était belle et ensoleillée, mais particulièrement froide. Sa veste trop fine ne suffisait pas à le réchauffer. Dès son retour au B&B, il commanderait en ligne un manteau plus adapté et se le ferait livrer en colis express. Peut-être pourrait-il prendre aussi une ou deux chemises en flanelle à carreaux, tant qu'il y était.

Il gloussait, amusé par l'idée de posséder une chemise de bûcheron, quand son téléphone sonna. Il répondit immédiatement, sans vérifier l'identité de son correspondant, puis regretta son geste dès qu'il entendit une voix familière demander :

— Qu'est-ce qu'il y a de si drôle ?

— Salut, Electra.

— Tu ne veux pas me dire ?

— Ce serait trop long à expliquer, répondit-il.

Un soupir résonna dans l'écouteur.

— Je vois que tu continues avec tes petits caprices... Micah, tu as des problèmes et je t'ai déjà donné la solution. Rentre à Los Angeles, c'est ta place. Je sais que ta maison de Malibu renferme bien trop de souvenirs, donc je suis prête à t'aider à la vendre. Tu pourrais acheter quelque chose d'autre, sur Venice Beach ou Hermosa Beach. Et, si tu ne veux plus vivre en front de mer, il y a aussi des villas magnifiques dans les collines de Hollywood.

— Est-ce que tu m'as appelé pour jouer les agents immobiliers ?

— Non, répliqua Electra. Je t'appelle au sujet de l'émission de variétés. Je veux m'assurer que tu ne vas pas me faire faux bond. Tu es d'une humeur étrange, ces derniers temps, ça te rend imprévisible.

D'une humeur étrange ? Il avait perdu sa famille ! Ce n'était pas vraiment une question d'humeur... Il préféra se taire. Electra avait le don de retourner chaque conversation à son avantage et, s'il n'y prenait garde, *il* finirait par s'excuser pour des torts imaginaires – simplement parce qu'elle était meilleure manipulatrice que lui.

— Je serai là, promit-il. Ne t'en fais pas : je vais la faire, ton émission.

— Et tu chanteras *Moonlight for Christmas* ?

— Oui.

— Le public adore cette chanson, tu sais. Je pense qu'on devrait en enregistrer une nouvelle version. J'en ai déjà parlé à Billy. On pourrait peut-être réserver le studio pour les prochains jours et y travailler ensemble.

— Je ne rentrerai que pour l'émission, pas avant, coupa Micah.

— Pourquoi ? Après avoir enregistré notre nouvelle

version, on pourrait partir quelque part ensemble pour écrire. Je sais que tu n'as rien composé depuis des mois, Micah. Tu as besoin de moi.

Il avait certes besoin de beaucoup de choses, ces temps-ci ; par exemple, reprendre le cours de sa vie, ou dormir une nuit entière sans faire de cauchemars. Il avait besoin de retrouver la petite voix intérieure qui lui soufflait des paroles et des mélodies. Mais il n'avait certainement pas besoin de passer du temps avec son ex-femme – pas même cinq minutes !

— Non merci, dit-il en faisant de son mieux pour ne pas paraître trop sec. Je vais m'en sortir seul.

— Quelle tête de mule ! Très bien. On se retrouve dans quelques semaines.

— Parfait.

Elle raccrocha sans même lui dire au revoir, comme à son habitude. Micah fourra de nouveau son téléphone dans la poche de son jean et reprit le chemin du B&B. Hélas, cette conversation était venue à bout de sa bonne humeur. Electra était tellement douée pour aspirer la joie des autres et gâcher même les meilleurs moments... Il s'étonnait encore que, vingt ans plus tôt, cette femme lui fût apparue comme la créature la plus excitante de la planète. Bien sûr, il était encore un gosse, à l'époque ; il ne savait rien du monde.

Il bifurqua sur Grand Avenue, puis Jolly Street, et tourna sur sa droite. Le B&B se dressait au milieu d'une rangée de maisons victoriennes, et c'était de loin la demeure la plus imposante. Instinctivement, Micah voulut contourner le bâtiment pour rejoindre sa suite mais, au dernier moment, il grimpa les marches de l'entrée principale pour se mettre en quête d'une seconde tasse de café – voire de restes du petit déjeuner.

Il passa la porte du salon commun et fut accueilli par

une agréable chaleur, le parfum d'un bon feu de bois et la voix de Dolly Parton qui chantait *With Bells On*. Sa voisine du dessus – Dena, si ses souvenirs étaient bons – était perchée sur un escabeau, un chiffon à la main pour dépoussiérer l'immense miroir qui trônait au-dessus de la cheminée.

Ses longs cheveux châtains étaient tressés et retombaient jusqu'au milieu de son dos. Elle portait un T-shirt des Cougars de l'université de Washington sur un simple jean. Quand elle vit Micah dans le miroir, elle sourit et descendit de son perchoir pour se précipiter vers un interrupteur, au coin du mur. Dolly se tut immédiatement.

— Désolée, dit Dena, toujours souriante. Je me suis assurée que tous les clients étaient sortis avant de mettre la musique à fond. Tout le monde n'apprécie pas mes goûts...

— Dolly Parton est une icône.

— Oui, mais vous n'imaginez pas combien de personnes haïssent la country. Surtout les vieux standards. Les gens trouvent ça trop nasillard.

— Mais vous aimez ?

— Oh oui ! Ma petite sœur a toujours trouvé ça humiliant, ce qui ajoutait à mon plaisir. Vous êtes-vous promené en ville ?

— Oui. Le centre est très vivant.

Micah remarqua soudain que Dena avait des taches de rousseur. Et de grands yeux. Elle ne portait ni maquillage ni bijoux, et de toute évidence ne s'était pas habillée dans le but d'impressionner ses clients.

Elle sourit de nouveau.

— Je ne suis pas certaine qu'on puisse qualifier le centre-ville de Wishing Tree de très « vivant », mais les résidents aiment bien se promener, le samedi matin.

Elle s'interrompit le temps de l'examiner de plus près.

— Vous avez l'air frigorifié. Souhaitez-vous une tasse de café ? Nous avons aussi des scones.

— C'est exactement ce que j'espérais trouver ici.

— Parfait !

Une fois de plus, le visage de Dena s'illumina.

— Je pense que je vais faire une petite pause dans mon ménage. Les scones d'Ursula sont exceptionnellement bons, ce matin.

Il la suivit dans la grande salle à manger. Une dizaine de tables occupaient l'espace. Certaines étaient dressées pour deux, d'autres pour six ou huit convives. La pièce était percée de hautes fenêtres. Il y avait plusieurs buffets et huches le long des murs lambrissés et peints en blanc crème.

Dena passa dans la cuisine attenante, se lava les mains et revint bien vite avec une assiette de scones. Elle la déposa sur l'une des plus grandes tables avant d'aller remplir une tasse de café pour Micah.

— Comment le prenez-vous ? demanda-t-elle.

— Noir.

Elle servit Micah, puis remplit une tasse d'eau chaude dans laquelle elle trempa un sachet de thé avant de s'asseoir. Micah l'imita, préférant s'installer à côté d'elle plutôt qu'en face.

Il remarqua bien vite qu'elle semblait s'intéresser davantage à sa tasse de café qu'à lui. Un peu troublant, mais pas gênant. Sans doute ne savait-elle pas qui il était – cela lui arrivait, de temps à autre.

— Ursula fait le meilleur café du coin, murmura-t-elle d'un air de regret.

— Vous n'en buvez pas ?

— Je réduis ma consommation, répondit-elle avec un nouveau petit sourire. Mais rien ne m'empêche de manger ses scones, donc tout n'est pas perdu ! De toute manière, j'ai brûlé assez de calories comme ça, avec mon ménage.

Elle coupa le scone aux myrtilles en deux, dans son assiette.

— Le personnel de ménage s'occupe des zones communes tous les jours, mais j'essaye d'aider en passant un grand coup de chiffon une fois par semaine, expliqua-t-elle. Ça me permet de penser un peu et, s'il n'y a personne dans la maison, d'écouter de la musique.

— Dolly Parton et d'autres chanteurs nasillards ?

Elle éclata de rire.

— Exactement. Ça me détend après mon autre travail de la semaine.

Micah mordit dans son scone, sans la quitter des yeux.

— Attendez... Vous m'avez dit que vous êtes la propriétaire de ce B&B. Avez-vous vraiment un autre boulot *en plus* ?

— Oui. Je suis institutrice. J'ai hérité du B&B à la mort de ma grand-mère Regina, il y a quelques années. Winona, ma gérante, fait tourner la boutique, et je lui donne un coup de main quand je peux. J'ai aussi quelques avantages, par exemple celui de valider tous les menus.

— Vous avez l'air bien occupée.

— Je ne supporterais pas de rester assise toute la journée, sans rien à faire.

Micah porta sa tasse de café à ses lèvres et songea que c'était exactement ce qu'il faisait, ces temps-ci. Il n'écrivait pas, ne donnait pas de concerts et n'avait pas de boulot « pour donner un coup de main », le week-end. Face à une femme comme Dena, il se sentit soudain assez inutile.

— Dans ce cas, vous savez sans doute quel snack sera servi ce soir, plaisanta-t-il.

— Bien sûr ! Ce sont des mini-pizzas. Je sais que

ça n'a pas l'air exceptionnel, comme ça, mais ça l'est. Ursula fait une pâte à pizza délicieuse et prépare sa sauce elle-même. Il y aura plusieurs garnitures, évidemment : fromage, pepperoni et champignons.

Elle ravala sa salive et rit de nouveau.

— Le simple fait d'y penser me met l'eau à la bouche. Vous devriez vraiment venir les goûter, ce soir.

— Comment savez-vous que je ne viens pas *tous* les soirs ?

— Parce que j'y suis presque toujours, et je ne vous ai pas vu. Et puis, on me dresse chaque jour une liste des clients qui ont fait une apparition la veille ou pas.

— Vous surveillez vos hôtes ?

— Je tiens juste à m'assurer que tout le monde passe un bon moment ici. Nous envoyons des questionnaires après chaque séjour, pour demander aux gens ce qu'ils ont aimé ou pas. Si la soirée Snacks et Vin ne leur correspond pas, c'est leur droit ; mais, s'ils n'aiment pas le menu, l'ambiance, la musique ou la sélection de vins, je dois le savoir pour améliorer les choses.

Elle paraissait sincère, comme si elle pensait vraiment ce qu'elle lui disait. C'était le cas de la plupart des gens, se rappela-t-il. Presque tout le monde cherchait à faire du bon boulot pour satisfaire les attentes des autres. Lui-même adorait avoir des retours de fans, savoir que telle chanson avait ému quelqu'un ou avait été jouée à un mariage. Il avait besoin de sentir que sa musique tenait une place importante dans la vie d'autres personnes.

— Vous êtes une bonne propriétaire, dit-il d'un ton léger.

— Je l'espère. J'apprends encore. Winona est ici depuis près de dix ans et je m'appuie beaucoup sur elle. Alors, viendrez-vous aux Snacks et Vin, ce soir ? Nous allons proposer un bon petit cabernet du domaine Painted

Moon. Tous les vins que nous servons proviennent de l'État de Washington.

— Vous achetez local... Très bien : on se reverra à 17 heures.

Elle secoua la tête.

— Hélas, je ne serai pas présente, ce soir. J'aurais aimé pouvoir me libérer, mais ma sœur Reggie est en ville pour les fêtes et j'ai promis de la retrouver avec quelques amies. Un genre de soirée filles à Holiday Spirits. C'est un bar, sur la Couronne.

— Le retour de votre sœur est-il une bonne ou une mauvaise chose ?

Son sourire étincelant l'aveugla presque.

— C'est une très bonne chose. Nous sommes vraiment proches, mais ça fait presque un an qu'elle évite Wishing Tree. Elle a traversé une rupture très douloureuse à Thanksgiving, l'an dernier. Le type avec qui elle sortait l'a demandée en mariage le vendredi, a fait la fête avec elle le samedi et l'a plaquée le dimanche. Si j'avais été un grand gars costaud, je lui aurais refait le portrait !

— Vous n'avez pourtant pas l'air violente...

— En général, non. Mais, là, les circonstances étaient particulières.

— Je suis sûr que n'importe quel juge ou jury aurait été de votre avis.

Elle éclata de rire.

— Je sais qu'il ne faut pas faire de mal aux autres, mais ce type m'a mise hors de moi. Franchement, *qui* fait une chose pareille ? Si vous voulez mon avis...

Elle s'interrompit soudain et le dévisagea.

— Navrée. Je parle, je parle et vous avez été très poli de m'écouter jusque-là. Je vais vous laisser profiter de votre fin de matinée pendant que je retourne à mon ménage.

— Et à Dolly, ajouta-t-il avec un clin d'œil.

— Oui, à Dolly.

Elle se leva, ramassa leurs assiettes vides et sa tasse de thé, puis les rapporta en cuisine. Micah resta encore assis pendant quelques minutes. Quand la musique se fit de nouveau entendre, il ne put retenir un petit sourire. Finalement, après les dernières notes de la chanson, il sortit par une porte de côté, traversa la cour en direction de la charreterie et s'enferma dans sa suite. Il attrapa sa guitare, un bloc-notes, s'assit sur le canapé et attendit l'inspiration.

Deux heures plus tard, tout ce qu'il avait griffonné sur la page était raturé et il n'avait toujours pas trouvé le moindre fragment de mélodie valable. Il avait espéré que Wishing Tree réveillerait sa créativité, mais pour l'instant la magie légendaire de la ville n'avait pas fait effet. D'ailleurs, y avait-il vraiment quoi que ce soit de spécial, ici ? Si c'était le cas, cela voulait dire que le problème ne venait pas de cet endroit, mais bien de lui.

Reggie frissonna dans l'air froid. À cette période de l'année, le soleil commençait à se coucher juste après 16 heures et, trois heures plus tard, la température avait déjà sérieusement chuté. La jeune femme était emmitouflée dans une écharpe, des gants et un bonnet, mais elle fut néanmoins gelée avant d'arriver sur la Couronne avec sa sœur.

— Comment peut-il faire aussi froid, sans le moindre flocon de neige en vue ? demanda Dena en riant, avant de pousser la porte de Holiday Spirits. Ce n'est pas normal.

— Le spectacle des étoiles devrait nous consoler un peu : le ciel est magnifique, ce soir.

La salle du bar était longue et étroite, dominée par un juke-box contre le mur du fond. De petites alcôves se succédaient le long du mur faisant face à un bar de six mètres de long. Le bois dominait le décor et la carte des boissons était particulièrement variée. Certes, on acceptait de vous servir un verre de vin ou une bière si vous insistiez, mais la spécialité de Holiday Spirits était les cocktails.

Les boissons du moment étaient affichées sur de grandes ardoises et, devant le long miroir du bar, tous les alcools imaginables s'alignaient sur des étagères. La plupart du temps, les snacks proposés étaient simplissimes, mais une ou deux fois par an le patron proposait un menu de dégustation de cocktails avec une boisson différente pour chacun des cinq plats. Une réservation et un chauffeur désigné étaient demandés pour ces soirées-là.

Reggie sourit en entrant dans la salle. Elle avait toujours apprécié cet endroit un peu snob, avec ses boissons sophistiquées. Adolescente, elle avait attendu impatiemment d'avoir l'âge pour s'y rendre. Elle y avait bu son premier verre d'alcool… hum… *légal,* le jour de ses vingt et un ans. Elle y avait ensuite passé quelques soirées en amoureux ; mais Holiday Spirits était surtout le grand rendez-vous des copines.

En parlant de copines, elle aperçut immédiatement Paisley, installée dans une des alcôves, qui leur faisait de grands signes de la main.

— Là-bas, dit-elle à sa sœur.

Paisley les rejoignit au milieu de la salle et les serra tour à tour dans ses bras.

— Tu es de retour ! s'écria-t-elle en lâchant Reggie. Comment va Belle ?

— Elle boude. Elle n'avait pas envie que je m'en aille, ce soir, alors maman l'a autorisée à se coucher dans le fauteuil inclinable en mon absence.

Bien enveloppée dans une couverture, songea-t-elle,

encore amusée par l'image de sa chienne, si confortablement installée pour la soirée.

— En tout cas, reprit Paisley, je suis contente de te voir. Arrête de partir sans cesse. Ça me rend triste.

Reggie éclata de rire.

— Tu sais que je vis à Seattle, n'est-ce pas ?

— Peut-être, mais je n'ai jamais approuvé ça !

Paisley était une magnifique blonde aux jambes interminables, futée et assez sarcastique pour retenir l'attention de n'importe qui. Elle se tourna soudain vers Dena.

— Comment te sens-tu ? J'ai pensé qu'on pourrait te laisser la chaise du bout, au cas où tu aurais besoin de courir aux toilettes pour… tu sais.

— Vomir ? suggéra Reggie avec un sourire.

Son amie grimaça.

— Ne prononce pas ce mot, s'il te plaît, tu vas me donner un haut-le-cœur.

Après avoir accroché leurs manteaux aux patères installées contre la cloison de leur alcôve, les deux sœurs se glissèrent à l'intérieur. Ce ne fut qu'à ce moment qu'elles remarquèrent la petite rousse assise au fond de la banquette. Celle-ci leur sourit timidement.

— Salut ! lança Reggie en lui tendant la main. Je crois qu'on ne se connaît pas. Je suis Reggie.

— Shaye, répondit la jeune femme.

Tout le monde s'assit, puis Paisley expliqua :

— Je t'ai déjà parlé de Shaye, au téléphone. Elle s'est installée en ville pendant l'été et elle s'est fiancée à Lawson Easley.

Pour preuve, Shaye montra la bague à son annulaire gauche.

— Tout ce qu'il y a de plus officiel, dit-elle.

— Félicitations, répondit Reggie. Paisley et ma sœur m'ont déjà raconté plein de bonnes choses sur toi.

— Merci de m'avoir invitée à passer la soirée avec vous.

— Tu es toujours la bienvenue, intervint Dena avant de soupirer. J'ai aussi essayé d'inviter Camryn, mais elle ne veut pas abandonner les jumelles.

Howard Troll, le patron du bar, s'approcha de leur table, interrompant la conversation.

— Que désirez-vous, mesdemoiselles ?

— Un coquito pour moi, annonça Paisley.

Reggie grimaça.

— Trop de noix de coco. Howard, ça fait des semaines que je rêve de ton saint-nicolas.

— Qu'est-ce que c'est ? demanda Shaye. Les cocktails ont des noms tellement bizarres, ici.

Dena soupira.

— Un saint-nicolas est un mélange de brandy, d'amaretto et de lait de poule, avec une boule de glace.

— C'est presque un repas dans un verre, gloussa Reggie. Essayes-en un, Shaye. Si tu n'aimes pas, je le finirai.

La jeune femme sourit.

— Pourquoi pas ? Ça a l'air bon.

Howard se tourna ensuite vers Dena, qui baissa la tête d'un air presque coupable.

— Un daiquiri à la fraise, sans alcool, s'il te plaît.

— Sans alcool ? demanda le patron d'un air offensé.

— Je suis enceinte.

Howard, qui approchait de la soixantaine, la dévisagea un instant avant de dire :

— Tu n'es pas mariée.

— Je sais. Je suis au courant.

Il se fendit d'un petit « tut-tut », puis nota leurs commandes.

— Les jeunes, de nos jours ! Va pour un daiquiri sans alcool.

Il se détourna, mais se ravisa au dernier moment.

— Est-ce que tu veux un bon sandwich à la dinde sur pain complet et un bol de salade, pour aller avec ?

Paisley ouvrit de grands yeux ébahis.

— Je croyais que tu détestais cuisiner, Howard !

— Nous devons prendre soin d'elle, c'est tout.

— Es-tu vraiment passé du blâme à la sollicitude en huit secondes ?

L'homme leur sourit.

— Je sais vivre avec mon temps.

— Merci, Howard, mais je me sens très bien, dit Dena avec douceur.

Quand le patron fut parti, Paisley se tourna vers Reggie et lui prit la main.

— Et toi, comment vas-tu ? Ça ne te fait rien, de revenir ? Est-ce que tu es nerveuse ? Tu as des flash-back ?

Reggie repensa à la journée qu'elle venait de passer.

— En fait, je n'ai pas quitté la maison depuis ce matin, donc ça va. Pas de nervosité ou de mauvais souvenirs.

Paisley se lança dans un résumé des déboires passés de Reggie, pour permettre à Shaye de suivre la conversation. Écoutant son amie parler, Reggie sonda son cœur à la recherche de la moindre trace de tristesse, mais la seule émotion qu'elle y trouva était le regret d'avoir perdu tant de temps à pleurer une relation qui n'avait clairement pas été faite pour durer.

— Je me sens tellement coupable, admit Paisley. C'est moi qui ai organisé la fête de fiançailles.

— Interdiction de t'en vouloir, coupa Reggie. Tu as fait ce qu'aurait fait n'importe quelle amie à ta place. Personne ne pouvait deviner que Jake agirait comme une ordure. Maintenant, tout est fini et j'ai tourné la page. La preuve : je suis enfin revenue à la maison. Donc, s'il vous plaît, les filles, arrêtons de parler de cette histoire une bonne fois pour toutes.

— Je suis bien d'accord, intervint Dena. Alors, quoi de neuf ?

— J'ai beaucoup de travail à l'hôtel, annonça Paisley avec un grand sourire. Plusieurs fêtes à organiser, autour de Noël, dont le mariage de vos parents. J'ai vraiment hâte !

— Nous allons essayer de ne pas trop te compliquer la vie, promit Reggie.

Paisley se tourna soudain vers Dena.

— Est-ce que tu lui as dit ?

Reggie se crispa d'un coup. Combien de « surprises » lui réservait-on encore pour son retour ?

— Oui, hier, répondit sa sœur avant de se tourner vers Shaye. Je sais que ça fait beaucoup d'infos d'un coup, pour toi, mais il y a ce type…

— Il y a toujours un type, gloussa la petite rousse.

— Reggie et lui sortaient ensemble au lycée.

Elles furent interrompues par le retour de Howard, qui leur apportait leurs boissons, ainsi qu'une petite assiette de fromages et de fruits.

— Pas de pâte molle, dit-il à Dena. C'est plus sain pour le bébé et toi.

— Merci, répondit-elle, clairement émue. Tu es vraiment gentil.

— Surtout, ne le répète à personne !

Paisley le suivit des yeux d'un air ébahi tandis qu'il retournait derrière le bar.

— Je ne l'ai encore jamais vu comme ça… C'est un peu flippant.

— Carrément, renchérit Reggie avant de lever son verre. Aux amis !

Elles trinquèrent, puis Shaye demanda avec curiosité :

— Alors, ce type ?

— Laissez-moi lui raconter, dit Reggie avant de

savourer une deuxième délicieuse gorgée de cocktail. Nous étions fous amoureux, au lycée, et puis nous avons rompu d'un coup. Il a quitté la ville quelques jours plus tard et personne ne l'a revu.

— Ensuite, il a créé la chaîne des Tourtes de Judy, ajouta Dena. Il a appelé les magasins comme ça en hommage à sa grand-mère.

Shaye ouvrit de grands yeux.

— *Mon* Toby ?

Cette fois, Reggie fut heureuse de constater que sa sœur et Paisley paraissaient aussi surprises qu'elle.

— Je veux dire... Je travaille pour lui, s'empressa de préciser Shaye.

— Ah, « mon Toby » dans ce sens-là, murmura Dena.

Paisley sirotait son verre d'un air songeur.

— Est-il célibataire ? Je demande ça pour une amie.

— À ma connaissance, oui.

Reggie donna un coup de coude à Paisley.

— Et sache que ton amie n'est pas intéressée !

— Je demandais peut-être pour Dena.

— Pas du tout.

Paisley la gratifia d'un sourire qui n'avait rien de repentant.

— En effet. Tu devrais recommencer à sortir avec lui. Tout le monde adore les amours de jeunesse qui se retrouvent des années plus tard... En plus, c'est bientôt Noël.

— De quoi je me mêle ?

— Ça veut dire « peut-être » ?

— Oui, Paisley. Toby et moi avons prévu de nous remettre ensemble. D'ailleurs, ça fait dix ans que je pleure dans mon oreiller en regardant sa photo. J'ai tellement hâte qu'on retombe amoureux, ça va être comme dans les films !

Son amie sourit de toutes ses dents.

— Le sarcasme te va bien.

Reggie leva une nouvelle fois son verre.

— Un grand classique, mais qui s'adapte à tout le monde.

Les quatre femmes éclatèrent de rire. Puis, quand le silence revint, Reggie se tourna vers sa sœur.

— Trouve un autre sujet de conversation, je t'en supplie.

Dena s'exécuta et mentionna le retard des premières neiges. Reggie se cala au fond de sa banquette et sirota son verre en silence. Si Paisley se moquait, c'était par amitié, et c'était ainsi qu'elle avait l'intention de le prendre. De plus, la présence de Toby en ville ne changeait rien pour elle. Elle ne l'avait pas vu depuis des années. Certes, ils avaient été inséparables pendant plus d'un an et il lui avait brisé le cœur, mais quelle importance ? Elle avait tourné la page depuis longtemps. Cet homme ne l'intéressait plus du tout. Point final.

Il serait sans doute instructif de voir à quel point il était différent de l'ado dont elle avait été désespérément amoureuse, autrefois, c'est sûr. Il avait été le centre de son univers pendant des mois, avant même leur premier baiser. Elle avait longtemps pensé qu'elle l'intéressait aussi, mais il ne lui avait jamais proposé de sortir avec lui. Finalement, à bout de patience, elle avait décidé de prendre le taureau par les cornes et de lui parler. N'était-ce pas le meilleur moyen d'obtenir ce qu'elle voulait ? Elle l'avait mis au défi de l'inviter et, pour son plus grand plaisir, sa tactique avait fonctionné.

Elle avait ensuite compris très vite que Toby n'était pas du genre à jouer avec les émotions des gens. Il avait toujours été très direct avec elle, disant ce qu'il pensait et faisant toujours ce qu'il promettait. Raison de plus pour ne pas lui pardonner ce qu'il avait fait, après qu'elle lui eut donné sa virginité.

Agacée par le tour que prenaient ses pensées, elle se concentra sur le présent. Toby et elle, c'était de l'histoire ancienne. Et pour ce qui était de sa curiosité, somme toute assez limitée, elle la réprimerait. Il n'y avait pas de place pour lui dans sa vie. Plus maintenant.

6

Dena quitta Holiday Spirits peu après 21 heures. Elle adorait sa sœur et ses amies, mais passer la soirée avec des gens qui boivent quand on n'a pas le droit de les imiter n'était finalement pas aussi amusant qu'elle l'avait espéré. Le plateau de fromages que Howard lui avait préparé était très vite devenu commun et avait été dévoré en moins de deux. Elle n'avait plus qu'une envie, maintenant : rentrer à la maison le plus rapidement possible et voir s'il restait des mini-pizzas avant d'aller se coucher. Ce n'était pas vraiment le samedi soir de ses rêves, mais elle s'en moquait. Ça lui convenait comme ça.

Elle sortit du bar et frissonna en sentant le froid l'envelopper. Heureusement, le B&B n'était pas loin. Elle pressa le pas et, très vite, put déverrouiller la porte de derrière pour se glisser dans la cuisine chauffée. Elle alluma le plafonnier, abandonna manteau, gants, bonnet et écharpe sur une chaise, avant de jeter un coup d'œil au contenu du frigo. Très vite, elle repéra avec satisfaction une boîte remplie de portions de pizzas. Il y en avait bien assez pour un repas complet. À côté se trouvait une salade fraîche déjà préparée assortie d'un petit mot qui disait « pour Dena ». Ursula la choyait, comme d'habitude…

Elle alluma le plus petit des deux fours. Les pizzas seraient sans doute plus longues à réchauffer de cette manière, mais la pâte ramollissait toujours quand on la passait au micro-ondes.

Elle avait à peine commencé à trier les différentes garnitures, essayant de faire la part des choses entre le nombre de pizzas qu'elle voulait manger et ce que son estomac pourrait supporter sans l'empêcher de dormir, quand un coup frappé à la porte la fit sursauter.

Elle fit volte-face et découvrit la silhouette d'un homme, dehors. En l'examinant plus en détail, elle reconnut sans peine Micah et s'empressa de lui ouvrir.

— Salut ! lança-t-il en tremblant dans le froid de la nuit.

D'une main il serrait le col de son manteau, et de l'autre il tenait une guitare.

— J'ai vu la cuisine s'allumer et je me suis demandé si je pouvais venir te demander une ou deux pizzas...

— Bien sûr, répondit-elle automatiquement.

Elle s'écarta pour le laisser passer, en faisant de son mieux pour ne pas saliver devant sa beauté stupéfiante. Ses cheveux bruns brillaient sous la lumière du plafonnier et ses grands yeux d'un bleu profond semblaient plus expressifs que jamais. Quant à sa bouche, charnue et sensuelle, elle avait un charme viril irrésistible.

— Dena ? demanda-t-il, d'un air soudain inquiet.

— Hmm ?

Oh ! bon sang ! Il l'avait surprise en train de le dévisager.

La honte lui monta aux joues et elle dut se détourner le temps de retrouver son calme. Qu'est-ce qui ne tournait pas rond, chez elle ? Pourquoi réagissait-elle comme une idiote ? De bonnes questions... Il allait falloir qu'elle prenne le temps d'y répondre, plus tard.

— Navrée, murmura-t-elle. Je me suis laissé emporter par mes pensées. Donc, des mini-pizzas. Il en reste beaucoup : viens choisir celles que tu veux et je les ferai réchauffer. J'ai aussi de la salade, du vin et de la bière.

Elle s'apprêtait à en dire plus, ou à lui demander pourquoi il avait une guitare, quand une nouvelle vague de nausée venue de nulle part lui monta à la gorge. Ce fut si soudain et si puissant qu'elle ne put la contrôler. Elle eut à peine le temps d'atteindre l'évier avant de rendre ce qu'elle avait bu et mangé quelques heures plus tôt.

Puis, tout aussi rapidement, son estomac se calma. La désagréable sensation de froid moite s'effaça, laissant place à une honte brûlante. Si elle ne s'était pas tenue devant l'évier, elle aurait presque été tentée de faire comme si rien ne s'était passé. Presque.

Elle se rinça avec soin, se lava les mains, puis prit une profonde inspiration. Qu'allait-elle bien pouvoir dire à son client ?

Si elle avait nourri le moindre espoir d'ignorer ces instants gênants, elle dut les abandonner en se retournant pour découvrir Micah exactement là où elle l'avait laissé. Il venait d'abandonner son manteau et sa guitare près d'une chaise. Son regard était troublé et interrogateur. Avec les sourcils froncés comme ça, il était encore plus beau que d'habitude.

— Tout va bien ? demanda-t-il d'une voix prudente.

— Très bien.

— Gastro ?

— Grossesse.

— Tu es enceinte ?

— Oui, soupira-t-elle en s'appuyant contre le plan de travail. De neuf semaines. J'avais prévu de garder le secret plus longtemps, mais c'est clairement impossible. Ça fait une semaine que les nausées ne me lâchent pas… Et pas seulement le matin. Ça me prend à longueur de journée, sans prévenir. Une fois que c'est passé, tout rentre dans l'ordre. J'arrive même à les contrôler, parfois, mais pas ce soir, de toute évidence. Je suis vraiment désolée…

Il la dévisageait sans ciller. À quoi pensait-il ? Sans doute n'était-il pas en train de l'admirer – pas après l'avoir vue vomir dans un évier.

— Où est le père ?

Ah. Bien sûr. Elle haussa les épaules avec détachement.

— Il n'y a pas de père.

— Tu portes l'Enfant Jésus ?

Dena ne put retenir un grand éclat de rire et, en un instant, elle se sentit plus à l'aise.

— Pas à ma connaissance, répondit-elle. J'ai eu une insémination artificielle.

Voyant son regard étonné, elle précisa :

— Un donneur de sperme et une poire à jus.

— Pas une vraie poire à jus, comme en cuisine, j'espère ?

— Non, tout était très médical, mais le principe reste le même. J'ai trente-deux ans et il semblerait que mon prince charmant se fasse attendre. Je veux avoir des enfants, alors j'ai fini par prendre les choses en main. J'ai déjà attendu assez longtemps comme ça, j'ai un bon boulot, une famille et des amis qui me soutiennent...

Il fallait qu'elle arrête de parler – tout de suite. Elle n'avait pas besoin de se justifier auprès de cet homme.

Il sourit, et son expression lui coupa le souffle.

— Tu es très impressionnante.

— Merci.

— Mais j'avoue que je suis déçu au sujet de l'Enfant Jésus...

— Oh je suis sûre que Dieu aurait choisi quelqu'un d'autre, s'il avait voulu faire ce genre de choses une seconde fois.

— Ça aurait fait une bonne histoire, pourtant. Bref... Tu es toujours partante pour des mini-pizzas ?

Comme s'il venait d'être rappelé à l'ordre, l'estomac de Dena gargouilla bruyamment.

— Oui. J'espère juste que tout ça ne t'a pas coupé l'appétit.

— Ne t'en fais pas : je suis plus solide que j'en ai l'air.

Elle était plus curieuse de savoir s'il était aussi *bon* qu'il en avait l'air, mais elle n'osa pas poser la question. De plus, en parler sous-entendrait qu'elle espérait que quelque chose se passerait entre eux et, si elle était honnête, ses pensées tenaient plus du fantasme que de quoi que ce soit d'autre.

Ils sélectionnèrent donc leurs snacks ensemble et elle les disposa sur une plaque qu'elle glissa dans le four avant de régler la minuterie. Elle lui montra ensuite la réserve de bières et lui confia un décapsuleur. De son côté, elle se servit un verre d'eau (miam !) et versa un peu de sauce sur la salade, qu'elle déposa sur la table. Elle sortit rapidement des assiettes et des serviettes du placard, puis prit place en face de Micah.

— Tu n'es pas venu à la soirée Snacks et Vin, n'est-ce pas ?

— Non, admit-il.

— Tu devrais te sociabiliser, tu sais. Ce serait bon pour toi. En plus, nous avons des résidents très gentils, en ce moment. Je suis sûre que tu adorerais discuter avec eux.

Il fronça de nouveau les sourcils. Qu'il était adorable, quand il faisait ça !

— Parfois, ce genre de situations peut devenir bizarre pour moi, dit-il.

— Pourquoi ? Je ne voudrais pas te blesser, mais je n'ai pas l'impression que tu aies du mal à parler à des inconnus comme moi – voire à les tutoyer ! Est-ce que tu es mal à l'aise dans un groupe ?

Elle ne savait pas à quelle réaction elle s'était attendue, mais certainement pas à l'entendre éclater de rire. Était-il juste amusé, ou bien se moquait-il d'*elle* ? Elle sourit, vaguement gênée, sans voir ce qu'il y avait de si drôle.

— Désolé, reprit-il en se raclant la gorge. Tu n'as de toute évidence aucune idée de qui je suis et je commence à me demander pourquoi je pensais que tout le monde me reconnaîtrait, à cette soirée…

Tout cela n'avait aucun sens. La seule chose que Dena comprit, c'était que cet homme n'était clairement pas un simple client anonyme et qu'elle ne savait pas du tout ce qui le rendait si célèbre. Elle sonda sa mémoire, à la recherche du moindre indice. Ses traits lui étaient inconnus, il n'était donc sans doute pas acteur. Dans ce cas, *qui* était-il ? Un membre d'une famille royale ? Une star du porno ? Un top model ?

— Je suis chanteur et musicien, dit-il. Jusqu'à ces quelques dernières années, j'étais le chanteur de Darryl John James. C'est un groupe de rock.

— Oui, je connais !

Un peu. D'une certaine manière. En tout cas, elle avait entendu ce nom. Une ou deux fois.

— Tu mens, dit-il avec un nouveau sourire. Je suis sûr que tu ne pourrais pas me donner le titre d'une seule de nos chansons, et ce n'est pas grave du tout. On n'était pas assez nasillards pour toi, de toute manière…

— J'aime la musique country, c'est mon tort.

— Ne t'excuse pas, coupa-t-il. Chacun a ses goûts, c'est normal.

— Oui, si tu le dis. Donc, j'en déduis que cette guitare n'est pas uniquement là pour t'aider à draguer.

Il rit de plus belle.

— Non. J'essaye de travailler sur quelque chose de nouveau, mais ça ne se passe pas très bien.

Il écrivait une chanson ? Comment s'y prenait-il ? Dena n'aurait jamais pu faire une chose pareille.

— Je vais me sentir ridicule en rentrant ton nom sur Google, tout à l'heure, n'est-ce pas ?

— Peut-être un peu, mais ne t'en fais pas. J'aime bien avoir l'impression d'être un homme comme un autre et ça n'arrive pas très souvent… Cette ville est agréable pour ça : certaines personnes m'ont reconnu dans la rue, mais on n'est pas venu m'ennuyer.

Le minuteur sonna soudain et Dena entreprit de sortir les pizzas du four pour les disposer sur deux assiettes, qu'elle rapporta à table.

— Je ne sais même pas quelles questions te poser, avoua-t-elle en croquant dans une pizza aux légumes. Parle-moi de ton groupe.

— Nous avons commencé au lycée. À l'origine, nous étions trois et le groupe est un amalgame de nos seconds prénoms.

Elle grimaça.

— Darryl ?

Micah gloussa.

— Non, James.

— Heureusement ! J'aurais eu du mal à te voir en Darryl. Alors, comment êtes-vous passés d'un simple groupe de lycéens au statut de stars du rock ?

— On a été repérés en jouant lors d'une soirée et un label nous a proposé notre premier contrat d'enregistrement. Puis on a commencé à donner des concerts. Les choses ont décollé à partir de là. J'écris depuis mes dix ou onze ans, tu vois… Après notre premier album, on a eu la chance de travailler avec des gens extra et on s'est améliorés au fil du temps. Il m'est arrivé d'écrire avec d'autres personnes mais, ces derniers mois, j'essaye de le faire seul.

Il s'interrompit le temps de finir sa pizza, puis s'essuya les doigts.

— *Moonlight for Christmas,* dit-il simplement.

— Je connais ce morceau !

— Eh bien, je l'ai écrit avec mon ex-femme.

— C'est une super chanson.

— Merci.

Cette soirée commençait à prendre un tour surréaliste. Rêver en secret du type sexy installé juste en dessous de son appartement était une chose, mais découvrir qu'il était célèbre ? Dena ne s'était pas attendue à ça !

— Je ne pense pas que les autres clients auraient le moindre problème avec toi. Si jamais tu veux te risquer à la soirée Snacks et Vin, un de ces quatre.

— Merci.

— Et je te promets de ne rien dire à personne.

Son regard bleu sombre se fixa sur elle.

— Je n'en doute pas un seul instant.

Ils se dévisagèrent un long moment. Dena sentit des fourmis descendre le long de ses jambes jusqu'à ses orteils. C'était peut-être absurde, mais que pouvait-elle y faire ? Micah aurait sans doute éclaté de rire, s'il l'avait su.

— Alors… euh… que viens-tu faire à Wishing Tree ?

— Je cherche l'inspiration. Ça fait un bon moment que je n'arrive plus à écrire et, par le passé, j'ai eu du succès avec mes chansons de Noël. Un ancien partenaire du groupe et très bon ami s'est installé en ville il y a quelque temps. Il m'a conseillé de venir passer les fêtes à Wishing Tree et je l'ai écouté.

Il prit une autre pizza.

— Steve a acheté une plantation de sapins dans la région.

Dena ne put cacher sa surprise.

— Steve Burdick ?

— Lui-même. Tu le connais ?

— Son fils Noah est dans ma classe, répondit-elle avec un petit sourire. Je suis son institutrice de CE2.

— Dans ce cas, nous allons nous revoir lundi : Steve m'a demandé de le remplacer pour la journée professionnelle.

La jeune femme fut tentée d'applaudir, mais ça aurait sans doute été de mauvais goût.

— Les enfants vont adorer discuter avec toi, se contenta-t-elle de répondre. Tu seras le premier rockeur qu'ils rencontreront !

Micah eut une petite moue perplexe.

— Pour être honnête, je ne sais pas du tout de quoi leur parler. Je n'ai pas l'habitude de me produire devant des gamins de huit ans.

— Si je peux te donner un conseil, évite de leur décrire ta vie en tournée.

Une étincelle d'humour brilla de nouveau dans ses yeux.

— Tu as l'air d'avoir des idées très arrêtées sur ce sujet…

— Ai-je tort ?

— Non.

Elle sourit à son tour.

— Dans ce cas, explique-leur comment tu fais pour écrire des chansons. Ou bien montre-leur quelques accords à la guitare et parle-leur de tes sessions d'enregistrement. Tout est devenu numérique, de nos jours. Vas-tu encore en studio avec tes musiciens ? Ce serait un bon sujet à aborder.

Il se laissa aller contre le dossier de sa chaise.

— Merci, ce sont des suggestions intéressantes. Je me sens un peu plus confiant, maintenant.

— De rien. Maintenant, mange ta salade. C'est bon pour toi.

Il haussa un sourcil d'un air étonné.

— Quelle autorité ! Dois-je en déduire que tu es une prof sévère ?

— Quand c'est nécessaire, oui.
— C'est bon à savoir…

Reggie avait su dès le départ que ce troisième saint-nicolas serait sans doute une mauvaise idée, mais elle s'était tellement amusée avec ses amies qu'elle n'avait pas pu résister. À Seattle, elle sortait aussi parfois. Seulement, ce n'était pas la même chose. Quoi qu'il en soit, demain matin, elle payerait au prix fort le fait d'avoir tenté de rattraper une année d'absence en un soir. Elle allait devoir boire beaucoup d'eau et prendre un cachet avant de se coucher pour atténuer une inévitable migraine…

— Tu as une mauvaise influence sur moi, dit-elle à Paisley en approchant de la maison de ses parents.

— Pas tant que ça, répondit son amie avant de la serrer dans ses bras. Je suis tellement contente que tu sois de retour ! Tu m'as manqué. Les coups de fil et les textos ne suffisent pas, tu sais.

— Sur ce point, on est d'accord. On s'appelle demain ? Et envoie-moi un message quand tu seras rentrée, pour que je ne m'inquiète pas.

Paisley éclata de rire.

— Franchement, qu'est-ce qui pourrait bien m'arriver, ici ?

— Peu importe. Envoie-moi un message quand même.

— D'accord. Bonne nuit.

— Bonne nuit, répondit Reggie avant de gravir les marches du porche.

— Oh ! lança Paisley depuis le trottoir, sache que je suis ravie que Toby et toi soyez de nouveau ensemble !

Reggie répondit par un signe de main amusé et franchit la porte. Elle allait sans doute devoir supporter les plaisanteries de Paisley au sujet de Toby pendant des jours. Elle le savait déjà et allait devoir…

— Comment s'est passée ta soirée ?

La voix s'était brusquement élevée depuis les ombres du salon éteint et Reggie sursauta. Elle parvint in extremis à retenir un cri étouffé.

— Maman ! Tu m'as fait peur ! Il est presque 22 h 30, tu n'étais pas obligée de m'attendre.

Belle sortit du salon en courant et Reggie se prépara au choc. Sa chienne n'avait pas conscience de sa force, quand il s'agissait de réclamer des câlins.

— Ton père s'est couché tôt, expliqua sa mère, qui suivait l'animal de près, mais je n'étais pas fatiguée. Alors, tu t'es bien amusée ?

— Oui. J'ai rencontré Shaye, qui vient d'arriver en ville. Elle a l'air gentille. Par contre, Dena est partie tôt. Je crois que ses nausées la fatiguent beaucoup, répondit Reggie en se débarrassant de son manteau, de son écharpe et de ses gants.

— Je n'ai pas pu m'empêcher d'entendre ce que Paisley a dit. À propos de Toby.

Oh non ! Maintenant, plus rien ne pourrait arrêter la rumeur !

— C'était une blague, maman. Nous avons parlé du retour de Toby et du passé, c'est tout. Elle plaisantait, rien de plus.

Sa mère la contempla un moment, peu convaincue.

— Tu en es sûre ?

Reggie leva une main pour l'arrêter.

— Oui, certaine. Je ne l'ai pas vu depuis le lycée. Paisley essayait d'être drôle, et je vais la tuer pour ça.

Leigh sourit.

— C'est un peu extrême, tu ne crois pas ? Très bien, ma chérie. Passe une bonne nuit.

— Merci, maman.

Reggie traversa le rez-de-chaussée et ouvrit la porte de derrière pour laisser Belle faire ses besoins du soir. La chienne lui adressa un regard incrédule, puis sortit à contrecœur dans le jardin glacial. Quelques secondes plus tard, elle était de retour, tremblante et clairement offensée.

— Je ne suis pas responsable du froid, tu sais.

Belle lui tourna le dos d'un air décidé.

— Si tu es si fâchée, tu préférerais peut-être dormir en bas, ce soir, et pas dans la chambre, marmonna Reggie.

Bien sûr, elle n'était pas sincère, et Belle le savait : elle grimpa l'escalier d'un pas assuré. Reggie lui caressa la tête en la suivant dans le couloir.

— Il y avait un très gentil chihuahua, au refuge, lui rappela-t-elle. J'aurais dû le choisir à ta place : ils mangent beaucoup moins et on peut nettoyer derrière eux avec un simple mouchoir…

Belle lui adressa son regard qui semblait vouloir dire : « Je ne t'écoute pas. » Puis elle se glissa dans la chambre et s'allongea sur son grand coussin moelleux.

Reggie s'agenouilla près d'elle.

— Tu as raison, je suis désolée. Je ne dirai plus ce genre de choses. Tu es ma préférée et je t'aime beaucoup.

La chienne frotta sa truffe contre la joue de sa maîtresse.

C'était peut-être un peu triste, mais vrai, songea Reggie. Belle était la plus belle histoire d'amour qu'elle ait connue et, au moins, sa compagne à quatre pattes ne risquait pas de monopoliser la télécommande…

Après avoir passé une bonne partie de la journée à traduire les instructions techniques de Gizmo dans une langue que n'importe qui pourrait comprendre, Reggie avait hâte de faire une pause. Elle sortit de la commode un manteau épais pour Belle, deux écharpes assorties pour elle et sa chienne, puis elles sortirent se promener.

Rejoignant d'un pas tranquille le centre-ville, elle s'étonna une fois de plus de la facilité avec laquelle elle avait retrouvé ses marques, dans la maison de ses parents. Certes, elle n'avait aucune intention de s'installer chez eux de manière permanente, mais elle était heureuse d'être rentrée pour les fêtes.

Elle salua les passants de la tête. Pour la plupart, les gens gardaient leurs distances, impressionnés par Belle – ce qui convenait très bien à sa chienne, qui avait peur des inconnus. Et des écureuils, des aspirateurs, des aérosols, des camions de pompiers ; sans parler de Burt.

Pour l'instant, une trêve fragile semblait s'être installée entre eux. Burt n'avait pourchassé Belle que deux fois depuis le matin et elle parvenait presque à déambuler dans la maison d'un pas détendu. Sans doute le teckel attendait-il son heure, prêt à frapper à l'improviste…

Reggie prit une profonde inspiration, savourant l'air froid et piquant. Le ciel était toujours d'un bleu pur, sans le moindre nuage en vue. Les décorations de Thanksgiving agrémentaient encore chaque propriété. Aucun bonhomme de neige ou sapin ne montrait le bout de son nez.

— Quelle étrange petite ville, murmura-t-elle.

Belle parut acquiescer, comme si elle partageait son opinion.

Elles atteignirent enfin la Couronne et entreprirent d'en faire le tour, sur l'allée qui longeait les vitrines des boutiques. Flocons de Fleurs présentait de beaux bouquets d'automne. La boutique Tout-Sauf-Noël exposait quant à elle un assortiment de cadeaux sur le thème de la mer. Elles dépassèrent Joy's Diner, le Jingle Coffee, la banque

Poorman et Les Lectures Au Coin du Feu. Presque sans s'en apercevoir, Reggie ralentissait le pas à chaque nouveau magasin. Au final, Belle fut obligée de s'arrêter et lui jeta un coup d'œil surpris.

— Je sais, chuchota Reggie. Je ne peux pas m'en empêcher : j'ai peur...

Une émotion que sa chienne pouvait bien comprendre. Néanmoins, Belle tira un grand coup sur sa laisse, comme pour la convaincre de surmonter son angoisse.

— Bien sûr, grommela Reggie. D'un seul coup, tu deviens experte en la matière.

Quoi qu'il en soit, rester immobile au milieu du trottoir pendant que son chien la dévisageait n'arrangerait rien. Elle rassembla son courage et reprit sa marche en direction des Tourtes de Judy.

Elle s'arrêta un instant devant la vitrine. Des dizaines de tourtes étaient exposées à la vue des passants : sucrées, salées, épicées. Leur parfum la fit saliver et Belle donna un coup de tête contre la porte.

— On ne peut pas. Les chiens ne sont pas autorisés à l'intérieur.

Belle baissa le museau d'un air déçu.

Reggie étudia encore quelques instants la boutique, avec son store coloré et sa vitrine alléchante. Elle connaissait un peu l'entreprise grâce à des articles qu'elle avait lus quand elle avait appris que Toby en était propriétaire. Il avait commencé à vendre ses tourtes à l'arrière de sa camionnette, puis s'était offert une flotte de camions-restaurants avant d'ouvrir sa première enseigne.

Sa grand-mère aussi vendait des tartes en ville, autrefois. Chez Reggie, on adorait s'en offrir de temps en temps, pour le repas.

Soudain, la porte s'ouvrit en grand et Shaye apparut, souriante.

— Salut ! C'est sympa de te voir !

— Bonjour, Shaye, répondit Reggie. C'est la première fois que je viens ici et, franchement, je dois dire que la vitrine séduit autant que les odeurs.

La jeune femme gloussa.

— C'est bien le but.

Elle frissonna soudain et ajouta :

— Entre. Il fait trop froid pour rester sur le trottoir.

Reggie indiqua Belle d'un signe de tête.

— C'est gentil, mais je ne peux pas laisser ma chienne dehors.

— Fais-la entrer. Je fermerai les yeux.

Shaye s'agenouilla devant la chienne.

— Bonjour, ma jolie. Comment t'appelles-tu ?

— Belle, répondit Reggie.

Belle renifla la main qu'on lui tendait, puis interrogea sa maîtresse du regard.

— Tout va bien. Shaye est une amie.

Elle se laissa donc caresser et précéda sa maîtresse à l'intérieur.

Les parfums étaient encore plus délicieux dans la boutique. Reggie prit un instant pour admirer le haut plafond et la salle spacieuse où étaient installées quelques tables. Il y avait des tourtes, bien sûr, mais aussi du lait et de l'eau, ainsi que des boîtes toutes prêtes, à emporter, de toutes les tailles.

— Je me suis bien amusée, samedi soir, lança Shaye en se lavant les mains derrière le comptoir. Merci de m'avoir invitée.

— Je suis heureuse qu'on ait pu se rencontrer. Tu as emménagé pendant l'été, c'est ça ? Dans ce cas, ça va être ton premier Noël à Wishing Tree ?

— Oui. J'ai hâte de découvrir toutes les traditions de la ville !

Elle s'essuya avec un torchon, puis se tourna vers Reggie.

— Je peux te servir quelque chose ?

L'étalage était très tentant…

— Je veux bien une tourte aux champignons, et une autre à la dinde, pour Belle.

— Il y a des cranberrys dedans, ça ira ?

Reggie sourit.

— Oui, les fruits ne sont pas dangereux pour les chiens et Belle les adore.

Shaye les servit. Belle dévora son goûter en quelques bouchées, puis se lécha les babines, clairement prête pour une seconde tourte.

— Non, lui dit Reggie en tenant la sienne hors de portée. Sinon, tu ne mangeras plus rien, ce soir.

Elle mordit dans sa tourte, essayant vainement de retenir un bout de croûte, qui tomba par terre. Sa chienne se jeta dessus et l'avala en un éclair.

Shaye éclata de rire.

— Elles ne sont peut-être pas pratiques à manger, mais elles sont trop bonnes pour qu'on s'en soucie.

— Bien d'accord.

Reggie avait à peine attrapé deux serviettes sur le comptoir quand la porte s'ouvrit de nouveau pour laisser entrer en trombe un petit garçon.

Il devait avoir huit ou neuf ans, avec des cheveux blonds et des yeux noisette. Il n'avait rien de très exceptionnel, mais Reggie fut frappée par son air familier. En un instant, tout son corps se tendit, prêt à fuir si nécessaire. Sous la montée d'adrénaline, elle aurait pu quitter la boutique en courant, mais un homme apparut au fond de la salle.

Non. Pas juste « un homme ». Toby Newkirk.

Ils se dévisagèrent un instant. Ce qu'il pensait était un mystère pour Reggie ; mais en elle un combat d'émotions contraires se déchaîna. De la culpabilité, de la curiosité, de l'inquiétude, de l'impatience. Elles la traversèrent comme un raz-de-marée et se tassèrent douloureusement au creux de son estomac. D'un seul coup, elle se rendit compte qu'elle n'avait pas encore prononcé un mot. Il allait bien falloir expliquer sa présence, pourtant, et lui dire pourquoi il y avait un chien immense dans sa belle boutique, son attention partagée entre le reste de la tourte et le gamin à l'air curieux.

— Salut, Reggie, dit son ex d'une voix détendue, comme si son apparition ne le surprenait pas le moins du monde.

— Toby.

Elle fit de son mieux pour sourire. Sans savoir si elle avait réussi, elle se tourna vers le garçon.

— Salut ! Je m'appelle Reggie et voici Belle.

— Je suis Harrison. Je ne savais pas que Reggie était un nom de fille.

— On m'a donné le prénom de ma grand-mère, Regina, expliqua-t-elle avec une moue. Mais je préfère Reggie. Belle, tu veux bien dire bonjour ?

La chienne dévisagea Harrison, puis Toby. Elle s'avança timidement vers le garçon, le renifla avec attention, puis posa sa grosse tête sur son épaule en poussant un profond soupir.

Harrison éclata de rire et la serra fort dans ses bras.

— Elle n'a pas l'habitude de faire confiance aux gens qu'elle ne connaît pas, dit Reggie avec un sourire. Elle t'aime bien, tu sais.

— C'est quel genre de chien ?

— Un grand danois. Elle pèse presque cinquante-cinq kilos.

Harrison écarquilla les yeux.

— Ça fait beaucoup !

— Oui.

Reggie se tourna ensuite vers Toby.

— Nous étions en train de nous promener quand Shaye nous a proposé d'entrer. Ta boutique est vraiment ravissante.

— Merci.

Bon, d'accord, la situation devenait de plus en plus gênante. Qu'était-elle censée dire ? Ou ne pas dire ? La dernière fois qu'elle avait vu Toby, elle avait eu dix-sept ans et le cœur brisé. Elle l'avait accusé de l'avoir trahie et d'avoir piétiné tout ce qu'ils représentaient l'un pour l'autre. Sa réponse – « Ce n'est pas ce que tu crois » – ne l'avait pas convaincue, et elle l'avait quitté sans un regard en arrière.

Elle avait passé les trois jours suivants à pleurer, attendant qu'il sonne à la porte et qu'il tente de la convaincre qu'elle avait eu tort, mais il n'était jamais venu. Quelque temps plus tard, elle avait appris qu'il avait fait ses bagages et qu'il avait quitté Wishing Tree, probablement pour toujours. Mais, de toute évidence, il avait décidé de revenir, avec son fils et son succès commercial.

— Est-ce que je peux la promener ? demanda Harrison à son père.

— Je ne sais pas. Il faut demander à Reggie.

— Bien sûr, répondit-elle. Elle est gentille et elle ne tire jamais sur sa laisse.

Après avoir adressé un petit signe à Shaye, elle sortit avec Belle. Harrison et Toby les suivirent. Reggie confia la laisse au petit garçon. En temps normal, son geste aurait été accueilli par un regard d'incrédulité, mais à son grand étonnement Belle se rapprocha de Harrison, prête à le suivre sans protester.

Tous deux se mirent en route sur le trottoir, d'un pas tranquille.

— Un danois, franchement ? demanda Toby. Qu'est-ce qui t'est passé par la tête ?

— Je sais. Je voulais un chien de taille moyenne, mais elle était là, dans le refuge, et elle avait l'air tellement triste, terrifiée… Elle tremblait dans un coin du chenil. On m'a dit qu'elle avait été apportée par une famille qui n'arrivait pas à la gérer et qu'un voisin l'avait battue ; mais je pense qu'il y avait autre chose. Dès que je l'ai vue, j'ai su que je ne pouvais pas la laisser là et je l'ai adoptée. Elle est très gentille, tu sais, et pas courageuse pour deux sous.

Harrison essaya de traverser la route pour rejoindre le parc qui occupait le centre de la Couronne, mais Belle se campa sur le trottoir et refusa d'en bouger.

— Elle suit toujours les règles, ajouta Reggie.

— On dirait bien…

Toby se tourna vers elle.

— Je suis content de te revoir, Reggie. Ça faisait trop longtemps.

Il était *content* de la voir ? Qu'est-ce que ça voulait dire ? Décidément, cette journée devenait de plus en plus étrange et Reggie ne savait plus ce qu'elle ressentait vraiment. Ou ce qu'elle était censée ressentir.

— Oui, très longtemps.

— Je vis ici depuis un an et c'est la première fois que je te croise. Tu ne passes plus très souvent voir tes parents, n'est-ce pas ?

Il y aurait eu tant de choses à répondre à ces deux phrases qu'elle ne sut par quoi commencer. Finalement, elle décida de contourner la question.

— Je suis de retour pour les fêtes. Mes parents renouvellent leurs vœux et ils veulent organiser une grande fête de mariage, dit-elle avec un sourire. La première fois, ils ont fait ça en tout petit comité et maman l'a toujours regretté. Je les aide à tout organiser.

Devant eux, Harrison et Belle firent demi-tour. Reggie préféra les regarder plutôt que de risquer un coup d'œil en direction de Toby. Tant de choses en lui étaient restées les mêmes ; et pourtant tout semblait avoir changé. Il paraissait plus grand, plus large d'épaules. Il était un homme désormais, plus un adolescent. Qu'y avait-il d'autre de différent, en lui ? Elle n'osait pas vraiment se poser la question.

— D'après ce que j'ai compris, reprit-il d'un air détaché, nous sortons de nouveau ensemble. Dis-moi un peu comment ça se passe, pour l'instant.

Reggie ouvrit grand la bouche, sous le choc. Elle sentit une vague de chaleur lui monter aux joues.

— Qu'est-ce que tu as dit ?

Il lui adressa un sourire qui la fit presque fondre.

— Deux sources différentes m'ont annoncé la nouvelle. L'une d'entre elles est ma grand-mère. Apparemment, les rumeurs s'enflamment.

La jeune femme se cacha le visage dans les mains, mortifiée.

— Non. C'est impossible !

Elle fit un effort pour soutenir son regard.

— Paisley a dit ça pour plaisanter, d'accord ? C'était censé être une blague et je suis désolée qu'on nous ait entendues. Nous ne sortons *pas* ensemble, et tu le sais aussi bien que moi.

Où était le tremblement de terre destiné à l'emporter quand elle en avait besoin ?

— Ces stupides petites villes, grommela-t-elle encore avant de s'approcher de Harrison. Belle et moi devons rentrer. C'était un plaisir de te rencontrer.

— Est-ce que je pourrai la promener encore ? demanda le garçon.

— Bien sûr, elle adorerait ça.

Belle tenta de se rapprocher une nouvelle fois de l'enfant, mais Reggie la retint.

— Viens là, ma grande. Il est l'heure de retourner à la maison.

La chienne soupira. En s'éloignant docilement aux côtés de sa maîtresse, elle se retourna deux fois pour regarder Harrison.

— Tu le reverras, promit Reggie. Je viens de subir une humiliation dont je n'avais pas besoin, tu sais. Aie un peu de compassion.

Belle secoua la tête. De toute évidence, elle n'avait aucune intention de la soutenir.

— Méfie-toi. Je pourrais lâcher Burt sur tes talons.

Le regard entendu de sa chienne lui dit clairement qu'elle ne la croyait pas.

— Tu as raison : je ne le ferai pas. Mais bon sang ! Pourquoi Toby a-t-il dit une chose pareille ? Qui d'autre parle de nous et que dois-je faire, maintenant ?

Un petit coup de museau la consola un peu, sans pour autant lui apporter la moindre réponse.

— Je crois que je ferais mieux de tout ignorer. Peut-être que les rumeurs finiront par s'essouffler d'elles-mêmes.

7

Micah arriva à l'école primaire de Wishing Tree avec un bon quart d'heure d'avance. Il signa le registre et on lui expliqua comment rejoindre la classe de « Mlle Somerville ». Une fois dans le couloir, il attendit patiemment devant la porte, comme on le lui avait dit, se répétant qu'il n'avait absolument aucune raison de se sentir aussi nerveux. Il allait parler de sa musique et de ses chansons, rien de plus. Il était tout de même capable de gérer un groupe d'enfants de huit ans ! De plus, Noah serait là pour le soutenir.

Quelques minutes plus tard, il fut rejoint par une femme de son âge et un homme un peu plus jeune. Les nouveaux venus se présentèrent.

— Je m'appelle Sally et je suis vétérinaire, dit la femme en lui serrant la main.

Elle avait apporté deux cages recouvertes d'une housse.

— Et moi je suis Tim, plombier, ajouta l'homme.

Micah n'avait pas pris le temps de réfléchir à cette partie de l'échange et, au lieu de répondre quelque chose de sensé et de rationnel, il lâcha :

— Ancien rockeur.

Les deux autres le dévisagèrent un instant. Puis Tim réagit le premier.

— Vous êtes Micah Ruiz ? De Darryl John James ? Bon D...

Il jeta un rapide coup d'œil autour de lui et baissa la voix :

— Je veux dire… Waouh ! C'est incroyable ! Qu'est-ce que vous faites ici ?

— Je rends visite à des amis. Mon ancien batteur, Steve, est le propriétaire de la plantation de sapins, à l'extérieur de la ville.

Tim se retourna vers Sally d'un air excité.

— C'est Micah Ruiz !

— J'avais compris, répondit-elle avant de soupirer. Vous passerez en dernier, Micah. Personne ne voudrait prendre la parole après vous.

Avant qu'il ait trouvé un moyen de répondre, la porte s'ouvrit et Dena vint les rejoindre.

La première pensée de Micah fut qu'elle était belle. Il aimait sa manière de tresser ses cheveux et les petits anneaux dorés qui pendaient à ses oreilles. En dépit de son léger maquillage, on devinait les taches de rousseur qui parsemaient son nez et ses pommettes.

Elle portait un T-shirt à manches longues orné d'un motif de dinde brodé et une longue jupe marron. Un parfait uniforme d'enseignante – seyant néanmoins.

— Bonjour, tout le monde ! dit-elle avec un sourire. Je vous remercie de participer à notre journée professionnelle mensuelle. Avez-vous fait les présentations ?

— Oh oui, nous savons qui *il* est, murmura Sally.

— Micah Ruiz, répéta une nouvelle fois Tim d'un ton respectueux.

Dena sourit de plus belle.

— Je crois que nous avons un fan… Bon, qui veut passer en premier ?

— J'y vais, annonça Sally avant d'entrer dans la classe.

— Ensuite, ce sera Tim, puis moi, compléta Micah.

Dena jeta un rapide coup d'œil à Sally.

— Est-ce que je ressens un peu de tension ?

— Je crois qu'elle espérait simplement être la star, aujourd'hui…

— Et elle est contrariée parce que tu es célèbre ?

— C'est dans sa tête. Les gamins ne sauront pas qui je suis.

Dena gloussa.

— De l'humilité ? Comme c'est inattendu.

Tout en parlant, elle posa avec légèreté la main sur le bras de Micah, comme si elle s'apprêtait à le guider jusqu'à sa place. Dans son métier, le contact physique était monnaie courante. On l'assaillait et le tirait dans tous les sens – parfois c'étaient des groupies, le reste du temps c'étaient les agents de sécurité… Mais la douceur de Dena le prit par surprise et provoqua en lui un petit frisson. Son trouble disparut presque aussi vite, mais il ne l'avait pas inventé. Et cela lui rappelait qu'il était toujours vivant. Le monde continuait à tourner, et lui avec.

Et s'il avait suffisamment guéri pour remarquer la main d'une belle femme sur lui, alors d'autres parties de son esprit allaient sans doute finir par ressusciter aussi. Sa créativité allait-elle enfin se manifester ?

Il pénétra dans la salle de classe et remarqua immédiatement Noah. Le garçon lui sourit, puis donna un coup de coude à son voisin de table avant de le montrer du doigt.

Sally prit la parole et expliqua son quotidien de vétérinaire. Elle dévoila le contenu des cages : un serpent et une sorte de tarentule. À leur vue, la moitié des élèves crièrent et reculèrent, tandis que les autres s'agglutinaient pour mieux voir.

Quand elle eut recouvert les cages, elle jeta un petit coup d'œil à Micah, d'un air de dire : « Essayez de faire mieux, maintenant. » Et elle reprit sa place au fond de la salle.

Tim parla aussi de son métier, insistant sur le fait qu'il ne fallait jamais déverser de la graisse dans un conduit ou jeter des objets dans les toilettes. Puis, ce fut le tour de Micah.

Il tira sa guitare acoustique de sa housse et s'avança. Dena installa un tabouret pour lui et lui lança un sourire d'encouragement, qui ne suffit pas tout à fait à calmer sa nervosité.

Il s'assit et se présenta :

— Le père de Noah n'a pas pu nous rejoindre, aujourd'hui, car il cultive des sapins de Noël et cette saison est la plus active pour lui. Je me suis proposé pour le remplacer.

— Vous êtes bûcheron ? demanda une fillette.

— Non. Je suis compositeur.

Tous les élèves le dévisagèrent sans comprendre.

— Qu'est-ce que c'est ? lança un garçon.

— J'écris des chansons. Il faut bien que quelqu'un le fasse.

D'autres regards étonnés lui répondirent.

— Vous savez, toute la musique que vous entendez dans les films, les publicités, à la télé ou à l'église, toutes ces chansons ont été écrites par quelqu'un.

Il joua les premières notes de *Libérée, délivrée*, de *La Reine des neiges*.

— Ma maman a horreur de cette chanson, murmura une fille.

Micah ne put réprimer un sourire.

— Ce morceau a été écrit par Kristen Anderson-Lopez et son mari, Robert Lopez. Et celle-ci ?

Il entama l'introduction de *Moonlight for Christmas*.

Quelques élèves parurent perdus, mais plusieurs autres acquiescèrent.

— *Moonlight for Christmas* ! s'écria même un garçon. Ma maman dit qu'elle la fait pleurer, mais d'une bonne façon. Par contre, mon papa s'étrangle quand il l'entend.

Micah éclata franchement de rire, cette fois.

— Eh bien, c'est moi qui l'ai écrite. C'était mon premier succès. Je l'ai écrite avec mon ex-femme, il y a très longtemps. Qui connaît les paroles ?

De nombreuses mains se levèrent.

— Si on essayait de la chanter ensemble ?

Il reprit le morceau au début. Quand il se mit à chanter, quelques voix se joignirent à lui. Sally paraissait sceptique, mais Tim participa avec enthousiasme. Ensuite, Micah montra à la classe quelques accords classiques, qu'il assembla dans des ordres différents pour jouer des chansons populaires. Très vite, son temps de parole fut écoulé.

Dena demanda à ses élèves d'applaudir les trois participants. Sally s'en alla au bout de quelques minutes. Tim resta un peu plus longtemps avant de s'éclipser. Pendant que Micah remballait sa guitare, il répondit encore à quelques questions. Soudain, une cloche sonna et tous les élèves bondirent de leurs chaises.

Dena, toujours souriante, ouvrit la porte.

— Mettez-vous en rang dans le couloir. J'arrive tout de suite.

La classe se vida en quelques secondes.

— La récréation, expliqua-t-elle à Micah. Leur unique chance de se défouler avant la fin des cours. Merci encore d'être venu. Tu t'en es très bien sorti et les enfants ont adoré…

Elle s'interrompit brusquement et son visage devint blanc comme neige. Elle pinça les lèvres, jetant des regards paniqués tout autour d'elle. Micah comprit que ses nausées matinales venaient de faire une apparition surprise tardive. Il se précipita vers elle, attrapa son bras et appliqua une pression du pouce à l'intérieur de son poignet.

— Inspire et retiens ton souffle quatre secondes avant d'expirer lentement, lui conseilla-t-il.

Elle écarquilla un peu les yeux, mais obéit, répétant plusieurs fois ce cycle de respiration. Moins d'une minute plus tard, il la sentit se détendre et relâcha son poignet.

Elle le dévisagea d'un air ébahi.

— Qu'est-ce que tu as fait ?

— C'est un point de pression. Je ne sais pas exactement ce que ça fait, peut-être que ça déclenche une réaction dans ton estomac, mais c'est souvent efficace.

Les yeux noisette de Dena s'emplirent d'une multitude de questions.

— Tu m'as sauvée. J'allais vomir et, vu ce que j'ai mangé à midi, ça n'aurait pas été joli à voir…

— Tu devrais être tranquille pour quelques heures, maintenant.

— Un point de pression, hein ? Il va falloir que je me renseigne.

— Je peux te montrer les manipulations les plus efficaces, si tu veux.

Il n'avait fait cette proposition que pour l'aider, mais remarqua chez Dena un recul involontaire.

— Merci. J'apprécierais beaucoup ton aide pour contrôler mes nausées.

Étrangement, ses paroles et son langage corporel ne collaient pas. Que croire ? Ça n'avait pas d'importance, au fond. Dena était simplement la propriétaire du B&B dans lequel il s'était installé pour un mois, rien de plus. Néanmoins, il tenait à l'aider s'il le pouvait. Il appréciait sa présence. Elle avait quelque chose d'apaisant, pour un homme aussi actif que lui. C'était inexplicable mais très réel.

— Tu sais où me trouver, répondit-il finalement avant de récupérer sa guitare.

Elle le raccompagna à la porte et le remercia encore pour son intervention auprès des élèves. Il la quitta sur un signe de tête, l'esprit soudain envahi par un semblant de mélodie et quelques paroles timides. *Je pensais être seul, encore…* Ces mots n'avaient aucun sens pris isolément mais, un jour, il parviendrait peut-être à en faire quelque chose.

Toby étudia les données que son responsable des ventes venait de lui envoyer. Nate Martz semblait déterminé à étendre les activités des Tourtes de Judy aux épiceries du pays – un grand pas, qui demandait une refonte totale du fonctionnement de l'entreprise. Pour la vente en magasin d'alimentation, les tourtes devraient être congelées et cuites par le consommateur.

Toby refusait cette idée depuis deux ans maintenant, mais Nate semblait bien parti pour l'avoir à l'usure. Il lui envoyait des rapports tous les mois, avec des projections de ventes. Il fallait bien admettre que les chiffres étaient impressionnants. Cependant, Toby n'était pas encore convaincu. Non seulement le marché des produits surgelés était une jungle sans pitié, mais il n'avait aucune envie de compromettre la qualité de ses tourtes.

Pour l'instant, elles étaient produites dans différentes usines de la moitié ouest des États-Unis. On les envoyait ensuite dans les boutiques pour les cuire sur place. Les camions-restaurants étaient également équipés de fours spécifiques pour offrir des en-cas fraîchement préparés. Céder ce contrôle au client, qui pouvait suivre les instructions convenablement comme ne pas le faire, n'était pas une idée séduisante aux yeux de Toby. Il avait toutefois accepté de faire des essais. Plusieurs centaines de tourtes étaient actuellement congelées dans ses locaux de Seattle. On en préparait une dizaine toutes les deux ou trois semaines et des volontaires les dégustaient pour effectuer un contrôle qualité.

Soudain, le vibreur de son téléphone portable le tira de ses réflexions. Shaye venait de lui envoyer un texto.

Mme Somerville est là et aimerait te parler.

Toby sourit. Mme Somerville ? Shaye avait dû se tromper. La seule femme de la famille susceptible de lui rendre visite était Reggie…

Il avait bien aimé la revoir, la veille, même s'ils n'avaient pas vraiment eu le temps de discuter. Elle était partie en disant à peine au revoir, et c'était sa faute : il n'avait pas pu s'empêcher de plaisanter au sujet des rumeurs qui circulaient en ville à leur propos.

Il ignorait encore qui avait parlé d'eux en premier, mais Wishing Tree était le genre d'endroit où l'on adorait les potins. Comme toutes les autres petites villes, sans doute. Dimanche, alors qu'il était allé jouer au parc avec Harrison, deux femmes d'un certain âge étaient venues l'interroger sur sa relation avec Reggie. Elles s'étaient excusées de l'avoir jugé trop durement pendant son adolescence et avaient insisté sur l'importance de lui accorder une seconde chance. La plus grande des deux lui avait même adressé un clin d'œil, en lui glissant que Reggie était sans doute le genre de femme qui pourrait lui donner de beaux enfants.

Plus tôt dans la matinée, Shaye lui avait également demandé ce qui s'était passé entre Reggie et lui, au lycée.

Le moulin à ragots tournait déjà à plein régime. Surtout depuis que son ancien amour était de retour en ville.

Il prit son téléphone et répondit au message :

Je descends.

Il se leva et se dirigea vers l'escalier. Que pouvait-elle lui vouloir ? Dena lui avait dit qu'elle se chargeait du projet de charité de la classe, cette année. Peut-être avait-elle envie d'en discuter avec lui. Ou bien utilisait-elle ce projet comme prétexte pour passer du temps avec lui.

Il n'avait pas pensé à elle pendant des années, mais depuis quelques jours elle ne quittait plus son esprit. Plusieurs souvenirs, bons comme mauvais, le hantaient. Quand il avait quitté Wishing Tree, Reggie lui avait manqué plus que toute autre personne – davantage même que sa grand-mère. Ses projets d'avenir avaient beau être assez vagues, à l'époque, il avait été convaincu que Reggie et lui resteraient ensemble, qu'ils se marieraient et fonderaient une famille. Jusqu'au jour où elle l'avait quitté et où il était parti en pensant ne plus jamais la revoir.

Étrange, comme les choses pouvaient changer…

Il traversa la cuisine et pénétra dans la boutique, bien décidé à la provoquer un peu avant d'écouter ce qu'elle avait à dire ; mais ce n'était pas Reggie qui l'attendait. C'était Mme Somerville, sa mère, qui lui sourit depuis l'autre côté du comptoir.

— Bonjour, Toby !

— Madame Somerville.

Elle eut un petit geste impatient de la main.

— Appelle-moi Leigh. Merci d'avoir pris un instant pour me parler. Je sais que tu es très occupé par la gestion de ton empire : je connais bien ça avec Vince. Il a horreur de s'occuper de la paperasse, qui lui prend un temps fou. Il préfère travailler sur les voitures avec ses employés.

Elle indiqua d'un signe plusieurs sacs de courses posés près d'elle. Des chips et un ananas dépassaient de l'un d'entre eux.

— J'étais en train de préparer notre repas de Thanksgiving, quand j'ai pensé qu'il serait agréable d'inviter quelques amis à le partager avec nous. D'habitude, il n'y a que Vince, les filles et moi, mais je me suis dit que tu pourrais avoir envie de te joindre à nous, cette année. Avec Harrison et ta grand-mère, bien entendu.

Toby eut soudain l'impression d'être un personnage de dessin animé. Il aurait voulu se frapper le côté de la tête pour s'assurer que rien ne s'était logé dans son oreille. La mère de Reggie venait-elle vraiment de les inviter pour Thanksgiving ? Bien sûr, il connaissait la famille. Leigh et son époux avaient même été relativement sympathiques avec lui, quand il sortait avec Reggie – en tout cas, après que la confiance se fut installée entre eux. Leigh était une bonne cliente, ils vivaient dans la même ville, se croisaient souvent ; mais partager un dîner de Thanksgiving était une tout autre histoire…

À moins que l'invitation ne soit pas venue d'elle. Était-ce une manière pour Reggie de passer du temps avec lui sans en avoir l'air ? Avait-elle préféré envoyer sa mère plutôt que de venir en personne ?

Oui, forcément. S'il était honnête, Toby devait bien admettre que l'idée de fréquenter Reggie d'un peu plus près l'intéressait beaucoup… Il ne savait pas grand-chose de sa vie actuelle. On lui avait seulement dit qu'elle habitait Seattle et qu'elle travaillait dans le design.

— Il va falloir que j'en parle à ma grand-mère, dit-il. Si elle se sent assez en forme, nous serons ravis de nous joindre à vous. C'est très gentil de nous inviter.

— C'est un plaisir, répondit Leigh avec un sourire, avant de lui tendre un morceau de papier. Voici mon numéro de portable et celui de Reggie. Tiens-moi au courant. Le repas est prévu pour 15 heures.

Elle eut un petit rire.

— C'est un horaire ridicule, d'après mon mari, mais c'est notre tradition. J'espère qu'on te verra jeudi !

Sur ce, elle récupéra ses cabas et quitta la boutique. Toby tint la porte ouverte pour elle, puis la referma en silence. Shaye le dévisageait d'un air perplexe depuis le comptoir.

— Est-ce que c'était aussi bizarre que je le crois ? demanda-t-elle.

— Ouaip.

— Tu ne connais pas vraiment Mme Somerville ni sa famille, n'est-ce pas ? Je veux dire… Tu sortais avec Reggie au lycée et il n'y a rien eu depuis ; à moins que j'aie manqué une étape.

— Non, tu n'as rien manqué.

— Et tu penses y aller ?

— Ça dépendra de ma grand-mère.

— D'accord. En tout cas, Lawson avait raison : cette petite ville est très étrange… Tu retournes travailler ?

Toby jeta un rapide coup d'œil à l'horloge.

— Je pense qu'il est temps que je fasse une pause. Je vais en profiter pour faire un saut à la maison.

Son employée se fendit d'un grand sourire.

— Pour demander à ta grand-mère si elle veut bien t'accompagner chez ton ex pour Thanksgiving ?

— Oui, quelque chose comme ça.

Quand Toby et Harrison étaient venus s'installer à Wishing Tree, ils avaient d'abord vécu dans la maison d'enfance de Toby. Son travail lui avait pris tout son temps et il n'avait commencé à chercher quelque chose de plus grand qu'après l'ouverture de la boutique. Mais, une fois son affaire lancée, le déménagement était devenu sa priorité.

Judy avait bien essayé de le convaincre qu'elle se débrouillerait toute seule, mais il avait insisté pour qu'elle emménage avec eux. Elle vieillissait et il tenait à ce qu'elle ne vive pas isolée. Et puis, elle était sa seule famille.

Il avait déniché une belle maison au nord du centre-ville. Il y avait une grande chambre avec salle de bains au rez-de-chaussée, l'endroit idéal pour Judy. Elle avait accès au salon et à la cuisine sans être obligée d'emprunter l'escalier. Harrison et lui avaient investi l'étage, utilisant la pièce en plus pour en faire une salle de jeux et de télévision. Leurs chambres ne se trouvaient pas au-dessus de celle de Judy, ce qui permettait à celle-ci de rester au calme. Toby avait même installé un Interphone pour qu'elle puisse les appeler quand elle avait besoin d'eux.

Il conduisit jusque chez lui et entra. Sa grand-mère était assise dans son fauteuil préféré du salon, en train de lire. Elle se servait de la tablette qu'il lui avait offerte pour consulter ses e-mails ou aller sur Facebook, mais elle préférait les livres papier.

Elle leva les yeux en l'entendant, puis sourit.

— Tu rentres tôt.

— Je retourne au bureau très vite. Je voulais juste te parler de quelque chose.

Il s'assit sur le canapé. L'essentiel du mobilier était neuf. Judy avait conservé quelques meubles anciens qu'elle possédait depuis sa jeunesse, mais en dehors de ça la famille s'était offert un nouveau départ. Le grand divan que Toby avait acheté était large et confortable, avec une assise bien garnie et une multitude de petits coussins.

— Leigh Somerville est passée me voir à la boutique, commença-t-il.

— La mère de Reggie ? Je la connais, bien sûr, mais nous n'avons jamais évolué dans les mêmes groupes, répondit Judy avec un nouveau sourire. C'est une histoire de générations, sans doute.

— Elle nous invite chez elle pour Thanksgiving.

Le sourire de sa grand-mère se fit encore plus lumineux.

— Vraiment ?

— Oui.

— Avec Reggie ?

— Je suppose qu'elle sera là, en effet.

Judy reposa son livre et se redressa.

— Tu sais que j'ai toujours adoré Reggie. Déjà au lycée, c'était une fille rationnelle, qui savait ce qu'elle voulait. Si seulement tu n'avais pas tout gâché avec elle…

Toby tressaillit.

— Hé ! Tu ne sais pas ce qui s'est passé !

— Je sais que c'était ta faute. Tu me l'as dit toi-même avant de plier bagage. Tu as dit que tu l'avais perdue et que tu n'avais plus aucune raison de rester en ville.

Toby aurait préféré qu'elle ne réveille pas ses souvenirs de cette époque.

— Tu sais que je ne suis pas parti à cause d'elle.

Sa grand-mère parut se tasser contre son accoudoir, comme si les images du passé étaient aussi insoutenables pour elle que pour lui.

— Oui, je sais…

Toby se frotta nerveusement le bras gauche. Les cicatrices de brûlures, dues aux cigarettes de son père, étaient presque effacées. Son corps était aussi marqué par les coups de ceinture qu'il avait reçus, et il préférait ne pas savoir ce qu'une radio montrerait après ses multiples fractures des bras.

— Alors, qu'en dis-tu, pour Thanksgiving ? reprit-il. Est-ce que tu aimerais y aller ? Je sais que je te pose la question au dernier moment et si tu préfères un dîner calme ici, juste avec Harrison et moi, ça m'ira aussi.

— Non, j'aimerais beaucoup passer la journée avec Reggie et sa famille.

Toby devint soudain soupçonneux.

— Ce n'est qu'un repas entre amis, prévint-il. Je ne veux pas qu'on essaye de me caser.

— Pourquoi pas ? Tu as besoin d'une épouse.

— Harrison et moi nous en sortons très bien comme ça.

— Je ne m'inquiète pas pour ton fils. Je sais qu'il sera un homme heureux et en pleine forme. C'est toi qui me soucies. Laisse quelqu'un entrer dans ta vie, Toby. Tu mérites de recevoir un peu d'amour.

— Je n'ai pas besoin de ça, je t'assure.

Il se leva avant qu'elle aborde le thème du sexe – ce qui arriverait forcément, et ce n'était pas vraiment une conversation qu'il tenait à avoir avec sa grand-mère. Il se pencha sur elle et déposa un petit baiser sur son front.

— Je dois y aller. On se retrouve ce soir.

— Bien sûr.

Il remonta dans sa voiture et reprit la route du bureau. Alors qu'il patientait devant l'un des cinq feux rouges de la ville, il se surprit à penser de nouveau à Reggie. Pourquoi était-il tellement intéressé par elle, d'un seul coup ? Il n'avait pas mentionné son nom pendant des années. Et pourtant, dès l'instant où il l'avait vue avec son chien gigantesque, son image s'était imprimée dans son esprit.

Sans doute parce qu'il l'avait aimée à la folie, autrefois. Ou à cause de la manière dont leur histoire s'était terminée. Leur rupture l'avait dévasté, laissant en lui des cicatrices plus profondes que tous les coups de son père. Ça s'était passé le mardi qui avait suivi leur bal de promo, et le soir où elle s'était enfin donnée à lui. Ils avaient fait l'amour après la fête. Ça avait été leur première fois, à tous les deux.

Au bout d'un an de relation, ils avaient tout essayé, sauf ça ; et ce moment avait été encore plus merveilleux que tout ce que Toby avait pu imaginer. La chaleur du corps de Reggie, son regard confiant, ses mains si assurées l'avaient bouleversé. Il avait passé les deux jours suivants le cœur en fête.

Le lundi après-midi, dans les vestiaires de la salle de sport, il l'avait admis devant son meilleur ami. Quelqu'un avait dû les entendre, car le lendemain matin tout le lycée répétait que Reggie Somerville était le meilleur coup de sa vie.

Étant donné sa réputation, personne ne s'était douté qu'elle avait été la première – et la seule. Elle s'était sentie humiliée et avait cru qu'il l'avait trahie en répétant à tout le monde une chose qui aurait dû rester entre eux. Elle l'avait quitté sans l'écouter et, quelques jours plus tard, Toby avait laissé Wishing Tree derrière lui.

Se tirant de ses pensées, il se gara sur sa place réservée et remonta dans son bureau.

Si seulement, songea-t-il en refermant la porte. Si seulement il n'avait rien dit. Si seulement elle l'avait laissé lui expliquer la situation. Si seulement son père n'avait pas été un ivrogne violent pressé de décharger sa colère et sa frustration sur son fils unique.

Hélas, personne ne pouvait changer ce qui était arrivé. Toby ramassa le papier portant le numéro de téléphone de Reggie sur son bureau et sourit.

Peut-être que le passé était sombre, mais il lui restait le présent et l'avenir. Et, apparemment, Reggie semblait prête à les rendre un peu plus intéressants…

8

Dena se répéta qu'elle agissait simplement en bonne voisine. Après avoir passé une demi-heure dans le salon pour la soirée Snacks et Vin, elle avait compris que Micah n'avait pas l'intention de se montrer et qu'il allait manquer les délicieuses bruschettas d'Ursula. En tant que propriétaire et hôtesse, elle devait s'assurer que *tous* ses clients étaient comblés. Elle s'était donc glissée dans la cuisine, avait déposé quelques bruschettas sur une assiette et sorti une bière du frigo avant de traverser la cour. Elle frappa à la porte de Micah et recula d'un pas, pour la sécurité de son client plus que par politesse. Quelque chose en elle lui murmurait qu'elle risquait de vouloir se jeter sur lui dès qu'il ouvrirait la porte, et elle préférait éviter de tenter le diable.

Non seulement cet homme était l'un des plus sexys qu'elle ait rencontrés, mais elle frissonnait encore en repensant à la sensation de sa main sur son poignet. Le fait qu'elle ait tremblé de plaisir en pleine nausée en disait long…

La porte s'ouvrit d'un coup. Micah sourit dès qu'il la reconnut, provoquant chez elle une nouvelle bouffée de chaleur.

— Salut, dit-il avant de baisser les yeux sur l'assiette qu'elle tenait à la main. Si je ne vais pas à l'apéro, l'apéro vient à moi ? Je ne suis pas sûr de retenir la leçon, mais je ne vais certainement pas refuser le service d'étage.

Il s'effaça, l'invitant clairement à entrer. Elle se répéta d'agir normalement et de ne pas minauder ou glousser – un bon conseil, puisqu'elle était très mauvaise pour ce genre de choses.

Elle pénétra dans la suite et posa l'assiette sur la petite table entourée de chaises. Elle tira ensuite la bière de la poche de sa veste.

Micah sourit de plus belle.

— Je croyais que c'était « Snacks et *Vin* ».

— En effet, répondit-elle, mais tu as pris une bière l'autre soir, alors j'ai pensé que tu préférais ça. Je peux t'apporter un verre de vin, si tu veux.

— Non, la bière me va très bien. Merci. Veux-tu te joindre à moi ?

Pouvait-elle, vraiment ? Dena s'intima une nouvelle fois l'ordre de rester calme et se débarrassa de son manteau.

— Merci. C'est très gentil de ta part.

Micah passa dans la kitchenette et tira une tasse d'un placard.

— Heureusement pour toi, la propriétaire m'a gentiment laissé une sélection de thés à disposition. Aimerais-tu une infusion ?

— Pourquoi pas ?

Elle le laissa réchauffer un peu d'eau au micro-ondes et ouvrir sa bière, profitant de cet instant pour s'asseoir à table et observer la pièce. Un rapide coup d'œil en direction du salon lui montra que Micah gardait les lieux en ordre et qu'il avait apporté plus d'une guitare avec lui. Trois étuis, au moins, étaient alignés contre le mur.

Il lui apporta sa tasse, ainsi qu'une coupelle pour le sachet de tisane, puis s'installa à son tour.

— Merci encore pour ton aide, en classe, dit Dena.

Les enfants ont adoré ta prestation. Je suis sûre qu'ils vont en parler pendant des jours.

— J'étais heureux de pouvoir donner un coup de main. Et je me suis bien amusé, moi aussi.

— Je regrette qu'on n'enseigne plus la musique, à l'école. C'est un apprentissage très important, mais nous n'avons pas assez de budget pour ça. Comment as-tu appris à jouer ?

— Je me suis entraîné tout seul. La musique m'a toujours intéressé et j'ai progressé très vite. Après avoir décidé de monter un groupe sérieux, j'ai enchaîné les petits boulots pour m'offrir des cours.

— Tu étais très déterminé, alors ?

— Oui.

Elle le regarda un instant et vit qu'il l'étudiait avec attention. Le poids de ses yeux posés sur elle la rendit un peu nerveuse.

Ils étaient assis très près l'un de l'autre et elle n'aurait eu qu'à étendre les mains pour le toucher. Bien sûr, si elle avait fait cela, il aurait reculé, horrifié, et elle se serait sentie humiliée... Mais le simple fait d'y penser était agréable.

— Comment as-tu appris à te servir des points de pression ? demanda-t-elle, pour se distraire plus que par réelle curiosité.

Micah fronça les sourcils.

— Pourquoi cette question ?

— N'étais-je pas censée la poser ?

— Mais tu sais que...

Il se pencha soudain vers elle.

— Tu ne t'es pas renseignée sur Google ?

— Non. J'aurais dû ? J'ai été très occupée par l'école et le B&B.

Elle fit de son mieux pour ne pas se sentir bête. Elle

n'était pas du genre à chercher des informations sur Internet dès qu'elle rencontrait quelqu'un. Pensait-il réellement qu'elle allait… ?

— Je suis désolé, reprit Micah d'un air penaud. J'ai supposé que tu le ferais, comme la plupart des gens.

Ils se dévisagèrent un instant, comme s'ils ne savaient pas quoi ajouter. Finalement, Dena poussa l'assiette de bruschettas vers lui.

— Mange. Je te promets que c'est bon.

Il éclata de rire et, en un éclair, la tension s'apaisa.

— Tu pousses les gens à grossir…

— En effet. Je tiens ça de ma mère. Je ne peux pas m'en empêcher.

Il prit une bruschetta et mordit dedans.

— Délicieux.

Elle se servit à son tour. Elle ne pouvait pas manger les tartines au bleu et à la figue, mais les mélanges tomates-basilic et cheddar vieux-poire étaient autorisés.

Quand il eut terminé, Micah s'essuya les mains sur sa serviette et prit sa bière.

— J'ai été marié, dit-il d'une voix calme, les yeux emplis d'une soudaine tristesse. Adriana était enceinte de cinq mois quand un chauffard ivre nous a percutés sur la route. Le bébé et elle ont été tués sur le coup. J'ai été gravement blessé. Pendant son premier trimestre de grossesse, elle souffrait d'intenses nausées matinales et j'ai appris à me servir des points de pression pour l'aider.

Dena eut besoin de quelques instants pour comprendre tout ce qu'il venait de lui confier. Ses paroles crues et franches éveillaient des images atroces et l'emplissaient d'un flot d'émotions qu'elle ne sut nommer. Cela allait au-delà de la compassion ou de la colère. Comment pouvait-on survivre à une telle perte ?

— Je suis désolée, murmura-t-elle. Quand est-ce arrivé ?

— Il y a un peu plus d'un an. J'ai passé Noël dernier à l'hôpital, puis au centre de rééducation, ce qui a rendu l'épreuve encore plus dure à surmonter.

Elle sentit ses yeux brûler – preuve que les larmes n'allaient pas tarder à suivre – et fit de son mieux pour ravaler son trouble.

— Ne fais pas attention à ma réaction, dit-elle d'une voix rauque. Les hormones me jouent des tours, ces temps-ci.

Elle renifla.

— Donc, d'une certaine manière, c'est ton premier vrai Noël sans ta famille.

— Oui.

— Dans ce cas, je suis heureuse que tu le passes à Wishing Tree. C'est un bon endroit pour se noyer dans l'esprit des fêtes.

— C'est bien ce que j'espérais.

Une unique larme échappa à Dena et elle l'essuya vivement d'un revers de la main.

— Il faut vraiment que nous changions de sujet.

Micah lui adressa un sourire un peu tremblant.

— Choisis.

— Est-ce que Noah t'a parlé du projet de charité de sa classe ?

— Non. De quoi s'agit-il ?

— Nous fabriquons des écharpes et des bonnets pour les enfants dans le besoin. Les élèves ont proposé différentes idées, et c'est celle que nous avons retenue. Elle a été suggérée par Harrison, un ami de Noah. Nous nous servons de tricotins circulaires pour travailler, c'est amusant.

Elle attrapa une seconde bruschetta.

— D'habitude, ma mère supervise ce genre d'activités, mais elle est très occupée en ce moment, et ma sœur

Reggie a accepté de prendre sa place. Elle est de retour en ville pour les fêtes. Mes parents ont décidé de renouveler leurs vœux et elle les aide également à organiser la cérémonie.

— On dirait que Reggie ne va pas avoir beaucoup de temps libre.

— En effet.

Elle le regarda boire et manger pendant quelques instants. Il paraissait plus détendu et toujours aussi beau, mais pas d'une manière intimidante. Une aura de tranquillité l'entourait. Sans doute était-il du genre posé, à l'aise avec lui-même. Elle avait encore du mal à imaginer qu'il était célèbre.

— As-tu vraiment écrit *Moonlight for Christmas* ? demanda-t-elle.

— Oui.

— Avec ton ex-femme ? C'est un peu bizarre, non ?

Il gloussa entre deux bouchées.

— Nous étions encore mariés, à l'époque. Electra et moi...

Dena ne put s'empêcher de sourire.

— Electra ? Sérieusement ?

— Ce n'est pas son vrai nom.

— Tu m'en diras tant !

— C'est vrai. Nous nous sommes rencontrés alors qu'elle passait une audition pour rejoindre le chœur qui nous accompagnait pendant notre première tournée. Nous étions encore jeunes et nous ne savions pas si nous allions percer. Au fil des jours, nous nous sommes rendu compte que nous aimions tous les deux écrire.

— Si elle est ton *ex*-femme, j'imagine que tu as découvert d'autres choses à son sujet, par la suite.

Il haussa un sourcil.

— Mademoiselle Somerville, vous me choquez !

— J'en doute… Cette chanson a été ton premier succès, alors ?

— Oui. Ça nous a aidés à nous faire connaître.

— Je ne vais pas t'espionner sur Internet, mais je pense que je ne peux plus éviter de télécharger quelques-unes de tes chansons pour les écouter.

— Non, ne fais pas ça.

— Pourquoi ?

— Tu ne les aimeras pas. Il n'y a pas un soupçon de country dedans.

Elle éclata de rire.

— Tu apprendras que j'aime aussi d'autres genres de musique. Et puis, je te connais, maintenant. Tes chansons me paraîtront forcément spéciales, puisque…

Elle reposa brusquement sa tasse et prit une profonde inspiration, traversée par une nouvelle nausée. Elle n'arriverait sans doute pas à la contrôler, cette fois, et allait devoir courir à la salle de bains. Il était hors de question qu'elle vomisse de nouveau dans un évier devant lui. C'était beaucoup trop humiliant.

Avant même qu'elle ait pu se souvenir du chemin vers la salle de bains, Micah bondit de sa chaise et s'accroupit près d'elle. Il lui prit le bras et pressa plusieurs points avec force. Son regard bleu sombre ne la quittait pas.

— Inspire, dit-il. Retiens ton souffle le temps de compter…

— Jusqu'à quatre, acheva-t-elle, se sentant déjà un peu mieux. Je me souviens.

Elle se concentra sur sa respiration et ses muscles se détendirent. Les doigts de Micah étaient chauds, son corps, si proche. Ce ne fut que lorsque la flamme du désir eut remplacé la nausée qu'elle se rendit compte qu'ils n'avaient pas bougé. Micah était toujours agenouillé devant elle, son regard plongé dans le sien. Sans doute comprenait-il qu'elle était bien moins intéressée par ses manipulations thérapeutiques que par tout ce qu'elle aurait voulu faire d'autre avec lui.

D'un seul coup, la honte s'abattit sur elle. Elle s'écarta et fit de son mieux pour sourire.

— Je vais bien, dit-elle d'une voix légère qui lui donnait sans doute l'air un peu bête. Tu as des doigts d'or.

Elle s'interrompit, mortifiée. Non, ce n'était pas ce qu'elle avait voulu dire !

— Enfin… Tu es juste doué avec tes mains…

Argh ! Pire !

Heureusement, il se rassit sur sa chaise.

— Tu te sens mieux ?

— Mieux, oui. Beaucoup mieux. Encore merci pour ton aide. Il va vraiment falloir que je me renseigne sur cette technique pour m'occuper de moi toute seule, la prochaine fois.

Elle réprima une grimace. Sérieusement ? Venait-elle vraiment de dire ça ?

— Je parle de la nausée, bien sûr.

Il lui adressa un petit sourire.

— Oui, j'avais compris.

— Parfait. Excellent. Bon, je pense que je vais y aller. Profite bien de tes snacks.

Elle se leva, attrapa son manteau et s'enfuit sans demander son reste. Dès qu'elle eut retrouvé la sécurité de son appartement, elle se pelotonna sur son canapé et se promit de mieux se contrôler la prochaine fois qu'elle verrait Micah. À moins qu'elle ne l'évite, tout simplement. Ce serait sans doute plus prudent.

Pendant ce temps, Reggie débarrassait la table de travaux manuels dans la cave de la maison familiale. Elle attrapa l'une des caisses en plastique posées dans un coin et y entassa toutes les petites fournitures qui traînaient pour se ménager un espace de travail convenable. Elle rangea des tubes d'aquarelle dans un tiroir de la grande armoire dressée contre un des murs et stocka des échantillons de papier coloré sur une étagère.

Une fois la table libérée, elle y étala les différents modèles de faire-part que sa mère avait sélectionnés. Certes, les invitations seraient envoyées par e-mail, mais il était plus facile de se décider devant des cartons imprimés que devant un écran.

Reggie avait fini par réduire le choix à trois modèles quand elle entendit un grand bruit de chute au rez-de-chaussée. Quelques secondes plus tard, Belle dévala l'escalier, suivie de près par Burt qui aboyait et lui mordillait les pattes. La chienne bondit sur le canapé, l'air terrifié et quasi hystérique.

— Burt ! Laisse-la tranquille !

Le petit teckel ne parut pas impressionné par ses cris et continua à grogner. Belle poussa un gémissement pitoyable.

— Franchement, j'aimerais que tu apprennes à te défendre, soupira Reggie. Il n'y a que comme ça qu'il arrêtera.

Le regard blessé de sa chienne lui fit comprendre qu'elle comptait sur elle pour se dresser en bouclier devant son corps si délicat et fragile.

La jeune femme abandonna la lutte et se remit à étudier les invitations – toutes sur le thème de Noël. Ce n'était pas surprenant, étant donné que la fête approchait à grands pas. Elle finit par choisir son modèle préféré, puis monta pour rejoindre sa mère. Arrivée au sommet de l'escalier, elle appela Belle, qui la rejoignit en quelques bonds, laissant Burt japper au sous-sol.

Leigh était dans le salon, le nez dans une grande caisse de décorations de Noël. Reggie feignit une réaction choquée et désapprobatrice.

— Maman ! Thanksgiving n'est pas encore passé. Qu'est-ce que tu fais ?

Sa mère sourit.

— Oui, je sais : je viole le code de Wishing Tree. Mais, techniquement, je ne décore pas, je trie.

Elle tira de la caisse un lutin en costume de Père Noël.

— Il n'est plus en très bon état, n'est-ce pas ? Tu crois qu'il est temps qu'on le mette à la retraite ?

— Jamais ! Maman, il nous faut ce lutin.

Leigh l'examina un instant, les sourcils froncés.

— D'accord, mais on va devoir lui donner une nouvelle jeunesse. Je le descendrai tout à l'heure pour voir ce que je peux faire avec. As-tu choisi un modèle de faire-part ?

— Je les ai classés dans l'ordre de mes préférences, mais il s'agit de ton mariage. C'est à toi de prendre la décision finale.

Reggie s'assit sur le canapé avec sa mère. Belle bondit à leurs côtés et s'appuya sur sa maîtresse, non sans jeter des coups d'œil apeurés en direction de l'escalier, comme si elle s'attendait à voir Burt revenir la harceler. Reggie étala les invitations sur la table basse et montra sa préférée.

— J'aime beaucoup celle-ci. Elle est très lisible, et elle te ressemble.

Sa mère saisit le faire-part et l'examina un moment.

— Je l'aime aussi. Très bien, le choix est fait.

— C'était rapide…

Trop rapide, songea Reggie. En temps normal, sa mère changeait au moins deux fois d'avis avant de prendre la moindre décision.

— Je l'aime bien et nous allons devoir envoyer les e-mails très vite, expliqua Leigh. J'ai déjà fait parvenir une annonce aux invités avec la date, mais il est temps de nous occuper de ces faire-part.

— D'accord. C'est donc décidé.

Sa mère lui avait donné les adresses de tous les invités, l'envoi groupé ne prendrait donc pas beaucoup de temps C'était une bonne chose, car Reggie devait aussi travailler sur le projet de Gizmo, sans compter les autres dossiers en cours qu'elle avait apportés avec elle.

— Je me suis aussi décidée au sujet des cadeaux à offrir aux invités, annonça Leigh.

Reggie passa un bras autour de Belle et serra les dents, attendant la suite.

— Le savon ? demanda-t-elle, prudente.

Fabriquer des savonnettes leur demanderait du temps, d'autant qu'elles ne s'y étaient jamais essayées.

— Non. Je veux leur offrir des petits cactus de Noël. J'ai commandé des pots personnalisés ravissants, ainsi que des cactus en godets. Tu crois que tu pourras les rempoter pour moi ?

Reggie la dévisagea, incrédule.

— Tu comptes en offrir un à chacun, ou bien un par couple ?

— Un par couple : ça n'en fera que soixante ou soixante-dix, répondit sa mère en lui tapotant le bras. Je suis sûre que tu pourras t'en occuper en un rien de temps.

Reggie songea un instant à lui rappeler qu'elle avait aussi besoin de temps pour travailler, mais sa mère réagirait sans doute en lui adressant ce regard triste qui lui donnait l'impression d'être une fille ingrate.

— As-tu aussi commandé du terreau ? demanda-t-elle en conséquence.

— Oui, spécial plantes grasses. Je pensais aussi qu'on pourrait nouer des petits rubans autour des pots. Vert et rouge, pour aller avec la thématique.

— Bien sûr. Bonne idée.

Sa mère sourit.

— Je suis contente que tu approuves.

— C'est ton mariage, maman, répéta Reggie. Tu as le droit de l'organiser comme tu le souhaites.

Leigh se pencha pour caresser Belle entre les oreilles.

— Et je tiens à ce que cette grande fille soit ma demoiselle d'honneur. Ta maman va te faire une jolie robe et tu seras la plus jolie fille du monde...

La chienne remua la queue avec enthousiasme.

La robe ! Reggie avait complètement oublié ce détail. Il était grand temps de dresser une liste, si elle voulait achever tous les préparatifs dans les temps. Elle devait aussi se pencher sur le projet de charité de Dena, mais elle préférait ne pas trop y penser pour le moment. Toby ferait partie des parents volontaires, ce qui les obligerait à passer du temps ensemble ; et, comme leur dernière rencontre avait été des plus bizarres, elle craignait de voir où la suite les conduirait.

— J'ai besoin de mettre de l'ordre dans mes idées, annonça-t-elle. Tu veux sortir te promener un peu, Belle ?

Sa chienne se laissa glisser sur l'assise du canapé et se roula en boule sur les coussins, dos à Reggie, les yeux fermés.

Leigh éclata de rire.

— Je crois que ça veut dire « non ».

— Il semblerait, oui. Flemmarde !

La veille de Thanksgiving arriva. Cet après-midi-là, Micah crut qu'il allait finir par jeter une chaise à travers la fenêtre. Il venait de passer la journée à essayer d'écrire mais, quoi qu'il fasse, il ne parvenait à rien de bon.

Il avait fait des listes de mots pour y puiser l'inspiration. Il avait cherché sur Internet un nombre incalculable d'expressions et de traditions de Noël. Il était sorti se promener trois fois, avait essayé de dormir et avait même envisagé des choses tout à fait ridicules, comme de chanter les aventures d'un cochon de Noël... À présent, il était 17 heures et il n'avait rien à montrer. Pas une seule note. Pas une seule rime.

Il avait d'abord envisagé d'écrire un morceau de Noël en hommage à Adriana ; mais à ce stade il aurait même su se contenter d'un refrain à propos de son stupide cochon. Hélas, cela ne semblait pas près d'arriver. L'équilibre talent-travail qu'il avait réussi à maintenir pendant des années pour créer s'était évaporé. Ou, du moins, il s'était caché quelque part, très loin. Allait-il réapparaître un jour ?

Il arpenta sa suite trois ou quatre fois, puis envisagea une nouvelle fois de passer ses nerfs sur la fenêtre à grands coups de chaise. Seulement, il n'avait jamais été du genre destructeur – pas dans ce sens-là, en tout cas – et il n'allait pas commencer maintenant. De plus, cette maison appartenait à Dena et il n'avait aucune envie de lui faire du mal. Ou de la décevoir.

Il essaya quelques exercices de respiration, abandonna bien vite, et se leva finalement dans un juron pour attraper sa veste. Il fallait qu'il sorte de sa chambre et, pour l'instant, la seule distraction à laquelle il pouvait penser était la soirée Snacks et Vin – au nom si peu inspiré...

Il sortit de la cour et contourna la grande maison. Il faisait un froid glacial, dehors. La nouvelle veste qu'il s'était achetée en ligne lui tenait chaud, mais ses mains s'engourdissaient déjà. Il lui fallait des gants, songea-t-il en passant la grande porte d'entrée. Il en commanderait dès son retour dans sa chambre.

Il accrocha son manteau à l'une des patères du hall

et jeta un coup d'œil autour de lui. Une dizaine de personnes occupaient le grand salon, quelques autres étaient disséminées dans la salle à manger. Certains des invités tenaient de petites assiettes et des verres de vin. Deux hommes avaient préféré se servir une bière. Quelques regards et quelques hochements de tête saluèrent son arrivée, mais personne ne le dévisagea avec insistance ou ne vint lui parler. C'était exactement comme dans le reste de la ville.

Il passa devant la réception, les yeux aux aguets à la recherche de Dena. Winona, la gérante, le salua chaleureusement.

— Le buffet est installé dans la salle à manger, annonça-t-elle.

Clairement, c'était un self-service.

— Merci… Dena est-elle ici ?

Winona pointa un endroit derrière lui. Il se retourna et vit Dena en train de discuter avec un couple assez âgé. Elle riait, le corps détendu dans son pull vert sapin et son jean. Ses longs cheveux étaient lâchés.

Alors qu'il la regardait, Micah ne put s'empêcher de se demander pourquoi elle avait à ce point tenu à avoir un enfant toute seule. Non, c'était une mauvaise question. La bonne était : comment les hommes pouvaient-ils être aussi stupides, parfois ? Dena était une belle femme, intelligente, douce, amusante et facile à vivre. Elle aurait dû trouver une bonne centaine de types prêts à tomber amoureux d'elle et à l'épouser. Mais ça n'avait clairement pas été le cas, et elle avait fini par décider de faire un bébé toute seule. Il ajouta mentalement le mot « courageuse » à la liste de ses qualités.

Il passa dans la salle à manger, où il trouva une sélection de vins de l'État de Washington, « style italien », accompagnée par des boulettes de viande, du melon et du *prosciutto*. Il se prépara une assiette, prit un verre et chercha un endroit où s'asseoir. Il venait de s'installer au fond d'une petite alcôve quand Dena le rejoignit.

— Tu es venu, dit-elle en prenant place en face de lui, de l'autre côté de la petite table.

— Oui. D'ailleurs, je crois que tu devrais trouver un meilleur nom pour ces soirées. « Snacks et Vin », ça ne sonne pas très bien.

Elle éclata de rire.

— Je sais, il nous faut quelque chose de plus attrayant. Je n'arrête pas de me répéter qu'il faut que j'y réfléchisse, mais je ne prends jamais le temps de le faire.

— Comment te sens-tu ? demanda-t-il.

Elle soupira.

— Fatiguée. Et, apparemment, ça se voit. Tout le monde me demande si je dors assez, ce soir.

— Tiens bon encore quelques semaines, et cet épuisant premier trimestre sera terminé.

— C'est ce que je me répète. J'ai hâte de retrouver mon énergie et de pouvoir enfin poser un regard positif sur ma vie.

— Tu es déjà positive, la plupart du temps, lui rappela-t-il.

Dena rit de plus belle.

— Oui, mais entre la fatigue et les nausées je suis moins pétillante que d'habitude.

Elle se laissa aller contre le dossier de la chaise et demanda :

— Alors ? Quels sont tes projets pour Thanksgiving ?

Il sirota son vin quelques secondes en silence.

— On me tient à l'œil ?

— Évidemment. Je veux être sûre que tu saches où passer la journée. Sinon, je suis prête à te traîner chez mes parents pour te faire regarder le match avec mon père et l'écouter râler parce que nous mangeons à 3 heures de l'après-midi, pendant que Belle, le grand danois de ma sœur, essayera de fuir Burt, le teckel de dix kilos de mes parents. Pauvre Belle… Elle ne comprend pas à quel point elle est plus grosse que lui !

— C'est gentil de t'inquiéter pour moi, mais j'ai l'intention de fêter Thanksgiving avec Steve et sa famille.

Elle le regarda un instant, presque comme si elle ne le croyait pas.

— Vraiment ? demanda-t-elle.

— Je te le jure. Tu peux demander à Steve.

— OK. Je voulais juste m'assurer que tu ne passeras pas la journée seul.

— Promis.

— Et c'est sans doute tant mieux pour toi, d'ailleurs. Chez nous, tu aurais dû supporter notre bavardage au sujet du mariage…

— C'est vrai. Tes parents se marient. Ça doit être amusant.

— Je suis très heureuse pour eux. C'est un peu bizarre, pour être honnête, mais bon… La plupart des parents le sont, non ? Reggie et moi sommes ravies de ne pas être demoiselles d'honneur : c'est Belle, la chienne, qui a écopé de cette responsabilité.

— Je tiens à voir des photos de ça !

Dena rit de nouveau.

— Je te promets de t'en montrer. Reggie a prévu de coudre sa robe et je crois que l'idée est de lui faire rejoindre l'autel avec un panier de fleurs autour du cou. Je suis sûre que ce sera ravissant… Alors, comment sont les boulettes ?

— Délicieuses. Tu en veux ?

— Je vais m'en chercher, dit-elle en jetant un regard

en direction de la salle à manger. Et du melon. Hélas, il va falloir que je renonce au *prosciutto*.

— Pas de charcuterie.

— Ni de fromages à pâte molle, d'alcool...

Elle soupira :

— Ou de café.

— Ça te manque ?

— Oui. Le déca, ce n'est vraiment pas la même chose. J'avais une bonne relation avec le café. On était ensemble depuis très longtemps, et on était heureux.

— Je te promets que vous vous réconcilierez bientôt, dit-il en se levant. Je vais te chercher de quoi grignoter.

— Oh non, tu n'es pas obligé ! Tu es un client, ici.

Elle voulut se lever à son tour, mais Micah l'obligea à rester assise.

— Ne bouge pas : je reviens tout de suite.

Il s'approcha du buffet et remplit une assiette de boulettes de viande et de melon, qu'il accompagna d'un verre de jus de fruits. Mais quand il rejoignit l'alcôve il vit que Dena avait fermé les yeux. Sa tête, rejetée en arrière, était appuyée contre le dossier de sa chaise. Sa respiration lente et régulière lui fit comprendre qu'elle dormait. Une soudaine vague de tendresse le traversa, suivie par un farouche instinct de protection.

Adriana avait fait la même chose, songea-t-il, assis près d'elle pour veiller sur son sommeil. Elle avait été gênée de somnoler ainsi à la première occasion, mais Micah avait trouvé cela charmant. C'était toujours le cas.

Sans doute était-il logique qu'il pense plus souvent à Adriana, ces jours-ci. Passer du temps aux côtés d'une femme enceinte réveillait forcément ses souvenirs. Tout en buvant son vin, il songea soudain que les images du passé qui revenaient le hanter étaient moins douloureuses qu'autrefois. Elles ne l'entaillaient plus comme du verre brisé, mais le réconfortaient presque, au contraire. En se rappelant ces temps meilleurs, il retrouvait foi en l'avenir.

Sans réfléchir, il tendit le bras par-dessus la table et prit l'une des mains de Dena entre les siennes. Elle ne s'éveilla pas, se contentant de se pencher vers lui dans son sommeil pour serrer ses doigts entre les siens. À moitié étouffée par le brouhaha des conversations, la musique passa d'une chanson à une autre. Il ne reconnut pas tout de suite l'introduction, puis sourit en entendant George Strait commencer à chanter *Oceanfront Property.* Cet homme avait une voix puissante, songea-t-il, et juste assez nasillarde pour plaire à Dena...

9

— Tu devrais vraiment te joindre à nous, tu sais, insista Reggie, allongée sur son lit aux côtés de Belle.

Elle fit passer son téléphone à l'autre oreille.

— Merci, répondit Paisley dans l'écouteur, mais si je saute Thanksgiving ma mère me tuera. Je ne reste à la maison que pour la journée, et ça la rend déjà folle…

— Elle aime passer du temps avec sa fille préférée, c'est tout.

— Si seulement ! Je suis son unique fille. Bref, je te souhaite un bon Thanksgiving. On devrait s'organiser une sortie, ce week-end. J'ai deux événements prévus à l'hôtel, mais mes soirées sont encore libres.

Reggie rit.

— La dernière fois qu'on a organisé une soirée filles, j'étais rentrée à la maison à 22 h 30.

— On est plus mûres, maintenant, et beaucoup plus responsables.

— Si tu le dis… On en reparle à ton retour !

Elle raccrocha et sourit à Belle.

— Paisley est la plus jeune de sa fratrie et elle a quatre grands frères, tous mariés. Je suis sûre qu'ils vont passer la journée à lui donner des conseils sur sa vie sentimentale.

Belle fronça vaguement les sourcils.

— Je sais, renchérit Reggie. Ils devraient la laisser tranquille, mais comment leur faire comprendre ?

Elle abandonna son lit pour se glisser sous la douche. Une demi-heure plus tard, elle était habillée et maquillée, sous un brushing léger. Arrivée au rez-de-chaussée, elle trouva Dena assise devant l'îlot de cuisine avec Belle à ses pieds.

— Comment te sens-tu ? demanda Reggie à sa sœur. Toujours aussi malade ?

— Oui. J'ai l'impression que ça commence à s'arranger, mais je n'en suis pas sûre. Je suis tout le temps fatiguée…

Ses joues rosirent vaguement.

— Hier soir, je me suis endormie en plein milieu de l'apéro des clients.

— En parlant à l'un d'entre eux ?

Dena évita son regard.

— Pas vraiment, mais c'était quand même très gênant.

Depuis le salon, leur père cria devant sa télé pour dénoncer une faute et leur mère le rappela sèchement à l'ordre.

Dena sourit.

— Certaines choses ne changeront jamais.

— Je sais. Dans quelques minutes, il va commencer à se plaindre de l'horaire du repas.

Reggie tira une bouteille de jus de pomme pétillant du frigo.

— Je t'ai pris ça, pour que tu ne te sentes pas délaissée à table.

— Merci, c'est gentil.

— Est-ce que tu as vu la dinde ? Elle est géante, surtout pour nous quatre. Maman a dû prévoir de nous faire manger des restes toute la semaine.

— J'en prendrai volontiers pour la maison, répondit Dena d'un air paisible. Est-ce que j'ai raté ton monologue sur « la farce, c'est dégoûtant » ?

— Oui, je l'ai répété à voix haute *et* dans ma tête.

Reggie avait passé tout le début de la matinée à aider sa mère en cuisine, coupant des légumes et préparant de la chair à saucisse pour farcir la dinde. Pour ceux qui n'aimaient pas leur viande garnie de bouillie au sang de dinde, il y avait aussi une sauce cuite à part.

— Tu as faim ? demanda-t-elle à Dena.

— Un peu.

— Tu sais quoi ? Va regarder le match avec papa pendant que je te prépare une salade.

La voyant hésiter, Reggie la poussa en direction du salon.

— File !

Dena rejoignit leurs parents dans l'autre pièce sans se faire prier davantage. Reggie sortit quelques ingrédients du frigo, se retourna vers le plan de travail et manqua de trébucher sur Belle.

— Tu deviens de plus en plus sournoise ! grommela-t-elle, sans pouvoir réprimer un petit sourire.

La chienne observa avec espoir le fromage et le blanc de poulet cuit que Reggie tenait à la main.

— Non. Ce n'est pas pour toi.

Elle s'attendit à des protestations, mais Belle n'eut pas le temps de geindre davantage ; Burt était apparu à la porte de la cuisine comme un diable sortant d'une boîte. Ses petites pattes glissèrent sur le parquet ciré et il vint percuter Belle de plein fouet. Celle-ci hurla à la mort et s'enfuit en courant dans l'entrée. Burt, clairement amusé par ce petit jeu, la suivit sans perdre un instant.

— Résiste-lui et il arrêtera ! cria Reggie par la porte ouverte.

Elle en profita pour demander à ses parents s'ils voulaient de la salade et, quand ils lui confirmèrent qu'ils attendraient le repas, elle se mit au travail. Elle admirait Dena, songea-t-elle en coupant ses légumes. Jamais elle n'aurait autant de courage que sa sœur. Choisir de faire un enfant lui semblait une décision écrasante… elle qui certains jours avait du mal à gérer la simple responsabilité de promener sa chienne !

Quand elle eut terminé, elle rappela Dena.

— Voilà ! annonça-t-elle en plaçant une assiette devant sa sœur. Que des bonnes choses ! J'ai même ajouté du kale.

Dena fronça le nez.

— Je n'aime pas le kale.

— Peut-être, mais c'est sain. De toute manière, c'est tout vert et plein de feuilles, ça ne peut que te faire du bien.

— Oui, mais c'est dégueu…

— Quelle maturité !

Dena éclata de rire et s'attabla à un bout de l'îlot. Belle finit par se rouler en boule à leurs pieds, dans son panier, non sans garder un œil ouvert au cas où quelque chose de bon tomberait au sol.

— J'ai vraiment hâte de commencer le projet de charité avec ta classe, lundi, lança Reggie. Je me suis beaucoup entraînée, et je m'en sors plutôt bien.

Sa sœur la dévisagea avec un demi-sourire.

— Tu es sûre que ton enthousiasme ne vient pas de Toby ?

Reggie avait fait de son mieux pour ne pas penser à lui, ces derniers jours.

— Sûre, dit-elle d'une voix ferme.

Dena haussa un sourcil.

— Vraiment ? demanda-t-elle en traînant sur chaque syllabe d'un air peu convaincu.

— Oui, vraiment. Pourquoi serais-je intéressée par lui ? Je ne le connais plus. On ne s'est pas fréquentés depuis nos… dix-sept ? Dix-huit ans ? Franchement, il n'est plus du tout le même, aujourd'hui.

— Il est plutôt sexy.

— Tu n'as qu'à sortir avec lui.

— Hors de question : c'est *ton* petit ami.

— Pas du tout ! Qu'est-ce que tu ne comprends pas dans « c'est de l'histoire ancienne » ?

— Tu veux dire qu'il ne t'intéresse vraiment pas ?

Reggie réfléchit à sa rencontre à la fois brève et extrêmement gênante avec Toby. Ils n'avaient échangé que quelques mots – surtout elle, en fait, pour combler le silence.

— Je suis sûre qu'il sort avec quelqu'un.

— Pas à ma connaissance, répondit Dena. Quoi qu'il en soit, je veux bien changer de sujet, parce que je suis une sœur parfaite.

— Merci.

— De rien. Alors, les préparatifs du mariage avancent bien ?

Reggie lui parla des invitations et du temps qu'elle allait devoir dégager pour rempoter tous les cactus.

Dena grimaça.

— Je peux t'aider pour ça, si tu veux. Je pourrais en emporter quelques-uns à la maison pour m'en occuper le soir, après l'école.

— Tu veux dire entre tes préparations de cours, la gestion du B&B, tes nausées et ta fatigue ? Certainement pas, répliqua Reggie. Concentre-toi sur tes besoins et ceux du bébé.

— Winona gère le B&B pour moi, tu sais. Je ne suis là que pour lui donner un coup de main de temps en temps. Quant à mes nausées, elles sont moins violentes. Je me sers de points de pression, depuis quelque temps, et ça me fait du bien.

— Comment as-tu appris ce genre de technique ? C'est la première fois que j'en entends parler !

Dena baissa soudain les yeux sur sa salade.

— C'est un client du B&B qui m'a montré ça.

Reggie étudia sa sœur avec attention. Il y avait quelque chose, dans sa posture… Une chose qui la poussa à demander :

— Qu'est-ce que tu ne me dis pas ?

Dena prit un air surpris, pas très convaincant.

— Rien. Pourquoi ?

— Tu me caches quelque chose !

— Pas du tout. Tu viens de faire la liste de tout ce que je dois assumer au quotidien, en ce moment ; tu crois vraiment que j'aurais encore le temps de te cacher des choses ?

Reggie aurait voulu insister davantage, mais leur mère entra dans la cuisine au même instant, coupant court à leur conversation.

— Quand vous aurez terminé vos salades, pourrez-vous mettre la table, les filles ? J'ai prévu de sortir la belle vaisselle et les verres de fête. Oh… Et ajoutez trois couverts.

Reggie, étonnée, dévisagea sa sœur, qui haussa les épaules.

— On attend du monde ?

— Juste des amis. Rien de bien spécial, répondit Leigh.

— Qui ? demanda Dena.

Leur mère sourit d'un air malicieux.

— Vous verrez.

Consciente qu'elles ne lui arracheraient pas la moindre information de plus, Reggie porta leurs assiettes sales dans l'évier, puis suivit sa sœur dans la salle à manger. Elles tirèrent rapidement une nappe du placard et disposèrent un bougeoir à l'ancienne sur le buffet.

Dena effleura du bout des doigts les fines bougies blanches.

— On ferait peut-être mieux de ne pas les allumer. Si jamais Burt décide de pourchasser Belle, elle pourrait percuter le buffet et... pouf ! Plus de Thanksgiving.

— Oui, je suis sûre qu'un incendie ne serait pas du meilleur effet, pour conclure cette journée.

Tandis que Dena sortait la belle vaisselle du placard, Reggie rassembla les couverts. Elle découvrit soudain un ouvrage au point de croix à moitié terminé au fond de l'un des tiroirs et éclata de rire.

Dena sourit en le voyant.

— Maman ! On a trouvé ta broderie. Celle avec la girafe.

Leur mère se précipita dans la salle à manger.

— Où était-elle ? Ça fait une éternité que je la cherche !

— Dans le tiroir, répondit Reggie.

Leigh récupéra son ouvrage et tourna les talons, annonçant par-dessus son épaule :

— Je la mets dans le panier, près de mon fauteuil. Si j'oublie, n'hésitez pas à me le rappeler !

Belle se glissa à son tour dans la pièce, l'air plus inquiète encore que d'habitude.

— Que se passe-t-il, ma grande ? demanda Reggie. Tu veux sortir ?

Elle conduisit sa chienne jusqu'à la porte de derrière et l'ouvrit en grand. Belle resta sur le seuil, reniflant l'air froid, puis frissonna. Reggie referma la porte et attrapa une des vestes de la chienne pour l'emmitoufler. Cela fait, Belle accepta de mauvaise grâce de sortir dans la cour pour ses petites affaires, avant de rentrer en courant.

— Je sais, lui dit Reggie, tandis qu'elle la déshabillait. Il fait beaucoup plus froid ici qu'à Seattle... Navrée.

Avant que Belle puisse exprimer son accord – par le regard, bien sûr – la sonnette de l'entrée tinta.

— Reggie ? Tu veux bien y aller ? lança la voix de Leigh depuis le salon.

La jeune femme obtempéra, ouvrit la porte, et se figea, incrédule. Les « amis » invités par sa mère n'étaient autres que Toby, Harrison et Judy, la grand-mère de Toby ! Du moins, ce fut ce qu'elle déduisit en les voyant debout sous le porche, un sourire plein d'attente sur les lèvres.

— Bonjour, lâcha Reggie faiblement. Joyeux Thanksgiving.

Elle s'effaça pour les laisser entrer, l'esprit en ébullition. Qu'est-ce qui avait bien pu se passer dans la tête de sa mère ?

Toby s'était senti plutôt amusé, tant qu'il était convaincu que Reggie avait arrangé elle-même cette invitation à déjeuner. Mais, très vite, ce sentiment s'évapora. S'il en croyait son expression choquée, elle n'y était pour rien du tout.

— Entrez, dit-elle au bout d'un moment. Vous devez être gelés.

Toute la famille se tassa dans le vestibule. Dena apparut à la porte de la salle à manger et récupéra les manteaux des invités, tandis que Belle dansait autour de Harrison, visiblement ravie de le voir chez elle. Toby confia à Reggie le plat recouvert d'aluminium qu'il portait.

— Ma grand-mère les a préparés.

— Des *lefse,* précisa Judy avec un sourire. Une vieille tradition familiale.

— C'est un pain plat norvégien, ajouta Toby.

Reggie le dévisagea comme s'il était stupide.

— Je sais : j'en ai déjà mangé. Chez toi.

À l'époque où ils sortaient encore ensemble, songea-t-il, surpris qu'elle s'en souvienne.

Elle se tourna ensuite vers Judy et lui rendit son sourire.

— Merci beaucoup. Ma famille va adorer.

Les parents de Reggie les rejoignirent, et toute la petite troupe fut entraînée dans le salon. Vince éteignit la télé pour mettre de la musique. Harrison se laissa tomber sur le tapis pour jouer avec Belle. Toby vit du coin de l'œil Reggie s'échapper dans la cuisine avec les *lefse* et la suivit discrètement.

— Tu as été surprise de nous voir, dit-il.

Elle se retourna dans un sursaut et le dévisagea un instant en silence.

— Oui. Ma mère nous a dit qu'elle avait invité des amis, mais elle n'a pas dit qui. J'ai supposé qu'il s'agissait d'une de ses copines ou de quelqu'un qui travaille pour papa au garage. Je ne m'attendais pas à te voir.

— Ce n'est pas une bonne surprise, alors ?

Elle sourit.

— Je n'ai pas dit ça.

— Mais tu n'as pas l'air ravie.

— Ravie ? Vraiment ? Devrais-je couiner de plaisir ?

Il s'appuya contre le plan de travail et haussa un sourcil amusé.

— Tu couines quand tu es contente ? Ça ne doit pas être très pratique au quotidien...

— Arrête ! Je ne couine pas, coupa-t-elle en s'avançant d'un pas. Et désolée si ça te donne encore une fois l'impression que je ne suis pas *ravie*.

Elle soupira, puis reprit :

— Alors, comment ça s'est passé ?

Elle avait les cheveux beaucoup plus courts qu'au lycée. Ils étaient coupés au carré, suivant la ligne de sa mâchoire, et se recourbaient dans son cou, mettant en valeur ses immenses yeux noisette. Elle portait un jean sombre et un pull jaune, rouge et orange – toutes les nuances de l'automne. Elle était belle. Très différente de la lycéenne qu'il avait aimée, mais belle.

— Comment s'est passé quoi ? demanda-t-il. L'invitation ?

— Oui.

— Ta mère est venue me voir à la boutique et m'a demandé si nous avions envie de venir manger avec vous.

— Ma mère ? C'est vraiment bizarre. Je te jure que je n'en savais rien.

— J'avais compris.

— Pourquoi as-tu accepté ?

C'était une question intéressante, songea-t-il. Que devait-il répondre ?

— Nous allions passer la journée tous les trois, comme d'habitude, et nous avons pensé que fêter Thanksgiving avec plus de monde pourrait être amusant, pour changer.

Elle ne parut pas convaincue, mais finit par hausser les épaules, comme si elle acceptait son explication.

— C'est toujours agréable d'avoir du monde à table, dit-elle. Merci d'être venu.

Il ne put s'empêcher de sourire.

— C'est un plaisir.

Elle parut hésiter un instant.

— J'ai du mal à imaginer ce que tu as pu penser quand ma mère est venue t'inviter à la maison pour Thanksgiving…

— Si, je suis sûr que tu en as une bonne petite idée.

Elle soupira de nouveau.

— En effet : tu as cru que l'invitation venait de moi.

— Et ce n'était pas le cas ?

— Non.

— Voilà qui est embarrassant, murmura-t-il.

Elle éclata de rire devant son air dépité.

— Un peu, oui, mais je suis prête à m'adapter, si ça te va aussi.

— Parfait. Nous avions vraiment hâte de venir manger, de toute manière.

Leurs regards se croisèrent un instant, et Toby sentit un frisson de désir le traverser.

— Tu veux me parler de ton chien ? demanda-t-il, davantage pour se distraire que pour en apprendre plus sur Belle.

Reggie sourit.

— On l'a déjà fait. Elle vient d'un refuge.

Il indiqua d'un signe de tête les patères, près de la porte de derrière.

— Je suis plus intrigué par sa garde-robe. Je l'ai vue plusieurs fois, en ville, et elle a l'air d'avoir un sacré sens de la mode. Où trouves-tu des vêtements pour un chien de sa taille ?

Il hésita un instant avant d'ajouter :

— Ou pour un chien, tout court ?

— Il existe des tas de boutiques de vêtements pour les animaux, dont une juste en face de la tienne, sur la Couronne. La mode pour les chiens n'est pas un phénomène isolé.

— Je croyais que ce magasin vendait de la nourriture pour animaux domestiques. Dis-moi que tu plaisantes !

— Pas du tout. Mais Belle a du mal à trouver des choses à sa taille, je couds donc la plupart de ses vêtements. Elle râle un peu quand je l'habille, mais je sais qu'elle aime bien se sentir au chaud.

— Elle râle ? Comment ?

— Oh ! c'est surtout interne, mais je suis douée pour lire dans ses pensées...

— Tu es douée pour *imaginer* ce qu'elle peut penser, corrigea-t-il. Mais au fond tu n'en sais rien.

Elle sourit de plus belle.

— Bien au contraire. Je travaille avec des inventeurs,

pour les aider à mettre leurs idées sur le marché. En ce moment, je bosse sur un aspirateur intelligent qui la terrifie. Quand elle pose les yeux dessus, je sais exactement ce qu'elle ressent.

— Elle est grande. Pourquoi ne le détruit-elle pas, tout simplement ?

— Je lui ai posé la question des centaines de fois, mais elle n'a aucune idée de sa propre force. J'essaye de lui faire prendre conscience de sa taille, mais c'est un travail de longue haleine.

Toby ne put cacher son amusement.

— J'imagine...

Soudain, Reggie parut retrouver son sérieux.

— Tu sais que je vais aider Dena pour son projet de charité, n'est-ce pas ?

— Oui, elle m'a dit que tu prenais les rênes, cette année.

— Je te promets de tout faire pour être un tyran bienveillant.

— C'est sans doute une bonne idée. Les enfants de huit ans peuvent se rebeller très facilement.

— Nous ne pouvons pas nous le permettre, répondit-elle avec un petit rire. Nous avons déjà bien assez de travail comme ça, et c'est pour une bonne cause. Je me suis beaucoup entraînée au tricotin circulaire et je pense que la classe va adorer. C'est beaucoup plus facile qu'avec des aiguilles traditionnelles.

— Tu tricotes ?

— Où crois-tu que Belle ait déniché d'aussi jolis pulls ?

— Impressionnant.

Ils furent soudain interrompus par l'arrivée de la mère de Reggie.

— Ah, vous voilà ! Venez vite nous rejoindre. Nous essayons de nous souvenir de l'époque où vous avez commencé à sortir ensemble. Ton père insiste sur le fait que tu n'avais pas le droit d'avoir un petit copain en seconde, mais je ne suis pas d'accord. On a besoin que tu tranches, Reggie.

— Maman, je ne veux pas qu'on parle de ça, aujourd'hui.

Leigh leur adressa un sourire flamboyant.

— Trop tard ! Et puis, ne vaut-il pas mieux nous débarrasser des sujets gênants tout de suite, pour profiter de notre repas en paix ?

Toby jeta un coup d'œil plein d'espoir à la porte de derrière, mais Reggie, qui le vit faire, secoua la tête.

— Hors de question ! dit-elle. Si je dois supporter ça, alors toi aussi. Nous n'aurons qu'à trouver un moyen de détourner la conversation.

— Je te souhaite bien du courage, répliqua-t-il, amusé.

— Sois plus positif.

— Toi d'abord.

Dena s'arrêta un instant dans la cour de la charreterie. Elle avait beaucoup mangé et était un peu somnolente. La journée avait été plutôt bonne. Elle avait apprécié la compagnie de sa famille au grand complet, et de celle de Toby. Dans l'ensemble, leur présence avait rendu le repas beaucoup plus intéressant.

Il était à peine 19 heures, mais il lui semblait que la soirée était bien plus avancée – et le crépuscule avait apporté une nouvelle vague de froid. Elle s'attarda dans la cour, hésitante. Devait-elle frapper à la porte de Micah ? Elle n'eut même pas le temps de se décider : la porte en question s'ouvrit sans prévenir et Micah apparut dans la lumière de sa suite.

— Tu es perdue ? demanda-t-il avec un sourire.

Elle rit et souleva le sac qu'elle portait à bout de bras.

— Je t'ai apporté des restes. Ça m'a paru une bonne

idée, sur le moment, et puis j'ai commencé à me poser des questions.

— Ne fais jamais ça : ne doute pas de toi, dit-il avant de reculer pour l'inviter à entrer.

Elle obéit. Micah referma la porte et lui prit le sac des mains pour jeter un coup d'œil à l'intérieur.

— Il y a de quoi faire !

— De la dinde, farcie et accompagnée de simple sauce. On est obligés de préparer les deux chaque année ; mais ne me demande pas pourquoi, ce serait trop long à expliquer. J'ai mis des haricots verts dans cette boîte et il y a aussi trois parts de tarte.

Micah la dévisagea un instant en silence.

— Tu sais, je suis *vraiment* allé manger avec Steve et sa famille.

— Je te crois.

— Dans ce cas, pourquoi m'as-tu apporté tout ça ?

— Je veille sur les autres. Je ne peux pas m'en empêcher.

Il lui indiqua le canapé d'un geste.

— Assieds-toi.

Dena suspendit son manteau près de la porte, puis se percha sur le bord d'un coussin. Elle ne put s'empêcher d'espérer qu'il la rejoindrait et passerait un bras autour de ses épaules pour lui murmurer qu'il n'arrêtait pas de penser à elle, avant de presser ses lèvres…

— Puis-je t'offrir quelque chose à boire ?

Elle sursauta.

— Hein ? Oh ! non. Tout va bien. Alors, tu as passé une bonne journée ?

— Oui. J'apprécie beaucoup Marti, la femme de Steve. Deux de ses employés étaient aussi de la fête. On a mangé à 2 heures – étrange, je sais, mais traditionnel…

— Nous avons mangé à 3 heures !

Il la dévisagea soudain d'un air presque soucieux.

— Comment ça s'est passé ?

— Tu veux savoir si j'ai vomi dans mon assiette ?

Il sourit.

— Je ne l'aurais pas dit comme ça, mais c'était l'idée…

— Tout s'est bien passé, ne t'en fais pas. J'ai senti la nausée venir une ou deux fois, mais j'ai pu la contrôler.

— C'est un progrès.

— Si seulement ! Hélas, j'ai peur qu'il ne soit encore trop tôt pour que mes hormones acceptent de se calmer. Mais ça va finir par arriver.

Elle le regarda un long moment. Il ne fallait pas qu'elle se noie dans ses beaux yeux bleus. Il était l'un de ses clients, peut-être un ami en devenir – mais rien de plus ! De toute manière, il se remettait encore de la perte de sa femme et de son bébé. Il avait besoin de cicatriser, pas de s'impliquer dans la vie d'une célibataire ordinaire et enceinte.

— La journée a été difficile ? demanda-t-elle.

— Par moments, oui. Adriana n'a jamais tenu à ce genre de traditions et nous avions l'habitude de voyager ensemble pendant les fêtes.

— Je sais que certaines personnes font ça mais, pour être honnête, je n'envisage pas de passer Thanksgiving et Noël ailleurs qu'à Wishing Tree. J'ai fait ça toute ma vie.

Elle s'interrompit soudain. Micah allait-il la trouver pantouflarde et ennuyeuse ?

— J'ai toujours vécu ici, sauf pendant mes études.

— Une fille faite pour les petites villes.

Super. Quelle description haletante.

— Oui, admit-elle.

— Est-ce pour cela que tu vis seule ?

— Je ne sais pas. Peut-être. J'ai eu un petit copain plutôt sérieux au lycée, et un autre à la fac, mais ça n'a pas fonctionné. Nous n'étions pas des âmes sœurs.

— Tu crois à ce genre de choses ?

— Je crois à l'amour. Je veux offrir mon cœur à quelqu'un qui sera capable de faire la même chose. Je veux savoir que nous serons prêts à passer le reste de nos vies ensemble, quoi qu'il arrive.

— Les gens divorcent, de nos jours, tu sais.

— Il peut arriver qu'on fasse une erreur, mais je pense surtout que les couples sont souvent trop pressés. Ils abandonnent trop vite. Moi, je suis prête à faire des efforts.

— Tu es une idéaliste...

Était-ce un compliment ou une critique, venant de lui ?

— Mes parents sont mariés depuis presque trente-cinq ans, dit-elle simplement.

— Je m'en souviens : ils renouvellent leurs vœux cette année.

— C'est ça. Ils sont toujours fous amoureux et le simple fait de les voir ensemble me rend heureuse. J'ai toujours voulu que mes enfants connaissent cette sensation. Malheureusement, après la fac, je n'ai rencontré personne. J'ai bien tenté de sortir avec un ou deux types, mais ça ne nous a jamais menés très loin.

Micah la dévisageait sans ciller.

— Tu as peur de ne jamais rencontrer ton âme sœur ? demanda-t-il.

— Je ne sais pas. Je l'espère toujours mais, quoi qu'il arrive, je tiens à avoir des enfants. C'est pour ça que j'ai décidé de tomber enceinte toute seule.

— Grâce à une poire à jus.

Elle éclata de rire.

— Oui.

— C'est une décision audacieuse. Courageuse.

— Beaucoup de gens me l'ont dit, en effet, mais ce n'est pas comme ça que je vois les choses. Je ne suis pas courageuse, juste rationnelle. Les femmes doivent comprendre qu'elles sont biologiquement différentes des hommes.

Un sourire mutin illumina de nouveau le visage de Micah.

— Oui, et bien des hommes apprécient ces différences…

— Je veux dire que nous n'avons que deux dizaines d'années pour faire des enfants, quand vous pouvez devenir pères bien plus tard. Je n'avais pas envie de me réveiller au matin de mes cinquante ans et de me rendre compte que ma chance de fonder une famille m'était passée sous le nez. Je suis soutenue, je gagne ma vie et je veux être mère.

— C'est bien ce que je disais, répondit Micah. Tu es courageuse.

— Je crois que tu me tiens en trop haute estime…

— Et moi je suis convaincu que c'est mérité ; mais nous pourrons nous disputer à ce propos plus tard.

Oh ! comme elle avait envie de l'embrasser – et de faire bien plus encore ! Elle avait envie qu'il la touche, qu'il lui fasse redécouvrir toutes ces joies entre un homme et une femme, qu'elle n'avait pas connues depuis longtemps. Micah était musicien. Cela voulait sans doute dire qu'il était doué de ses mains, non ? Elle voulait le voir nu devant elle et, tant qu'à demander la lune, elle mourait d'envie qu'il la fasse jouir sous ses caresses… Ce qui voulait dire qu'il était largement temps pour elle de lui souhaiter une bonne nuit et de rentrer chez elle ; de préférence avant de commettre une erreur irréparable, comme lui avouer tout ça à voix haute !

— Je… Je devrais y aller, murmura-t-elle en se levant d'un bond.

Micah se leva lui aussi.

— Merci d'être passée.

— Je te promets de ne pas en faire une habitude.

— Au contraire ! J'aime bien discuter avec toi.

Vraiment ? Mais qu'est-ce que ça voulait dire, *exactement* ? La considérait-il comme une amie ? Une amie avec qui il avait envie de coucher ?

— Tu es un client, reprit-elle en faisant de son mieux pour paraître détendue, et surtout pas désespérée. Tu as droit à ton intimité.

— On t'a déjà dit que tu avais trop de règles ?

— Des *plans,* corrigea-t-elle. Je prévois.

— C'est pareil.

Ils se dévisagèrent de nouveau. Pendant un instant, Dena eut l'impression que le regard de Micah s'attardait sur ses lèvres. Un frisson d'anticipation la traversa et elle…

— Passe une bonne nuit, dit-il en se détournant pour s'approcher de la porte.

Elle sentit son cœur se serrer comme un ballon percé. Il ne voulait pas d'elle. Il la voyait uniquement comme une amie. Et elle allait devoir s'en souvenir à tout prix, si elle ne voulait pas faire quelque chose qu'ils regretteraient tous les deux. Elle ne voulait pas lui laisser un souvenir amer, quand il repartirait.

10

— C'est très bien, déclara Reggie.

Son souffle s'échappa dans un nuage de buée.

— Si nous marchons assez longtemps, je pourrai espérer digérer ce repas et avoir encore un peu de place pour manger les restes.

À côté d'elle, Toby éclata de rire.

— Tu ne vas tout de même pas prétendre que tu as encore faim ? On vient de manger l'équivalent de six repas en une fois !

— Hé, ne me juge pas ! Je ne dis pas que j'ai faim, maintenant ; seulement que je suis moins gavée, ce qui est bon signe.

Il tapota son propre estomac avec une grimace.

— Je crois que cette seconde part de tourte était de trop...

— Et pourtant, les tourtes, c'est ta spécialité.

Il gloussa et elle ne put réprimer un sourire.

C'était agréable, songea-t-elle. Ils passaient un bon moment, plaisantaient – ce qui n'était pas rien, étant donné leur lourd passif, longuement discuté pendant le repas. Toby et elle avaient passé l'après-midi à lutter en tandem pour changer de sujet de conversation dès que cela devenait nécessaire.

— Quelle bonne journée, reprit-elle.

— Merci de nous avoir invités.

— Et merci d'être venus. Je ne sais pas ce que ma mère avait en tête, quand elle t'a proposé de manger avec nous, mais je suis contente qu'elle l'ait fait.

— Moi aussi.

Reggie gardait un œil sur Belle et Harrison, qui marchaient devant eux. Le garçon serrait fort la laisse dans son poing ; non que Belle tentât de s'enfuir, bien au contraire. Elle n'aimait pas les aventures. Dans son esprit, le danger rôdait toujours quelque part. Néanmoins, l'instinct protecteur de Harrison était touchant, surtout quand il avait pour objet un chien aussi immense, dont la tête atteignait presque sa poitrine.

— Elle aime beaucoup ton fils, dit-elle en voyant Belle se rapprocher du gamin.

— Je suis étonné de voir à quel point elle est douce. Et bien élevée : elle a été bien plus polie que Burt, pendant le repas.

— Ce petit chien a toujours été un mendiant. La plupart du temps, il n'ennuie que mon père, ce qui nous permet au moins de manger tranquillement.

Ils atteignirent enfin le parc canin. Il était presque 20 heures et un froid mordant s'était installé sur la ville. Le jardin public était désert. Reggie détacha la laisse de Belle, qui la dévisagea d'un air troublé, comme pour lui demander pourquoi elle faisait une chose pareille.

— Viens, mon chien ! cria Harrison avant de partir en courant dans le parc.

Belle bondit sur ses talons et le rejoignit en quelques grandes enjambées.

— Elle va veiller sur lui, dit Reggie.

— N'est-ce pas censé être le contraire ?

— Peut-être.

La jeune femme ne savait pas vraiment quoi penser de cette promenade digestive. Elle s'était attendue à voir

Toby et sa famille partir, après leur avoir donné un coup de main pour ranger. Mais, quand elle avait annoncé qu'elle sortait jusqu'au parc avec Belle, Toby avait proposé de l'accompagner. Harrison les avait suivis, laissant Judy se reposer au salon avec Leigh.

À présent, dans la nuit froide piquetée d'étoiles, Reggie se demanda si Toby avait vu là une manière de prolonger leur journée ensemble. Ses raisons n'avaient pas d'importance, au fond : elle appréciait de passer du temps avec lui.

— Alors, qu'est-ce que ça t'a fait de revenir vivre à Wishing Tree ? demanda-t-elle au bout d'un moment.

Il la regarda un instant avant de répondre.

— Je suis là depuis plus d'un an, la nouveauté s'est un peu estompée. C'était ma maison autrefois et ça l'est redevenu, c'est tout.

Il sourit.

— Pour être honnête, c'est agréable de revenir en étant enfin quelqu'un de respectable.

Reggie ne put s'empêcher de rire.

— Tu m'étonnes ! Tu étais un vrai *bad boy*, au lycée. Je suis sûre que tu as été ravi de pouvoir étaler ton succès devant tout le monde. Quand je pense à tout ce que tu as accompli seul…

— Je n'étais pas si mauvais.

— Peut-être pas pour une grande ville, mais du point de vue de Wishing Tree ?

Elle sourit de plus belle.

— Mes parents étaient très nerveux quand on a commencé à se voir.

— Je les ai charmés.

— C'est vrai, et ils sont heureux de voir que tu n'as pas altéré mon bon sens. Tu as été mon unique *bad boy*.

Il s'appuya à la barrière, l'air soudain plus grave.

— Pourquoi as-tu voulu sortir avec moi, à l'époque ?

— C'est une vraie question ?

— Oui.

Elle y réfléchit quelques instants, sondant ses souvenirs. Toby avait été très beau, avec une nonchalance qu'elle avait trouvée irrésistible dès le départ. Toutes les filles du lycée rêvaient de l'embrasser, mais il n'avait jamais enchaîné les conquêtes. Dès qu'elle avait surpris ses regards sur elle, elle avait décidé de prendre les devants.

— Tu étais envoûtant, admit-elle. Et je suis sûre que tu en avais conscience.

— Oui, j'étais plutôt beau gosse, gloussa-t-il.

Il l'était encore, bien que Reggie refusât de l'admettre à voix haute.

— On était jeunes, reprit-elle. C'est drôle, ce que la vie nous réserve. Quand tu es parti, je pensais ne plus jamais te revoir.

— Judy ne rajeunit pas et je ne pouvais pas lui demander de s'installer ailleurs. Elle habite ici depuis toujours.

Encore une qualité à son actif : il était attentionné.

Il jeta un rapide coup d'œil en direction de Harrison et de Belle, avant de se retourner vers Reggie.

— Et toi ? Tu es vraiment sortie avec Jake ? Mon plus grand ennemi ?

— Oh ! stop ! Vous étiez rivaux dans l'équipe de foot, juste parce que vous vouliez tous les deux devenir le capitaine. Ça n'en fait pas un super-vilain. Ne m'accuse pas pour rien !

— Très bien. Donc... Jake ?

Elle rit de plus belle.

— Tu ne vas pas lâcher le morceau, n'est-ce pas ?

— Il ne t'a jamais intéressée, au lycée. Il était bien trop sage pour toi.

— Non, c'est juste que j'étais amoureuse de *toi*. Tu

as raison, d'ailleurs : je le remarquais à peine dans les couloirs.

Après qu'elle avait offert son cœur à Toby, personne d'autre n'avait compté à ses yeux.

— Pour être honnête, notre relation était assez... inattendue. Il venait de s'installer en ville pour prendre le poste de directeur adjoint de l'hôtel. Moi, j'étais simplement venue rendre visite à mes parents. On s'est rentrés dedans. Littéralement. Je sortais du Jingle Coffee et il y rentrait. Il a envoyé valser mon café et mon gâteau sur le trottoir, puis on a commencé à discuter et on a fini par sortir ensemble.

— Tu allais l'épouser.

Reggie ne fut pas surprise qu'il en ait entendu parler. Le drame s'était passé à peu près au moment de son retour en ville et il avait forcément entendu des rumeurs.

— Il m'a demandée en mariage un vendredi, on a fêté nos fiançailles avec des amis le samedi et il m'a plaquée le dimanche, lâcha-t-elle en faisant de son mieux pour paraître détachée.

Après tout, ça faisait presque un an et...

— Waouh, murmura-t-elle soudain. Ça fera un an ce week-end.

— Il a demandé ta main juste après Thanksgiving ?

— Oui.

— Une belle façon de rendre vos fiançailles mémorables.

— Je ne pense pas que ça ait la moindre importance, vu ce qui s'est passé ensuite.

Il la contempla un moment en silence.

— Tu as tourné la page ?

— Oui, et c'est arrivé beaucoup plus vite que je ne l'aurais cru. C'est ce qui me fait croire que je ne l'aimais pas autant que je le pensais. Triste mais vrai... Où qu'il soit, je lui souhaite d'être heureux.

— Je suis désolé, murmura Toby.
— Inutile.
— Tout de même, qui se lance dans une demande en mariage et une rupture, au cours du même week-end ? C'est minable.
— Je suis d'accord. Il ne m'a jamais donné d'explication. Il s'est simplement pointé chez mes parents le dimanche matin, il s'est excusé et a dit qu'il ne pouvait plus rester avec moi. J'étais blessée, perturbée, mais nous n'avons pas discuté plus que ça. Il ne m'a fourni aucune réponse. Il est parti et je suis rentrée à Seattle le cœur brisé.
Elle s'interrompit et leva les yeux sur Toby.
— Voilà l'histoire de ma relation avec Jake.
— Tu aurais dû t'en tenir aux *bad boys*.
Elle sourit.
— Oui, tu as peut-être raison.

Toby adressa un dernier signe de main à Harrison, mais son fils était déjà occupé à montrer à ses amis la pièce de cinquante cents qu'il venait de trouver sur le trottoir, en se rendant à la fête d'anniversaire. Pour des enfants qui grandissaient à l'âge numérique et voyaient leurs parents tout payer par carte bancaire, la découverte d'une pièce de monnaie était un événement…
La fête, qui comprenait des jeux et un goûter, devait durer jusqu'à 15 h 30. Quels parents courageux, songea Toby. Le mieux qu'il ait réussi à faire, pour le dernier anniversaire de son fils, avait été une sortie de groupe au cinéma Wonderful Life avec pop-corn, hot-dogs et des sièges au premier rang pour la séance de l'après-midi.
Harrison avait été content de passer du temps avec ses amis et tous les enfants avaient clairement apprécié le film. Devait-il essayer d'organiser quelque chose de plus

original, cette année ? Le problème, c'était qu'il n'était pas très inventif – pas pour ce genre de choses, en tout cas. Il était doué pour le travail, pas pour choisir des décorations, faire des travaux manuels ou savoir quelles couleurs allaient le mieux ensemble.

Il rentra chez lui à pied. Deux grosses camionnettes étaient garées devant la maison. Deux hommes, perchés sur des échelles, installaient des guirlandes lumineuses le long de la façade. À l'intérieur, d'autres ouvriers dressaient les immenses arbres de Noël qu'il avait commandés pour le salon et la salle à manger. Une femme, dans l'escalier, enroulait une guirlande naturelle le long de la rampe. Toby dut contourner plusieurs caisses remplies de petites lumières et d'ornements rouge et argent. Il parvint non sans mal à traverser le chantier en cours pour atteindre la chambre de sa grand-mère.

Judy était debout près de son bureau et fouillait dans le cabas qu'il lui avait apporté un peu plus tôt. Elle sourit quand elle le vit entrer.

— Ils en mettent partout, dit-elle avec un signe de tête en direction du hall.

— Ils nettoieront avant de partir, ne t'en fais pas. J'espère qu'ils ne font pas trop de bruit pour toi. Tout va bien ?

Elle se fendit d'un petit « tut-tut » et soupira.

— Toby, je suis peut-être vieille, mais pas infirme. Je vais très bien. J'aurais simplement aimé que tu me laisses décorer la maison…

— Ils sont en train d'installer un sapin de quatre mètres et demi dans le salon. Je ne suis pas sûr qu'on aurait pu le faire, même tous les deux. Dans une semaine, Harrison et moi irons chercher un vrai arbre pour la petite salle de l'étage et nous le décorerons ensemble, tous les trois.

Elle tira du cabas une guirlande lumineuse vieillotte ;

de celles remplies d'un fluide qui faisait des bulles sous la chaleur des ampoules.

— Tu crois qu'elle fonctionne encore ? demanda-t-il.

— Je l'espère.

— Si jamais elle a grillé, on en rachètera.

— Tu n'es pas obligé de faire tout ça, répondit sa grand-mère d'une voix un peu triste.

— Quoi ?

— Tu m'achètes toujours des choses. J'ai tout ce qu'il me faut, tu sais. Je n'ai pas besoin de nouvelles guirlandes.

Il se rapprocha et la serra dans ses bras en faisant tout son possible pour ne pas songer à la fragilité de ce corps contre le sien. Il déposa un petit baiser sur ses cheveux avant de murmurer :

— Tu n'es pas la cheffe, ici.

Elle éclata de rire.

— Je l'étais, autrefois.

Elle s'écarta, puis alla récupérer plusieurs boîtes sur l'étagère haute de sa penderie.

— J'aimerais bien que tu jettes un coup d'œil aux cadeaux que j'ai trouvés pour Harrison. Si tu penses que ça lui plaira, j'irai les déposer à On Emballe Toute l'Année, pour les paquets.

Il examina les boîtes. Il y avait un jeu de plateau sur le thème du base-ball, un livre de blagues et un kit de magie pour débutants.

— Ce sont de très bons choix, dit-il. Et c'est bien assez : inutile de lui prendre autre chose.

Judy balaya sa remarque d'un geste.

— C'est mon arrière-petit-fils. J'aime le gâter.

— Tu es très bonne avec lui.

— Je l'aime.

C'était une affirmation simple et chargée d'émotion. Judy avait aimé Toby aussi. Pendant son enfance, il avait su qu'elle était la seule à tenir à lui – jusqu'à l'arrivée de Reggie, et ça n'avait pas été le même genre d'amour…

— Je sais, dit-il. Voudras-tu que je dépose tes cadeaux à la boutique pour toi ?

— Je peux y aller. De toute manière, j'avais l'intention de passer voir Camryn, pour m'assurer qu'elle va bien.

Camryn avait deux ans de moins que Toby et il l'avait peu connue, au lycée. Ils se croisaient dans les couloirs, mais ne fréquentaient pas les mêmes cercles. Elle venait de perdre sa mère et s'était installée à Wishing Tree pour reprendre la boutique familiale et pour s'occuper de ses petites sœurs, des jumelles bien plus jeunes qu'elle.

— Les fêtes vont être difficiles pour elle, reprit-il, et pour ses sœurs aussi.

Judy le dévisagea un instant.

— Tu pourrais venir aussi, pour te montrer amical.

— Pourquoi le ferais-je ? Je la connais à peine.

— Ça vous donnerait l'occasion de discuter, justement.

D'un seul coup, il comprit où elle voulait en venir et réprima un soupir agacé.

— N'y pense même pas. Je n'ai aucune envie de sortir avec Camryn.

— Tu n'en sais rien, répliqua Judy. Tu viens de dire que tu la connaissais à peine. Elle est très jolie…

— Oui, sans doute, mais c'est toujours non.

Voir sa grand-mère jouer les entremetteuses était bien la dernière chose dont il avait besoin. Non qu'il ait une vie sentimentale secrète à préserver ; c'était une question de principes.

— Et Reggie ? insista-t-elle. Vous avez beaucoup discuté pendant le repas, hier.

Cette conversation devenait de plus en plus dangereuse… La journée de la veille avait été amusante et il avait apprécié de pouvoir passer du temps avec Reggie, pour découvrir quel genre de personne elle était devenue ; mais ça ne voulait pas dire qu'il avait l'intention de sortir avec elle.

— Tu sais que je ne veux pas de nouvelle relation.

— Toby, tu ne peux pas mettre toutes les femmes dans la même boîte que Lori. C'était une personne atroce et tu sais que Reggie n'est pas comme elle.

— Je refuse de me remettre en couple avec qui que ce soit. Pas tant que Harrison sera petit. Je dois le protéger.

Sa grand-mère soupira.

— Tu ne devrais pas rester aussi seul. Ce n'est pas bien.

— Ne t'en fais pas pour moi, répondit-il avec un sourire qu'il espéra rassurant. Je pensais passer au bureau avant la fin de la journée. Tu crois pouvoir gérer les décorations toute seule ?

— Je n'ai pas grand-chose à faire : tes ouvriers s'occupent de tout.

— C'est bien pour ça que je les paye. Je dois passer récupérer Harrison à 15 h 30 et on rentrera directement après.

— Parfait. Ne travaille pas trop dur.

Toby l'embrassa sur la joue, puis sortit rejoindre sa voiture. Judy voulait simplement l'aider. Elle lui répétait régulièrement qu'elle n'aimait pas le voir seul.

À la vérité, il aurait *voulu* avoir quelqu'un dans sa vie, offrir son cœur à une femme qu'il aurait aimée et qui se serait souciée de lui. Il voulait connaître de nouveau toutes ces petites choses qui faisaient le sel d'une relation – mais pas maintenant. Il s'était déjà trompé au sujet de deux femmes, et ces décisions malheureuses l'avaient bouleversé plus qu'il n'aurait pu le dire. L'une de ces femmes lui avait donné un fils sans prévenir, et l'autre avait laissé chez Harrison des cicatrices qui mettraient des années à s'effacer…

Il ne voulait pas prendre à nouveau ce genre de risques. Et le meilleur moyen de protéger son fils était de rester célibataire. Il ne pouvait pas se permettre d'aventure sérieuse tant que Harrison ne serait pas capable de se défendre seul.

Il gérait de la même manière le fait d'être le fils d'un alcoolique. Il ne savait pas si la dépendance pouvait se transmettre, mais il préférait ne pas prendre de risques : il ne buvait donc presque jamais, et pas plus d'un verre à la fois. Il n'avait jamais été ivre non plus, pas même dans sa jeunesse. Peut-être que la maladie de son père n'aurait eu aucune emprise sur lui ; seulement, il ne voulait pas tenter le diable pour le découvrir.

Micah commençait à se dire qu'il aurait mieux fait d'apprendre un autre métier, plutôt que de suivre sa passion pour la musique. Les gens avaient toujours besoin de faire réparer leurs voitures, par exemple. Peut-être aurait-il fait un bon mécano… Une chose était sûre, en tout cas : il ne savait plus écrire ! Il déchira une nouvelle feuille de papier avant de la rouler dans son poing pour la jeter dans la corbeille.

Il venait de perdre une matinée entière sans progresser d'un pouce. Il n'arrivait pas à trouver la moindre étincelle, le moindre thème, la moindre mélodie qui pourrait marquer le début d'une chanson. S'il avait appris un autre métier, au moins, il aurait pu se rendre utile. Mais, là, il était…

Un bruit de chute attira soudain son attention. L'accident semblait venir de l'autre côté du mur – et il n'y avait pas de seconde suite au rez-de-chaussée. Dena et lui étaient les seuls habitants de la charreterie. Il attrapa son manteau et sortit dans la cour. Sans ralentir le pas, il contourna le bâtiment.

La grande porte du garage était ouverte et il aperçut Dena, perchée sur un escabeau devant de hautes étagères, d'où elle tirait des caisses en plastique. L'une d'entre elles gisait, renversée, sur la dalle.

— Que fais-tu ? demanda-t-il en se précipitant vers l'escabeau pour le tenir. Descends de là ! Tu ne devrais pas faire des acrobaties…

Elle éclata de rire.

— Ne t'avise pas de dire « dans ton état » ! Je t'en supplie. D'après ce qu'on m'a dit, la grossesse ne met pas l'équilibre en danger, et je ne risque pas de me laisser emporter par les malheureux cinq cents grammes que j'ai pris.

Elle était ravissante. Son nez avait rougi sous la morsure du froid et elle portait un pull épais avec un jean.

Micah s'adoucit un peu.

— Descends, s'il te plaît. Dis-moi juste ce dont tu as besoin, et je te l'attraperai.

— Tu en fais trop.

— Peut-être, mais je suis ton client, et le client est roi.

— Très bien, marmonna-t-elle en posant le pied par terre. Je n'ai besoin que de ces trois dernières boîtes. J'ai déjà récupéré toutes les autres.

Micah grimpa pour atteindre les caisses qu'elle lui montrait. Elles étaient imposantes, mais légères et remplies de décorations de Noël.

— Combien en as-tu ? demanda-t-il, étonné.

— Une soixantaine. Les espaces communs du B&B sont immenses, alors nous y installons six sapins chaque année. J'ai embauché quelques ados pour m'aider, ce matin, et j'ai déjà fini de les décorer. Il ne me reste plus que les mises en scène thématiques à installer…

— Tu fais tout ça toute seule ?

— Je te l'ai dit : j'ai eu de l'aide ce matin. Tout va bien.

— Mais tu es enceinte.

— Est-ce que je t'ai déjà expliqué que mon bébé fait pour l'instant la taille d'un haricot rouge ? Parce que c'est le cas.

— Et tu as aussi dit que beaucoup de gens étaient là pour te soutenir.

Elle éclata de rire.

— Oui, *après* la naissance. Écoute, Micah, c'est vraiment gentil de t'inquiéter pour moi, mais je m'occupe des décorations de Noël du B&B depuis des années. Avant d'hériter de la maison, j'y travaillais à temps partiel et, même quand j'ai commencé à enseigner, j'y venais pendant l'été.

Ses arguments étaient tout à fait logiques, mais Micah n'arrivait toujours pas à accepter le fait qu'elle fasse tout ça toute seule.

— Je suis là, maintenant, dit-il. Je vais porter ces caisses à l'intérieur et tu vas te reposer un peu. Tu n'auras qu'à me dire où installer les décorations.

— Certainement pas. Au risque de me répéter, tu es un *client*, répliqua-t-elle avant de le dévisager un long moment. Pourquoi rends-tu les choses aussi compliquées ?

— Je suis un homme de talent, profites-en !

Du moins, il l'avait été… D'un autre côté, aider Dena à décorer le B&B lui évitait de devoir passer l'après-midi dans sa chambre, avec son syndrome de la page blanche. Et c'était un soulagement.

— Merci de ta proposition.

— Ce n'est pas une proposition, c'est une affirmation, corrigea-t-il donc en ramassant deux boîtes avant de quitter le garage. Et ne t'avise pas de prendre la dernière caisse !

Elle éclata de rire et le suivit jusqu'à la maison.

Elle n'avait clairement pas menti au sujet du nombre de boîtes déjà empilées dans l'entrée. Il y en avait partout…

Un immense sapin décoré se dressait devant la porte-fenêtre du salon, tandis que deux arbres plus modestes flanquaient la cheminée. Par l'enfilade des portes, Micah put apercevoir deux autres sapins, près de la réception et dans la salle à manger.

Il posa son chargement et repartit pour le garage avec trois caisses vides. Il lui fallut un second voyage pour apporter les décorations restantes et stocker les boîtes vides sur les étagères. Quand il eut terminé, Dena lui montra son plan de décoration.

— Il y a un code couleur sur les caisses, expliqua-t-elle en montrant les vignettes collées sur les couvercles. Les rouges vont dans le salon, les bleues dans la salle à manger, les vertes dans l'entrée, etc.

Elle ouvrit ensuite un porte-vues. Micah découvrit sur la première page un croquis simpliste de la cheminée et d'une famille d'ours dansants posée dessus, entourée par une collection de pommes de pin et de boules de verre. D'autres schémas montraient les différentes parties de la pièce. Pour chaque espace, le code couleur était noté, complété par un diagramme pour les guirlandes et couronnes.

— C'est toi qui as fait tout ça ? demanda-t-il. C'est impressionnant ! Les instructions sont très claires et faciles à suivre. Avec ça, tu peux tout ranger en janvier, sans rien perdre pour l'année suivante...

Elle sourit.

— Merci. Il m'a fallu un an ou deux pour mettre le classement au point. Avant, la décoration du B&B me prenait des semaines. Maintenant, je n'ai besoin que d'un bon week-end de travail. J'embauche en général des jeunes pour m'aider avec les sapins, et des professionnels s'occuperont des lumières du jardin dès demain matin.

— Je suis content d'apprendre que tu n'as pas l'intention de t'en occuper toi-même.

Elle éclata de rire.

— Je connais mes limites.

— Non, tu les ignores. Alors, par quoi dois-je commencer ?

— *Nous* allons commencer par le salon.

Il voulut refuser, lui dire qu'il s'en occuperait seul, mais il prit bien vite conscience que ce serait ridicule. Elle avait eu raison de lui rappeler que sa grossesse ne faisait que commencer. Elle était encore forte et pleine d'énergie – ses nausées matinales mises à part. Elle était tout à fait capable de porter quelques décorations de Noël.

— Va pour le salon, dit-il donc.

Son regard s'attarda un instant sur les lèvres de Dena, avant de se détourner. Non seulement il venait de trouver l'alibi parfait pour remettre le travail à plus tard, mais en plus il allait passer une journée entière avec cette femme.

Il appréciait sa compagnie, songea-t-il. Il l'appréciait, *elle*.

Elle lui fit accrocher des couronnes en lui montrant comment nouer joliment les rubans autour des crochets plantés discrètement dans le bois des fenêtres. Jusque-là, il ne s'était pas rendu compte du nombre d'ouvertures que comportait ce grand espace… Et chaque fenêtre avait sa couronne ! Pendant qu'il s'activait, Dena se consacra à la cheminée, disposant les ours dansants bien en évidence avant de combler les espaces vides avec des branches et d'imposants globes de verre recouverts de paillettes.

De petites figurines de lapins furent placées sur la table basse pour former un tableau forestier. Chaque table avait son propre thème. L'une d'elles était décorée de poissons, parmi lesquels trois poissons rouges souriants. Une autre s'appuyait sur le conte de Cendrillon avec la calèche, les souliers de verre et de petites princesses en porcelaine.

— Dis-moi qu'il y a une table prévue pour les garçons, quelque part, plaisanta Micah.

— Oui, dans la salle à manger : une table Far West. Ça te soulage un peu ?

— Oui. Non pas que je sois insensible aux jeunes femmes en robe bleue…

Il fronça les sourcils en examinant l'une des figurines de plus près.

— Pourquoi sa robe est-elle toujours bleue ?

— Je ne suis pas sûre que ce soit le cas. Tu devrais te renseigner.

Il ne put réprimer une grimace.

— Je ne veux pas qu'on puisse voir apparaître Cendrillon dans mon historique Internet…

— Tu as peur que les gens prennent ça pour du porno bizarre ?

— Je ne regarde pas de porno, bizarre ou non, répondit-il. Ça ne m'a jamais intéressé.

— J'imagine que tu n'en as jamais eu besoin : une célébrité comme toi peut flirter en vrai autant qu'elle veut.

— On spécule sur ma vie privée ?

Elle sourit.

— En effet. Même si personne n'a mentionné d'allées et venues de femmes, dans ta suite.

Elle le dévisagea un instant, un éclat mutin au fond des yeux.

— Tu leur demandes de venir une par une, ou bien tu fais des prix de groupe ?

— S'il n'y en a pas trois ou quatre, ce n'est pas drôle ! répliqua-t-il.

— Quatre ? Comment arriverais-tu à en gérer quatre ?

Micah éclata de rire.

— OK, je crois qu'il est temps de parler d'autre chose. Cette conversation devient très bizarre, même pour un ex-rockeur… Et, puisque ça a l'air de t'intéresser, le sexe en groupe n'a jamais été mon truc. Certes, j'ai multiplié les conquêtes, mais toujours une à la fois ; et, quand je suis arrivé à la fin de la vingtaine, j'ai commencé à me montrer plus regardant.

— Merci pour ces clarifications, répondit-elle avec un sourire, ses yeux noisette pétillant de malice. Ma propre vie privée a été beaucoup moins excitante que ça, mais ça ne me dérange pas. Je n'aurais pas fait une bonne groupie.

— Ce n'est pas une mauvaise chose, tu sais.

— J'imagine…

Ils se sourirent. Micah se sentait si bien avec elle. Il arrivait facilement à lui parler de tout et le regard optimiste qu'elle posait sur le monde l'aidait beaucoup. Sans compter toutes les petites attentions qu'elle avait pour lui. Elle était née pour prendre soin des autres.

— Tu as dû adorer grandir à Wishing Tree, dit-il au bout d'un instant.

— Oui.

— Et tu n'as qu'une sœur ?

— Oui.

Elle jeta un coup d'œil au porte-vues du salon.

— Je crois qu'on a fait le tour, ici.

Micah porta les caisses marquées de gommettes bleues dans la salle à manger et ils se remirent au travail.

— Et toi ? demanda Dena en disposant des pingouins patineurs sur le vaisselier. Tu as des frères et sœurs ?

— Non, je suis fils unique. Ma mère est morte quand j'étais petit et je ne me souviens pas vraiment d'elle. Mon père était incapable de se fixer quelque part. Nous avons beaucoup voyagé. C'est lui qui m'a encouragé à apprendre la guitare, il m'a convaincu que j'en étais capable.

— Il ne jouait pas lui-même ?

— Non, mais il a toujours soutenu ma passion pour la musique. À l'âge de douze ans, j'ai compris que je voulais devenir musicien. J'ai commencé à écrire et à chanter. L'année de mes quinze ans, nous nous sommes installés dans une petite ville juste à côté de Los Angeles. C'est là que j'ai rencontré Steve.

— Le propriétaire de la plantation de sapins et papa de Noah ? Ce Steve ? demanda Dena.

— Lui-même. Nous nous sommes entendus tout de suite, grâce à notre amour de la musique. Steve est un excellent batteur. Nous avons fondé un groupe ensemble et, quand mon père a décidé de déménager, j'ai préféré rester en arrière.

— Il t'a laissé faire ?

— Ouais.

Micah se souvenait encore de la tristesse qui avait hanté le regard de son père, ce jour-là.

— Il savait qu'il ne pouvait pas m'aider à réaliser mes rêves, pas en voyageant de ville en ville comme il le faisait. Ce n'est que bien plus tard que j'ai compris l'ampleur du sacrifice qu'il a fait pour moi.

Quand Adriana était tombée enceinte et qu'il avait appris qu'il allait avoir un fils. À cet instant, il avait compris ce que son père avait fait pour lui.

— Il est mort il y a une dizaine d'années.

— Et il n'a jamais arrêté de voyager ?

— Jamais, mais il se déplaçait toujours avec style. Quand le groupe et moi avons signé pour notre premier album, j'ai utilisé ma part de l'argent pour lui offrir un grand camping-car, dit-il, encore ému par ce souvenir.

Il était si heureux ! Avec ça, il était certain de toujours avoir une maison.

— Il a eu le temps de te voir devenir célèbre ?

— Oui. Dès qu'il était près des villes où nous jouions, il venait à nos concerts. Il aimait dire à tout le monde qu'il était « avec le groupe ».

— Ton papa semble avoir été un homme formidable.

— Il l'était. Parfois, le plus difficile est d'apprendre à laisser partir quelqu'un. Je le comprends mieux, maintenant.

— C'est une leçon utile à apprendre.

— Paroles d'enseignante !

Il ouvrit un cabas et y découvrit quelques bâtiments d'un village victorien, soigneusement emballés dans du papier de soie. Dena lui indiqua immédiatement l'embrasure profonde de la fenêtre.

— Ça va ici. Il y a une prise de courant sous le rebord et tu trouveras une petite encoche dans le bois pour faire passer le fil. Je crois qu'on a quatre caisses pleines, juste pour le village.

Micah entreprit de déballer les maisons, les arbres et les réverbères miniatures.

— Tu as dit que tu avais hérité du B&B, c'est ça ? demanda-t-il au bout d'un moment.

— Oui. Ma grand-mère Regina me l'a légué. Elle savait que j'adorais passer du temps ici. Elle a laissé à Reggie de l'argent et des placements d'une valeur équivalente, pour équilibrer.

Il sourit.

— C'est important de rester juste.

— En ce qui concerne les frères et sœurs, mieux vaut faire attention, en effet.

Elle se redressa et embrassa la pièce du regard.

— J'aime vraiment cet endroit et je suis ravie d'en

être propriétaire mais, franchement, je l'abandonnerais sans hésiter si ça pouvait ramener grand-mère Regina parmi nous.

Micah la croyait sans peine.

— Je suis sûr qu'elle serait fière de toi.

Dena le contempla avec gravité.

— Je l'espère. Je pense qu'elle se serait inquiétée à l'idée de me voir faire un bébé toute seule, mais elle aurait adoré avoir un arrière-petit-enfant...

— Tu n'as jamais envisagé de vendre cet endroit ?

— Le B&B ? s'écria-t-elle. Certainement pas ! Pourquoi vendrais-je ? Quelle horrible idée !

Il leva les mains en signe de soumission, surpris par sa réaction.

— Désolé. Je demandais, c'est tout.

— Tu peux poser toutes les questions, sauf ça. Vendre le B&B ? Et puis quoi encore ?

Micah fit de son mieux pour cacher son sourire.

— Tu es très emportée, sur certains sujets.

Elle ouvrit la bouche pour répondre, puis devint très blanche en un éclair. Micah posa précipitamment la petite boutique de jouets qu'il s'apprêtait à installer dans le village et s'approcha d'elle. Il saisit son poignet et pressa plusieurs points. Sa respiration se cala instinctivement sur celle de Dena, comme pour l'aider à reprendre le contrôle.

Elle ferma les yeux. Micah sentit qu'elle essayait vainement de se détendre. Son teint passa de blafard à maladif et elle plaqua sa main libre contre son estomac.

— Inspire, murmura-t-il, troublé de la sentir aussi proche.

Le parfum de son shampoing l'enveloppait – c'était une odeur citronnée, propre et sensuelle. Il étudia un instant les taches de rousseur qui parsemaient son nez et ses pommettes, la forme de ses lèvres. Une vague de désir monta en lui.

— Compte jusqu'à quatre, poursuivit-il.

Au même instant, les échos faibles d'une mélodie résonnèrent à son oreille. Les notes s'égrenaient comme des feuilles au vent, allant et venant.

Je me croyais fort, mais je souffrais toujours.

Parce qu'il était important de se soigner. L'esprit de Noël était un mélange d'espoir, de pardon, et…

— Ça va mieux, déclara soudain Dena.

Micah cligna des paupières, brutalement rappelé à la réalité. Dena avait retrouvé des couleurs et elle rouvrit lentement les yeux.

— Tu es très doué. Tu devrais faire une vidéo de ces mouvements pour YouTube, ou quelque chose comme ça.

Il relâcha son poignet.

— Je suis sûr qu'il y a déjà des centaines de tutos pour apprendre à utiliser les points de pression, en ligne.

— Mais ton visage serait un bonus : *Apprenez à ne plus vomir avec Micah Ruiz !*

Elle grimaça, puis ajouta :

— Le titre demande encore un peu de travail…

— Je ne sais pas. C'est assez direct, percutant.

Ils échangèrent un sourire. Ils n'avaient pas bougé et se tenaient encore très près l'un de l'autre. Micah eut soudain très envie de faire un petit pas en avant, juste assez pour…

Pour faire quoi ? L'enlacer ? Lui faire un câlin ? L'embrasser ?

Des questions sensées, et pour lesquelles il n'avait aucune réponse. Mais des questions qui lui plaisaient néanmoins. Depuis la mort d'Adriana, il n'avait pas ressenti le moindre frisson de désir, de manque ou même de curiosité vis-à-vis d'une femme. Pendant ses mois de rééducation, on l'avait encouragé à travailler aussi sur ses émotions. Il savait que l'esprit était plus lent à guérir que le corps, mais qu'il se remettrait, un jour ou l'autre.

Il acceptait l'idée de pouvoir, un jour, aimer quelqu'un d'autre. Le désir était un bon premier pas, songea-t-il, même s'il ne savait absolument pas comment le gérer. Il commençait à connaître Dena et avait des années d'expérience en la matière, mais il n'avait aucune idée du meilleur chemin à emprunter – s'il y en avait un. Cette femme était tombée enceinte délibérément, toute seule. Ce n'était pas l'acte d'une personne qui cherchait encore un partenaire.

— Tu n'as vraiment jamais rencontré d'homme avec qui tu aurais pu vouloir faire un enfant ? demanda-t-il, incapable de s'en empêcher.

Elle le dévisagea d'un air surpris, comme si elle avait du mal à comprendre ce soudain changement de sujet.

— Tu as vu Wishing Tree, non ? Ce n'est pas une grande ville, et je peux t'assurer qu'il n'y a pas énormément de gars célibataires de mon âge prêts à tomber amoureux de moi…

Elle sourit et ajouta :

— Et puis, je ne suis pas comme toi. Je ne suis pas assiégée par un million d'hommes à chaque fois que je mets le nez dehors.

— Tu crois vraiment que c'est ce qui se passe, pour moi ?

— Un peu…

— Eh bien, tu te trompes : les hommes ne m'intéressent pas.

Elle éclata de rire – un son joyeux, mélodieux, qui le fit sourire à son tour. Son envie de la toucher se fit un peu plus forte. Pour l'instant, il se contenterait de profiter de cette sensation et, plus tard, si elle persistait, il tenterait peut-être d'agir…

— Je veux dire que je n'ai pas un choix aussi vaste que toi, expliqua Dena.

— Je ne suis plus cet homme-là, maintenant. Et je suis beaucoup plus heureux sans toutes ces aventures.

Le regard qui le dévisageait s'adoucit.

— C'est bien. Je parie que tu étais un très bon mari.

— J'ai essayé, en tout cas.

— Adriana a eu de la chance, murmura-t-elle en se replongeant dans ses caisses de décorations. Tu l'aimais clairement beaucoup. Je suis navrée que tu aies perdu ton grand amour si jeune.

Il fallut à Micah quelques secondes pour comprendre ce qu'elle voulait dire. Dena semblait penser qu'Adriana était la seule femme qu'il puisse aimer, qu'il n'y en aurait pas d'autre. Ce n'était pas du tout ce qu'il avait voulu expliquer… D'un autre côté, il ne resterait en ville que quelques semaines, sans vraiment savoir à quel point son cœur s'était remis de la perte de sa femme et de son fils. Mieux valait ne pas la détromper. Pour leur bien à tous les deux.

11

Reggie examina sa mère sous toutes les coutures. Elle observa le tombé du volant de dentelle et les manches longues de la robe de mariée traditionnelle qu'elle avait essayée. La coupe n'était pas trop extravagante et elle lui allait bien. La passion de Leigh pour la zumba et les longues marches à pied l'avaient maintenue en excellente forme, de sorte que ce fourreau au col en V aurait dû paraître somptueux sur elle.

— Je ne suis pas convaincue, admit néanmoins Reggie en se campant derrière sa mère pour croiser son regard dans le grand miroir en pied. Je devrais : la robe est belle, tu es belle, mais ce n'est pas... parfait.

Leigh soupira.

— C'est aussi ce que je pense. Je sais que ça me fait une belle silhouette, mais ce n'est pas encore ça ; et je ne me sens pas bien dedans.

Elle indiqua d'un geste les boîtes ouvertes, sur le lit.

— C'est la même chose avec les autres. Elles me vont, elles correspondent à ce que j'ai vu dans le magasin, mais je n'arrive pas à les aimer.

— Peut-être qu'en te faisant un chignon haut..., suggéra Reggie en sentant bien qu'elle ne paraissait pas y croire.

Sa mère secoua la tête.

— Non, ça n'aidera pas. Je ne comprends pas d'où vient le problème.

— Pourquoi tiens-tu tant à porter une robe blanche traditionnelle ?

— Parce que je n'en ai pas porté la première fois. J'avais un tailleur blanc que je haïssais…

— Et quel est le plus important, maintenant ? Choisir une robe traditionnelle ou une tenue dans laquelle tu te sens fabuleuse ?

— Option B.

— Dans ce cas, changeons de méthode. Prends le temps de te changer pendant que je jette un coup d'œil en ligne pour voir si je peux te trouver quelque chose de plus convaincant.

— Comme quoi ?

— Je ne sais pas. Je pourrais regarder les robes de soirée du site Nordstrom, pour commencer.

— D'accord, mais n'oublie pas que je n'ai plus vingt-cinq ans…

Reggie feignit le choc.

— Vraiment ?

— Haha, très amusant. Faisons ça. Je te retrouve dans la cuisine dans dix minutes.

Reggie quitta la chambre, suivie de près par Belle. Alors qu'elles traversaient le couloir, Burt bondit de nulle part et se jeta sur la chienne. Il dut l'atteindre aux pattes, car elle poussa un cri de terreur et recula, paniquée, heurtant le mur dans son mouvement. Elle fit immédiatement volte-face pour voir qui d'autre l'attaquait en traître.

— Burt ! gronda la jeune femme en s'interposant entre eux. Attaque-toi à quelqu'un de ta taille.

Elle frappa du pied par terre pour attirer son attention, mais le petit teckel l'ignora.

— Fais-la revenir avec moi, cria Leigh.

Reggie reconduisit Belle dans la chambre et ferma la porte avant de dévisager Burt.

— Tu te crois si grand et courageux, n'est-ce pas ? Belle est sensible et délicate. Pourquoi ne pourriez-vous pas devenir amis, tous les deux ?

Le chien lui adressa un regard perplexe, puis repartit en direction de l'escalier. Reggie se rendit dans sa chambre pour récupérer son ordinateur, et descendit à son tour dans la cuisine.

Elle passa en revue le site Nordstrom, puis jugea qu'une robe de soirée ne conviendrait peut-être pas à sa mère. Les modèles présentés étaient mignons – et elle en aurait bien commandé un ou deux pour enrichir sa penderie –, mais n'auraient pas convenu à une femme approchant la soixantaine.

Elle essaya ensuite d'explorer le rayon consacré aux mères des mariées.

— Bingo, murmura-t-elle en faisant défiler les images.

Quand Leigh la rejoignit, Belle sur les talons, Reggie tapota le siège voisin.

— Je crois avoir déniché quelques options vraiment sympas, maman. Ton mariage se fera en vert et rouge pour profiter des décorations de Noël de l'hôtel, n'est-ce pas ? Au milieu de tout ça, il te faut une robe qui se démarque.

Sa mère fronça le nez.

— Pas noire. J'y ai pensé et j'adore les robes noires, mais je n'en veux pas pour mon mariage.

— Je suis d'accord. Pourquoi pas grise ?

Leigh ne parut pas convaincue.

— Grise ? Tu crois ?

Reggie lui montra la robe qu'elle avait sélectionnée. Le corsage avait un décolleté en cœur et le tissu, une maille souple, formait des plis élégants sur le côté. Ajustée à la taille, la jupe tombait ensuite tout droit jusqu'au sol. Les manches, les épaules et le dos étaient en dentelle assortie.

— Elle est magnifique, admit Leigh. Et elle semble confortable.

— Je suis sûre que cette forme mettrait ta silhouette en valeur. Bien sûr, tu auras besoin d'un soutien-gorge sans bretelles, mais rien de plus spécial que ça.

Elle lui montra ensuite son second choix, plus dans l'esprit d'une robe de bal. Elle avait des manches courtes et un profond décolleté en V. Le corsage était brodé, des perles avaient été ajoutées au niveau des hanches, et la jupe était formée de plusieurs épaisseurs de tulle.

— Oh ! j'aime bien celle-ci aussi. D'une certaine manière, elle ressemble plus à une robe de mariée…

Leigh fit défiler un moment les deux images, puis éclata de rire.

— On n'a qu'à commander les deux pour que je les essaye. L'une d'entre elles a intérêt à m'aller, sinon je risque de me présenter à l'autel en peignoir !

— Ce serait une manière de rendre ton mariage unique, c'est sûr.

Reggie entra ses identifiants et passa la commande. Elle paya même un peu plus pour une livraison express, afin qu'elles disposent d'un peu plus de temps pour faire leur choix.

— Voilà, elles devraient arriver en début de semaine prochaine, dit-elle en refermant son ordinateur portable.

— Tant mieux. Si j'en garde une, je te ferai un chèque pour te rembourser.

Leigh se leva et alla leur servir deux cafés.

— Dis-moi, reprit-elle d'un air parfaitement innocent, as-tu reçu des nouvelles de Toby, depuis Thanksgiving ?

— Maman, ça ne fait que trois jours ! Pourquoi l'aurais-je revu si vite ?

— Je ne sais pas. Vous auriez pu vous croiser quand tu sors promener Belle. Tu aurais même pu passer à sa boutique. Je n'espionne pas tous tes mouvements, au fond. Je ne fais pas partie de ces mères étouffantes qui veulent se mêler de tout...

— Vraiment ? Je ne l'aurais jamais deviné, étant donné que tu l'as invité à manger sans même m'en parler d'abord. Franchement, qu'est-ce que tu espérais ?

Sa mère se rassit en face d'elle et sourit.

— Je me suis juste dit que Judy n'est plus toute jeune et qu'elle n'a peut-être plus le courage de préparer d'aussi grands repas toute seule.

Certes, dite comme ça, la chose paraissait touchante et attentionnée ; mais Reggie savait très bien que ce n'était pas ce qui avait motivé sa mère.

— D'autres personnes, en ville, auraient pu apprécier de manger avec nous, tu sais.

— Peut-être, mais pas des gens que je connais aussi bien. Harrison est vraiment un garçon adorable... As-tu déjà songé à ce que ça pourrait être, de devenir belle-mère ?

Reggie la dévisagea, incrédule.

— Très subtil, maman.

— Je n'ai jamais compris l'intérêt de la subtilité. Pourquoi ne pas dire clairement ce que l'on pense ? Toby et toi avez semblé bien vous entendre, pendant le repas, et tu l'aimais beaucoup, autrefois. Je suis sûre que ça se passait bien au lit, aussi... Alors, pourquoi ne pas chercher à savoir si cette alchimie existe encore ? Il a du succès, c'est un bon père et je n'ai entendu que des choses positives à son sujet.

Elle but une gorgée de café avant de reprendre :

— Je dis juste que tu pourrais faire bien pire.

Reggie ouvrit la bouche, puis la referma.

— Je ne sais vraiment pas quoi répondre à ça, admit-elle.

Heureusement pour elle, son téléphone sonna au même

moment. Elle l'attrapa sans même prendre la peine de jeter un coup d'œil à l'écran.

— Je dois répondre.

Sa mère se leva pour la laisser seule.

— Très bien, dit-elle avant de s'éclipser. Mais c'est de la lâcheté.

Reggie ne l'écouta pas et décrocha.

— Allô ?

— Salut ! Que se passe-t-il ?

C'était Dena.

— Ta mère va me rendre folle, répondit Reggie. Elle veut que je sorte avec Toby.

— Elle est aussi ta mère, tu sais.

— Pour l'instant, je préfère oublier notre lien de parenté.

Sa sœur éclata de rire dans l'écouteur.

— Et je pense comme elle : Toby et toi seriez sans doute bien ensemble…

— Hors de question ! Nous ne nous connaissons plus. Nous ne nous sommes pas vus pendant des années. *Et* je vis à Seattle.

— Détails, détails. Tu t'es bien amusée avec lui, jeudi, non ?

Reggie ne put s'empêcher de sourire.

— Oui, mais ça ne veut pas dire que je dois l'épouser.

— On parlait juste d'un rencard, il me semble.

— Maman m'a demandé si j'avais envie de devenir belle-mère !

— Ah… J'admets que c'est un grand pas, en effet.

— Trop grand.

— Toby est un très bon père, reprit Dena en riant. Juste au cas où tu te poserais la question…

— Tu ne vas pas t'y mettre aussi !

— D'accord. En fait, je t'appelais pour savoir ce qu'on fait pour papa et maman, au mariage. Je viens de passer deux heures sur Pinterest pour chercher des idées. Il y a plein d'options sympas, mais je pense qu'une projection serait la meilleure idée. On pourrait préparer un diaporama et le diffuser en boucle pendant la réception.

Reggie acquiesça. Elles avaient toutes deux envie d'offrir quelque chose de spécial à leurs parents. Elles avaient évoqué de nombreuses idées depuis quelques semaines, mais le diaporama revenait sans cesse dans leurs conversations.

— Je suis d'accord. Je vais faire le tour des photos qui se trouvent dans mon ordinateur et je pourrais aussi en numériser d'autres. Les vieux albums sont toujours au sous-sol ?

— Oui, la dernière fois que j'ai vérifié, ils y étaient.

— Bien. Maman pensera que je travaille et on pourra lui faire la surprise. J'aimerais trouver des photos de leur rencontre à aujourd'hui.

— Est-ce que je peux t'aider ? J'ai l'impression de te laisser tout faire.

— Dena, tu enseignes à plein temps, tu gères un B&B et tu es enceinte, lui rappela Reggie.

— Je sais, mais tu jongles déjà entre le projet de charité et ton propre boulot. Ça fait trop.

— Tu sais quoi ? Je n'ai qu'à t'envoyer les photos au fur et à mesure pour que tu écrives les légendes. Je ne pense pas qu'on aura besoin de toutes les légender, juste les plus importantes. Si on retrouve l'année où elles ont été prises, ça m'aidera à les classer…

— D'accord, on fait comme ça. Envoie-moi le dossier quand il sera prêt.

— Ça marche.

Elles discutèrent encore pendant quelques minutes, puis raccrochèrent. Reggie se tourna vers Belle, qui était roulée en boule dans un panier, au fond de la cuisine.

— Je vais finir par avoir plus de travail ici qu'à la maison !

La chienne la regarda, comme pour lui rappeler que c'était entièrement sa faute.

— Oui, je sais, soupira Reggie. Je ne peux pas m'en empêcher. Je n'ai jamais rien su refuser à ma famille… à toi non plus, d'ailleurs.

Belle ne sembla pas choquée par l'idée de régenter la vie de sa maîtresse.

— Tu as raison, ma grande. Tu es spéciale et tu mérites un traitement de faveur.

Le lundi suivant, Toby arriva au centre communautaire sur le coup de 14 h 30. Les élèves étaient attendus pour 15 heures et il restait du matériel à déballer. Il avait profité du pont et de son long week-end pour s'entraîner avec son tricotin circulaire. Il était à présent prêt à aider les enfants.

D'ailleurs, s'il était aussi impatient, c'était parce qu'il avait hâte de se lancer dans le projet – et ça n'avait rien à voir avec Reggie. Elle était la sœur de l'institutrice de son fils, rien de plus. Certes, ils avaient passé une bonne journée, le jeudi, et il avait apprécié de pouvoir se promener avec elle après le repas, mais ça ne voulait rien dire. Ils n'étaient que de vieux amis contents de se retrouver.

Il se surprit néanmoins à presser le pas pour rejoindre la plus grande salle du centre. La double porte était ouverte et il aperçut à l'intérieur une dizaine de boîtes disposées sur de longues tables pliantes. Reggie était déjà là, en train de sortir des paquets de crochets destinés aux enfants.

Elle leva les yeux et lui sourit. Pendant un instant,

Toby eut l'impression de se retrouver projeté des années en arrière, le jour où elle s'était campée devant lui pour l'inviter à un rendez-vous. Son sourire avait été aussi troublant, aussi désarmant...

— Tu es là, dit-elle. Merci d'être venu en avance. Je ne m'étais pas rendu compte du temps que prendrait l'installation ; et pourtant j'y suis déjà depuis une heure.

— Tu aurais dû m'appeler, je me serais libéré plus tôt.

— C'est bon : je m'en sors.

Belle trottina jusqu'à lui pour se frotter à sa jambe. Elle portait un pull vert et rouge.

— Très festif, remarqua-t-il.

— Elle adore Noël, répondit Reggie avant de claquer des doigts. Belle ? Va t'allonger.

La grande chienne soupira et retourna d'un pas lourd jusqu'au panier installé dans un coin de la salle.

— Tu veux bien commencer à déballer la laine ? demanda Reggie. Je me suis dit qu'on pourrait laisser les enfants choisir les couleurs qui leur plaisent.

Elle s'interrompit un instant.

— Voyons, on a quarante élèves, plus les parents volontaires... On pourrait leur proposer cent écheveaux différents et stocker le reste dans la réserve, pour tout avoir sous la main.

Elle lui lança un couteau suisse et reprit son décompte des crochets. Toby ouvrit rapidement les cartons restants, puis étala un arc-en-ciel de laine sur l'une des tables. Quand il en eut assez, il se rendit dans la réserve pour y ranger les paquets entamés. Le temps qu'il termine son travail, Reggie avait allumé son ordinateur et déroulé l'écran de projection.

Quelques minutes plus tard, les élèves commencèrent à arriver, suivis par une demi-douzaine de parents. Reggie les accueillit et leur présenta Belle.

— C'est une grande fille timide, dit-elle. Elle prend vite peur, alors ne l'effrayez pas.

Quelques enfants – et aussi quelques adultes – dévisagèrent le grand danois d'un air dubitatif.

— Je ne plaisante pas, insista Reggie. Ce n'est pas parce qu'elle est grande qu'elle est courageuse. Mais elle aime avoir de la compagnie, c'est pour ça que je l'ai amenée. Bon, si on commençait ?

Elle sépara les enfants en petits groupes, chacun chaperonné par un parent. Toby s'assit à la table de son fils. On fit passer le matériel et, bientôt, tout le monde fut équipé d'un écheveau de laine.

— J'ai préparé une vidéo pour vous montrer comment utiliser le tricotin, expliqua Reggie avec un sourire. C'est assez facile et très amusant. Nous ne nous retrouverons pas ce mercredi, parce que ce sera le 1er décembre et le début du calendrier de l'Avent de la ville…

— Oui, il faut y aller ! clama un garçon.

— Oh ! je sais. Bon ! Tricotons des bonnets !

Reggie fit démarrer la vidéo et l'accompagna d'explications précises. Puis tout le monde se mit au travail, attaquant les bonnets par le bas.

Reggie passait de table en table pour répondre aux questions et réparer quelques erreurs. Elle se montra patiente, amicale et mit très vite les enfants à l'aise. Toby ne put s'empêcher d'apprécier sa douceur. Par moments, elle levait les yeux sur lui et souriait – un détail qu'il remarqua parce qu'il la regardait aussi beaucoup…

Il se concentra de nouveau sur son tricot et parvint enfin à progresser sur son bonnet. Il remarqua que Belle se levait et traînait son coussin sur quelques pas avant de se rallonger. Quelques minutes plus tard, elle recommença. Toby eut besoin de une ou deux minutes pour comprendre quelle était sa destination.

— Je crois que tu as une admiratrice, dit-il à son fils.

Harrison regarda la chienne et sourit. Il tapota sa cuisse. Belle traîna son coussin jusqu'à eux et s'installa tout près de lui pour qu'il puisse la caresser depuis sa chaise.

Une fois que les bordures des bonnets furent terminées, Reggie leur expliqua comment poursuivre l'ouvrage. Toby en profita pour se lever et examiner le travail des enfants installés à sa table. Il s'assura que tout le monde avait compris comment effectuer la transition et entamer le corps du bonnet. Quelques instants plus tard, Reggie lança une playlist de chants de Noël.

À la fin de la session, qui dura une heure et demie, elle distribua des sachets en papier pour y ranger les ouvrages entamés. Chaque enfant inscrivit son nom sur son sac pour retrouver son travail plus facilement à la prochaine session. À 17 heures, tout le monde était parti.

Reggie éteignit son ordinateur et débrancha l'enceinte portative qu'elle avait apportée avec elle.

— C'était très bien, dit-elle. La plupart des participants sont arrivés à la moitié de leur bonnet et certains parents ont presque fini. Nous allons avoir beaucoup de pièces à offrir au foyer pour enfants.

— J'en ferai quelques-uns pendant mes week-ends, proposa Toby.

Elle éclata de rire.

— Oh ! je payerais cher pour voir ça !

— Tu viens de me voir tricoter, tu sais.

— Oui, mais ici ou dans ta cuisine ce n'est pas la même chose.

— Je pensais plutôt travailler dans ma salle vidéo, en regardant une émission de sport très masculine à la télé.

— Bien sûr.

Harrison s'était assis près de la chienne pour la câliner.

— Papa ? appela-t-il. Est-ce que Reggie et Belle peuvent venir manger de la pizza avec nous, ce soir ?

C'était une excellente idée – et Toby s'en voulut un peu de ne pas y avoir pensé lui-même. Il se tourna vers Reggie.

— Notre soirée pizza est une petite tradition, tous les lundis soir. Ce n'est pas ce que Judy préfère, alors elle reste à la maison.

Reggie les observa tour à tour pendant quelques instants.

— Je suis désolée, Harrison, finit-elle par répondre, mais les restaurants n'acceptent pas Belle.

— Oh…

Il contempla la chienne, puis son père.

— Dans ce cas, on pourrait prendre de la pizza à emporter.

— Tu es sûr ?

Toby se pencha vers Reggie pour expliquer :

— Il y a des flippers à la pizzeria, et Harrison y joue de mieux en mieux.

Le garçon serra Belle contre lui.

— Oui, je suis sûr ! Je ne veux pas que Belle reste toute seule.

— Elle peut passer la soirée avec mes parents. Elle ne sera pas seule.

— Mais Burt est méchant avec elle !

Les deux adultes échangèrent un sourire.

— Merci, Harrison. Je comprends à quel point c'est un sacrifice pour toi, finit par répondre Reggie. Dans ce cas, Belle et moi serons ravies de passer la soirée avec vous.

— Viens à 18 heures, ajouta Toby.

— Parfait. Je vais ramener Belle à la maison pour la nourrir. Elle adore la pizza, mais ce n'est pas très bon pour elle.

— Ça la rend malade ? demanda Harrison d'un air soudain très inquiet.

— Non, ça lui donne des gaz et c'est encore pire.

Le gamin éclata de rire.

— Tu pètes, Belle ?

Pour toute réponse, elle lui lécha la joue.

Reggie sortit sa laisse.

— Allez, viens, ma grande. Il est temps de manger : on sort, ce soir.

Reggie et Belle frappèrent à la porte à 18 heures pile. La jeune femme se répéta une fois de plus de ne pas prendre cette invitation trop au sérieux : c'était Harrison qui lui avait proposé de venir, pas Toby. Quoi qu'ait pu en penser sa mère quand elle lui avait annoncé qu'elle sortait, cette soirée n'avait rien d'un rendez-vous. C'était un repas entre amis. Néanmoins, les attentes de Leigh avaient eu un avantage : elle avait préparé un gâteau pour le dessert.

— Salut ! lança Toby quand il leur ouvrit. Tu es pile à l'heure. Les pizzas devraient arriver dans un instant.

Il s'écarta pour les laisser entrer.

Belle s'avança prudemment, ne sachant pas ce qui l'attendait. Elle commençait même à trembler quand elle aperçut Harrison et manqua de rompre sa laisse pour bondir vers lui.

— Vous êtes venues ! cria le garçon en se précipitant dans l'entrée, tout sourire.

Reggie libéra sa chienne.

— Tu pourrais peut-être lui faire visiter la maison, pour qu'elle se sente plus à l'aise, dit-elle. Oh ! et fais attention à sa queue. Quand elle la remue, elle est capable de dégager la surface d'une table basse en deux secondes.

Durant les quelques minutes qui suivirent, elle entreprit de se débarrasser de ses couches de vêtements et d'aider Harrison à trouver un bon endroit pour le coussin de Belle. Puis, tandis que les garçons mettaient la table, elle échangea quelques mots avec Judy. Elle admira également l'immense sapin installé dans le salon et les guirlandes élégantes qui ornaient la rampe de l'escalier.

— Ce sont des professionnels qui ont fait tout ça, murmura Judy en secouant la tête. Autrefois, Toby et son père allaient en forêt pour couper un arbre eux-mêmes…

— Nous aurons un véritable sapin à l'étage, la semaine prochaine, précisa Harrison, les yeux pétillants. Et on le décorera nous-mêmes. J'ai hâte !

La sonnette retentit au même instant et Toby alla récupérer les pizzas. Judy se retira dans sa chambre. Reggie, Toby et Harrison, eux, prirent place à la table de la cuisine tandis que Belle s'installait confortablement dans un coin.

— C'était amusant de tricoter, aujourd'hui, déclara le garçon en prenant une part chargée en pepperoni. On va faire plein de bonnets.

— Oui, répondit Reggie. C'est une bonne idée et je suis contente que tu l'aies eue.

Elle se servit, préférant la seconde pizza, aux champignons.

Le repas était délicieux, mais elle avait encore un peu de mal à se détendre. Cette soirée avait quelque chose de tellement irréel… Deux semaines plus tôt, Toby ne faisait plus partie de sa vie, et maintenant elle était là, dans sa cuisine, en train de manger avec son fils et lui.

La maison semblait neuve et le mobilier coûteux. Clairement, Toby n'avait plus rien de l'adolescent qui vivait autrefois dans le quartier le plus modeste de la ville. À l'époque, son unique objectif avait été de ne pas devenir alcoolique comme son père. De toute évidence, il avait fini par se trouver un but.

12

Après le dîner, Toby rangea les restes dans le frigo et la petite troupe monta à l'étage. Harrison montra sa chambre à Reggie et Belle, puis supplia son père de le laisser regarder un film avec sa nouvelle amie à quatre pattes. Belle ne se fit pas prier pour s'allonger sur le canapé avec lui et se laisser câliner. Reggie et Toby les laissèrent donc seuls. Toby fit entrer Reggie dans son grand bureau, au bout du couloir.

— Waouh ! Combien de pièces as-tu ? demanda Reggie tandis qu'il posait sur la table la bouteille de vin et les deux verres qu'il avait montés de la cuisine.

— Oh ! rien d'extravagant…

Elle fit un rapide calcul, en se fondant sur ce qu'elle avait vu au rez-de-chaussée.

— Laisse-moi deviner : cinq chambres, une pièce de loisirs, un bureau, et sans doute un sous-sol ?

Son si beau sourire se fit presque penaud.

— C'est ça. La maison fait un peu plus de 450 mètres carrés.

— Impressionnant.

La pièce était meublée d'un grand bureau, d'une bibliothèque intégrée à la cloison et d'un long divan moelleux adossé au mur du fond. Derrière, on avait accroché une collection de photos. Il y avait des portraits de Harrison à tous les âges, des clichés des camions-restaurants de l'entreprise et d'une façade de boutique que Reggie ne reconnut pas.

Suivant son regard, Toby expliqua :

— C'était mon premier magasin. Je l'ai ouvert à Austin.

— Tu as un véritable empire, maintenant.

— On peut dire ça.

Ils s'installèrent sur le divan et Toby servit le vin. Son verre à la main, Reggie examina la pièce plus en détail.

— J'avoue que je suis choquée de voir que tu n'as pas demandé à tes décorateurs de faire de cet endroit un paradis de Noël. Pourquoi ?

— Tu sais que je me moque de ce genre de fêtes, au fond. Si je fais des efforts, c'est uniquement pour Judy et Harrison.

— Menteur : ça te plaît aussi.

— Pas autant qu'à eux.

— L'arbre du salon est splendide. Il trouverait sa place dans un magazine. Mais j'imagine que celui que tu vas décorer avec ta famille aura plus de sens.

— En effet.

Elle le regarda un instant, par-dessus son verre. Il correspondait parfaitement à l'image que l'on pouvait se faire d'un homme heureux et à qui la vie avait souri. Ses cheveux dorés étaient un peu plus foncés qu'à l'époque du lycée et ses traits étaient plus marqués. Ses yeux, par contre, avaient toujours la même nuance de bleu, assez intense avec une touche de gris.

Il avait été très efficace avec les enfants, pendant la session de tricot, et leur avait donné de bons conseils. Rien de surprenant venant d'un père attentionné. Avec toutes ces qualités, comment se faisait-il qu'il ne soit pas marié ? Et où était la mère de Harrison ?

Elle n'osait pas lui poser directement ce genre de

questions, mais elle ne put s'empêcher de le sonder, à demi-mot.

— Tu as eu Harrison très jeune, non ? demanda-t-elle d'un air aussi détaché que possible.

— Oui, à vingt-deux ans.

Il reposa son verre et poursuivit :

— Quand je suis parti en abandonnant le lycée, je n'avais qu'une envie : m'éloigner le plus possible. J'ai fini par échouer au Texas. Je me suis dit que c'était un endroit assez vaste pour m'y perdre...

— Tu voulais te *perdre* ?

Il sourit.

— Je n'avais que dix-huit ans et j'imagine que j'avais des idéaux un peu trop romanesques.

— Comment as-tu survécu ?

— J'ai travaillé sur des chantiers. Je traînais près des équipes en attendant qu'un ouvrier manque à l'appel et qu'on m'embauche pour le remplacer. Bien sûr, on ne me confiait pas de grosses machines, mais il y avait toujours du travail de force, pour lequel je n'avais pas besoin de formation. J'ai fini par obtenir des contrats réguliers et par gagner correctement ma vie. J'ai vécu un temps à Lubbock, puis à Dallas. C'est là que j'ai rencontré une fille.

— Juste une ?

Reggie fit de son mieux pour sourire d'un air gentiment moqueur. Elle voulait à tout prix le faire parler de sa vie.

— J'avoue qu'il y en a eu d'autres. Mais celle-ci a eu plus d'importance à mes yeux. Elle s'appelait Anne et elle...

Il s'interrompit un instant, le temps de la regarder.

— Elle te ressemblait beaucoup.

— La femme idéale ? plaisanta-t-elle.

Le sourire de Toby rayonna une fois de plus.

— C'est une question de personnalité, ou plutôt de comportement. Bref, nous sommes restés six mois ensemble, puis j'ai ressenti le besoin de bouger. Nous nous sommes séparés en bons termes et je suis parti pour Austin.

Il but une petite gorgée de vin.

— Je m'y suis tout de suite plu. J'ai trouvé un emploi fixe, toujours dans la construction, loué un appartement correct, ce qui m'a changé des chambres insalubres que j'avais louées jusque-là, et j'ai décidé de m'installer pour de bon.

Intéressant, étant donné qu'il était de retour à Wishing Tree…

— Et ?

— Environ dix mois plus tard, j'ai reçu un texto d'Anne. Elle voulait me voir, dit-il avec un petit soupir. J'ai pensé qu'elle avait envie de nous accorder une seconde chance et qu'elle envisageait de me rejoindre à Austin… J'avais tort.

— Elle était enceinte ? Non, attends. Si c'était presque un an plus tard, ça veut dire qu'elle avait déjà accouché.

— En effet. Nous avons décidé de nous voir dans un café. J'avais hâte de la retrouver et j'imaginais déjà toutes sortes de choses. Mais elle ne voulait pas sortir avec moi. Elle est arrivée avec Harrison et m'a dit qu'il était mon fils.

Son regard se fit plus lointain, comme s'il se laissait emporter par ses souvenirs.

— Je ne savais pas quoi dire ou quoi penser. L'instant d'avant j'étais un joyeux célibataire, et d'un seul coup je me suis retrouvé père d'un bébé de trois mois.

Il parut se secouer et la regarda, une fois de plus.

— Elle a dit qu'elle ne pouvait pas assumer ce rôle, qu'elle ne pouvait pas être mère. C'était trop dur pour elle et Harrison lui demandait beaucoup de temps. Elle m'offrait sa garde. Si j'avais refusé, elle l'aurait confié aux services sociaux.

— Quoi ?

Reggie faillit bondir de son siège. Elle n'y croyait pas. Sérieusement ? Anne avait fait ça ? Quel genre d'être humain était-elle donc ?

— Elle voulait l'abandonner ? Sans scrupule ? Dans ce cas, elle ne me ressemble en rien ! Je ne ferais jamais une chose pareille.

Toby sourit de nouveau.

— Je sais, détends-toi. Après tout, cette histoire se termine bien.

— T'efforces-tu vraiment de la défendre ou de me faire croire que ce n'est pas sa faute ? Elle était sa mère. Elle aurait dû essayer… Et où était sa famille ? Personne ne voulait l'aider ?

Une pointe d'amusement assombrit le regard de Toby.

— Tu as l'air d'avoir des idées bien arrêtées sur le sujet.

— Évidemment ! Dena s'apprête à devenir mère, sans compagnon pour la soutenir, et tu sais que nous allons tous nous battre pour passer du temps avec son bébé. J'ai déjà prévu de m'installer chez mes parents pendant quelques mois après la naissance, pour l'aider.

— Ça ne m'étonne pas.

Elle but un peu de vin, puis chassa son agacement d'un geste.

— OK, continue. Je te promets de ne plus t'interrompre.

— Ça, en revanche, j'ai du mal à le croire.

— Tu as sans doute raison, mais je vais faire un effort.

Il gloussa, et poursuivit néanmoins son récit :

— Je lui ai dit que j'acceptais de m'occuper de Harrison. Elle avait apporté toutes ses affaires avec elle et m'avait même écrit quelques instructions. Quand elle m'a eu tout donné, elle m'a dit de trouver un avocat et m'a promis de signer tous les papiers nécessaires. Elle ne voulait plus de sa responsabilité de mère. Elle est simplement partie.

— En te laissant seul sur le trottoir avec un bébé dans les bras ? C'est insensé ! Comment étais-tu censé savoir t'en occuper ? Tu n'avais encore jamais changé de couche dans ta vie...

— C'est vrai. Je ne savais rien. J'ai immédiatement appelé Judy pour lui demander de venir m'aider, puis j'ai téléphoné à un de mes collègues. Il était marié et avait deux jeunes enfants. Sa femme et lui m'ont montré les bases. Quand je suis allé récupérer Judy à l'aéroport, j'avais déjà appris à préparer un biberon et à changer Harrison. Cependant, je ne savais absolument pas comment m'organiser avec le travail. Qui allait veiller sur mon fils pendant la journée ?

— Tous les parents célibataires connaissent le même problème.

— Oui... Judy était prête à rester quelques semaines avec nous, mais elle devait ensuite rentrer à la maison. Pour mon père.

Reggie entendit la crispation soudaine dans sa voix. Elle le connaissait assez bien pour savoir qu'il ne fallait pas se risquer sur ce terrain-là. De toute manière, elle voulait en apprendre plus sur les premières années de Harrison et discuter du père de Toby risquait de les emmener bien trop loin du sujet – dans un endroit dangereux où ils ne souhaitaient pas s'aventurer.

Elle n'arrivait toujours pas à croire ce qu'avait fait Anne. Si elle n'avait pas voulu de cet enfant, pourquoi mener sa grossesse à terme ? Si elle ne désirait pas avorter, il restait toujours la possibilité d'une adoption à la naissance. De nombreux couples aimants rêvaient d'adopter un bébé. Garder Harrison avant de changer d'avis ? C'était incompréhensible.

— Judy et moi avons réfléchi à un moyen pour moi de gagner ma vie tout en travaillant à domicile, poursuivit Toby. C'est plus difficile qu'on pourrait le croire. Aucune de nos idées ne me convenait. Je n'avais pas de talents particuliers et travailler comme bricoleur free-lance ne résolvait pas le problème de la garde. Enfin, elle m'a suggéré de vendre des tourtes.

Il grimaça.

— Quand j'étais petit, pendant de nombreuses périodes nos seuls revenus provenaient de ça. Tu te souviens de l'époque où ma grand-mère vendait ses tourtes aux voisins et à nos amis ?

— Oh oui, répondit Reggie avec douceur. Ma maman tenait toujours à savoir quand Judy en préparerait. Nous adorions en acheter pour le repas.

— Le lancement de mon affaire a demandé plusieurs longues journées de travail. Nous avons cuisiné tout le week-end pour préparer autant de tourtes que possible et, le lundi, je suis allé les vendre sur le chantier où je travaillais. J'ai été dévalisé en quelques minutes. Le mardi, j'en ai apporté d'autres et j'ai visité un nouveau site de construction. Elles se sont vendues tout aussi vite. Quand Judy a fait ses bagages, le bouche-à-oreille avait déjà commencé et des clients se pressaient sur les deux chantiers. J'écoulais mon stock en moins d'une heure. J'avais enfin trouvé un métier qui me convenait.

— Comment t'es-tu arrangé avec Harrison ?

Reggie faisait de son mieux pour mémoriser tout ce qu'il lui racontait, jusqu'au plus petit détail.

— C'était difficile, au début. Je me mettais en cuisine dès que je revenais des chantiers, juste après le repas de midi. Je travaillais jusqu'à minuit, puis je dormais quelques heures avant de m'y remettre. Je ne faisais plus que ça : m'occuper de mon fils et cuire des tourtes. Une fois mes factures payées, je mettais l'excédent de côté. J'ai fini par m'acheter deux fours supplémentaires et un second frigo.

Un petit sourire dansa sur ses lèvres.

— Je suis sûr que j'ai violé un certain nombre de règles sanitaires, mais on ne m'a jamais contrôlé.

— Ah... Donc tu es resté un *bad boy*, au fond de toi.

— D'une certaine manière, oui. Il m'a fallu six mois de travail acharné pour pouvoir acheter mon premier camion équipé, et ça m'a beaucoup aidé. Je m'installais chaque jour de la semaine à un endroit différent et ma clientèle s'est lentement fidélisée.

— D'un camion, tu es passé à trois, et ainsi de suite ?

— Plus ou moins. En deux ans, j'avais mis en place une petite flotte de camions-restaurants, qui couvrait l'agglomération d'Austin. Cinq ans plus tard, j'étais présent dans toutes les grandes villes du Texas et je commençais à m'implanter en Californie. J'avais aussi ouvert deux boutiques assez rentables. Aujourd'hui, j'ai deux cents camions, dix magasins et nous sommes actifs dans quinze villes.

Reggie avait entendu des rumeurs sur le succès de Toby, mais c'était autre chose de l'écouter en parler ainsi. Elle était impressionnée.

— Dont Wishing Tree, dit-elle avec un sourire.

— C'est ma boutique préférée. Travailler ici me permet de passer du temps avec Harrison dès qu'il a besoin de moi.

Elle examina de nouveau le mur de photos.

— Tu devrais afficher la façade ici.

Puis, surprise, elle se pencha pour regarder l'un des clichés de plus près.

— Celle-ci, en bas... Est-ce la vieille quincaillerie ?

— Oui.

Elle le dévisagea un instant.

— Je suis étonnée. Je croyais que tu avais des sentiments mitigés la concernant...

Il avait commencé à travailler dans la quincaillerie familiale à douze ans, pour aider son père quand il était trop soûl pour ouvrir à l'heure ou faire ses inventaires. En grandissant, Toby avait assumé de plus en plus de responsabilités à la boutique. Reggie y avait passé beaucoup de temps en sortant avec lui. Elle avait appris à se servir des outils et à réparer de petites choses – des robinets, des lampes...

— Le problème n'était pas le magasin, soupira-t-il. C'était mon père. Judy a fait encadrer cette photo quand j'ai commencé à décorer le bureau. Je n'ai pas eu le cœur de lui dire qu'elle me hérissait à chaque fois que je posais les yeux dessus.

Reggie tendit instinctivement la main et effleura son bras.

— Je suis désolée, murmura-t-elle. Je sais à quel point c'est dur pour toi.

— Ce n'est qu'une photo. Je peux le supporter.

Elle s'écarta de lui.

— Ton père a vendu la boutique juste avant ton départ, n'est-ce pas ?

Toby la regarda un instant, très grave.

— Il ne l'a pas vendue, Reggie. Il l'a perdue. Il a arrêté de payer le loyer et ses fournisseurs. La banque a fini par tout lui prendre. Il s'est mis en colère et m'a reproché de ne pas en avoir fait assez.

Les traits tirés, il se détourna et poursuivit d'une voix sourde :

— Il m'est tombé dessus avec une batte de base-ball, le jour où il a perdu la boutique. À ce moment-là, j'ai compris que je devais partir, sans quoi il me tuerait. Alors, j'ai pris un sac et j'ai quitté la ville.

— Quoi ?

L'exclamation échappa à Reggie avant qu'elle puisse la contenir. Toby eut un petit sourire amer.

— Tu pensais que j'étais parti à cause de toi ?

Inutile de cacher la vérité, songea-t-elle, mortifiée.

— L'idée m'a traversé l'esprit, admit-elle. Nous venions de nous séparer et tout était ta faute. J'ai pensé que tu le vivais mal.

— C'est vrai. J'étais dévasté, mais je n'ai pas quitté la maison à cause de toi.

— Je me sens bête.

Il sourit de nouveau, plus franchement cette fois.

— Tu n'as aucune raison de t'en vouloir : c'était une déduction logique. Tant qu'on parle de ça, je tiens à te dire que je n'ai pas vendu la mèche, au sujet de cette nuit-là.

Elle garda les yeux fixés sur son verre de vin, sans savoir quoi répondre.

Le soir de leur bal de promo, après plus d'un an de relation et certaine qu'elle aimerait toujours Toby, elle avait enfin décidé de coucher avec lui. Ils s'étaient rapprochés de nombreuses fois, avant, mais elle avait toujours refusé d'aller au bout. Cette nuit-là, elle lui avait offert sa virginité, pour lui montrer à quel point elle tenait à lui. Le mardi matin, en cours, Paisley lui avait glissé que tout le monde parlait d'elle. Apparemment, Toby avait répété à toute l'équipe de football qu'elle était le meilleur coup de sa vie…

Elle avait été ravagée par cette trahison et humiliée. Elle avait appelé sa mère pour demander la permission de rentrer à la maison. Quand son père avait appris la vérité, il avait menacé de tuer Toby. Elle l'avait calmé en lui disant qu'elle s'occuperait de lui elle-même et avait rompu avec lui. Trois jours plus tard, il quittait Wishing Tree.

— Ce n'était pas moi, répéta-t-il. Reggie, tu me connais. Tu sais que je ne ferais jamais une chose pareille.

Elle leva les yeux.

— J'avais confiance en toi, oui. Mais, si tu n'as rien dit, comment les autres ont-ils appris ce qui s'était passé entre nous ?

— Je ne sais pas. Je n'en ai parlé qu'à Brian, répondit-il avant de soupirer. C'était dans les vestiaires et je suppose que quelqu'un nous a entendus. C'est la seule explication possible.

Il la regarda droit dans les yeux.

— Je t'aimais, Reggie. Jamais je ne t'aurais fait de mal.

Les années s'étaient écoulées et ils s'étaient éloignés, pourtant l'entendre prononcer ces mots la fit frissonner. En un instant, elle eut l'impression d'avoir de nouveau dix-sept ans.

— Je sais. Je l'ai oublié sur le moment, mais je sais que tu tenais à moi et je te crois. Ça a été un tel choc… C'était atroce. Même après notre rupture, j'étais convaincue que nous aurions fini par trouver une solution ; mais tu es parti et je n'ai pas compris pourquoi.

— Je suis désolé.

— Ce n'est pas ta faute.

— J'aurais dû t'expliquer ce qui m'obligeait à quitter la maison.

Elle sourit tristement.

— Et j'aurais dû t'écouter quand tu as tenté de te justifier.

Ils se regardèrent encore un long moment. L'énergie de la pièce semblait changer peu à peu autour d'eux. Qu'est-ce que cela signifiait ? Reggie préféra ne pas se poser la question.

— Tu étais un bon petit ami, dit-elle avec douceur. Je suppose que c'est toujours le cas… Alors, pourquoi n'es-tu pas revenu à Wishing Tree avec une épouse ?

Elle s'attendait à une réponse amusante, mais le visage de Toby se crispa et il se détourna d'elle.

— Il est hors de question que je me marie.

Il y avait quelque chose, dans sa voix. Une sorte de détermination farouche, comme s'il cachait un sombre secret.

Puis, en quelques secondes, il redevint le Toby détendu et amical qu'il avait toujours été.

— Et toi ? demanda-t-il. Ta rupture avec Jake date de plus d'un an. Il y a forcément un autre homme dans ta vie.

— On pourrait le croire, répondit-elle avec autant de légèreté que possible, mais non. Il m'a fallu longtemps pour tourner la page, et depuis mes flirts n'ont jamais duré. Je n'ai pas encore rencontré d'homme avec qui je veuille m'investir.

Voilà. À présent, les choses allaient sans doute devenir bien plus gênantes entre eux, songea-t-elle en reposant son verre. Elle préféra se lever et écourter la conversation.

— J'ai passé une bonne soirée, mais il faut que je ramène Belle à la maison. Elle peut devenir insupportable, quand elle ne dort pas assez.

Pendant quelques secondes, elle crut que Toby allait protester. Il se contenta finalement d'acquiescer et se leva à son tour.

— Un grand danois de mauvaise humeur, ça doit remuer… Viens, je te raccompagne en bas.

Un quart d'heure plus tard, dans sa voiture, Reggie se répéta qu'elle avait pris la bonne décision. Si elle s'était attardée, Toby et elles auraient fini par… Elle ne savait pas vraiment comment la soirée se serait terminée, mais la situation aurait été compliquée. Ils avaient un lourd passé ; ça ne signifiait pas qu'ils pouvaient avoir un avenir. Mieux valait rester amis. C'était plus sûr.

Micah avait parcouru au moins quinze kilomètres depuis son départ du B&B. Toujours aussi frustré par son incapacité à écrire, il avait décidé de marcher jusqu'à ce que l'inspiration frappe enfin.

Il avait traversé plusieurs quartiers résidentiels, puis avait pris la route de l'ouest pour rejoindre le lac Grey Wolf. Ensuite, il avait bifurqué vers le sud, emmitouflé dans son manteau pour se protéger du froid.

Toutes les maisons devant lesquelles il passait étaient décorées pour les fêtes. Des Pères Noël et des rennes ornaient toutes les pelouses. Des couronnes étaient accrochées aux fenêtres. Au bout d'une heure, il avait commencé à remarquer qu'il n'y avait en revanche aucun bonhomme de neige en vue. Personne n'avait pu en faire de vrais, puisqu'il n'avait pas encore neigé, mais il fut surpris de voir qu'il n'y en avait pas de faux non plus, ni en plastique ni en céramique. D'ailleurs, Dena n'avait sorti aucun bonhomme de neige de ses caisses de décorations… Était-ce une bizarrerie locale ? Une tradition dont on ne lui avait pas parlé ? Il se promit de poser la question dès son retour au B&B.

Arrivé à un croisement, il s'arrêta au feu avant de traverser la rue. Il n'y avait pas beaucoup de monde sur les trottoirs, et encore moins de voitures. Il avait évité le centre pour ne pas rencontrer trop de promeneurs. La Couronne semblait toujours très animée.

Qu'aurait pensé Adriana de Wishing Tree ? Aurait-elle, comme lui, été sensible à son charme ou bien aurait-elle trouvé la ville trop petite ? Ils avaient tous les deux grandi dans un certain isolement, sans beaucoup d'amis. Micah n'avait jamais vécu longtemps au même endroit, sauf pendant le lycée, quand il avait rencontré Steve. Adriana et lui avaient acheté une villa à Malibu – il n'y remettait presque plus les pieds, maintenant. Sa répugnance à y retourner ne tenait pas tant au poids des souvenirs qu'au fait qu'il n'y voyait plus d'intérêt. Cette maison n'avait pas été un vrai foyer pour eux.

Si sa femme n'avait pas été tuée dans l'accident, les choses auraient sans doute fini par changer. Ils auraient élevé leur enfant dans cette villa. Ils y auraient passé de bons moments. À présent, Micah aurait tout aussi bien pu la vendre ; et il le ferait dès qu'il aurait trouvé un endroit où s'installer.

Il poursuivit sa route, passa au sud de l'avenue Célébration pour pénétrer dans Virginia Street. Dix ou douze enfants le dépassèrent soudain en courant, avec une impatience qui lui apprit que les cours venaient sans doute de s'achever. Il accéléra le pas et grimpa les marches du perron de l'école. Ce n'était pas la destination qu'il avait choisie, mais maintenant qu'il était là il songeait qu'il aurait été impoli de ne pas s'arrêter dire bonjour.

Il s'approcha de l'accueil et demanda la permission d'aller dans la classe de Dena. La réceptionniste le reconnut immédiatement et lui indiqua le couloir d'un geste.

— Elle est toujours là, dit-elle avec un sourire.

Micah rejoignit la salle. Deux élèves s'étaient attardés dans le couloir pour discuter. La porte était ouverte et il surprit Dena en pleine conversation avec une femme – sans doute une mère. Toutes deux levèrent la tête en l'entendant entrer.

Soudain gêné, Micah se figea.

— Désolé. Je ne voulais pas vous interrompre. Je vais attendre dans le couloir.

Dena sourit mais, avant qu'elle ait pu répondre, l'autre

femme, une jolie rousse d'une petite trentaine d'années, s'écria :

— Oh ! mon Dieu ! Vous êtes Micah Ruiz ! Non. C'est impossible.

Elle se tourna un instant vers Dena.

— C'est lui ? Mon Dieu ! C'est vraiment vous ?

Dena éclata de rire.

— Oui, c'est vraiment lui. Micah, je te présente Lindsey, la maman d'une de mes élèves.

Lindsey paraissait toujours sous le choc.

— Je vous aime ! Enfin, je veux dire : j'aime votre musique. C'est vraiment incroyable de vous rencontrer. Comment êtes-vous arrivé ici ? Que se passe-t-il ?

Elle regarda une fois de plus Dena.

— Vous le *connaissez* ?

— Oh ! depuis très longtemps, plaisanta Micah. Et pour répondre à votre question : je suis arrivé en volant. Pas moi personnellement, bien sûr, mais dans un avion.

— J'en tremble, avoua Lindsey en leur montrant sa main. Est-ce qu'on peut prendre une photo ensemble ? S'il vous plaît ? C'est absolument merveilleux !

Micah se rapprocha.

— Bien sûr. Prenons autant de photos que vous le voulez.

Lindsey tendit son téléphone à Dena. Micah remarqua qu'elle paraissait un peu contrariée en prenant les clichés. Finalement, Lindsey examina le résultat et acquiesça.

— Elles sont super. Merci beaucoup. Quelle journée ! J'étais juste venue dire à Dena que je ne pourrais pas assumer mon rôle d'accompagnatrice, ce mois-ci. Mon époux est dans l'armée et il est actuellement en poste en Allemagne. Mes parents m'ont fait une surprise en réservant un vol pour que les enfants et moi puissions aller le voir. Nous partons dans trois jours. Et voilà que je vous rencontre, en plus !

Ses yeux s'emplirent de larmes.

— Mon mari me manque beaucoup, vous savez... Et il adore ce que vous faites, lui aussi.

Micah sentit que ses émotions allaient rapidement devenir incontrôlables.

— Vos enfants doivent être impatients de revoir leur père, dit-il dans l'espoir de détourner son attention de lui. Je suis sûr qu'ils se souviendront longtemps de ce voyage... Est-ce un vol direct ?

— Quoi ? Oh ! oui. Nous allons atterrir à Francfort avant de le rejoindre par la route. Les enfants ont hâte, et moi aussi !

— Dans ce cas, rentrez chez vous et faites vos bagages, Lindsey, intervint Dena. Ne vous inquiétez surtout pas pour moi, je trouverai quelqu'un pour vous remplacer. Et, en ce qui concerne les devoirs de Martina, je préparerai ses cours en avance pour les lui donner juste avant votre départ. Elle est intelligente et toujours motivée ; je suis sûre qu'elle ne prendra pas de retard. De toute manière, c'est un voyage bien trop important et elle va en garder beaucoup de bons souvenirs.

— Oui, c'est sûr.

Lindsey récupéra son sac.

— Merci pour votre compréhension, ajouta-t-elle avant de se retourner vers Micah et d'agiter son téléphone. Et merci à vous pour les photos !

— C'est un plaisir.

Quand elle fut partie, Dena s'assit sur le coin de son bureau.

— Pour reprendre l'expression de Lindsey : oh, mon Dieu... Elle a vraiment perdu la tête en te voyant.

— Non, ce n'était rien. Elle est restée polie, elle a

formé des phrases cohérentes, elle ne m'a pas demandé un autographe dans son décolleté et elle ne m'a pas proposé de coucher avec elle.

— Parce que ça t'arrive ?

— Parfois, soupira-t-il. Toi, par contre, tu ne t'es jamais pâmée devant moi. J'avoue que je suis un peu déçu.

Une flamme traversa un instant ses yeux, puis disparut aussi vite.

— Je ne suis pas du genre à me pâmer, répondit-elle, mais je veux bien faire un effort...

— Non. Si ce n'est pas sincère, ça ne compte pas.

Il haussa les épaules.

— Je m'en remettrai.

Dena éclata de rire.

— Heureuse de te l'entendre dire. Je ne voudrais surtout pas qu'on m'accuse de faire déprimer une star.

Il se redressa, retrouvant son sérieux.

— Merci de l'avoir distraite et poussée à partir avec tant de douceur.

— Je ne l'ai pas poussée à partir. Je lui ai juste rappelé qu'elle avait beaucoup à faire. Et, maintenant que j'ai vu à quel point tes fans peuvent être envahissants, je suis contente d'avoir réussi.

— Dis-moi, de quel rôle d'accompagnatrice parlait-elle ?

— Nous avons toujours une maman, ou un papa, qui vient passer quelques heures par semaine avec les enfants. En général, ils apportent un goûter et proposent une activité. Ça peut être des travaux manuels ou bien juste un moment de lecture à voix haute.

Elle contourna le bureau et s'assit sur sa chaise.

— Le but est de permettre à l'enseignant de dégager un peu de temps pour s'occuper de la paperasse ou des corrections en retard.

— Je pourrais peut-être la remplacer, proposa-t-il.

Elle le dévisagea un instant d'un air surpris.

— Pourquoi voudrais-tu faire ça ?

— Tu as besoin d'aide, je suis disponible et j'aime bien les enfants.

— Micah, c'est très gentil, mais ça fait pas mal de boulot, crois-moi. Le goûter seul est déjà compliqué. Il doit faire plaisir aux élèves, mais sans contenir d'arachides en cas d'allergies, tout en étant relativement équilibré. De plus, l'intervention dure deux heures chaque semaine. C'est long, face à quinze gamins de huit ans.

Il haussa les épaules.

— C'est seulement pour le mois de décembre, non ? Et les cours s'arrêtent le temps des vacances. Je suis sûr de pouvoir me débrouiller.

— Mais...

— Les autres parents sont sans doute déjà très occupés, insista-t-il, bien décidé à la convaincre.

Intervenir dans sa classe lui donnerait un but – et le distrairait de ses problèmes. En ce moment, alors que l'inspiration continuait à le bouder, il avait bien besoin de ça.

— Je suis sûr que tu auras du mal à trouver un remplaçant au pied levé, alors je me propose. Tu devrais accepter.

— Mais tu essayes d'écrire une chanson, non ?

— Pour être honnête, ça ne se passe pas très bien. Et puis, j'ai beaucoup aimé la journée professionnelle.

— J'imagine que tu pourrais jouer de la musique... Les enfants aimeraient beaucoup ça.

Il fut un instant tenté de lui demander si elle apprécierait de l'entendre aussi, mais se retint. Mieux valait ne pas rendre les choses gênantes entre eux. Ils étaient à l'aise et ça lui plaisait...

— Parfait ! dit-il. Donne-moi tes instructions et je vais commencer à réfléchir aux leçons.

Sa lèvre frémit, comme si elle s'empêchait de sourire.

— On parle d'une intervention de deux heures et d'un goûter, Micah. Tu n'as pas besoin de préparer une leçon.

— J'aime bien anticiper.

13

Reggie se trouvait dans le hall du grand hôtel avec sa mère. Cela faisait un an qu'elle n'y avait pas remis les pieds, et pourtant chaque détail lui était encore familier. Quand elle sortait avec Jake, ils s'y retrouvaient souvent, dès qu'il avait terminé sa journée de travail. Ils prenaient un verre ou mangeaient ensemble avant de monter à l'étage, dans la suite qui lui servait d'appartement de fonction.

Elle prit une profonde inspiration puis sonda son cœur. Était-elle mal à l'aise ? Non. La seule chose dont elle était certaine, c'était que les grands mariages dans les hôtels n'étaient pas pour elle… Si jamais elle se mariait un jour – elle l'espérait encore – elle préférerait sans doute une fête dans le jardin de ses parents, en plein été. Ou bien sur une plage.

Elle entendit soudain une voix familière les appeler et sourit en voyant Paisley marcher à leur rencontre.

— Vous êtes pile à l'heure ! dit-elle en les enlaçant tour à tour avant de sourire à Leigh. Alors, comment va notre future mariée ?

— Je suis si excitée ! L'hôtel est magnifique et j'adore les décorations de Noël.

— Nous faisons de notre mieux.

Paisley les conduisit le long d'un couloir, jusqu'à la salle de bal. Des sapins de trois mètres de haut flanquaient les murs, de part et d'autre. Devant la salle, d'autres arbres, encore plus grands, encadraient la porte.

— Nous y voilà, annonça Paisley en ouvrant grand les battants pour les laisser passer devant elle. Ne vous souciez pas de la taille de la salle. Nous la diviserons pour créer un espace moins impressionnant. Le premier tiers sera réservé à la cérémonie assise, et le reste accueillera les tables du repas et la piste de danse.

La salle était gigantesque, avec un très haut plafond. À chaque extrémité trônaient d'immenses cheminées et de splendides lustres pendaient au-dessus de leurs têtes. Reggie savait aussi que l'endroit bénéficiait d'une installation stéréo hors pair pour le DJ.

Paisley jeta un coup d'œil à ses notes.

— Vous vouliez des tables rondes de huit couverts, c'est bien ça ?

— Oui, je trouve ça plus intime que des tables de dix, répondit Leigh. Je tiens à ce que les gens puissent discuter et s'entendre.

Paisley leur montra l'endroit où l'on installerait des cloisons pour diviser l'espace, puis étala sur une table plusieurs plans d'organisation pour le repas. Leigh choisit rapidement celui qu'elle préférait.

— J'ai préparé des échantillons de tissu pour les nappes et serviettes, dit Paisley avant de secouer la tête. Et je les ai oubliés dans mon bureau, bêtement ! Attendez-moi là, je reviens tout de suite.

Elle quitta la salle d'un pas pressé. Leigh se promena entre les tables, examinant les lieux avec intérêt.

— Ça va être tellement beau. Ils vont installer des poinsettias en forme de sapins de Noël sur les étagères, le long des murs, et les centres de table seront vert et rouge.

— Ce sera parfait pour les deux robes que nous avons commandées, répondit Reggie.

Sa mère se retourna soudain vers elle.

— J'espère que ce n'est pas trop difficile pour toi, ma chérie…

— De quoi parles-tu ?

— De te retrouver ici. J'aurais pu venir seule, tu sais.

— Maman, je ne vois pas du tout de quoi tu parles.

— Être de nouveau dans cet hôtel. Ça ne réveille pas trop tes souvenirs de Jake ? Vous passiez beaucoup de temps ici quand il était directeur adjoint. Je n'y ai pas pensé et je suis vraiment désolée.

Reggie secoua fermement la tête.

— Tout va bien, maman. Ne t'inquiète pas. Mon histoire avec Jake est finie depuis longtemps et cet hôtel est parfait pour le mariage. Je suis contente que papa et toi l'ayez choisi.

Leigh la regarda encore un instant d'un air soucieux.

— Tu es sûre que ça va ?

— Oui, à cent pour cent.

— Très bien. Dans ce cas, je te crois.

— Merci.

Sa mère soupira.

— Cette ville a vraiment besoin d'un deuxième hôtel. Celui-ci est toujours complet et le B&B de Dena s'en sort aussi très bien. Je pense que nous pourrions accueillir encore plus de touristes.

— Tu devrais soumettre l'idée au conseil municipal, répondit Reggie avec un sourire.

— Oui, je le ferai peut-être.

Paisley réapparut, les bras chargés de serviettes en tissu et d'un gros classeur.

— Asseyons-nous par là, dit-elle en les conduisant jusqu'à une longue table pliante flanquée de plusieurs chaises. Nous allons choisir la couleur des nappes, puis nous parlerons du menu.

Elle leur montra ses échantillons un par un.

— Avec les poinsettias et les centres de table, nous aurons déjà beaucoup de rouge. Du coup, je pense que cette couleur-là est à exclure. On pourrait opter pour un blanc classique, ou différentes nuances de vert.

Elle indiqua une serviette noire.

— Le noir est toujours élégant, mais je ne suis pas sûre que ce soit l'ambiance souhaitée, aussi près de Noël.

— Non, pas de noir, trancha Leigh. J'aime bien le blanc, mais je crains que ce ne soit trop sobre.

— Est-ce qu'il y a des chemins de table ? demanda Reggie.

Paisley sourit.

— Bien sûr, dans les mêmes couleurs que le reste du linge.

Reggie plia la serviette verte en bande et la disposa sur la blanche.

— Et comme ça ? On prend les nappes blanches et on les rehausse d'un chemin de table. Avec des marque-places argentés, ça ajoutera un peu de couleur sans surcharger la décoration.

— Oh oui, j'adore ! s'écria sa mère. Oh ! Paisley, montre à Reggie les centres de table.

Paisley tira une photo de son classeur. Reggie étudia avec soin l'arrangement de trois grosses bougies rouges entourées de feuillages et de petits ornements brillants.

— Nous proposons à nos clients des centres de table spéciaux pour les fêtes, expliqua Paisley. Nous les achetons en gros, ce qui nous permet d'en avoir à disposition pour les événements saisonniers.

— Ton père et moi n'avons besoin de payer qu'un petit pourcentage du coût global, ajouta Leigh. Je les trouve charmants.

— En effet.

Reggie sourit à son amie.

— C'est une excellente idée.

— Merci, répondit Paisley, rayonnante.

Elles validèrent la décoration des tables, la vaisselle, puis passèrent aux menus.

Paisley ouvrit son classeur.

— Pour les mariages, nous avons quelques menus présélectionnés, mais il y a plusieurs options possibles pour les trois plats. Le prix inclut le service à table et les pourboires, donc ce que vous voyez là est le tarif définitif. Nous pouvons aussi préparer des petits-fours pour l'apéritif, soit sous forme de buffet, soit distribués par nos serveurs sur des plateaux.

Elle tira plusieurs pages qu'elle étala côte à côte sur la table.

— Les différents tarifs correspondent aux options sélectionnées et au nombre de plats, expliqua-t-elle. Le poulet coûte moins cher que le steak. Si l'on propose trois plats, ce sera plus cher que si l'on n'en sélectionne que deux. Oh ! et un plat végétarien est systématiquement proposé dans le prix global, donc même si vous ne sélectionnez que deux options vous l'aurez en plus sans frais supplémentaires.

Reggie fut heureuse d'être déjà assise… Les tarifs débutaient à quatre-vingts dollars par personne. Quatre-vingts !

— Et pour le gâteau ? demanda-t-elle, soulagée de constater que sa voix était restée neutre.

— Je l'ai déjà commandé, répondit Leigh en examinant les menus. J'aime bien celui-ci.

Sa fille jeta un coup d'œil à la page et faillit hurler en voyant le total de cent quarante dollars par personne.

— Maman ? demanda-t-elle, la gorge nouée. Tu es sûre ?

— Oui.

Leigh lui passa la feuille.

— Qu'en penses-tu ?

Le menu proposait une salade en entrée, accompagnée par une soupe de courge à l'huile de truffe. Les plats principaux étaient un filet mignon, un mijoté d'agneau ou du saumon sauvage. Quant à l'option végétarienne, il s'agissait de champignons portabella farcis au pain de maïs et légumes. Pour le dessert, il y avait un trio de minicrèmes au chocolat, une sucette au cheese-cake cacao et un *shot* de Baileys dans un verre en chocolat.

— Tous ces plats ont l'air délicieux, murmura-t-elle, trop terrifiée pour calculer le total correspondant aux cent vingt couverts prévus par ses parents.

— Oui, je trouve aussi, répondit Leigh. Nous allons nous arrêter sur ça, et ajouter des petits-fours pour l'apéritif. À mon avis, deux tables de buffet seront suffisantes. Inutile de gêner les invités avec une armée de serveurs sillonnant la salle.

Paisley prit tout en note sur sa tablette, puis on discuta de la sélection des vins. Reggie, qui n'était pas spécialiste en la matière, se contenta d'écouter et, pour sa propre tranquillité, évita de jeter un coup d'œil au prix des bouteilles.

Une heure plus tard, tout était décidé. Leigh fit un chèque d'avance pour le coût des ingrédients, remercia Paisley et quitta l'hôtel en compagnie de Reggie. Une fois sur le parking, celle-ci se tourna vers sa mère.

— Es-tu vraiment sûre de vouloir tout ça ? Ça représente une sacrée somme... Papa et toi ne devriez-vous pas plutôt mettre de l'argent de côté pour votre retraite, ou d'autres projets ?

Leigh lui sourit.

— Ma chérie, nous avons l'intention d'emménager chez toi, pour la retraite. On ne te l'avait pas dit ?

Elle éclata de rire, puis reprit plus sérieusement :

— C'est vraiment gentil de t'inquiéter pour nous, mais nous pouvons nous le permettre. Le garage tourne très bien et nous n'avons jamais été dépensiers. Je rêve de ce mariage depuis des années. Maintenant que nous allons le faire, je tiens à rendre cette journée exceptionnelle.

— Si tu le dis. Ne te méprends pas, je suis sûre que tout sera parfait... mais les prix !

— Je m'étais déjà fait une idée sur leur site Internet. Je savais à quoi m'attendre, admit sa mère. Sans ça, je me serais sans doute évanouie sur place.

— J'ai failli tourner de l'œil moi-même.

Leigh rit de plus belle.

— Vois le bon côté des choses : ce sera vraiment une soirée unique.

Oh oui, songea Reggie. Elle avait probablement raison.

La nausée arriva sans prévenir. Dena, paniquée, tenta de presser les doigts à l'intérieur de son poignet, mais il était déjà trop tard. Elle eut à peine le temps de se pencher par-dessus l'évier de la cuisine du B&B avant de vomir.

Ursula grimaça.

— Vraiment ? Tu ne pouvais pas aller jusqu'aux toilettes ?

Dena essayait encore de reprendre son souffle et de voir si c'était terminé ou si la nausée allait persister. Elle ne bougea pas, inspirant profondément pour retrouver son calme. La sensation d'écœurement passa enfin et elle se redressa, tremblante.

— Désolée, dit-elle. C'est arrivé d'un coup.

— C'est pour ça que je n'ai jamais eu d'enfants, grommela Ursula. D'abord tu vomis, et après ils vomissent. Ça fait trop de fluides à gérer à mon goût.

Dena gloussa.

— Être enceinte n'est pas qu'une question de fluides.

— Ouais, on ne peut plus boire et on a des hémorroïdes. Je le rappelle toujours à mes amies qui essayent de me convaincre que Dieu pourrait être une femme. C'est impossible !

Dena rinça rapidement l'évier, puis attrapa le désinfectant, mais Ursula le lui arracha des mains.

— Ne te sers pas de ça ! Imagine, si tu respirais les vapeurs par accident, tu pourrais accoucher d'une autruche. Hors de question ! Lave-toi les mains et apporte l'apéritif dans la salle à manger. Je m'occupe du ménage.

— C'est très gentil, merci.

Sa cuisinière la dévisagea d'un air choqué.

— Je ne suis pas gentille. Je t'interdis de dire ça. Quelle mouche t'a piquée ? Je suis grincheuse et pénible, tout le monde le sait. Maintenant, lave-toi les mains et file.

Dena obtempéra. Elle tira deux plateaux du placard et les déposa sur le plan de travail. Elle sortit ensuite les plaques des fours et inhala avec bonheur le parfum du fromage fondu, des pommes de terre et du bacon. Son estomac gargouilla.

Elle disposa les pommes de terre rôties sur les plateaux, puis les apporta dans la salle à manger, où attendaient déjà plusieurs clients. La plupart avaient un verre de vin à la main.

— Bonsoir ! lança-t-elle, agréablement surprise de voir Micah parmi eux. Vous allez adorer les snacks de ce soir, je vous le garantis. Ursula a fait des merveilles, comme d'habitude. Si qui que ce soit a besoin d'annuler sa réservation pour le dîner, prévenez-moi !

— Parce qu'on va trop manger à l'apéro ? demanda M. Bingly d'un air malicieux.

— C'est une possibilité, répondit-elle en posant les plats sur la table. Je vous invite à essayer toutes les sauces. Elles sont délicieuses.

Elle rapprocha une pile d'assiettes, déplaçant un globe de verre pailleté garni d'un cardinal pour faire de la place ; puis elle recula.

— Faites-vous plaisir !

Ses clients firent immédiatement la queue pour goûter les pommes de terre au four. Seul Micah resta en retrait. Il ignora les snacks et s'approcha de Dena.

Il était splendide, comme toujours. Elle dut faire un effort pour garder le contrôle de sa respiration. Ce n'était pas seulement son visage, mais aussi la manière dont il se tenait… Et quand il souriait elle se sentait prête à fondre de l'intérieur ou à s'embraser sur place. Certes, ces images n'étaient pas les plus poétiques, mais elles étaient la manière la plus fidèle de traduire son ressenti.

— Salut, dit-il en s'arrêtant tout près d'elle. Comment te sens-tu ?

— Je viens de vomir dans l'évier de la cuisine, admit-elle avec un soupir. Ursula était dégoûtée.

— Je pense qu'elle devrait te laisser en paix…

Il lui tendit une petite boîte en carton.

— J'ai commandé ça pour toi. Je ne suis pas sûr que ça marche, mais tu peux toujours essayer.

Elle contempla la boîte, interdite.

— Tu m'as acheté un *cadeau* ?

Micah sourit de plus belle.

— Ne te fais pas trop de films… Ce sont juste des bracelets que les gens portent pour éviter le mal des transports. Je ne sais pas s'ils te seront utiles, mais ça vaut la peine d'essayer. Il y a un livret d'instructions pour t'expliquer comment les disposer. D'après les recherches que j'ai faites ce week-end, soixante-dix pour cent des femmes prétendent qu'ils ont calmé leurs nausées matinales.

— Je ne comprends pas, murmura-t-elle. Tu as fait des recherches et tu as commandé ces bracelets… pour moi ?

— Oui. Tu ne te sens pas bien. Que pouvais-je faire d'autre ?

Ses fichues hormones se réveillèrent en force. Dena sentit sa lèvre trembler et ses yeux s'emplir de larmes. Il était gentil. *Si* gentil. Et il était aussi tellement beau qu'elle aurait voulu se jeter dans ses bras, sentir sa chaleur l'entourer, l'embrasser et…

Stop ! Il fallait à tout prix qu'elle s'arrête si elle ne voulait pas s'humilier devant tout le monde !

Elle recula donc d'un pas et fit de son mieux pour sourire.

— Merci, Micah. C'est très attentionné de ta part. À présent, tu devrais vraiment essayer ces pommes de terre au four. Elles sont délicieuses et elles partent vite. Je te conseille la sauce à l'aneth, c'est ma préférée. Je suis sûre qu'elle va te plaire. Ursula utilise toujours de l'aneth frais parce que… qu'y a-t-il de meilleur, hein ?

Elle sentait bien qu'elle parlait trop, mais elle était incapable de s'en empêcher. Elle finit par le remercier une fois de plus, tourner les talons puis s'enfuir. Une fois bien en sécurité dans son appartement, elle envoya un rapide texto à sa sœur.

Il faut qu'on se voie. Dis-moi quand tu es libre et je te retrouverai quelque part.

La réponse arriva en quelques secondes.

OK. Maman et papa sont avec des amis et j'allais piller le frigo pour manger un morceau. On se retrouve à Joy's Diner ?

Parfait. Dans dix minutes.

Tout va bien ?

Dena ne savait absolument pas quoi répondre à ça, elle se contenta donc d'un rapide « Ça baigne » avant d'attraper son manteau et ses gants. Une fois dehors, elle remonta rapidement la rue en direction du restaurant.

Elle arriva avant Reggie et s'installa dans une petite alcôve, au fond de la salle. Sa sœur passa la porte deux minutes plus tard et la rejoignit presque en courant.

— Salut, dit-elle en l'enlaçant avant de se glisser sur la banquette. Que se passe-t-il ? Il y a un problème ?

— Non, je vais bien et le bébé aussi. C'est juste que…

Comment allait-elle pouvoir expliquer la situation sans paraître ridicule ? C'était peut-être ça, le problème, au fond : elle *était* ridicule et il allait falloir qu'elle l'accepte.

Le serveur s'approcha pour prendre leur commande. Elles décidèrent de se partager un milk-shake menthe-chocolat. Dena prit ensuite un sandwich végétarien, renonçant aux frites pour une salade. Reggie, elle, choisit le corned-beef avec un supplément de frites.

— Parce que je sais que la salade c'est juste pour te donner bonne conscience, dit-elle quand le serveur fut reparti. Tu finiras par me piquer des frites et je n'en aurai plus…

Dena essaya de sourire, en vain.

— Oui, c'est possible.

Sa sœur se pencha sur la table pour mieux la regarder.

— Tu as l'air d'aller bien et tu as bonne mine, ce qui est encourageant, mais je vois bien la panique rôder sous la surface. Dis-moi ce qui se passe.

— Est-ce que tu sais qui est Micah Ruiz ? demanda Dena.

Un froncement de sourcils surpris accueillit sa question.

— Bien sûr. C'est le chanteur de Darryl John James. J'aime bien ce qu'ils faisaient. Pourquoi me parles-tu de lui ? Tu n'écoutes que de la country…

— C'est vrai, mais il ne s'agit pas de musique. Je te parle de l'homme.

Elle prit une profonde inspiration et se rappela que sa sœur l'aimait. Elle ne se moquerait jamais d'elle et ne la blesserait pas intentionnellement.

— J'ai un faible pour lui. Plus que ça, même, et je commence à avoir du mal à me contrôler.

Reggie leva les yeux au ciel.

— On a toutes un faible pour lui ! Tu as vu ce type ? C'est la définition même du sex-appeal. Ces yeux…

— Non, ce n'est pas ce que je veux dire. J'ai un faible pour lui, en vrai.

Le serveur revint avec le milk-shake, déjà partagé en deux petits verres. Il leur adressa un clin d'œil.

— Je vous ai ajouté un supplément de crème fouettée à chacune.

— Merci, répondit Reggie en riant. Voilà un homme qui comprend les femmes. C'est très gentil.

Quand elles se retrouvèrent seules, Dena se pencha à son tour et baissa la voix :

— Je connais Micah. Il loge au B&B. Nous nous sommes rencontrés, nous avons parlé et il est même venu à la journée professionnelle de ma classe. Il est drôle, attentionné, et quand j'ai des nausées il fait un truc avec mes poignets qui m'aide à me sentir mieux…

Reggie ouvrit de grands yeux et resta un instant bouche bée.

— Tu le *connais* ? Est-ce que tu essayes de me dire que Micah Ruiz est à Wishing Tree en ce moment même et que tu n'as pas pensé à me prévenir ?

Dena lui fit signe de parler moins fort.

— Oui, il doit même être en train de dévorer des pommes de terre au four dans la salle à manger, tout en se demandant si je ne suis pas en train de devenir folle. Je t'aurais bien parlé de lui plus tôt, mais c'est un client et je tiens à respecter son intimité. De toute manière, ça ne m'avait pas paru très important, jusqu'à maintenant.

— Il va falloir qu'on travaille sur ta définition des choses importantes.

— Il ne s'agit pas de ça.

— Au contraire, je crois que c'est essentiel, répliqua Reggie sans la quitter des yeux. Alors, Micah Ruiz ? Reprends tout depuis le début.

Dena lui parla de sa musique, du moment où ils s'étaient rencontrés, de leur repas tardif dans la cuisine du B&B et des points de pression, qu'il lui avait appris à utiliser. Elle lui expliqua aussi qu'il s'était porté volontaire pour être l'accompagnateur de sa classe pendant le mois de décembre.

— J'ai ressenti quelque chose dès le premier jour, ajouta-t-elle, mais ce n'était qu'un frisson passager. Maintenant que je le connais mieux, je l'apprécie de plus en plus.

Elle dut s'interrompre le temps que le serveur dispose leurs assiettes devant elles.

— Il est gentil. Très gentil. À chaque fois que je le vois, mon cœur s'emballe et j'ai envie de l'embrasser…

Elle attrapa l'une des frites de sa sœur et la goba.

— J'ai terriblement peur de me ridiculiser. Je ne sais pas quoi faire.

— Pourquoi devrais-tu faire quoi que ce soit ? Contente-toi de profiter de l'instant présent. Tu apprécies cet homme. Et alors ? Ça arrive, à lui sans doute plus qu'à tout autre.

— Je ne veux pas me transformer en groupie. Je veux être une vraie personne.

— Et tu l'es. En ce moment, tu es une vraie personne qui a l'air de perdre les pédales… Dena, quel est le véritable problème ?

— Je veux lui plaire !

Reggie prit la première moitié de son sandwich à la viande et mordit dedans, l'air songeur. Dena la soupçonna de chercher à gagner du temps. Finalement, elle avala sa bouchée et reprit :

— Tu veux une relation.

— Oui. Non. Je veux dire : oui, je le voudrais, mais je ne peux pas.

— Pourquoi ?

— Pour commencer, il est lui et je ne suis que moi.

Reggie tapota le bord de l'assiette de sa sœur.

— Mange, tu en as besoin.

— Exactement. C'est l'autre raison. Je suis enceinte. Quel homme aurait envie de ça ? En plus, il est beau, généreux, célèbre et plein de talent. Oh ! et il est aussi veuf. Il aime encore sa femme, c'est un obstacle.

Elle s'interrompit, les joues en feu.

— Je respecte évidemment ses sentiments ! Mais ça le rend encore plus inaccessible. De mon côté, je ne suis qu'une institutrice enceinte, ordinaire, pas même jolie. Jamais il ne craquera pour moi.

Les larmes revinrent perler au bord de ses paupières, mais aux côtés de sa sœur elle ne prit pas la peine de les refouler. Reggie ne la jugeait jamais.

— Arrête de dire que tu n'es pas jolie, répondit fermement sa sœur. Tu es belle, et si ce Micah ne le voit pas c'est qu'il n'en vaut pas la peine. Quant au reste, quelle importance ? Les gens célèbres ont aussi envie de tomber amoureux, tu sais. Le fait qu'il ait encore des sentiments pour la femme qu'il a perdue est un problème, je te l'accorde ; sans doute le plus important. Je ne sais pas comment on pourrait le régler…

— Moi non plus. Et n'oublie pas qu'il va s'en aller. Il n'est ici que pour les fêtes.

Elle préféra ne pas ajouter qu'il semblait avoir beaucoup de mal à écrire. C'était sans doute trop personnel pour être répété.

— Est-ce que tu as envie de coucher avec lui ?

Dena poussa un petit cri, puis jeta un regard paniqué autour d'elle pour s'assurer que personne ne les avait entendues.

— Ne pose pas des questions pareilles !

— Pourquoi pas ? C'est la seule question qui compte, au fond. Alors, tu en as envie ?

Dena réfléchit quelques instants à ce qu'elle ressentait quand Micah lui prenait la main – même pour calmer ses nausées. Elle songea à son sourire, son rire, et aux sensations qui la traversaient quand elle était près de lui.

— Oui, murmura-t-elle. Je sais que je ne devrais pas, mais j'en ai envie.

— Donc, il ne te reste plus qu'à savoir s'il est intéressé aussi.

— Oh ! je t'en prie ! Comment suis-je censée faire ça ? En lui envoyant un questionnaire ? Et puis, je connais déjà la réponse. Il m'aide parce qu'il se sent seul, parce que sa femme était enceinte quand elle est morte dans cet accident de voiture et parce qu'il se sent plus proche d'elle en aidant une autre future maman.

— Vraiment ? Elle était enceinte ?

— Oui, de cinq mois. C'était un garçon.

— Il faut vraiment que je me mette à jour, question célébrités…

Reggie reposa son sandwich et s'essuya les doigts sur sa serviette.

— Donc, si je comprends bien, tu craques pour un chanteur célèbre qui ne reste en ville que quelques semaines. Il est veuf et sa femme était enceinte quand elle est morte. Tu l'aimes beaucoup et, même si tu as conscience qu'une histoire entre vous ne dépasserait jamais le stade du flirt, tu es prête à tenter le coup ; mais tu as peur qu'il ne soit repoussé par le fait que tu es une femme normale et que tu attends un bébé. C'est ça ?

Dena acquiesça.

Sa sœur prit son milk-shake et but une gorgée, d'un air pensif.

— Tu sais que je t'aime comme une sœur ; mais je n'ai pas de réponse à t'apporter. Pour être honnête, je ne comprends même pas comment tu as réussi à te fourrer dans ce pétrin, et je dois admettre que tu es bel et bien fichue.

— J'espérais un conseil plus positif…

— Dans ce cas, il te faut un autre problème, parce que celui-ci ne m'inspire rien de mieux, répondit Reggie. Par contre, je t'aime toujours autant, si ça peut te rassurer.

— C'est très gentil, mais ça ne m'aide pas vraiment !

14

Toby se laissa aller au fond de son fauteuil, une tasse de café à la main. Six photos apparaissaient sur son écran d'ordinateur – les membres de son conseil d'administration. Leur visioconférence hebdomadaire lui permettait de rester en contact avec le siège social installé en banlieue de Seattle, tout en passant l'essentiel de son temps à Wishing Tree.

Quand il avait commencé à envisager de revenir vivre dans la région, il avait su qu'il faudrait déplacer les bureaux de l'entreprise. Il avait essayé d'attirer le plus d'employés possible – surtout les cadres –, mais il n'aurait jamais pu les convaincre de s'installer à Wishing Tree. Il adorait le rythme lent de cette petite communauté, mais il savait bien que ça ne convenait pas à tout le monde.

Seattle avait été le compromis parfait. La proximité de la mer et des montagnes rendait la ville idéale pour les amateurs de grand air, et le centre pouvait rivaliser avec n'importe quelle zone urbaine des États-Unis. Les allers-retours que Toby devait faire de temps à autre étaient moins pratiques, mais il était le seul concerné.

— Comme vous pouvez le voir en étudiant ces données, lança Finian York, le génie des chiffres préféré de Toby, depuis sa vignette en haut de l'écran, les premiers tests ne concluent à aucune dégradation notable de l'apparence, quelle que soit la méthode de préparation des tourtes.

Les tests gustatifs montrent un taux de satisfaction de quatre-vingt-dix-sept pour cent quand la tourte est cuite sans décongélation, et de quatre-vingt-quinze pour cent quand elle est cuite après décongélation.

— Attends, coupa Talia Nagy, d'un air stupéfait. Tu veux dire que les tourtes sont meilleures si on les cuit encore congelées ?

— Ce n'est pas moi qui le dis, ce sont les chiffres.

Talia sourit.

— C'est ce que je voulais dire.

— Oui, mais ce n'est pas ce que tu m'as demandé. J'ai répondu à la question telle que tu l'as posée.

Cette fois, Talia éclata franchement de rire.

— Toby, tu devrais vraiment envisager de trouver un animal de compagnie à Finian. Une bestiole avec du caractère, incontrôlable et imprévisible…

— J'aime le contrôle.

Toby réprima un sourire. Ces échanges de plaisanteries, si familiers, signifiaient que son équipe se portait bien.

— J'étudierai les données plus tard, dit-il. C'était le test des trois mois ?

— Oui, répondit Finian avant de se replonger dans ses notes. Trois mois et quatre jours. Le prochain test est prévu pour l'échéance des six mois.

Il releva les yeux sur sa webcam.

— Patron, je pense sincèrement que les gens vont aimer nos tourtes surgelées.

Toby jeta un coup d'œil à son directeur des ventes.

— Nate, je vois que tu as rallié Finian à ta cause. Je ne suis pas certain que ça me plaise : tu commences à dresser l'équipe contre moi.

Nate gloussa.

— Nous cherchons juste à prendre les meilleures décisions possible pour l'entreprise. Le marché des produits surgelés ne fait que grandir.

Talia se pencha et ajouta :

— J'ai déjà mis au point les bases d'un plan de marketing. Est-ce que tu veux que je le développe ?

Toby savait que l'équipe aurait encore besoin de temps avant de parvenir à une stratégie viable.

— Oui, vas-y. Kelly, tu chiffreras le coût de mise en place d'une chaîne de production aux normes. Je veux de vrais nombres.

Kelly soupira.

— Depuis quand est-ce que je te donne de « faux » nombres ?

— Pardon, je parlais pour moi plus que pour toi. Si je dois prendre une décision, je veux pouvoir le faire avec des données solides sous la main.

Il était sans doute le membre le plus réticent de l'équipe : l'idée de vendre ses produits sous forme surgelée le dérangeait, et il n'avait pas encore vraiment compris pourquoi. Jusqu'à présent, toutes les données prouvaient que l'affaire serait sans doute très profitable, sans pour autant nuire à la qualité du produit.

L'équipe passa aux autres sujets et, quand la réunion s'acheva, Toby remercia une fois de plus ses collaborateurs pour leur travail.

— Si vous pensez pouvoir vous débrouiller encore un peu sans moi, j'envisage de repousser mon prochain séjour à Seattle. Je devrais passer début janvier, après les fêtes, conclut-il.

— Tout ira bien, le rassura Nate. Profite de tout ce que tu pourras faire à Wishing Tree à cette époque de l'année, quoi que ça puisse être !

Son ton indiquait clairement qu'il ne comprenait pas comment on pouvait avoir envie de vivre dans un endroit pareil. Nate était un citadin dans l'âme. Alors que les autres membres du conseil d'administration avaient acheté des maisons dans la banlieue de Seattle, il était le seul à avoir préféré un grand appartement avec vue au centre-ville. Il disait toujours qu'il adorait la nature... mais de loin.

— Vous ne savez pas ce que vous ratez, aujourd'hui, répliqua Toby. À 16 heures, toute la ville va se rassembler dans la Couronne pour le lancement du calendrier de l'Avent, qui sera suivi d'une grande fête. Le premier jour du calendrier est toujours un événement spécial. Et nous aurons des activités pendant tout le mois de décembre : projets communautaires, chants de Noël, concours de luge...

— Quel genre de projets communautaires ? demanda Kelly.

— L'an dernier, une des suggestions retenues pour le calendrier était de donner un coup de pouce à un habitant : payer son chariot de courses au supermarché ou son plein d'essence.

— C'est mignon, dit-elle en souriant. Je crois que j'aime Wishing Tree... Non que je me sente mal à Seattle ! J'y suis même très bien.

Toby lui rendit son sourire.

— Ne t'en fais pas. Je n'oblige personne à s'installer ici. Passez une bonne semaine !

— Toi aussi, patron.

Il coupa la webcam et ferma son application. Sans doute aurait-il dû passer quelques jours à Seattle avant la fin de l'année, mais il ne voulait pas s'absenter pendant les vacances – pas avec tout ce qui se déroulait, en ce moment. Et il fallait bien être présent pour le calendrier de l'Avent !

Il sourit, songea que sa vie était décidément belle.

Harrison et lui avaient connu des moments difficiles, mais ils s'en sortaient bien, maintenant.

Il fit pivoter son fauteuil pour regarder par la fenêtre de son bureau. L'immense sapin de Noël était déjà dressé du côté nord de la Couronne. On avait placé le calendrier de l'Avent en vis-à-vis, au sud : vingt-quatre boîtes d'un mètre vingt de large empilées pour former un arbre. Harrison avait été surpris de voir à quel point l'installation était imposante, et plus encore de constater que chaque habitant participait à au moins une activité pendant le mois de décembre. L'année précédente, il avait été ravi de rassembler de vieux manteaux pour un foyer de sans-abri, le jour où l'on avait ouvert la boîte correspondante.

Toby se souvenait encore de son adolescence. Il se considérait alors comme un garçon beaucoup trop sophistiqué pour se soucier de ce genre de célébrations ; mais en secret il avait toujours été curieux de voir les boîtes s'ouvrir chaque matin. Quand il avait commencé à sortir avec Reggie, il n'avait plus vraiment eu le choix. Elle avait insisté pour qu'ils assistent à l'inauguration, à 16 heures tapantes, et pour qu'ils restent jusqu'à la fin de la fête.

Le soir, ils étaient retournés sur la Couronne pour la première activité : une chorale de Noël. Reggie chantait à peine mieux que la moyenne, mais elle faisait partie des plus enthousiastes. Elle n'avait jamais peur de se jeter à l'eau, quoi qu'elle entreprenne.

Le simple fait de penser à elle réveilla ses souvenirs de leur seconde session de tricot au centre communautaire. Chaque enfant avait terminé son premier bonnet et s'était lancé avec enthousiasme dans la création d'un deuxième. Reggie les avait encouragés, aidée en cela par Belle.

Drôle d'animal ! songea-t-il, amusé. Elle était toujours

affublée d'un pull ou d'un manteau à sa taille, et elle semblait adorer Harrison.

Il se retourna vers son ordinateur, prêt à se remettre au travail, mais sa main se dirigea d'elle-même vers son téléphone portable.

Il fit défiler sa liste de contacts, puis écrivit un texto.

Le calendrier sera dévoilé à 16 heures Tu veux venir avec Harrison et moi ? Belle est la bienvenue, si elle se couvre bien.

Il attendit quelques secondes, puis vit trois petits points clignoter au bas de la fenêtre de conversation.

Bonne idée. Je comptais y aller, et ce sera sympa de ne pas être seule.

Parfait…

On passera vous prendre à 15 h 30.

On sera prêtes.

Il reposa son portable, puis jeta un coup d'œil à la pendule. Il était seulement 11 heures du matin. Tout à coup, la journée lui parut interminable.

Reggie se répéta de ne pas trop se laisser emporter par ses espoirs, après avoir accepté l'invitation de Toby. Le premier jour du calendrier de l'Avent était un événement spécial à Wishing Tree. Les familles et les amis y assistaient souvent ensemble. Et elle ne serait pas seule avec Toby : il y aurait Belle et Harrison. On ne pouvait pas vraiment parler de rendez-vous.

Quoi qu'il en soit, elle eut du mal à se concentrer sur son travail après avoir reçu son texto et elle ressentit un absurde besoin de se maquiller avant de sortir. Elle fit de son mieux pour paraître nonchalante quand elle annonça à sa mère que Toby et son fils allaient passer la prendre. Heureusement, Leigh se contenta d'acquiescer et de lui souhaiter de bien s'amuser.

À 15 h 30 précises, la sonnette retentit. Burt se mit à aboyer depuis le salon. Belle se cacha tant bien que mal derrière Reggie jusqu'à ce qu'elle aperçoive Harrison sur le seuil. Dès qu'elle le reconnut, elle poussa sa maîtresse sans ménagement, commença à danser autour du garçon et lui lécha la joue avant de poser sa grosse tête sur son épaule.

— Je pense que ce n'est pas qu'un amour de vacances, dit Reggie en riant avant de leur faire signe d'entrer. Venez vous mettre au chaud. J'ai juste besoin de quelques minutes pour habiller et chausser Belle.

Elle grimaça.

— Les pulls ne la dérangent pas, mais elle a horreur de mettre des bottes. C'est juste que j'ai peur pour ses coussinets quand il fait si froid, surtout quand elle doit rester longtemps immobile. Je ne voudrais pas qu'elle ait des engelures.

Elle fit de son mieux pour arrêter de parler bêtement, mais ce n'était pas facile. Dès qu'elle avait vu Toby, elle avait senti ses nerfs se réveiller. Et, quand elle était tendue, elle babillait. Il était si grand, si masculin dans son épais manteau et ses gants de cuir. Comment aurait-elle pu résister ?

— Elle a des bottes pour chien ? demanda Harrison en regardant les pattes de Belle. Comment tu fais pour qu'elles tiennent ?

— Il y a un petit crochet et un anneau pour les fermer, expliqua Reggie. Tu peux m'aider à les lui mettre, si tu veux.

Elle se retourna, le temps d'attraper la plus chaude

veste de Belle et ses chaussures. Burt profita de cet instant d'inattention pour bondir dans le vestibule, la queue battant de tous les côtés. Il renifla les chaussures de Toby, puis se tourna vers Harrison. Reggie comprit trop tard que le petit teckel venait de passer en mode chien de garde. Elle voulut l'attraper, mais n'eut pas le temps de réagir : Burt se jetait déjà dans les jambes du garçon. Il n'eut cependant pas le loisir de mordre. Belle se redressa, se campant entre son nouveau compagnon et son pire ennemi. Elle poussa Harrison en arrière, tendit tous ses muscles, baissa la tête et gronda comme Cerbère.

Ce son grave, lourd de menaces, surprit tout le monde. Burt poussa un jappement pitoyable et partit en courant. Reggie, incrédule, dévisagea sa chienne.

— Je ne savais même pas qu'elle était capable de faire ça, dit-elle au bout d'un instant. C'était très impressionnant. Belle, tu as défendu Harrison ! Bravo !

La chienne se redressa, l'air un peu gêné, osant à peine remuer la queue. Harrison ne perdit pas une seconde pour se pendre à son cou.

— Tu m'as protégé !

— Brave fille, ajouta Toby en lui caressant la tête. Merci.

Belle accepta les félicitations sans protester et laissa Reggie lui enfiler son manteau sans un seul mouvement d'humeur. Elle se résigna même à porter ses bottes avec un peu plus de grâce que d'habitude. Enfin, elle précéda les autres dehors.

— Est-ce que je peux tenir sa laisse ? demanda Harrison.

Reggie la lui confia.

— N'oublie pas : elle ne te laissera pas descendre du trottoir sur la chaussée, donc n'essaye pas de faire des sottises. Belle suit toujours les règles…

Harrison éclata de rire, puis laissa la chienne l'entraîner vers le centre-ville et la Couronne.

— Elle était impressionnante, tout à l'heure, dit Toby tout en marchant.

— C'est vrai. Elle n'avait encore jamais réagi comme ça. Burt n'a pas l'habitude de m'attaquer, j'ignore donc ce que Belle ferait dans ce cas-là. Elle a clairement décidé de prendre soin de Harrison. Elle est pourtant si timide... J'avoue qu'elle m'a stupéfiée.

Reggie se sentait très fière de sa chienne.

— Elle avait une bonne raison de se battre, cette fois, répondit Toby.

Ils furent bientôt rejoints par d'autres familles qui, comme eux, se rendaient sur la Couronne.

— Il va y avoir du monde, cette année, reprit Toby en adressant un petit signe à des connaissances.

— En effet. C'est parce qu'il fait beau, j'imagine.

Si le soleil se couchait déjà à l'ouest, le ciel restait dégagé, ce qui promettait une nuit splendide remplie d'étoiles.

Remplie d'étoiles ? Vraiment ? Reggie réprima un grognement. Elle ne savait pas ce qui ne tournait pas rond chez elle, mais elle allait devoir régler le problème, et vite. Une part d'elle-même cherchait à se convaincre que ces pensées étranges venaient de sa surprise devant le courage inattendu manifesté par sa chienne... mais elle était trop honnête pour ne pas sentir que Toby y était sans doute pour quelque chose, lui aussi. De toute évidence, Dena n'était pas la seule fille Somerville à avoir un faible pour un homme, cette année. D'ailleurs, en parlant de Dena...

Elle jeta un coup d'œil autour d'elle dans l'espoir d'apercevoir sa sœur. Avait-elle réussi à inviter son charmant Micah Ruiz ? Hélas, elle ne la vit nulle part.

— Qui cherches-tu ? demanda Toby tandis qu'ils

se perdaient dans la foule rassemblée à l'entrée de la Couronne.

— Dena. Je pensais qu'elle viendrait avec certains de ses clients.

Elle aperçut soudain Paisley et Shaye près du stand de chocolat chaud dressé à côté du calendrier de l'Avent. Paisley se tourna dans leur direction et commença à faire signe à Reggie. Puis elle aperçut Toby et son sourire se fit soudain complice. Reggie sut immédiatement qu'elle aurait beaucoup d'explications à fournir, la prochaine fois qu'elle la verrait.

De la musique émanait des haut-parleurs installés tout autour de la place. Des marchands vendaient cookies, boissons alcoolisées et boissons chaudes. Les réverbères à l'ancienne étaient parés de guirlandes, et d'immenses décorations de Noël égayaient la Couronne. Comme les gens ne cessaient d'arriver, Harrison se rapprocha de son père, tenant toujours fermement la laisse de Belle dans sa main. La grande horloge, spécialement érigée pour les fêtes, marquait les quelques instants restants avant 16 heures.

Deux minutes avant l'heure, les haut-parleurs se mirent à clamer une version festive de *We Wish You a Merry Christmas*.

— On y est ! glissa Reggie à Harrison, en faisant de son mieux pour ne pas trembler de froid.

La grande aiguille des minutes bascula sur le 12 et toute la foule applaudit. L'écran dressé à l'extrémité de la Couronne s'illumina pour afficher le premier défi du calendrier.

Ce soir : minigolf nocturne sur la Couronne. 19 heures. Musique live *et amusements pour tous les âges.*

Harrison se tourna vivement vers son père.

— Papa, papa, on peut y aller ?

Toby sourit.

— Je ne manquerais ça pour rien au monde.

Puis il adressa un petit coup d'œil à Reggie.

— Veux-tu venir avec nous ?

Une fois de plus, elle dut se répéter de ne pas se faire d'illusions. Ils allaient sortir dans un lieu public, avec un gamin de huit ans. Ce n'était *pas* un rendez-vous.

— Pourquoi pas ? répondit-elle. Ça a l'air amusant. Par contre, je vais devoir raccompagner Belle à la maison et enfiler quelques vêtements supplémentaires.

— Oui, il fait froid, ce soir, répondit Toby. Encore plus maintenant que le soleil est couché. Retrouvons-nous à sept heures moins le quart, sous l'horloge. Ça te va ?

— C'est parfait.

À l'heure dite, Toby était déjà au pied de l'horloge. Comme il l'avait prévu, la température avait chuté et il était heureux d'avoir enfilé un caleçon long sous son pantalon. Il avait aussi rhabillé son fils, empilant les couches jusqu'à ce que Harrison se plaigne de ne plus pouvoir bouger. Toby lui avait rappelé que le minigolf ne nécessitait pas de grands gestes et avait encore ajouté une écharpe. Toutes les familles qui se rassemblaient peu à peu autour de lui étaient équipées de la même manière ; et les plus jeunes enfants ressemblaient à de petites boules d'anorak, aussi larges que hautes.

Soudain, une silhouette attira son attention, à l'autre bout de la place. Reggie. Elle aussi s'était couverte avec soin. Sa tenue comprenait un épais bonnet rouge vif à oreillettes ornées de fers à cheval, ainsi qu'une écharpe assortie.

— Très stylé, plaisanta Toby quand elle s'arrêta en face de lui. J'adore tes accessoires…

— Tu n'as pas encore tout vu, répliqua-t-elle dans un éclat de rire en tirant un portefeuille rouge de sa poche. Si j'avais eu une coque de téléphone de la même couleur, je l'aurais changée aussi !

Ils échangèrent un sourire. Leurs regards se croisèrent un peu trop longtemps. En quelques secondes, la musique et le murmure des conversations s'évanouirent autour de Toby, jusqu'à ce que Reggie soit tout ce qu'il puisse voir et entendre. Il connaissait cette sensation, cette impression de se perdre en elle, de n'exister que pour elle. Il avait ressenti la même chose à l'époque où ils sortaient ensemble, et ça lui avait manqué ensuite, avec les autres femmes qui avaient partagé sa vie. Pendant longtemps, il avait pensé qu'il ne s'agissait que d'un frisson adolescent... Mais ce soir, dévoré par l'envie de se rapprocher d'elle, d'effleurer sa joue et de presser les lèvres contre les siennes, il commençait à songer que ça pouvait être autre chose – une chose que seule Reggie savait créer.

Au bout de quelques secondes, elle finit par baisser les yeux.

— Euh... Où est Harrison ?

— Il est parti jouer avec des amis. Nous avons décidé de nous retrouver ici à huit heures et demie. Pour être parfaitement honnête, j'ai un peu de mal à supporter l'idée qu'il m'ait planté là.

— Te croyais-tu vraiment aussi passionnant qu'un groupe de gamins de huit ans ?

— Oui ! J'ai toujours été le papa rigolo pour lui !

— Il apprend seulement à être plus indépendant. Sois heureux pour lui : il trouve sa place parmi les autres enfants et c'est une bonne chose.

— Je le suis. Mais... franchement ? C'est une partie de minigolf !

Ils se tournèrent ensemble pour examiner le terrain improvisé. La plupart des joueurs étaient des familles avec de jeunes enfants et des bandes d'adolescents serrés les uns contre les autres. Par une nuit aussi froide, on avait une excuse toute trouvée pour passer un bras autour des épaules d'une fille, songea Toby, amusé. Il avait fait la même chose à quinze ou seize ans, quand les filles étaient un mystère absolu pour lui. D'une certaine manière, elles l'étaient peut-être encore…

Reggie contempla un moment le parcours et la file d'attente, devant le point de départ.

— On pourrait se faire une partie, bien sûr… Ou bien on pourrait faire un saut à Holiday Spirits pour boire un verre, dit-elle.

Toby éclata de rire.

— Vendu !

Ils traversèrent la place et entrèrent dans le bar. Hélas, ils n'étaient pas les seuls adultes à avoir eu cette idée. La salle était bondée. Toby chercha une place des yeux et finit par repérer une petite table libre, dans le coin le plus éloigné.

— Par là, indiqua-t-il.

Tout en s'avançant, il commença à se débarrasser de ses couches de vêtements. Reggie fit de même. Arrivés près de la table, ils accrochèrent manteaux, écharpes et pulls aux patères murales. Elle ôta aussi son bonnet rouge et lissa ses cheveux.

— Quand les as-tu coupés ? demanda Toby.

— Pendant ma dernière année de fac, répondit-elle avant d'ajouter, malicieuse : Je n'allais tout de même pas passer ma vie à porter des queues-de-cheval.

— Pourquoi pas ? Ça me plaisait bien…

Ce qui lui plaisait le plus était le mouvement de sa

queue-de-cheval quand elle marchait. Ce rebond perpétuel avait quelque chose d'effronté, tout comme elle.

Howard s'approcha de leur table.

— Je sais déjà ce que tu vas prendre, Toby. Et toi, Reggie ? Le cocktail du jour est un martini à la grenade. Pour faire court, c'est comme un cosmo, mais avec du jus de grenade à la place du jus de canneberge.

— Ça me semble parfait, dit-elle avec un grand sourire.

Howard acquiesça et s'éloigna.

— Alors, comme ça, il sait déjà ce que tu prends ? demanda-t-elle quand ils furent seuls.

Toby sourit.

— Oui : une bière.

— Et il ne t'en veut pas ?

Comment Toby aurait-il pu lui expliquer ses raisons sans lui faire perdre son beau sourire ?

— Il a connu mon père, dit-il, faute de trouver mieux. Quand je suis venu pour la première fois et quand je lui ai dit que je ne buvais que de la bière, il n'a pas insisté.

Comme il l'avait craint, Reggie pinça les lèvres.

— Je suis désolée. Je ne voulais pas parler de choses désagréables…

— Ce n'est pas ta faute. Mon père était alcoolique, tout le monde en avait conscience. Je ne sais pas à quel point ce genre de choses se transmet par les gènes, mais je préfère faire attention.

— Tu ne bois jamais d'alcool fort ?

— Non. Je me limite à la bière ou à un verre de vin, les jours de fête.

Il fit un effort pour se détendre sur sa chaise.

— Mais ne t'inquiète pas : voir les autres boire ne me dérange pas. C'est comme les huîtres… Je n'aime pas ça mais, si c'est ton péché mignon, fais-toi plaisir !

— J'ai entendu dire que ton père avait arrêté de boire,

quelques années avant sa mort, reprit-elle. Pour être honnête, je ne l'ai pas vraiment connu.

Toby en était bien heureux ! Il avait toujours fait son possible pour tenir Reggie éloignée de sa maison quand son père était dans les parages. Il était hors de question qu'elle sache ce que c'était, de vivre avec lui.

— Il a peut-être arrêté de boire, mais il n'a jamais cessé d'être mauvais, lâcha-t-il.

— Je suis désolée.

— Ne gaspille pas ton énergie pour ça. Il était ce qu'il était. Après mon départ, je ne suis presque jamais revenu ici. Je ne lui ai rendu visite qu'une seule fois, avec Harrison, quand il avait cessé de boire. Et ça ne s'est pas bien passé.

— Il ne vous a pas bien accueillis ?

Toby songea à Harrison, qui avait quatre ans à l'époque et qui s'était amusé à jouer avec un petit tambourin. Son grand-père lui avait dit de cesser son boucan, ce que Harrison avait fait, pendant deux minutes – avant de recommencer. Le père de Toby lui avait alors asséné une gifle et l'avait envoyé valser jusqu'au mur d'en face. Judy avait dû se dresser entre les deux hommes pour les empêcher d'en venir aux mains. Toby avait bouclé leurs valises dans l'heure et était reparti avec son fils, qui n'avait jamais revu son grand-père. Il était revenu sans lui, une seule fois, pour assister aux obsèques.

— Disons simplement que mon père n'a jamais compris l'intérêt d'avoir des enfants, dit-il aussi tranquillement que possible.

Howard revint au même instant avec leurs consommations et Toby lui fut reconnaissant d'interrompre cette discussion pénible.

— Parle-moi de toi, reprit-il, à la fois pour changer de

sujet et pour assouvir sa curiosité. Tu dis que tu travailles avec des inventeurs... Qu'est-ce que ça veut dire ?

— J'ai commencé ma carrière dans le design appliqué. Je travaillais avec une équipe d'ingénieurs pour m'assurer que leurs produits seraient accessibles et fonctionnels pour le client standard. À l'époque, je n'étais qu'un petit rouage dans une très grande entreprise. Quand on m'a offert une chance de changer de cap, je l'ai saisie, expliqua-t-elle avec un sourire. J'avais rassemblé assez de contacts pour tenter de monter mon propre cabinet. J'ai donc commencé à créer ma petite affaire ; et quand je dis « petite » je veux dire que je travaille seule.

— Et tu aides des inventeurs à lancer leurs idées sur le marché ?

— Tout à fait. C'est amusant. Je décide de mes horaires et je rencontre des tas de gens intéressants. Parfois, ça peut aussi être frustrant, surtout quand le succès n'est pas au rendez-vous. Certains produits innovants sur lesquels j'ai travaillé ne seront jamais commercialisés.

— Mais tu es payée quand même ?

Elle sourit de plus belle.

— Parfois, oui. La plupart de mes clients sont riches en idées, mais pas en cash... Si je crois en leur projet, je touche une commission sur leurs revenus. Donc, s'ils gagnent de l'argent, j'en gagne aussi. S'ils échouent, c'est que j'ai fait un mauvais choix stratégique.

Expliquée comme ça, la chose semblait plutôt facile ; mais pour percer dans ce genre de travail il fallait un très bon sens des affaires et une confiance absolue en son propre instinct.

— Et quel est ton taux de réussite ?

— Soixante pour cent, je dirais. Certains des produits que j'ai suivis ont même très bien marché.

Il se pencha vers elle.

— Donc, tu es riche, dit-il d'un ton à la fois amusé et faussement accusateur.

— Non.

Les yeux noisette de Reggie pétillèrent.

— Je m'en sors bien, sans plus.

— Tu es propriétaire de ta maison ?

— J'ai acheté un logement l'an dernier. C'est un joli petit bungalow au nord de Seattle. J'ai aussi un fonds de retraite, mais c'est à peu près tout.

— Mes félicitations.

— Merci. Comme je te l'ai dit, c'est un petit cabinet de conseil, mais ça suffit à me rendre heureuse. En ce moment, je mets de l'argent de côté pour refaire ma cuisine.

Elle but une gorgée avant de reprendre :

— Et toi ? Heureux d'être de retour à Wishing Tree ?

— Très heureux. J'apprécie de pouvoir veiller sur Judy, et Harrison s'épanouit ici.

— Il est adorable. Belle est déjà folle de lui.

— Je n'en reviens toujours pas qu'elle l'ait protégé comme ça, tout à l'heure.

— Moi non plus. J'ai toujours pensé qu'elle se cacherait dans un placard, si un voleur entrait chez nous par effraction, et qu'elle attendrait sans bouger que le problème se résolve de lui-même.

Toby ne put retenir un petit rire.

— Je vois très bien la scène !

Ils parlèrent ensuite de leurs amis mutuels, en ville. Décidément, il était très facile de discuter avec Reggie. Toby se laissait encore distraire par son sourire et ses grands gestes quand elle racontait une anecdote – comme autrefois. C'étaient de bons souvenirs…

Quand il fut l'heure d'aller chercher Harrison, il paya la note et aida Reggie à enfiler son manteau.

— Prête à affronter le froid ? demanda-t-il.

— Oui. Il va juste falloir bouger pour se tenir chaud.

Ils riaient encore quand Paisley et Shaye passèrent la porte du bar et les aperçurent.

Shaye paraissait vaguement curieuse, mais Paisley plaqua une main contre sa bouche et les examina d'un air plus que soupçonneux.

— Salut, vous deux ! lança-t-elle en regardant Reggie droit dans les yeux. Vous n'aviez pas envie de jouer au minigolf ?

Reggie sourit.

— On laisse ça aux familles.

— Intéressant…

Paisley observa un instant Toby avant de revenir à son amie.

— D'après les rumeurs, l'une des activités du calendrier de l'Avent consistera à rassembler des kits hygiéniques pour les résidentes d'un foyer de sans-abri. Je me suis dit qu'on pourrait organiser une soirée filles pour ça. Du moins, si *tu* peux te libérer.

Reggie soupira.

— Honnêtement ? Tu étais obligée de le dire comme ça ?

— Oui, répliqua Paisley en souriant de toutes ses dents. Tu aurais fait la même chose à ma place.

— Sans doute. D'accord, je suis partante pour une soirée filles, ce sera sympa. Profitez bien de votre verre, toutes les deux.

Sur ce, Reggie entraîna Toby dehors d'un pas ferme.

— Désolée pour tout ça, dit-elle quand ils furent sur le trottoir. Paisley est une très bonne amie, mais elle peut être un peu indiscrète, parfois.

— C'est une petite ville, Reggie. Il y aura forcément des rumeurs si on nous voit régulièrement ensemble.

Elle leva les yeux sur lui.

— Et ça ne te dérange pas ?

Ce qui ne l'aurait pas dérangé, en cet instant, aurait été de sentir ses lèvres sous les siennes. En dépit du froid et du risque de provoquer une avalanche de potins, il voulait l'attirer contre lui et voir si la Reggie adulte était différente de la jeune fille qu'il avait connue autrefois.

Mais aussi tentante que soit cette idée il n'était pas certain de la réaction qu'elle susciterait.

— Non, dit-il en lui prenant simplement la main. Ça ne me gêne pas. Allez, viens. Il est temps de retrouver Harrison. Il va avoir froid et faim. On pourrait faire un crochet par la boutique pour grignoter quelques tourtes, si tu veux.

— La boutique ? Mais elle est fermée.

— C'est vrai. Heureusement que j'ai une clé.

— Hmm, un homme de pouvoir, gloussa-t-elle. Comment résister ?

15

Reggie arriva à la maison gelée jusqu'aux os. Elle ouvrit la porte et se glissa à l'intérieur. Belle se précipita dans ses jambes, impatiente de recevoir ses caresses habituelles et une bonne dose de réconfort.

— Hé ! Où est passée la grande fille qui a tenu tête à Burt ? demanda Reggie en retirant son écharpe.

— Elle semble avoir oublié ce rare moment de courage.

Reggie sursauta et se retourna d'un bond pour regarder sa mère sortir du salon.

— Tu m'as fait peur ! s'écria-t-elle, une main plaquée contre son cœur. Tu m'as attendue ?

— Il n'est que neuf heures et demie. C'est encore trop tôt pour dormir.

Reggie reprit le contrôle de sa respiration et se libéra de deux couches de vêtements supplémentaires avant de tendre à sa mère le sac qu'elle avait rapporté avec elle.

— Des tourtes, dit-elle. Nous nous sommes arrêtés à la boutique pour manger un morceau et Toby m'a confié celles-ci pour le dessert. J'avoue que j'ai encore faim et que ça ne me dérangerait pas d'en grignoter une. On partage ?

Sa mère sourit et la précéda dans la cuisine.

— Je vois que tu essayes de m'empêcher de poser trop de questions au sujet de ton rendez-vous.

Reggie éclata de rire.

— Ce n'était *pas* un rendez-vous, maman ! Je suis allée retrouver Toby et Harrison pour jouer au minigolf. Ce n'est pas vraiment mon idée du romantisme.

Il était hors de question qu'elle avoue à sa mère que Harrison était parti jouer avec ses amis et qu'elle et Toby en avaient profité pour prendre un verre ensemble.

— Dommage, j'espérais plus, soupira sa mère.

Elle remplit deux verres de lait et s'installa à table. Belle prit sa place habituelle, près de la chaise de sa maîtresse – dans l'espoir de voir tomber quelque chose de comestible.

Reggie sortit du sachet les deux tourtes qu'elle avait rapportées de la boutique et en tendit une à sa mère, puis elle attrapa deux serviettes sur le buffet.

— Tu vas en avoir besoin, dit-elle. Elles sont particulièrement friables, ce soir.

— J'adore ces tourtes, mais il faut bien admettre qu'on n'arrive jamais à les manger proprement. Et, quand on les prend à emporter, ils ne donnent que des serviettes en papier pour les accompagner… Tu sais, tu devrais vraiment demander à un de tes amis inventeurs d'imaginer un emballage pratique et adapté.

— Bien sûr. Je m'en occupe dès demain, maman.

— Tu te moques de moi, mais je suis sérieuse. Ce serait une bonne idée. Alors, pas de bisou, ce soir ?

Le changement de sujet fut si brutal que Reggie eut l'impression qu'on venait de la secouer sans prévenir.

— Non, répondit-elle au bout de quelques instants. Pas de bisou.

Toby avait été amical, sans plus. Malheureusement.

— Dommage… J'espérais un peu que l'alchimie entre vous ne serait pas entièrement éteinte. Je ne voudrais pas te mettre la pression, tu sais, mais je pense qu'il est grand temps qu'une de mes filles se marie. Tu as presque trente ans, Reggie. Il faut te jeter à l'eau. J'avais bon espoir que Dena te précéderait, mais elle a choisi une autre vie…

Reggie songea aux sentiments de sa sœur pour Micah Ruiz, mais elle jugea plus prudent de ne rien dire. Sa mère aurait sans doute exigé des détails et organisé leurs fiançailles avant la fin de la semaine. Dena avait déjà assez de soucis comme ça.

— Moi aussi, j'aimerais bien tomber amoureuse et me marier, admit-elle, mais ça n'arrivera sans doute pas.

— Je ne vois pas ce qui t'en empêche. Tu es jolie, tu es intelligente, tu as un bon travail…

Elle jeta un rapide coup d'œil à Belle.

— Tu ne crois quand même pas que ta chienne repousse les hommes ? Il faut avouer qu'elle a un physique plutôt intimidant.

— Tu veux rire ? Elle est tendre comme un chamallow ! Et, non, ce n'est pas à cause d'elle que je n'ai pas encore trouvé mon prince charmant.

Sa mère mordit pensivement dans sa tourte au caramel.

— Jake m'a beaucoup déçue. Je lui en veux encore : il n'avait pas le droit de te traiter comme il l'a fait.

— Laisse tomber, maman. Il aurait pu mieux gérer cette histoire de séparation, c'est certain ; mais il n'avait pas tort, au fond. Quand je vois avec quelle facilité je me suis remise, je me demande si notre mariage aurait vraiment tenu.

— Je veux juste te voir heureuse, ma chérie…

— Je le suis.

— Avec un homme, je veux dire.

Reggie sourit.

— Oh… *ça*.

Sa bonne humeur s'évapora aussi vite qu'elle était arrivée.

— Je le veux aussi, mais je ne sais simplement pas comment y parvenir.

Micah descendit en voiture les quelques rues qui séparaient le B&B de la Couronne et trouva sans peine à se garer. En temps normal, il serait venu à pied, mais avec tout ce qu'il devait transporter aujourd'hui ça n'aurait pas été possible. Il passa la porte du Festin de Noël et aperçut Mme Heins-Smith en pleine conversation avec un autre client. Elle lui adressa un petit signe de la main pour lui indiquer qu'elle n'en avait pas pour longtemps.

Pendant qu'elle terminait, Micah fit lentement le tour de la boutique. Plusieurs étagères proposaient des pâtes italiennes de toutes formes, ainsi que des bouteilles d'huile d'olive. Venaient ensuite les sauces épicées – dont une à l'huile de truffe, un mélange étrange que Micah n'était pas sûr de valider. Une vitrine réfrigérée était remplie de fromages du monde entier, de charcuteries et de crème fraîche. Au fond de la boutique, les congélateurs vitrés exhibaient des rangées de crèmes glacées, de *gelati*, de desserts surgelés et de soufflés.

Enfin, Mme Heins-Smith s'approcha de lui.

— Votre commande est prête, dit-elle. Je suis très contente du résultat.

Malgré ses soixante ans, elle lui adressa un clin d'œil complice.

— Je pense que nous allons emprunter votre idée de Pères Noël pour nos spécialités du week-end. Je suis sûre que les parents apprécieront…

— Oh ! ce n'est pas mon idée : j'ai trouvé ça sur Internet.

— Quelle modestie. Chez un homme, c'est aussi rare qu'une poule avec des dents !

Elle tira une boîte en carton de la vitrine réfrigérée et

l'ouvrit. À l'intérieur étaient alignés les « Pères Noël » : des fraises placées la tête en bas, coupées en deux avec une rondelle de banane insérée au milieu. La banane formait le visage et de petits points de chocolat marquaient les yeux. Sous la rondelle de banane, un nuage de crème fouettée faisait office de barbe. Le second snack sucré qu'il avait commandé était plus classique : des boulettes de riz soufflé aux couleurs de Noël.

Il s'était assuré auprès de Dena qu'aucun des élèves n'était allergique aux ingrédients et avait expliqué à Mme Heins-Smith ce qu'il voulait. À présent, il ne lui restait plus qu'à espérer que les enfants apprécieraient.

Il apporta prudemment les boîtes jusqu'à sa voiture et reprit la route. L'école n'était pas loin. Il dut jongler quelques instants avec les boîtes et ses deux guitares, mais il parvint à ne rien faire tomber sur le parking. Il signa le registre de l'accueil et se dirigea vers la classe de Dena.

Le cours n'était pas tout à fait terminé quand il arriva dans le couloir et il resta un instant devant la salle, regardant la jeune femme par la petite fenêtre de la porte.

Elle était concentrée sur ce qu'elle faisait. Cela se voyait dans sa posture et la manière dont elle regardait ses élèves. Son sourire était détendu et, pourtant, on sentait qu'elle gardait pleinement le contrôle sur tout ce qui se passait.

Il aimait cette manière qu'elle avait de se consacrer entièrement à tout ce qu'elle entreprenait, de ses cours à la décoration du B&B. Ses longs cheveux châtains étaient rassemblés en une queue-de-cheval qui effleurait son dos à chaque mouvement. Le soleil accrochait des reflets dorés dans ses mèches souples.

Elle ne portait presque pas de maquillage et sa tenue était plus pratique qu'élégante, mais il appréciait ça aussi. Quelque chose, chez cette femme, l'aimantait. Sa tolérance, peut-être, ou bien le souci qu'elle avait des autres... Ou peut-être tout simplement le fait qu'elle soit sans doute la personne la plus courageuse qu'il ait rencontrée.

Elle leva soudain les yeux et l'aperçut. Leurs regards se croisèrent un instant. Micah comprit que, sans la porte qui les séparait ou la classe de CE2 aux aguets, il se serait précipité vers elle et l'aurait embrassée jusqu'à en avoir le souffle coupé.

L'image de ce baiser fut presque aussi brutale que la montée de désir qui l'accompagna. Il ne put réprimer un sourire. Après tout ce temps, il était enfin prêt à vivre de nouveau. Qui aurait cru qu'une institutrice de Wishing Tree aurait le pouvoir de réveiller ses émotions endormies ?

Dena s'empressa de lui ouvrir et le soulagea des boîtes de gâteaux.

— Tu es chargé comme une mule ! murmura-t-elle. Tu aurais dû demander de l'aide à l'accueil.

— Tout va bien.

Elle lui sourit.

— Merci d'être venu. Les enfants sont déjà excités... J'ai commis l'erreur de leur dire que tu allais remplacer Lindsey et ils trépignent d'impatience depuis.

Elle le précéda dans la classe. Les élèves se turent et le dévisagèrent avec curiosité. Micah repéra vite Noah et lui adressa un clin d'œil.

— Vous vous souvenez tous de Micah Ruiz, qui est venu pour la journée professionnelle, lança Dena. Il a accepté d'être notre accompagnateur du mois de décembre. Dites-lui bonjour !

— Bonjour, Micah ! clamèrent les enfants en chœur.

— Bonjour, tout le monde, répondit-il avec un sourire. Je vous préviens, il va me falloir un peu de temps pour mémoriser tous vos prénoms. Alors, soyez patients avec moi.

Puis, se tournant vers Dena, il demanda :

— Comment allons-nous nous organiser ?

— En général, on commence par le goûter. Et après ce sera à toi de jouer.

— J'ai prévu de vous apprendre tout ce que je sais au sujet de la guitare. J'en ai apporté deux avec moi, aujourd'hui : l'une est acoustique et l'autre, électrique. Nous allons d'abord parler des différences entre ces instruments, puis je vous ferai une démonstration.

Il sourit de nouveau à Dena.

— Je crois qu'on aura intérêt à fermer la porte pour ça…

Tandis que les élèves faisaient la queue pour avoir leur goûter, Micah installa une chaise au milieu de la salle et entreprit de déballer son équipement. Il brancha son ampli. Le temps que tout le monde remplisse son assiette en carton, attrape une serviette et regagne les pupitres, il était prêt.

Il s'assit et prit une profonde inspiration. Il fut surpris de sentir son estomac se nouer et de reconnaître les premiers signes du trac. C'était étrange… Il pouvait monter sur scène devant quinze mille personnes sans se sentir nerveux, mais le fait de se retrouver devant une classe de CE2 le mettait dans tous ses états.

— Comme vous l'a dit Mme Somerville, je m'appelle Micah Ruiz. J'étais le chanteur d'un groupe de rock appelé Darryl John James et je joue de la guitare depuis très longtemps.

Il attrapa ses deux instruments.

— Alors, reprit-il, quelqu'un peut-il me dire ce que ces guitares ont de différent ?

Noah leva la main, ce qui fit sourire Micah de plus belle.

— Quelqu'un qui n'est *pas* le fils d'un célèbre batteur ?

Une fille aux cheveux bruns se lança, timidement :

— L'une est acoustique et l'autre électrique ?

— Tout à fait.

Il joua un accord sur la guitare acoustique.

— Les guitares acoustiques ont un son particulier. Elles sont plus grosses et leurs cordes sont plus fines. Certaines personnes pensent qu'il est plus dur d'apprendre avec elles, mais je suis convaincu que ça en vaut la peine. En concert, je me sers exclusivement de guitares électriques, mais pour composer mes chansons je préfère celle-ci.

Il la posa et prit l'autre instrument. De nouveau, il joua un accord mais, bien sûr, aucun son n'en sortit. Les élèves éclatèrent de rire.

— Quelqu'un sait d'où vient le problème ? demanda-t-il.

— Il faut la brancher ! cria un garçon.

— En effet. Il faut d'abord la brancher, puis allumer l'ampli.

Il s'exécuta. Cette fois, quand il gratta les cordes, le son emplit la salle entière.

— À présent, savez-vous ce qu'est un accord ?

Il prit le temps de leur décrire chaque partie de ses instruments, puis leur montra les accords majeurs et mineurs ; d'abord sur la guitare acoustique, puis sur l'autre. Il joua aussi une comptine sur les deux pour leur faire entendre la différence avant de répondre à leurs questions.

Une des filles leva la main.

— J'ai dit à ma maman que tu étais là pour la journée professionnelle et elle a répondu qu'elle aurait payé cher pour te voir. Elle dit que tu passeras bientôt à la télé. C'est vrai ?

— Oui, je dois apparaître dans une émission de variétés juste avant Noël.

— Ce sera filmé ici ?

Il sourit de nouveau.

— Non. Je vais prendre un avion pour Los Angeles. C'est là que se trouvent les studios.

— Est-ce que ça fait peur de passer à la télé ?

— Au début, oui. Mais j'ai déjà participé à beaucoup d'émissions, donc ça ne m'effraye plus. En concert, par contre, c'est différent : si on fait la moindre erreur, tout le monde s'en rend compte.

Les élèves rirent.

— Pour être honnête, reprit-il, j'avais beaucoup plus le trac à l'idée de venir ici pour vous parler.

— C'est vrai ? demanda un garçon.

— Oui. Je ne suis pas instituteur. Mais Mme Somervil[illegible] m'a assuré que j'étais capable de donner un cou[illegible] lui ai fait confiance.

À cet instant, une cloche se mit à sonner. De[illegible] sortir ses élèves pour la récréation de l'après-midi[illegible] se tourna vers Micah.

— C'était vraiment bien, dit-elle. Merci beaucoup. Nous avons passé un très bon moment et les enfants ont adoré !

Étrangement, il se rendit compte que l'avis des élèves comptait beaucoup moins à ses yeux que celui de Dena.

— As-tu trouvé la leçon adaptée à leur âge ?

— Ils étaient hypnotisés, répondit-elle avec un sourire. Tout le monde a appris des choses, aujourd'hui, même moi... J'étais censée travailler, mais je n'ai pas pu m'empêcher de t'écouter parler.

Son sourire s'élargit plus encore.

— Je suppose que c'est dû à ton statut de célébrité.

— Possible.

Elle lui rendit les cartons de gâteaux vides.

— Même le goûter a été un succès. Tu t'en es très bien tiré.

Il débrancha sa guitare et enroula le câble.

— Merci. Tu sais, j'étais sincère, tout à l'heure... J'avais le trac avant de venir.

— Tu n'avais pourtant rien à craindre. Alors, comme ça, tu vas passer à la télévision ?

— Oui, quelques jours avant Noël, admit-il avec une grimace. J'ai accepté dans un moment de faiblesse. Je vais redescendre à Los Angeles en avion, tourner cette fichue émission et revenir immédiatement.

Il la dévisagea longuement.

— Je tiens à être ici pour le jour de Noël.

— C'est une journée magique. On organise une course de traîneau de cinq kilomètres, il y a des chants et plein d'autres choses. Uniquement des activités de petite ville, par contre.

— Je crois que j'aime bien les activités de petite ville, ces temps-ci.

Sans réfléchir, il s'approcha d'elle. La porte de la salle était encore ouverte, et la fermer n'aurait de toute manière rien changé, puisqu'il y avait une vitre. D'ailleurs, pourquoi envisageait-il de fermer cette porte ? Avait-il réellement l'intention d'embrasser Dena ? Oui, il en avait envie... Son instinct lui soufflait qu'elle était sans doute très douée pour les baisers et que ses lèvres seraient douces sous les siennes.

De là, il n'eut aucun mal à imaginer la sensation de son corps entre ses bras. Était-elle de ces amantes qui se retenaient ou de celles qui s'abandonnaient complètement ?

J'avais peur de risquer mon cœur. Encore. Pensais n'avoir besoin de personne. Encore.

La mélodie et les fragments de paroles jaillirent de nulle part. Micah se figea dans un effort pour les retenir.

Les notes timides tournèrent encore et encore dans son esprit. Pourrait-il en faire quelque chose ?

— Je dois y aller, dit-il en remballant rapidement ses guitares. Les enfants ne vont pas tarder à revenir de leur récréation. Quant à moi, il est temps que je rentre pour essayer d'écrire un peu.

Il fit de son mieux pour se montrer amical, de peur qu'elle ne le trouve soudain très froid et distant.

Dena recula. Son sourire était-il plus crispé ?

— Bien sûr, dit-elle. Merci encore.

Il acquiesça et partit, les dents serrées pour ne pas laisser la mélodie s'échapper.

J'allais bien. J'étais serein. J'avais aimé, j'avais perdu : ainsi va la vie.

Il pressa le pas pour atteindre sa voiture et fit de son mieux pour respecter les limitations de vitesse sur le chemin du B&B. Une fois dans sa suite, il tira sa guitare acoustique de sa housse, démarra la fonction enregistrement de son téléphone et commença à jouer.

Reggie passa la porte d'On Emballe Toute l'Année, plus en quête d'idées que dans le projet d'acheter quoi que ce soit. Elle cherchait un papier assez lourd, plus épais que les emballages standards, valable aussi pour un usage alimentaire.

La boutique offrait un immense choix de papiers cadeau ; certains prédécoupés et prêts à l'emploi, d'autres vendus à la coupe comme du tissu. Il y avait un rayon pour les anniversaires, un autre pour les mariages, et bien sûr toute une partie consacrée à Noël.

— Je peux t'aider ? lança une voix depuis le fond de la boutique.

Camryn Neff était un peu plus jeune que Reggie et

elles ne s'étaient pas beaucoup fréquentées, à l'école. L'adolescente dont Reggie se souvenait avait été jolie, chaleureuse, avec des cheveux roux et un sourire éclatant. Mais la femme qui s'avançait à présent vers elle était pâle, avec des yeux gonflés et une lèvre un peu tremblante.

— Est-ce que ça va ? demanda Reggie.

Camryn esquissa un sourire peu convaincant.

— Désolée. C'est une mauvaise journée, dit-elle en essuyant ses larmes d'un revers de la main. Noël approche et ça ne fait pas longtemps que maman est partie... Parfois, j'ai du mal à le supporter.

Sa voix se brisa et Reggie s'approcha instinctivement pour la serrer dans ses bras.

— Je suis désolée, murmura-t-elle. Ça a dû être un choc terrible : affronter en même temps la perte de ta mère et la responsabilité de tes petites sœurs... Je comprends que tu sois débordée.

Camryn acquiesça.

— Merci. La plupart du temps je me débrouille. Parfois je vais même presque bien...

Elle prit une profonde inspiration et la relâcha lentement.

— Bon. Je te promets d'arriver au bout de cette conversation sans craquer. Dis-moi de quoi tu as besoin.

— Tu sais quoi ? La prochaine fois que nous t'invitons pour une soirée filles, essaye de venir, d'accord ? Ça te fera du bien.

— Paisley m'a déjà parlé de votre projet pour les femmes sans-abri, dans deux jours, et j'y serai.

— Tant mieux. Je suis contente qu'on puisse passer un peu de temps ensemble. Pour en revenir à mon affaire, je ne sais pas exactement ce que je cherche.

Elle baissa la voix et reprit :

— Tu connais les Tourtes de Judy ?

— Bien sûr, c'est notre dîner préféré. On en prend au moins deux fois par semaine.

— Elles sont délicieuses, mais on s'en met souvent partout. Même avec des serviettes en papier, la garniture finit par couler.

— J'ai taché mon pull préféré avec du jus de cranberry, l'autre jour...

— Du coup, je me demandais s'il était possible de créer une sorte de support. Tu sais, un peu comme les étuis en carton dans lesquels on sert les frites... Certaines chaînes de fast-food se servent de supports pour leurs desserts, mais la forme ne conviendrait pas aux tourtes. J'aimerais trouver quelque chose qui ne soit pas trop cher à fabriquer et sans danger pour les aliments. Peut-être un papier épais que l'on pourrait plier. Je ne sais pas... C'est juste une idée qui me trotte dans la tête, pour l'instant.

— Nous avons un grand choix de papiers, répondit Camryn, mais je ne sais pas s'ils sont aux normes alimentaires. Comment pourrait-on s'en assurer ?

— J'y travaille. En attendant, je me disais que je pourrais faire des essais avec des grammages différents en me servant de pâte à modeler pour remplacer la tourte.

— Ça a l'air amusant. OK, allons d'abord voir le rayon des loisirs créatifs. Je vais te sortir mes papiers les plus épais et tu me diras ce que tu en penses.

16

Reggie était en route pour le B&B afin de rejoindre Dena, avant qu'elles partent ensemble pour le centre communautaire. Comme Paisley l'avait annoncé, l'activité du jour invitait les habitants à faire un geste pour un foyer de sans-abri. Elle leur avait envoyé un texto pour leur annoncer que sa commande de produits était arrivée et leur donner l'heure du rendez-vous.

Reggie venait tout juste de se garer quand elle vit sa sœur passer la porte de la maison.

— Je guettais ton arrivée, admit Dena en montant dans la voiture.

— Décidément, je reste la plus fantaisiste de nous deux !

Reggie avait cherché à plaisanter et fut surprise de voir que Dena ne souriait même pas.

— Qu'est-ce qu'il y a ? demanda-t-elle. Tout va bien ?

— Je vais bien. Mes nouveaux bracelets m'aident à contrôler mes nausées, mais je reste encore fatiguée...

Elles se mirent en route pour le centre. Entre le projet solidaire de la classe et la soirée d'aujourd'hui, Reggie avait l'impression de passer la moitié de son temps là-bas.

— Dois-je déduire que ton manque d'enthousiasme face à mon humour mordant est uniquement dû à ta fatigue ? demanda-t-elle en conduisant.

Dena soupira.

— Non. Je suis désolée : c'était plutôt drôle.

— Qu'est-ce qui se passe ?

— Rien. Des bêtises. Tout va très bien.

Elle sourit de son mieux et ajouta :

— Tu vois ? Je nage dans le bonheur.

— Hmm-hmm. Inutile de faire semblant avec moi. Je te connais. Dis-moi ce qu'il y a.

Sa sœur lâcha un petit grognement frustré.

— C'est vraiment ridicule et tu vas rire. Ça n'arrangera rien, crois-moi.

— Je te promets de ne pas rire.

D'un seul coup, un soupçon l'assaillit.

— C'est à cause de Micah ?

Dena se couvrit le visage des mains.

— Oui, avoua-t-elle d'une voix étouffée. Je ne suis qu'une idiote !

Elle se redressa et expliqua :

— Il remplace notre accompagnatrice du mois de décembre et, hier, il a apporté un goûter en classe avec ses guitares. Il a chanté. C'était passionnant.

— Quel homme irrésistible…

— Il l'est, et c'est un vrai cauchemar ! Après le cours, nous avons discuté quelques minutes tous les deux. J'ai même cru qu'il allait m'embrasser.

Elle guetta la réaction de Reggie, visiblement convaincue que sa sœur allait se moquer d'elle.

Reggie se gara dans le parking du centre et coupa le moteur avant de se tourner vers elle.

— Je t'écoute.

— Ça n'a duré qu'un instant, mais c'était réel. Je le jure. Puis il a fait une grimace bizarre et il est parti en me disant à peine au revoir. Je ne sais pas ce qui s'est passé. Ce qui me fait le plus peur serait d'avoir tout imaginé parce que… je ne sais pas… je suis enceinte, célibataire, et c'est Micah Ruiz. Peut-être que je prends mes rêves pour la réalité. Peut-être qu'il est parti aussi vite parce qu'il me trouve pathétique.

Reggie prit la main de sa sœur entre les siennes.

— J'avoue que je n'ai pas beaucoup d'expérience en la matière. Je ne suis jamais sortie avec un homme célèbre et je ne sais pas comment ce genre de choses se passe. Mon instinct me dit que, si tu as cru qu'il allait t'embrasser, c'est que c'était probablement le cas. On se trompe rarement, dans ces moments-là.

— Et puis ?

— Je ne sais pas. Il est peut-être parti parce qu'il était ballonné.

Dena la dévisagea pendant quelques secondes d'un air surpris et éclata de rire.

— Ballonné ?

Reggie sourit.

— C'est la meilleure excuse que j'ai pu trouver, vu les circonstances. Je ne le connais même pas – et tu devrais nous présenter, d'ailleurs. Tu n'as qu'à l'inviter à manger, un de ces quatre.

— À la maison ? Hors de question ! Non. Cent fois non.

Elle soupira de nouveau.

— Je commence vraiment à croire que je me suis fait des idées.

— Ou bien, il était ballonné.

— Il ne l'était *pas*. Arrête avec ça !

— Il fait aussi caca, tu sais.

Dena sortit de la voiture avec impatience.

— Tu as quel âge ? Cinq ans ?

— Je dis juste que nous sommes tous pareils.

— Je n'arrive même pas à croire que tu sois ma sœur !

Reggie lui adressa son plus beau sourire.

— Parce que tu te sens chanceuse de m'avoir dans ta vie ? Je comprends…

Elles riaient encore en passant la porte du centre et en longeant le couloir jusqu'à la salle qu'elles avaient réservée pour la soirée. Paisley était déjà là, occupée à disposer des cartons sur les longues tables alignées au milieu de la pièce.

— Salut ! lança-t-elle avant de leur indiquer les patères, près de l'entrée. Déshabillez-vous et venez m'aider. Il faut qu'on ouvre tous ces cartons pour voir ce qu'il y a à l'intérieur, puis qu'on mette au point un ordre de remplissage des sacs à dos. Oh ! et vous me devez deux cents dollars chacune.

— J'ai déjà préparé mon chèque, répondit Reggie en fouillant dans la poche de son jean pour en sortir une enveloppe, qu'elle agita. Merci de t'être occupée de tous les achats.

— J'ai aussi fait le chèque, ajouta Dena, et je suis d'accord avec Reggie. Tu as super bien organisé tout ça.

Paisley balaya leurs compliments d'un geste.

— Une fois que j'ai été sûre de l'activité prévue pour aujourd'hui, j'ai fait le tour des boutiques et j'ai passé quelques commandes. Waouh... Je suppose que je *suis* une bonne amie, après tout.

Elles s'embrassèrent avant de se mettre au travail.

Reggie et Dena hissèrent les derniers paquets sur les tables, puis les ouvrirent. Trois cartons étaient remplis de sacs à dos. Les autres, plus petits, contenaient des produits de première nécessité comme des chaussettes, des serviettes de toilette, des tampons, des serviettes hygiéniques, des brosses, quelques cosmétiques et des porte-monnaie. Le dernier était rempli de petits sachets de M&M's.

— Une fois qu'on aura tout classé par type de produits, je pense que le mieux serait de travailler à la chaîne, déclara Paisley. On va remplir tous les sacs et les charger dans ma voiture pour que je les emporte à l'hôtel. Un camion part demain pour Seattle et les sacs seront à bord. Ils arriveront à temps pour Noël.

Camryn et Shaye arrivèrent quelques minutes plus tard. Shaye poussait un diable chargé de cartons supplémentaires et Camryn portait deux plateaux recouverts de papier d'aluminium.

— Je m'excuse d'avance, annonça-t-elle en posant son chargement. Les jumelles m'ont aidée, mais elles ont une drôle de notion de ce qui fait un bon casse-croûte…

Paisley jeta un coup d'œil dubitatif aux plateaux.

— On devrait s'inquiéter ?

— Est-ce que vous aimez le céleri farci au fromage frais et aux châtaignes ?

Paisley réfléchit quelques instants.

— Je n'ai jamais rien mangé qui s'en approche, mais ça ne devrait pas être mauvais… Après tout, il y a du fromage dedans, qui n'aime pas ça ?

Les filles éclatèrent de rire en chœur.

Après avoir enlevé son manteau, Shaye déballa ses cartons.

— Ce sont des livres et des jeux, dit-elle. Des yoyos, des puzzles… Je me suis dit que ce serait sympa et festif, en plus des produits d'hygiène.

— Bonne idée, répondit Paisley. Bon, les filles, il est temps de se mettre au travail.

Elles disposèrent les tables en U et placèrent les cartons de sacs à dos à l'une des extrémités. Elles disposèrent ensuite les différents produits : les plus gros au fond, les bonbons et les jeux sur le dessus. Cela fait, elles s'armèrent chacune d'un sac, qu'elles remplirent en longeant les tables.

— Alors, comment allez-vous, les filles ? demanda

Dena tout en travaillant. La saison passe tellement vite, je trouve…

— Certaines d'entre nous trouvent quand même le temps de boire un verre avec un bel homme, murmura Paisley avec un air de conspiratrice. Peut-être que *certaines* devraient nous donner des détails…

Reggie eut besoin de quelques secondes pour se rendre compte que son amie la regardait sans ciller.

— C'est de moi que tu parles ?

— Bien sûr, avec qui d'autre Toby a-t-il bu un cocktail à Holiday Spirits, l'autre soir ?

Tous les visages se tournèrent vers elle. Dena fit la moue.

— Tu ne m'as rien dit !

— Parce qu'il n'y avait rien à dire. Ce n'était qu'un verre.

Camryn sourit de toutes ses dents.

— C'est toujours comme ça que ça commence : avec un simple verre. Comment vous êtes-vous retrouvés au bar ensemble, d'ailleurs ?

Reggie aurait dû anticiper ce genre de questions. Elle aurait dû inventer une excuse plausible. Cependant, prise de court, elle ne trouva rien de mieux à répondre que la simple vérité, qui, même dans sa tête, sonnait assez… improbable.

— Toby m'a envoyé un texto dans la journée pour me proposer de le rejoindre à l'inauguration du calendrier, commença-t-elle.

Paisley l'interrompit immédiatement :

— Il t'a proposé un rendez-vous ?

— Non, ce n'était qu'une sortie entre amis. Belle et Harrison étaient là aussi. Je vous jure que ce n'était pas un rendez-vous.

— Je ne sais pas… Vous avez fini dans un bar, après tout. Ça y ressemble quand même beaucoup.

Dena sourit.

— Elle a raison. Boire un verre, c'est l'étape numéro un du manuel de séduction.

— Non ! protesta Reggie. J'ai juste accepté de le retrouver pour faire une partie de minigolf avec son fils. Mais Harrison a préféré jouer avec ses amis et, comme il faisait froid, on a décidé de s'installer à Holiday Spirits pour se réchauffer un peu. Il ne s'est absolument rien passé d'autre.

Shaye déposa un yoyo rose dans son sac.

— Je ne sais pas si c'était improvisé, ou si Toby avait vraiment un plan prévu d'avance, dit-elle, pensive.

— Il n'y avait pas de plan, grommela Reggie.

Elle posa son premier sac rempli contre le mur et contourna les tables pour en attraper un nouveau dans le carton.

— C'est ce que tu crois, répondit Shaye.

— Est-ce que tu t'es amusée ? demanda Dena.

Reggie plaça une grosse boîte de serviettes hygiéniques et une autre de tampons dans son sac avant de passer aux chaussettes.

— Oui. Toby n'a pas changé : il est toujours aussi facile à vivre. Mais nous sommes seulement amis, je le jure.

C'était la pure vérité – aussi décevante soit-elle. Non qu'elle eût *voulu* qu'il se passe quoi que ce soit avec Toby. Elle était juste seule depuis des mois et Toby savait la faire rire. Il avait toujours été doué pour les baisers, aussi… Avait-il changé, sur ce point ?

— Quel ennui, soupira Paisley. Ma vie sentimentale est plus désertique que Mars, en ce moment, et j'espérais au moins que mes amies pourraient me distraire un peu.

Elle se tourna vers Shaye.

— Tu te rends compte que tu es la seule ici à avoir quelqu'un ? C'est triste !

Shaye sourit, les joues roses.

— Oui, l'homme parfait.

— Un vrai conte de fées, grommela Paisley avec une grimace. Au secours !

— Tu viens de dire que tu voulais des distractions, intervint Camryn. Ne te plains pas qu'on te raconte un conte de fées, après ça.

— Je suis pleine de contradictions, c'est ce qui fait mon charme. Et toi, Camryn ? Tu attends un beau mec pour Noël ?

Au lieu de lui rendre son sourire, la jeune femme baissa les yeux.

— Non.

Paisley pâlit en une seconde.

— Je suis désolée... Est-ce que j'ai dit quelque chose qu'il ne fallait pas ? Je ne voulais pas.

Camryn se redressa, avec un entrain forcé.

— Tu ne pouvais pas le deviner, répondit-elle. Je voyais quelqu'un avant la mort de maman. En fait, j'étais même fiancée. Quand je suis venue voir ma mère et quand j'ai compris à quel point elle était malade, j'ai su que j'allais devoir m'installer de nouveau à la maison pour prendre soin d'elle et de la boutique. Les jumelles avaient déjà traversé trop d'épreuves seules, elles étaient sur le point de perdre leur mère... Je ne pouvais pas leur demander en plus de venir à Chicago avec moi.

Reggie sentit son estomac se nouer. Elle devinait déjà que cette histoire-là ne se terminait pas par un happy end.

Camryn posa un sachet de M&M's sur le dessus de son sac et le ferma.

— Quand j'ai expliqué ça à mon fiancé, il m'a quittée. Il a dit qu'il n'avait pas l'intention de vivre dans une ville dont personne n'avait entendu parler et qu'il ne comptait pas m'attendre éternellement non plus.

— Quel connard ! lâcha Paisley avant de plaquer une main contre sa bouche. Pardon…

— Ne t'excuse pas, répondit Reggie avant de passer un bras autour des épaules de Camryn. C'était un connard, et pire encore. Il avait clairement oublié la partie où il était censé t'aimer et te soutenir dans la joie et dans la douleur…

Camryn lui adressa un regard empreint de reconnaissance.

— Je suppose que cette partie-là des vœux n'était qu'une figure de style, pour lui.

Dena pinça les lèvres.

— Ou pourrait peut-être payer quelqu'un pour le passer à tabac. Je ne connais pas de gros bras, personnellement, mais ça ne coûte rien de se renseigner.

Paisley parut impressionnée.

— Ma chérie, tu as du cran !

— J'ai juste horreur des hommes qui se comportent comme ça. Tu as eu besoin de lui, et il n'était pas là pour toi. Il aurait dû prendre soin de toi au lieu de t'abandonner comme un lâche.

— Je suis d'accord, renchérit Reggie.

— C'est pour ça que je ne sors avec personne, claironna Paisley. Dès qu'on pense avoir trouvé le grand amour, le type nous lâche sans prévenir.

— Je croyais que tu ne sortais avec personne, parce que personne ne te l'avait proposé, coupa Dena.

Paisley sourit.

— Oui, d'accord, ça joue aussi.

Dena compta soigneusement les cloches, étoiles et Pères Noël qu'elle venait de découper dans du papier coloré. Elle en avait suffisamment pour sa liste, envoyée par un foyer des services sociaux de Spokane. Sa mère était assise en face d'elle, dans la salle à manger du B&B, et perçait avec soin un trou au sommet de chaque ornement.

— Je me sens tellement coupable, avoua Leigh. J'ai complètement oublié le sapin solidaire du garage. Je ne comprends même pas comment ça a pu me sortir de la tête.

Elle avait appelé sa fille quelques heures plus tôt, paniquée, pour lui demander de l'aide. Comme Reggie s'occupait déjà du mariage et du projet de charité de sa classe, Dena avait été ravie de pouvoir se rendre utile. Elle gérait habituellement l'accueil du B&B jusqu'à 18 heures après sa journée de cours, mais comme aucun client n'avait prévu d'arriver ou de partir ce jour-là elle avait du temps libre. Elle avait donc déposé un petit panneau sur le comptoir pour inviter les résidents à sonner s'ils avaient besoin de quoi que ce soit.

— Ne t'en fais pas, maman. Tu donnes un coup de main dans l'entreprise et tu organises ton mariage en même temps. Il est normal que certaines choses t'échappent, momentanément. Ça arrive à tout le monde. Tu vas voir : dans deux heures, tout au plus, on aura terminé.

Le processus était simple. On inscrivait le prénom, l'initiale du nom de famille et l'âge d'un enfant du foyer sur une face de l'ornement, puis une liste de trois cadeaux possibles sur l'autre. Les employés du garage et du magasin de pneus pouvaient prendre autant de décorations qu'ils le souhaitaient sur le sapin et revenir avec les cadeaux non emballés accompagnés de l'ornement portant le nom de l'enfant. Une semaine avant Noël, l'ensemble était emporté à Spokane et offert aux enfants du foyer.

— N'empêche, insista Leigh, j'ai l'impression d'être une femme atroce ! Oublier le sapin solidaire…

— Pendant un jour ou deux. Et on est en train de s'en occuper, lui rappela sa fille avec un sourire. Il y a une bouteille de vin ouverte, dans la cuisine. Pourquoi tu n'irais pas te servir un verre ?

— Tu me proposes de noyer ma honte dans l'alcool ?

— Ça me paraît un peu extrême mais, si ça marche, pourquoi pas ?

Sa mère obéit et quitta la salle à manger en quête de la fameuse bouteille. Dena en profita pour mesurer quelques longueurs de laine. Chaque cordon devait être assez long pour suspendre l'ornement à une branche du sapin. Une fois la bonne longueur déterminée, elle se servit de sa première découpe comme d'un gabarit pour les quarante-neuf autres.

— Salut !

La voix soudaine la fit sursauter et elle leva précipitamment les yeux de son travail. Micah était là, à quelques pas d'elle. Comme à chacune de leurs rencontres, sa première pensée fut qu'il était beau comme un dieu. La deuxième fut qu'elle ne l'avait pas vu depuis plusieurs jours et qu'il lui avait beaucoup trop manqué. La troisième, qu'elle était en train de sourire bêtement. Elle fit tout son possible pour rendre son expression plus posée et normale.

— Salut.

Elle se sentait à la fois intimidée et profondément heureuse de le voir…

— Je viens de passer ces derniers jours enfermé dans ma chambre, pour essayer d'écrire.

— Et comment ça se passe ?

Il s'assit en face d'elle et haussa les épaules.

— Je n'ai aucun talent.

— Ce n'est pas vrai, Micah !

Il se fendit d'un petit sourire.

— Si j'étais si doué que ça, Dolly Parton m'aurait déjà demandé d'écrire pour elle.

— Lui en as-tu parlé ?

Il plaqua une main contre sa poitrine avec une grimace hilarante.

— Je ne peux pas ! Si elle disait non ? Mon cœur ne s'en remettrait pas !

— Je vois ça…

Retrouvant son sérieux, il la contempla un instant avant de reprendre :

— Tu m'as manqué, Dena.

Quoi ? Elle cligna des paupières, sous le choc. Elle avait forcément mal entendu ! Ses oreilles, son cerveau ou même son corps entier devaient lui jouer des tours. Il était impossible que Micah ait vraiment dit ce qu'elle avait cru comprendre.

— Je… euh… Je…

Elle fut sauvée de l'embarras de devoir répondre par le retour de sa mère. Hélas, la présence de Leigh était à la fois un soulagement et une très, très mauvaise chose.

— Bonjour, lança-t-elle à Micah. Qui êtes-vous ?

Il gloussa, se leva et lui tendit la main.

— Micah Ruiz. Je suis un des clients du B&B.

— Leigh Somerville, répondit-elle avant de baisser la voix et de prendre un air de conspiratrice : Je suis la mère.

— Mes félicitations. Vous avez une fille exceptionnelle.

Cette fois, Leigh parut surprise.

— Vraiment ?

— Vous le savez déjà, non ?

— Bien sûr, mais tout le monde ne le voit pas, hélas.

Ils s'assirent dans un même mouvement.

— Votre femme et vous êtes satisfaits de votre séjour à Wishing Tree ?

Dena sentit ses joues s'empourprer. Elle aurait donné cher pour disparaître sous la table.

— Maman !

— Quoi ? demanda sa mère avec un grand sourire. C'est une question sincère. Je tiens à ce que tous tes clients se sentent bien, chez nous.

— Je passe un très bon moment, ici, la rassura Micah. Malheureusement, je n'ai pas d'épouse avec qui voyager. Je suis veuf.

— Oh ! je suis vraiment désolée. Quand avez-vous perdu votre femme ?

— Bon, ça suffit, coupa Dena. Micah, tu devrais t'en aller tant que tu en as l'occasion. Crois-moi, les femmes Somerville sont la ténacité même. Retourne directement dans ta chambre et tire le verrou… Mais reviens à temps pour l'apéro ! Ursula nous a préparé des tacos au bœuf et je te garantis que tu ne voudrais pas passer à côté.

— J'hésite, répondit Micah avec un sourire nonchalant qui fit battre son cœur plus vite.

— Ma fille a raison, vous *devriez* partir, murmura Leigh. Si vous restez, je vais finir par vous poser un tas de questions inappropriées qui risquent de l'embarrasser.

Micah éclata de rire.

— Je ne voudrais surtout pas causer le moindre malaise à Dena…

— C'est vraiment adorable de votre part ! Est-ce que vous aimez les enfants ?

— Oh ! mon Dieu ! s'écria Dena, incapable d'en croire ses oreilles. Arrête ça tout de suite, maman ! Je ne t'aiderai pas à finir tes décorations en papier, si tu continues.

— Mais si, tu le feras. Depuis quand tournes-tu le dos à des gosses dans le besoin ?

Leigh se retourna tranquillement vers Micah.

— Alors, les enfants ?

Cette fois, il se leva.

— J'ai été ravi de vous rencontrer, madame Somerville.

Puis, adressant un clin d'œil à Dena :

— On se voit à l'apéritif.

Les deux femmes le suivirent des yeux jusqu'à la porte, puis Leigh reprit son verre de vin.

— Il est très bel homme, lança-t-elle.

— Maman, tu es infernale…

— Je prenais la température, c'est tout. Il t'aime bien.

Ces derniers mots rendirent Dena plus heureuse – une réaction aussi absurde qu'incontrôlable.

— Il n'est qu'un client de passage. Il s'en ira.

— C'est aussi un beau célibataire qui essaye clairement de flirter avec toi. Si tu veux mon avis, tu devrais en profiter.

— Tu es sérieuse ? Et je devrais faire quoi ? Lui sauter dessus ?

— Il y a pire, tu sais.

— Maman, c'est Micah Ruiz.

— Oui, il me l'a dit.

Dena soupira.

— C'est un rockeur célèbre.

Sa mère pinça les lèvres.

— Oh… C'est pour ça que son visage me disait quelque chose. Il a de l'argent, ou bien a-t-il tout dépensé dans les drogues et les femmes ? Si je pose la question, c'est parce que je tiens à ce que tu trouves quelqu'un capable de t'entretenir comme il faut.

Dena se couvrit le visage des mains, mortifiée.

— Petit *a,* je suis tout à fait capable de me débrouiller seule. Petit *b,* jamais un homme qui tient à m'*entretenir* ne m'intéressera. Petit *c,* je suis enceinte ; et, petit *d,* Micah s'en ira juste après Noël. Il n'y aura ni flirt ni rien de vaguement sensuel entre nous. Il est gentil et nous discutons ensemble de temps en temps, c'est tout.

Le regard de sa mère se fit songeur.

— Vos enfants pourraient avoir un don inné pour la musique…

— Maman !

— Je dis juste que ce serait possible.

17

— On ne pourrait pas faire entrer Belle en cachette ? demanda Harrison, les yeux remplis d'espoir.

Toby lui effleura le nez du bout du doigt.

— Belle est trop grande pour se glisser incognito au cinéma. En plus, je ne suis pas sûr qu'elle soit à l'aise sur les sièges, avec les pattes qui pendent dans le vide.

L'image fit sourire le garçon.

— D'accord, Belle ne peut pas venir, mais tu devrais quand même appeler Reggie, papa. Je parie qu'elle serait contente de voir le film avec nous.

— La prochaine fois, peut-être, répondit Toby.

Il n'était pas certain que Reggie apprécie autant que ça le dernier dessin animé de Noël, mais ce n'était pas pour cela qu'il refusait de l'inviter. Ses raisons étaient bien plus compliquées et contradictoires. Il appréciait Reggie. Il avait aimé passer une soirée avec elle à Holiday Spirits et, depuis ce jour-là, elle ne quittait plus ses pensées – ce qui n'était pas peu dire, car elle l'avait déjà souvent hanté par le passé…

Était-ce à cause de leur passé commun ? Ou bien était-ce une magie liée à Reggie elle-même ? Il ne cessait de penser aux choses qu'il aurait voulu lui dire, aux endroits où il aurait aimé se rendre avec elle ou à de nouvelles raisons de lui téléphoner. Et il n'avait aucune envie d'emprunter cette route dangereuse.

Sa décision de rester célibataire n'avait pas été pesante, jusque-là. Jamais encore il n'avait croisé de femme capable de remettre en question cette règle d'or. Mais Reggie le mettait à l'épreuve et il ne savait absolument pas comment réagir.

Il verrouilla la voiture et prit la main de son fils pour traverser le parking du multiplexe. Le cinéma Wonderful Life possédait sept salles, et l'une d'entre elles passait toujours un classique de Noël, quelle que soit la saison. Soudain, les souvenirs de sa relation avec Reggie lui revinrent. Elle avait insisté pour voir un film de Noël chaque premier vendredi du mois, même lorsqu'un nouveau *blockbuster* venait de sortir. Dans ces cas-là, ils retournaient le voir le samedi ; mais le premier vendredi du mois était dédié à Noël, et ça n'avait pas été négociable.

Il avait vite découvert qu'ils avaient souvent la salle pour eux, ces jours-là, et qu'en choisissant des places dans un coin ils étaient libres de s'embrasser – voire davantage. D'un seul coup, la rediffusion de *Miracle sur la 34*e *rue* avait paru beaucoup plus intéressante au Toby de dix-sept ans...

Il souriait encore pour lui-même quand Harrison lui tira le bras et se mit à crier :

— Reggie ! Reggie !

Toby se retourna et vit la femme qui occupait tant ses pensées devant la porte du cinéma. Elle les aperçut et s'approcha rapidement. Toby chercha des yeux un homme qui aurait pu l'accompagner, mais elle semblait seule.

Harrison lâcha la main de son père et se précipita pour l'enlacer. Reggie lui rendit son câlin et adressa un clin d'œil à Toby.

— Qu'est-ce que vous faites là, tous les deux ? demanda-t-elle.

— On a décidé de voir un film.

Toby fit de son mieux pour ignorer le frisson d'excitation qui le traversa en la voyant sourire.

— Moi aussi. Je viens de passer l'après-midi à transplanter des cactus de Noël. Mes parents ont décidé d'en offrir à tous les invités du mariage, j'ai donc dû en mettre une soixantaine dans des pots personnalisés.

— Quelle fille dévouée tu fais.

— Oui, c'est ce que je me dis aussi.

Elle examina Harrison un moment.

— Laissez-moi deviner... Vous venez voir *It's a Wonderful Life*.

Harrison éclata de rire.

— Non ! Le nouveau dessin animé. Viens avec nous, Reggie ! Ce sera super.

— Harrison, coupa Toby. Reggie a ses propres projets pour la soirée.

Son fils se rembrunit et acquiesça tristement.

— Je me disais juste que ce serait bien d'être tous ensemble...

Il s'interrompit un instant, puis retrouva son sourire.

— Reggie, est-ce que tu aimerais choisir un film ?

— Bonne idée, répondit-elle. Dans ce cas, je serais ravie de passer la soirée avec vous deux, et je choisis le dessin animé.

— Vraiment ?

Toby la dévisagea, perplexe.

— Tu n'es pas obligée de faire ça, tu sais...

— Ça me fait plaisir. Je pourrai toujours voir *It's a Wonderful Life* plus tard. Après tout, ce n'est pas comme si je ne l'avais jamais regardé !

Harrison bondit de joie.

— Youpi ! Papa, je peux aller prendre les billets ?

Toby lui tendit sa carte de crédit et regarda son fils

courir vers les machines. Il en profita pour se pencher à l'oreille de Reggie.

— Merci. Tu viens de lui faire très plaisir.

— De rien. Ça ne me dérange vraiment pas. Ce sera amusant.

— Amusant ? répéta Toby, surpris. Ça doit faire longtemps que tu ne t'es pas retrouvée dans une salle de cinéma remplie de gosses... Je ne dirais pas que c'est « amusant ». Bruyant, oui. Très bruyant.

— Je survivrai.

D'un seul coup, il eut envie de lui proposer de voir un film de son choix, plus tard dans la semaine. Juste elle et lui. Comme un rendez-vous.

Sauf qu'il ne sortait avec personne – jamais. Il ne pouvait pas prendre le risque d'une relation. S'il laissait qui que ce soit entrer dans sa vie, ce serait une menace pour Harrison et il n'obligerait jamais son fils à revivre le traumatisme qui avait failli les détruire, tous les deux.

Harrison revint bien vite avec les billets et ils se dirigèrent vers la salle pour trouver des places. Ils avaient à peine ôté leurs manteaux quand Noah et deux autres garçons les rejoignirent.

— Viens t'asseoir avec nous, Harrison ! cria Noah. On est devant.

— Papa ? Je peux ?

— Je croyais que tu voulais voir le film avec Reggie...

Son fils se tourna alors vers elle d'un air suppliant.

— S'il te plaît ?

— Tu m'abandonnes pour passer la soirée avec tes amis ? Je suis dévastée, répondit-elle avant de sourire. Vas-y, ça ne me dérange pas. Mais uniquement si ton papa est d'accord.

Toby se leva pour le laisser passer et courir au premier rang avec les autres.

— Reviens dès la fin du film, lança-t-il.

— Promis ! Merci, papa !

Une fois seul avec Reggie, Toby la regarda un instant.

— Tu sais, *It's a Wonderful Life* n'a pas encore commencé…

— Non, j'ai promis de voir le dessin animé avec vous, répondit-elle.

Puis, pendant un instant, son sourire vacilla.

— À moins que tu n'aies pas envie de rester avec moi.

— J'apprécie d'avoir de la compagnie, au contraire. Si je restais seul, j'aurais l'air d'un pervers au milieu de tous ces gamins.

Elle éclata de rire.

— C'est un problème, en effet. Est-ce qu'il t'abandonne souvent, comme ça ?

— Je commence à m'y faire. Je savais que ça arriverait un jour, je pensais juste avoir encore quelques années pour m'y préparer.

Ils laissèrent passer une famille, qui s'installa plus loin. Peu à peu, la salle se remplissait.

Reggie jeta un coup d'œil autour d'elle.

— Ils ont rénové les lieux. Les sièges sont neufs.

— Attends d'entendre le son. Ils l'ont amélioré aussi.

— J'avoue que j'apprécie un bon son au cinéma, mais une des choses que je préfère à Wishing Tree c'est que la ville ne change jamais vraiment. J'aime les traditions et savoir à quoi m'attendre quand je rentre à la maison.

— Est-ce que tu reviens souvent ?

Elle grimaça.

— Oui, même si ça ne s'est pas beaucoup vu au cours des douze derniers mois… C'est la première fois que je passe du temps ici depuis Noël dernier.

— Pourquoi ?

— À cause de Jake.

C'était vrai. Jake l'avait quittée pendant les fêtes.

— J'avais peur que les gens causent et je n'avais pas envie d'entendre les rumeurs. Étrangement, personne ne m'a parlé de lui depuis mon retour. À part ma mère, bien sûr.

— Est-ce que tu veux que je te pose des questions ? Juste pour t'aider à te sentir mieux ?

Elle éclata de rire.

— C'est très gentil de ta part, mais non. Tout va bien. Je regrette juste de ne pas être revenue plus tôt. En général, je passe voir ma famille plusieurs fois par an. J'adore mes parents et Dena. Ils sont venus à Seattle, depuis la rupture, mais ce n'était pas pareil.

— Tu as brisé la glace, si on peut dire. Maintenant, tu n'auras plus d'excuse pour te cacher.

— Tu as raison. J'ai passé pas mal de temps avec Shaye, ces derniers jours. Elle est gentille.

— Très gentille. Et elle travaille bien à la boutique. Elle attend d'être officiellement résidente depuis un an avant de s'inscrire à la fac. Si elle est aussi efficace en cours, je pense l'embaucher dans mon équipe marketing.

Il s'interrompit. Pourquoi lui avait-il dit ça ? Il n'avait encore parlé de ce projet à personne.

— Je suis sûre qu'elle sera ravie, répondit Reggie avant de lui tapoter le bras. Ne t'en fais pas, je ne lui dirai rien.

Toby la croyait. Elle avait toujours été très douée pour garder les secrets. Par le passé, elle avait été témoin de scènes atroces entre son père et lui, mais elle n'en avait jamais soufflé mot à personne. Ils n'en avaient parlé que lorsque Toby avait abordé le sujet.

— Tu étais une bonne petite amie…

Elle le dévisagea d'un air étonné.

— Quel changement de sujet inattendu ! Merci… Tu étais un bon petit ami aussi.

Jusqu'au drame, songea-t-il amèrement. Non qu'il l'eût trahie comme elle l'avait cru sur le moment ; mais il lui avait tout de même brisé le cœur. Et elle s'était vengée en lui faisant subir la même chose. Leurs vies auraient-elles été très différentes, s'ils avaient eu la sagesse d'en parler ? Toby aurait pu lui dire pourquoi il était obligé de quitter la ville. Peut-être qu'elle ne l'aurait pas suivi, mais ils seraient au moins restés en contact. S'il avait su que Reggie l'attendait quelque part, aurait-il fait d'autres choix ?

Les lumières de la salle se tamisèrent et les bandes-annonces commencèrent. Les sièges étaient presque tous occupés et le bruit ambiant se calma à peine quand le film commença. Reggie déplaça les manteaux à côté d'elle pour se glisser sur le siège voisin de celui de Toby. Sans réfléchir, il redressa automatiquement l'accoudoir. Elle se cala contre lui, l'obligeant presque à passer un bras autour de ses épaules.

De nouveaux souvenirs remontèrent à la surface, si semblables et si différents à la fois. Il avait presque l'impression d'avoir remonté le temps, de retrouver leur intimité. Ils avaient connu tant de premières fois ensemble. Première relation sérieuse, première nuit ensemble, premiers espoirs d'un amour qui dure toujours…

Hélas, les choses ne s'étaient pas passées ainsi et ils n'étaient plus les mêmes, à présent. Mais, pendant un instant, il se laissa aller à faire comme si rien n'avait changé.

Reggie examina la coupe de la robe rouge. Créer des vêtements pour un chien – surtout pour un grand danois – présentait un certain nombre de défis. Son expérience se limitait au gabarit de Belle, et c'était bien assez pour elle ! Elle avait fini par renoncer aux manches. Elle voulait quelque chose d'à la fois simple et élégant. Après tout, c'était une robe de demoiselle d'honneur. Leigh hésitait encore sur le rôle de Burt pendant la cérémonie, mais elle lui avait déjà acheté un joli petit smoking.

— La dentelle ne me satisfait pas, murmura-t-elle en la tenant devant l'encolure de la robe.

Belle ne bougea pas, placidement assise en attendant que sa maîtresse ait terminé.

— Tu es une bonne fille, lui dit Reggie. Merci d'être aussi patiente avec moi. J'ai l'impression d'avoir du mal à me concentrer, ce matin.

Elle n'avait pas beaucoup dormi non plus – et ces deux problèmes étaient clairement causés par Toby.

Ils avaient passé une bonne soirée ensemble. Quand elle s'était retrouvée dans la salle sombre du cinéma, nichée dans le creux de son bras, elle s'était souvenue de leur relation. Après le film, ils avaient emmené Harrison manger en ville et avaient ri tout le long du repas. Elle avait apprécié la compagnie de Toby et de son fils ; puis, pendant une bonne partie de la nuit, elle avait passé son temps à regretter qu'il ne l'ait pas embrassée et à imaginer ce qui serait advenu s'il l'avait fait.

Étrange… Elle n'avait pas une seule fois pensé à lui depuis leur rupture et, maintenant, il occupait chaque instant de ses journées. Elle voulait passer plus de temps avec ce Toby devenu adulte. Tout ce qu'elle avait découvert à son sujet – sa relation avec Harrison, sa gentillesse avec les enfants pendant leurs sessions de tricot – la laissait soupçonner qu'elle pourrait encore l'aimer…

— Que c'est compliqué ! soupira-t-elle en laissant tomber sa dentelle avant de déshabiller Belle.

Elle caressa la tête de sa chienne et ajouta :

— Merci de ton aide. On reprendra ça plus tard, quand je serai capable de prendre une décision.

Belle s'approcha et Reggie l'enlaça.

— Tu es une bonne fille, murmura-t-elle. Ma fille.

Burt se tenait prudemment à l'écart. Depuis que Belle lui avait grogné dessus, il se montrait beaucoup plus respectueux.

— Tu vois ce qui arrive quand tu lui résistes, dit Reggie. Si quelqu'un te fait du tort, il faut te défendre.

Elle aurait pu lui donner d'autres conseils, si elle n'avait pas été interrompue par un pas dans l'escalier du sous-sol. Sa mère s'arrêta à mi-chemin et annonça :

— Tu as de la visite, ma chérie.

Elle fit signe à la personne qui la suivait de descendre. Reggie se releva et son cœur fit un bond quand Toby apparut sur les marches. D'un seul coup, elle ne sut plus quoi faire de ses mains et se dandina un instant sur place.

— Je vais vous laisser, reprit sa mère d'un air entendu avant de remonter.

— Merci ! lança Reggie.

Puis, se tournant vers Toby, elle souffla :

— Maman devrait vraiment s'occuper de ses affaires...

Sa tentative d'humour ne provoqua pas le moindre sourire. Reggie remarqua soudain qu'il paraissait crispé et qu'il évitait soigneusement son regard.

Belle le renifla rapidement, puis alla se coucher sur son coussin.

Comme Toby ne parlait toujours pas, Reggie demanda :

— Qu'est-ce qui se passe ? Harrison ne va pas bien ?

— Si, très bien. Il est à l'école. Pourquoi cette question ?

— Je vois bien que tu es triste.

Il leva enfin les yeux sur elle. Son regard était indéchiffrable.

— Je ne suis pas triste. Les hommes ne sont pas tristes.

— Il y a pourtant quelque chose. Est-ce que c'est Judy ?

— Tout le monde va bien. Ce n'est pas pour ça que je suis venu.

Sa voix semblait tendue, ce qui mit Reggie sur ses gardes. Elle eut le sentiment qu'ils s'apprêtaient à avoir une conversation qu'elle ne désirait pas. Elle pouvait expliquer ce pressentiment par le fait qu'à l'époque où ils sortaient ensemble elle avait appris à le connaître encore mieux que les membres de sa propre famille. Elle avait toujours su deviner ses émotions avant qu'il en parle. Et, en cet instant, elle savait que ses prochains mots risquaient de la mettre très mal à l'aise.

Elle lui indiqua le canapé d'un geste.

— Veux-tu venir t'asseoir ?

— Non, je préfère rester debout, dit-il, sans la quitter des yeux. Reggie, je ne me marierai pas.

Quoi ?

— Quoi ?

Il ne se marierait pas ? Voilà une déclaration plutôt inattendue – et qui n'avait aucun sens ! Elle fut tentée de répondre quelque chose de tout aussi bizarre, du genre « il y a des poissons dans la boîte de crackers », mais ce n'était sans doute pas le moment de faire de l'humour et…

D'un seul coup, elle comprit ce qui avait motivé cette affirmation abrupte. Un mélange d'exaspération et d'embarras s'installa au creux de sa poitrine.

— Je suppose que tu n'es pas en train de me dire que tu n'es *pas* fiancé à quelqu'un, dit-elle en gardant délibérément son calme.

— Non.

— Et tu as clairement ressenti le besoin de me mettre en garde.

Il la fixait toujours, sans parler.

Quelle arrogance ! Ils n'avaient passé que deux heures

au cinéma, suivies par un repas, songea-t-elle, de plus en plus irritée. Il n'était *rien* arrivé entre eux. Le fait qu'elle aurait voulu l'embrasser n'avait rien à voir là-dedans. Elle ne lui en avait pas parlé, n'avait pas esquissé le moindre geste, il ne pouvait donc pas avoir deviné ce qu'elle avait pensé. Heureusement pour lui, l'idée d'un baiser parut soudain à Reggie beaucoup moins tentante.

— Je n'ai pas le souvenir d'avoir demandé ta main, déclara-t-elle. Je ne peux donc que supposer que c'est ta très haute opinion de toi-même qui te pousse à croire qu'une seule soirée en ta présence suffit à donner aux femmes des envies de mariage. Un tel succès doit être pesant, mon pauvre ! Heureusement pour toi, il semblerait que je ne sois pas sensible à tes charmes.

— Reggie, je ne peux pas me permettre ce genre de relation. Pas tant que Harrison sera petit. Je ne peux pas prendre ce risque.

— Très bien. Tout est clair, maintenant. La seule chose que je regrette, c'est de devoir te rendre ta bague... Oh ! zut ! Nous ne sommes pas fiancés.

Elle se frappa le front du plat de la main.

— Quelle idiote je fais !

— Sois sérieuse.

— Pourquoi ? Cette conversation est ridicule. Tu ne veux pas te marier ? Très bien. Personne n'a proposé quoi que ce soit. Personne n'en a parlé. Crois-tu sincèrement que j'ai passé ma vie à rêver de toi ? Car ce n'est pas le cas. Avant de te retrouver, j'ai vécu des années sans penser à toi.

Il la dévisagea un long moment.

— La soirée d'hier était différente.

— On est allés voir un film. Ça n'avait rien d'exceptionnel.

— Non, c'était plus que ça...

Vraiment ? L'avait-il senti aussi ? Elle n'arrivait pas à deviner ses sentiments, sous ce vernis de sottise – voire de folie rampante.

— Il y a toujours une alchimie entre nous, poursuivit-il. Elle n'a pas disparu. Mais tu n'es pas du genre à flirter et je ne peux rien te proposer de plus.

Reggie eut besoin de quelques instants pour digérer cette information. Oui, un vrai crétin.

— Waouh, fit-elle, incapable de contenir sa colère. Donc, pour faire court, tu imagines que je veux t'épouser et tu as décidé de prendre les devants en me rejetant. Et, maintenant, tu essayes en plus de m'apprendre ce que j'aime ou non en matière de sexe. En fait, tu n'as même pas besoin de moi pour cette conversation, n'est-ce pas ? Qu'est-ce qui ne tourne pas rond, chez toi ? C'est une vraie question, Toby, parce que tu as tout gâché dès l'instant où tu as ouvert la bouche ! Je te conseille de rentrer chez toi et d'arrêter un instant de te concentrer sur ton nombril. Quand tu auras réussi, je suis sûre que tu auras l'impression d'être le plus grand des imbéciles. Ce que tu es réellement.

Elle lui indiqua l'escalier d'un geste ferme.

— Va-t'en.

— Reggie, il faut qu'on parle.

— Non, tu en as assez dit. Va-t'en. Je suis sincère. Fiche le camp.

Il soupira, acquiesça et remonta l'escalier lentement. Reggie attendit qu'il eût disparu avant de se laisser tomber sur le canapé. Que venait-il de se passer ? Comment s'était-il mis une telle idée en tête et pourquoi avait-il soudain ressenti le besoin de venir lui balancer tout ça ?

Elle regarda Belle un instant.

— Ne te laisse jamais séduire par un homme. Je suis sérieuse. Ils n'apportent que des ennuis.

La colère bouillonnait toujours en elle, assortie d'une pointe de tristesse. Toby n'était clairement plus le garçon qu'elle avait connu. Si c'était là le vrai Toby adulte, elle ne voulait plus rien avoir à faire avec lui.

— Tu t'obstines sans la moindre raison, déclara Electra.

Sa bouche charnue formait une moue contrariée que Micah connaissait bien. Il contempla son image sur l'écran de son ordinateur. Il n'aurait jamais dû accepter cet appel vidéo. Il avait su dès le départ de quoi elle voulait lui parler et il avait bêtement pensé qu'il pourrait la faire changer d'avis.

— Je ne veux aller nulle part avec toi, reprit-il froidement. Je ne veux pas écrire avec toi et je ne rentrerai pas à Los Angeles.

Elle fit passer d'un geste impatient ses longs cheveux flamboyants sur son épaule.

— Pourquoi fais-tu tant de difficultés ? Tu sais que nous travaillons bien ensemble. Pourquoi lutter contre l'inévitable ?

— Rien n'est inévitable. Electra, regarde-moi bien. *Non*. Je te le répète : non.

Ses yeux verts se plissèrent insensiblement.

— Tu as besoin de moi, Micah. Je sais que tu n'arrives plus à composer seul. Si tu avais créé quoi que ce soit, ces derniers mois, j'en aurais entendu parler. Je peux être ta muse.

— J'en doute fort.

— Tu ne fais même pas l'effort d'essayer !

Au même instant, on frappa à la porte. Micah en profita pour s'engouffrer dans la brèche.

— Je dois raccrocher.

— Attends ! J'ai quelque chose à te dire.

— Entrez, lança-t-il, sans même se soucier de savoir qui était là.

Au point où il en était, toute distraction était la bienvenue.

Il regarda encore un instant le visage parfait de son ex-femme. Elle était belle, c'était certain, mais son charme n'avait plus le moindre effet sur lui.

— Oh ! je suis désolée. Je ne savais pas que tu étais occupé.

La voix douce venant du seuil lui fit tourner la tête. Dena commençait déjà à reculer, mais il se redressa et lui fit signe d'approcher.

— Ne t'en va pas. J'ai terminé.

— Ne t'avise pas de me raccrocher au nez ! insista Electra.

Micah lui sourit.

— Je dois y aller.

Sur ces mots, il se déconnecta et se retourna vers Dena.

— Navré…

Elle paraissait surprise.

— C'est ta… petite amie ?

— Non. Mon ex-femme.

— Oh. Elle est magnifique.

— Oui, mais crois-moi quand je te dis que son caractère n'est pas à la hauteur de son apparence.

Dena paraissait encore sur le point de prendre la fuite, et Micah n'avait aucune envie de la voir partir. Il rabattit l'écran de l'ordinateur et s'approcha.

— Quoi de neuf ?

— Je… Oh ! rien. C'est juste qu'il neige. Je ne sais pas si ça va durer, mais il neige enfin. Je me suis dit que tu aurais envie de sortir voir…

Sa voix s'étouffa et elle rougit un peu.

— C'est un événement important, ici. La première neige.

— J'en ai entendu parler, oui.

— Il faut que ça dure au moins un quart d'heure, mais j'ai peur que ça se transforme en pluie avant.

Elle contempla un instant la pointe de ses chaussures, puis releva les yeux.

— Je n'aurais pas dû te déranger.

— Tu ne me déranges jamais. Laisse-moi attraper mon manteau et on pourra aller regarder la neige ensemble.

Dena jeta un rapide coup d'œil à l'ordinateur.

— Ton ex-femme et toi êtes toujours en contact ?

— Pas vraiment. On écrivait ensemble, autrefois ; ce qui est devenu un peu étrange après le divorce. On s'est mariés jeunes. On n'était que deux gamins convaincus que c'était ce que faisaient les adultes, mais c'était une erreur. Nous n'étions pas amoureux. Pas vraiment.

Il boutonna son manteau et enfila ses gants.

— Elle veut qu'on recommence à composer ensemble.

— Et que veux-tu, toi ?

— Je n'ai aucune envie d'écrire avec elle. Notre relation a changé. Désormais, j'aspire à quelque chose de plus sérieux, de plus substantiel, et elle ne peut pas me l'apporter.

Dena sourit.

— Je comprends tes mots, mais je ne suis pas sûre d'en saisir le vrai sens. Je ne suis pas une artiste, comme toi.

— Tu es mieux, dit-il en ouvrant la porte. Tu es enseignante.

— Beaucoup de gens enseignent.

— Uniquement les meilleurs.

Ils quittèrent la suite ensemble. La neige tombait, mais il ne faisait pas aussi froid que Micah l'aurait cru. Non qu'il fût un expert en matière de neige. Tout ce qu'il savait, c'était qu'elle se formait dans les nuages, et que la température jouait un rôle important…

— Est-ce qu'elle écrit toujours ? demanda Dena au bout de quelques secondes.

— Non. Electra n'est pas vraiment intéressée par la création. Elle veut simplement retrouver sa place dans l'industrie du disque. Elle veut être quelqu'un de reconnu et elle pense que je suis son ticket d'entrée. Maintenant qu'Adriana n'est plus là, elle tente sa chance.

— Elle n'a jamais cherché à travailler avec toi pendant ton second mariage ?

— Si, mais Adriana s'y est opposée. Elle n'avait pas confiance en Electra.

Il fut surpris de voir Dena sourire de nouveau.

— Je pense que j'aurais apprécié Adriana.

— Elle t'aurait aimée aussi, gloussa Micah.

Il prit sa main gantée et l'entraîna dans la cour. Les flocons étaient légers, minuscules. Il leva les yeux vers le ciel.

— Est-ce qu'on est censés faire quelque chose ? Tourner en cercle et réciter des incantations ?

— Non. On attend.

— Je ne suis pas un homme très patient, admit-il.

— Profite de l'instant présent. La neige peut vite devenir magique.

Elle redressa la tête et ferma les yeux. De petits flocons se déposèrent sur ses joues, brillant un instant avant de fondre. Micah la contempla, fasciné. Il y avait quelque chose de différent, chez elle. Quelque chose d'inattendu, d'attirant et de…

Sans réfléchir, il se pencha et effleura ses lèvres. Elle ouvrit les yeux d'un seul coup et le dévisagea avec surprise.

— Tu m'as embrassée.

— En effet.

Il s'approcha un peu plus et l'embrassa de nouveau, en prenant son temps. Sa bouche était si douce, sous la sienne... Une flamme de désir s'alluma au creux de ses reins et, plus important encore, il eut soudain la certitude qu'il appréciait cette femme. Elle était bonne, elle le faisait rire, et quand il était avec elle il se sentait enfin en paix avec le monde.

Il retira ses gants, les glissa dans sa poche et saisit son visage avec douceur pour déposer un nouveau baiser sur ses lèvres. Elles s'entrouvrirent pour lui, comme une invitation. Il se laissa tenter, séduit par la saveur de...

Brusquement, des gouttes glaciales s'abattirent sur eux. Dena poussa un petit cri et l'entraîna sous l'auvent de la charreterie. Il la suivit sans protester.

Quand ils furent tous les deux à l'abri, leurs regards se croisèrent de nouveau. À quoi pensait-elle ? En ce qui le concernait, la journée venait de prendre un tour merveilleux...

Et maintenant que devait-il faire ? L'inviter dans sa suite pour reprendre leur baiser interrompu semblait l'option la plus évidente. Non qu'il eût envie de la pousser dans son lit. C'était trop tôt et ça l'aurait sans doute mise mal à l'aise. Il aimait simplement l'idée que cela pourrait arriver un jour. En particulier avec elle.

Ses grands yeux noisette l'étudiaient intensément, comme si elle essayait de lire dans ses pensées. Il sourit.

— Tout va bien ? demanda-t-il.

Elle acquiesça.

— Electra et toi n'êtes vraiment pas... tu sais ?

— Nous ne le sommes pas. Je te donne ma parole.

— OK. Dans ce cas, je devrais sans doute te laisser travailler tranquille.

Elle lui adressa un dernier sourire et partit presque en courant. Micah la regarda s'éloigner. Cette femme était fascinante, songea-t-il avant de retourner au chaud, dans sa suite. Il enleva son manteau, l'accrocha à la patère et attrapa sa guitare. Avant même qu'il se soit assis sur le canapé, des paroles se formèrent dans sa tête.

Puis la neige est venue. Tu étais là, des flocons dans les cheveux. Tu étais là, pour me rendre heureux. La neige est venue et j'ai fondu.

Il ne s'arrêta de jouer que le temps d'allumer son application d'enregistrement, puis reprit au début.

18

Contrairement à ce que Reggie avait prédit, Toby n'eut pas besoin de vingt-quatre heures pour « arrêter de se concentrer sur son nombril ». Vers 2 heures du matin, après s'être tourné et retourné dans son lit, il commença à comprendre qu'il avait très mal géré la situation. Il avait agi comme un idiot, il s'était ridiculisé. Et, pire encore, il avait fait du mal à Reggie.

Cette dernière certitude était sans doute la plus douloureuse. Il n'avait jamais voulu la blesser. Ni quand ils avaient commencé à sortir ensemble, ni quand il était tombé amoureux d'elle – sans doute aux environs de leur deuxième rendez-vous. Et encore moins maintenant.

Il l'appréciait. Il l'avait toujours appréciée. Il aimait la regarder et la trouvait toujours belle. Il aimait la manière dont elle réfléchissait et cette bonté qui émanait d'elle en permanence. Il admirait son intelligence, son courage, son affection pour cette absurde chienne géante qu'elle avait adoptée.

C'était bien le problème. Ces sentiments qu'elle éveillait en lui. Certes, il ne s'était agi que d'une soirée au cinéma, mais il s'était senti bien trop à l'aise à ses côtés. Passer du temps avec Reggie avait toujours été facile, et ça n'avait pas changé. Il aimait la savoir près de lui, sentir la chaleur de son corps. Il avait adoré l'entendre rire pendant le film, et sa simple présence avait réveillé des envies oubliées en lui. Il s'était laissé aller à imaginer un avenir différent, dans lequel ils auraient franchi un pas de plus dans leur amitié. Un avenir où il aurait pu l'inviter à un vrai rendez-vous, juste elle et lui. Ils auraient pu réapprendre à se connaître, voir si les étincelles d'autrefois étaient toujours là et, si c'était le cas, envisager d'explorer leurs sentiments…

Mais il ne pouvait pas. Non, il ne *voulait* pas. Il avait déjà commis cette erreur une fois et Harrison allait devoir supporter les blessures émotionnelles qu'il avait subies jusqu'à la fin de sa vie. Protéger son fils envers et contre tout était son unique responsabilité ; et il ne faillirait plus.

Pouvait-il encore essayer de préserver son amitié avec Reggie ? Peut-être, s'il lui exposait – au moins en partie – ses raisons, et surtout s'il s'excusait. Car il avait agi n'importe comment, et il ne supportait pas de la savoir en colère contre lui.

Il arriva au centre communautaire avec une bonne demi-heure d'avance à la session de tricot du lendemain. Avec un peu de chance, elle serait là aussi, pour tout installer.

La chance était avec lui ! Il la trouva dans le couloir, en train de sortir les grands cabas de fournitures du placard verrouillé.

Elle se retourna pour les poser sur un diable et les pousser dans la salle, mais Toby les lui enleva des mains.

— J'aimerais te parler un instant, si tu veux bien.

Les yeux de Reggie étincelèrent un instant, animés par un mélange de colère et de douleur, mais elle se redressa et releva la tête d'un air de défi. La femme qu'il avait connue ne reculait jamais devant un combat. Elle n'engageait pas les hostilités, mais elle savait se défendre si nécessaire et ne baissait pas les bras.

— Je suis désolé, commença-t-il. J'ai eu tort, hier.

— Seulement hier ?

Toby eut du mal à réprimer un sourire, en dépit de la tension qui régnait entre eux.

— Un problème à la fois, d'accord ?

Elle ne répondit pas. Il déposa les cabas sur le diable et reprit :

— J'ai commis une erreur et je nous ai emmenés dans la mauvaise direction. J'ai tenté de te repousser, mais ma mise en garde n'était destinée qu'à une personne, au fond : moi.

La colère parut refluer un peu du regard de Reggie.

— Je ne comprends pas.

— Parfois, je ne me comprends pas non plus. Quand je suis avec toi, les choses deviennent compliquées. Il y a eu d'autres femmes, dans ma vie, mais tu es la seule que j'aie aimée. Alors, te revoir maintenant, adulte, si belle et au sommet de ta réussite, ça me trouble. J'aime passer du temps avec toi. L'autre soir, au cinéma…

Il s'interrompit un instant. Comment expliquer ce qu'il ressentait ?

— Disons simplement que le passé et le présent se sont un peu mélangés dans ma tête, et j'ai réagi.

Il prit une profonde inspiration.

— Mais je pensais vraiment ce que j'ai dit, Reggie. Je ne peux pas entamer une relation avec quelqu'un. C'est impossible. Le risque est trop grand.

Elle pencha un peu la tête sur le côté et ses cheveux soyeux se balancèrent sur son épaule.

— Hier, tu m'as parlé de Harrison. Tu as dit qu'il est la raison pour laquelle tu ne veux pas te marier.

— C'est vrai.

— Donc, il s'est passé quelque chose entre lui et une femme avec qui tu es sorti.

— Oui.

— Et tu refuses de me dire quoi.

— Ce n'est pas à moi d'en parler.

Il vit les questions se former dans son esprit, mais elle ne lui demanda pas de détails – et il lui en fut reconnaissant.

Au bout de quelques instants, elle pinça les lèvres.

— Tu sais, dit-elle, ça me rend triste que tu penses que je pourrais lui faire du mal.

— Ce n'est pas ça ! Cela n'a rien à voir avec toi. Quand les problèmes ont surgi, j'ai promis à mon fils de ne plus jamais le placer dans cette position. Je lui ai promis que nous resterions seuls, tous les deux, jusqu'à ce qu'il soit assez grand pour se défendre tout seul. Et il me fait confiance.

— Tu as sans doute eu tort de lui promettre ça. Imagine la pression qu'il doit ressentir, soupira-t-elle avec un hochement de tête. Mais il ne s'agit pas de ça non plus, n'est-ce pas ?

— Je suis désolé, répéta-t-il.

— Comprends-tu au moins que tu as réagi comme un idiot et que ce souvenir te hantera toujours ?

Il réprima un nouveau sourire.

— Oui, je le comprends.

— Très bien. Dans ce cas, je te pardonne. Je suis navrée pour Harrison et j'ai vraiment envie de découvrir qui était cette femme pour lui faire payer tout le mal qu'elle a pu lui faire...

— Non. Tu ne serais pas heureuse en prison.

— Sans doute pas, mais ça me réconcilierait au moins avec le monde. Ce n'est pas rien. On ne devrait jamais faire souffrir un enfant. Jamais. Il n'y a aucune excuse pour ça.

Toby fut touché par sa véhémence. Il ressentait la même chose et le fait de pouvoir partager avec elle ces émotions si complexes la rendait encore plus attirante à ses yeux.

— On devrait manger ensemble, un de ces soirs.

La proposition lui échappa sans prévenir. Reggie le dévisagea un instant, les sourcils froncés, clairement confuse.

— Tu m'envoies des messages très contradictoires, tu sais, finit-elle par dire.

— En effet.

— Pourquoi ?

Pourquoi lui envoyait-il des messages contradictoires ? Ou bien pourquoi l'invitait-il à dîner ? La réponse ne parut pas avoir beaucoup d'importance.

— Je t'aime beaucoup et je veux passer du temps avec toi.

— Mais tu refuses qu'on couche ensemble et tu ne te marieras pas, acheva-t-elle pour lui dans un sourire. Juste pour mettre les choses au clair.

— Coucher ensemble ne me dérangerait pas…

— Tu es bien un homme.

— Je pense au contraire que mon intérêt pour toi est lié à qui tu es, pas au sexe.

— Tu es bizarre, tu sais. Je ne me souviens pas que tu aies été comme ça, au lycée. À l'époque, tu n'étais qu'un *bad boy* séduisant, capitaine de l'équipe de football.

— Et maintenant ?

— Tu es toujours séduisant, mais je ne suis pas sûre que tu aies gardé ton côté voyou. En fait, en y réfléchissant bien, je crois que tu ne l'as jamais été ; ce n'était qu'une façade. Peut-être même une manière de survivre. En agissant comme un dur, tu étais certain qu'on te laisserait tranquille. Bien sûr, ça te condamnait à une certaine solitude, mais c'était le prix de la sécurité.

D'un seul coup, ses yeux s'écarquillèrent.

— Oh ! C'est de là que vient toute cette histoire au sujet de Harrison, n'est-ce pas ? Il ne s'agit pas tant de la promesse que tu lui as faite que de le protéger, quoi qu'il t'en coûte. Mais, tu sais, la sécurité est une chose fuyante. Elle n'est jamais assurée. Ce refus du mariage est ta manière de garder la main sur une situation incontrôlable, à mon avis.

Intéressant…

La perspicacité de Reggie le frappa de plein fouet, comme un poids lourd lancé à pleine vitesse. Il chancela – mentalement – et eut un instant peur de ne pas avoir la force de s'en remettre. Elle avait raison, bien sûr. Ce qui le stupéfiait était qu'elle l'ait compris aussi facilement.

Il cherchait encore un moyen de se remettre du choc quand elle prit un autre cabas dans le placard.

— Oui, Toby, dit-elle en le lui tendant. Pour répondre à ta question, j'accepte de dîner avec toi. Je pense même qu'un baiser reste possible à la fin de la soirée, mais pour le sexe c'est non.

Elle se fendit d'un sourire presque aussi mortel que le poids lourd.

— Pour l'instant, en tout cas.

Dena fit tout son possible pour se concentrer sur son livre et sur le chapitre couvrant le troisième mois de grossesse, mais les mots semblaient couler sur elle sans s'imprimer dans son esprit. En fait, ce n'était vraiment pas la faute de l'auteur. Le problème venait d'elle. Elle semblait incapable de se remettre du baiser de Micah.

Comment analyser ce qui s'était passé entre eux ? Elle avait beau tourner et retourner la situation pour l'examiner sous tous les angles, rejouer la scène dans sa tête, rien de tout ça ne faisait sens.

Il l'avait embrassée. Plusieurs fois. Sur la bouche et même avec la langue. Comme un vrai baiser entre amoureux. Seulement, ils n'avaient pas ce genre de relation. Alors, pourquoi avait-il agi ainsi et qu'était-elle censée faire, maintenant ?

Elle posa finalement son livre et attrapa son téléphone pour taper un texto.

As-tu fini ta session de tricot ?

La réponse de sa sœur lui parvint immédiatement.

On remballe tout juste.

Peux-tu passer au B&B ? Il faut qu'on parle, et j'ai du vin avec des super snacks pour toi.

Quels snacks ?

En dépit de sa confusion et du tour incroyable que semblait prendre sa vie, Dena éclata de rire.

Tu veux dire que je dois t'attirer avec de la nourriture ?

Tu parles de super snacks. Je veux être sûre de mon coup.

Micah m'a embrassée.

Il se passa quelques secondes avant que les petits points n'apparaissent au bas de l'écran.

J'arrive.

Dena sourit.

Cinq minutes plus tard, elle attendait impatiemment dans le salon du B&B. Elle vit la voiture de Reggie se garer sur le parking. Sa sœur en sortit et courut jusqu'à la porte. Elle l'enlaça avant de jeter un coup d'œil autour d'elle pour s'assurer que personne ne pouvait les entendre.

— Il t'a embrassée ? Pour de vrai ? Je n'ai pas cru maman quand elle m'a dit qu'elle l'avait croisé, l'autre jour. Elle dit qu'il est à tomber par terre et qu'il est fou de toi. Je suis ta sœur préférée, comment se fait-il que je ne l'aie pas encore rencontré ? Bon sang ! Raconte-moi tout ! Et nourris-moi. Je meurs de faim.

— Allons dans la cuisine. Les clients ont entendu dire qu'Ursula nous avait préparé ses célèbres crevettes à la noix de coco et il y aura foule au salon. Heureusement, elle a prévu du rab…

Dena déposa deux sets de table sur l'îlot de la cuisine. La serveuse à temps partiel commençait déjà à sortir les crevettes du réfrigérateur, ainsi que des bols de sauce. Le vin qui allait accompagner les snacks de ce soir était un léger chardonnay de chez Painted Moon et les bouteilles déjà ouvertes attendaient dans leurs seaux à glace.

Dena prit l'une des plus petites assiettes de crevettes ainsi qu'un peu de sauce pour les poser sur l'îlot. Elle servit un verre de vin à Reggie et opta pour de l'eau pétillante avant de jeter un coup d'œil au contenu du frigo. Comme à son habitude, Ursula lui avait préparé une assiette de fruits et de fromages à pâte cuite, avec un bol d'houmous. Dans le placard, une seconde assiette attendait, remplie de crackers et de pain tranché. Une fois la nourriture posée sur les sets de table, elle s'assit près de sa sœur.

— Ça te convient, comme casse-croûte ?

— C'est parfait mais, honnêtement, je me serais contentée de biscuits salés.

Elle lança un petit regard furtif en direction de la porte puis baissa la voix.

— Il t'a vraiment embrassée ? Parle !

Dena lui raconta l'épisode de la neige et son envie soudaine de montrer les flocons à Micah.

— Je venais de rentrer de l'école et j'attendais de voir si l'averse allait durer.

— Je te comprends ! On tricotait dans la salle quand un des enfants a vu qu'il neigeait. On a tous retenu notre souffle, mais ça a tourné à la pluie... Il faut vraiment qu'il neige ! Les stations de ski doivent être désespérées.

Dena réprima un sourire et attendit. Dans un instant, Reggie se souviendrait du principal sujet de conversation...

Sa sœur prit une crevette, qu'elle trempa dans la sauce.

— Comment ai-je pu me laisser distraire ? Je veux tous les détails sur ce baiser.

— On était dans la cour et j'ai fermé les yeux pour sentir les flocons sur mon visage. C'est là qu'il m'a embrassée. Sur les lèvres.

Elle n'arrivait toujours pas à croire que cet instant ait été réel.

— C'est si romantique !

— C'était surtout inattendu.

— Est-ce qu'il te plaît ?

Dena songea aux frissons qui la traversaient à chaque fois qu'elle le voyait ; mais sa sœur ne parlait pas de ça, elle s'intéressait aux choses qui comptaient vraiment.

— Oui, il me plaît, dit-elle donc. Il est gentil, amusant et très doué avec les enfants.

Reggie l'examina d'un air songeur.

— C'est vrai : il est devenu la maman de la classe...

— L'accompagnateur, corrigea Dena.

— Peu importe. Et il sait que tu es enceinte donc, clairement, ça ne le gêne pas, reprit-elle avec un sourire. Quand je pense que tu as renoncé à l'amour pour finalement rencontrer ton prince charmant par hasard !

— Non, coupa fermement Dena. Il n'est pas mon

prince charmant. Juste un homme que j'apprécie. Il ne peut rien se passer de sérieux entre nous : il est célèbre et ne fait que passer à Wishing Tree. Moi, je suis une institutrice de petite ville, et en plus je suis enceinte. Nous n'avons rien en commun.

— Sauf ce baiser.

— Ça ne voulait rien dire.

— Pour toi, si.

Au fond d'elle, Dena savait que sa sœur avait raison. Ce baiser avait eu de l'importance pour elle. Le problème, c'était que ça n'aurait pas dû être le cas ; car si elle se laissait aller à trop rêver elle risquait de se retrouver avec un cœur en miettes…

— Bon, reprit-elle, il est temps de changer de sujet. Distrais-moi.

— Toby m'a invitée à sortir.

— *Quoi ?*

Gênée d'avoir crié, elle baissa la voix et reprit :

— Quand ? Tu penses y aller ? Pourquoi n'as-tu rien dit plus tôt ?

— Oh ! ma chère grande sœur, un baiser est plus important qu'une invitation à dîner. Mais pour te répondre on en a parlé hier et j'ai accepté.

— Pour reprendre tes paroles : il t'a vraiment invitée à sortir avec lui ? Parle !

Reggie éclata de rire et lui raconta leur conversation gênante autour du fameux « je ne me marierai pas », ainsi que les gentilles excuses qui avaient suivi.

— Est-ce qu'il t'a expliqué pourquoi il ne veut pas se marier ? demanda Dena.

Sa sœur parut hésiter.

— Oui, mais je ne suis pas certaine de vouloir te l'expliquer. Je suis désolée. Ce n'est pas à moi d'en parler.

Dena aurait voulu en savoir plus, mais elle se retint de

poser des questions. Sa sœur lui dirait sans doute tout quand elle le pourrait, on pouvait lui faire confiance pour ça. Pendant leur enfance, elles avaient tout partagé mais, en grandissant, elles avaient fini par comprendre que certains pans de leurs vies étaient trop intimes pour en discuter.

— Tu l'as cru ? demanda-t-elle donc simplement.

— Oui.

— Et tu vas sortir avec lui ?

— Demain. Je suis un peu nerveuse…

Reggie étala de l'houmous sur une tranche de pain et mordit dedans.

— C'est idiot, je sais. Seulement, il y a quelque chose, chez lui.

— Vous avez un passé commun et plein de bons souvenirs. Jusqu'à la fin, en tout cas. Même s'il n'a jamais eu l'intention de répandre une rumeur à ton sujet, tu as souffert et je lui en veux pour ça.

Reggie sourit.

— Tu es une vraie sœur.

— Oh ! oui.

Elles éclatèrent de rire puis, au bout de quelques instants, Reggie prit une profonde inspiration.

— Alors, Micah. Est-il grand, beau, avec des cheveux noirs et des yeux bleus ?

La gorge de Dena s'assécha.

— Oui.

— Dans ce cas, il est sur le point d'entrer dans la cuisine. J'ai de la chance : je vais enfin le rencontrer !

Dena eut à peine le temps de comprendre ce que sa sœur venait de dire qu'elle entendit la porte de derrière s'ouvrir. Elle se retourna et aperçut Micah en train de se débarrasser de son manteau et de l'accrocher au mur.

L'instant d'après, leurs regards se croisèrent et le monde entier parut s'évanouir autour d'eux.

Il était beau, en effet – rien d'étonnant à ça. Ce qu'il y avait de différent, par contre, c'était l'intensité de ses yeux bleus. À croire qu'une connexion invisible s'établissait entre eux. Quand il sourit, elle se sentit fondre.

— Salut ! lança-t-il en traversant la cuisine pour rejoindre l'îlot. La température est tombée, ce soir. S'il se mettait à neiger, je suis sûr que ça durerait, cette fois.

Dena fut absolument incapable de réagir. Des mots se formaient dans sa tête, mais sa bouche refusait de s'ouvrir. Heureusement pour elle, Micah ne semblait pas attendre de réponse. Il se tourna vers Reggie et sourit.

— Cheveux châtains, beaux yeux et je reconnais ce sourire, dit-il. Vous devez être Reggie.

— Et vous êtes Micah. C'est un plaisir de vous rencontrer.

— De même. Et, s'il te plaît, tutoyons-nous.

Dena fit tout son possible pour reprendre le contrôle de ses nerfs.

— Reggie travaille avec mes élèves à un projet de charité pour Noël. Ils se servent de tricotins circulaires pour créer des bonnets et des écharpes à offrir à des enfants sans-abri.

— Une noble cause… Est-ce difficile d'apprendre à se servir de ces tricotins ?

Reggie sourit.

— Non, c'est assez facile et, bien sûr, nous pourrions apprécier un travailleur supplémentaire, mais ce serait gâcher ton talent. Si jamais tu as envie de nous aider, pourquoi ne viendrais-tu pas nous distraire avec un peu de musique ?

— Reggie ! coupa Dena, choquée, avant de se tourner vers Micah. Elle plaisante…

— Ça ne me dérangerait pas du tout, répondit-il lentement, comme s'il y réfléchissait sérieusement.

— Non. Oublie ce qu'elle a dit.

Reggie se fendit d'un grand sourire lourd de sous-entendus, puis changea de sujet.

— Alors, Micah, passes-tu de bonnes vacances à Wishing Tree ?

— C'est une très belle ville et je trouve vos traditions amusantes. J'aime me sentir entouré par cet esprit festif.

Il enfonça les mains au fond des poches de son jean d'un air dégagé.

— J'ai eu un grave accident de voiture à cette époque, l'an dernier. Ma femme a été tuée et j'ai passé des semaines à l'hôpital, puis en rééducation. On peut dire que la saison des fêtes est passée sans que je m'en aperçoive. Me retrouver ici est une manière pour moi de revenir à la normale.

Il leur sourit de nouveau.

— Bon, je vais vous laisser discuter.

Il effleura le bras de Dena en passant, puis disparut dans la salle à manger. Dès qu'il fut hors de portée, Reggie se pencha vers sa sœur.

— Il t'aime bien. Je dirais même qu'il t'aime beaucoup.

Certes, Dena aurait voulu la croire, mais elle savait qu'elle n'était pas aussi chanceuse – en particulier avec les hommes.

— Nous sommes juste amis.

— Vous vous êtes embrassés.

— Ça n'a rien à voir ! Je crois qu'il est encore amoureux de son Adriana. Tu l'as entendu : il était fou d'elle, il l'a perdue, et elle était la femme de sa vie.

— Il n'a pas dit qu'elle était la femme de sa vie.

— Il ne l'aurait pas épousée si ça n'avait pas été le cas. Il a perdu son grand amour…

Pourquoi n'avait-elle pas compris ça plus tôt ? Bien sûr qu'Adriana était irremplaçable, pour lui ! C'était pour ça qu'il n'arrivait pas à écrire et qu'il avait tant de mal à contrôler ses émotions. Il cherchait à guérir, pas à trouver quelqu'un d'autre. Espérer plus de sa part aurait été de la folie.

— Je ne crois pas à ta théorie de l'amour unique et des âmes sœurs, déclara Reggie. J'étais amoureuse de Jake, et je ne le suis plus. Les gens changent. Les cœurs brisés se réparent. Crois-moi, celui de Micah s'est recollé, c'est certain.

— Tu n'en sais rien. J'ai peur qu'il porte le deuil d'Adriana pour le restant de ses jours.

— Je ne dis pas qu'il va oublier les sentiments qu'il avait pour elle. Ce n'est pas comme si leur amour était mort aussi, dans cet accident. Je pense simplement qu'il a tourné la page et qu'il est prêt à commencer autre chose.

Oh ! comme Dena aurait voulu que ce soit vrai ! Mais sa sœur se trompait forcément. Micah avait été convaincu qu'Adriana était la femme de ses rêves et, maintenant qu'elle n'était plus là, personne ne pourrait prendre sa place. Elle devait s'en souvenir et se protéger. Si jamais elle laissait son propre cœur sans défense, elle n'était pas certaine de se remettre un jour du malheur qui allait forcément le frapper, tôt ou tard.

19

Reggie se convainquit de ne pas attendre trop de choses de son dîner avec Toby ; une tâche difficile, étant donné qu'elle avait pensé à lui toute la journée. Pire encore, ils avaient passé l'après-midi à se regarder et à se sourire par-dessus leurs tricotins, au centre communautaire. Elle avait presque eu l'impression de se retrouver au lycée.

C'était sans doute une partie du problème, songea-t-elle en traversant la rue pour rejoindre Buon Natale, le meilleur restaurant italien de la ville. Le lycée. Il aurait été trop facile de retomber dans leurs anciens souvenirs, leurs vieilles habitudes d'adolescents. Il fallait à tout prix qu'elle se souvienne que le Toby d'aujourd'hui avait changé. Bien sûr, son caractère restait le même et elle était clairement attirée par lui comme autrefois, mais elle devait passer outre. Toby avait été très clair : il n'envisageait pas la moindre relation sérieuse. Ce dîner ne serait qu'un repas entre amis et, si elle essayait de transformer ce moment en rendez-vous plus intime, elle ne pourrait pas se plaindre des conséquences.

— Je peux gérer cette soirée, murmura-t-elle en poussant la porte du restaurant. Je peux supporter un simple repas : je mange plusieurs fois par jour. Je sais faire.

Ses pensées furent interrompues par des effluves d'ail, de basilic et autres ingrédients délicieux. Elle se sentit saliver et entendit son estomac gargouiller, lui rappelant que son léger déjeuner datait déjà de plusieurs heures.

L'établissement était décoré avec simplicité, avec des murs sombres et des nappes blanches. De la musique classique émanait des haut-parleurs, contribuant à donner à la salle une atmosphère accueillante et élégante. Buon Natale était le genre d'endroit où l'on allait fêter un anniversaire ou une promotion au travail. On y servait des risottos au homard, des truffes ou du bar de Méditerranée avec des purées de carottes.

Immédiatement, ses rêves de nourriture s'évaporèrent, remplacés par la silhouette de Toby, qui l'attendait debout dans l'entrée. Il avait troqué son jean et sa chemise de flanelle contre un pantalon noir assorti d'une chemise bleu marine sous une veste de cuir ajustée. Il semblait assez appétissant pour servir de repas à lui tout seul – avec une note rock'n'roll qui rappelait l'ado rebelle d'antan.

L'espace de quelques secondes, Reggie se félicita d'avoir soigné sa tenue, choisissant ses bottes les plus sexys et chargeant un peu son maquillage. Le sourire de Toby lui confirma qu'elle avait eu raison de se donner cette peine.

— On mange dans un endroit classe, ce soir, dit-elle en s'approchant.

— C'était nécessaire, pour me faire pardonner mes bêtises, répondit-il avant de l'embrasser sur la joue. Tu es magnifique.

— Merci. Tu ne t'en sors pas mal non plus.

L'hôtesse d'accueil les conduisit à une table, près de la fenêtre. Une fois assis, Toby se pencha vers Reggie.

— J'aurais pu passer te prendre. Il fait un froid glacial, ce soir.

— Je te laisserai me raccompagner en voiture, répondit-elle. Mais j'en ai eu pour moins de dix minutes, tu sais. La maison de mes parents n'est pas si loin.

Il sourit.

— Tu survis toujours, avec eux ?

— Tout se passe bien. Je suppose que ma petite maison de Seattle se sent un peu seule, mais elle s'en remettra. Et puis, Belle apprécie d'être câlinée par tout le monde. Depuis qu'elle a tenu tête à Burt, ils commencent même à devenir amis.

Elle hésita un instant.

— OK, peut-être pas « amis », mais ils ont clairement signé une trêve. J'espère que ça l'aidera à avoir un peu plus confiance en elle, à l'avenir.

— Belle aura toujours une place spéciale dans mon cœur.

Oui, songea Reggie, parce qu'elle avait protégé Harrison.

Le serveur s'approcha pour noter leur commande. Toby annonça qu'il prendrait un verre de vin pendant le repas et préféra donc un apéritif sans alcool. Reggie ne sut quoi commander. Allait-elle oser un cocktail ?

— Prends ce que tu veux, dit-il. Une boisson de fille…

Elle rit et choisit un cosmo.

— Alors, dit-elle, quand ils furent de nouveau seuls, comment s'est passée ta journée ?

— Il a fallu que je calme des touristes grincheux. Quand je suis descendu de mon bureau pour le déjeuner, j'ai trouvé Shaye aux prises avec un jeune couple arrivé hier matin, qui criait parce que la neige annoncée n'était pas encore tombée. Ils prétendaient que la ville aurait dû faire la fête après les quelques flocons qu'on a eus.

— Il n'a pas neigé assez longtemps pour ça. D'ailleurs, pourquoi s'en sont-ils pris à Shaye ? Elle travaille dans une boutique de tourtes !

— Je sais. C'est ce que j'ai dit, répondit-il avec un sourire. Ça les a encore plus exaspérés et ils sont partis en jurant de ne plus jamais remettre les pieds à Wishing Tree.

— La neige viendra quand elle voudra.

Dena attendait sans doute l'événement avec impatience, dans l'espoir que Micah l'embrasserait de nouveau... Elle semblait craindre que son beau musicien ne soit encore amoureux de sa femme, mais Reggie espérait que ses sentiments pour sa sœur étaient solides.

— Qu'est-ce qui te fait sourire ? demanda Toby d'un air amusé. S'il s'agit d'un autre homme, je pense qu'on devrait en parler.

Elle éclata de rire.

— De fait, je suppose qu'on *peut* dire qu'il s'agit d'un autre homme. Micah Ruiz.

Il fronça les sourcils.

— Le chanteur ? Pourquoi pensais-tu à lui ?

— Il est en ville. Tu ne le savais pas ? Il loge au B&B et il flirte avec ma sœur. J'espère pour eux que ce n'est pas qu'une aventure passagère.

— Dena et le rockeur... J'aime bien ça.

— Moi aussi, admit Reggie. Je suis très contente que Dena attende un bébé. Ce sera une très bonne chose pour nous tous, mais je regrette seulement qu'elle ait si facilement fait une croix sur l'amour. C'est une personne merveilleuse, elle mérite d'avoir quelqu'un dans sa vie.

— Tu es une digne sœur.

— J'essaye.

Elle leva les yeux sur lui.

— Bon, assez parlé de ma sœur. Dis-moi un peu ce que tu vas offrir à Harrison pour Noël.

Ils bavardèrent tranquillement pendant tout leur apéritif, puis commandèrent leurs plats. Leur conversation coulait sans peine. Toby était toujours aussi intéressant et ils avaient le même sens de l'humour. Il la fit rire en lui décrivant ses essais de tourtes ratés. Soudain, elle sentit une présence dans son dos. Elle se retourna et son sourire mourut sur ses lèvres. Jake Crane se tenait près de leur table.

— Salut, Reggie.

Toby éprouva d'abord de l'agacement, puis très vite une envie irrépressible de donner à Jake un coup de poing dans le nez. Les deux hommes avaient été rivaux au lycée, ce qui n'avait pas beaucoup d'importance ; mais ils avaient aussi tous les deux aimé la même femme, et ce détail prit d'un seul coup des proportions démesurées.

Il jeta un coup d'œil à Reggie, pour essayer de deviner ses pensées. À en croire ses yeux écarquillés, elle semblait parfaitement ignorer que Jake était de retour en ville… et, a fortiori, qu'il choisirait de dîner dans le même restaurant qu'eux.

— Jake, dit-elle d'une voix où perçait la surprise. Bonsoir.

Jake lui sourit.

— Je passais dans la rue quand je t'ai aperçue et j'ai pensé entrer te dire bonjour. Ça fait longtemps.

— En effet.

— Je suis revenu passer les fêtes avec ma mère. Cette période de l'année est toujours pénible pour elle, mon père lui manque encore beaucoup.

Il se tourna enfin vers Toby.

— Newkirk.

— Crane.

Reggie les regarda tour à tour.

— Vous savez que vous avez des prénoms, tous les deux, n'est-ce pas ?

Toby ne quitta pas Jake des yeux.

— C'est un truc de mecs.

Jake, lui, se concentra de nouveau sur Reggie.

— Je vous laisse à votre repas. Je voulais juste... C'est sympa de te revoir.

Sympa de la revoir ? Que voulait-il dire ? Toby ne voyait qu'une explication possible, et elle ne lui plaisait pas du tout. Jake avait demandé Reggie en mariage puis l'avait quittée, le tout en moins de quarante-huit heures. Les hommes capables de ça n'étaient pas censés se présenter, tout sourire, comme si rien ne s'était passé. Ils étaient censés se cacher au fond d'une grotte, quelque part, et ne plus jamais se montrer. Ou, du moins, se tenir à distance de leur ex sans venir troubler leur dîner.

Jake les salua d'un signe de tête avant de tourner les talons. Reggie le suivit des yeux jusqu'à la porte avant de reporter son attention sur Toby.

— C'est bizarre, dit-elle. Personne ne m'a prévenue de son retour. Il va falloir que j'aie une petite conversation avec Paisley pour voir si elle a simplement raté cette information ou si elle a eu trop peur pour m'en parler.

Son ton était plus étonné que troublé. S'il avait dû deviner ses émotions, Toby aurait dit qu'elle avait été saisie de voir Jake, mais pas dévastée. D'un autre côté, elle avait accepté de l'épouser et avait pensé passer le reste de sa vie avec lui, donc son retour devait forcément l'émouvoir, d'une manière ou d'une autre.

— Tout va bien ? demanda-t-il, toujours agacé, mais bien décidé à n'en rien laisser voir.

Reggie sourit.

— Oui, très bien. Je suis même prête à changer de sujet le plus vite possible.

— Ça doit te faire quelque chose de le revoir, après une année d'absence.

Son expression devint songeuse.

— J'imagine, oui… C'était étrange et très inattendu.

— Tu allais l'épouser.

— En effet, puis nous avons rompu.

Elle le contempla un moment avant de reprendre :

— Qu'est-ce que tu essayes de dire, Toby ? Je suis navrée qu'il ait interrompu notre soirée mais, cela mis à part, en quoi le retour de Jake te touche-t-il ? Certes, je passe un bon moment, seulement tu m'as clairement fait comprendre que tu ne voulais pas avoir la moindre relation avec moi. Donc, ce que je pense ou non de mon ex-fiancé ne devrait pas te troubler.

Elle avait tout à fait raison. Il n'aurait pas dû s'en soucier. Hélas, ses émotions ne se laissaient pas si facilement dompter et ça ne lui plaisait pas du tout.

— Un point pour toi. Changeons de sujet.

Ils se regardèrent quelques instants sans rien dire. Toby fit un effort pour se détendre.

— Je pense que les Seahawks ont une bonne chance d'atteindre les éliminatoires, cette année, finit-il par lancer.

Reggie gloussa.

— Quand on ne sait plus de quoi parler, on se rabat sur le sport ?

— C'est toujours une bonne option de repli.

— Tu es un vrai mec…

— En effet.

Le reste du dîner se passa plutôt bien. La conversation reprit son cours sans accrocs et Toby parvint presque à oublier l'apparition inattendue de Jake. Après avoir payé l'addition, il accompagna Reggie jusqu'à sa voiture et la reconduisit chez elle. Il s'arrêta devant la maison, contourna le véhicule pour ouvrir sa portière et l'escorta sous le porche.

— Merci pour ce repas, dit-elle, tremblant un peu dans le froid de la nuit. J'ai passé une très bonne soirée.

— Moi aussi.

Ils échangèrent un petit regard hésitant. Quand Toby se pencha vers elle, il ne s'attendait qu'à un petit baiser de circonstance ; mais, dès que leurs lèvres se rencontrèrent, tout changea.

Le désir explosa en lui, envoyant des flammes dans tout son corps. Il attira Reggie dans ses bras. Il avait besoin de la sentir contre lui. Elle l'enlaça aussi, comme si elle éprouvait la même urgence, le même feu. Leur baiser se fit plus affamé, plus intense, et leurs langues se rencontrèrent.

Le passé et le présent se brouillèrent. Au lycée, embrasser Reggie avait toujours été l'instant le plus heureux de ses journées. Il voulait la toucher et être touché, il voulait explorer son corps et la laisser le caresser jusqu'à ce que leur désir leur fasse perdre la tête.

La tension qui montait en lui devint bientôt incontrôlable, plus puissante que tout ce qu'il avait pu ressentir dans sa vie. Il lui fallut toute sa volonté pour ne pas déboutonner le manteau de Reggie ou passer les mains sous ses vêtements – ici, devant la maison de ses parents.

Sentant la situation lui échapper dangereusement, il s'écarta. Il avait le souffle court et, dans son pantalon, son sexe dressé devenait presque douloureux. Elle paraissait aussi choquée que lui. Ses joues avaient rosi et de grands yeux surpris le dévisageaient. Elle prit une profonde inspiration.

— Donc, murmura-t-elle, il faut croire que l'alchimie est toujours là.

— Oui, apparemment.

— C'est assez inattendu.

— Ne m'en parle pas.

Elle sourit.

— OK... Euh... Merci encore pour cette bonne soirée.

Il acquiesça et la regarda disparaître dans la maison. Quand la porte se fut refermée sur elle, il inspira l'air froid à pleins poumons et prit quelques instants pour laisser son corps se détendre. Hélas, cinq minutes plus tard, le désir était toujours aussi présent. Il soupira, retourna à sa voiture et démarra. La nuit allait être très longue pour lui…

Dena avait toujours su que son don pour l'organisation était l'une de ses plus grandes qualités. Il lui permettait de contrôler sa vie et de traverser chaque journée sans surprise. Elle était toujours préparée à n'importe quelle éventualité et cela lui convenait très bien. Dès qu'elle rencontrait un problème, elle y réfléchissait jusqu'à trouver une issue satisfaisante. C'était d'ailleurs pour ça qu'elle se trouvait à présent devant la porte de Micah, prête à lui dire qu'elle avait une solution pour eux.

Non pas que leur baiser ait été un *problème* – pas exactement. C'était plutôt… une préoccupation. Une complication. Et elle allait s'en occuper sans attendre, parce que c'était ce qu'elle faisait le mieux. La plupart du temps, en tout cas.

Bien décidée, elle frappa fermement à la porte, recula d'un pas et attendit. Micah ouvrit quelques secondes plus tard et sourit en la voyant.

— Dena ? Salut !

Son sourire et sa silhouette si sensuels furent un peu plus difficiles à affronter qu'elle ne l'aurait cru. En un instant, elle se crispa jusqu'au bout des orteils et sentit un sourire lui monter aux lèvres en réponse.

Il s'écarta pour lui permettre d'entrer, puis prit son manteau pour l'accrocher près de la porte.

— Je pensais justement à toi, dit-il. Tu viens de rentrer de l'école ?

— Oui.

Il lui prit la main et la guida jusqu'au canapé. Ses doigts étaient chauds et, quand il s'assit près d'elle, elle ne put s'empêcher d'admirer une fois de plus sa beauté. Elle n'avait qu'une envie : se blottir contre lui, sentir son bras autour de ses épaules et…

Argh ! Elle recula vivement contre l'accoudoir. Non ! Elle avait une mission à remplir. Elle avait un plan.

— Il faut qu'on parle de ce baiser, dit-elle.

Le sourire revint, plus sexy encore que la première fois – chose qu'elle n'aurait pas crue possible.

— Oui, j'aimerais bien en parler aussi.

Il serra de nouveau les doigts de Dena dans sa main et caressa son poignet du pouce. Des fourmis remontèrent en un éclair le long du bras de Dena et se nichèrent entre ses cuisses.

Céder aurait sans doute été l'option la plus facile, songea-t-elle, prise de vertige. Il était inutile de résister. Cet homme était…

Le plan, se rappela-t-elle avec fermeté. Elle devait s'en tenir à son plan.

— On ne peut pas, dit-elle autant pour elle que pour lui en retirant sa main. S'embrasser. On ne peut pas s'embrasser de nouveau.

Le sourire de Micah s'évanouit.

— Pourquoi pas ?

— Tu n'es pas prêt pour ça. Je vois bien que tu te remets toujours de ton accident et, plus important encore, que tu n'as pas tourné la page après la perte d'Adriana. Elle était ton âme sœur, et ça change tout. Tu dois laisser le deuil suivre son cours. Je pense que c'est parce que ce travail n'est pas terminé que tu n'arrives plus à écrire.

Tu dois recommencer à composer, Micah. Je sais que ça te manque et je veux juste t'aider.

Il fronça un instant les sourcils.

— Tu sembles avoir des idées très arrêtées à mon sujet.

— Je sais, mais j'ai raison, n'est-ce pas ? Ce n'est pas le moment d'entamer une nouvelle relation pour toi.

— Pourtant, je me sens plutôt bien.

Elle ignora sa remarque.

— Nous sommes amis. Restons-en là. Nous nous entendons bien et nous apprécions de passer du temps ensemble. Tout le monde a besoin d'amis dans sa vie, surtout à cette époque de l'année. C'est ce que je désire.

Il ne la quittait pas des yeux.

— Tu désires être mon amie ?

— Oui. C'est une option beaucoup plus raisonnable.

Il se leva d'un coup, l'entraînant avec lui.

— Tu sais quoi ? Je crois que tu devrais partir, parce que je viens d'avoir une idée de chanson et j'aimerais l'écrire tant que je l'ai en tête.

Elle sentit une bulle de joie éclater en elle.

— Vraiment ?

— Oui, et c'est toi qui me l'as inspirée.

Elle joignit les mains, dans un effort pour contenir son excitation.

— Je n'arrive pas à y croire ! Je t'ai inspiré une chanson ?

Il lui tendit son manteau.

— Oui. Je crois que je vais l'appeler *La Femme la plus folle du monde*.

D'un seul coup, la bulle éclata douloureusement dans sa poitrine.

— Tu te moques de moi.

— En effet, et tu le mérites.

Il la prit par les épaules, se pencha et effleura ses lèvres.

— Ce n'est pas à toi de décider quand je suis prêt à embrasser quelqu'un, Dena. J'espère que c'est bien clair.

Elle n'eut pas le temps de comprendre ce qui venait de se passer avant de se retrouver dans le froid, la porte de la suite claquée sous ses yeux. Elle resta debout sur le seuil, éberluée. La seule chose dont elle était certaine, à présent, c'était qu'elle allait avoir besoin d'un nouveau plan.

— Tu me déçois beaucoup, tu sais, déclara en riant Reggie, assise au volant de sa voiture sur le parking du centre communautaire.

Elle fit passer son téléphone à l'autre oreille.

— Je sais, répondit la voix de Paisley. J'ai honte de ne pas avoir su plus tôt que Jake revenait en ville.

Elle paraissait amusée par la réaction de son amie.

— En général, aucun potin ne m'échappe. Mon réseau m'a trahie sur ce coup et je te promets de tirer les choses au clair dès que possible.

Elle s'interrompit un instant avant de demander, plus gravement :

— Blague à part, est-ce que tu vas bien ?

Reggie réfléchit quelques secondes.

— J'avoue que le revoir comme ça, sans prévenir, était plutôt étrange. Et le fait que je me sois trouvée au restaurant avec Toby quand il s'est montré a rendu les choses encore plus compliquées à gérer. Mais je ne regrette rien, si c'est ce qui t'inquiète. J'ai tourné la page.

Et, même si ça n'avait pas été le cas, la passion qui l'avait animée pendant le court baiser qui avait clos la soirée aurait fini de chasser Jake de son esprit.

— Je suppose qu'il a dit la vérité, qu'il est vraiment revenu pour sa mère, murmura Paisley. Leur famille a toujours été très unie et avec la mort de son père… Néanmoins, Noël est encore loin. Rien ne l'obligeait à rentrer si tôt. Je me demande s'il se passe quelque chose à l'hôtel. Je vais me renseigner.

— Ne le fais pas pour moi. Je n'ai pas besoin de savoir ce que fait Jake.

— C'est pour moi que je le fais. Je préfère m'assurer que mon travail n'est pas en danger, tu comprends. Alors, comment s'est passé ton rendez-vous ?

Reggie sourit.

— Ce n'était pas un rendez-vous. On est allés au restaurant, c'est tout.

— Est-ce qu'il t'a embrassée ?

Son sourire s'élargit au souvenir de leur baiser si vertigineux.

— Peut-être.

Paisley éclata de rire.

— Dans ce cas, *c'était* un rendez-vous et je compte sur toi pour me raconter tous les détails ; mais pas maintenant, je n'ai pas le temps. J'ai une réunion dans deux minutes. À plus !

— Bye.

Reggie glissa son téléphone dans son sac et sortit de la voiture pour rejoindre le centre. Elle avait beau essayer de se convaincre que sa soirée avec Toby n'avait pas eu d'importance, Paisley avait raison : ce baiser avait changé la donne.

Elle souriait encore dans le couloir, en récupérant le diable qui lui servait à apporter les fournitures de tricot dans la salle. La pile de cartons contenant les projets terminés grandissait de plus en plus. Elle aurait sans doute une pleine voiture de bonnets et d'écharpes à livrer, dans deux semaines.

Elle entra dans la salle et y trouva quelques parents

venus en avance pour l'aider à mettre le matériel en place, ce qui n'était pas inhabituel. La surprise fut de voir Micah, sa housse de guitare à la main, l'air un peu perdu. Dès qu'il la repéra, il s'approcha.

— Je suis venu offrir un peu de distraction aux travailleurs, dit-il avec un sourire resplendissant qui faillit la faire trébucher.

Comment Dena faisait-elle pour ne pas se jeter sur lui à chaque fois qu'elle le voyait ?

— Salut ! répondit-elle avant de jeter un coup d'œil à l'instrument qu'il tenait. Tu comptes vraiment jouer pour nous ?

Il leva la housse.

— Elle n'est pas vide, comme tu le vois.

— Tu sais, je plaisantais à moitié quand je t'ai proposé de venir. Je veux dire… tu es célèbre.

— Il paraît, oui. Je suis célèbre, et pourtant je suis là.

Il fronça les sourcils.

— Ça ne ferait pas un refrain très entraînant.

Reggie éclata de rire.

— Non, mais je comprends ce que tu veux dire. Si tu tiens vraiment à jouer, je suis sûre que tout le monde sera ravi, mais je préfère te donner une dernière chance de t'enfuir tant que tu le peux.

— On ne m'effraye pas aussi facilement.

— C'est bon à savoir.

Elle lui montra la salle d'un geste.

— On s'assied autour des tables pour travailler. Installe-toi où tu veux.

Il acquiesça et tira une chaise dans un coin de la pièce. Les parents, qui s'étaient tenus à distance jusque-là, s'approchèrent de Reggie.

— Est-ce que… ? Je veux dire, c'est impossible, bien sûr, mais il ressemble beaucoup à…

Brittany, la mère de Chelsea, s'interrompit, les joues en feu.

— Est-ce Micah Ruiz ? reprit-elle dans un souffle.

— Oui. C'est un ami de ma sœur et il a proposé de nous donner un coup de main pour le projet. Je lui ai dit en plaisantant que nous aurions davantage besoin de ses talents pour nous distraire que d'aide pour tricoter, et il est venu.

Brittany, une jolie trentenaire mère de trois enfants, le dévorait des yeux.

— Il est tellement sexy ! Je n'arrive pas à y croire.

Les deux pères qui se tenaient à proximité grimacèrent, mais Reggie ne fit pas attention à eux. *Sexy* était un mot parfait pour décrire Micah…

Elle présenta à celui-ci les parents présents, puis finit d'installer les fournitures. Elle venait d'ouvrir le dernier cabas quand une voix familière l'interrompit.

— Tu aurais dû m'attendre, dit Toby dans son dos. Je t'aurais aidée.

En un éclair, le charme étincelant de Micah s'évanouit. Elle se retourna et se retrouva face au sourire de Toby. Elle le lui rendit presque sans s'en apercevoir. Le monde entier parut se ternir, s'effaçant pour les laisser seuls au monde, eux et ce qui s'était passé entre eux la veille.

— Ça ne m'a pas pris longtemps, répondit-elle.

Elle eut du mal à résister à l'envie de se jeter dans ses bras pour sentir de nouveau ses lèvres se poser sur les siennes. Elle ne pouvait pas se permettre de faire une chose pareille – en tout cas, pas pendant leur session tricot.

Comme pour lui confirmer qu'elle avait raison, une douzaine d'enfants arrivèrent au même instant dans la salle. Elle les salua tous par leurs prénoms et les aida à s'installer. Quand elle put se permettre un nouveau coup d'œil en direction de Toby, il était assis à côté de son fils et discutait avec les garçons de la table tout en tricotant.

Micah eut beaucoup de succès. Il joua et chanta, acceptant quelques demandes spécifiques, et grâce à lui le temps parut passer plus vite. Reggie n'était clairement pas la seule à avoir du mal à accepter le fait que Micah Ruiz soit là pour leur donner un concert privé. Quand la session prit fin, quelques parents s'approchèrent de lui pour lui poser des questions et prendre des photos. Reggie les surveilla du coin de l'œil. Devait-elle intervenir ? Quand le regard de Micah croisa le sien, il lui sourit et secoua la tête.

— Ne t'en fais pas, lui glissa-t-il. Je gère.

— Tu dois avoir l'habitude.

— Un peu…

Toby récupéra dans le placard le carton contenant les bonnets terminés et y rangea les dernières pièces avec Reggie.

— Je tiens le compte, dit-elle, bercée par sa présence si envoûtante.

Elle appréciait ce frisson sensuel qui la saisissait quand il s'approchait d'elle. Bien sûr, elle aurait préféré pouvoir l'embrasser, mais il y avait encore trop de monde pour ça. Elle saurait se contenter de ce qu'elle avait.

Lorsqu'elle eut terminé son inventaire, elle vit que Micah s'était débarrassé de ses fans. Il s'approcha et se présenta à Toby.

— Il paraît que tu loges au B&B, lui dit celui-ci. Dena fait un travail formidable pour rendre l'endroit accueillant. Mon fils et moi y avons passé quelques jours, quand nous sommes venus nous installer à Wishing Tree.

— Tu es nouveau en ville ? demanda Micah en rangeant soigneusement sa guitare dans la housse.

Toby sourit.

— Oui et non. J'ai grandi ici, mais je suis parti quand j'avais dix-huit ans. Harrison et moi ne sommes revenus que l'an dernier.

— Attirés comme par un aimant ?

— Quelque chose comme ça.

Micah gloussa.

— Je comprends. Cet endroit a un charme étrange, presque magique.

Puis, se tournant vers Reggie, il reprit :

— Merci de m'avoir permis de venir.

— Tu plaisantes ? Merci à toi de nous avoir offert un concert privé ! C'était formidable.

— De rien.

Il leur adressa un dernier salut de la main et s'en alla. Reggie le suivit des yeux. Si seulement elle avait pu trouver un moyen délicat de le sonder au sujet de Dena… Elle commençait à se faire une bonne idée des sentiments de sa sœur pour lui, mais elle n'arrivait pas à savoir s'il les partageait ou non. Il paraissait si normal. S'il ne lui avait pas parlé de sa femme et de l'accident, elle n'aurait jamais pu deviner qu'il était encore en deuil. Était-il réellement remis ? Était-il prêt à entamer une nouvelle relation ? Ou bien, comme le pensait Dena, était-il convaincu d'avoir déjà connu le grand amour et de ne plus avoir envie de qui que ce soit d'autre ?

— La réponse ne risque pas de sortir d'un chapeau, murmura-t-elle.

Toby lui adressa un petit regard surpris mais, avant qu'il ait pu lui poser la moindre question, Harrison s'approcha en portant un sac de laine.

— On n'a pas rangé ça, dit-il. Je vais le remettre dans le bon cabas.

— Merci, mon grand, répondit Reggie avant de faire

le tour de la salle pour s'assurer qu'ils n'avaient rien oublié d'autre.

Toby commença à rassembler les chaises le long du mur. Quand Harrison fut hors de portée, il se tourna vers elle. Son regard paraissait brûlant.

— Alors... À propos d'hier soir...

Elle sourit.

— Oui, hier soir. C'était très...

Un cri strident venu du fond du couloir les fit sursauter. Reggie n'eut pas le temps de comprendre ce qui se passait et vit Toby sortir en courant. Les cris continuèrent, de plus en plus paniqués. Reggie suivit Toby et comprit bien vite que les hurlements provenaient du placard.

— Il s'est enfermé dedans, dit-elle, consciente que Toby le savait déjà.

Il tira sur la poignée, la secoua plusieurs fois, et parvint enfin à ouvrir. Harrison bondit du placard pour se jeter dans les bras de son père. Il était très pâle et des larmes inondaient ses joues. Alors même qu'elle se trouvait au milieu du couloir, Reggie pouvait deviner qu'il tremblait comme une feuille.

Toby le serrait très fort contre lui.

— Je te tiens. Tout va bien, Harrison. Je suis là, juste là. Respire, fils. Respire. Je suis là...

Reggie hésita, ne sachant pas quoi faire. Toby finit par lever les yeux sur elle.

— Tu veux bien attraper nos manteaux ?

Elle acquiesça et repartit en courant jusqu'à la salle. Elle revint quelques secondes plus tard, les bras chargés de vestes, de gants et d'écharpes. Harrison pleurait toujours, mais la panique semblait calmée. Il lâcha son père à contrecœur, le temps d'enfiler son manteau. Toby l'aida à passer ses gants avant de se couvrir aussi et, soulevant son fils dans ses bras, il le porta jusqu'au parking.

Reggie attendit quelques minutes dans le couloir, sous le choc. Que venait-il de se passer ? La réaction brutale de Harrison était-elle normale pour un enfant de huit ans qui se retrouvait enfermé dans un placard ? La terreur qu'elle avait lue sur son visage la glaçait et l'inquiétait profondément.

20

Dena était assise dans la salle d'attente de son médecin, plus excitée que nerveuse à l'idée d'être examinée. Les rendez-vous médicaux faisaient partie de son quotidien, à présent, et plus le bébé grandirait, plus ils seraient fréquents. Elle se sentait bien, dormait bien, mangeait avec appétit et marchait beaucoup. Bref, tout se passait comme on le lui avait prédit.

Une femme plus âgée passa la porte du cabinet, donna son nom à la secrétaire et vint s'asseoir près de Dena. Elle lui sourit.

— Il n'y a pas trop de monde, aujourd'hui, dit-elle d'une voix polie. Le matin, c'est bien pire...

— Vraiment ? Merci pour l'information.

Jusqu'au début de sa grossesse, Dena n'avait vu son gynécologue qu'une fois par an, pour les examens de routine ; mais il fallait admettre que le cabinet était très actif, rassemblant trois médecins et deux infirmières.

— En général, je ne vois que des femmes en fin de grossesse, reprit l'autre avec un rire. Le simple fait de les voir essayer de se relever quand on les appelle me fait tressaillir. Je suis tellement contente que cette époque soit derrière moi... Mes enfants sont tous grands et ils ont déjà des bébés.

Elle baissa les yeux sur les poignets de Dena.

— Je vois que vous n'en êtes qu'au début. Combien de semaines ?

— Quoi ? Comment avez-vous... ?

Elle remarqua les bracelets que lui avait offerts Micah et sourit.

— Oh ! je vois, reprit-elle. J'en suis à onze semaines. Je commence enfin à me sentir mieux, mais depuis que j'ai commencé à les porter j'ai peur de les enlever.

— Dans deux ou trois semaines, vous n'en aurez plus besoin.

La femme jeta un coup d'œil vers la porte.

— Votre mari est sans doute en train de se garer...

Dena réprima une grimace. Il allait falloir qu'elle s'habitue au fait que tout le monde la croie mariée. Elle prit une profonde inspiration et fit de son mieux pour garder le sourire.

— Je n'ai pas de conjoint. J'ai fait une insémination artificielle. Je vais avoir ce bébé toute seule.

— Oh ! c'est très... moderne, répondit la femme d'un air presque navré pour elle. J'imagine que vous vous trouvez très courageuse, mais ne craignez-vous pas de regretter un jour de ne pas avoir d'homme dans votre vie ?

— Pourquoi dites-vous ça ? Avoir un bébé ne veut pas dire que je renonce à l'idée de trouver l'amour.

D'un autre côté, n'avait-elle pas pris la décision de tomber enceinte seule justement parce qu'elle était convaincue que personne ne voudrait fonder une famille avec elle ? Elle n'avait pas *renoncé* à l'amour, mais elle était simplement lasse d'attendre l'arrivée du prince charmant. Elle voulait des enfants et, puisqu'elle pouvait en avoir de cette manière, il aurait été stupide de ne pas le faire.

— Des mères célibataires se marient tous les jours, ajouta-t-elle.

— Oui, bien sûr, mais elles sont en général déjà

divorcées. Votre décision laisse supposer que vous n'avez pas besoin d'un homme, et croyez-moi quand je vous dis qu'ils n'aiment pas se sentir superflus. Vous devriez accepter le fait que vous n'aurez jamais personne…

Au même instant, une porte s'ouvrit et l'une des infirmières apparut.

— Bonjour, Dena ! lança-t-elle. Nous sommes prêts pour vous.

Prenant son sac et son manteau, Dena la suivit dans la salle d'examen. Elle tenta de se convaincre que les paroles détestables de cette inconnue n'avaient pas la moindre importance. Elle était épanouie, elle était aimée et soutenue. Et cette femme ne la connaissait même pas ! Elle n'abandonnait *pas* l'idée de trouver un homme. Elle prenait simplement les devants. Elle était forte, déterminée, et ceux qui s'offusquaient n'étaient que des imbéciles qui ne méritaient pas son attention.

Oui, tout cela sonnait très bien. Hélas, elle se sentit soudain très triste et inquiète pour son avenir…

Reggie regarda l'aspirateur « très intelligent » finir de nettoyer la cuisine, tout en prenant note du léger grincement qu'il avait commencé à émettre depuis un petit moment. Elle avait envoyé un texto à Gizmo pour le prévenir, mais il n'avait pas eu de réponse à lui apporter et n'avait pas paru très intéressé par la vidéo qu'elle lui avait transmise. Son projet de décorations de Noël robotisées semblait occuper tout son temps.

— Je ne peux pas en faire plus, se rappela-t-elle tandis que l'aspirateur regagnait sa base pour se recharger.

Il grinça une ou deux fois encore, puis se tut.

Chose plus curieuse encore : cela faisait une heure que Belle était allongée sur le canapé, ignorant superbement son ancien ennemi mécanique. Son acte de bravoure face à Burt avait eu des répercussions très positives sur son comportement.

— Qui sait ce dont tu seras capable dans quelques semaines ? lui dit Reggie.

La chienne s'étira et ferma les yeux, comme pour lui faire comprendre qu'elle n'était pas encore prête pour ce genre de conversation. Reggie sourit, puis entreprit de vider le lave-vaisselle. Ses parents étaient tous les deux au travail – sa mère remplaçait le gérant du garage, qui était malade.

Elle rangea la vaisselle, avec l'impression qu'on avait vidé tous les placards de la cuisine. Ils avaient fait des pancakes pour le petit déjeuner et, pour des raisons obscures qu'elle n'arrivait pas à expliquer, le processus impliquait de salir presque tous les bols à disposition. Elle hésita un instant, le vieux batteur manuel à la main. Où se rangeait-il ? C'était sans doute le dernier appareil de ce genre encore en service dans tout le pays, mais sa mère insistait pour l'utiliser au moment d'ajouter les œufs à la pâte. Des œufs battus rendaient les pancakes plus légers, prétendait-elle.

Une fois le lave-vaisselle vide, elle se campa au milieu de la pièce, en attendant de décider ce qu'elle allait faire ensuite. Un nouveau prototype arriverait le lendemain. La robe de demoiselle d'honneur de Belle était terminée et elle avait transplanté tous les cactus. Il lui fallait encore ajouter des rubans pour décorer les pots, mais elle n'avait pas vraiment envie de s'y mettre pour l'instant. Sans doute aurait-elle dû travailler au diaporama pour la fête. Avait-elle réellement envie de passer des heures assise devant son ordinateur ? Elle se sentait agitée, troublée, et elle savait exactement pourquoi : elle ne cessait de repenser à la réaction de Harrison.

Elle ne parvenait pas à oublier l'incident du centre communautaire et la panique du garçon. Elle aurait voulu poser des questions à Toby, mais elle avait peur que cela ne paraisse déplacé. Elle était d'autant plus inquiète qu'elle n'avait reçu aucune nouvelle depuis son départ du centre. Elle lui avait envoyé un texto quelques heures plus tard pour lui demander si son fils allait mieux et sa réponse brève – *Il va bien* – n'avait pas paru très amicale. Il ne la tenait certainement pas pour responsable de l'incident, pourtant. Pourquoi se montrait-il soudain si sec ?

La sonnette la tira soudain de ses pensées ; les deux chiens bondirent. Burt courut dans l'entrée en aboyant et Belle se contenta de s'étirer en le suivant tranquillement. Reggie croisa les doigts pour que ce soit Toby, enfin décidé à venir lui expliquer ce qui se passait. Hélas, quand elle ouvrit la porte, elle découvrit un autre homme sur le seuil.

— Jake !

Sous le choc, elle le dévisagea quelques secondes sans rien dire.

— Quelle surprise, finit-elle par murmurer.

— Une bonne ou une mauvaise ?

— Une bonne.

Elle l'invita à entrer, puis s'écarta pour que les chiens puissent lui faire la fête. Belle avait toujours aimé Jake – pas autant que Harrison, mais elle ne l'aurait sans doute pas laissé passer sans recevoir sa caresse rituelle.

— J'espère que je ne tombe pas à un mauvais moment, dit Jake, sans quitter Reggie des yeux. Je pensais essayer de rattraper un peu le temps perdu.

C'était étrange, mais pourquoi pas ? Reggie acquiesça et le débarrassa de son manteau.

— Je viens de terminer un rapport pour mon travail, donc je peux me permettre une pause, dit-elle en le conduisant dans le salon. Veux-tu un café ?

— Non merci.

Ils s'assirent chacun à un bout du grand canapé d'angle, l'un en face de l'autre. Accueillir Jake dans la maison de ses parents était certes inattendu, mais pas aussi pénible que ce que Reggie aurait cru. Il avait l'air en forme, songea-t-elle. Il était mince et musclé, avec des cheveux bouclés bruns et des yeux noisette qui semblaient toujours changer de couleur en fonction de ses vêtements. Aujourd'hui, ils paraissaient vert vif, assortis à son pull-over.

— Comment va ta mère ? demanda-t-elle au bout d'un instant.

Il se contenta d'un haussement d'épaules.

— Elle a des bons jours et des mauvais. C'est son premier Noël sans papa. Ça va être difficile pour elle.

— Et pour toi, compléta Reggie. Ton père et toi étiez plutôt proches.

— Oui.

Il pinça les lèvres.

— J'ai encore du mal à croire qu'il n'est plus là. Ça a été tellement soudain.

La jeune femme acquiesça. Qu'était-elle censée dire ? Le père de Jake était parti au travail, un matin, et il avait été victime d'une crise cardiaque, assis à son bureau. Sa mort si brutale avait secoué toute la ville. Reggie se souvenait encore du coup de téléphone de sa mère, qui avait tenu à la prévenir. Elle avait envoyé un message de condoléances à la mère de Jake et avait fait une donation à l'organisme mis en avant lors des obsèques ; mais elle n'avait pas osé contacter son ex. À l'époque, leur séparation ne datait que de cinq mois et l'appeler aurait paru étrange.

— Je n'étais pas certaine de ce que je devais faire, après l'incident, admit-elle. Je pensais à toi et…

Elle laissa sa phrase en suspens. Jake la regardait toujours sans ciller.

— Je comprends, dit-il. Après ce qui s'est passé entre nous, j'imagine que tu n'aurais pas su quoi me dire. Je sais que tu as écrit à maman et ça l'a touchée.

— Je l'ai toujours appréciée.

— C'est mutuel. Elle a été déçue d'apprendre que nous nous séparions.

— Elle croit que nous nous sommes *séparés* ? s'écria Reggie avant d'avoir pu s'en empêcher. Que notre rupture était d'un commun accord ?

Il ne baissa pas les yeux.

— Non. Elle sait que ce n'est pas comme ça que les choses se sont passées. Elle sait que je...

Il parut chercher ses mots.

— Que tu m'as demandée en mariage un vendredi, que tu as assisté à une fête en notre honneur le samedi et que tu m'as plaquée le dimanche ? suggéra amèrement Reggie.

Un demi-sourire illumina le visage de Jake.

— C'est une manière très directe de le dire.

— C'est ce qui s'est passé.

— Je sais. Je suis vraiment désolé pour toute cette histoire. C'est pour ça que je suis ici, pour t'expliquer ce qui est vraiment arrivé.

Elle voulut protester, mais il la fit taire d'un geste.

— J'imagine que tu n'as pas forcément envie d'entendre mes justifications ; et si tu insistes je m'en irai. Mais je pensais aussi que tu pourrais avoir besoin de faire ton deuil une bonne fois pour toutes. En général, connaître la vérité aide à tourner la page.

Waouh... Elle n'avait pas vu cela venir... Elle envisagea un instant de lui dire qu'elle n'avait que faire de ses excuses, mais une part d'elle *voulait* savoir, en effet. Tout s'était déroulé si vite. Ils ne s'étaient même pas disputés. Au contraire, ils avaient été aussi heureux qu'au premier jour, et tout à coup – pouf ! C'était fini.

— J'aimerais que tu me dises pourquoi tu es parti, avoua-t-elle. « Faire son deuil » est sans doute une expression un peu forte, mais ce serait bien de savoir, de remplir les blancs.

Elle pensa ajouter qu'elle avait déjà tourné la page sur lui et leur histoire, mais elle renonça. Elle le savait et ce que Jake pouvait penser ou non lui importait beaucoup moins aujourd'hui.

— Merci, répondit-il en relevant les yeux sur elle. Je tenais à te parler. J'aurais même dû le faire plus tôt.

Il sourit – ce qui la surprit un peu.

— Pour commencer, je crois qu'il est essentiel de dire que j'ai été un idiot.

Elle haussa un sourcil.

— Je ne peux pas vraiment prétendre le contraire. Continue.

— J'étais amoureux de toi. Je tiens à ce que ce soit bien clair. Quand je t'ai demandé ta main, je pensais chaque mot que j'ai prononcé. Mais, avant toi, il y a eu une autre femme…

— Je n'ai jamais pensé avoir été la première, tu sais.

— Il y a des années, j'ai rencontré une femme nommée Iona, et je suis tombé fou amoureux d'elle. C'était comme dans les livres : un coup de foudre, l'amour au premier regard. Appelle ça comme tu voudras. Je l'ai vue et j'ai su qu'elle était mon âme sœur, que je voulais passer le reste de ma vie avec elle.

Hum… Ce n'était pas exactement ce que Reggie avait espéré entendre. Elle fit de son mieux pour écouter sans le juger. Après tout, ce qui s'était passé entre cette Iona et lui ne la concernait pas.

— Je ne lui ai pas tout de suite dit ce que je ressentais, poursuivit-il. Elle était une sorte de drogue, pour moi. J'étais accro.

Reggie résista à l'envie de lui demander d'en venir directement au moment où il avait agi en « idiot » : elle était convaincue que cette partie de l'histoire l'intéresserait beaucoup plus.

— J'étais sur le point de la demander en mariage quand elle m'a plaqué. Elle ne m'aimait plus et elle voulait aller de l'avant. J'ai été dévasté, démoli. Ça a été la pire rupture de mon existence. Je n'arrivais même pas à y croire. Devoir vivre sans elle, ce fut comme passer d'un monde rempli de couleurs à un monde en noir et blanc.

Il baissa les yeux, d'un air un peu pitoyable.

— En tout cas, c'était ce que je pensais, à l'époque.

— C'est un peu théâtral…

— Oui, mais c'est ce que j'ai ressenti. Il m'a fallu une éternité pour tourner la page. Je commençais même à me demander si je pourrais un jour aimer une autre femme quand on s'est tombés dessus.

— Littéralement.

— C'est vrai… Tu m'as souri et j'ai ressenti une chose que je pensais ne plus jamais connaître. J'ai compris que j'avais laissé Iona derrière moi et que j'étais prêt à ouvrir mon cœur de nouveau.

Ces paroles aidèrent Reggie à se sentir un peu mieux. Au moins, elle savait à présent que les sentiments de Jake à son égard avaient été sincères.

— Une chose en a entraîné une autre, nous sommes tombés amoureux, et j'ai même pensé passer le reste de ma vie avec toi. Mais, le dimanche qui a suivi nos fiançailles, Iona a fait sa réapparition.

Reggie faillit bondir du canapé.

— Ici ? En ville ?

— Sur le pas de ma porte. Elle m'a dit qu'elle avait commis une erreur terrible et qu'elle m'aimait encore. Elle m'a supplié de lui accorder une seconde chance.

— Et tu as accepté.

— Non.

De nouveau, il la regardait droit dans les yeux.

— Je lui ai dit que tout était terminé entre nous et elle est partie. Mais, dans les heures qui ont suivi, j'ai été incapable de détacher mes pensées d'elle et j'ai perdu tous mes repères. Comme je ne savais pas quoi faire, je t'ai quittée et je suis parti pour remettre de l'ordre dans mes idées. C'était une réaction d'ado et je m'en excuse. Je m'excuse aussi de ne pas t'avoir dit ce qui se passait. Avec le recul, je suis convaincu que nous aurions trouvé une solution. Nous aurions au moins dû parler.

Comment réagir à ce flot de nouvelles informations ? Reggie se sentait perdue, troublée. Que cette Iona ait précisément choisi *ce* jour-là pour annoncer à Jake qu'elle avait encore des sentiments pour lui n'aidait pas. Et si ça s'était passé un mois plus tard ? Ou huit semaines plus tôt ? Cela aurait-il changé les choses ?

Jake aurait-il réellement dû lui en parler au lieu de la quitter ? Avait-il raison de penser qu'ils auraient trouvé un moyen de sauver leur couple ?

— Je ne sais pas quoi te dire. Pourquoi n'es-tu pas venu me voir plus tôt, dès que tu as eu assez de recul pour y voir plus clair ?

— Iona m'a suivi. Je ne sais pas comment elle a fait, mais elle m'a retrouvé. Elle m'a supplié encore une fois et j'ai accepté de sortir avec elle.

Reggie le dévisagea froidement.

— Si je comprends bien, elle t'a supplié, tu as couché avec elle et *ensuite* tu as décidé de lui accorder une nouvelle chance.

— Oui. C'est quasiment comme ça que ça s'est passé.

— En fait, c'est parce que vous avez couché ensemble que tu as décidé de ne pas revenir vers moi. Tu ne voulais pas avoir l'impression de m'avoir trompée et tu t'es dit que ça ne te coûterait rien d'essayer de reconstruire quelque chose avec Iona.

Il grimaça.

— Tu me connais trop bien... Tu as un don pour aller au fond des choses.

— Oui, un don, répondit-elle avec une légèreté qu'elle était loin de ressentir.

Elle n'avait aucune envie de ressusciter le passé, mais entendre tout cela n'était pas aussi facile qu'elle l'aurait pensé.

— Je suppose que votre liaison n'a pas duré longtemps.

— Non. Au bout de quatre mois, j'ai su que je commettais une erreur.

Il prit une profonde inspiration avant de conclure :

— Voilà mon histoire. Je sais que je n'ai aucune excuse et je suis désolé de t'avoir fait du mal. J'ai mal agi. Je le regrette, crois-moi.

Il hésita un instant, comme s'il avait voulu ajouter autre chose, puis, à la grande surprise de Reggie, il se leva.

— Je ne te retiendrai pas plus longtemps. Merci de m'avoir écouté jusqu'au bout.

Elle le raccompagna à la porte et le regarda enfiler son manteau.

— J'ai la sensation de devoir dire quelque chose, murmura-t-elle. Une remarque profonde ou cinglante, ou même amusante...

Il lâcha un petit rire.

— Tu as mon numéro. Envoie-moi un texto quand tu te seras décidée. Je pense rester jusqu'après Noël.

Il se pencha pour déposer un petit baiser sur sa joue.

— Je suis vraiment navré, Reggie. Plus que tu ne le crois.

Il ouvrit la porte et sortit sur le perron. Après son départ, Reggie resta quelques instants dans l'entrée, l'esprit en feu. Qu'était-elle censée faire de tout ce qu'il venait de lui dire ? Elle avait reçu bien trop d'informations d'un coup et n'avait pas eu le temps de toutes les analyser. Il fallait qu'elle prenne un moment pour y réfléchir.

Emmener Belle se promener lui sembla la solution la plus sensée, mais elle préféra attendre une dizaine de minutes. Elle n'avait aucune envie de rattraper Jake sur le trottoir.

Elle retourna donc dans le salon, pensant regarder la télé le temps d'être assurée que la voie serait libre. Elle avait besoin d'une distraction et…

Son téléphone se mit soudain à vibrer. Elle le tira de sa poche et vit que Toby venait de lui envoyer un texto.

Une bouffée de culpabilité lui monta à la gorge. Absurde, bien sûr. Ce n'était pas non plus comme s'ils sortaient ensemble. Certes, ils avaient partagé un agréable dîner et ils s'étaient embrassés, mais il avait été très clair : il ne voulait pas de relation sérieuse. Et puis, Jake et elle n'avaient fait que parler. Pourquoi donc se sentait-elle si mal à l'aise ?

Rassérénée, elle lut le message.

Harrison voudrait te parler de quelque chose. Peux-tu passer à la maison vers 19 heures ?

Le seul sujet qui lui vint à l'esprit était la panique que Harrison avait ressentie quand il s'était retrouvé enfermé dans le placard du centre communautaire. Avait-il peur qu'elle ne répète aux gens ce qui s'était passé ? Qu'elle parle de ses cris et de ses pleurs ? Elle n'avait aucune intention de trahir son secret… Et mieux valait sans doute qu'elle le rassure sur ce point.

Elle renvoya donc immédiatement un message.

J'y serai.

La réponse ne se fit pas attendre :

Merci. À tout à l'heure.

Toby aurait voulu dire à son fils qu'il commettait une erreur. Il devait le protéger et il n'aimait pas le voir se mettre dans une situation aussi périlleuse. Mais Harrison avait insisté et son père n'avait pas réussi à le faire changer d'avis.

« Tout va bien, papa, avait-il dit. Je veux que Reggie sache ce qui s'est passé. »

La question la plus évidente était « pourquoi » ; hélas, Toby avait déjà essayé, sans succès. Son fils faisait confiance à Reggie. Inutile de discuter.

Ils patientèrent donc ensemble, assis dans le salon. Toby ne pouvait s'empêcher d'espérer recevoir un coup de téléphone de Reggie, lui annonçant qu'elle ne pouvait finalement pas venir. Mais, à l'heure dite, la sonnette de l'entrée retentit.

— Ne t'inquiète pas, lui glissa son fils, d'un air bien trop mûr pour un enfant de huit ans. Elle n'est pas comme Lori.

Espérons que c'est vrai, songea Toby.

Ils allèrent lui ouvrir et l'invitèrent à entrer. En temps normal, le sourire de Reggie suffisait à faire battre son cœur plus vite ; mais pas ce soir. Il ne ressentait qu'un malaise grandissant. Il aurait dû avoir foi en elle, bien sûr. Mais, il était un père avant tout…

Ils échangèrent quelques mots pendant que Reggie se débarrassait de son manteau et de son écharpe, avant de passer dans le salon. Toby remarqua qu'elle cachait bien sa curiosité, se contentant d'un sourire quand Harrison l'invita à s'asseoir. Toujours inquiet, il s'assit en face d'elle pour surveiller ses réactions et intervenir si nécessaire. Harrison, lui, resta debout.

— Je voulais t'expliquer ce qui s'est passé dans le placard, au centre, commença-t-il.

— Tu sais, tu n'es pas obligé de m'en parler si ça te gêne, répondit Reggie avec douceur. Je ne t'en voudrai pas.

Le garçon acquiesça gravement.

— Je sais, mais je tiens à te le dire.

Il jeta un rapide coup d'œil à son père avant de la regarder de nouveau.

— Quand j'avais six ans, papa a eu une copine. Lori. Papa et elle allaient se marier.

Reggie haussa un sourcil, mais resta silencieuse.

— Lori disait à papa qu'elle m'aimait beaucoup, et quand on était tous ensemble elle était très gentille. Mais quand j'étais seul avec elle elle changeait.

Tous les sens de Toby étaient en alerte : la crispation imperceptible des épaules de Reggie et son pincement de lèvres ne lui échappèrent pas.

— Parfois, elle était méchante, continua Harrison, comme s'il exposait de simples faits. Elle avait beaucoup de règles et si je ne les suivais pas elle me punissait.

— Est-ce qu'elle te frappait ? demanda Reggie à mi-voix.

— Non, elle m'enfermait dans le placard, sous l'escalier. Il n'y avait pas de lumière. Elle verrouillait la porte et elle ne me laissait pas sortir avant un très long moment.

Reggie tressaillit et une larme perla au coin de son œil. Elle la fit disparaître d'un clignement de paupières.

— J'aurais eu très peur, à ta place, chuchota-t-elle. Est-ce que tu avais peur ?

Harrison acquiesça, puis s'assit au bord du canapé.

— Je ne savais pas quoi faire. Lori prétendait que si je le disais à papa la police viendrait m'emporter. Je ne comprenais pas vraiment, mais je savais qu'il fallait que je me taise.

Reggie se tourna vers Toby d'un air interrogateur.

— J'ignorais tout ça. Harrison semblait de moins en moins attaché à Lori, mais en dehors de ça rien ne me laissait supposer qu'il y avait un problème. Quand j'essayais de lui poser des questions, il répondait que tout allait bien.

— Papa est parti pour quelques jours, poursuivit Harrison. Il m'a laissé avec Lori.

Un frisson furtif traversa Reggie.

— Tu as dû être terrifié.

Toby vit son fils acquiescer de nouveau.

— J'ai essayé d'être sage. J'ai essayé de respecter toutes les règles, mais j'ai fini par faire une bêtise et elle m'a enfermé dans le placard. Sauf que, cette fois, ça a duré encore plus longtemps et elle refusait de me laisser sortir.

Il baissa les yeux.

— Je me suis mis à crier et crier, mais elle disait que plus je ferais de bruit, plus je resterais longtemps puni.

De nouveau, les larmes emplirent les yeux de Reggie et quelques-unes roulèrent sur ses joues.

— Je suis vraiment désolée, Harrison, murmura-t-elle avant de pincer les lèvres, le menton tremblant. Est-ce que je peux te faire un câlin ?

Il hocha la tête et se jeta dans ses bras. Elle le serra très fort et l'embrassa sur les cheveux. En un instant, Toby sentit sa nervosité s'envoler.

— Je suis revenu plus tôt que prévu, dit-il, reprenant

le récit de son fils. Je n'avais pas prévenu Lori parce que je voulais lui faire une surprise. Dès que j'ai passé la porte, j'ai entendu les cris de Harrison. Je n'arrivais pas à en croire mes oreilles.

L'horreur de cet instant était toujours imprimée en lui, aussi vive et atroce. Il ne lui avait fallu que quelques instants pour comprendre ce qu'était le bruit et d'où il venait. Il avait libéré son fils et l'avait serré très fort, conscient qu'il était responsable de ce que Lori lui avait fait subir. *Il* avait fait entrer cette femme dans leurs vies. *Il* lui avait confié Harrison.

Aujourd'hui encore, il pouvait sentir le petit corps secoué de sanglots de son enfant contre lui, et cette impression de ne plus trouver d'oxygène autour de lui. Il se souvenait aussi de l'agacement de Lori.

« Je ne vois pas le problème ! Ma mère faisait toujours ça pour me punir. Ce n'est pas comme si je l'avais frappé ! »

Harrison se redressa lentement et sourit à Reggie.

— Je vais mieux, maintenant. Papa a trouvé un docteur pour moi, le Dr Nina. Je lui ai parlé et elle m'a aidé à comprendre que ce n'était pas ma faute et que je n'ai rien fait de mal. La seule chose dont j'ai encore peur, c'est de rester dans le noir.

— Je te comprends, répondit Reggie. Tu es très courageux et je suis contente que tu aies eu le Dr Nina pour t'aider. J'ai déjà parlé à la gérante du centre communautaire au sujet de cette porte qui coince. Je te promets que tu n'auras plus à craindre ce genre d'incidents, là-bas, Harrison.

— Merci, Reggie. Je savais que tu comprendrais.

Il se tourna vers son père et ajouta :

— Je vais monter dans ma chambre, maintenant.

— OK. Je te rejoins dans quelques minutes, mon grand.

Toby regarda son fils quitter le salon, avant de reporter son attention sur Reggie.

— Il tenait à te raconter toute l'histoire.

— Ça me rend malade, admit-elle. Toby, comment as-tu pu surmonter ça ? Tu as dû vouloir lui faire du mal…

— Oui. Après avoir ramené mon fils chez nous et l'avoir rassuré, j'ai eu envie de retourner chez Lori pour le venger.

Elle grimaça.

— Je sais déjà que tu ne l'as pas fait, même si elle l'aurait bien mérité. Qu'as-tu décidé, à la place ?

— J'ai appelé un avocat. J'étais prêt à porter plainte contre elle, mais Harrison n'a pas voulu. Du coup, j'ai choisi de l'emmener chez un psychologue pédiatrique à la place.

— Le Dr Nina ?

Il acquiesça.

— Elle est incroyable. Quand on a commencé à aller la voir, Harrison n'arrivait plus à dormir sans lumière et il faisait des cauchemars toutes les nuits. Au bout de quelques séances, déjà, les choses se sont améliorées. Maintenant, il ne rêve presque plus de ce qui s'est passé. Mais l'incident du placard, au centre, a réveillé toutes ses anciennes terreurs.

Reggie pressa une main contre son cœur.

— Je n'ose même pas imaginer ce que ça a dû être pour lui. Oh ! Toby, je suis désolée… Tu as dû te sentir si mal. Pauvre Harrison ! À quoi pensait donc cette femme ?

— Tu veux dire, à quoi ai-je pensé ?

— Comment aurais-tu pu te douter de quoi que ce soit ? Personne ne peut soupçonner un autre être humain d'être capable d'une telle monstruosité.

— Je n'ai rien vu. Je ne savais rien.

Elle le dévisagea un instant, comme si elle avait l'impression qu'il perdait la tête.

— Évidemment que tu ne savais rien ! Tu n'aurais jamais laissé ton fils courir le moindre danger. Aucun parent rationnel ne le ferait. Il est ton fils et je sais que tu mourrais pour lui. Rien de tout cela n'est ta faute. Cette femme est malade, dangereusement malade, et je pense que tu aurais dû porter plainte contre elle.

— Moi aussi, mais Harrison ne voulait pas revivre cet enfer encore et encore.

— Je comprends. Malheureusement, ça me laisse pleine d'une colère que je ne peux pas faire sortir…

Elle lui adressa un sourire un peu timide.

— Désolée, reprit-elle. Ce n'est pas ton problème. Je suis sûre que tu ressens la même chose que moi, à la puissance dix.

— Ça a été une période très éprouvante.

— Je la hais.

Il sourit à son tour.

— Je reconnais bien là ma Reggie.

— Je le pense vraiment.

— Je sais.

Elle avait une moue à la fois farouche, déterminée et frustrée. Aucune de ces émotions ne le surprit. Il aurait dû savoir qu'elle réagirait de la sorte. Son angoisse avait été absurde. Une perte de temps.

— C'est à cause de cette Lori que tu fuis les relations, n'est-ce pas ? demanda-t-elle à mi-voix. Tu es tombé amoureux d'elle et tu t'es rendu compte qu'elle était un monstre. Tu ne fais plus confiance à ton jugement.

— Je ne l'aimais pas, admit-il. Je pensais simplement que Harrison avait besoin d'une mère et j'ai pensé qu'elle saurait remplir ce rôle.

Il avait apprécié la compagnie de Lori et avait eu de

l'affection pour elle, mais ses sentiments n'avaient jamais dépassé la simple tendresse.

— C'est une raison stupide de vouloir se marier, répliqua Reggie. Harrison me semble très épanoui, à présent. Tu n'as pas besoin de créer une famille de substitution pour lui : il a déjà tout ce qu'il lui faut. Et je ne parle pas seulement de Judy et toi, mais de la ville tout entière. Cette communauté a un don pour accueillir n'importe qui à bras ouverts.

Elle s'interrompit un instant, puis se reprit :

— D'accord, tu n'habitais pas encore à Wishing Tree, à l'époque, mais je suis sûre que tu avais de bons amis et qu'ils formaient une sorte de famille aux yeux de ton fils.

Toby serra les dents. Le Dr Nina lui avait dit la même chose.

— Tu as raison, et je l'ai compris, maintenant.

— Mais tu n'arrives toujours pas à faire confiance.

Elle leva une main ferme, comme pour l'empêcher de protester.

— Je comprends. Vraiment. À ta place, j'aurais sans doute du mal à faire confiance aux gens, moi aussi. Est-ce que Dena est au courant ?

— Oui. Je lui ai parlé au début de l'année scolaire, afin qu'elle soit prévenue si un problème se produisait avec Harrison.

— Elle ne m'a rien dit, et je peux te promettre que je garderai le secret, moi aussi.

Elle prit une profonde inspiration.

— J'ai tellement envie de le prendre dans mes bras et de ne plus le lâcher ! Ou d'aller retrouver cette Lori pour lui coller une bonne paire de gifles.

Elle se fendit d'un petit sourire d'excuse.

— Désolée, je ne peux pas promettre plus. Je ne suis pas douée pour la violence.

Soudain, son visage s'illumina.

— Par contre, si Belle continue à s'affirmer comme elle l'a fait ces derniers temps, j'arriverai peut-être à la dresser pour qu'elle grogne sur demande. Ça pourrait être intimidant.

Au fond du cœur de Toby, une part de sa culpabilité et de sa rage s'envola, s'évaporant sous la chaleur naturelle de Reggie. Elle avait peut-être ses défauts, mais le manque de loyauté ou de compassion ne figurait pas sur la liste. Autrefois, déjà, elle avait tenu bon quand ses parents et ses amis avaient remis en question son choix de sortir avec un garçon comme lui. Elle avait accepté de suivre les règles imposées par ses parents, mais elle avait refusé de le quitter en raison des rumeurs qui couraient sur lui ou son histoire familiale.

— Tu es une véritable amie, dit-il.

— Et tu es un bon père. Je sais que tu doutes de toi à cause de ce qui s'est passé, mais tu n'es pas responsable des horreurs des autres. C'est à eux de s'en vouloir, pas à toi.

— Encore aujourd'hui, il m'arrive d'avoir des insomnies, de passer des heures à me demander si j'ai raté un signe, quelque chose qui aurait dû me mettre la puce à l'oreille.

— À moins que cette femme ait eu un poster dans son salon disant : « Attention, j'enferme les petits enfants dans des placards », je ne vois pas ce qui aurait pu éveiller tes soupçons. Harrison s'est remis. Il est courageux et fort. Aie confiance en lui et en toi-même.

Sans prendre le temps de réfléchir, Toby se leva en entraînant Reggie avec lui pour l'enlacer. Elle s'agrippa à ses épaules, le visage enfoui dans son cou.

Ils restèrent un long moment immobiles. Toby s'enivra du parfum de Reggie, sentant sa colère fondre sous la flamme de plus en plus tenace du désir. La Reggie adulte était-elle très différente de l'adolescente qu'il avait connue ? Qu'y aurait-il de changé entre eux, s'ils s'embrassaient maintenant, et que retrouverait-il des caresses d'autrefois ?

Bien sûr, il n'avait aucune intention de vérifier. Il était ravi qu'elle sache enfin ce qui s'était passé entre Harrison et Lori, qu'elle puisse mieux comprendre son fils, mais cela ne modifiait rien pour lui. Il ne pouvait pas se permettre d'avoir une vie de couple – pas tant que Harrison ne serait pas capable de se protéger seul.

Il recula donc, mettant fin à leur câlin.

— Merci de nous avoir écoutés. Je suis désolé que tous ces aveux te soient tombés dessus sans prévenir.

— Ne t'excuse pas. Je suis honorée que Harrison ait décidé de me confier une chose aussi importante.

Elle soutint un instant son regard.

— Tu as le droit de te pardonner, Toby. Il ne faut pas oublier, mais tu dois accepter le fait que tu as appris de tes erreurs et que tu feras mieux, la prochaine fois.

— Tu vois toujours le meilleur chez tout le monde ? demanda-t-il avec un sourire.

— Non. Je vois le meilleur chez les gens bien, les gens comme toi.

Elle se rapprocha et posa doucement la main sur son bras avant de se hisser sur la pointe des pieds pour effleurer ses lèvres.

— Bonne nuit, Toby.

— Bonne nuit.

Il l'aida à enfiler son manteau, puis attendit sur le seuil de sa maison jusqu'à ce que la voiture ait disparu au bout de la rue. Après le départ de Reggie, il monta rejoindre son fils. Quoi qu'il puisse espérer de sa relation avec elle, il allait devoir apprendre à vivre sans. Il l'appréciait, il avait confiance en elle, mais Harrison devait rester sa priorité. Quelle que soit la force de son désir pour elle, il devait à tout prix garder ses distances.

21

Cela faisait longtemps que Micah n'avait pas ressenti un tel bien-être. Plus d'un an à coup sûr. Perdre Adriana et le bébé avait failli l'anéantir, mais il reprenait lentement goût à la vie. D'une certaine manière, il se sentait même plus fort qu'avant l'accident. À croire que les pires douleurs finissaient aussi par s'estomper. Ses cicatrices n'étaient pas des choses honteuses à cacher, mais des traces de son histoire. Elles le façonnaient, le transformaient.

Il avait enfin fini d'écrire sa nouvelle chanson. Les propos de Dena, affirmant qu'il était encore amoureux de sa femme et qu'un nouveau baiser entre eux n'était pas envisageable, avaient d'une certaine manière réveillé sa fibre créatrice. Il avait travaillé toute la nuit jusqu'à obtenir enfin un résultat satisfaisant.

Puis la neige est venue était un très bon morceau. Ce serait sans doute un grand succès, une sorte de renaissance pour lui. Plus important encore, cette chanson lui prouvait qu'il était encore capable de composer. À peine posée la note finale, il avait été envahi par les idées nouvelles, et il venait de passer plusieurs jours à griffonner aussi vite qu'il le pouvait.

Sauf aujourd'hui, songea-t-il en sifflotant sur le chemin de l'école. Aujourd'hui, il devait de nouveau assurer ses deux heures de cours avec les élèves de Dena – un moment qu'il avait attendu avec impatience toute la semaine.

Il cala le carton qu'il portait (estampillé Le Festin de Noël) contre sa hanche pour ouvrir la porte de la salle. Un tonnerre d'exclamations provenant de tous les pupitres l'accueillit.

Dena, debout devant son bureau, secoua la tête d'un air faussement désespéré.

— Je crois que j'ai perdu le contrôle, dit-elle.

Les enfants rirent en chœur. Elle leur adressa un petit sourire avant de dévisager Micah.

— Je vois que tu nous as apporté des cadeaux…

Sa voix était légère, mais quelque chose d'étrange luisait au fond de ses yeux. Cela se voyait dans la crispation de ses lèvres. Il y avait une sorte de tristesse en elle.

Micah sentit son estomac se nouer. *Non !* songea-t-il, pris de panique. Avait-elle perdu le bébé ? Était-elle malade ?

Conscient qu'une vingtaine de regards étaient fixés sur eux, il posa les boîtes du goûter et lança à la cantonade :

— Accordez-nous un instant.

Puis, sans attendre les réactions, il entraîna Dena dans le couloir.

— Que s'est-il passé ?

— Micah, je ne vois pas ce que…

— Il est arrivé quelque chose, coupa-t-il. Je le sens.

Il baissa les yeux sur son ventre.

— Est-ce que le bébé va bien ?

— Nous allons bien, tous les deux, répondit-elle avec un nouveau sourire hésitant qui ne le convainquit pas.

Il ne la croyait pas, mais ce n'était ni le moment ni l'endroit pour ce genre de conversation. Il allait devoir attendre la fin du cours pour lui parler.

— OK, dit-il, en rouvrant la porte de la salle. J'ai une petite surprise pour les enfants.

Ils entrèrent dans la classe et virent que tout le monde les dévisageait avec un mélange de curiosité et d'inquiétude.

— Une surprise ? demanda-t-elle d'une voix forte, réveillant l'excitation de ses élèves.

— Oui.

Il avait d'ailleurs eu hâte de la leur montrer – jusqu'à cet instant. D'un seul coup, un doute inattendu l'envahit. Peut-être était-il allé trop loin, cette fois. Peut-être aurait-il dû…

Il n'eut pas le temps de changer d'avis. Au même moment, le concierge de l'école apparut en poussant un diable chargé de boîtes.

Dena lut les inscriptions imprimées sur les côtés d'un air incrédule.

— Tu as acheté des guitares pour les enfants ?

Tous les élèves se mirent à parler en même temps. Deux ou trois bondirent même de leurs sièges, trop agités pour rester en place.

— Oui, dit-il en faisant de son mieux pour ne pas paraître sur la défensive. J'ai pensé que ce serait amusant. Je me suis dit que je pourrais leur apprendre quelques accords et les laisser les emporter chez eux.

Dena cligna des paupières plusieurs fois.

— Tu as *acheté* une guitare pour chacun d'entre eux ?

— Est-ce que les règles de l'école l'interdisent ?

— Non, je ne crois pas…

Les élèves se précipitèrent vers les boîtes pour déballer et admirer leurs instruments.

Micah les accorda rapidement, puis on poussa les pupitres le long des murs pour s'asseoir en cercle. Il avait prévu d'apprendre au groupe à jouer une chanson simple. Son choix s'était porté sur *The First Christmas*, qui ne nécessitait que trois accords.

Après avoir fait une démonstration, il inscrivit les accords sur le tableau.

— Nous nous servirons du *ré,* du *sol* et du *la* septième, expliqua-t-il. Pour commencer, je vais vous apprendre à jouer ces accords, puis nous verrons comment les utiliser dans la chanson.

La cloche sonna l'heure de la récréation et Dena sourit à ses élèves.

— Si vous voulez sortir jouer vous pouvez. Et si vous préférez rester ici pour vous entraîner c'est autorisé aussi.

Quelques élèves échangèrent un rapide coup d'œil, mais personne ne se leva.

Micah joua plusieurs fois les accords puis montra les doigtés à Dena afin qu'elle l'aide à faire le tour de la classe pour corriger les erreurs des enfants, jusqu'à ce que tout le monde réussisse.

— Bon, lança-t-il. On commence par un *ré*.

Une heure plus tard, tous les élèves savaient jouer la chanson. Micah fit un nouveau tour de salle pour donner les derniers conseils à ceux qui en avaient encore besoin. Certains de ces enfants avaient une très bonne oreille et un don pour la musique. L'une des filles, une petite à lunettes, expérimentait déjà différents doigtés. Micah s'arrêta près de sa chaise.

— Tout le monde va recevoir un livre de chansons, lui dit-il.

Un grand sourire illumina son visage.

— J'ai hâte de les apprendre !

— Tu es douée, tu sais.

Dena interrompit le cours le temps de servir le goûter et de distribuer les livres. Micah montra ensuite quelques nouveaux accords à ses élèves, puis répondit à leurs questions jusqu'à l'heure de la sortie. Tous les enfants se précipitèrent dehors, serrant fièrement leur guitare dans leurs bras.

— Je suis désolé, dit-il à Dena quand ils furent seuls. J'ai dépassé mon créneau... J'aurais dû me douter qu'une leçon de musique nous prendrait plus de temps.

— Tu plaisantes ? Ils ont adoré ! Si tu es prêt à recommencer, je serais ravie qu'on fasse la même chose la semaine prochaine. Nous n'avons plus de professeur de musique, à l'école.

— Alors... Tu n'es pas en colère ?

— Pas du tout. Il va falloir que j'explique à la directrice d'où viennent toutes ces guitares, mais ça ne devrait pas la déranger.

Ils remirent les pupitres et les chaises en place. Micah jeta les emballages du goûter, puis revint auprès de Dena.

— Qu'est-ce qui ne va pas ? demanda-t-il. Je t'en prie, laisse-moi t'aider.

Elle se laissa tomber sur son siège et lâcha son sac par terre.

— Ça se voit à ce point ? J'étais dans la salle d'attente de mon médecin et il y avait une femme... Elle a dit...

Elle se secoua brusquement.

— Je ne sais pas pourquoi je laisse une inconnue m'atteindre à ce point !

— A-t-elle été méchante ? demanda Micah en faisant de son mieux pour ne pas laisser sa colère éclater.

— Non, pas vraiment, répondit Dena avant de se mordiller la lèvre. Quand je lui ai expliqué que je n'étais pas mariée et que j'allais avoir ce bébé toute seule, elle a dit... elle a laissé entendre...

Une inspiration tremblante lui échappa.

— Elle a dit qu'aucun homme ne voudrait de moi parce que je prouvais que je n'avais besoin de personne... Et que les hommes aimaient se sentir indispensables.

Elle détourna le regard, comme si elle faisait un effort pour contrôler ses émotions.

— Je ne sais pas, reprit-elle. Maintenant que je le répète, ça n'a pas l'air si important ; mais sur le moment ça m'a découragée.

Elle se retourna vers Micah, le regard brillant.

— Je veux tomber amoureuse et me marier, un jour. Je ne comprends pas pourquoi ça ne m'est pas encore arrivé. Sans doute parce que je vis dans une petite ville : ce n'est pas comme si les célibataires se bousculaient, ici, je le sais bien. Mais si ce n'est pas ça, alors quoi ? Est-ce que j'ai un problème ?

— Non, bien au contraire. Tu es forte, intelligente, courageuse et belle.

Elle se fendit d'un sourire fragile.

— C'est gentil, mais tu ne me connais pas si bien que ça, Micah. J'ai déjà eu des petits copains ; seulement, aucun n'a jamais eu envie de passer sa vie avec moi. Je commence à me demander si ça ne serait pas ma faute. Et si j'étais trop autoritaire, trop exigeante, ou nulle au lit ?

Micah sentit sa gorge se nouer. Il n'aimait pas la voir douter d'elle comme ça. Elle était déterminée, travailleuse. Elle n'hésitait pas à faire le grand saut pour atteindre ses objectifs. Elle n'avait peur de rien, et c'était une très bonne chose.

D'un seul coup, un plan germa dans son esprit et il jeta un rapide coup d'œil à sa montre.

— Tu sais quoi ? Ce soir, je t'emmène dîner quelque part. Sois prête dans une heure. Inutile de te mettre sur ton trente et un.

Elle secoua vigoureusement la tête et protesta :

— Tu n'as pas besoin de faire des efforts ou de m'inviter au restaurant. Vraiment, je vais bien !

— Une heure, répéta-t-il avec fermeté. Et ne crois

pas que tu arriveras à t'esquiver facilement : je sais où tu habites.

Dena éclata de rire. Enfin.

— D'accord. Merci beaucoup. J'accepte, mais à une condition...

Du sexe ? Voulait-elle passer la nuit avec lui ? Parce que si c'était le cas il était partant !

— Je t'écoute.

— Je ne veux pas qu'on reparle de cette histoire. Ça me donne l'impression d'être pitoyable, et je n'aime pas ça.

— Je te promets de ne pas aborder le sujet.

Ils se levèrent ensemble et Micah fit un mouvement pour partir. Arrivé à la porte, il se retourna une dernière fois.

— Elle a tort, tu sais. Cette femme. Elle a tort de croire qu'aucun homme ne voudra de toi parce que tu as fait un bébé toute seule. Au contraire, quand on voit ce dont tu as été capable pour avoir un enfant, on se demande jusqu'où tu pourrais aller pour l'homme que tu aimes. On a l'impression que tu pourrais affronter le monde entier.

Les paroles attentionnées de Micah résonnèrent longtemps aux oreilles de Dena. Elle alla rapidement parler des guitares à la directrice puis, surveillant l'heure, courut jusque chez elle pour se changer. Où comptait-il l'emmener ? Il lui avait donné rendez-vous pour 16 h 30, ce qui lui paraissait étrangement tôt pour le repas du soir... Mais elle n'allait pas se plaindre : le simple fait de passer du temps avec lui la comblait.

Passer du temps ensemble en tant qu'*amis*, se rappela-t-elle. Juste des amis. Rien de plus.

Respectant à la lettre les consignes de Micah, elle enfila un jean assorti d'un joli pull de Noël, puis trompa son impatience en discutant avec Winona de la bonne marche du B&B. Elle venait tout juste de passer son écharpe quand Micah fit son apparition dans le hall.

Il était beau – ce qui n'était pas vraiment une surprise. Sans doute n'avait-il jamais l'air négligé. Était-ce dû à son regard bleu profond ? À son sourire ? Ou bien à ce pas nonchalant, cette manière de se diriger droit vers elle, comme s'il n'y avait personne d'autre dans la pièce ?

— Cet homme ! murmura Winona dans un souffle. Il a vraiment le don de charmer toutes les femmes…

Dena acquiesça.

— Pile à l'heure, lança-t-il en lui adressant un petit clin d'œil. Tu vois ? Tu as beaucoup de qualités.

Il l'entraîna jusqu'à sa voiture et la conduisit à travers la ville en contournant la Couronne. Dena chercha dans ses souvenirs un restaurant qui aurait pu se trouver plus loin, mais elle n'en connaissait aucun.

— Où allons-nous ? demanda-t-elle, plus curieuse qu'inquiète.

Il indiqua un panneau en s'engageant sur Red Cedar Highway.

— Là, dit-il.

Dena lut avec stupeur le nom de l'aéroport privé qui s'étendait à l'est de la ville.

— Il n'y a pas d'endroit où manger, là-bas.

Micah lui adressa un sourire flamboyant qui réveilla toutes ses hormones d'un coup.

— Je sais.

Dans ce cas, pourquoi allaient-ils à… ?

— On prend l'avion ? demanda-t-elle dans un sursaut.

— Oui. À présent, détends-toi et profite du voyage.

En cette saison, si loin au nord, le soleil était déjà couché. Ils poursuivirent leur route dans l'obscurité et, au bout de dix minutes, débouchèrent sur le tarmac brillamment illuminé. Dena découvrit avec stupeur la silhouette fuselée d'un jet qui semblait les attendre. Tandis que Micah se garait, la porte de l'avion s'ouvrit et la passerelle s'abaissa, comme si on les invitait à monter.

— On va voyager là-dedans ? murmura-t-elle, comprenant de moins en moins ce qui se passait.

— En effet. On va à Seattle. Ça ne devrait nous prendre qu'une demi-heure.

— En jet privé ?

— Oui.

— C'est le tien ?

— Non, je l'ai loué pour la soirée.

Ils sortirent de la voiture et traversèrent le tarmac.

— Comment fait-on cela ? demanda encore Dena. On passe un coup de fil et on se fait livrer un avion ?

— J'ai un compte ouvert auprès de la compagnie, donc oui : il suffit d'un coup de téléphone. J'ai eu de la chance qu'ils aient un appareil disponible au pied levé, expliqua-t-il avec un nouveau sourire. En général, je les préviens plus tôt.

Dena essaya de calculer. Il ne l'avait invitée que deux heures auparavant…

L'un des deux pilotes descendit pour les accueillir. Il déclina son nom – Ron Sullivan – et les accompagna à bord. Dena fit de son mieux pour ne pas trahir sa surprise en découvrant la cabine luxueuse meublée de profonds fauteuils en cuir.

Ron leur rappela les gestes de sécurité, expliqua à Dena le fonctionnement des toilettes, puis il déposa sur une tablette un plateau de fromage, un assortiment d'alcools forts, de vin, d'eau plate et pétillante. Micah et elle prirent place dans deux fauteuils qui se faisaient face. Quelques minutes plus tard, l'appareil se mit en branle et remonta la piste pour s'élancer dans le ciel nocturne.

— Ce genre de choses ne m'arrive jamais ! lâcha Dena. Vraiment jamais..

Micah la dévisagea un instant, d'un air soudain anxieux.

— Tu as déjà pris un avion, n'est-ce pas ?

— Oh ! voyons ! Bien sûr que oui.

Deux fois, songea-t-elle, un peu gênée. À chaque fois, elle était allée jusqu'à Seattle en voiture et s'était envolée de là-bas. On n'avait jamais réservé de jet privé pour elle. Elle ne connaissait même personne qui soit monté dans un de ces appareils hors de prix.

— Ça doit être vraiment agréable d'être une célébrité…

Micah se leva pour attraper le plateau de fromage et deux canettes.

— Oui, on peut dire ça. Tu ne peux manger que les fromages à pâte cuite, c'est ça ?

— C'est ça. Mais je suis bien trop excitée pour avaler quoi que ce soit.

— Mange quand même quelque chose. Nous avons un arrêt à faire avant le restaurant, et je ne veux pas que tu aies trop faim.

Elle lui sourit, touchée.

— Tu as un côté protecteur, n'est-ce pas ? C'est… inattendu.

— J'aime prendre soin des gens qui comptent pour moi, dit-il en lui tendant l'assiette.

Dena croisa les doigts pour que son expression ait l'air aussi normale que possible. Elle parvint déjà à ne pas le fixer, bouche bée. Les gens qui comptaient pour lui ? Qui comptaient *vraiment* ? Qu'est-ce que ça voulait dire ? Essayait-il de lui faire comprendre que…

Il est ton ami, se répéta-t-elle une fois de plus. Il l'appréciait en tant qu'amie. Ils s'entendaient bien et passaient de bons moments ensemble, mais ça n'allait pas plus loin. Il ne fallait surtout pas qu'elle l'oublie. De toute manière, il portait encore le deuil d'Adriana. Comment aurait-il pu attendre quoi que ce soit d'elle ? Elle devait à tout prix garder ses fantasmes ridicules pour elle.

Elle grignota quelques lamelles de fromage et but son eau pétillante. Le voyage lui parut durer quelques minutes à peine et, bientôt, elle sentit l'avion entamer sa descente.

Une fois au sol, Micah l'entraîna vers une grosse voiture noire près de laquelle attendait le chauffeur qui devait les conduire dans Seattle.

Dena connaissait un peu la ville. Pendant son enfance, ses parents les y emmenaient une ou deux fois par an, sa sœur et elle. Ils s'installaient dans un hôtel du centre, faisaient du shopping et s'offraient parfois des billets pour une séance en matinée au théâtre. Puis, plus tard, elle avait pris l'habitude de rendre visite à Reggie, à l'université de Washington. Elle-même avait fait ses études à Washington State, près de la frontière orientale de l'État.

Elle savait rejoindre le théâtre de la 5e Avenue, le Nordstrom du centre-ville et le campus. Le reste de la ville ne lui était pas très familier. Elle ne sut donc pas reconnaître les rues que le chauffeur empruntait. Mais cela n'avait pas la moindre importance. Elle était bien décidée à savourer chaque minute passée en compagnie de Micah.

La voiture finit par se garer sur un immense parking, devant un...

Les larmes lui montèrent immédiatement aux yeux et elle se tourna vers Micah, stupéfaite.

— Impossible !

Son compagnon sourit.

— Je refuse de laisser une femme que tu ne connais même pas gâcher l'aventure merveilleuse que tu vis. Nous sommes ici pour t'aider à te concentrer sur ce qui importe vraiment.

— Je n'arrive pas à y croire.

Elle sortit sur le parking et contempla l'immense magasin de puériculture illuminé. Les hautes vitrines étaient décorées pour les fêtes, avec un grand Père Noël souriant entouré de ses huit rennes. Plus loin, une cigogne rouge et blanc apportait un bébé à un couple de parents heureux. Le bâtiment entier respirait la joie et la bonne humeur. Dena eut soudain très hâte d'y entrer.

Elle se tourna vers Micah et saisit sa main avec émotion.

— Tu es un homme vraiment, vraiment adorable ! Je me souviendrai de cette soirée pour toujours.

— Tu m'en vois ravi. Allez, viens ! Allons explorer les rayons.

Ils passèrent la porte du magasin. Dena fut immédiatement étourdie par l'immensité du lieu et le foisonnement de produits dans les allées. Il y avait des rayons consacrés au mobilier, d'autres remplis de vêtements ou encore de jouets – et le coin des couches était garni de boîtes empilées jusqu'au plafond. En face de la porte, de grands bacs débordaient de peluches en habits de Père Noël et de lutins. De grands chariots attendaient dans l'entrée, ainsi que des listes pré-imprimées et des stylos. Un panneau indiquait la présence d'un bureau consacré aux listes de naissance et, dans un coin, une vitrine offrait aux regards une collection de magnifiques boîtes à musique.

C'était *ça*, songea-t-elle, les larmes aux yeux. Cet endroit symbolisait la partie la plus joyeuse de sa décision. C'était une manière de lui rappeler qu'elle allait *réellement* avoir un bébé et que cet enfant formerait sa famille, quoi qu'il arrive.

Micah se campa devant elle et, d'un doigt, lui fit relever la tête pour la regarder dans les yeux.

— Ça va mieux ? demanda-t-il.

— Oui. Je vais avoir un bébé et c'est la meilleure chose qui me soit arrivée. Je ne l'oublierai pas. Je suis heureuse, entourée de gens qui m'aiment, et j'ai pris la bonne décision. C'est encore plus vrai aujourd'hui.

— Tant mieux. Maintenant, allons faire un peu de shopping.

Elle éclata de rire.

— Je ne veux pas acheter quoi que ce soit, c'est trop tôt ! Par contre, je veux bien faire un tour pour trouver des idées. Je pourrai revenir plus tard avec Reggie et ma mère.

Avant ça, elle allait devoir choisir les couleurs de la future chambre et l'ambiance qu'elle voudrait lui donner.

Micah désigna une allée sur la gauche.

— Tu veux commencer par le mobilier ?

— Bonne idée.

Il lui prit la main et l'entraîna dans les rayons. Elle fit de son mieux pour se concentrer sur les espaces d'exposition plus vrais que nature avec leur décoration, leurs photos accrochées au mur et leur literie ravissante ; mais elle avait du mal à détourner son attention du contact délicieux de la main de Micah dans la sienne. Le savoir près d'elle et l'entendre lui donner son avis remplissait son cœur de joie. Sa présence excitait aussi toutes ses parties les plus intimes comme des groupies à un concert, mais elle préféra ignorer ce détail.

Finalement, ils s'arrêtèrent devant une gamme de meubles en bois ornés d'animaux de la forêt.

— Ce serait assez approprié pour Wishing Tree, fit remarquer Micah.

— Oui, c'est joli. J'aime bien l'idée d'une teinte neutre qu'on puisse agrémenter de linge de lit coloré.

Ils traversèrent encore quelques allées, discutant de tout et pointant du doigt ce qu'ils aimaient. Soudain,

Micah se figea devant une collection de mobilier aux lignes classiques peint en gris perle. Son corps se crispa et son sourire s'évanouit.

— Adriana et moi allions acheter cet ensemble. Nous avions tout choisi et nous étions sur le point de passer commande quand... quand ils sont morts.

Dena le dévisagea un instant, épouvantée par l'effort qu'il devait faire pour vagabonder dans ce magasin après ce qu'il avait vécu.

— Partons ! dit-elle, paniquée. Micah, tu n'aurais pas dû m'amener ici. Je suis tellement désolée. Je ne me suis pas rendu compte... Partons immédiatement.

Elle le tira par le bras, mais il ne bougea pas. Au lieu de cela, il fit venir Dena devant lui pour saisir son visage à deux mains, avec douceur.

— Ce n'est pas ce que je voulais dire, murmura-t-il.

— Mais être ici te fait du mal.

— Non. Pas de cette manière-là, en tout cas. Bien sûr, ça réveille des souvenirs qui m'attristent. N'est-ce pas normal ? J'aimerai toujours Adriana. Je regretterai toujours que nous n'ayons pas eu le temps de choisir le prénom de notre fils. Leur perte a été très douloureuse, mais ça ne veut pas dire que je suis incapable d'aller de l'avant. J'avais *envie* de t'amener ici, Dena. Rien n'a changé, de ce côté-là.

— Je ne comprends pas...

— Ne puis-je être à la fois heureux et triste ?

— J'aimerais te répondre « si », bien sûr ; mais je ne suis pas certaine d'y croire.

De nouveau, un sourire illumina le visage de Micah.

— Tu es toujours si honnête.

— C'est plus facile. On a moins de choses à se rappeler quand on dit la vérité.

Il lâcha un petit rire et acquiesça.

— C'est vrai. À présent, viens. Allons dénicher un lit de princesse. Si jamais tu as une fille, je pense que c'est la seule option envisageable…

— Et si elle n'est pas du genre princesse ?

— J'assumerai les conséquences de mes mauvais conseils.

Il jeta un coup d'œil autour de lui et indiqua un autre rayon d'un geste.

— J'en vois un, par là-bas.

Tandis qu'ils approchaient de l'impressionnante collection de mobilier de style princesse, Dena se rendit soudain compte que, si elle avait une fille, celle-ci ne pourrait jamais se plaindre de son lit à Micah puisqu'il serait reparti depuis des années. Il n'était venu à Wishing Tree que pour les vacances. Dans quelques semaines, il rentrerait chez lui et reprendrait le cours de sa vie.

Elle s'était si souvent répété qu'il la voyait uniquement comme une amie pour une multitude de raisons – en particulier le fait qu'il était encore amoureux de sa femme – qu'elle avait fini par oublier cet autre fait, tout aussi important. Il ne restait pas. Il n'en avait jamais eu l'intention. Même si son cœur n'avait pas été occupé par le souvenir d'Adriana, la simple distance les aurait empêchés d'envisager la moindre relation sérieuse.

Il aurait fallu être folle pour tomber amoureuse de lui dans ces conditions… Et, bien qu'elle ait déjà commis des erreurs dans sa vie, Dena n'avait jamais été stupide à ce point. Elle n'allait tout de même pas commencer maintenant, si ?

22

Reggie examina les photos que sa sœur lui avait envoyées par e-mail et les classa par ordre chronologique. Elle voulait créer un diaporama d'une quinzaine de minutes, ce qui allait demander un certain nombre d'images. Elle inséra les nouvelles photos à leur place dans la liste, puis fit ses calculs : si elle optait pour un défilement toutes les cinq secondes, elle aurait besoin d'environ deux cents images, et elle en avait déjà près de cent quarante. Dena avait promis de passer avec quelques albums qu'elle venait de retrouver pour qu'elles les étudient ensemble. Sans doute en tireraient-elles une vingtaine de photos supplémentaires.

Après avoir réarrangé son diaporama, elle le lança et se cala au fond de son siège pour le regarder. Elle en était à peine arrivée aux quelques mois précédant les fiançailles de ses parents quand elle entendit sa sœur l'appeler.

Belle se leva immédiatement et s'approcha de l'escalier qui remontait au rez-de-chaussée. En voyant Dena descendre, elle se mit à agiter la queue de plus en plus vite pour accueillir sa tante préférée.

— Quelle belle fi-fille ! lança-t-elle en calant ses gros albums sous un bras pour mieux caresser la tête de la chienne. Dis-moi, tu aimes être gâtée par tes grands-parents ? Tu sais que tu as beaucoup de chance ?

Belle se rapprocha, avide de câlins, et faillit faire

tomber Dena en s'appuyant contre elle. Se redressant, celle-ci adressa un petit sourire à sa sœur.

— J'oublie toujours à quel point elle est forte.

— Physiquement et mentalement, répondit Reggie avec un sourire malicieux, tout en soulageant Dena de ses albums. Maintenant qu'elle a tenu tête à Burt, je la trouve un peu imbue d'elle-même.

Dena se débarrassa de son manteau et de ses gants, qu'elle abandonna sur le canapé avec son sac à main, puis s'installa à la grande table de travail.

— Comment te sens-tu ? demanda Reggie. Tu as l'air en forme. Je te trouvais un peu pâlotte, ces temps-ci.

— Je me sens très bien. Les nausées se sont calmées : j'en souffre presque exclusivement le matin, maintenant.

Elle leva les deux mains.

— Je porte toujours mes bracelets contre le mal des transports, et ils m'aident beaucoup.

— Tant mieux. Ces dernières semaines ont l'air de t'avoir vraiment épuisée.

— C'est vrai. Je suis contente que ce soit terminé.

Reggie attrapa le premier album.

— Bon, au travail ! Dans l'idéal, j'aimerais qu'on trouve trente jolies photos. On en est déjà à cent quarante et j'aimerais approcher des deux cents pour que le diaporama ne se répète pas trop. J'ai encore quelques albums de famille à feuilleter ici aussi, donc je pense qu'on devrait y arriver.

Elle avait déjà installé et branché son scanner haute définition. Une fois les photos numérisées, elle pouvait les retoucher au besoin, puis les insérer en quelques clics dans la liste.

— Lance ton diaporama, histoire de voir quelles photos nous avons déjà, suggéra Dena, ça nous éviterait les doublons. Les albums et ta sélection sont rangés dans l'ordre chronologique, c'est ça ?

— De mon côté, oui. Et tu connais maman : elle n'aurait jamais classé ses photos autrement.

Dena se pencha sur l'album, tandis que Reggie faisait défiler les images manuellement sur l'écran. Elles dénichèrent très vite quelques portraits datant de l'époque où leurs parents commençaient à sortir ensemble et quelques clichés, pris par surprise le jour de leur mariage, qui les firent éclater de rire.

— Le tailleur de maman était si bouffant, gloussa Dena en examinant les images. Regarde ces manches !

— C'était le style de l'époque.

— Oui, et elle était ravissante. Papa et elle avaient l'air tellement amoureux.

Reggie était bien d'accord. On lisait tous les sentiments de leur mère pour l'homme qu'elle allait épouser dans son sourire rayonnant.

— Je sais qu'on est adultes et que ça ne devrait plus tant compter pour nous, dit-elle, mais je suis contente qu'ils soient toujours aussi heureux ensemble.

— Moi aussi. Tu sais, je crois que des parents qui ne s'entendent plus c'est une épreuve à n'importe quel âge. Bien sûr, quand les enfants sont grands, c'est plus facile à gérer, mais quand même… J'ai toujours peur, quand j'apprends que les parents d'un de mes élèves divorcent. C'est un spectacle atroce pour moi.

Dena replaça les photos qu'elles venaient de scanner, puis tourna la page de l'album.

— La plupart du temps, le père et la mère se soucient avant tout du bien-être de leur enfant, mais ce n'est pas toujours le cas. Il y a quelques années, j'ai dû accompagner un élève qui souffrait beaucoup parce que ses parents cherchaient avant tout à se faire du mal l'un à l'autre.

Reggie la regarda un instant, émue.

— Tu es obligée de garder beaucoup de secrets, n'est-ce pas ?

— Qu'est-ce que tu veux dire ?

— Harrison m'a parlé de sa peur des endroits clos et de ce qui l'avait rendu claustrophobe à ce point…

Dena parut surprise.

— Vraiment ?

Reggie lui raconta l'incident du placard et la soirée qu'elle avait passée chez Toby, à écouter le récit du garçon. Sa sœur se pencha vers elle et lui prit la main.

— Je ne pouvais rien te dire… J'espère que tu comprends.

— Bien sûr. Tu es son institutrice. Ce qui se passe entre tes élèves et toi est confidentiel. Comme je l'ai dit : tu protèges leurs secrets.

Le regard de Dena se fit plus compatissant.

— Je sais à quel point ça a dû être difficile pour toi d'apprendre tout ça. Quand Toby m'en a parlé, je n'avais qu'une envie : retrouver cette Lori et lui faire payer toutes ces horreurs.

— J'essaye encore de trouver un moyen de gérer mes émotions, admit Reggie. Tu sais, Toby et moi avons passé pas mal de temps ensemble, dernièrement.

Sa sœur se fendit d'un grand sourire.

— J'ai remarqué, oui. Et maman aussi, au cas où elle ne te l'aurait pas encore dit. J'avoue que c'est assez… intéressant. Alors, l'étincelle est-elle toujours là ? Toby est un père exceptionnel et il était tout pour toi, autrefois. Est-ce que savoir ce qui est arrivé à Harrison t'ennuie ?

— Non ! Pourquoi ? Je suis fâchée, mais pas contre lui. Au contraire, je trouve qu'il est adorable, courageux et si gentil.

— Donc, tu es tentée par l'idée de devenir belle-mère ?

— Nous n'en sommes pas encore là. Pour être honnête, je n'ai pas encore pensé à tout ça.

Elle s'interrompit un instant, sans savoir comment expliquer d'où venait le problème. La meilleure solution était sans doute de répéter à Dena ce que Toby lui avait dit.

— Il ne veut pas s'engager.

Sa sœur parut interloquée.

— Qui ? Toby ?

— Oui. Il dit qu'il ne veut plus faire courir de risques à son fils. Il n'est pas encore prêt à faire confiance à une autre femme. En fait, il m'a même clairement prévenue que toute relation était impossible pour lui.

À sa grande surprise, Dena balaya cet argument d'un geste.

— Ce n'est pas la vraie raison. Je veux bien croire qu'il a peur de se tromper de nouveau. Personne ne peut traverser une telle épreuve sans séquelles. Ça a été une période très dure pour eux deux, mais ce n'est pas à cause de ça qu'il refuse d'aimer.

Reggie ne put s'empêcher de sourire.

— Et toi, tu sais ce qui le retient ?

— Bien sûr. Pense à son passé. Son père était un alcoolique et le battait. Judy, sa grand-mère, ne l'a pas vraiment aidé, à l'époque. Elle l'a protégé comme elle a pu, mais elle n'a jamais pris la décision de l'emmener avec elle, loin du danger. Je n'ai jamais compris ça… Protéger les enfants, c'est ce que nous sommes tous censés faire. Au lieu de ça, elle a veillé sur son fils jusqu'à sa mort.

Elle secoua la tête et soupira.

— Désolée, j'avoue que ça me bouleverse. Bref, Toby est tombé amoureux de toi, il a tout gâché et t'a perdue. Quelques jours plus tard, il a quitté la ville et a passé des années à vivre au jour le jour jusqu'à ce qu'une pépette se pointe avec Harrison dans les bras.

— Une pépette ? gloussa Reggie. Ai-je bien entendu ?

— Tu vois ce que je veux dire… Bref, personne ne l'a encore aimé inconditionnellement. Personne ne lui a donné l'impression d'être chéri et protégé. Son fils l'aime, bien sûr, mais dans cette relation c'est Toby le protecteur. Jamais encore il n'a pu confier son cœur à quelqu'un sans craindre de souffrir. Tout le monde espère avoir cette chance et, quand ça n'arrive pas, on se replie sur soi-même. Le traumatisme de Harrison lui sert d'excuse. Il se sent responsable de ce que Lori a fait – ce qui est très discutable, si tu veux mon avis – et il se cache derrière cette mauvaise raison. Il se cache parce qu'il a peur de faire confiance.

Reggie ne savait pas vraiment quoi penser de l'analyse de sa sœur, mais elle était frappée par la profondeur de ses arguments.

— Waouh, murmura-t-elle. On dirait que tu as passé beaucoup de temps à y réfléchir.

Dena se redressa d'un air un peu gêné – et étonnamment coupable.

— Eh bien, je… Oui, c'est vrai, admit-elle. Promets-moi de ne répéter ce que je vais te dire à personne. Promets-le !

— Promis, je serai muette comme une tombe.

— Et jure-moi de ne pas penser du mal de moi.

— Dena, parle !

Elle leva lentement les yeux.

— Tu sais, j'enseignais aux CE1, l'année dernière, et j'avais déjà plusieurs élèves de ma classe de cette année, dont Harrison. Quand Toby et lui sont venus s'installer à Wishing Tree, il a été placé avec moi. J'ai eu un long rendez-vous avec Toby pour me faire une idée de son caractère et de son niveau. C'est là que j'ai appris pour Lori. Mais, sur le moment, une part de moi s'est demandé si cette histoire était vraie. Je connaissais le passé de

Toby et ce qu'il avait vécu avec son père, tu comprends. Il arrive parfois qu'en grandissant les enfants battus deviennent violents à leur tour…

Reggie la dévisagea gravement.

— Tu n'étais pas certaine que Lori ait vraiment existé. Tu craignais que Toby lui-même ait enfermé son fils dans ce placard jusqu'à le traumatiser.

— C'était un soupçon rationnel ! se défendit Dena. J'ai donc passé avec Harrison un peu plus de temps qu'avec les autres, j'ai organisé différents rendez-vous avec Toby…

Elle soupira.

— Et j'ai vite découvert qu'il était un père affectueux, attentionné, prêt à tout pour son fils. Peu à peu, Harrison s'est ouvert et il a retrouvé le sourire. À présent, c'est un enfant bien intégré, sûr de lui et sociable.

— C'est vrai, répondit Reggie. Et toi, tu es une institutrice incroyable.

Sa sœur sourit de toutes ses dents.

— Dans mes bons jours, peut-être. Lors de l'une de nos discussions, Toby a admis qu'il se sentait coupable au sujet de Lori. Pas uniquement à propos des abus qu'elle avait fait subir à son fils, mais parce que toute cette histoire avait été superflue dès le départ. Il n'a jamais été amoureux de cette femme ; il l'épousait juste pour donner une mère à Harrison. Crois-moi, ce n'est pas l'acte d'un homme prêt à offrir son cœur… C'est pour ça qu'il t'a affirmé que rien de sérieux ne pourrait exister entre vous.

— Tu es la sagesse même, Obi-Wan.

— Si seulement ! La seule question qui reste, c'est : que ressens-tu, toi ? Es-tu prête à t'impliquer en sachant qu'il n'aura peut-être jamais assez confiance pour t'aimer, ou bien préfères-tu laisser tomber ?

— Ce sont vraiment mes deux seules options ?

Dena sourit.

— C'est à toi de le dire, ma chérie.

— Je sais... Je l'aime beaucoup, mais je ne suis pas amoureuse de lui.

Comment l'aurait-elle pu ? Ils ne passaient pas tant de temps que ça ensemble. Bien sûr, elle le voyait plusieurs fois par semaine pendant les séances de tricot et ils avaient mangé ensemble au restaurant, mais ce n'était pas comme s'ils sortaient ensemble.

— Ne crois-tu pas que le fait qu'il ait pris la peine de te repousser ait son importance ? reprit Dena, penchée vers elle. S'il n'était pas intéressé, il n'aurait pas fait tant d'efforts. Je crois que c'est surtout lui qu'il essayait de mettre en garde.

— Il faut que j'y pense. Tu viens de m'ouvrir une piste de réflexion plutôt inattendue.

Elle reprit l'album abandonné.

— Bon, finissons-en avec ça.

— D'accord.

Elles poursuivirent leur examen des photos de famille. Reggie avait du mal à absorber tout ce que lui avait dit sa sœur et elle allait sans doute passer plusieurs jours à se promener dans le froid avec Belle pour étudier cette nouvelle théorie. Toby avait-il réellement peur d'offrir son cœur à quelqu'un ? Heureusement pour elle, sa chienne était une compagne posée qui lui laissait toujours le temps de méditer en paix.

Elles sélectionnèrent une dizaine de photos supplémentaires, dont certaines montraient leur mère avec un énorme ventre rond.

— C'est adorable, dit Reggie en plaçant l'un des clichés sur la vitre du scanner. Si on continue comme ça, je vais atteindre mon quota rien qu'avec ces deux albums.

— J'espère bien.

D'un seul coup, Dena tressaillit, les yeux fixés sur l'image qu'elle tenait à la main.

— Est-ce que c'était mon berceau ?

Reggie jeta un coup d'œil à la photo.

— Sans doute. C'est toi, dedans.

Elle sourit en regardant la silhouette de château peinte sur le cadre de lit et le rideau léger qui tombait du baldaquin en gros plis.

— On dirait un berceau de princesse... Maman s'est contentée d'un thème « ours en peluche » pour moi. Sans doute parce que j'étais la deuxième et qu'elle n'avait pas envie de rejouer la carte princesse et contes de fées ; ça lui aurait donné trop de travail.

Elle gloussa.

— Imagine s'ils avaient eu un troisième enfant... Il aurait dormi sous une tente, à ce rythme-là !

Elle jeta un rapide coup d'œil à sa sœur, s'attendant à une plaisanterie de sa part, mais Dena contemplait la photo comme si elle ne l'avait encore jamais vue.

— Quoi ? demanda Reggie.

— J'avais oublié mon lit de princesse, souffla-t-elle. Si j'ai une petite fille...

Reggie sentit un frisson la parcourir.

— Tu pleures ? Qu'est-ce qui ne va pas ? Est-ce que tu connais déjà le sexe du bébé ? Je croyais que c'était trop tôt ! Tu as fait une prise de sang, ou quelque chose ? Tu es en bonne santé ?

Dena agita une main devant son visage, comme si elle cherchait à effacer ses larmes.

— Ça va, dit-elle d'une voix étranglée. Ne t'en fais pas, ce n'est pas une question de santé. C'est juste que je ne me souvenais pas de ma chambre de bébé. J'en ai vu des photos, bien sûr, mais quand on était dans la boutique pour regarder le mobilier de puériculture je n'ai pas fait le rapprochement.

Reggie comprenait de moins en moins.

— De quoi parles-tu ? Quand es-tu allée dans un magasin de meubles pour enfants ? Il n'y en a pas, par ici.

Dena se détourna d'un air coupable.

— Oui, je... J'étais à Seattle, il y a deux jours.

— Quoi ? Comment ? À l'heure où tu finis les cours, il est impossible que tu aies pu faire la route et arriver avant la fermeture des magasins. Surtout en étant revenue le lendemain pour l'école. C'est ridicule ! Je t'en supplie, ne me dis pas que tu as pris l'autoroute toute seule, à minuit passé...

— J'ai volé jusque-là.

— Alors, là, je ne te suis plus. Volé ? Dena, tu m'inquiètes.

À sa grande surprise, sa sœur sourit.

— Micah a loué un jet et m'a emmenée à Seattle. Nous sommes allés dans un magasin de puériculture et, ensuite, il m'a invitée au restaurant.

Tout en écoutant Dena lui raconter leur soirée, Reggie se tassa lentement sur sa chaise, éberluée. Si elle n'y prenait pas garde, elle allait finir par tomber dans les pommes – et qui l'en aurait blâmée ?

— Temps mort, coupa-t-elle au bout d'un moment. Micah le rockeur t'a emmenée à Seattle en jet privé juste pour te permettre de regarder des berceaux et des tables à langer ?

— Et aussi pour m'inviter au restaurant. Oui, c'est ça... J'avais eu une mauvaise journée. Il essayait juste de me remonter le moral.

— Pince-moi ! Il est en train de tomber amoureux de toi !

Dena rougit.

— Non, pas du tout. Il est très gentil, mais tout ça ne veut rien dire.

Comme Reggie s'apprêtait à protester, elle posa une main sur son bras.

— Je t'assure. À la boutique, il a surtout parlé de sa femme, qui lui manque beaucoup. Tout ce qu'il fait n'a rien à voir avec moi. C'est uniquement parce que je suis enceinte. D'une certaine manière, ça lui permet de revivre ce qu'il a connu avec elle. Je pense qu'il est juste influencé par ça et par le fait qu'on approche de Noël.

Elle soupira.

— Crois-moi, j'aimerais qu'il y ait autre chose, avoua-t-elle. J'aimerais qu'il y ait des sentiments, une alchimie entre nous, mais ce n'est pas le cas.

Reggie sentait les murs tourner autour d'elle. Cela faisait beaucoup trop de révélations en une seule journée.

— Je ne peux pas croire que ce soit uniquement à cause de sa femme. Je pense qu'il y a de bonnes chances pour que tu l'intéresses.

Dena secoua tristement la tête.

— En tant qu'amie, rien de plus.

— Pourtant, il passe beaucoup de temps avec toi.

— Il est très gentil. Honnêtement, si j'avais la moindre chance avec lui, je foncerais tête baissée. Mais ce n'est pas le cas. Il n'a pas encore fait le deuil d'Adriana et je ne suis pas certaine qu'il y arrive un jour. De toute manière, il rentrera chez lui après Noël et je ne le reverrai plus.

— C'est triste, tout ça.

— Je suis bien d'accord, admit Dena. J'essaye de garder la tête sur les épaules et de ne pas trop rêver, mais ce n'est pas facile. Il est si merveilleux !

— Et sexy.

Reggie vit enfin le sourire de sa sœur réapparaître.

— Oui, il est assez sexy…

Toutes deux se regardèrent un moment, sans parler.

— Les hommes sont si difficiles à comprendre, finit par soupirer Dena.

— Ne m'en parle pas.

Le moment était venu d'affronter de nouveau les cactus de Noël, songea Reggie, son petit arrosoir dans une main et une bobine de ruban dans l'autre. Elle allait devoir arroser les soixante plantes, puis agrémenter chaque pot d'un nœud. Pourquoi sa mère n'avait-elle pas choisi des biscuits personnalisés livrés dans de ravissantes petites boîtes ? Elle n'aurait eu qu'à coller des étiquettes dessus avec le nom des invités – elle était douée avec les étiquettes. Mais ce n'était hélas pas le cas !

Elle versa avec soin un peu d'eau au pied de chaque cactus, s'efforçant de ne pas les noyer, puis attrapa les « bons » ciseaux. Elle n'avait qu'à calculer la longueur de ruban idéale, puis se servir du premier morceau comme d'un gabarit pour...

Son téléphone portable se mit à sonner et elle se précipita pour décrocher, dans l'espoir d'obtenir une bonne excuse pour remettre son bricolage à plus tard.

— Allô ?

— Salut, Reggie. C'est Jake.

Inattendu fut le seul mot qui traversa son esprit.

— Salut. Euh, ça va ?

Un petit éclat de rire accueillit sa question.

— Je te laisse imaginer. Ma mère m'a demandé de décorer la maison. Je crois que je n'avais jamais compté le nombre de sapins qu'elle installe, ici. Est-ce que tu sais qu'elle en a un uniquement décoré avec des petites tasses en faïence ? Elles sont toutes peintes de motifs de Noël et pendent des branches au bout de rubans. Il y en a même qui viennent de pays différents, avec des drapeaux pour les reconnaître.

Reggie fit de son mieux pour réprimer un fou rire.

— Je l'ignorais... C'est gentil de ta part de l'aider.

— Les fêtes restent une période difficile pour nous deux et je suis content d'être là pour lui changer les idées. J'aurais juste aimé éviter cette histoire de tasses miniatures...

— Il faut vraiment que tu m'envoies une photo de ce sapin !

— Pour que tu te moques de moi ? Non merci.

Cette fois, elle ne put se retenir et rit de bon cœur.

— Oh ! pauvre Jake ! Piégé dans la maison d'une femme terrifiante qui aime les tasses à thé. Quand je pense à tout ce qu'on fait pour nos parents. Ma mère a décidé d'offrir un cactus de Noël à chaque couple invité au mariage. J'ai dû rempoter chaque cactus et je suis sur le point de les décorer avec des rubans.

— Ce n'est pas pire que les tasses.

Elle gloussa de nouveau.

— Tu as peut-être raison.

— En fait, je me demandais si tu aimerais qu'on mange ensemble, ce soir.

Le changement de sujet fut si brutal que Reggie ne sut comment réagir. Dîner avec Jake ? Ça pourrait être amusant. Ils avaient toujours passé de bons moments ensemble et...

D'un seul coup, sa bouche s'ouvrit d'elle-même.

— Est-ce que tu me proposes un rendez-vous ? demanda-t-elle avant d'avoir pu s'en empêcher.

— Oui.

— En tant qu'amis ou autre chose ?

— Je dirais autre chose.

Reggie écarta le téléphone de son oreille et le contempla,

incrédule. Est-ce qu'il plaisantait ? Elle était sur le point de lui poser la question quand elle entendit un choc sourd au-dessus d'elle, suivi par un aboiement suraigu. Belle se leva d'un bond et courut jusqu'au sommet de l'escalier. Les jappements continuaient, se transformant peu à peu en un hurlement atroce.

— Il s'est passé quelque chose ! s'écria Reggie en suivant Belle au rez-de-chaussée. Je te rappelle plus tard !

Elle trouva sa mère à genoux dans le salon, près de Burt, allongé et hurlant à la mort.

— Je ne sais pas ce qui s'est passé, lâcha-t-elle en se tordant les mains. Je crois qu'il est tombé du canapé. Depuis le temps que je dis à ton père qu'on doit faire attention avec le dos de Burt...

— Il faut qu'on l'emmène tout de suite chez le vétérinaire !

Leigh tira son portable de sa poche.

— J'ai enregistré le numéro. Appelle-les et dis-leur qu'on arrive.

Elle se pencha pour prendre Burt dans ses bras, mais il cria de plus belle dès qu'elle tenta de le bouger.

— Je ne peux pas faire ça ! Je n'arrive pas à le soulever. Qu'est-ce qu'on va faire ?

Reggie attrapa une vieille couverture abandonnée sur le canapé. Belle leur tournait autour en gémissant doucement tandis que le pauvre Burt continuait de japper.

Une fois la couverture étendue près de lui, Leigh put le faire glisser dessus. Il aboya encore plusieurs fois, mais n'essaya pas de la mordre. Reggie appela le vétérinaire, l'estomac tout retourné. Elles s'habillèrent en hâte. Belle les suivit dans l'entrée en gémissant, comme si elle craignait qu'on puisse la laisser en arrière.

— Sois courageuse, lui dit Reggie en retournant auprès de Burt. Je t'en supplie, Belle.

Sa chienne se rassit, non sans pousser quelques petits couinements misérables.

Reggie et sa mère prirent chacune un bout de la couverture.

— À trois…

Elles soulevèrent Burt ensemble. Il hurla une fois de plus, puis se contenta de pleurer et de haleter. Après l'avoir soigneusement installé sur la banquette arrière de la voiture de Reggie, la mère et la fille y grimpèrent à leur tour. Leigh s'assit derrière, pour rassurer le chien.

— Tout va bien se passer, mon grand, dit-elle en essuyant une larme sur sa joue. Tu vas t'en remettre. Maintenant, il faut que je prévienne ton papa…

— Attendons d'être arrivées chez le véto, lui conseilla Reggie tout en conduisant. Tu téléphoneras pendant qu'on l'examine.

Elle se gara sur le parking et, en multipliant les précautions, elles parvinrent à transporter le chien sans le brusquer jusqu'au cabinet. Un des assistants les guida jusqu'à la salle d'examen préparée pour lui.

Deux heures plus tard, elles reconduisaient un Burt drogué et somnolent jusqu'à la voiture. D'après la vétérinaire, sa chute n'avait pas causé de fracture et aucun de ses disques intervertébraux n'était touché. Les dommages étaient principalement musculaires, et la convalescence serait sans doute longue.

Leigh, de nouveau assise avec Burt sur la banquette arrière, soupira.

— Elle a dit qu'il ne devait pas sauter… Est-ce qu'elle a déjà eu un chien, chez elle ?

Elle pinça les lèvres avec une moue agacée.

— On lui a acheté des rampes, mais il refuse de les utiliser. Je crois qu'on va devoir se montrer plus fermes. En tout cas, je suis soulagée qu'il n'ait rien de grave.

— Moi aussi, répondit Reggie, encore un peu secouée. C'était affreux ! Pauvre petit gars...

Quand elles arrivèrent à la maison, le père de Reggie les y attendait déjà. Belle et lui faisaient les cent pas dans le salon, et tous deux se précipitèrent pour aider Reggie et Leigh à porter Burt.

— Est-ce qu'il va bien ? demanda Vince d'un air paniqué. Tu m'as dit que ça allait, mais c'est bien vrai ?

Leigh lui confia le chien et il le serra dans ses bras.

— On lui a donné des anti-inflammatoires et des antidouleurs. On pourra lui faire prendre un autre cachet à 8 heures pour l'aider à dormir. Il va devoir passer quelques semaines au calme et le vétérinaire nous a conseillé d'être très prudents avec lui.

Vince déposa en douceur Burt sur son coussin. Le teckel essaya de relever la tête, avant de soupirer puis de fermer les yeux.

— Il est vraiment drogué, fit Reggie avant de câliner Belle pour la rassurer. Il risque de somnoler jusqu'à demain.

— C'est sans doute mieux pour lui, murmura son père.

Il se redressa et regarda sa femme.

— Nous devons à tout prix installer les rampes et l'obliger à s'en servir. Je ne veux plus qu'il saute.

Leigh sourit avec tendresse.

— Bonne idée. Tu as raison.

— Je vais les chercher au sous-sol.

Il descendit sans attendre. Leigh contempla encore le pauvre chien, puis secoua la tête.

— Je crois que je viens de vieillir de dix ans.

— Tu as encore l'air en forme pour ton âge, plaisanta Reggie.

— Merci. J'ai l'impression d'avoir un troisième enfant...

— Sauf que Burt ne te demandera jamais s'il peut emprunter la voiture.

— C'est vrai. Je crois que je vais me préparer un café. Ou un cocktail. Tu veux quelque chose ?

Il n'était que 14 heures, mais Reggie acquiesça. Elle aussi avait besoin d'un remontant.

— Je ne dis pas non. Merci, maman.

Leigh passa dans la cuisine. Reggie regarda Belle tourner d'un air anxieux autour de Burt avant de s'allonger près de lui en posant sa grosse tête au bord du coussin, sa truffe à quelques centimètres de la sienne. Burt parvint à s'étirer, juste assez pour lui lécher le museau, puis referma les yeux et soupira une nouvelle fois.

Reggie sortit alors son téléphone de sa poche et fit défiler sa liste de contacts pour trouver le numéro de Jake. Il était temps de le tenir au courant.

Je crois que je ferais mieux de rester à la maison, ce soir. Burt est mal en point et on est tous un peu traumatisés.

Quelques secondes plus tard, la réponse apparut sur l'écran :

Pas de problème. Pauvre bête. J'espère qu'il va mieux. Pour le dîner, tu veux que je t'invite de nouveau, ou préfères-tu laisser tomber ?

Question intéressante, songea-t-elle. Elle ne s'était pas attendue à ce que Jake réapparaisse dans sa vie. Devait-elle vraiment le revoir ? Accepter un rendez-vous ? Après tout, ça ne s'était pas vraiment bien passé la dernière fois...

Seulement, elle était convaincue qu'il n'avait jamais voulu la blesser. Il avait simplement été rattrapé par son passé. Certes, il avait eu tort de ne pas lui dire la vérité, quand il l'avait quittée ; mais en dehors de ça il n'avait pas réellement mal agi. Et puis, il n'y avait pas si longtemps, elle envisageait encore de passer sa vie avec lui.

Elle regarda un instant son téléphone, puis tapa :

Invite-moi de nouveau.

23

Toby n'avait pas douté de sa décision lorsqu'il avait choisi de s'éloigner de Reggie. Mais à présent il était de moins en moins sûr de lui. Les jours passaient, et elle lui manquait.

Participer à l'œuvre de charité de la classe avec elle ne l'aidait pas non plus. S'il avait pu passer quelques semaines sans la voir, cela l'aurait sans doute conforté dans son choix… Mais, quatre jours par semaine, il continuait scrupuleusement à se rendre au centre communautaire pour tricoter des bonnets avec son fils. Il travaillait en silence, écoutant Reggie parler avec les enfants ou plaisanter avec Micah, qui venait souvent les distraire pendant leurs sessions.

Au début, il s'était demandé s'il se passait quelque chose entre eux, mais il n'avait pas remarqué la moindre étincelle de désir quand ils se voyaient. Reggie était amicale sans pour autant flirter, et Micah semblait la traiter comme une sœur. Ce qui était bon signe. Toby préférait ne pas avoir à le provoquer en duel sur le parking…

Non, songea-t-il dès que cette idée le traversa. Pas de duel ou de bagarre. Il valait mieux que ça. Et puis, Reggie était son amie, rien de plus. C'était même lui qui insistait pour que leur relation reste platonique, parce qu'il ne pouvait pas se permettre de faire courir un tel risque à son fils. Il aurait même dû être déçu de voir que

Reggie et Micah ne se plaisaient pas ! Sauf que c'était loin d'être le cas : il était au contraire bien soulagé.

Il se perdait de plus en plus dans ses pensées, qui charriaient un flot d'idées noires, de désirs, d'inquiétudes. Il fallait qu'il protège son fils. Il fallait qu'il se concentre sur Harrison et pas sur lui-même. Hélas, il avait aussi envie de passer du temps avec Reggie, de la faire rire, de l'écouter parler et de ressentir de nouveau le simple bonheur d'être en sa compagnie.

À la fin de la session, elle fit le tour de la classe pour rassembler les bonnets terminés. Harrison se tourna vers son père et sourit.

— Tu te souviens que je vais manger chez Noah, ce soir ? demanda-t-il.

Toby ne put retenir un petit éclat de rire.

— Oui, tu me l'as déjà dit quarante-sept fois, mon grand.

Harrison rit à son tour.

— Nan ! Quarante-six !

Toby prit le sac de son fils et le lui tendit.

— Dis bien à Steve de m'appeler quand vous aurez terminé. Je passerai te prendre. Par contre, je te préviens : c'est la soirée tourtes surgelées, et tu vas tout rater.

Harrison fit la moue.

— Tu ne devrais pas les congeler, papa. Il faut que les gens continuent à venir à la boutique. Ils aiment ça.

Toby ne prit pas la peine de lui rappeler que tout le monde ne pouvait pas se rendre à Wishing Tree pour visiter la boutique et que son responsable des ventes le harcelait depuis des mois pour intégrer le marché du surgelé. À huit ans, on voyait le monde avec plus de simplicité.

Il le serra donc dans ses bras et s'assura que son sac était bien passé sur ses épaules. Harrison rejoignit ensuite

Noah et sa maman, qui quittaient le centre. Les autres parents s'en allèrent aussi avec leurs enfants, laissant Toby et Reggie finir de ranger.

— Je vais avoir un véritable chargement à emporter, la semaine prochaine, dit-elle en déposant les derniers bonnets dans le carton rempli à ras bord. Quel beau projet ! Harrison peut être fier de lui : il a eu une excellente idée.

— Oui, il est ravi.

Rassemblant les derniers écheveaux de laine, il les fourra dans l'un des cabas.

— On ne s'est pas vus depuis quelques jours, reprit-il. Tu vas bien ?

— Très bien.

Elle se fendit d'un rapide sourire, puis se remit au travail.

— Oh ! Burt a fait une très mauvaise chute et il s'est abîmé le dos. Il se remet lentement, mais il a encore très mal et on le gave de médicaments. Pauvre bête. Belle a l'air de vouloir lui servir d'infirmière : elle ne le quitte plus. J'ai même l'impression qu'ils vont finir par devenir amis.

— Est-ce qu'il va guérir ?

— Le vétérinaire semble optimiste. Il y a eu des dégâts musculaires, mais les disques intervertébraux ne sont pas touchés – c'est ce qui nous inquiétait le plus. Mes parents ont rempli la maison de rampes pour qu'il puisse se déplacer sans sauter. Le plus difficile sera de lui apprendre à s'en servir.

Toby contempla Reggie un instant, perplexe. Il avait l'impression qu'elle ne lui disait pas tout. Elle conservait ses distances physiquement et ne le regardait pas dans les yeux ; pas de la manière habituelle, en tout cas.

Il s'éclaircit la voix.

— Nate, mon responsable des ventes, veut qu'on étende

nos activités au marché du produit surgelé. C'est un milieu très fermé, mais si on arrive à bien se positionner...

Elle sourit.

— Tu pourras espérer signer un contrat à Hollywood pour un film ? acheva-t-elle avec un petit rire.

Il gloussa à son tour.

— Quelque chose comme ça. Il essaye de me convaincre que c'est le bon choix pour l'entreprise. J'avoue que j'hésite encore.

Reggie réfléchit quelques instants.

— Je ne sais pas si j'aimerais vraiment retrouver les Tourtes de Judy au rayon surgelés de mon supermarché... Je pense que c'est une bonne idée de chercher à toucher une nouvelle clientèle et je suis sûre que ce serait une bonne source de revenus ; mais je reste persuadée qu'on n'a pas la même expérience qu'en boutique. D'un autre côté, je comprends que le circuit court a ses limites, bien sûr.

— C'est exactement le genre de conversation que j'ai avec Nate. Hélas, il n'est pas du genre à laisser tomber facilement. Nous avons congelé des tourtes et commencé les phases de test. En ce moment, mon congélateur est rempli de tourtes vieilles de trois mois. Comme Harrison mange chez Noah et Judy chez des amis, est-ce que tu aimerais venir en déguster quelques-unes avec moi ? J'ai même de quoi faire une salade pour accompagner.

Il était nerveux, et son invitation lui sembla un peu pitoyable.

Reggie baissa les yeux un moment avant de le regarder.

— Merci, mais je dois rentrer à la maison. Mes parents ont des projets pour la soirée et j'ai promis de veiller sur Burt.

Elle récupéra les derniers cabas et quitta la salle pour les ranger dans le placard.

— Mais amuse-toi bien. Je compte sur toi pour me faire part du résultat de l'expérience !

Elle s'éloigna sans un regard en arrière et Toby eut la désagréable impression d'avoir été repoussé. Puisqu'il s'agissait de s'occuper de Burt, elle aurait pu lui proposer de la rejoindre chez ses parents pour le repas. Il aurait pu réchauffer les tourtes là-bas et passer une bonne soirée avec elle. Seulement, elle ne l'avait pas invité. À dire vrai, elle paraissait même pressée de s'en aller.

Sans attendre son retour, il attrapa son manteau et ses gants, puis quitta le centre. En s'installant au volant de sa voiture, il se répéta qu'il aurait dû se sentir soulagé. Reggie avait compris le message et il n'avait plus à s'inquiéter de voir leur relation devenir trop intime. Hélas, tout ce qu'il ressentait, c'était l'angoisse d'avoir perdu quelque chose d'important – quelque chose qu'il n'aurait pas cru regretter jusque-là.

La neige est venue,
Tu es venue
Et j'ai fondu.
Plus de passé pour moi,
Seul l'amour qui me tend les bras.
L'amour qui nous rassemble et nous unit.
Je passerai ce Noël
Avec toi.
Et tous les prochains aussi.
Car la neige est venue.

Micah se laissa aller contre le dossier du canapé, dans le salon de son ami, et guetta la réaction de Steve. Il était tard. Noah et sa mère étaient montés se coucher, laissant les deux hommes seuls dans le silence.

Steve prit sa bière et but une gorgée.
— C'est bon, déclara-t-il.
— Vraiment ?
— Ça va devenir un grand succès, tu le sais. Est-ce que Claiborne est au courant ?
Claiborne était l'agent de Micah, l'homme qui serait amené à négocier les contrats et la cession des droits.
— Non, je lui ai dit que j'avais besoin de temps pour réfléchir et que je le verrais à Los Angeles, quand j'y serai pour l'enregistrement de l'émission de Noël. Du coup, il me laisse tranquille, en ce moment.
— Tu devrais le prévenir, pour la chanson. Je suis sûr qu'il voudra que tu l'enregistres immédiatement. Avec un peu de chance, tu pourrais sortir le single à temps pour les fêtes.
Il agita sa bière d'un air soudain excité.
— Tu sais quoi ? Tu devrais la chanter pendant l'émission ! La chaîne serait prête à payer une fortune pour diffuser un titre inédit de Micah Ruiz. N'importe qui se battrait pour ça.
Micah gratta quelques accords, pensif.
— Je ne sais pas si j'ai envie de la jouer à la télé…
Le cadre lui paraissait trop *public*.
— Je pensais la sortir à l'ancienne, en petit comité.
— En acoustique ? demanda son ami avant de secouer la tête. Mec, il te faut un orchestre ! C'est la meilleure solution pour donner de la visibilité au morceau. Ensuite, tu pourras toujours faire une version acoustique en studio et sortir les deux en même temps. Tes fans seront fous…
Micah était incapable d'écrire une partition pour un orchestre, mais il pouvait faire appel à un ami de confiance.
— Electra insiste pour que je chante *Moonlight for Christmas*. Elle compte sur les droits d'auteur.
— Est-ce que tu te soucies vraiment d'elle ?

— Je ne veux pas passer pour un égoïste.

— Mon vieux, réfléchis un peu ! Cette chanson a… quoi ? Quinze ans ? Les gens veulent du neuf.

Steve se pencha et tapota la partition posée sur la table du bout du doigt.

— Oublie Electra.

— Je ne cherche pas à prendre soin d'elle. Je me sens simplement responsable.

— Je sais. Tu as toujours essayé de l'épauler, mais tu ne lui dois rien.

C'était vrai, bien sûr. Micah pourrait peut-être proposer à son ex d'enregistrer une nouvelle version de leur chanson dans un an – un duo, peut-être –, ce qui lui permettrait de sortir *Puis la neige est venue* cette année.

— Si j'opte pour une version avec orchestre, il va falloir que je prévienne Claiborne pour qu'il embauche des musiciens. Ça risque de coûter cher.

Steve éclata de rire.

— Tu sais que tu es Micah Ruiz, non ? Si tu demandais la lune pour ton spectacle, la chaîne te l'offrirait.

— Non, pas la lune : c'est trop gros, répondit Micah, amusé. Où veux-tu caser ça sur un plateau ?

— Rejoue-moi ta chanson.

Micah s'exécuta. Après avoir lutté si longtemps pour retrouver l'inspiration, il était heureux d'avoir réussi à composer un morceau qui lui plaise autant. Il laissa les paroles et la mélodie s'imprimer en lui, devenir une partie de son être.

Quand il eut terminé, Steve leva son verre.

— Tu as réussi. Ça va devenir un classique, crois-moi. Juste une question…

Micah attendit, un peu nerveusement.

— Est-ce qu'il s'agit d'une simple chanson ou doit-on y lire un message ?

— Pourquoi me demandes-tu ça ? C'est une chanson.

Steve n'eut pas l'air convaincu.

— Ne te méprends pas. Je suis le premier à souhaiter que tu fasses ton deuil et que tu ailles de l'avant. Adriana était une femme formidable, elle fera toujours partie de ton passé, mais tu as encore de nombreuses années devant toi. J'aimerais que tu puisses les passer avec quelqu'un.

— Je ne comprends pas de quoi tu parles.

En disant ces mots, Micah comprit qu'il mentait. Steve avait mis le doigt sur une évidence.

Son ami le connaissait depuis longtemps et il savait se taire quand cela était nécessaire. Il laissa donc s'écouler une longue minute de silence. Micah soupira.

— Ce n'est pas ce que tu crois.

Steve se contenta de le regarder, sans rien dire.

— Bon, d'accord. Je l'aime bien et je l'admire. Mais elle est enceinte, seule et…

— Dena ?

Micah fronça les sourcils.

— Bien sûr. Qui d'autre ?

— Tu sais, j'ignore ce que tu fais de tes journées, ici.

— C'est Dena.

— OK. Noah l'adore et elle l'a beaucoup aidé à progresser, cette année. Tout le monde l'apprécie, en ville. Sa famille est très respectée.

Micah lâcha un juron.

— Qu'essayes-tu de dire ? Qu'en négociant bien je pourrais l'avoir contre trois chevaux et deux vaches ? Qu'est-ce qui ne tourne pas rond, chez toi ?

Steve sourit.

— Je me contente de veiller sur toi et de te dire ce que je sais d'elle.

Soudain, son regard se fit plus grave.

— Tu n'es pas aussi dur que les gens le pensent. Si

cette histoire devait aboutir à quelque chose de sérieux, je te conseille d'être prudent. Pas seulement pour elle, mais pour toi.

Micah se détourna et joua quelques accords d'une main absente.

— Tu pars dans une direction qui ne me plaît pas vraiment..., dit-il.

— Oseras-tu m'affirmer qu'il n'y a rien entre vous ?

Les images de leur escapade à Seattle lui revinrent. Il avait été prêt à faire n'importe quoi pour effacer la tristesse de Dena, et il avait réussi. Elle avait passé une très bonne soirée. Après avoir quitté le magasin, ils avaient dîné au restaurant et étaient restés jusqu'à la fermeture. Pendant le vol rapide qui les avait ramenés à Wishing Tree, elle s'était endormie contre lui – un souvenir qu'il chérirait longtemps.

Dena était... Il se figea brusquement. Qu'était-elle vraiment, à ses yeux ? Quelqu'un d'important. Quelqu'un à qui il tenait. Pour l'instant, cela lui suffisait. Il pourrait toujours chercher d'autres réponses plus tard.

— Nous sommes amis, c'est tout, mentit-il.

Steve eut une moue de dérision.

— Bien sûr ! À d'autres ! Tu es en train de craquer pour elle et tu refuses de l'admettre.

Il tapota de nouveau la partition, sur la table.

— Ce n'est pas une simple chanson, mon vieux. C'est un message et tu devrais l'écouter.

Reggie porta le dernier sac jusqu'à sa voiture. Belle était déjà installée sur la banquette arrière, arborant son nouveau pull de Noël : un costume de lutin assorti d'un bandeau à oreilles pointues.

En temps normal, Reggie se serait rendue à la Couronne

à pied, mais elle aurait été beaucoup trop chargée cette fois-ci : elle avait prévu une session d'emballage de cadeaux avec ses amies et, à l'exception des présents destinés à sa sœur et Paisley, elle comptait s'occuper de tout son shopping de Noël.

Elle venait de s'installer derrière le volant et était sur le point de démarrer quand son téléphone se mit à vibrer. Elle jeta un coup d'œil à l'écran et vit que Jake lui avait envoyé un message.

Dîner demain soir ?

Concis et direct, songea-t-elle en relisant chaque mot. Il n'en fallait pas plus pour rendre sa vie compliquée... À moins que le problème ne vienne d'ailleurs – d'elle et pas de lui. Ne sachant que répondre, elle rangea son téléphone dans son sac et attacha sa ceinture.

Quelques minutes plus tard, elle se garait sur le parking de la boutique On Emballe Toute l'Année. Belle, toujours prête à rendre service, porta l'un de ses sacs pour elle, la mâchoire bien serrée sur les poignées. Reggie se chargea du reste et parvint à tout emporter en un voyage. Elle trouva Camryn derrière son comptoir, occupée avec une file de clients. Elle éclata de rire en voyant arriver Reggie et Belle.

— J'adore ton chien ! Je vous ai réservé la salle six.

— Merci. Belle adore qu'on l'adore...

Plusieurs salles privées pouvaient être privatisées pour de petites fêtes. On y trouvait de grandes tables et de nombreuses chaises ainsi que tout le nécessaire pour emballer ses cadeaux. Il suffisait de donner la thématique à Camryn quand on réservait, et elle proposait une sélection de papiers cadeau. Plusieurs restaurants locaux offraient des en-cas et Holiday Spirits se chargeait des boissons.

Reggie entra dans la salle six. Elle y retrouva Dena,

Paisley et Shaye, occupées à trier les papiers entassés sur la table.

— Te voilà ! lança Paisley en se précipitant pour l'embrasser avant de s'agenouiller pour caresser Belle. Quelle bonne fille. Tu es ravissante dans ton costume ! Et en plus tu aides ta maman à porter ses sacs.

Reggie salua les autres avant de retourner à sa voiture pour récupérer le coussin de Belle. À son retour, le repas venait d'être livré.

— J'ai choisi quelque chose de simple, dit Paisley en leur montrant les plateaux. Sandwichs bacon, poulet et salade, un plateau de légumes, des chips et des sauces. Pour le dessert, il y a du brownie.

Elle indiqua aussi d'un geste une grande carafe flanquée d'une seconde, plus petite.

— J'ai sélectionné un cocktail de fête sans alcool pour toi, Dena. C'est Howard qui en a eu l'idée et il jure que tu vas l'adorer. Pour nous, ce sera des cranberry coolers.

Reggie ôta son manteau et l'accrocha à une patère libre. Elles payèrent chacune leur part du repas, puis rassemblèrent des chaises autour de la table pour manger. Shaye servit les boissons tandis que chacune remplissait son assiette. Belle tourna un instant entre leurs jambes, le regard plein d'espoir, jusqu'à ce que Reggie l'envoie se coucher.

— C'est la première fois que je participe à ce genre de fête, leur confia Shaye en s'asseyant.

— C'est amusant, tu verras, répondit Paisley. On peut emballer tous nos cadeaux d'un seul coup ; et l'avantage, quand on n'a pas une grande maison, c'est qu'on n'a pas besoin de stocker tout le matériel. Quand on aura fini, Camryn viendra compter le métrage de papier utilisé, on la payera, et tout sera prêt ! Elle propose même de livrer les paquets. Je trouve ça formidable d'avoir accès à un tel choix de décorations sans être obligée de les acheter en lot.

— Et puis, il y a des tutos, ajouta Dena en montrant le mur recouvert d'affiches. Tu vois ? Chaque image est accompagnée de la liste du matériel nécessaire et du prix. Si tu veux faire des emballages originaux, Camryn te donne toutes les instructions.

— C'est bien, pour ceux qui manquent d'imagination, murmura Shaye d'un air admiratif. C'est mon premier Noël à Wishing Tree, et pour le moment je suis fan !

Reggie prit son sandwich et mordit dedans.

— Dis-moi, tu es fan parce que c'est Wishing Tree, ou parce que tu es amoureuse de Lawson ?

Shaye sourit.

— Un peu des deux.

— Ah, l'amour ! soupira Paisley. J'en veux, moi aussi…

Elle leva son verre.

— Au bel homme riche qui va finir par se montrer à l'hôtel juste pour moi !

— Oh non ! coupa Dena. Si c'est un client de l'hôtel il ne sera pas d'ici ; et si tu tombes amoureuse tu partiras avec lui.

— C'est vrai, renchérit Reggie. À moins que tu sois prête à déménager par amour.

— Pourquoi pas ?

Paisley tapota gentiment la main de Dena.

— Mais, quoi que je fasse, je serai toujours ton amie.

— J'aime bien te savoir ici. J'ai déjà du mal à supporter le fait que Reggie vive à Seattle…

Elle jeta un coup d'œil à sa sœur.

— Tu pourrais revenir, tu sais. Ton travail peut se faire à distance, non ?

— J'ai une vie, à Seattle ! protesta faiblement Reggie.

En réalité, elle appréciait d'être de retour à la maison.

La ville lui avait manqué et elle sentait qu'elle s'était tenue éloignée beaucoup trop longtemps.

C'était entièrement sa faute, d'ailleurs. Personne ne l'avait empêchée de venir et Jake n'habitait même plus ici.

— Réfléchis-y, d'accord ? reprit Dena. On adorerait que tu reviennes vivre ici.

— Oui, c'est vrai ! ajouta Paisley. Alors, quoi de neuf dans vos vies ? La mienne est ennuyeuse. J'enchaîne les heures supplémentaires, avec toutes les fêtes prévues à l'hôtel pour la fin de l'année. Soit dit en passant, notre menu de saison a un succès fou.

Reggie avait prévu de passer la soirée à écouter plus qu'à parler. Elle grignota un instant son sandwich en silence puis, à sa grande surprise, s'entendit lâcher :

— Jake m'a invitée à sortir.

La petite salle fut plongée dans un silence soudain. Trois visages se tournèrent dans sa direction d'un même mouvement. Paisley et Dena paraissaient à la fois étonnées et agacées, tandis que Shaye avait seulement l'air surprise.

— Jake ? demanda-t-elle.

— Son ex, chuchota Paisley d'un air de conspiratrice. Sa famille possède l'hôtel. Jusqu'à Thanksgiving, l'année dernière, Reggie et lui étaient ensemble. Il lui a demandé sa main puis l'a quittée dans un même week-end.

— Mais c'est atroce. Et il est revenu ?

— Juste pour les vacances, précisa Reggie. Son père est mort l'année dernière et sa mère a encore du mal à s'y faire. Les fêtes sont toujours une période difficile pour elle.

— Il t'a invitée ? demanda Dena. Tu as refusé, bien sûr ? Tu as *forcément* refusé.

Son instinct protecteur fit sourire Reggie.

— Ne t'inquiète pas pour moi.

— Au contraire ! Il s'est comporté en véritable connard. Il n'a aucune excuse, après ce qu'il t'a fait.

Reggie picora quelques chips.

— En fait, si. Il a une excuse.

Elle leur parla d'Iona et de son retour inattendu dans la vie de Jake, le lendemain de la fête de fiançailles.

— Il a été idiot, concéda-t-elle. Il aurait dû tout m'expliquer et nous aurions pu en discuter. Mais il n'a pas délibérément cherché à me faire du mal.

— C'est trop subtil pour moi, coupa Dena fermement. Il était avec toi, il prétendait t'aimer et il t'a plaquée. Il n'a pas le droit de venir réclamer une seconde chance, maintenant.

— Je ne sais pas, murmura Paisley entre deux bouchées. Jake n'est pas un mauvais gars. Jusqu'à ce qu'il quitte Reggie, je l'aimais bien. C'est un bon patron, intelligent et gentil avec ses employés.

Dena ne paraissait toujours pas convaincue.

— Est-ce que tu l'aimes encore ? demanda Shaye avec douceur.

— Non. J'ai tourné la page.

— Mais tu allais l'épouser. Est-ce que ton amour a disparu ? Ou bien as-tu envie de lui accorder une seconde chance ?

— Je n'irais pas jusqu'à dire que je suis prête à lui donner une autre chance, admit Reggie. Mais je ne suis plus fâchée ou blessée.

Paisley agita son verre et lança avec fermeté :

— Je crois que Shaye pose les bonnes questions. Dena, je sais que tu vas jouer les mamans ourses sur ce coup-là, mais tu admettras que ce n'est pas comme s'il l'avait trompée. Il a paniqué et il l'a quittée. Certes, le timing était mauvais et il aurait dû lui en parler ; mais au moins il n'a rien fait dans son dos. C'est déjà un grand pas d'admettre une erreur et d'en assumer les conséquences.

— Peut-être, mais ça ne suffit pas, insista Dena. Il ne mérite pas d'être pardonné.

Paisley haussa un sourcil.

— Intéressant... Et si c'était Toby qui l'avait invitée ? Il lui a brisé le cœur. Mérite-t-il d'être pardonné ?

— Ça n'a rien à voir ! Toby était jeune et ce qui s'est passé au lycée n'était pas sa faute.

— Donc, Toby a le droit de revenir... mais pas Jake ? Ce n'est pas très juste.

Shaye se pencha vers Reggie et lui murmura à l'oreille :

— Ça ne te dérange pas de les entendre évaluer ta vie, comme si tu n'étais pas là ?

Reggie se contenta de sourire.

— Je sais qu'elles le font par amour.

C'était vrai : cette conversation ne la gênait pas. Au contraire, elle lui permettait de porter un regard plus objectif sur ce qui lui arrivait. Elle comprenait pourquoi Dena refusait de faire confiance à Jake, alors que Toby avait trouvé grâce à ses yeux depuis son retour en ville. D'ailleurs, Reggie aurait largement préféré pouvoir sortir avec lui, mais il ne l'avait pas invitée. Quant à Jake, elle ne savait pas vraiment ce qu'elle ressentait pour lui.

— Voyons les choses d'une autre manière, trancha Paisley. Reggie, tu étais amoureuse de Jake et tu voulais l'épouser. Quelle valeur cela a-t-il à tes yeux ? Accepte son invitation, ne serait-ce que pour voir si tes anciens sentiments sont encore là. Si ce n'est pas le cas, tu n'auras qu'à le remercier, lui dire au revoir, et ce sera fini. Et, si tu ressens quelque chose, fonce ! Quoi qu'il en soit, sans essayer, tu n'auras jamais la réponse.

Dena la dévisagea d'un air agacé.

— J'ai horreur de te voir si raisonnable.

— Je sais. N'est-ce pas merveilleux ?

Elles éclatèrent de rire. Reggie interrogea Shaye du regard, mais celle-ci secoua la tête.

— Non, je n'ai pas d'avis à donner sur cette histoire. Je suis nouvelle ici, tu te souviens ? Et puis, c'est ta vie. De quoi as-tu envie, toi ?

De quelqu'un à aimer, songea-t-elle. Elle voulait tomber amoureuse, se marier et fonder une famille. Elle voulait inaugurer de nouvelles traditions futiles, rire et voir Belle veiller sur son premier enfant comme elle veillait à présent sur Burt.

— J'ai surtout envie qu'on change de sujet, dit-elle avec légèreté. C'est censé être une fête, après tout. Alors, que va-t-on emballer, ce soir ?

Ses amies cédèrent sans protester. Plus tard, le repas terminé, et tandis que l'on s'activait avec des mètres de papier cadeau, Reggie sortit un instant dans le couloir. Paisley avait eu raison sur un point. Que risquait-elle à vérifier qu'elle avait bien tourné la page et qu'il n'y avait plus rien entre elle et Jake ?

Elle tira son téléphone de sa poche et lui envoya un texto.

J'adorerais manger avec toi. Où et quand ?

24

Dena ne comprenait vraiment plus pourquoi elle insistait pour se faire du mal. Ce qu'elle s'apprêtait à faire était une très mauvaise idée ! Pourtant, elle était bien là, en train de taper le nom de Micah dans la barre de recherche de son navigateur, ainsi que ceux d'Electra et d'Adriana. La liste de liens qui s'afficha la fit plonger au fond d'un gouffre sombre encombré de photos. Oh ! tellement de photos !

Aucun des clichés n'était vulgaire ou voyeur. Cependant, elle fut troublée de voir à quel point ces deux femmes étaient magnifiques. Electra était une rousse flamboyante, toujours vêtue de cuir et de talons compensés ; Adriana, une beauté éthérée, aux cheveux blonds et aux yeux bleu clair. Elle ressemblait plus à une fée qu'à une femme réelle. Une fée top model.

Leur apparence et leurs looks étaient à l'opposé les uns des autres, mais elles étaient toutes les deux aussi stupéfiantes que Micah. Ces images confirmaient à Dena qu'elle n'était qu'une mortelle ordinaire, sans rien de spécial, et elle s'était suffisamment documentée sur la mythologie grecque pour savoir que les mortels n'avaient pas leur place parmi les dieux. En général, leurs tentatives pour s'approcher du panthéon finissaient très mal…

— Quelles pensées joyeuses, murmura-t-elle en sirotant son infusion avant de jeter un coup d'œil frustré à sa cafetière. Tu me manques toujours autant, tu sais. Notre amour est sincère.

La cafetière préféra bien sûr ne pas répondre. Dena se tourna donc de nouveau vers l'écran et regarda quelques clips musicaux avant de cliquer sur de nouveaux liens.

Elle trouva de nouvelles photos de Micah, avec ou sans ses femmes. Pendant une longue minute encore, elle s'abîma dans la contemplation de ses yeux si profonds avant de fermer la fenêtre Internet et d'éteindre son ordinateur.

Elle devait regarder la vérité en face. Elle pouvait bien continuer à fantasmer autant qu'elle le voudrait, mais ça ne changerait rien à la réalité. Micah et elle étaient amis. C'était un homme gentil, attentionné, mais cela ne faisait pas de lui un amant potentiel. Il devait d'abord faire le deuil de sa femme avant d'envisager une autre relation. Et, quand il déciderait de fréquenter quelqu'un, son choix ne se porterait certainement pas sur elle !

Elle n'était pas son genre. Elle n'était ni belle, ni spéciale, ni talentueuse. Elle n'était qu'une femme ordinaire, menant une existence sans grand intérêt. Jamais un homme comme lui n'aurait envie de ça. Les Micah de ce monde se hissaient vers les sommets. Elle était peut-être quelqu'un de bien, avec beaucoup de tendresse à offrir, mais ça ne suffisait pas à faire d'elle quelqu'un de singulier.

Le moment était venu de trouver un moyen d'oublier ses rêveries absurdes. Car elle avait beau se répéter qu'elle n'était attirée que par la beauté de Micah, elle sentait bien que ses sentiments étaient provoqués par autre chose que son sourire ou ses épaules musclées. C'était *lui*. Ce qu'il était vraiment : sa générosité, sa gentillesse, son sens de l'humour, son talent. Cet homme l'avait emmenée à Seattle en avion, juste parce qu'elle n'avait pas le moral.

Il avait acheté des guitares à tous ses élèves. Il participait à la plupart des sessions de tricot pour accompagner le groupe en musique. Comment était-elle censée résister à cela ?

Il le fallait, pourtant. Car, si elle n'y prenait pas garde, elle aurait le cœur brisé à son départ – et il partirait forcément. Il le lui avait dit et elle le croyait.

— J'ai besoin d'une distraction, dit-elle à haute voix en se levant.

Comme il y avait toujours des choses à faire au B&B, elle attrapa son manteau et sortit de son appartement. Elle pouvait toujours s'occuper des factures du mois ou faire le point sur le roulement du linge. Cela suffirait peut-être à lui faire un peu oublier cet homme qu'elle ne pouvait pas avoir.

Elle traversa la cour rapidement. La température était proche de zéro, mais la météo ne prévoyait toujours pas de neige. Que se passait-il, cette année ?

Elle entra dans le bâtiment principal et se précipita vers la cheminée pour se réchauffer. Dès qu'elle eut retrouvé l'usage de ses doigts, elle alla rejoindre Winona, à la réception.

— Tout va bien ? demanda-t-elle.

Sa gérante eut l'air un peu gênée.

— Il s'est passé quelque chose...

— Quoi donc ?

Winona se fendit d'un sourire tendu.

— L'un des clients est venu me voir pour me prévenir que son lavabo fuyait. Micah était là, avec moi. Il ne m'a même pas laissé le temps d'appeler le plombier et a dit qu'il s'en occupait. Je crois que j'ai eu un instant de démence : je lui ai montré le placard des outils et il est monté. Il est là-haut, en ce moment.

Dena la dévisagea, éberluée. Elle n'était pas certaine de bien comprendre.

— Tu as laissé un *client* réparer le lavabo d'un autre client ?

— Je sais ! Quand tu présentes les choses comme ça, je suis mortifiée. Je crois que je ne le vois plus vraiment comme un client, mais comme ton ami, et je... J'ai commis une erreur. Je suis désolée.

— C'est quelle chambre ?

— La 8.

Dena monta quatre à quatre jusqu'au deuxième étage et alla jusqu'au bout du couloir. La porte était entrouverte et elle entra en s'annonçant à voix haute.

— Bonjour ! C'est Dena.

— Dans la salle de bains, répondit la voix de Micah.

Elle traversa la chambre et le découvrit à genoux sur le carrelage, penché sous le lavabo. Il se redressa en l'entendant et lui sourit.

— Tu viens t'assurer que je fais du bon travail ?

Ce sourire... Pourquoi lui paraissait-il à chaque fois plus brillant ? Ne devrait-elle pas être immunisée, depuis le temps ?

— Tu ne peux pas faire ça, dit-elle en ignorant tant bien que mal les frissons qui la parcouraient. Tu es un client, ici. Tu n'es pas censé t'occuper des problèmes de maintenance.

— Ce n'était qu'une petite fuite, Dena. J'ai remplacé un joint. Ça ne m'a pris que dix minutes.

Il se leva, ouvrit le robinet, puis le referma. Aucune goutte ne perla.

— Tu vois ? C'est fini.

— Mais tu es un client.

Son sourire s'adoucit.

— De rien. C'était un plaisir.

Elle se sentit soudain rougir.

— Merci pour ton aide, s'empressa-t-elle d'ajouter. Tu n'avais pas besoin de t'en occuper.

— J'aime aider quand je le peux. C'était amusant. J'aime bien poser du silicone et ça fait longtemps que je n'ai pas eu l'occasion de le faire.

Elle ne comprenait plus rien. Sans doute était-ce le véritable problème...

— Pourquoi t'embarrasser d'une réparation ?

Micah gloussa.

— Tu ne m'as pas écouté ? J'ai entendu le client se plaindre et j'ai voulu donner un coup de main, c'est tout.

Il passa un coup de chiffon sur le lavabo, puis rassembla ses outils et s'approcha d'elle. Instinctivement, elle recula et le précéda vers la porte, non sans lui jeter un petit coup d'œil.

Cet homme était décidément trop bon pour être vrai. Elle avait soudain une envie folle de se nicher entre ses bras pour l'embrasser. L'embrasser *vraiment*. Puis faire l'amour. Longtemps, passionnément, jusqu'au soir. Oublier le reste du monde et n'être qu'avec lui. Recommencer encore et encore, chaque jour. Elle voulait vivre une vraie relation avec lui. Elle voulait que Micah tombe amoureux d'elle...

La réalité la frappa avec une telle force qu'elle manqua de trébucher. Non. Non, non, non. Elle n'allait pas offrir son cœur à cet homme. Elle ne le pouvait pas. Ce n'était pas qu'un simple chemin vers la catastrophe ; c'était le chemin, la carte et la boussole avec !

— C'était amusant, répéta-t-il sans la quitter des yeux.

— Tu es fou.

Son sourire resplendissant revint.

— Peut-être... Tu sais, j'ai terminé ma chanson.

— Vraiment ? C'est super ! Es-tu satisfait du résultat ?

— Oui, très satisfait. Et c'est toi qui me l'as inspirée.

— Je... Quoi ?

Il effleura sa joue du bout des doigts.

— Tu m'as inspiré. Tu m'as permis d'écrire de nouveau.

— Je ne sais pas quoi dire...

— Inutile de dire quoi que ce soit. Je voulais simplement que tu le saches.

Le cœur de Dena tambourinait dans sa poitrine et elle eut peur que le couloir ne se mette à tourner. Ses paroles avaient-elles un sens, une signification cachée ?

— Quand pourrai-je l'entendre ?

— Je la chanterai en direct pendant l'émission de Noël à laquelle je vais participer.

Quand il partirait pour Los Angeles, sans promettre de revenir ? Dire qu'elle commençait à penser qu'il tenait à elle. Écouter sa nouvelle chanson à la télévision, en même temps que cinquante millions d'autres personnes, n'avait rien de très romantique.

— Que c'est excitant ! dit-elle en s'obligeant à étouffer sa déception.

Après tout, elle n'avait aucun droit d'espérer un concert privé. Micah ne lui devait rien.

Elle lui prit la boîte à outils des mains et ajouta :

— Merci encore d'avoir réparé cette fuite. C'était très gentil de ta part. Mais à partir de maintenant essaye de te souvenir que tu es notre client...

— Je ferai de mon mieux.

Elle aurait voulu dire autre chose. Elle aurait voulu lui proposer de coucher avec elle, mais elle ne le pouvait pas. Il reculerait, effaré, et elle ne supporterait pas son rejet. Au lieu de prendre le risque d'être humiliée, elle sourit, le salua d'un geste et s'engagea d'un pas ferme dans l'escalier. Mieux valait se retirer pour combattre un jour de plus, plutôt que de se jeter dans les bras d'un homme qui ne vous désirait pas – n'étaient-ce pas les paroles illustres d'un général quelconque ?

Non, sans doute se trompait-elle sur la citation ; mais ce n'en était pas moins vrai. Elle ne devait surtout pas oublier qui elle était, qui était Micah et pourquoi ils ne seraient jamais autre chose que des amis.

Reggie eut une désagréable impression de déjà-vu quand elle confia ses clés au voiturier, avant de passer la porte de l'hôtel pour rejoindre Jake. Lorsqu'ils sortaient encore ensemble, elle l'avait régulièrement rejoint ici. Faire le même trajet après tout ce temps avait quelque chose d'étrange...

Elle essaya de laisser ses émotions s'exprimer comme elles venaient. Elle les analyserait plus tard. Ce soir, elle dînait juste avec un vieil ami – à la fois pour le retrouver et pour voir s'il restait le moindre sentiment amoureux entre eux. Du moins, c'était ce qu'elle avait prévu. Mais elle n'avait pas la moindre idée de ce que Jake attendait de ce repas.

Elle traversa le hall et prit l'ascenseur jusqu'au troisième étage, où se trouvait le restaurant gastronomique. Dès que la porte s'ouvrit, elle aperçut Jake qui l'attendait. Il sourit dès qu'il la vit s'avancer.

— Pile à l'heure, dit-il en déposant un petit baiser sur sa joue.

— Il n'y avait pas de bouchons, plaisanta-t-elle.

— Des bouchons ? Ça existe, ici ? Il y a moins de dix feux rouges dans toute la ville.

— Ils en ont installé un nouveau près de l'autoroute, répliqua-t-elle dans un petit éclat de rire.

Jake passa un bras autour de sa taille et la conduisit dans le restaurant.

— J'ai déjà choisi une table.

— Bien sûr.

— C'est l'un des avantages quand on connaît le propriétaire.

— Ou quand on est son fils !

Jake s'arrêta devant une table nichée dans un angle et tira la chaise de Reggie pour elle.

— C'est vrai, c'est assez pratique, dit-il.

Il la débarrassa de son manteau et l'accrocha à la patère la plus proche avant de s'asseoir en face d'elle. Les menus étaient déjà posés sur la table, mais Reggie ne prit pas le sien immédiatement.

— Alors, qu'est-ce que ça te fait d'être de retour ?

— C'est agréable. Un peu bizarre mais agréable.

— Où t'es-tu installé, après ton départ ?

— Dans le Colorado.

— Dis-moi, à quoi ressemble Aspen ?

Il sourit.

— C'est une ville amusante. Les gens qui y vivent prennent le ski très au sérieux.

— Il paraît.

— J'avoue que ce départ m'a fait du bien.

— Iona est venue vivre avec toi ?

Une petite grimace échappa à Jake.

— Oui, pour un temps. Puis elle est partie.

Il se pencha par-dessus la table.

— Reggie, je suis vraiment désolé pour ce qui s'est passé et pour ce que je t'ai fait. Je regrette mes actions et plus encore de t'avoir blessée.

Elle tendit une main pour effleurer la sienne.

— Tu n'es pas obligé de me dire tout ça. Tu t'es déjà excusé, et ça me suffit. Je posais juste la question, sans sous-entendus.

— Je sais, mais je me sens quand même minable. On était bien ensemble, toi et moi.

Elle le regarda un instant dans les yeux et sourit.

— C'est vrai.

— Puisqu'on parle de ça, je tenais à dire que tu es magnifique, ce soir.

— Merci, répondit-elle. Tu n'es pas mal non plus.

Il rit – ce rire sincère et franc qu'elle avait toujours apprécié. Ce rire qui lui prouvait qu'il ne faisait pas semblant d'être amusé.

Elle l'observa encore un moment. Elle avait dit la vérité : il était beau. Son charme était plus classique que celui de Toby. Plus policé. Les parents de Jake avaient eu de grands espoirs pour lui dès son enfance, et cela se voyait. C'était d'ailleurs une réussite.

La serveuse s'approcha de leur table quelques minutes plus tard pour leur donner le plat du jour et prit leur commande de boissons. Quand elle fut partie, Reggie se tourna de nouveau vers Jake.

— Tu crois que ça les rend nerveux de devoir te servir ? Tu seras directeur de l'hôtel, un jour. D'une certaine manière, ils doivent te voir comme leur patron. Ou leur futur patron, en tout cas.

— Ils savent gérer la pression.

— Je me demande s'ils tirent à la courte paille pour savoir qui viendra à notre table…

— Et qui vient ? Le gagnant ou le perdant ?

Elle éclata de rire.

— Je n'en sais rien. Que préférerais-tu ?

— Peu m'importe. Notre équipe est constituée de gens bien, capables de m'affronter sans trembler.

— Et quand ton poste deviendra-t-il permanent ? demanda-t-elle. A-t-on décidé d'une date pour te transmettre les rênes de l'empire familial Crane ?

— L'empire n'est plus aussi grand qu'avant, tu sais.

— Raconte.

— Nous avons vendu nos propriétés de Savannah et de Boston.

— Pourquoi ?

— On préfère se concentrer sur nos hôtels de la côte Ouest, maintenant. Ces deux établissements étaient trop différents.

Ils devaient avoir gagné des millions dans l'affaire, songea Reggie.

La serveuse vint déposer leurs verres devant eux et Jake sourit en voyant le liquide rose qui remplissait celui de Reggie.

— Tu es une vraie fille...

— C'est de saison, protesta-t-elle en prenant son candy cane cooler. Vodka infusée à la menthe, brandy, crème et sucre de canne.

Elle saisit le sucre d'orge plongé avec soin dans son cocktail.

— Et une friandise en prime ! Que demander de plus ? Ça vaut mieux que ton manhattan guindé.

Il rit de nouveau.

— Tu n'as pas changé, on dirait.

Levant son verre, il lança :

— À la fille qui s'est échappée.

Reggie sourit.

— Au garçon qui l'a laissée partir.

Ils trinquèrent. Elle but une gorgée et soupira de bonheur.

— Aussi bon que dans mes souvenirs... Alors, comment va ta mère ?

D'un seul coup, le visage de Jake se rembrunit.

— Assez bien, compte tenu des circonstances. Mon père lui manque encore beaucoup.

— C'est normal. Ils ont été mariés pendant quarante ans.

Il hocha la tête.

— Elle recommence à s'impliquer dans l'entreprise, et je pense que c'est bon signe. Hélas, elle s'intéresse aussi plus à moi, ce que j'apprécie moins.

— J'imagine…

La mère de Jake était gentille et drôle, mais elle pouvait également se montrer déterminée et insistante quand elle le décidait.

— Comment se passe ton travail ? demanda-t-il.

— Très bien. J'ai quelques nouveaux clients qui occupent tout mon temps.

Ils discutèrent de certaines des inventions sur lesquelles elle avait travaillé, celles qui avaient fonctionné comme celles qui avaient échoué. Après avoir commandé leur repas, ils se mirent aussi à parler de leurs amis et des événements prévus pour les fêtes.

— La neige a du retard, dit Jake. La saison risque d'être difficile pour les stations de ski.

— Je sais. En général, la première chute arrive fin octobre et nous sommes déjà en plein mois de décembre. Je crois qu'une telle chose n'est encore jamais arrivée. Tout le monde panique.

— Tu penses aller sur la Couronne pour les premières neiges ?

— Bien sûr ! En général, je ne suis pas à la maison quand ça arrive, depuis mon déménagement. Pour une fois que j'ai une chance de voir ça, je compte bien faire la fête jusqu'à geler sur place !

Il eut une moue surprise.

— Tu as dit « à la maison ». Je croyais que ta maison était à Seattle, maintenant.

— Ma langue a fourché. Je suis revenue avant

Thanksgiving, cette année, et je pense que mes vieilles habitudes commencent à reprendre le dessus, répondit-elle avec un sourire. D'ailleurs, il faut que je te parle de Belle. Tu ne devineras jamais ce qu'elle a fait…

— Elle se met à porter un sac à main assorti à ses vêtements ?

— Mieux ! Elle a tenu tête à Burt.

— Tu plaisantes ? Il la terrifie.

— Plus maintenant. Elle lui a grogné dessus, il y a quelque temps, et tout a changé depuis.

— Dans ce cas, tu pourras lui dire que je suis fier d'elle.

— Promis.

Le reste de la soirée passa à toute vitesse. Reggie fut heureuse de constater que Jake et elle parvenaient encore à discuter à bâtons rompus, mais elle n'était pas certaine de sentir la moindre attraction entre eux. Il était gentil, amusant, cependant sa présence ne réveillait pas la moindre étincelle. Elle n'arrivait même pas à rêver de ses mains sur sa peau.

Quand ils eurent terminé leur dessert, ils s'attardèrent encore à table le temps d'un café, puis quittèrent le restaurant. Dans le hall, Jake la raccompagna vers la porte. Juste avant de sortir, il l'entraîna dans un coin isolé, se pencha sur elle et l'embrassa.

Reggie se laissa faire, les yeux fermés, tentant de se concentrer sur son baiser. Elle sentit la pression douce et chaude de ses lèvres sur les siennes. C'était une sensation agréable, familière. Quelques souvenirs heureux l'envahirent. Elle avait passé un bon moment et embrasser Jake de nouveau était… était…

Elle réprima un soupir. Ce n'était rien. Sympathique, mais sans la moindre flamme de désir. Elle n'était pas excitée ou impatiente de pousser les choses plus loin. Il ne la rendait pas plus heureuse, plus troublée, emportée par la passion. Plus maintenant. Ce qu'ils avaient été l'un pour l'autre, à l'époque de leur amour et de leurs fiançailles, avait été perdu en route.

Il s'écarta d'elle et la contempla. Ses yeux étaient emplis de regrets.

— C'est parti, dit-il simplement. Ce que nous avions. C'est terminé.

La tristesse qui émaillait sa voix bouleversa plus Reggie que leur baiser ne l'avait fait. Des larmes inattendues lui montèrent aux yeux et elle dut lutter pour les retenir.

— Oui.

— J'espérais autre chose, admit-il.

— Moi aussi, je crois...

— Je suppose que j'ai gâché notre unique chance.

— Non ! s'écria-t-elle en serrant ses mains dans les siennes. Non, ce n'est pas ta faute. Si nous avions vraiment été faits l'un pour l'autre, nos sentiments seraient encore là. Cachés, peut-être, mais on aurait réussi à les réveiller. Ça ne fait qu'un an, Jake. Seulement, il n'y a rien et je me demande si notre amour était aussi fort que nous le pensions.

— Que c'est compliqué !

— Je suis bien d'accord.

Elle sourit.

— Quoi qu'il en soit, je suis heureuse qu'on ait fait ça. Au moins, nous savons maintenant.

— Je suis heureux de t'avoir revue aussi.

Il l'accompagna dehors, attendit avec elle qu'on gare sa voiture devant la porte et l'aida à monter dedans. Alors qu'elle s'éloignait, Reggie se rendit compte qu'elle avait réellement eu besoin de savoir comment leur histoire devait se terminer. À présent, elle se sentait plus forte. Jamais plus elle ne se demanderait ce qui aurait pu se passer, si Jake ne l'avait pas quittée.

Étrange… Il ne s'était pas écoulé tant de temps depuis leur rupture, et pourtant ils avaient tous les deux tourné la page. Avec Toby, par contre, les choses étaient différentes. Même au bout de toutes ces années sa seule présence avait le don de la mettre sur des charbons ardents. Il était…

Elle contempla la nuit, en remontant lentement les rues désertes. Quand elle atteignit la sortie de la ville, elle s'arrêta à la première station-service et se gara sur le parking. Elle tira son téléphone de son sac, envoya rapidement un texto et attendit patiemment la réponse.

Vers 21 h 30, le portable de Toby se mit à vibrer. Il jeta un coup d'œil à l'écran et fronça les sourcils. Reggie n'avait pas l'habitude de lui envoyer des messages aussi tard.

Je sais que ce n'est peut-être pas le moment, mais j'aimerais qu'on parle. Est-ce que je peux passer chez toi ?

C'était une requête inattendue. La première pensée de Toby fut qu'il y avait un problème. La seconde, plus profonde et excitante, fut qu'elle pouvait avoir envie de passer pour faire *autre chose* que parler. Son esprit s'emplit d'images de Reggie et lui en train de faire l'amour ; d'abord vite, poussés par la passion, puis plus lentement pour prendre le temps de se redécouvrir et, enfin, de succomber à l'inévitable.

Il repoussa ces fantasmes, ignora tant bien que mal le réveil soudain de son sexe dans son pantalon, et répondit :

Pas de problème.

La réaction de Reggie ne se fit pas attendre :

J'arrive.

Il posa son livre et descendit au rez-de-chaussée. Judy s'était retirée dans sa chambre une heure plus tôt et Harrison était déjà couché. La maison était plongée dans le silence.

Il alluma quelques lampes et attendit près de la porte d'entrée. Quelques minutes plus tard, un halo de phares éclaira la façade. Il ouvrit la porte et vit Reggie s'extirper de sa voiture pour courir vers lui.

Il s'effaça pour la laisser entrer et la regarda un instant. Que s'était-il donc passé ? Elle n'avait pas l'air paniquée ou inquiète. Sans doute n'y avait-il pas eu d'accident grave, en fin de compte. D'un autre côté, elle ne se jeta pas non plus dans ses bras et il dut abandonner son rêve de finir la nuit avec elle.

— Que se passe-t-il ? demanda-t-il en prenant son manteau, avant de l'accompagner dans le salon.

La pièce était assez éloignée de la chambre de Judy pour leur permettre de parler sans la déranger. Ce ne fut qu'en invitant Reggie à prendre place sur le canapé et en s'asseyant en face d'elle qu'il remarqua sa tenue.

Sa robe noire ajustée soulignait ses courbes, mettant en valeur les parties les plus sensuelles de son corps, et elle portait du maquillage. Elle n'avait rien de la Reggie de tous les jours, charmante mais vêtue avec simplicité. Elle était sortie, ce soir. Pour une fête ou un rendez-vous.

Cette dernière idée le frappa ; il aurait voulu lui poser des questions, mais il savait qu'il n'en avait pas le droit. Il avait clairement déclaré qu'une relation ne l'intéressait pas – ni avec elle ni avec une autre – et il ne pouvait pas se plaindre qu'elle sorte avec un homme. Hélas, ces arguments rationnels ne suffirent pas à alléger la tension nerveuse qui enserrait son torse ou son besoin soudain d'obtenir des explications.

Elle se percha au bord du coussin, sans le regarder en face.

— Je suis allée dîner avec Jake, lâcha-t-elle d'un coup. À l'hôtel.

La tension se mua en une ceinture d'acier qui empêcha presque Toby de respirer. Une bouffée de jalousie, de colère, de possessivité monta en lui. Et rien de tout cela n'était justifié.

— Je voulais te prévenir, parce que je sais que tu en aurais sans doute entendu parler dès demain, reprit-elle avec un demi-sourire. Je ne prétends pas croire que tout le monde s'intéresse à ma vie, mais Jake est connu en ville et nous étions fiancés, donc...

Elle haussa les épaules.

— Bref, je suis sortie avec lui par curiosité. Je voulais savoir si nos sentiments étaient toujours là.

— Et... ?

La réponse n'avait pas d'importance. Reggie n'était pas faite pour lui. Il n'était plus capable de faire confiance à qui que ce soit et ne pouvait pas se permettre la moindre intimité. Néanmoins, il retint son souffle en attendant qu'elle parle.

— Non, dit-elle d'une voix ferme et assurée. Il n'y a plus rien. J'avoue que ça me rend un peu triste. J'avais prévu de l'épouser, après tout. Est-ce que ça n'aurait pas mérité un peu plus de passion ? Quoi qu'il en soit, ce n'est pas pour ça que je suis ici.

Dommage... Toby aurait volontiers passé la soirée à l'entendre parler de son désintérêt pour Jake !

— Si je suis venue, poursuivit-elle, c'est parce que je voulais t'en parler avant les autres. Je sais qu'on n'est pas ensemble, mais il se passe quelque chose entre nous, et je n'avais pas envie que tu puisses penser que j'agis dans ton dos.

Elle s'interrompit un instant, les yeux plongés dans les siens.

— Tu as tort d'ignorer ce qui se passe entre nous. Tu dis que tu ne veux pas d'aventures parce que tu dois veiller sur Harrison, mais je suis convaincue que ce n'est qu'une excuse. Tu as trop souffert et tu as peur de mettre ton cœur en jeu, je le comprends. Seulement, l'admettre serait inconfortable pour toi, alors tu as inventé une histoire pour te justifier.

Elle se redressa nerveusement.

— J'admets volontiers que c'est valable, sur le court terme ; mais un jour tu regarderas en arrière et tu verras tout ce que tu as manqué. Malheureusement, à ce moment, il sera trop tard pour faire marche arrière. Ton vœu de chasteté est ridicule ! Tu le sais, et moi aussi. Je pense que tu devrais être honnête avec toi-même. Je pense aussi que tu devrais me proposer un rendez-vous, parce que tu regretteras un jour d'avoir laissé filer ta chance.

Sur ce, elle se leva.

— Inutile de me raccompagner, je connais le chemin. Bonne nuit.

Et, sans attendre, elle s'en alla.

Toby resta assis, à la fois choqué par ses paroles et bouleversé par son courage. Reggie avait toujours été quelqu'un de franc, mais ce soir elle s'était montrée exceptionnelle. Elle avait tort à son sujet… Néanmoins, elle restait incroyable.

Il *savait* qu'il devait protéger son fils. C'était sa mission la plus importante. D'un autre côté, elle avait mis le doigt sur un point sensible : il regrettait en effet de l'avoir perdue. Et sans doute allait-il devoir vivre avec ce regret pendant très longtemps.

25

Micah encaissa sa cliente et lui tendit son reçu, tandis que la femme faisait de son mieux pour contrôler ses deux enfants. La plus jeune, une fillette de quatre ou cinq ans, partit en courant au milieu des allées de sapins en direction de la sortie. Micah se précipita pour la rattraper juste avant qu'elle n'atteigne le trottoir.

La mère, traînant derrière elle son autre enfant, les rejoignit d'un air paniqué.

— Merci beaucoup ! s'écria-t-elle, essoufflée. Elle aime courir, celle-là...

Micah lui confia sa fille et sourit.

— Passez de très bonnes fêtes, dit-il.

— Vous aussi.

Elle s'interrompit un instant, comme si elle était sur le point de dire autre chose. Micah se détourna très vite et s'approcha du mari, qui attachait le sapin sur le toit de la voiture.

— Avez-vous assez de corde ?

L'homme serra le dernier nœud et tapota l'arbre avec satisfaction.

— Oui, ça ira. Nous n'allons pas loin et je conduis doucement.

— Dans ce cas, profitez bien de votre sapin.

De retour dans l'enclos, Micah jeta un coup d'œil autour de lui. On était en pleine semaine, mais les affaires tournaient très bien. Il concluait plusieurs ventes par heure depuis son arrivée.

Steve l'avait appelé en début de matinée pour lui demander son aide. Son employé saisonnier habituel était malade et avait annoncé à la dernière minute qu'il ne pouvait pas venir. Bien sûr, Micah n'avait pas hésité. Non seulement il était prêt à tout pour son ami, mais il était aussi convaincu que cette expérience lui ferait du bien. Il avait passé trop de jours enfermé dans sa chambre, à écrire. Il avait déjà achevé deux chansons supplémentaires et avait des idées pour huit autres morceaux.

Soudain, son estomac se mit à gargouiller, lui rappelant qu'il avait sauté le petit déjeuner. Il jeta un coup d'œil à sa montre. Il était presque 13 heures. On le remplacerait dans deux heures – rien d'insurmontable.

Il aida quelques autres familles à choisir leur sapin et posa avec soin un petit arbre recouvert de neige artificielle dans le coffre d'une vieille dame.

— Souhaitez-vous que je passe chez vous pour vous aider à le décharger, tout à l'heure ? demanda-t-il.

Sa cliente sourit sous ses cheveux blancs.

— C'est très gentil à vous, mais mon voisin a promis de s'en occuper quand il rentrera du travail. Il est très serviable. Je lui ai déjà préparé des cookies pour le remercier.

— On dirait que vous avez une bonne relation, répondit Micah en vérifiant l'arrimage de l'arbre. Conduisez lentement, surtout. Mieux vaut ne pas prendre les virages trop vite pour éviter de perdre votre sapin.

La vieille dame éclata de rire.

— Je vous le promets.

Elle s'assit au volant et remonta la rue à petite vitesse.

Quand Micah retourna à son poste, il fut surpris de découvrir Reggie devant le comptoir. Il espéra un instant que Dena l'accompagnait, mais celle-ci devait encore être à l'école.

Il s'approcha pour la saluer.

— Bonjour ! Tu veux un sapin ?

— Non, ma mère s'en est déjà occupée. Je me demandais si tu avais un instant pour discuter.

— Bien sûr.

Il sourit de plus belle.

— Je t'inviterais bien dans mon bureau pour nous asseoir au chaud, mais j'ai peur de ne pas avoir mieux à te proposer que le grand air.

— Ça ira.

Elle le dévisagea un instant, d'un air très déterminé.

— Je ne sais pas comment formuler la question avec délicatesse, donc je vais y aller franchement… Quelles sont tes intentions concernant ma sœur ?

Le premier instinct de Micah fut d'éclater de rire. Personne ne lui avait demandé ce genre de choses, jusqu'à présent. D'ailleurs, il n'était pas certain qu'on emploie encore ce type de formules, au XXIe siècle. Mais son amusement s'évanouit vite, remplacé par la satisfaction de voir que la famille de Dena se souciait d'elle. Elle ne serait jamais seule. Elle avait des proches qui l'aimaient, qui seraient toujours là pour elle. C'était une très bonne chose. Il voulait qu'elle soit choyée et dorlotée – même si, la connaissant, elle devait souvent protester et prétendre que tout allait bien.

— Tu as peur que je lui fasse du mal.

— Oui. Ne le prends pas en mauvaise part, mais tu es Micah Ruiz. Au premier abord, il est difficile de te résister. Tu es séduisant, beau, et en plus tu es musicien. Tu es un homme important, temporairement tombé dans le monde réel. Je ne sais pas pourquoi tu es venu ici, mais je sais que tu repartiras un jour et cela m'inquiète.

Elle eut une petite moue.

— En fait, je m'inquiéterais aussi si tu restais. J'aime ma sœur et je sais à quel point elle est extraordinaire… Le sais-tu aussi ?

— Oui.

— Pour être honnête, je ne te crois pas. Je *veux* le croire, mais je n'y arrive pas. Elle n'a rien à voir avec les autres femmes que tu as fréquentées.

— Comment le sais-tu ?

Son sourire fut un peu amer.

— Je ne le sais pas vraiment, mais j'imagine. Dena n'est pas comme ça.

Elle retrouva sa gravité et reprit :

— Tu es le genre d'homme qui fait facilement craquer les femmes. Dena n'a aucune expérience de ton monde, et c'est ce qui me fait peur. Elle est solide, elle a toujours été organisée, carrée. Je ne crois pas qu'elle soit prête pour le glamour qui t'accompagne.

Micah aurait sans doute dû se sentir insulté par toutes ces idées préconçues à son égard, mais il était trop heureux d'être témoin de cet amour entre sœurs pour en prendre ombrage.

— Je ne lui ferai jamais de mal, promit-il.

— Tu n'en as peut-être pas l'intention, mais ça me semble inévitable. Penses-tu rester à Wishing Tree ?

Il ne s'était pas encore posé la question. Rester ? La ville lui plaisait et il finirait un jour par devoir poser ses valises quelque part. Il en avait assez d'éviter Malibu. Peut-être que le moment était venu d'agir…

— Je ne sais pas, avoua-t-il.

— Voilà. C'est le problème. Tu dois te décider. Je ne plaisantais pas en disant que ma sœur est très organisée. Elle aime avoir un plan. Ça la rassure. Elle a toujours tout calculé, même sa grossesse. Alors, ne joue pas avec elle.

— Jamais je ne ferais ça ! Je tiens à elle.

Reggie ne parut pas convaincue.

— Pour l'instant, oui. Mais après ? Je crains que tu ne finisses par t'ennuyer et par reprendre la route. Elle risque d'être dévastée.

Ce n'était pas ce qu'il souhaitait. Et comment Dena aurait-elle pu le lasser ? Elle était tellement chaleureuse. Énergique, amusante, gentille, souriante, sexy... Mais ce n'était évidemment pas ce que Reggie voulait dire. Elle essayait de lui faire comprendre que le moment était venu pour lui de se prendre en main, de savoir ce qu'il désirait vraiment. Elle lui rappelait que des cœurs étaient en jeu.

— Tu as parfaitement raison. Merci d'être venue me parler. Tu m'as donné matière à réflexion.

Elle le regarda un instant d'un air perplexe.

— Qu'est-ce que ça veut dire ? Te moques-tu de moi ?

— Non. Pas du tout. Tu as raison : je ne peux plus me contenter de suivre le courant. Il me faut un plan.

— Donc, tu apprécies ma sœur ?

— Beaucoup.

Elle secoua la tête avec un demi-sourire.

— J'admets que cette conversation n'a pas pris le tour que j'imaginais. Je te suis reconnaissante de ne pas t'être énervé.

— Tu prends soin de Dena. Comment aurais-je pu m'énerver ?

Elle pinça les lèvres.

— Je ne veux pas te vexer, mais j'avoue que tu es encore plus bizarre que je ne l'imaginais.

— Je ne veux pas te vexer non plus en faisant ça, répondit-il avant de se pencher pour déposer un baiser sur sa joue. Quoi qu'il advienne, ne cesse jamais de la protéger.

Elle écarquilla les yeux, surprise.

— Jamais.

Reggie noua un morceau de ruban autour du dernier pot en céramique. Elle venait d'arriver au bout de sa *to-do list*. Le diaporama était terminé, elle avait envoyé par e-mail son rapport sur l'aspirateur de Gizmo, elle avait achevé tous ses préparatifs pour le mariage et sa mère avait enfin trouvé la robe de ses rêves. La vie était belle. Merveilleuse, même. Si on exceptait le gros nœud douloureux qui avait élu domicile au creux de son estomac.

Pourquoi avait-elle affirmé à Toby qu'il regretterait de la laisser partir ? Sur le moment, cela lui avait semblé logique et évident ; mais plus les jours passaient, plus elle tressaillait en se souvenant de leur conversation. N'était-elle pas allée un peu loin ? Peut-être que Toby avait compris qu'elle avait encore des sentiments pour lui et qu'il s'était justement servi de Harrison comme d'une excuse pour la repousser en douceur. Peut-être qu'il n'était plus aussi sensible à elle qu'autrefois. Peut-être que son amour pour lui n'était pas réciproque.

Elle avait toujours tenu à prendre des risques. Même au lycée, quand elle était allée le voir pour lui dire qu'il devait l'inviter à sortir. Pendant des années, elle n'avait plus repensé à cette journée. Pourtant, elle l'avait fait. Elle avait été courageuse – mais elle était certaine de ses sentiments pour elle, à l'époque. Elle l'avait souvent surpris en train de la regarder, de traîner à proximité. Elle avait *su* qu'il voulait sortir avec elle. Aujourd'hui, elle n'était plus sûre de rien…

Certes, ils avaient passé de bons moments ensemble. Certes, leurs baisers avaient été plus sensuels que jamais.

Mais cela ne signifiait pas qu'il nourrissait des espoirs secrets à son égard. Peut-être ferait-elle mieux de...

— Stop ! dit-elle tout haut en réveillant Belle, qui somnolait près de Burt.

Sa chienne redressa la tête d'un air blessé, comme si elle se demandait quelle bêtise elle avait bien pu faire.

Reggie lui caressa les oreilles pour la rassurer.

— Désolée, ma grande. Ce n'est pas à toi que je parlais.

Belle secoua la queue – sa manière de pardonner – puis reposa sa grosse tête près de Burt et ferma les yeux. Reggie se laissa retomber au fond du canapé du salon.

Il fallait qu'elle arrête de se remettre en question. Elle ne le supportait plus. Elle ne pouvait pas revenir en arrière et, au fond, elle n'était pas sûre d'en avoir envie. Elle pensait sincèrement que Toby était idiot de vouloir à ce point ignorer ce qui se passait entre eux. Ils allaient bien ensemble. Leurs sentiments d'autrefois étaient toujours là et, à ses yeux, c'était quelque chose d'unique. Ne le voyait-il donc pas ?

Elle ramassa sur la table le support de tourte en papier plié qu'elle avait créé. Il était compact, solide, et possédait un design simple et économique qui permettait de repousser toutes les miettes des tourtes vers l'ouverture. Elle avait déjà obtenu les devis de trois manufactures capables de le produire. Poster le prototype et les devis à Toby aurait sans doute été une manière de lui montrer son travail ; mais c'était aussi une solution lâche. Et Reggie n'avait jamais aimé fuir ou se cacher. Elle préférait jouer franc jeu, quitte à en assumer les conséquences. La plupart du temps, en tout cas. Allait-elle commencer à laisser parler la peur maintenant ? Non.

Elle monta dans sa chambre, se maquilla, troqua son sweat-shirt de l'université de Washington contre un joli petit pull. En redescendant, elle attrapa ses créations et le dossier contenant les devis, puis sortit dans le froid.

Seulement, alors qu'elle s'approchait de la façade des Tourtes de Judy, son courage s'évanouit. Avait-elle fait le bon choix ? Elle faillit tourner les talons deux fois avant de rassembler sa volonté et de pousser la porte. Plus tard, quand elle repenserait à ce moment, elle serait fière d'elle.

Shaye se trouvait derrière le comptoir, occupée avec des clients qui avaient du mal à se décider entre la tourte bœuf-champignons et celle au bœuf bourguignon. Reggie lui fit un signe de la main.

— J'ai besoin de parler à Toby, dit-elle. Tu crois que je peux monter à son bureau ?

Shaye sourit.

— Bien sûr. L'escalier est juste derrière.

Reggie contourna le comptoir et passa dans la cuisine équipée d'un grand four pour cuire les tourtes. Elle ouvrit la porte du fond et se retrouva au pied de l'escalier.

— Courage, se murmura-t-elle en se redressant.

Si elle lui avait donné son prototype la semaine précédente, elle ne se serait pas retrouvée dans une telle situation aujourd'hui. Mais elle ne l'avait pas fait. Elle ne pouvait rien y changer.

Elle monta rapidement, puis longea un petit couloir. L'une des portes était entrouverte et elle trouva Toby assis à son bureau, concentré sur son ordinateur.

Il était beau, songea-t-elle, avec ses épaules larges et son air sérieux qui le rendait encore plus sexy que d'habitude. Durant la seconde qui s'écoula avant qu'il lève les yeux de son écran, elle l'imagina l'accueillant avec un sourire mutin, sensuel. Il quitterait sa chaise, s'approcherait, la prendrait dans ses bras et…

— Reggie ?

Sa voix confuse et un peu méfiante n'était pas ce

qu'elle avait espéré. Elle réprima un soupir et sourit de son mieux.

— Salut ! Oui, c'est moi. Je ne te dérangerai pas longtemps.

Elle vint s'asseoir sur l'une des chaises destinées aux visiteurs, en face de lui.

— Ne t'en fais pas. Je viens en paix et pour parler travail.

Un éclair plus chaleureux traversa le regard de Toby.

— On ne s'est pas disputés. Inutile de venir en paix.

— Très bien. Disons que je te promets de ne pas faire la liste de tout ce qui ne tourne pas rond dans ta vie, cette fois.

— Tu as toujours eu des idées arrêtées.

— Et je continuerai.

— Il semblerait, oui. Comment vas-tu ?

La question la surprit. Voulait-il jouer la carte de la discussion amicale ?

— Je vais bien. Il paraît qu'il va neiger, demain. On verra si c'est vrai. À ce stade, j'avoue que je suis plus inquiète qu'impatiente.

— Tout le monde est tendu à cause de la neige… ou plutôt de son absence.

— Oui, nous sommes désespérés.

Elle ouvrit son sac et en tira les supports qu'elle avait créés, mais les garda à la main.

— Tu sais, tes tourtes sont salissantes.

Toby haussa un sourcil.

— OK. Je suis content d'avoir ton opinion.

Elle soupira. Décidément, elle n'aurait pas pu s'y prendre plus mal…

— Ne te fâche pas. Je ne te critique pas. J'énonce un fait. Parfois, tes tourtes sont salissantes. Elles sont toujours délicieuses, bien sûr, mais si la croûte craque tout part en miettes dans la main. Les sachets en papier n'aident pas beaucoup et les serviettes empêchent juste d'avoir de la sauce plein les doigts. Quant aux supports en carton qu'utilisent les enseignes de fast-food, ils n'ont pas la bonne forme pour tes tourtes.

Toby la dévisagea, comme s'il ne comprenait pas encore où elle voulait en venir.

— Et ?

— Et j'y ai beaucoup réfléchi. Une partie de mon travail consiste à aider les inventeurs à peaufiner leur design. Je leur fais des suggestions pour rendre leur idée utilisable par les gens. C'est ma partie…

Elle lui tendit l'un de ses prototypes.

— Donc, je t'ai fait ça.

Il le lui prit des mains et l'observa consciencieusement.

— Pour tenir les tourtes, dit-il.

— Oui. Ça reste du papier, mais il est plus épais et les plis le rendent plus solide. Même si la croûte casse, le contenu de la tourte ne coulera pas. Le support est même marqué pour permettre au client de le plier en éventail et de repousser les derniers morceaux vers le haut sans rien perdre. C'est une matière valable pour un usage alimentaire et, si tu en commandes assez, le fabricant peut apposer ton logo dessus. Je sais que ça coûte beaucoup plus cher que les sachets en papier, mais le client passera un meilleur moment avec sa tourte et sera plus satisfait de l'expérience, à mon avis.

Elle prit sur elle pour se taire et le laisser examiner l'objet. Elle n'avait aucune idée de ce qu'il pouvait bien en penser. Son design était bon et le concept tenait la route. Certes, il y aurait un surcoût qui pouvait pousser Toby à refuser tout net, mais cela ne changeait rien à la qualité de ce qu'elle lui proposait.

Finalement, il leva les yeux sur elle.

— Quand as-tu fait ça ?

— Je travaille dessus depuis un petit moment, répondit-elle avant de pousser son dossier dans sa direction. J'ai trouvé trois fabricants et je leur ai demandé des devis. Juste pour te donner une idée du coût.

Il lâcha un juron étouffé.

— Il y a deux jours, tu m'affirmais que j'étais stupide de ne pas t'inviter à sortir avec moi…

— Je ne suis pas certaine de l'avoir dit comme ça.

— L'idée y était. Et, pendant ce temps, tu travaillais sur ce projet ?

— Je ne vois pas en quoi les deux seraient incompatibles.

— Pourquoi n'as-tu pas jeté ton prototype à la poubelle ?

Elle recula au fond de sa chaise, sur la défensive.

— Parce que c'est une bonne idée et parce que j'ai travaillé dur pour y arriver. Si tu ne veux pas l'adopter, c'est ton droit, mais tu n'as aucune raison de me dire que mon idée est bonne pour la poubelle !

— Non, murmura-t-il en se penchant vers elle, ce n'est pas ce que je voulais dire, Reggie. Je me demandais pourquoi tu tiens encore à m'aider.

— Oh… Eh bien, parce qu'on est amis.

Il la contempla un moment en silence. Elle eut la vague sensation qu'il cherchait quelque chose au fond de ses yeux – mais quoi ? Enfin, il sourit et reprit le prototype.

— C'est génial. Allons l'essayer avec quelques tourtes.

— Tu y tiens ?

— Bien sûr !

— Tu verras : c'est à la fois simple et solide. J'aime ça, dans un design.

Il se leva pour contourner le bureau.

— Reggie, ton idée est incroyable. J'ai honte de ne pas y avoir pensé plus tôt.

— Tu n'es pas un inventeur, et ce n'est pas grave. Nous avons tous nos petits défauts.

Le rire de Toby la surprit et, en un éclair, toutes ses angoisses s'évanouirent. Même s'ils ne redevenaient jamais un couple, elle était heureuse de pouvoir au moins le compter parmi ses amis.

— Il y a des clients, en bas, dit-elle. On pourrait peut-être leur demander leur avis. Oh ! et à Harrison aussi : il mange des tourtes presque tous les jours. Il ferait un très bon testeur. Si un enfant de son âge arrive à s'en servir sans en mettre partout, c'est que le design va marcher.

— Je sais déjà que ça va marcher, mais je tiens à essayer quand même.

— Parfait. J'ai justement un petit creux !

— Moi aussi.

Il s'effaça pour la laisser s'engager dans l'escalier devant lui.

Deux heures plus tard, Toby était convaincu : il allait changer les emballages de toutes ses boutiques. Les supports imaginés par Reggie fonctionnaient à merveille. Ils avaient emporté une dizaine de tourtes dans la cuisine et les avaient brisées, mangées en commençant par le milieu, coupées en deux avant de les mettre dans les supports... Le papier plié avait conservé chaque miette de la garniture et supporté l'humidité de la sauce. Bref, c'était un emballage simple et efficace.

— Est-ce que tu as rédigé un contrat ? demanda-t-il quand elle eut déclaré qu'elle ne pouvait pas avaler une bouchée de plus.

— De quoi parles-tu ?

— Je veux acheter ton design.

Elle leva les yeux au ciel.

— Je ne l'ai pas fait pour te le vendre, mais parce que ça me faisait plaisir. Il est à toi, fais-en ce que tu veux.

— Reggie, cette idée va transformer l'industrie. Il faut que tu la fasses breveter et que tu m'en accordes l'usage légal. Tu mérites d'être payée pour ça !

Elle sourit.

— Transformer l'industrie ? On parle du petit monde des tourtes ?

— C'est un milieu plus important que tu ne le crois ; et puis, ton support pourrait trouver d'autres usages. C'est du bon travail et c'est ta profession. J'imagine que tu connais un avocat en droit des brevets.

— Oui, et laisse-moi te dire qu'il n'est pas aussi drôle que tu sembles le croire.

— Tu ne me prends pas au sérieux…

Des petites rides de malice se formèrent au coin des yeux de Reggie.

— Non, pas le moins du monde, répondit-elle.

— Ton design pourrait valoir une fortune.

— Ça m'étonnerait. Si j'avais inventé le post-it, je ne dis pas…

Elle tapota son bras avec douceur.

— C'est très gentil à toi de t'en faire à ce point, mais je pensais ce que j'ai dit : j'ai créé ce prototype pour toi, parce que j'aime résoudre les problèmes. Il t'appartient. Tu es libre de le commercialiser à ta guise. Vois ça comme un cadeau.

Elle jeta un petit coup d'œil à sa montre et reprit :

— Je dois rentrer pour promener Belle. Tiens-moi au courant, quand tu auras fait tes premières estimations pour les supports. J'aimerais savoir si tu les utilises ou pas !

Elle enfila son manteau, ses gants et enroula son écharpe autour de son cou, puis quitta la boutique. Toby se retrouva seul dans sa cuisine, avec le prototype qu'elle venait de lui offrir. Un cadeau, avait-elle dit. Comme si ce n'était rien.

Il emporta le reste des supports dans son bureau et finit par admettre qu'il ne comprenait pas. Ni Reggie, ni ce qui venait de se passer, ni le reste.

Il se laissa tomber dans son fauteuil de bureau et contempla le support un long moment. Il essaya de se convaincre que c'était une simple feuille de papier pliée, mais il savait qu'il n'y avait pas que ça. Reggie avait repéré un problème et avait décidé de le résoudre. Elle avait consacré du temps et des efforts à ce projet. Sans doute avait-elle jeté plusieurs essais à la poubelle avant d'arriver à ce résultat ; et, alors qu'elle travaillait d'arrache-pied pour lui, elle ne lui avait rien dit.

Plus étonnant encore, deux jours plus tôt, elle lui avait clairement fait comprendre qu'elle avait envie de sortir avec lui. Elle avait donc encore des sentiments pour lui – une réalité qu'il essayait d'ignorer tant bien que mal depuis des semaines. Et, au lieu d'accepter sa proposition si tentante, il lui avait dit une fois de plus qu'il refusait de courir un tel risque et il l'avait laissée partir. Cette dernière lâcheté l'avait empêché de fermer l'œil, depuis...

Après tout cela, Reggie était tout de même venue le voir et lui avait *donné* son prototype de support. Pour rien. Qui faisait ce genre de choses ? Personne, à sa connaissance. Pourquoi n'était-elle pas en colère contre lui ? Pourquoi ne refusait-elle pas catégoriquement de le revoir ?

Il se leva et s'approcha de la fenêtre dans l'espoir de surprendre sa silhouette, mais elle avait déjà quitté la Couronne. Dans la lumière éclatante de la mi-journée, ses yeux furent attirés par les vitrines des autres boutiques, comme si les réponses à ses questions pouvaient s'y terrer.

Il connaissait assez bien Reggie pour savoir qu'elle n'essayait sans doute pas de le piéger. Elle restait simplement fidèle à son caractère. Généreuse. Attentionnée. Honnête. S'il devait un jour faire confiance à une autre femme, elle serait sans doute au sommet de sa liste. Mais le danger restait trop grand pour Harrison.

À moins que…

Avait-elle raison de prétendre que ce n'était pas son fils qu'il cherchait à protéger, mais lui-même ? Il n'avait jamais vu les choses sous cet angle-là. Les agissements de Lori les avaient tous les deux blessés. Mais, s'il y avait un soupçon de vérité dans la théorie de Reggie, ne devait-il pas la prendre en considération ?

Il n'avait aucune idée de ce qu'il devait faire, à présent. La seule chose dont il était certain, c'était qu'elle avait eu raison sur un point. S'il la laissait partir sans même essayer de la retenir, il le regretterait sans doute pour le restant de ses jours.

26

— Tu ne manges rien, lança Dena, ravie d'avoir eu la bonne idée d'enfiler des leggings en rentrant du travail.

Ursula s'était encore surpassée, ce soir.

— Il y a des beignets de piments au bacon *et* des toasts au fromage et haricots rouges. On a même ajouté des chips et du guacamole. Tu viens de Los Angeles, non ? Le menu devrait te plaire.

Elle était assise dans un coin de la salle à manger avec Micah. Ils avaient décidé de se retrouver pour la soirée Snacks et Vin ; et Dena avait attendu ce moment toute la journée.

Micah, aussi séduisant qu'à son habitude dans son jean et son pull bleu sombre, lui sourit.

— Désolé, j'étais perdu dans mes pensées.

— Tu ne sais pas penser et manger en même temps ?

Il gloussa.

— Oh si, et je vais te le prouver.

Il se leva avec une élégance nonchalante.

— Je reviens.

Elle n'aurait pas dû le suivre des yeux, mais elle ne put s'en empêcher. Cet homme avait des fesses de rêve. Et de longues jambes. Il était si parfait en tout point qu'elle ne pouvait s'empêcher d'espérer partager avec lui plus que de l'amitié. Le voir nu serait un souvenir qu'elle chérirait toute sa vie. Bien sûr, elle n'était pas assez folle pour penser qu'il pourrait vouloir coucher avec elle ; mais un simple coup d'œil rapide sur son corps si sexy serait déjà merveilleux...

Ah, les rêves ! songea-t-elle en faisant de son mieux pour ne pas rire.

Micah revint bientôt avec deux assiettes. Sur l'une d'elles il avait entassé différents snacks, et sur l'autre il avait déposé une poignée de chips ainsi qu'un peu de guacamole. Il poussa celle-ci vers Dena.

— J'ai cru entendre une pointe d'admiration dans ta voix quand tu as dit « guacamole », fit-il avec un sourire.

— Je ne peux pas m'en empêcher. On trouve beaucoup de fruits et de légumes dans l'État de Washington, et des vignes, évidemment. On produit même une bonne partie du houblon du pays, pour satisfaire les buveurs de bière. Par contre, le climat n'est pas propice aux avocats. Triste mais vrai.

Elle attrapa une chips et la plongea dans la sauce.

— Ce sont ces petites choses qui rendent la vie si belle !

Le guacamole... et la compagnie – même si elle prit soin de ne pas le préciser.

Ils s'attardèrent longtemps, jusqu'à ce qu'il ne reste plus que quelques clients éparpillés dans la salle, attendant de monter dans leurs chambres ou de sortir dîner.

— J'aurais dû me faire une salade, soupira Dena en prenant l'un des derniers beignets de piments au bacon. D'un autre côté, le jalapeño est techniquement un légume, non ? J'ai mangé des haricots rouges, qui me font une dose de protéines, du fromage, des légumes...

— Essayes-tu de dire que tu as fait un repas équilibré ? demanda Micah en mordant dans l'un des derniers toasts.

Dena éclata de rire.

— Peut-être. D'une certaine manière. En tout cas, j'ai connu pire.

— Les gens n'arrêtent pas de parler de la neige prévue pour demain.

— Nous l'espérons tous. Elle se fait tellement attendre, cette année… Dans cette ville, la première chute de neige est importante et les touristes essayent toujours d'y assister, mais on ne peut jamais être sûr de la date.

Il la regarda un moment d'un air songeur.

— Je suis triste à l'idée de rater ça.

— Rater ? Impossible. Où veux-tu… ?

D'un seul coup, elle comprit et retint un soupir.

— Il est déjà temps pour toi de rentrer à Los Angeles tourner ton émission, c'est ça ?

— Oui. Mon avion part tôt demain matin.

Aïe… Il s'en allait. Pire encore, son mois de résidence touchait à sa fin. Le mariage des parents de Dena aurait lieu la semaine suivante, puis ce serait Noël et Micah s'en irait.

Elle fut brusquement tirée de ses pensées par deux mains chaudes qui saisirent la sienne.

— J'ai prévu de ne rester que trois jours là-bas. Je reviendrai juste après.

Elle fit de son mieux pour sourire.

— Oh ! je ne sais pas. Tu pourrais redécouvrir la ville et te rendre compte qu'elle t'a manqué.

— Je sais ce qui me manquera, et ce n'est pas en Californie que je vais le trouver…

Quoi… ? Parlait-il d'elle ? Allait-*elle* lui manquer ? Elle eut soudain très envie de lui poser la question, mais ne sut comment faire sans paraître ridicule.

— Ils cultivent des avocats, en Californie. Tu pourras te consoler avec ça, dit-elle.

Il rit, puis se pencha pour effleurer ses lèvres avec douceur.

— C'est vrai. Je t'en rapporterai quelques-uns.

— Ce serait très gentil…

— Est-ce que tu aurais envie d'autre chose ?

— Juste toi.

Ces deux mots lui échappèrent sans qu'elle puisse les retenir et flottèrent quelques instants dans le silence. Énormes. Vivants. Impossibles à effacer.

— Je… euh… Je voulais dire…

Micah secoua la tête, interrompant ses faibles tentatives d'explications.

— Ne retire pas ce que tu viens de dire. Je t'en supplie.

Ses yeux bleus ne cillaient pas et tout son visage se tendait. Dena sentit son cœur s'emballer. Elle avait de plus en plus de mal à en croire ses oreilles.

— Tes parents renouvellent leurs vœux, la semaine prochaine.

Ce changement de sujet si soudain fut à la fois un soulagement et une déception pour elle.

— Oui, répondit-elle.

— Est-ce que tu as prévu d'y aller avec quelqu'un ?

— Comme pour un rendez-vous ? Non.

— Aimerais-tu que je t'accompagne ?

Elle aurait pu crier s'il n'avait pas, en posant sa question, commencé à caresser le dos de sa main avec son pouce. Ce n'était rien, au fond – en tout cas, ça aurait dû n'être rien. Il n'était sans doute même pas conscient de son geste et n'était pas responsable de l'hypersensibilité des nerfs de Dena.

— Tu voudrais venir ? demanda-t-elle, soulagée d'entendre que sa voix ne tremblait pas trop.

— Ça me plairait beaucoup.

— La fête aura lieu à l'hôtel et j'ai promis à mes parents d'aller tout préparer en avance. Je t'enverrai un texto avec l'heure pour que tu puisses me rejoindre.

Oh ! bon sang ! Elle allait sortir avec Micah !

— À moins que… tu sois encore occupé à Los Angeles.

— Je rentrerai à temps pour le mariage, c'est promis. Est-ce que tu vas regarder l'émission, à la télé ?

Elle éclata de rire.

— Tu es sérieux ? Bien sûr que je vais la regarder ! Je ne t'ai jamais vu en scène et j'ai hâte d'entendre ta nouvelle chanson. Surtout si tu dis que je te l'ai inspirée…

— Oui.

Il se fendit d'un petit sourire.

— Par contre, il va falloir être indulgente avec moi : je ne suis pas Dolly Parton.

— Je crois qu'on est déjà tombés d'accord sur ce point.

Au lieu de rire, comme elle s'y attendait, Micah la regarda gravement.

— Tu vas me manquer.

OK… Cette soirée devenait clairement de plus en plus incongrue.

— Toi aussi, répondit-elle.

— Oh ! Dena ! Quel merveilleux apéritif !

Malheureusement, elle dut se résoudre à retrouver le monde réel, à lâcher la main de Micah et à sourire aux époux Cuyler, un charmant couple de retraités de Fort Worth, qui venait au moins deux fois par an.

— Je suis heureuse que vous passiez un bon moment, dit-elle en se levant pour échanger quelques mots avec eux. La météo nous promet notre première chute de neige pour demain.

Mme Cuyler plaqua une main contre son cœur.

— Nous avons entendu et nous sommes très excités ! Nous n'avons encore jamais été ici pour les premières neiges.

— N'oubliez pas : il nous faut un quart d'heure de neige en continu pour que ce soit rendu officiel. Quand vous entendrez les alarmes, habillez-vous chaudement et allez sur la Couronne. Je vous promets que vous passerez un agréable moment.

— Nous avons hâte ! s'écria M. Cuyler avant d'entraîner sa femme vers l'escalier.

Dena se rassit et fit de son mieux pour ne pas soupirer. Elle adorait les Cuyler, mais aurait préféré qu'ils ne viennent pas interrompre sa soirée avec Micah. Devoir leur parler avait rompu l'étrange charme qui semblait les avoir enveloppés…

Elle prit un autre toast. Au moins, la nourriture serait toujours là pour la réconforter.

— Ils ont l'air gentils, dit Micah.

— Oui, c'est vrai. Certains clients sont faciles à satisfaire et d'autres pas ; mais les Cuyler sont toujours adorables.

— Dena, reprit-il d'une voix soudain plus tendue, voudrais-tu passer la nuit avec moi ?

Heureusement pour elle, elle avait déjà avalé sa bouchée, car elle se serait sans doute étouffée avec son pain. Elle le dévisagea, sous le choc. C'était impossible ! Elle avait forcément mal compris.

— Tu viens de me demander de… ?

Il ne la quittait pas des yeux.

— De passer la nuit avec moi, acheva-t-il pour elle. Je te promets qu'on ne fera rien de spécial. Tu as ma parole. Mais j'aimerais beaucoup pouvoir te tenir dans mes bras.

D'un seul coup, sans prévenir, la bulle de joie qui montait en elle éclata.

— Pourquoi n'as-tu pas envie de coucher avec moi ? demanda-t-elle avant de s'interrompre, horrifiée par ce qu'elle venait de dire.

Elle jeta un regard paniqué autour d'elle. Heureusement, il n'y avait plus qu'eux dans la salle à manger. Personne ne serait témoin de son humiliation.

Les lèvres de Micah frémirent, mais il eut au moins le tact de ne pas sourire.

— T'ai-je déjà dit à quel point j'aime ta franchise ? Ça doit être un héritage familial… Si tu veux tout savoir, j'ai *envie* de coucher avec toi ; j'ai même du mal à penser à autre chose. Mais il est encore trop tôt pour nous, et je m'en vais demain matin. Je ne veux pas te mettre dans ce genre de situation pénible. Ce ne serait pas juste.

Cette conversation n'avait absolument rien de normal – d'un autre côté, Micah n'était pas non plus un homme normal. Il était formidable et évoluait dans un autre monde, dont Dena ignorait tout. Son corps la poussait à accepter, conscient que le simple fait de dormir tout contre lui serait magique. D'un autre côté, la voix de la raison la mettait en garde. Cette proposition était dangereuse et, même si « rien ne se passait », Dena risquait fort d'offrir son cœur à Micah. Si cela arrivait, comment s'en remettrait-elle ?

Je ne peux pas. Ces quatre mots résonnèrent à ses oreilles, prêts à sortir. Hélas, dès qu'elle ouvrit la bouche, elle s'entendit répondre :

— J'aimerais beaucoup.

Le sourire de Micah s'illumina comme jamais.

— Merci. Allons nous occuper de la vaisselle, puis tu pourras me dire à quelle heure monter chez toi, si ça te va.

Le cœur de Dena battait si fort qu'elle en était assourdie.

— Ça me semble bien.

Bien. Quel mot absurde pour qualifier un tel événement. Certes, cet homme allait sans doute lui briser le cœur, mais elle refusait de regretter cette nuit. Ni maintenant ni plus tard.

Dès que la cuisine fut en ordre, Dena se dépêcha de monter chez elle, puis se planta au milieu de son salon, sans savoir quoi faire. Les draps n'étaient pas un problème : elle les avait changés la veille. Quant au reste, elle n'avait pas assez d'expérience pour savoir ce qui serait le plus approprié. Si Micah n'avait pas menti, s'ils devaient simplement dormir ensemble, alors une nuisette sexy était hors de question. Non qu'elle eût une grande collection de lingerie sensuelle…

En temps normal, elle se serait contentée d'enfiler son pyjama d'hiver habituel et de se coucher. Littéralement. Mais elle n'allait pas être seule, ce soir, donc son pilou parsemé de petits chats en costume de Père Noël ne conviendrait sans doute pas non plus. D'ailleurs, tant qu'elle songeait à ce qui allait ou non se passer cette nuit, devait-elle se doucher ? Se raser les jambes ? Regretter de ne pas s'être fait une épilation du maillot – chose qu'elle n'avait jamais jugée nécessaire, surtout en étant enceinte ? Elle s'entretenait, bien sûr, et Micah n'était de toute manière pas censé voir quoi que ce soit qui…

— Aie confiance en ce qu'il t'a dit, murmura-t-elle.

Rien n'allait se passer. Elle n'avait peut-être pas envie de l'admettre, mais il avait raison de poser des limites. Rêver de faire l'amour avec Micah était une chose, mais envisager de passer à l'acte l'intimidait beaucoup. En particulier parce qu'elle n'avait encore jamais couché avec un homme sans avoir de sentiments pour lui. Le sexe pour le sexe ne l'intéressait pas. Et puis, Micah partait dès le lendemain. Il avait beau jurer qu'il ne resterait absent que quelques jours, peut-être que le fait de se retrouver à Los Angeles lui rappellerait tout ce que sa vie avait d'extraordinaire, tout ce qui lui manquait. Dena était aussi une future maman, pas une simple conquête qu'on peut entraîner dans son lit et quitter sans le moindre scrupule.

Elle passa dans sa chambre, tira les couvertures du lit et alluma une petite lampe dans la salle de bains attenante. Puis elle se campa devant son armoire pour étudier sa maigre collection de pyjamas. Elle n'avait décidément rien qui soit digne de Micah – autant s'en tenir aux chats de Noël. Elle se passa un peu d'eau sur le visage et se brossa les dents, puis lui envoya un message pour le prévenir qu'elle était prête.

Dès le texto parti, son estomac se noua. Et s'il avait changé d'avis ? Et si ce n'était qu'une plaisanterie de très mauvais goût ? Et si... ?

On frappa soudain à la porte. Il était là ! Vraiment là !

Elle alla lui ouvrir et le regarda suspendre son manteau dans l'entrée. Il retira ses bottes et les rangea contre le mur, puis se redressa pieds nus, en jogging et T-shirt. Dena s'obligea à croiser son regard.

— Je crois que je n'ai jamais été aussi nerveuse, lâcha-t-elle avant de songer à se retenir.

— Moi aussi.

— Vraiment ? Pourtant, tu es toujours si sûr de toi. Je ne pensais pas te voir nerveux, un jour.

Il la gratifia d'un petit sourire de travers qui la fit frissonner de la tête aux pieds.

— C'est une première fois pour moi aussi, tu sais.

Sans lui laisser le temps d'assimiler pleinement la tendresse merveilleuse de ces mots, il l'attira dans ses bras et la serra fort contre lui. Il n'essaya pas de l'embrasser, mais se contenta de plaquer la joue contre ses cheveux. Elle l'entendit soupirer.

— C'est agréable, murmura-t-il.

— Oui.

— J'aime beaucoup tes chats de Noël.

— Je les ai achetés cette année.

Il rit et elle le sentit vibrer contre elle.

— Tu t'offres un nouveau pyjama de fête chaque année ?

— Bien sûr ! Je le porte de Thanksgiving à la soirée du nouvel an, avant de retrouver mon pyjama habituel.

— Je sais que je l'ai déjà dit, mais tu vas me manquer. J'aimerais tant que tu puisses m'accompagner…

Elle recula d'un pas et le dévisagea, surprise.

— À Los Angeles ? Je n'y suis jamais allée. Mes parents nous ont emmenées à San Francisco, l'année de mes seize ans, et j'ai survolé la ville une fois, quand je suis allée au Mexique avec Reggie, mais c'est tout.

Elle grimaça.

— L'idée que mes parents se font des vacances idéales ressemble plus à une excursion au mont Rushmore qu'à une plongée dans une grande ville. Mais j'avoue que j'adorerais voir Disneyland, un jour.

Il saisit son visage à deux mains et la regarda droit dans les yeux.

— Un jour, je t'y emmènerai.

Elle sourit. Disait-il la vérité ? Elle l'espérait, en tout cas. Elle aurait sincèrement aimé aller à Disneyland avec lui. Ou n'importe où, d'ailleurs. Son fantasme favori restait deux semaines de vacances sur une île tropicale épargnée par les touristes. Eux deux, seuls dans une grande chambre d'hôtel, partageant leur temps entre de longues promenades sur la plage et d'aussi longs moments au lit. Oui, ce serait fantastique…

Micah lâcha son visage pour lui prendre la main.

— On devrait passer à côté. Il est tard et tu dois travailler demain.

Il n'était pas si tard que ça, mais Dena ne protesta pas. Il était hors de question qu'elle lui propose de se pelotonner sur son canapé pour regarder un film en *streaming* ; pas quand il était spécifiquement venu pour dormir avec elle. Pas pour… *autre chose,* d'accord ; mais pour partager son lit quand même. Et, avec un peu de chance, faire quelques câlins. Cette nuit allait devoir lui laisser assez de bons souvenirs pour une vie entière.

Elle le conduisit donc dans sa chambre. Elle avait pris soin d'éteindre le plafonnier pour ne laisser que les lampes de chevet allumées. Micah était grand. Heureusement, elle avait un matelas *king-size.*

— De quel côté dors-tu ? demanda-t-il.

Elle sentit ses joues s'empourprer et haussa les épaules.

— Peu importe…

Mais Micah la regarda avec insistance.

— Dena, c'est ton lit. De quel côté dors-tu ?

— À droite.

Il passa sur la gauche et se coucha. Dena s'assit de son côté, sans vraiment savoir ce qu'elle était censée faire ensuite. Si on lui avait dit, un mois plus tôt, qu'elle allait passer une nuit avec Micah Ruiz, elle ne l'aurait pas cru. En partie parce qu'elle n'aurait pas su *qui* il était, mais là n'était pas la question. Ce qui importait, c'était que cette nuit dont elle avait tant rêvé arrivait réellement !

Il se laissa couler au milieu du matelas, sur le dos, un bras tendu vers elle. C'était une invitation. Il voulait qu'elle se rapproche, peut-être même qu'elle pose la tête au creux de son épaule ou qu'elle laisse une main se promener sur son torse. Combien de fois s'était-elle imaginée dans une telle situation ? Seulement, il était plus facile de rêver que d'agir.

— À quoi penses-tu ? demanda Micah.

— Je ne sais pas quoi faire de mes mains…

Il éclata de rire.

— Qu'as-tu envie de faire avec ?

De nouveau, un feu brûlant envahit ses joues.

— Si je pose ma tête sur ton épaule, mon bras gauche va bien devoir trouver un endroit où se placer. Je ne suis pas certaine de pouvoir les laisser le long du corps et je ne te connais pas assez bien pour... euh... te toucher.

— Tu réfléchis trop.

— Oui, et je suis une maniaque du contrôle. C'est sans doute pour ça que je suis encore célibataire.

— Tu es célibataire parce que tous les hommes que tu as rencontrés jusqu'à présent étaient aveugles. Et peut-être aussi parce que je suis un sacré veinard. Maintenant, couche-toi.

Elle lui obéit sans protester, s'approchant de lui pour se nicher contre lui. Il lui prit la main avec autorité et la posa sur sa poitrine. Comme s'ils faisaient cela tous les soirs. Comme s'ils étaient faits pour être ensemble.

Partout où leurs corps se touchaient, elle sentait sa chaleur irradier jusqu'à elle. Son épaule était musclée, tout comme sa taille. Lentement, précautionneusement, elle souleva la jambe pour la poser sur sa cuisse.

— Tu peux me toucher où tu veux, dit-il. Ce qui est à moi est à toi.

— Si seulement j'étais assez courageuse pour ça.

Il sourit.

— Et que ferais-tu, dans ce cas ?

Un flot de désir monta en elle.

— Je pense que nous connaissons tous les deux la réponse...

Micah lui caressa les cheveux avec douceur.

— Oui, en effet, et mieux vaut ne pas nous aventurer dans cette voie-là. J'arrive encore à garder le contrôle et je pensais ce que j'ai dit tout à l'heure : ce n'est pas le bon moment.

Comptait-il lui dire quand ce moment serait venu, juste

pour qu'elle puisse se préparer ? Peut-être même prévoir une pédicure, ou quelque chose comme ça ?

— Comment vont tes nausées ? demanda-t-il.

Voilà un changement de sujet auquel elle ne s'attendait pas !

— Bien mieux. Ça ne m'arrive plus que le matin, et de moins en moins souvent. Je porte encore mes bracelets, même si je sais qu'il va falloir que je m'en sépare au bout d'un moment.

— Tu vas bientôt entamer ton deuxième trimestre.

— Je sais. C'est à la fois excitant et un peu angoissant. Surtout excitant, en fait. Pour l'instant, mes vêtements les plus larges me vont encore, mais ça ne va pas tarder à changer. J'avoue que c'est un peu étrange. J'ai conscience d'être enceinte, seulement je ne le sens pas toujours.

— Ça viendra. Tu seras une super maman.

— Merci.

— Maintenant, ferme les yeux.

Elle redressa un peu la tête pour mieux le voir.

— Pourquoi ? demanda-t-elle. Je ne suis pas fatiguée.

— Si. Tu clignes des paupières de plus en plus souvent.

Elle aurait voulu protester, mais il ne lui en laissa pas le temps. Se tournant vers elle, il l'embrassa. Pendant quelques secondes, il s'attarda au-dessus d'elle et elle se surprit à espérer qu'ils feraient l'amour, malgré tout. Juste une fois.

Hélas, il s'écarta de nouveau, la regarda un long moment, puis éteignit sa lampe avant de se pencher pour faire de même avec la seconde. Il s'allongea de nouveau sur le dos et l'attira contre lui.

— Dors, Dena. Je suis juste à côté de toi.

C'était si bon d'être avec lui, songea-t-elle en se pelotonnant un peu plus contre son épaule et en laissant sa main reposer sur son torse. Il était chaud, rassurant, tout ce dont elle avait toujours rêvé chez un homme. Comment aurait-elle pu s'endormir ? Au contraire, elle avait bien l'intention de rester éveillée le plus longtemps possible pour mémoriser chaque instant de cette nuit. Plus tard, quand elle serait vieille et n'aurait plus que ses souvenirs pour égayer ses journées, elle aurait bien besoin de ça.

Seulement, lorsqu'elle rouvrit les yeux, le lit était déjà vide et l'oreiller de Micah était froid. Elle se tourna et vit que son réveil indiquait presque cinq heures et demie. Quand donc Micah était-il parti ? Avait-il dormi, au moins ? Tout ce qu'elle savait, c'était qu'il n'était plus là et qu'elle n'avait plus qu'à attendre pour voir s'il allait réellement revenir.

27

Toby se tenait devant sa fenêtre et guettait le ciel avec appréhension. Des nuages épais, lourds et gris s'étaient amassés dans la nuit. En temps normal, il aurait été certain que la neige allait suivre ; mais cette année n'avait jusque-là apporté que des déceptions sur ce point. Il gardait néanmoins espoir. Il faisait assez froid et la météo locale avait promis des flocons sur tout le nord de l'État de Washington, à partir de 14 heures. Les averses devaient même durer deux jours.

Il avait beaucoup de travail, mais attendre la neige le passionnait davantage. Tout comme penser à Reggie. Il n'avait pas réussi à chasser son visage de son esprit depuis sa dernière visite, le jour où elle lui avait offert son prototype de support en carton. Il avait contacté les fabricants et avait confirmé le montant de leurs devis avant de présenter le modèle à son équipe en vidéo-conférence. Tout le monde avait été enthousiasmé par le design. Il avait donc envoyé en courrier express une partie des prototypes restants à Seattle et on s'était déjà mis en quête d'un bon papier compatible avec un usage alimentaire, sur lequel on pourrait apposer le logo de l'entreprise.

Ce qu'il n'avait pas dit à ses employés, par contre, c'était à quel point Reggie s'était montrée généreuse en lui offrant le modèle. Il ne comprenait toujours pas pourquoi elle avait fait ça. Elle avait prétendu que c'était un simple cadeau amical, mais cette explication lui paraissait inconcevable. Il avait passé tant d'années à se couper des autres qu'il avait fini par oublier que certaines personnes savaient se montrer prodigues et désintéressées, comme Reggie.

De petits flocons blancs et duveteux commencèrent à voleter, de l'autre côté de la vitre. Toby jeta un rapide coup d'œil à sa montre, puis croisa les doigts pour que la neige continue à tomber.

Une excitation ridicule monta en lui. Au bout de cinq minutes, l'averse était plus dense et le sol se couvrait de blanc par endroits. Deux minutes plus tard, il alla éteindre son ordinateur et récupéra le sac à dos qu'il avait préparé la veille, au cas où. Il contenait des verres en plastique, des serviettes et des cookies – ainsi que des fraises nappées de chocolat, commandées sur un coup de tête. Attrapant son manteau, il descendit dans la boutique.

Shaye se tenait près de la porte ouverte, les yeux tournés vers le ciel. Elle sourit en le voyant.

— Tout est tellement immobile, dit-elle. Comme si la ville entière attendait.

— C'est le cas. Quand tu entendras les alarmes, ferme la boutique et rejoins les autres sur la Couronne. Si j'étais toi, j'enverrais aussi un texto à Lawson pour qu'il t'y retrouve.

Elle sourit de toutes ses dents.

— Vraiment ? Tu es sûr ?

— Oui. C'est la première neige de la saison et ton premier hiver à Wishing Tree. Profites-en bien.

— Merci, patron.

Elle tira rapidement son téléphone de sa poche arrière. Toby attendit quelques minutes de plus, puis fit de même.

On va avoir un Noël blanc. On se rejoint sur la Couronne ?

La réponse de Reggie ne se fit pas attendre.

Avec plaisir.

Je vais chercher Harrison à l'école. Rendez-vous là-bas.

Il retourna dans la cuisine et ouvrit le grand réfrigérateur industriel. À l'intérieur se trouvaient une bouteille de jus de pomme pétillant et une autre de champagne, qu'il avait placées là le matin. Il les glissa dans son sac, enfila son manteau et ses gants, puis rejoignit l'école primaire à pied.

Quand il arriva, les enfants sortaient déjà en courant pour retrouver des parents aussi excités qu'eux. Toby repéra la silhouette de son fils et l'appela. Harrison se précipita dans ses bras. Au même instant, un concert de cloches et d'alarmes résonna dans toute la ville.

— C'est officiel ! dit Toby en replaçant le bonnet de son fils sur sa tête. Allons à la Couronne.

Ils remontèrent vers le nord, saluant les amis qu'ils croisaient au milieu de la foule de plus en plus dense. La place était déjà bien remplie quand ils arrivèrent. Les haut-parleurs déversaient de la musique et de nombreux étals avaient fait leur apparition comme par magie. On trouvait de tout, depuis les mangeoires à oiseaux jusqu'aux tasses de chocolat chaud à emporter.

— Reggie doit nous rejoindre, dit Toby à son fils. Est-ce que tu la vois ?

Ils cherchèrent ensemble un bon moment. Finalement, Harrison poussa un cri de victoire.

— Là !

Il courut jusqu'à elle, lui prit la main et la ramena jusqu'à l'endroit où attendait Toby.

Elle riait en s'arrêtant à sa hauteur.

— Il neige ! lança-t-elle en tournant sur elle-même. Je suis si heureuse ! J'aime tant Wishing Tree sous la neige...

Elle lui sourit, rayonnante.

— Comment vas-tu ?

Sans réfléchir, Toby se pencha et l'embrassa. Ses lèvres étaient douces et chaudes sous les siennes. Dès qu'il les effleura, il fut envahi par une soudaine montée de désir. La sensation était si intense qu'elle en devint presque douloureuse. Il avait envie d'elle, mais aussi d'*eux*. De voir quel genre d'histoire ils auraient pu construire ensemble.

Hélas, ce n'était ni le lieu ni le moment pour songer à ce genre de choses. Il recula et rendit à Reggie son sourire.

— Je vais bien. J'ai apporté du champagne.

Elle éclata de rire.

— Quel homme intelligent ! J'adore.

Il ouvrit son sac et servit un verre de jus de pomme à Harrison, avant de sortir la boîte de cookies. Puis il ouvrit le champagne et remplit les deux autres verres. Ils portèrent ensemble un toast à la neige tant attendue. Harrison but son jus d'une traite et demanda s'il pouvait aller jouer avec ses amis.

— D'accord, mais je veux que tu restes sur la Couronne, répondit Toby.

Son fils sourit d'un air patient.

— Papa, tu sais bien que je ne vais pas m'éloigner. Arrête de t'en faire pour moi.

Son fils était peut-être un garçon raisonnable, mais lui-même n'en restait pas moins un père. Il s'inquiéterait toujours pour Harrison.

— Il va enfin y avoir des bonshommes de neige, murmura Reggie en se laissant aller contre lui.

— À vendre ?

Elle sourit.

— Non, en ville. Tu as oublié ? Aucun bonhomme de neige n'est autorisé tant que les premiers flocons ne sont pas tombés. En ce moment, je te parie que les gens sont en train de les installer partout. N'est-ce pas merveilleux ? J'adore cette ville !

Elle paraissait heureuse, en effet, avec ses yeux pétillants et ses lèvres rosies par le froid. Toby aurait voulu l'embrasser de nouveau, en prenant son temps cette fois. Il aurait aimé savourer sa bouche, jouer avec sa langue, faire monter le désir jusqu'à ce que…

— Allons faire le tour des stands ! lança-t-elle soudain en refermant la bouteille de jus de pomme pour la ranger dans le sac.

Elle leva ensuite le champagne ouvert.

— Je crois qu'on va être obligés de garder ça à la main.

— Ou de le boire.

Elle rit de bon cœur.

— Oui, c'est une option. J'aimerais acheter une mangeoire à oiseaux, ils en ont toujours de très belles pour les premières neiges.

Toby passa le sac à dos sur ses épaules et resserra les bretelles. Il prit la bouteille que tenait Reggie.

— Tu vas avoir besoin d'une main libre pour faire ton shopping.

— Tu es adorable, merci.

La musique emplissait toujours la place. Plusieurs couples s'étaient mis à danser au milieu de la foule. Les enfants, couchés par terre, dessinaient des silhouettes d'anges dans la neige fraîche là où elle n'avait pas encore été piétinée. Harrison et plusieurs garçons de son âge venaient de se lancer dans une féroce bataille de boules de neige.

Reggie se fraya un chemin jusqu'aux stands pour admirer les objets artisanaux exposés – en particulier les mangeoires. Elle en prit deux et acheta un sachet de *fudges* au vendeur d'à côté. Toby et elle trouvèrent ensuite un banc libre pour s'y asseoir et savourer leur champagne.

— Mon équipe a été très impressionnée par ton travail, dit-il en remplissant une seconde fois leurs verres.

— Ça me fait plaisir. J'espère que le coût restera raisonnable.

— Je pense qu'on va se débrouiller.

Il posa son verre et se tourna vers elle. Elle était emmitouflée dans un épais manteau, des gants et un bonnet ; néanmoins, il ne l'avait encore jamais trouvée aussi belle. C'était bien Reggie – la Reggie qu'il connaissait. Celle qu'il avait toujours connue.

— J'ai beaucoup réfléchi à ce que tu m'as dit, pour essayer d'identifier mes problèmes.

Elle soutint son regard.

— J'en suis ravie.

— Et je pense que tu as raison sur certains points.

Un demi-sourire se dessina sur ses lèvres.

— Seulement certains ?

— J'ai toujours peur pour Harrison. Ça ne changera pas.

Son sourire s'évanouit aussi vite qu'il était apparu.

— Je sais, et c'est normal. Si j'étais toi, je ne le laisserais pas sortir de la maison après ce que vous avez vécu.

— Je ne suis pas certain que le garder prisonnier soit la meilleure solution pour l'aider à guérir.

— Mais ça a été ton premier réflexe, non ?

— Oui, admit-il.

Elle prit sa main libre et la serra entre les siennes.

— Je comprends, Toby. Vraiment. Tu es un bon père

et Harrison est un garçon exceptionnel. Mais en ce qui concerne le reste tu sais aussi bien que moi qu'il se passe quelque chose entre nous. Quelque chose qui mérite qu'on le prenne en considération. Ce n'est pas uniquement de la nostalgie, crois-moi. J'ai passé une soirée avec Jake et le fait de n'avoir rien ressenti du tout en sa compagnie me l'a bien fait comprendre. Ce qu'il y a entre toi et moi est différent.

Elle baissa un instant les yeux sur son verre, puis redressa la tête.

— Il m'arrive encore de me demander ce qui se serait passé, si tu n'avais pas été obligé de quitter la ville. Si tu étais resté, si nous avions parlé à cœur ouvert et si j'avais pris la peine de t'écouter.

Toby connaissait déjà la réponse à tout cela.

— Je t'aurais convaincue de m'accorder une seconde chance.

— Une seconde chance ? Tu n'as rien fait de mal.

— Tu sais bien ce que je veux dire.

Elle acquiesça.

Que se serait-il passé, après ça ? Il n'avait pas besoin de se poser la question : il connaissait déjà la réponse. S'ils avaient décidé de sortir de nouveau ensemble, ils seraient restés ensemble. Toby n'aurait pas quitté la ville. Il n'aurait pas ressenti ce besoin de repartir de zéro. Il aurait trouvé un moyen de se construire une vie ici, avec elle. Il l'aurait épousée…

— Nous pourrions avoir trois enfants, aujourd'hui, murmura-t-il, songeur.

— Trois ? Ça fait beaucoup.

— Deux, alors.

— Oui, deux enfants.

Le sourire de Reggie se teinta de regret.

— Mais on ne peut pas revenir en arrière. On ne peut qu'avancer.

Elle se pencha vers lui. Il fit de même et l'embrassa. Le désir était toujours aussi fort, accompagné cette fois par autre chose. L'impression d'être à sa place. Toby ne savait pas ce que cela signifiait, mais pour l'instant il s'en moquait. Il y penserait plus tard. En attendant, il allait se contenter de faire semblant d'être encore le garçon de dix-huit ans d'autrefois qui embrassait sa copine.

Reggie rentra chez elle à pied, savourant la neige de plus en plus dense et le bonheur qui bouillonnait en elle. Une fois de plus, la tradition avait été respectée et des bonhommes de neige avaient fait leur apparition partout. On en apercevait sous les porches, devant les maisons, dans les jardins ; et les employés de la ville suspendaient des bannières à leur effigie à tous les réverbères. La neige était enfin arrivée et tout allait pour le mieux dans le petit monde de Wishing Tree.

Sur un registre plus personnel, le mariage de ses parents aurait lieu dans moins d'une semaine et elle était heureuse que tout soit prêt. Les cactus étaient enrubannés, la robe de sa mère était revenue de chez la couturière, qui avait effectué les quelques retouches nécessaires, et Paisley lui avait confirmé que tout était au point du côté de l'hôtel. Reggie était donc libre de penser aux baisers de Toby en toute sérénité.

L'embrasser de nouveau avait été encore plus doux que dans ses souvenirs. Les autres hommes avec qui elle était sortie ces dernières années faisaient bien pâle figure en comparaison.

Toby avait été différent, aujourd'hui. Plus détendu, plus ouvert. Elle savait bien que ce n'était pas suffisant pour justifier ses espoirs et qu'il avait encore beaucoup de problèmes personnels à régler avant d'envisager la moindre relation, mais les progrès étaient nets...

C'était son souhait : elle avait envie de faire partie de la vie de Toby et Harrison. Quand donc un tel rêve lui était-il venu ? Elle n'en savait rien. Ce dont elle était sûre, en revanche, c'était que fêter la première chute de neige avec eux avait donné vie à ce désir. Toby était déjà quelqu'un de bien au lycée, et il était un homme encore meilleur aujourd'hui. Il était devenu un père extraordinaire, un homme d'affaires avisé, un petit-fils dévoué et il embrassait comme un dieu.

Avec lui, elle ressentait des choses qu'elle n'avait jamais connues avec personne. Imaginer ce qu'aurait pu être leur vie s'ils ne s'étaient pas séparés lui avait ouvert les yeux. Il était son âme sœur. Il l'avait sans doute toujours été – et cette pensée la faisait frissonner de bonheur. Hélas, il pouvait encore se montrer réticent, têtu. Quand il avait une idée en tête, il était difficile de le faire changer d'avis.

— C'est un problème pour un autre jour, murmura-t-elle en remontant l'allée du jardin de ses parents.

Un grand bonhomme de neige gonflable trônait au milieu du gazon et toute sa famille était alignée de part et d'autre de la porte d'entrée. Elle ne put s'empêcher de sourire en passant devant.

— Tu n'as pas chômé, maman ! lança-t-elle depuis l'entrée, où elle entreprit de retirer toutes ses couches de vêtements.

Elle suspendit son manteau et son écharpe, puis posa son bonnet sur l'étagère accrochée au mur. Enfin, elle délaça ses bottes de neige et les rangea le long du mur. Étrange, sa mère n'avait pas répondu – et les chiens ne s'étaient pas précipités pour lui faire la fête...

— Maman ? appela-t-elle.

— Reggie, c'est toi ? On est au sous-sol.

Reggie s'engagea dans l'escalier qui descendait. Elle n'avait pas encore atteint les dernières marches quand sa mère apparut au-dessous d'elle.

— Ne te mets pas en colère, dit-elle d'un air à la fois coupable et un peu amusé.

— Je ne vois pas ce qui pourrait me mettre en colère, à moins que tu n'aies changé d'avis concernant les cadeaux pour tes invités… Que se passe-t-il ?

Leigh lui indiqua le coin le plus éloigné du sous-sol, où Belle somnolait, étendue sur le tapis avec Burt. Reggie ne comprit pas immédiatement ce que sa chienne faisait ; puis elle vit autour d'elle les fragments éparpillés de ce qui avait été l'aspirateur de Gizmo. Belle était en train de mâchonner un morceau de la coque.

— C'est ma faute, s'empressa d'expliquer Leigh. J'étais en retard et je pensais laisser ta petite invention s'occuper de l'étage. Quand je suis rentrée, je n'y pensais plus ; sauf que Belle n'est pas venue m'accueillir, alors je l'ai cherchée. Je l'ai trouvée comme ça. Elle a dû emporter la machine ici pour l'achever.

— Oh ! Belle, lâcha Reggie en faisant de son mieux pour prendre une voix sévère. Gizmo ne sera pas content du tout.

La chienne agita la queue.

Au fond, Reggie ne s'inquiétait pas vraiment pour son client. Gizmo avait au moins six ou sept machines dans son atelier. Ce n'était pas comme si Belle avait détruit l'unique prototype de son invention… Néanmoins, ça ne lui ressemblait pas.

— Tu deviens de plus en plus effrontée, dit-elle en tirant son téléphone de sa poche pour prendre une photo du carnage. Il va sans doute falloir que je reprenne ton dressage, quand on rentrera à la maison…

Elle envoya la photo à Gizmo, avec un petit message explicatif :

Fais-moi parvenir la facture de l'appareil, et essaye peut-être de le rendre plus solide. Belle ne sera pas le seul chien à s'en prendre à lui.

Trois petits points apparurent au bas de l'écran.

Belle est extra. Et tu as raison : la coque n'est pas assez solide. J'y travaillerai après le nouvel an.

Elle rangea son portable dans sa poche, puis se tourna vers sa mère.

— Je vais nettoyer.

Leigh se fendit d'un sourire malicieux.

— Quel dommage qu'on n'ait pas d'aspirateur intelligent dernier cri pour nous faciliter la tâche.

Reggie éclata de rire.

Micah était sorti sur la terrasse de sa villa de Malibu, face au bleu parfait du ciel californien et de l'océan Pacifique. Il restait moins de dix jours avant Noël, mais ici la température flirtait encore avec les vingt degrés. On pouvait sentir l'odeur d'iode portée par la brise et le panorama était sans pareil. Néanmoins, en dépit de la splendeur de ce décor, Micah n'avait qu'une envie : retourner à Wishing Tree pour se réveiller aux côtés de Dena.

Les répétitions s'étaient bien passées. Les producteurs avaient adoré la nouvelle chanson et avaient engagé un orchestre pour l'accompagner. Un dernier filage était prévu dans la matinée avant la diffusion en *live*.

Il tourna le dos à la mer et rentra, son café à la main. L'entreprise de nettoyage avait bien travaillé et la maison était tout à fait habitable. Il y avait des provisions dans le frigo, des draps propres sur le lit et des serviettes dans la salle de bains. Décidément, il ne pouvait se plaindre ni du service, ni de la vue, ni de la maison elle-même. Il était le seul à ne plus être à sa place ici.

Adriana et lui avaient acheté cette villa pendant leurs fiançailles. Ils avaient prévu d'en faire leur foyer, mais le destin en avait décidé autrement : ils avaient voyagé ensemble, appréciant de pouvoir découvrir le monde. Micah avait encore donné quelques concerts avec le groupe, de temps à autre, quand il n'était pas occupé à écrire. Adriana et lui n'avaient réellement posé leurs valises dans la villa que pendant les derniers mois, pour préparer l'arrivée du bébé.

Mais en dépit de tout cela, des portraits sur le mur et de ses vêtements dans le dressing, sa femme n'était plus ici. Micah avait fait le tour des pièces, en quête de traces, de quelque chose qui aurait pu réveiller ses souvenirs. Il avait tenté de sentir de nouveau sa présence. Rien. Elle était partie. Il l'aimait et l'aimerait toujours, mais leurs liens s'étaient rompus. Il avait tourné la page.

Il se rendit dans son bureau, où attendait une pile de cartons. Incapable de trouver le sommeil, il avait passé une partie de la nuit à rassembler ses affaires personnelles pour les entreposer ici. Quelques souvenirs de son mariage, des photos, certaines des œuvres d'art qu'il avait achetées au fil des ans... Avant de rentrer à Wishing Tree, il ferait venir quelqu'un pour établir une liste de ce qu'il conservait. Tous ces cartons, ses vêtements et le contenu du studio de répétition au sous-sol – pas uniquement les guitares et le piano, mais la bibliothèque remplie de chansons à moitié écrites, d'idées et de notes remontant aux débuts du groupe – l'accompagneraient. Le reste demeurerait dans la villa. Il la vendrait meublée. Une rock star montante ou un producteur apprécierait sans doute de ne pas avoir à garnir les vastes pièces.

Il se doucha, s'habilla, puis ressortit sur la terrasse pour prendre une photo et l'envoyer à Dena.

Tu serais bien ici.

À cette heure-ci, elle était sans doute déjà en cours. Il ne recevrait pas de réponse avant un bon moment, mais ça ne le dérangeait pas.

C'était bon, de sentir qu'elle lui manquait. Son désir et son envie d'être avec elle le rendaient plus vivant. Après avoir passé des mois sans rien ressentir du tout, il avait enfin atteint l'autre rive et pouvait recommencer à apprécier l'existence. Il ne lui restait plus que quelques détails à régler, quelques décisions concernant sa carrière et son déménagement à Wishing Tree…

Son téléphone vibra et il jeta un coup d'œil excité sur l'écran, dans l'espoir d'y voir s'afficher un texto de Dena. Hélas, ce n'était que le chauffeur de sa limousine de location, qui l'informait de son arrivée. Micah répondit qu'il le rejoignait immédiatement devant la maison.

La circulation était inhabituellement fluide et ils arrivèrent au studio en moins de quarante minutes. Micah entra, sa guitare à la main, et fut immédiatement rejoint par l'un des assistants désignés pour l'accompagner pendant l'ultime répétition. Avant même qu'il puisse se présenter, Electra jaillit de nulle part et se jeta sur lui.

— Enfin ! cria-t-elle, d'une voix de diva désespérée. Bon sang, Micah, pourquoi ne m'as-tu pas appelée ? Je n'arrive pas à croire que tu sois en ville depuis deux jours et que tu n'aies pas pris la peine de me prévenir !

Elle passa ses longs bras filiformes autour de son cou et plaqua son corps contre le sien. Elle sentait le parfum de luxe et ses bijoux tintaient à chacun de ses mouvements. Elle n'était qu'angles vifs et os saillants... Quand elle tenta de l'embrasser, Micah s'écarta vivement.

Les grands yeux verts de son ex s'écarquillèrent de surprise.

— Qu'est-ce qui ne va pas ?

— Je suis content de te voir, mentit-il.

— Pas assez, apparemment, répliqua-t-elle avec une moue vexée. Micah, que se passe-t-il ? Tu me préviens *toujours* quand tu passes par Los Angeles.

Ce n'était pas vrai. Pendant sa relation avec Adriana, Electra n'avait plus fait partie de son paysage. Ils se téléphonaient une ou deux fois par an, mais c'était tout. Et, après l'accident, passer du temps avec elle avait bien été la dernière chose dont il avait eu envie.

— Je pensais qu'on pourrait dîner ensemble, reprit-elle en effleurant son bras. Tu m'as tant manqué !

— J'ai d'autres projets pour ce soir.

La caresse s'acheva en petite tape sur son poignet.

— Non, certainement pas.

Elle le dévisagea un moment, puis reprit :

— Je veux que nous discutions de notre travail en tandem. C'est important. Je sais que tu n'arrives plus à écrire, et on a toujours formé une bonne équipe. On pourrait recommencer.

Elle n'allait pas partir d'elle-même... Micah avait oublié à quel point elle pouvait se montrer tenace. Il fit passer son étui de guitare dans l'autre main et se campa fermement face à elle.

— J'écris très bien, dit-il. J'apprécie ta proposition, mais je n'ai aucune intention de revenir en arrière. Tu as beaucoup de talent, va trouver quelqu'un d'autre avec qui travailler.

— Personne n'est aussi bon que toi.

Il esquissa un sourire de façade.

— Merci pour le compliment, seulement ma décision est prise. Je suis désolé.

Sans doute allait-elle penser qu'il s'excusait de ne plus vouloir écrire avec elle. Plus tard, elle comprendrait qu'il n'allait pas chanter *Moonlight for Christmas* et saurait ce qui se passait vraiment. Mais, à ce moment-là, Micah serait déjà protégé par la présence de son manager et de son agent. Il compterait en silence les heures qui le sépareraient encore de son retour à Wishing Tree.

Comme si elle avait lu dans ses pensées, Electra lança soudain :

— Il s'est passé quelque chose, dans cette stupide petite ville, n'est-ce pas ? C'est là-bas que tu as retrouvé l'inspiration.

— Je ne vois pas de quoi tu parles.

— Nous savons tous les deux que tu mens, répondit-elle en dardant son regard acéré sur lui. Tu as changé, Micah.

Il repensa aux élèves de Dena, à qui il avait donné des cours de guitare, au B&B, à Reggie qui lui conseillait de ne pas jouer avec le cœur de sa sœur.

— Oui, c'est vrai, admit-il.

— Ça ne me plaît pas du tout.

Sur ce, Electra fit volte-face et s'éloigna dans le cliquettement des talons hauts de ses bottes sur le sol en béton. Micah la regarda partir. Il l'avait échappé belle…

Plus tard, quand il serait de retour, il parlerait à Dena de cette scène puis la prendrait dans ses bras et l'embrasserait. Il lui ouvrirait son cœur et ils passeraient une soirée entière à parler de l'avenir. Peut-être qu'ils monteraient dans son appartement et feraient l'amour pour la première fois. Il n'était pas encore certain des détails ou de la manière dont les choses se passeraient ; tout ce qu'il savait, c'était qu'il avait trouvé auprès d'elle quelque chose de précieux et de solide, un trésor qu'il n'abandonnerait jamais.

28

Elle était peut-être un peu vieille pour se rendre compte de ce genre de choses, mais Dena commençait à comprendre qu'elle n'était pas faite pour se la jouer cool. Elle n'était plus qu'un paquet de nerfs et n'arrivait même pas à faire semblant d'être détendue ou de ne pas s'inquiéter. Elle avait eu l'estomac retourné dès son réveil et à présent, à 19 h 45, elle sentait le peu de contrôle qui lui restait lui échapper.

— Tu devrais peut-être faire les cent pas pour te distraire, histoire de brûler un peu d'énergie, suggéra Reggie avec douceur en mélangeant la cassonade, le sirop de maïs et le beurre pour le pop-corn maison au caramel qu'ils partageraient tous en regardant l'émission.

— Je suis nerveuse, avoua Dena.

— Ce gars t'envoie plusieurs textos par jour. Tu lui manques, crois-moi.

— J'espère...

Bien sûr, elle savait que Reggie avait raison. Micah gardait le contact depuis son départ. Seulement, son cœur craignait que son absence et l'animation de Los Angeles ne finissent par changer la donne. Son ancienne vie était là-bas. Et s'il décidait finalement que ça lui convenait mieux que la lenteur désuète de Wishing Tree ? Et s'il rencontrait une belle femme, qui ne soit *pas* enceinte ?

Comme si ce n'était pas encore assez de tracas, Dena

s'inquiétait au sujet de la chanson. Il avait prétendu qu'elle la lui avait inspirée, mais elle ne savait pas encore ce que cela signifiait. Ce morceau avait-il un sens caché ? Ou bien n'était-ce qu'une stupide chanson de Noël mettant en scène des lapins comme ceux qui décoraient une des tables du B&B, et avait-elle accordé trop d'importance à ses remarques ?

Pourquoi n'avaient-ils pas parlé de leurs sentiments avant son départ ? Allait-il réellement revenir ? Avait-elle ronflé pendant leur nuit passée ensemble et l'avait-elle dégoûté au point qu'il ne veuille plus la voir ?

Leur mère apparut à la porte.

— Venez, les filles. C'est l'heure, lança-t-elle.

Elles apportèrent le pop-corn dans le salon et s'assirent au moment où s'achevait la dernière publicité. Une belle scène étala sur l'écran ses décorations de fête et l'animateur prit la parole.

« Nous vous retrouvons en *live* depuis Los Angeles, pour célébrer la saison de Noël en compagnie de nos invités... »

Il lista les artistes présents, gardant Micah pour la fin et déclenchant un véritable tonnerre d'applaudissements dans le public. Dena sentit son estomac se nouer davantage. L'émission allait durer deux heures et Micah serait parmi les derniers chanteurs à passer. Comment allait-elle réussir à tenir le coup, en attendant ?

Elle y parvint néanmoins et, bien plus tard, vit enfin la caméra balayer la scène pour se fixer sur lui. Le public se tut, suspendu à ses lèvres.

Les premières notes d'une belle mélodie résonnèrent et Dena retint son souffle. Puis, Micah, perché sur un tabouret en pleine lumière, se mit à chanter.

Je pensais être seul pour Noël.

Encore.
Ne pas avoir de toit pour Noël.
Encore.
Et j'allais bien,
J'étais serein.
J'avais aimé, j'avais perdu :
Ainsi va la vie.
Puis la neige est venue.
La neige est venue.
La neige est venue.
Le passé s'est tu
Dans un flot de souvenirs.

Dena le regardait, sans savoir quoi penser, que ressentir. Cette chanson parlait-elle d'elle ? De leur premier baiser ?

Tu étais là, des flocons dans les cheveux.

Tu étais là, pour me rendre heureux.
Encore…
M'invitant dans ta vie.
La neige est venue,
Tu es venue,
Et j'ai fondu.
Plus de passé pour moi,
Seul l'amour qui me tend les bras.
L'amour qui nous rassemble et nous unit.
Je passerai ce Noël
Avec toi.

Et tous les prochains aussi.

Car la neige est venue.

La dernière note résonna longtemps, étirée par les violonistes jusqu'à ce que la foule se mette à applaudir et à hurler. Dena était figée dans son fauteuil. Son esprit, affolé, ne cessait de lui répéter que ce n'était qu'une chanson. Micah avait simplement assemblé les paroles qui lui venaient et son implication à *elle* n'était sans doute que secondaire. En tout cas, il était impossible qu'il ait vraiment voulu dire ce qu'il semblait dire !

— C'était ravissant, déclara sa mère, avec un calme presque surnaturel. Est-ce que tu l'avais déjà entendue, Dena ?

— Non, il ne l'a pas jouée pour moi.

— Cet homme a du talent, c'est certain. Ça me plaît beaucoup. Je me demande ce que Taylor va chanter, maintenant. Je l'adore !

Vince sourit.

— Peut-être qu'elle a prévu une version festive de *Shake It Off*…

Sa femme éclata de rire.

— Ce serait amusant, non ?

Reggie, elle, contemplait Dena d'un air inquiet.

— Tout va bien ? demanda-t-elle.

— Oui, bien sûr ! Pourquoi cette question ?

— À cause de la chanson. Est-ce que tu savais ce qu'il écrivait ?

Dena ignora sa question et partit d'un rire qu'elle espéra convaincant.

— Oh ! ce ne sont que quelques mots qui riment…

Reggie l'examina de plus près.

— Tu en es sûre ?

Au même instant, le téléphone de Dena se mit à sonner.

— Je vais dans la cuisine ! lança-t-elle, soulagée, en se précipitant vers la porte, son portable à la main. Allô ?

— Salut.

La voix de Micah la fit frissonner de la tête aux pieds.

— Salut. La chanson était magnifique. Si belle…

Il répondit quelque chose, mais le brouhaha qui l'entourait empêcha Dena de comprendre. Elle entendit des gens l'appeler et le féliciter. Quelqu'un, près de lui, parla de se rejoindre au studio le soir même.

— Micah ? Je ne comprends pas ce que tu dis.

— Il faut que j'enregistre un single. Je ne pourrai pas rentrer demain.

— Oh !

De nouveau, sa voix se noya dans le vacarme du plateau. Elle ne perçut que quelques mots ressemblant à : « Je te rappelle. » Puis la communication fut coupée.

Elle resta seule, debout au milieu de la cuisine, l'esprit en ébullition. Il lui avait téléphoné ; cela voulait forcément dire quelque chose. Et la chanson… Quel était vraiment le sens de cette chanson ? Pouvait-elle croire qu'il avait des sentiments pour elle ? Pouvait-elle laisser son cœur s'ouvrir sans danger ? Une part d'elle savait qu'il était un peu tard pour se poser ce genre de questions, car il était tout à fait possible qu'elle soit *déjà* amoureuse de lui. Et, si les paroles de cette chanson n'avaient réellement aucune signification cachée, elle risquait de devoir affronter la pire des déceptions dans les jours à venir.

Micah supporta tant bien que mal les applaudissements et les compliments. Il rappellerait Dena plus tard, une fois qu'il serait au calme et pourrait parler. L'interruption brutale de leur appel ne lui avait pas plu… *La prochaine fois,* se promit-il. La prochaine fois, il s'arrangerait pour qu'elle l'accompagne ; ou bien il enregistrerait sa prestation à distance, pour ne pas avoir à quitter Wishing Tree. La technologie moderne lui permettrait tout à fait de s'installer un studio personnel tout équipé.

— Tu n'as pas chanté notre morceau !

La voix perçante et accusatrice le fit sursauter. Il se retourna et découvrit Electra en train de le fusiller du regard.

— Tu avais dit que tu chanterais *Moonlight for Christmas*. Je comptais dessus. Tu m'as menti.

— Je n'ai pas menti, répondit-il. Il y a simplement eu un changement de programme à la dernière minute.

— Et tu ne m'as pas prévenue ! Tu ne m'en as même pas parlé !

— Pourquoi l'aurais-je fait ?

Il l'attrapa par le bras et l'entraîna loin de la foule de plus en plus pressante, jusque dans le hall, qui restait relativement calme.

— Electra, nous n'avons plus travaillé ensemble depuis des années. Je ne te dois rien. Je suis désolé si tu es déçue, mais il est temps d'aller de l'avant. Trouve un autre partenaire d'écriture. Toi et moi, c'est terminé.

À sa grande surprise, il vit les yeux verts de son ex s'emplir de larmes.

— Mais Adriana n'est plus là ! Elle ne peut plus nous séparer. Pourquoi ne me désires-tu pas, Micah ?

Il recula d'un pas, sous le choc.

— Ce n'est pas ce qui s'est passé. Ce n'est pas ma relation avec elle qui m'a poussé à ne plus écrire avec toi. Je suis le seul responsable.

Sa rencontre avec Adriana lui avait permis de voir Electra telle qu'elle était vraiment. Elle lui avait appris la signification de la bonté, de l'affection et de l'attention.

Dena était ce genre de femme – elle était peut-être même meilleure. Honnête et le cœur sur la main…

Il secoua la tête, les dents serrées.

— Tourne la page, Electra. Il y a des centaines de paroliers qui tueraient pour travailler avec toi. Tu n'as qu'à organiser des auditions, choisir ceux qui te plaisent le plus et recommencer à créer.

— Va te faire voir !

Sans un regard en arrière, Micah s'en alla. Il avait fait son possible. Il retourna dans sa loge, où l'attendait déjà son manager. Il allait enregistrer la chanson de Dena, puis rentrer à la maison. Noël approchait et il était invité à un mariage. Plus important encore, il avait besoin de voir Dena. Sans elle, le monde ne tournait plus rond.

— Belle, ma chérie, je te répète qu'il n'y a pas assez de place ! soupira Reggie en contemplant les yeux larmoyants de sa chienne.

Belle donna un petit coup de museau dans le creux de sa main et gémit.

— Oui, je sais que Harrison va venir, mais c'est son projet. Il est normal qu'il vienne livrer les bonnets avec moi.

Belle la regardait toujours et couina d'un air encore plus pitoyable. Lentement mais sûrement, Reggie sentait sa fermeté fondre.

— Pourquoi suis-je toujours aussi sentimentale, avec toi ?

Elle retourna à sa voiture et entreprit de décharger une partie des cartons entassés sur la banquette arrière pour les placer à l'avant, à côté d'elle. Si elle parvenait à en coincer un devant le siège et deux autres sur l'assise, Belle aurait assez de place derrière.

Elle poussa, tira, puis arrima la pile de cartons grâce à la ceinture de sécurité.

— Voilà ! lança-t-elle en se tournant vers la chienne. Tu es contente ?

Belle se mit à agiter la queue d'un air enthousiasmé.

Elles retournèrent dans la maison et Reggie emmitoufla Belle dans un pull chaud avant d'appeler sa mère pour la prévenir qu'elles partaient.

— Je devrais être rentrée pour 5 heures, dit-elle.

Elle aurait besoin d'une heure pour atteindre le point de rendez-vous. Le foyer pour enfants de Seattle s'était arrangé pour qu'un camion en route pour la ville la rejoigne sur l'un des arrêts de l'autoroute 2. Cela évitait à Reggie de se lancer dans un long trajet de cinq heures.

Une fois Belle bien installée sur la banquette arrière, Reggie conduisit jusqu'à l'école, où elle arriva juste à temps pour la sortie des classes. Elle repéra Harrison et klaxonna. Il courut jusqu'à la voiture.

— Je n'arrive pas à croire qu'on ait terminé le projet, dit-il en l'enlaçant avant de prendre place sur son siège. Belle ! Tu es venue !

— Elle a insisté, dit Reggie en s'assurant qu'il avait bien mis sa ceinture. Quand je lui ai dit que tu venais, elle a refusé de rester à la maison.

Elle reprit place derrière le volant et démarra.

— Prêt ?

— Oui !

Harrison jeta un coup d'œil au siège avant.

— Ça fait beaucoup de cartons…

— C'est vrai. Tu as fait une bonne action, Harrison. Imagine le nombre d'enfants qui vont avoir un bonnet neuf pour Noël et qui auront plus chaud, grâce à toi.

Il lui sourit dans le rétroviseur. Elle lui rendit son

sourire, puis surveilla la rue en attendant le moment de s'insérer sur la voie.

Il ne leur fallut que quelques minutes pour atteindre l'autoroute Pacific Silver, à l'ouest de la ville. De là, ils descendraient vers le sud pour rejoindre l'autoroute 2 et l'aire de repos. Reggie avait déjà échangé quelques textos avec le chauffeur de poids lourd. Apparemment, l'homme voyageait avec Rex, son chihuahua. Il paraissait très fier de son compagnon, et Reggie avait dû se retenir pour ne pas lui envoyer une photo de Belle. Elle n'avait pas envie de donner des complexes à Rex.

La neige avait cessé de tomber depuis la veille. On prévoyait de nouvelles averses pour le lendemain matin ; mais aujourd'hui les routes étaient plutôt dégagées. Reggie s'inséra sur l'autoroute, tout en guettant d'éventuelles plaques de verglas. Les températures restaient très froides et elle tenait à conduire prudemment.

Elle discuta avec Harrison de sa journée à l'école et de ce qu'il espérait recevoir pour Noël. Il lui dit qu'il était bien trop grand pour croire au Père Noël, mais que sa famille et lui installaient toujours leurs grandes chaussettes à garnir près du sapin, le soir du réveillon.

— Dena et moi aussi, lui avoua Reggie en riant. Ma maman insiste et, honnêtement, je serais déçue de me lever au matin de Noël pour découvrir ma chaussette vide.

Un camion les dépassa soudain, roulant bien plus vite que la limite autorisée. Reggie le suivit des yeux, agacée. Quiconque conduisait cet engin était idiot ! Le soleil se couchait déjà et la première neige de la saison venait à peine de tomber ; il valait mieux faire attention.

Elle jeta un coup d'œil dans ses rétroviseurs et vit qu'un pick-up la suivait – beaucoup trop rapidement aussi. Une pointe de tension la traversa.

— Vas-y, double ! Crétin, lâcha-t-elle entre ses dents sans quitter le rétroviseur des yeux.

Le chauffeur ne devait pas être attentif, car son véhicule s'approchait de plus en plus. Reggie accéléra, en vain. D'un seul coup, il s'écarta sur la voie d'à côté comme s'il comptait la dépasser, mais le conducteur fit une erreur de calcul et accrocha leur voiture sur l'arrière gauche.

Celle-ci se mit à tournoyer comme une toupie au milieu de la chaussée. Reggie fit un effort pour relâcher sa prise sur le volant en attendant que ses pneus retrouvent un peu d'adhérence. Elle ralentit, lâcha l'accélérateur et, lentement, reprit le contrôle.

— Tout va bien, Harrison ! dit-elle sans se retourner. Accroche-toi à Belle.

Elle avait presque réussi à s'immobiliser sur le bas-côté quand elle vit que le pick-up qui l'avait percutée continuait à tournoyer et déraper sur l'asphalte. Visiblement, le conducteur ne savait pas du tout comment se rétablir après une glissade. D'un seul coup, il s'élança dans sa direction à toute allure. Elle essaya de l'éviter, mais il était déjà trop tard. Le violent choc la propulsa hors de la route.

La voiture se mit à faire des tonneaux. Harrison criait. Belle aboyait. Et Reggie sentit quelque chose de lourd s'abattre à l'arrière de sa tête.

Elle reprit lentement conscience. Sa première pensée fut pour Harrison. La seconde fut qu'elle était sur le point de vomir. Puis la douleur explosa d'un seul coup, sous son crâne et le long de ses côtes.

Elle se souvenait très bien de l'accident. Elle avait été percutée deux fois et sa voiture s'était retournée. Elle était de nouveau sur ses roues, à présent. Le pare-brise était fendu et le moteur s'était tu. Soudain, elle se rendit compte que tout était beaucoup trop silencieux dans l'habitacle.

— Harrison ? appela-t-elle. Harrison ?

— Je vais bien.

Sa voix venait de la banquette arrière. Elle se retourna tant bien que mal et le vit assis à côté de Belle. Tous deux avaient l'air très secoués. La chienne poussa un petit gémissement.

— Est-ce que tu es blessé, mon grand ?

— Reggie, tu saignes !

— Ça va aller.

Elle avait répondu sans réfléchir, automatiquement. Elle détacha sa ceinture et essaya d'évaluer les dégâts. Elle parviendrait sans doute à se lever sans trop de problèmes. Passant une main sur son front, elle comprit qu'elle avait dû se cogner la tête. Le sang était chaud et collant. D'un seul coup, sa nausée revint à la charge.

Elle se pencha pour essayer de retrouver son sac à main.

— Essaye de bouger tes doigts et tes orteils, dit-elle à Harrison. Tout fonctionne ?

— Oui. J'ai mal à la poitrine à cause de la ceinture, mais je ne suis pas blessé.

Elle se détacha rapidement et ouvrit la portière. Il fallait à tout prix qu'elle remette la main sur son sac pour trouver son portable. Plusieurs véhicules s'étaient déjà arrêtés sur le bord de l'autoroute. On allait sans doute appeler les secours, mais elle devait contacter Toby de toute urgence.

— Il me faut mon téléphone.

— Je vais l'attraper.

Harrison se libéra, détacha Belle, puis sortit de la voiture. La chienne le suivit. Elle se secoua, puis s'approcha de Reggie pour la renifler, comme pour s'assurer que sa maîtresse allait bien. Harrison contourna la voiture de l'autre côté pour ouvrir la portière du côté passager.

— Je l'ai ! dit-il au bout de quelques instants.

Il courut vers Reggie et lui tendit son sac. Elle en tira son portable et fit défiler les contacts, mais ne parvint pas à trouver le numéro de Toby. Les lignes se brouillaient devant ses yeux. Tout devenait flou. La sensation d'écœurement refusait de passer.

— Appelle ton papa, dit-elle alors que le monde disparaissait lentement de son champ de vision. Écoute-moi bien, Harrison. Appelle Toby et explique-lui ce qui s'est passé. Puis remonte à l'arrière de la voiture avec Belle. Sers-toi d'elle pour rester au chaud. Elle te protégera.

Elle indiqua aussi d'un geste les gens qui se précipitaient vers eux.

— Demande-leur une couverture et assure-toi qu'ils ont appelé les secours. C'est compris ?

Il s'approcha d'elle, les joues inondées de larmes.

— Est-ce que tu vas bien ? Ne meurs pas, Reggie !

Elle fit l'effort de sourire.

— Je ne vais pas mourir. Je me suis cogné la tête, c'est tout. Maintenant, va te réchauffer et veille sur Belle pour moi.

— Promis.

Il appuya sur le bouton d'appel du portable. Deux hommes atteignirent la voiture au même moment. L'un d'entre eux examina rapidement Reggie et lâcha un juron.

— L'ambulance arrive, dit-il.

Ce fut la dernière parole qu'elle entendit avant de perdre connaissance.

Dena était heureuse d'avoir eu une journée chargée : ça lui laissait moins de temps pour ruminer. Elle donna ses cours, puis rentra rapidement pour s'occuper de l'accueil du B&B. Winona avait besoin de s'absenter deux heures, et elle s'était proposée pour la remplacer. De toute manière, en milieu de semaine, il était rare que beaucoup de clients arrivent ou s'en aillent. La plupart des chambres étaient réservées jusqu'à la fin des vacances. Elle continuait à recevoir des e-mails réguliers des Pinkerton, qui espéraient pouvoir profiter d'une annulation de dernière minute, mais ils n'avaient pas encore eu de chance.

Tout cela offrait à Dena une distraction idéale pour ne pas trop penser au fait qu'elle n'avait pas reçu de nouvelles de Micah depuis la veille. Depuis l'émission et la découverte de sa nouvelle chanson, elle traversait un véritable tourbillon d'émotions. Que signifiait réellement ce morceau ? Était-ce un message ? Elle n'avait pas encore eu le temps de lui poser la question. Il l'avait rappelée dans la soirée, après minuit, et n'avait pas voulu rester longtemps au téléphone. Il avait raccroché avant même qu'elle puisse le rassurer et lui dire qu'elle n'était pas fatiguée. Depuis, elle était troublée, confuse…

— Il va bientôt revenir, se répéta-t-elle.

Il l'avait juré et il tiendrait parole. Elle lui faisait confiance.

Elle passa dans la cuisine pour commencer à préparer la soirée Snacks et Vin. Ursula s'était surpassée, une fois de plus : elle avait prévu des chaussons aux crevettes et aux champignons sauvages. Dena se promit de ne pas en manger plus de deux de chacun. Elle devait à tout prix faire attention à son apport en légumes, et tomber comme une affamée sur les mignardises n'était pas la meilleure solution pour y parvenir.

Elle venait d'ouvrir le vin quand la cloche de l'entrée sonna. En un instant, tous ses muscles se crispèrent, en alerte. Micah lui avait-il fait la surprise de rentrer plus tôt que prévu ? Était-ce lui ?

Elle courut dans le hall, espérant découvrir sa silhouette près de la porte, mais la personne qui attendait devant le comptoir n'était pas Micah. C'était une femme ; une belle rousse filiforme avec des yeux rageurs et une moue déterminée. Dena la reconnut immédiatement, d'après les photos qu'elle avait glanées sur le Net : Electra.

— Je cherche cette chambre, dit-elle en plaquant la clé de Micah sur la table. Micah Ruiz m'envoie récupérer ses affaires.

Elle jeta un coup d'œil autour d'elle.

— Quel cauchemar ! La personne qui a décoré cet endroit n'a jamais dû entendre parler de minimalisme…

Puis, se retournant vers Dena, elle reprit avec insistance :

— Sa chambre ? Où est-elle ?

Dena ne comprenait pas ce qui se passait. Electra était venue emporter les affaires de Micah ? Cela n'avait aucun sens ! Il allait revenir. Il lui avait donné sa parole.

— M. Ruiz ne m'a pas prévenue et je ne peux pas laisser quelqu'un d'autre entrer dans sa chambre sans son autorisation, répondit-elle en faisant de son mieux pour sourire.

Electra secoua la clé devant son nez.

— Je n'ai pas besoin d'autorisation, il me semble : j'ai la clé. Il est occupé au studio d'enregistrement et ne peut pas venir en personne.

Dena ne savait plus quoi penser. Micah ne pouvait pas s'être remis en couple avec son ex. Pas si vite. Il lui avait dit qu'il ne l'aimait pas… D'un autre côté, Electra avait sa clé. Qui d'autre que lui aurait pu la lui confier ?

— Je vais vous montrer le chemin, dit-elle, les dents serrées, avant de guider Electra jusqu'à la porte. Il est installé dans la charreterie.

— Il fait si froid ici. Et la neige ! Je ne comprends pas ce qu'il est venu faire ici. Dès qu'il aura terminé ses enregistrements, nous irons sous les tropiques. Tous les deux. J'ai hâte : trois semaines de soleil, de sable et de sexe… Puis nous reviendrons à la maison et nous écrirons de nouveau ensemble. Ce sera merveilleux.

Dena s'arrêta net devant la porte de Micah. Electra la déverrouilla et entra. Elle embrassa la pièce du regard puis grimaça de nouveau.

— Quel trou ! Comment a-t-il pu supporter de passer autant de temps ici ?

Elle traversa le salon, entra dans la chambre et revint au bout de quelques instants.

— Je vais prendre ses guitares avec moi. Envoyez le reste à son manager. Voici l'adresse.

Elle tendit une carte de visite à Dena.

— Vous n'aurez qu'à lui faire parvenir la facture pour le transport. Je crois que la chambre est réglée, n'est-ce pas ?

En moins de cinq minutes, Electra était repartie avec les deux guitares sous le bras. Elle laissa tout le reste derrière elle, y compris une Dena foudroyée, plantée au milieu du salon de Micah et incapable de respirer.

Il était parti. Comme ça. Sans rien lui dire, sans même lui donner le moindre indice. Il s'était contenté d'envoyer cette femme atroce à sa place. S'attendait-il réellement à ce qu'elle emballe ses affaires et les renvoie ? Comme si son séjour ici n'avait eu aucune importance ? Comme si *elle* n'avait eu aucune importance ?

Et sa chanson ? La nuit qu'ils avaient passée ensemble ? Leurs baisers et tout ce qu'il lui avait dit ? Elle avait espéré qu'ils pourraient…

Elle se laissa tomber sur le canapé et enfouit son visage dans ses mains. C'était impossible. Ça ne pouvait pas se passer comme ça. Elle avait offert son cœur à cet homme et il décidait de recommencer à vivre avec Electra ?

Soudain, son téléphone se mit à sonner. Elle le tira de sa poche, espérant contre toute attente que ce serait Micah. Mais non : c'était sa mère.

— Salut, maman, dit-elle en croisant les doigts pour que ses sanglots ne la trahissent pas.

— Dena, Reggie a eu un accident. Sa voiture a fait des tonneaux sur l'autoroute et elle est inconsciente.

29

Toby conduisit aussi vite que possible, étant donné l'état de la route. La nuit était tombée et l'autoroute passait en montagne. Il n'avait peut-être pas neigé de la journée, mais les bas-côtés étaient encore blancs et la chaussée était sans doute couverte de glace à certains endroits.

Depuis le coup de téléphone de son fils, il faisait de son mieux pour garder sa terreur sous contrôle. Il entendait encore les cris de Harrison résonner à ses oreilles, lui répétant que Reggie ne voulait pas se réveiller et qu'il y avait du sang partout.

D'après le peu d'informations qu'il avait pu lui donner, Toby avait compris qu'un chauffard avait percuté la voiture de Reggie et l'avait envoyée tournoyer sur la chaussée. Le type lui était rentré dedans une seconde fois, les éjectant dans le talus. Puis, Harrison avait passé le téléphone à un homme, qui avait assuré à Toby que les secours étaient en route, et que le garçon ainsi que le chien ne semblaient pas blessés. Reggie, par contre, saignait et avait perdu connaissance.

Heureusement, l'accident n'avait eu lieu qu'à quelques kilomètres de la ville. Toby arriva en moins d'une demi-heure. Il trouva deux voitures de police et une ambulance déjà sur place. Deux dépanneuses se garèrent sur la bande d'arrêt d'urgence juste derrière lui. Il bondit de son siège et courut près de la petite foule amassée en appelant son fils.

— Papa ! Je suis là !

Harrison était enveloppé dans une couverture, veillé à bonne distance par un ambulancier. Belle, également protégée par une couverture, montait la garde près du garçon en jetant des regards mauvais tout autour d'elle.

— C'est votre fils ? demanda l'ambulancier à Toby.

— Oui.

Il prit Harrison dans ses bras et le serra fort contre lui. Son garçon semblait s'agripper comme s'il n'allait plus jamais le lâcher.

— Je voulais l'examiner, mais la chienne ne me laisse pas approcher…

Toby libéra une de ses mains pour caresser Belle.

— Tu es une bonne fille. Une bonne fille, dit-il d'une voix étranglée par l'émotion. Comment te sens-tu, Harrison ?

— Je vais bien, papa. On s'est retournés et c'était effrayant, mais je ne me suis pas fait mal.

Toby le confia alors à l'infirmier et retint Belle par son collier.

— Je vais la garder avec moi, dit-il. Où est Reggie ?

L'homme indiqua l'ambulance.

— On l'emmène à l'hôpital de Wishing Tree. Elle s'est cogné la tête dans l'accident.

Toby se pencha vers son fils.

— Je vais la voir, mon grand. Je reviens vite.

— Je t'attendrai là, papa, promit Harrison.

Accompagné par Belle, Toby se précipita vers l'ambulance et sentit l'angoisse le saisir de nouveau quand il vit Reggie. Le sang avait coulé sur le côté de son visage et formait une auréole sombre sur son pull. Elle avait un œil au beurre noir et des coupures sur la pommette. Les yeux fermés, elle paraissait blanche comme un linge.

Il dut faire du bruit, car ses paupières papillotèrent et elle poussa un petit gémissement.

— Reggie…

Il lui prit la main.

— Ma tête !

Belle se faufila entre eux et la renifla d'un air inquiet avant de lécher sa joue indemne.

— Bonjour, ma fille, murmura Reggie d'une voix pâteuse. Harrison. Reste avec Harrison.

— Elle l'a protégé, répondit Toby. Il va bien et j'ai prévenu ta famille. Tes parents te retrouveront à l'hôpital.

— Les bonnets…

— Shaye et Paisley sont en route, la rassura-t-il encore. Elles les emporteront jusqu'au camion.

— Ce type…

Elle tenta d'ouvrir les yeux encore une fois, puis soupira.

— Ça tourne…

— Ne parle pas.

— Il m'a percutée. Deux fois. J'ai eu si peur.

— Je sais, mais tu t'en es très bien sortie.

Un autre infirmier s'approcha d'eux.

— Votre fils a l'air d'aller bien. Vous pourrez l'emmener voir le médecin demain, si vous voulez, mais nous n'avons remarqué qu'un hématome léger causé par la ceinture de sécurité. Nous devons y aller, monsieur. L'autre conducteur est déjà en route pour l'hôpital. Il est assez secoué.

Harrison les rejoignit et enlaça Reggie.

— Il faut que tu guérisses, dit-il.

Elle se fendit d'un sourire tremblant.

— Promis.

On ferma les portes de l'ambulance, et le véhicule partit. Toby resta le temps de régler l'affaire auprès des policiers, expliquant qui il était et où Reggie se rendait quand l'accident était survenu.

— D'après ce que les témoins m'ont dit, elle a très bien réagi au premier choc, dit la femme en uniforme. C'est quand l'autre véhicule est revenu la percuter que les choses ont dérapé. On se rattrape difficilement, dans ces cas-là.

Elle grimaça.

— Les gens devraient réellement apprendre à conduire sur la neige et à anticiper les dangers... Comment va votre fils ?

Toby passa un bras autour des épaules de Harrison.

— Bien.

La femme indiqua alors Belle d'un signe du menton.

— C'est un sacré chien que vous avez là. Elle a refusé de laisser qui que ce soit approcher du petit. Sa présence doit vous rassurer.

Harrison appuya la joue contre la tête de la chienne.

— Elle est gentille.

Belle répondit par un battement enjoué de la queue.

Toby déchargea les cartons de la voiture de Reggie et emporta son sac, ainsi que le contenu de la boîte à gants. L'autre véhicule accidenté avait déjà été chargé sur l'une des dépanneuses. La seconde s'approcha et son conducteur arrima rapidement la voiture de Reggie avant de repartir. Toby attendit ensuite seul sur le bas-côté, ses clignotants allumés, l'arrivée de Shaye et Paisley.

Harrison était assis à l'arrière de leur voiture, un bras passé autour du corps de Belle. Il parla de l'accident, de ce qu'ils allaient manger pour le dîner et demanda à son père s'ils pourraient passer voir Reggie à l'hôpital. Toby fit de son mieux pour paraître normal, même si son corps commençait à se tendre en songeant à ce qui venait de se passer.

Il aurait pu les perdre tous les deux. Si Reggie n'avait pas réussi à contrôler sa voiture, si l'autre conducteur les avait percutés plus fort, si l'accident avait eu lieu près d'un col et d'une pente plus raide, ils auraient tous pu mourir... Comme ça. Sans prévenir. Sans lui laisser une chance de les sauver. Mais Reggie avait gardé la tête froide. Elle avait pris soin de Harrison. Elle avait *protégé* son fils.

Tout comme Belle. Il jeta un petit coup d'œil dans son rétroviseur et vit la chienne penchée sur lui, l'air encore farouche, comme si elle l'avait adopté. Harrison était devenu son petit et elle ne laisserait jamais personne l'oublier.

Reggie n'avait jamais pris de drogues. Son idée d'une soirée folle consistait à prendre un second ibuprofène quand elle avait mal au dos... Néanmoins, elle devait bien admettre que ce qu'on lui avait administré à l'hôpital pour étouffer la douleur lui procurait l'impression agréable de planer.

Ses vertiges avaient fini par s'estomper et elle arrivait de nouveau à voir nettement ce qui se passait autour d'elle. Elle avait encore le sentiment de nager dans du coton, mais c'était sans doute à cause du choc. Et, bien sûr, des médicaments.

— Ta voiture a été déposée chez le garagiste, annonça son père, assis près d'elle et la couvant d'un regard anxieux. Nous allons attendre le feu vert de l'expert avant de commencer les réparations. Si jamais elle est fichue, je viendrai avec toi à Seattle pour t'aider à en choisir une autre.

Reggie envisagea un instant de lui rappeler qu'elle était assez grande pour s'acheter une voiture toute seule, mais son père ne l'aurait pas écoutée. Pas ce soir. C'était sa manière de lui montrer à quel point il s'inquiétait pour elle et l'aimait.

— Merci, papa, dit-elle donc.

Sa mère s'approcha à son tour. Les points de suture lui arrachèrent une grimace et elle examina ses bleus d'un air navré.

— Tu aurais pu te faire tuer, soupira-t-elle au bout d'un moment. Il faudrait retirer son permis à ce chauffard ! Rouler à une vitesse pareille juste après la première chute de neige ? À quoi pensait-il ?

Reggie lui prit la main et serra fort.

— Maman, je vais bien. Rentre à la maison, bois un verre de vin, et reviens demain matin pour faire signer mon autorisation de sortie.

Le regard de Leigh s'adoucit.

— Je devrais rester. Je suis sûre qu'ils peuvent m'installer un lit d'appoint dans un coin de la chambre.

Reggie secoua la tête – et regretta immédiatement ce mouvement trop brusque.

— N'y pense même pas. Tu as besoin de rentrer et de te reposer. Je te rappelle que tu te maries dans deux jours et qu'on n'a toujours pas trouvé de solution pour cacher ma tonsure…

Sa mère leva de nouveau les yeux sur les points de suture qui couraient le long de sa tempe.

— Je suis sûre qu'on pourra couvrir ça avec une mèche de cheveux.

Son père adressa un clin d'œil à Reggie.

— Ou alors, on dira aux invités que tu es entrée dans une phase punk rock.

— Je crois que je suis un peu vieille pour ça, répondit-elle. Maman, je vais bien.

— Tu as une commotion.

— Légère, et les infirmières vont passer me voir toutes les trente minutes. Tu les as vues faire. Je t'aime. Rentre à la maison, maintenant.

— D'accord, lâcha Leigh d'un air encore réticent.

Elle se leva et serra une dernière fois la main de Reggie dans les siennes.

— Je reviendrai à la première heure demain. Je veux être présente quand le médecin t'examinera.

Vince et elle enlacèrent leur fille, puis Dena, avant de sortir. Dena se pencha vers Reggie et sourit.

— As-tu besoin de quoi que ce soit ?

— Non, ça ira.

— Tu n'as rien mangé.

La simple idée de dîner arracha une grimace écœurée à Reggie.

— Pas ce soir, dit-elle en fermant les yeux. J'ai si mal à la tête…

— Attends de te voir dans un miroir. Tu vas hurler.

— C'est si terrible ? demanda Reggie.

Dena secoua la tête avec un petit sourire.

— Tu as un œil au beurre noir et des éraflures partout. Les photos du mariage vont être épiques !

— Tu crois que je pourrais cacher les bleus avec du maquillage ?

— J'ai déjà appelé Paisley pour lui demander un coup de main, de ce côté-là. Elle s'y connaît mieux que nous toutes. D'ailleurs, tant qu'on parle de points techniques, Shaye et elle ont pu livrer les bonnets à temps. Elles sont rentrées chez elles saines et sauves ; tu peux donc cesser de t'inquiéter pour ça.

— Les bonnets ! J'avais complètement oublié !

— Ça se comprend : tu avais d'autres choses plus urgentes en tête. Oh ! Et Belle passe la nuit avec Harrison. On n'a pas réussi à les séparer.

Reggie sourit.

— Ne me dis pas que je suis en train de perdre ma chienne, par-dessus le marché.

— Jamais. Ce n'est qu'un amour de vacances.

Dena plaisantait, mais il y avait une lueur que Reggie n'aimait pas au fond de ses yeux. À moins que le choc ne lui fasse imaginer des choses...

— Est-ce que ça va ? demanda-t-elle. Il s'est passé quelque chose ?

Sa sœur la dévisagea.

— À part le fait que ma petite sœur s'est fait emboutir par un chauffard et a fait des tonneaux dans un talus ? Non. Rien.

Reggie ne la croyait qu'à moitié.

— Tu es sûre ?

Dena n'eut pas le temps de répondre, car Toby passa la porte de la chambre au même instant. En dépit de la douleur lancinante et des médicaments, Reggie se redressa quand elle l'aperçut. Sans doute parce qu'il était beau. Grand, fort... et si grave.

— Je crois qu'il est temps que j'y aille, murmura Dena en embrassant sa sœur sur la joue. Je t'aime. Je vais laisser mon portable allumé, cette nuit. Si tu as besoin de quoi que ce soit, n'hésite pas à m'appeler. Sinon, on se reverra demain.

Elle partit.

Toby s'assit sur le siège qu'elle venait d'abandonner, au chevet de Reggie, et prit sa main.

— Comment te sens-tu ? demanda-t-il.

— Ça peut aller. Dena dit que j'ai un œil au beurre noir.

Il sourit.

— C'est vrai, et le bleu est impressionnant.

— Super... Le mariage a lieu dans deux jours, et j'aurai l'air d'un monstre.

Elle vit son regard s'attarder un instant sur sa tempe.

— Oui, je sais qu'ils ont rasé une partie de mes cheveux. Ce que je ne sais pas, c'est à quoi ça ressemble.

— Tu es magnifique.

Il se pencha et déposa un baiser sur le bout de ses doigts.

— Merci d'avoir sauvé mon fils, aujourd'hui.

— Je suis juste soulagée qu'il n'ait rien. Et Belle non plus. Apparemment, ils ont organisé une soirée pyjama.

— J'espère que ça ne te dérange pas. Harrison prétend que tout va bien, mais je sais qu'il a été secoué. Comme tu passes la nuit ici, j'ai pensé que ce serait bien qu'il reste avec Belle. Je te promets de la ramener chez tes parents demain matin.

Reggie ferma de nouveau les yeux.

— Je suis contente qu'ils soient ensemble. Harrison a vraiment bien réagi, tout à l'heure. Il a su garder son calme et faire preuve de courage, tout comme Belle.

— Ce que tu n'as pas vu, c'est qu'elle l'a protégé. Elle a même empêché l'infirmier de l'approcher avant mon arrivée.

Reggie rouvrit les yeux, surprise. Waouh, qu'il était séduisant… L'avait-elle toujours su ?

— Vraiment ? Tant mieux. Même si son instinct aurait pu poser problème, s'il avait été blessé. Dena dit que les bonnets ont été livrés.

— On s'est occupés de tout. Ne t'en fais pas et concentre-toi sur ta guérison.

Elle sentait les antidouleurs prendre le dessus, lentement. Elle avait besoin de dormir. Peut-être que Toby pourrait rester avec elle. Si Belle faisait une soirée pyjama, pourquoi pas elle ? D'ailleurs, en parlant de ça…

— Pourquoi est-ce qu'on ne couche pas ensemble, Toby ? demanda-t-elle.

Il la dévisagea un instant d'un air perplexe.

— Quoi ?

— Tu m'as entendue. Ne fais pas semblant de ne pas comprendre. On devrait coucher ensemble. Tous les jours. Et, puisque j'ai abordé le sujet, tu es un idiot.

Toby ouvrit grand la bouche, puis la referma.

— Je te demande pardon ?

— Un idiot. Toi. Je suis la meilleure chose qui te soit arrivée. C'était vrai au lycée, et ça l'est toujours. En plus, Harrison m'aime bien et j'ai un super chien. Tu es amoureux de moi. Tu n'as jamais cessé de m'aimer, mais tu es trop fier et obstiné pour l'admettre.

Elle sentit ses paupières retomber et n'eut plus la force de les soulever.

— Arrête tes bêtises et avoue que tu tiens à moi. Tu te sentiras mieux.

Elle n'entendit pas sa réponse. Une voix vint marmonner que les visites étaient terminées, puis la gentille infirmière de garde vint prendre la tension de Reggie.

— Je reviendrai dans une heure pour vous donner d'autres antidouleurs.

— Bien, parvint-elle à répondre avant de sombrer dans un délicieux sommeil.

Micah ne comprenait pas pourquoi Dena refusait de répondre au téléphone ou à ses textos ; mais, quelle que fût la raison, ça ne présageait rien de bon. Après une journée dans le studio d'enregistrement et une autre en réunion, il en avait finalement eu assez. Il loua un avion pour rentrer à Wishing Tree et se rendit immédiatement au B&B. Il passa la porte juste après 11 heures du matin. Il aurait préféré passer par l'école pour parler à Dena, mais elle n'aurait pas apprécié d'être interrompue en plein cours.

Winona, campée derrière le comptoir de la réception, le dévisagea d'un œil clairement hostile.

— Que faites-vous ici ? demanda-t-elle froidement.

— Je passe mes vacances ici.

— Plus maintenant.

Que Dena refuse de lui parler était une chose, mais que s'était-il produit ici ?

— J'ai une chambre réservée jusqu'au nouvel an, lui rappela-t-il, agacé.

Winona ne cilla pas.

— Vous *aviez* une chambre. Vous avez rendu votre clé et nous avons loué la suite aux Pinkerton. Ils viennent tous les ans.

Elle eut une moue déplaisante.

— Nous les aimons bien, *eux*.

Micah fit passer le sac d'avocats qu'il avait apporté dans l'autre main et s'approcha.

— Attendez un peu… J'ai passé quelques jours à Los Angeles, mais je n'ai jamais rendu ma clé.

— Vous avez envoyé quelqu'un. Une femme. Elle s'en est occupée pour vous. Vos affaires sont emballées et attendent d'être expédiées à votre manager. Je m'en occuperai dès qu'il se remettra à neiger…

Un sourire mauvais illumina son visage.

— Je crois que je vais accidentellement oublier les cartons dehors pour qu'ils soient bien mouillés. Et j'appellerai le transporteur après.

Une femme était venue à Wishing Tree en son nom ? Que… ?

Soudain, un juron lui monta aux lèvres.

— Electra, lâcha-t-il. C'est pour ça que je ne retrouvais pas ma clé.

Il repensa à sa première session d'enregistrement. Elle était venue lui parler dès le matin, mais il avait refusé de la voir. Il était passé dans le studio en laissant son sac à dos sur une table. Elle aurait facilement pu le fouiller sans être vue. Voler sa clé et venir à Wishing Tree sous un prétexte lui ressemblait bien.

— Vous ne devriez pas perdre votre temps ici, reprit Winona, toujours aussi sèchement. Vous feriez mieux de partir pour vos vacances sous les tropiques. Comment a-t-elle dit, déjà ? Ah oui : trois semaines de soleil, de sable et de sexe. Je crois que c'était ça. Dena m'a tout répété. Entre deux sanglots.

Les paroles de la gérante le déchirèrent de part en part. Il faillit s'effondrer en comprenant ce qui s'était passé, écœuré par ce que Dena avait dû subir.

— Non, murmura-t-il.

Il n'aurait jamais dû aller à Los Angeles. Il aurait dû la convaincre de l'accompagner ou bien insister pour enregistrer sa prestation à Seattle.

— Electra a parlé à Dena ? demanda-t-il.

Il connaissait déjà la réponse, hélas…

— La rousse vulgaire ? Oui, répliqua Winona d'un air dégoûté. Quand je pense que je commençais à vous apprécier !

— Ce n'est pas ce que vous croyez.

Elle leva une main impérative.

— N'en rajoutez pas.

Il jeta un rapide coup d'œil à sa montre.

— Elle est en classe, n'est-ce pas ? À quelle heure déjeune-t-elle ? Onze heures et demie ? Midi ?

Il posa le sac en papier sur le comptoir.

— Voulez-vous bien garder ça pour moi ? Je les lui donnerai plus tard.

Winona prit un air encore plus soupçonneux.

— Qu'avez-vous apporté ?

— Des avocats. Elle les aime et il est difficile d'en trouver à Wishing Tree, en cette saison.

Le regard de la gérante passa du sac à lui.

— Comme cadeau d'excuse, on a vu mieux.

— Je n'étais pas au courant de ce qui s'est passé, dit-il. Electra est mon ex-femme, nous avons divorcé il y a des années. Elle ne veut pas recommencer à vivre avec moi, juste qu'on écrive ensemble. Je suis sûr qu'elle n'est venue ici que pour causer des problèmes. Croyez-moi ou non, ça n'a aucune importance. La seule personne qui compte, dans cette histoire, c'est Dena. Je dois lui dire la vérité. Elle souffre, elle est blessée et elle se croit humiliée. Tout est ma faute.

Winona jeta un rapide coup d'œil au sac.

— Ce sont de beaux avocats, dit-elle avant de se retourner vers lui. Dena n'est pas à l'école, elle est chez ses parents. Reggie a eu un accident de voiture, hier, et sa sœur a pris une journée de congé pour veiller sur elle.

Elle lui raconta rapidement ce qui s'était passé. Micah s'obligea à rester le temps de l'écouter, alors que son instinct lui criait de courir chez les parents de Dena. La seule chose qui l'empêcha de couper court au récit de Winona était le fait qu'il ne connaissait pas leur adresse exacte.

— Reggie va bien, n'est-ce pas ? demanda-t-il quand elle eut terminé.

— Elle a eu un choc, mais elle va s'en remettre.

Finalement, il obtint l'adresse de la maison et des indications pour s'y rendre.

Il courut jusqu'à la porte, ne se retournant qu'au dernier moment.

— Avez-vous réellement emballé mes affaires et loué ma chambre à quelqu'un d'autre ?

— Oui.

— Je vais revenir pour tout récupérer. N'envoyez rien à personne.

Winona sourit – un vrai sourire, enfin.

— Je ferai ce que Dena me demandera.

— Ça me va.

30

— Tu n'es pas obligée de rester avec moi, répéta Reggie pour la quatrième fois depuis le matin. Je vais bien.

— Je te tiens compagnie, répondit sa sœur. On passe du temps ensemble. C'est amusant.

— Non, tu me surveilles.

Dena sourit.

— Si j'avais eu un accident de voiture, tu ferais exactement la même chose. Il va falloir que tu me supportes.

Elle était fière d'agir aussi normalement. Jusqu'à présent, personne n'avait encore deviné que son cœur avait volé en éclats et qu'il ne serait plus jamais entier. Elle était dévastée, émotionnellement brisée et épuisée à force de ne pas dormir ; mais, un jour, dans plusieurs années, elle parviendrait sans doute à s'en remettre. C'était ainsi que les choses se passaient. Les gens guérissaient et allaient de l'avant. Elle y arriverait, elle aussi. Seulement, elle sentait déjà que l'épreuve allait être atroce…

Elle ne pouvait pas repenser à la visite d'Electra sans se sentir malade. Elle avait passé la nuit à pleurer, incapable de croire que Micah ait pu la trahir d'une manière aussi abjecte, et honteuse d'avoir eu confiance en lui. Elle n'avait été qu'une petite campagnarde naïve, prête à s'accrocher à la moindre de ses paroles. Quand elle songeait à son insistance pour passer la nuit avec elle… Comme il devait rire d'elle, à présent ! Pire encore, il avait détruit ce moment si tendre, si merveilleux, qu'elle avait pensé chérir toute sa vie. Elle se sentait insignifiante, seule et humiliée. Et incroyablement triste. Triste d'avoir offert son cœur à cet homme, dévastée d'avoir été rejetée sans scrupule.

Reggie effleura sa pommette tuméfiée.

— Tu crois qu'un peu de maquillage suffira à cacher ça ?

— Je ne sais pas, répondit Dena. Paisley a promis de passer tout à l'heure pour se faire une idée des dégâts. Si quelqu'un peut régler le problème, c'est bien elle. Elle m'a parlé de certains fonds de teint qui couvrent les tatouages – apparemment, ce n'est pas si dur à trouver. Elle pense pouvoir en commander et demander une livraison express pour que tout arrive avant le mariage.

Reggie grimaça.

— J'espère que ça va marcher. Je me moque de ressembler à un monstre, mais je ne veux pas attirer l'attention sur moi : c'est la journée de papa et maman, après tout. Et puis, il y aura les photos.

Dena serra sa main.

— Ne t'en fais pas : tu seras quand même belle.

— Belle ? Vraiment ? Je veux bien accepter « mignonne » ou « jolie », mais pas « belle ».

— Tu ne me crois pas ? Demande à maman.

Reggie gloussa.

— Elle me mentira, comme toi.

Elles échangèrent un petit sourire.

— En tout cas, reprit Dena, je suis contente que tu te sentes mieux.

Elle se pencha sur le lit pour caresser Belle. La chienne remua un peu la queue, mais n'ouvrit pas les yeux.

— Je vais bien, répondit Reggie. Je suis un peu secouée et j'ai mal partout, mais je tiens le coup. La preuve : je ne te vois plus en double. Sincèrement, tu n'avais pas besoin de prendre ta journée pour veiller sur moi.

— Tu plaisantes ? Tu es ma petite sœur. Je *dois* veiller sur toi.

Reggie serra ses doigts entre les siens.

— Tu es tellement gentille…

— Je t'aime.

— Moi aussi.

Elle se poussa un peu pour laisser à Dena plus de place sur le lit.

— Allez, viens t'installer et regardons un truc à la télé. Une série amusante, avec un soupçon de suspense, ça t'irait ?

— Parfait.

Mais, avant qu'elle ait pu s'allonger à côté de sa sœur, Leigh passa la tête par l'entrebâillement de la porte, l'air troublé.

— Dena, tu ne m'as pas dit que Micah était toujours à Los Angeles ?

La mention de son nom fut comme un poignard planté dans son cœur. Elle en eut le souffle coupé et se sentit pâlir.

— Si.

— Eh bien, il est revenu. Il est en bas et insiste pour te parler.

La nausée qui monta brutalement à la gorge de Dena n'avait rien à voir avec sa grossesse.

— Il est ici ?

Sa mère et sa sœur la dévisagèrent.

— Que se passe-t-il ? demanda Reggie. Vous vous êtes disputés ?

— Non.

Elle se leva, très raide, et s'appuya à la table de chevet pour garder l'équilibre.

— Non, répéta-t-elle d'une voix forte que démentaient ses tremblements. Nous ne nous sommes pas parlé, ces derniers jours. Je suis surprise, c'est tout.

Hélas, ses explications ne convainquirent clairement pas les autres.

— Est-ce que tu veux que je lui demande de s'en aller ? suggéra sa mère.

— Non, je vais lui parler.

Elle fit de son mieux pour sourire.

— Il est revenu. C'est bon signe, non ?

Sans attendre de réponse, elle quitta la chambre, ne s'arrêtant qu'un instant au sommet de l'escalier. Elle avait besoin de quelques secondes pour reprendre son souffle et essayer de comprendre ce qui se passait.

Micah était ici ? Pourquoi ? Il n'avait pas besoin de faire le voyage. Toutes ses affaires étaient déjà emballées et Dena avait prévu de les déposer chez le transporteur dans l'après-midi. Après la visite d'Electra, ils n'avaient plus rien d'autre à se dire.

Elle prit une profonde inspiration. Il voulait peut-être s'excuser pour ce qui s'était passé ; pour alléger sa conscience ou la convaincre qu'il n'était pas si méchant... Il n'avait sans doute pas fait autant de route pour venir lui briser le cœur personnellement. Malgré tout ce qu'il avait fait, elle refusait de le croire vicieux à ce point. D'un autre côté, elle s'était trompée du tout au tout à son sujet... Peut-être avait-elle tort, une fois de plus.

— Plus vite je réglerai cette histoire, plus vite je pourrai tourner la page, murmura-t-elle avant de s'engager dans l'escalier.

Elle le trouva debout, au milieu du salon. Dès qu'elle posa les yeux sur lui, les vagues de douleur qui la hantaient depuis la veille se changèrent en véritable tsunami. Elle aurait voulu se jeter dans ses bras et l'entendre dire que tout allait bien se passer. Elle aurait voulu le voir sourire, entendre son rire et comprendre que cet épisode n'avait été qu'un terrible malentendu. Mais cela n'arriverait pas, bien sûr. Tout ce qu'il allait lui dire ne serait que mensonges, comme ça avait été le cas depuis son arrivée à Wishing Tree. Il s'était servi d'elle – pour se distraire ou par simple envie de jouer. La raison importait peu. Tout ce dont elle pouvait être certaine, c'était qu'elle serait beaucoup plus cynique, la prochaine fois, et qu'elle n'accorderait plus jamais sa confiance aussi facilement. Voilà le legs douloureux que lui laissait l'homme dont elle était tombée amoureuse.

— Dena ! s'écria-t-il.

Il s'approcha d'un pas, puis se figea et lâcha un juron.

— Je suis désolé. Elle t'a fait du mal. Non, *je* t'ai fait du mal. Je le vois bien dans tes yeux. Pourquoi ne m'as-tu pas appelé ? J'aurais pu…

Il secoua la tête.

— Question stupide. Tu ne m'aurais jamais appelé après ça. Par pitié, répète-moi ce qu'elle t'a dit.

Dena le regarda sans comprendre. Ses paroles n'avaient aucun sens.

— Je n'ai pas besoin de te le répéter. Tu le sais déjà : tu le vis, dit-elle.

Il ne la quittait pas des yeux. Son regard trahissait sa peine.

— Je suis ici, avec toi, et pas je ne sais où avec elle. S'il te plaît, parle-moi. Je dois savoir ce qui s'est passé.

Soit les choses n'étaient pas ce qu'elles semblaient être, soit il était le meilleur acteur du monde… Néanmoins, il en faudrait plus pour regagner sa confiance. Gardant prudemment ses distances, Dena répondit :

— Electra est arrivée hier après-midi. Elle avait ta clé et elle a dit qu'elle était là pour récupérer tes affaires.

Elle a affirmé que tu ne reviendrais pas et que tu la rejoindrais sous les tropiques pour des vacances. Trois semaines de soleil, de sable et de sexe.

Il tressaillit.

— Je suis désolé, dit-il de nouveau. C'est un mensonge. Il ne se passe rien entre Electra et moi. Nous avons divorcé il y a plus de dix ans. C'est tout elle ! Elle a volé ma clé dans mon sac pendant que j'enregistrais la nouvelle chanson. Elle doit être vraiment désespérée pour faire une chose pareille et je regrette qu'elle soit venue. Si seulement tu m'avais parlé…

Il fit un pas de plus dans sa direction, mais elle recula d'autant.

— Va-t'en, dit-elle.

Ses excuses étaient si douces, si plausibles. Seulement, comment aurait-elle pu le croire ? Elle souffrait déjà trop pour prendre un tel risque.

— Je te le répète : va-t'en.

Une expression douloureuse traversa le visage de Micah.

— Dena, ne fais pas ça…

— Si, je le fais. Je ne veux même pas savoir ce qui se passe. Tu es un rockeur célèbre. Tu n'as pas ta place ici. Tu ne faisais que jouer avec moi et je refuse de te distraire quand tu t'ennuies. C'était une erreur dès le départ.

— Mais je t'aime ! Je croyais que tu l'avais compris. C'est dans la chanson.

Elle s'immobilisa, troublée par ce qu'elle venait d'entendre. Il l'aimait ? Il… quoi ?

Elle ouvrit la bouche, mais aucun son n'en sortit. Elle n'arrivait même plus à respirer – et c'était beaucoup moins important que de comprendre ce qu'il…

Il vint se placer devant elle, tout près mais sans la toucher.

— Je pense chaque parole de cette chanson. Tu m'as

transformé, Dena. Tu as su ouvrir mon cœur d'une manière que je n'aurais pas crue possible. Tu es bonne, gentille, amusante, intelligente et si belle. Je t'aime. Je pensais que tu le savais.

— Ce n'était qu'une chanson ! protesta-t-elle. Tu ne m'as rien dit. Tu es parti pour te produire à la télé, puis nous n'avons pas réussi à discuter et cette femme est arrivée.

Les larmes qu'elle avait retenues à grand-peine coulaient à présent sur ses joues.

— C'était atroce. J'ai cru que tout n'avait été qu'un jeu pour toi. Je pensais que tu te moquais de moi.

Il l'attira à lui et la serra tellement fort qu'elle comprit soudain qu'il ne la lâcherait plus jamais.

— Je suis désolé. Tout est ma faute. J'ai été maladroit dès le départ.

Il s'écarta juste assez pour la regarder dans les yeux.

— Je t'en supplie, pardonne-moi. J'aurais dû te dire ce que je ressentais avant de partir. J'aurais dû t'expliquer que je reviendrais forcément, parce que j'ai besoin de toi et parce que je veux vivre avec toi. Rien que toi, Dena. Pour toujours.

Elle étouffait encore comme un poisson hors de l'eau quand il se pencha pour l'embrasser. Dès que leurs lèvres se rencontrèrent, elle s'agrippa à son cou et le serra fort. Il l'aimait ! Elle !

La passion de ses baisers suffit à réparer son pauvre cœur brisé. Une vague de chaleur se répandit dans tout son corps. Pas uniquement parce qu'il était bel homme ; mais grâce à ce qu'il venait de dire.

Il redressa la tête au bout d'un moment.

— Je suis tellement navré de t'avoir blessée. Crois-moi.

— Je te crois, murmura-t-elle. Tout va bien. J'avoue

que c'était atroce, mais je comprends mieux ce qui s'est passé.

Elle essuya ses dernières larmes avant de lui sourire.

— Il va vraiment falloir qu'on apprenne à mieux communiquer.

Micah lui rendit son sourire sans hésiter.

— En effet. Tu sais quoi ? Je te promets de ne plus jamais aller à Los Angeles sans toi. En fait, je n'irai nulle part sans toi. Je m'arrangerai avec tes horaires de cours. Tu es la seule femme de ma vie et ça ne changera pas.

— Alors, tu… tu restes à Wishing Tree ?

— Je vivrai où tu auras envie de vivre, si ça te convient.

Il lui prit les deux mains.

— Je t'aime, Dena Somerville. Maintenant et pour le reste de mon existence.

— Je t'aime aussi.

Il se figea un instant.

— Vraiment ?

Elle acquiesça.

— Je crois que je ne pourrais pas m'en empêcher, même si je le voulais.

Il l'embrassa de nouveau avec douceur.

— Est-ce que tu as réellement loué ma chambre ?

Oh non !

— Oui, avoua-t-elle, honteuse. Je pensais que tu ne reviendrais pas et les Pinkerton nous harcèlent depuis des semaines pour s'enquérir d'une éventuelle annulation.

À sa grande surprise, il sourit de plus belle.

— Je l'ai bien mérité. J'appellerai Steve pour savoir si je peux m'installer chez lui, temporairement.

Dena réfléchit un instant. Après tout, il lui avait dit qu'il l'aimait et elle le croyait…

— Voudrais-tu emménager avec moi ?

Son regard s'assombrit un instant.

— Ce n'est pas un trop grand pas pour toi ? Si tu n'es pas encore prête, j'attendrai, tu sais. Le temps qu'il faudra.

— Non, tu peux venir chez moi, répondit-elle, les joues en feu. Ça me plairait beaucoup.

Il lui caressa la joue du bout des doigts.

— Nous allons devoir être très silencieux, alors, si les Pinkerton logent en dessous.

— J'avoue que je n'ai encore jamais eu ce problème. Ça devrait être intéressant…

Le sourire de Micah s'évanouit.

— Je suis sincère avec toi, Dena, dit-il. Je t'aime et je veux que nous soyons ensemble. Je sais qu'il est beaucoup trop tôt pour parler de mariage, mais sache que je suis très excité à l'idée de voir naître le bébé. J'ai hâte que nous soyons trois, puis quatre – pourquoi pas ? Je m'engage sur le long terme.

Une bouffée de bonheur l'emplit de la tête aux pieds.

— Moi aussi.

Il déposa un nouveau baiser au coin de ses lèvres.

— Dans ce cas, pourquoi n'irais-je pas saluer Reggie avant de t'accompagner chez toi ? À moins qu'elle ait encore besoin de toi.

Elle fut tentée de lui rappeler qu'il était à peine midi – trop tôt pour s'enfermer dans leur chambre –, mais elle n'avait pas envie d'attendre davantage, elle non plus.

— Elle n'a pas besoin de moi.

— Tant mieux. Tout à l'heure, j'appellerai les agences immobilières de la ville pour savoir s'il y a une autre maison victorienne sur le marché. On pourrait rester proches du B&B tout en aménageant un vrai foyer pour notre famille.

— Quel homme d'action !

— Je suis plutôt motivé, répondit-il avec un nouveau sourire. Après tout, j'ai déjà la fille.

Il passa un bras autour de ses épaules et l'accompagna à l'étage.

— Est-ce que tu crois que Dolly Parton pourrait accepter d'enregistrer un duo avec moi ?

— Appelle-la, ça ne coûte rien.

— Pourquoi pas ?

Le matin du mariage de ses parents, Reggie se campa devant son miroir et songea que le halo jaune-vert qui entourait son œil était le dernier de ses soucis. Le maquillage que Paisley lui avait apporté la veille dissimulait toutes les traces de l'accident. Elle serait passable et ferait bonne figure sur les photos. De plus, ses migraines avaient disparu, tout comme les douleurs et raideurs qui l'avaient handicapée depuis l'accident. Non, le véritable problème était Toby. Ou plutôt l'absence de Toby.

Elle n'avait pas reçu de ses nouvelles, juste un rapide texto pour s'assurer qu'elle allait bien. Elle s'était pratiquement jetée à ses pieds, et il n'avait pas encore réagi. Ce qui, d'une certaine manière, était déjà une sorte de réponse.

Il ne voulait pas d'elle.

La vérité n'avait rien d'amusant, mais il fallait bien la regarder en face. Elle avait cru qu'il se passait quelque chose entre eux. Elle avait cru qu'ils pouvaient s'accorder une seconde chance, qu'ils n'avaient jamais vraiment tourné la page. Hélas, le silence obstiné de Toby racontait une tout autre histoire. L'amour est une chose terrible quand il n'est pas partagé.

Une déception profonde et dévastatrice s'enracinait lentement en elle. Elle dut se rappeler qu'elle devait seulement donner le change pour une journée. Ensuite, elle aurait quelques jours pour se lamenter en privé pendant que ses parents profiteraient de leur seconde lune de miel à Whistler. Ils comptaient rentrer la veille de Noël, pour faire la fête en famille. Une famille un peu élargie, maintenant que Dena et Micah étaient ensemble.

Il fallait donc tenir jusqu'à ce soir avant de s'écrouler – c'était faisable. Après les vacances, elle rentrerait à Seattle et entreprendrait de recoller son cœur en miettes. Au moins, sa vie était agréable, là-bas. Elle avait des amis, une routine rassurante, son travail… Et puis, si elle ne croisait plus Toby en permanence, elle aurait plus de chances de l'oublier.

D'un seul coup, la porte de la chambre s'ouvrit sur sa mère, souriante.

— J'ai changé d'avis ! lança-t-elle.

Reggie la dévisagea sans comprendre.

— Tu ne veux plus épouser papa ? Je pense qu'il est un peu tard pour ça… Vous avez l'air d'un vrai couple, à mes yeux.

Leigh éclata de rire.

— Non, au sujet des demoiselles d'honneur. J'aimerais que Dena et toi soyez à mes côtés pendant la cérémonie.

Reggie soupira.

— C'est trop tard pour ça aussi, maman. Le mariage a lieu ce soir. Nous n'avons pas de robes et…

Sa mère la fit taire d'un hochement de tête déterminé.

— J'en ai déjà parlé à Dena. Elle a une magnifique robe bleu marine qui fera très bien l'affaire, et tu en as une de la même couleur.

Reggie était sur le point de protester, quand elle se rendit compte que c'était vrai. Elle avait ce genre de robe. Pas chez elle, mais ici.

— Non, lâcha-t-elle, sous le choc. Non, maman. Tu ne peux pas me demander de porter ça !

— Pourquoi pas ? Je suis sûre qu'elle te va encore et c'est une coupe très classique. Ce sera parfait.

— Mais c'est la robe de mon bal de promo !

— Et alors ? Depuis combien de temps ne l'as-tu pas portée ? Treize ans ? Personne ne la reconnaîtra.

— Je me moque qu'on la reconnaisse. Ce qui m'inquiète, c'est qu'elle n'est plus à la mode et pas vraiment appropriée pour une femme de trente ans. J'avais dix-sept ans quand on l'a achetée.

Sa mère lui tapota le bras avec douceur.

— Essaye-la, au moins. Je suis certaine que tu seras magnifique, dedans.

Non, impossible. C'était tellement... Elle réprima un grognement en se souvenant que Toby venait au mariage. *Lui* se souviendrait de cette robe ! Allait-il croire qu'elle la portait pour qu'il songe au passé, à eux ? N'en avait-elle pas déjà assez fait en affirmant qu'il l'aimait toujours ? Quelle humiliation !

— Maman, je t'en supplie, ne me demande pas de porter ma robe de bal.

— Ce sera très bien. Tu verras.

Toby pensait que Reggie ne pourrait plus le surprendre, mais il avait eu tort. Depuis qu'elle l'avait traité d'idiot et lui avait dit qu'il était encore amoureux d'elle, il avait longuement pesé le sens de cette tirade. Par moments, il songeait que sa commotion devait être plus sévère que ce que croyaient les médecins ; puis il changeait d'avis et se demandait si elle n'avait pas eu raison à son sujet. À *leur* sujet.

Après le repas, Harrison monta dans la salle de détente pour la session de jeux vidéo que son père lui accordait, deux fois par semaine. Toby jeta un coup d'œil par l'entrebâillement de la porte pour s'assurer qu'il avait bien lancé le jeu autorisé, puis s'enferma dans son bureau pour régler quelques factures. Hélas, il savait très bien qu'il allait juste passer son temps à fixer son écran d'ordinateur sans le voir et à penser à Reggie.

Avait-elle mis le doigt sur le cœur du problème ? Était-elle la raison qui l'empêchait de tomber amoureux de qui que ce soit depuis leur rupture ?

Il songea à ce qu'il avait ressenti, le jour où il avait quitté Wishing Tree et l'État de Washington. Il était parti pour le Texas, convaincu que c'était le genre d'endroit où un garçon de dix-huit ans en fuite pourrait se perdre. Il s'était fait des amis, il avait fréquenté des femmes, mais il n'avait jamais été amoureux. Sa relation avec la mère de Harrison n'avait duré que quatre mois, puis il avait fini par reprendre la route sans un regard en arrière. Quant à Lori, il n'avait jamais eu de sentiments pour elle.

Après avoir découvert l'atroce vérité à son sujet, il s'était promis de ne plus s'investir dans une relation tant que Harrison ne serait pas assez grand pour se défendre seul. Cette décision lui avait paru logique et sensée, à l'époque, mais à présent elle ressemblait plus à… Quoi ? Un abandon ? Une lâcheté ? Il n'avait pas de réponse. Pire encore, il n'aimait pas du tout se poser la question. Il aurait préféré rêver de Reggie – et de loin ! Songer à son sourire, son rire. Sa manière de veiller sur Harrison et Belle, alors même qu'elle souffrait d'une blessure à la tête après leur accident. Il savait qui elle était. Il l'avait toujours su.

— Toby ?

Il leva les yeux et vit sa grand-mère sur le seuil du bureau. Il bondit instantanément de son fauteuil.

— Judy, tu n'es pas obligée de monter pour venir me parler. Appelle-moi avec l'Interphone. Tu sais que je préfère descendre.

Elle sourit.

— J'essaye de prendre l'escalier au moins une fois par jour. C'est bon pour moi.

Il l'invita à s'asseoir sur le canapé et prit place à côté d'elle, adossé à l'accoudoir pour mieux la regarder. Comme souvent, il fut choqué de voir les marques de l'âge creuser son visage. Sa peau était de plus en plus ridée et sa chevelure était devenue entièrement blanche. Ces derniers temps, il avait aussi remarqué que sa démarche changeait. Elle devenait plus lente, plus courbée.

— J'ai trié de vieilles photos, dit-elle avec un sourire. Je tenais à les classer correctement.

— Ne me dis pas que tu commences à « mettre de l'ordre dans tes affaires ». Je ne veux pas entendre ce genre de choses.

Son sourire s'élargit davantage.

— Oh ! je sais que je vieillis ; mais j'ai bien l'intention de rester ici encore longtemps.

— Je l'espère. Harrison et moi avons besoin de toi.

— Je n'en doute pas un instant, mais je pense que tu pourrais avoir besoin d'une autre présence, aussi…

Oh-oh ! Leur conversation n'allait pas tarder à prendre un tour gênant. Toby le sentait déjà.

— J'ai beaucoup de photos de ton père, reprit-elle, mais moins de ta mère. C'est vraiment dommage.

OK, clairement ses craintes avaient été prématurées. Il se détendit un peu sur les coussins.

— J'en ai quelques-unes dans mes affaires. Je pourrai te les donner, si tu veux.

— Tu sais, tu étais un garçon adorable, quand tu étais petit. Toujours affectueux et prêt à m'aider.

— Est-ce le souvenir que tu gardes de moi ?

— Non, c'est la vérité.

— Vraiment ? Je crois au contraire que je salissais

tout, que je m'attirais toutes sortes d'ennuis et que j'avais un don pour répondre quand on me grondait.

Sa grand-mère sourit de nouveau.

— Peut-être, mais quel enfant n'a pas fait ça ?

Puis, d'un seul coup, elle retrouva toute sa gravité.

— J'ai beaucoup de regrets te concernant, tu sais. Après la mort de ta mère, je suis venue vivre ici, mais je ne t'ai pas assez protégé.

Toby détourna les yeux.

— C'était il y a longtemps, répondit-il.

— Tu penses ? Parfois, j'ai l'impression que c'était hier. Je regrette aussi souvent de ne pas pouvoir revenir en arrière pour corriger mes erreurs.

Elle baissa un instant la tête, puis se redressa.

— Je n'ai eu qu'un enfant. J'en voulais d'autres, mais j'ai fait plusieurs fausses couches. Peut-être que, si j'avais eu une plus grande famille, j'aurais été capable de voir ton père tel qu'il était et pas tel que je voulais qu'il soit. J'aurais dû te protéger, Toby. J'aurais dû me dresser entre vous plus souvent.

Il détestait la voir dans cet état… Certes, il ne pouvait lui donner tort – elle aurait dû mieux prendre soin de lui –, mais il ne voulait pas l'accuser, et encore moins l'entendre parler de cela.

— Je m'en suis bien sorti.

— Il te battait, lâcha-t-elle en le regardant droit dans les yeux. Il ne cessait de lever la main sur toi et je ne me suis pas suffisamment interposée. Plus tu grandissais, pire c'était ; et quand tu es devenu adolescent j'ai commencé à avoir peur de me dresser entre vous.

— Je ne t'aurais jamais fait de mal.

— Ce n'était pas de toi que j'avais peur.

Il se pencha vers elle et lui prit la main.

— Judy, je t'aime, dit-il. Je t'aimerai toujours. C'est la seule chose qui importe.

— Je t'aime aussi, mon grand. C'est amusant… On dit qu'en vieillissant on discerne plus facilement ce qui compte et ce qui ne compte pas. Ça doit être vrai. Je me moque de n'avoir jamais visité l'Europe, de ne pas avoir possédé de beaux bijoux ou de voiture coûteuse. Mais je regrette de ne pas avoir été une meilleure grand-mère pour toi. J'aurais dû rester à tes côtés quand tu as eu Harrison. J'aurais dû m'installer au Texas pour t'aider.

— Et j'aurais adoré vivre près de toi, mais je ne suis pas sûr que ça aurait été une bonne idée. Si j'ai appris à devenir un bon père, c'est parce que j'ai dû me débrouiller seul. Si tu avais été là, je me serais trop appuyé sur toi. Ça aurait été plus facile, mais pas forcément meilleur pour Harrison ou moi.

— Tu es gentil. Tu as toujours été un homme bon et tu protèges ceux que tu aimes. Je sais que ce que Lori a fait était atroce, mais je crois que tu n'en as pas tiré la bonne leçon.

— Je lui ai fait confiance et elle a maltraité mon fils.

— Je ne le nie pas, seulement cela t'a poussé à ne plus jamais t'ouvrir à qui que ce soit ; pas vraiment, en tout cas. Je ne pense pas que ce soit la bonne conclusion. Sois prudent, certes, mais ne te replie pas trop sur toi-même. Ce n'est pas bon pour toi et ça t'empêche d'apprendre à Harrison ce qu'est une relation saine. Comment pourra-t-il savoir ce qu'est un bon mari, un jour, s'il n'a aucun exemple sous les yeux ? Comment pourra-t-il choisir la femme qui lui convient, s'il te voit abandonner à la première erreur de jugement ?

Pour une femme de presque quatre-vingts ans, elle savait encore frapper là où ça faisait mal…

— Ce n'est pas ce que je fais, se défendit-il mécaniquement.

Était-ce la vérité ? Ou bien se voilait-il la face ?

— En tout cas, ce n'est pas ce que j'avais l'intention de faire…

— Tu mérites d'être heureux, Toby. Tu mérites de vivre avec une personne capable de t'aimer, d'aimer ton fils. Une personne qui te soutiendra envers et contre tout. J'aimerais que tu essayes au moins de saisir ta chance quand elle se présente.

— Parles-tu de Reggie ?

Judy haussa les épaules.

— Peut-être. Je trouve surtout intéressant que tu aies tout de suite pensé à elle.

— Elle est la seule femme que je fréquente régulièrement, ces temps-ci.

— Tu l'aimais, autrefois.

D'après Reggie, cet amour n'était pas mort et c'était une notion qu'il avait encore du mal à envisager.

— Si tu ne fais rien, tu risques de la perdre de nouveau. À la fin des vacances, elle rentrera à Seattle. Et après ? Que feras-tu si elle rencontre quelqu'un, là-bas ? Le moment de vérité est venu pour vous, ne le laisse pas passer.

Sur ce, elle se leva. Il l'imita et la serra dans ses bras.

— Tu es une femme précieuse, Judy.

Elle sourit et tapota son bras d'un air maternel.

— J'ai de l'expérience. Apprends de mes erreurs, Toby. N'aie pas de regrets : ils sont douloureux et ne s'en vont jamais, tu peux me croire.

Il l'accompagna au sommet de l'escalier et attendit pour s'assurer qu'elle ne tomberait pas en descendant. Ses conseils méritaient réflexion. Certes, Reggie était spéciale, mais que ressentait-il vraiment pour elle ? Que voulait-il et comment pourrait-il se pardonner ses erreurs pour qu'elles cessent de peser sur sa vie ?

Il ne savait pas quoi répondre à ces questions, songea-t-il en passant la porte de la salle de jeux. Harrison achevait sa partie en ligne. Il se déconnecta et lui lança un grand sourire.

— J'ai gagné, papa ! De loin. Noah a été deuxième. On va faire équipe pour jouer contre des copains d'école, la prochaine fois, et je suis sûr qu'on va encore gagner !

— Tant mieux, répondit Toby en se laissant tomber sur le petit divan à côté de son fils. J'aimerais te poser une question.

— Bien sûr, papa.

— Je me demandais ce que tu ressentirais, si je décidais de sortir avec Reggie. Après ce qui s'est passé avec Lori, est-ce que tu serais d'accord ?

Harrison le dévisagea avec sérieux.

— Elle n'est pas comme Lori, papa. Elle est très différente et je l'aime beaucoup. Elle est gentille, amusante… Et puis, il y a Belle.

— Tu veux dire que tu l'aimes parce qu'elle a un chien ?

— Non. Il n'y a pas que ça.

Il fronça les sourcils, comme s'il cherchait les bons mots.

— Les gens pensent parfois que les chiens ne comptent pas, mais c'est faux, reprit-il. Reggie est une bonne maîtresse pour Belle et je sais qu'elle sera tout aussi gentille avec moi. Tu sais, quand on a eu l'accident, elle était vraiment inquiète pour moi, alors qu'elle était blessée et qu'il y avait du sang partout. Elle a pris soin de moi. Je crois qu'on devrait l'aimer.

Toby réprima un juron. Décidément, tout le monde se liguait contre lui, ce soir.

— Tu devrais l'épouser, papa. Elle deviendrait ma maman et on serait une vraie famille.

— Nous sommes déjà une vraie famille, protesta Toby.

Son fils leva les yeux au ciel.

— Bien sûr, mais ce n'est pas pareil sans une maman. Les mères sont importantes. Elles font des cookies et sont toujours là pour nous. Elles nous donnent des bisous et veulent être sûres qu'on va bien. C'est agréable, non ? Je le vois tout le temps avec mes copains et leurs mamans. Je crois que Reggie pourrait faire ça pour nous. Je pense qu'elle serait bonne avec nous.

Il réfléchit encore un instant et ajouta :

— Ça veut dire qu'il faut aussi qu'on soit bons avec elle. Il va falloir qu'on apprenne.

Toby sentit sa gorge se nouer. Il attira son fils sur ses genoux et le serra fort.

— Est-ce que je ne te fais pas assez de bisous ?

— Si, mais ce ne sont pas des bisous de maman. Ce n'est pas la même chose.

— Je crois que je vois ce que tu veux dire.

Harrison le contempla un moment, songeur.

— Alors, tu vas lui demander de sortir avec toi ?

— Oui.

— Super !

31

— Je suis obligée de porter ma robe de bal de promo, grommela Reggie. Pourquoi me déteste-t-elle tant ? Je suis la plus jeune. Je suis censée être son petit bébé.

Les lèvres de Dena se crispèrent comme si elle faisait de son mieux pour s'empêcher de sourire.

— Si ça peut aider, je trouve qu'elle te va encore bien. C'est sûr, elle a un petit côté années 2000, mais elle reste jolie.

— Je me sens stupide.

Elles se trouvaient dans la suite de la mariée, à l'hôtel. Leur mère était sortie le temps de prendre des photos dans sa magnifique tenue neuve. Dena était splendide, dans une simple robe évasée sans manches à col en V. Sans doute une part de sa beauté devait-elle être attribuée à son bonheur, maintenant qu'elle était avec Micah. Elle avait récemment annoncé à sa famille que leur histoire était sérieuse, mais ne savait pas encore que Micah était venu voir leur père en secret pour obtenir la permission de la demander en mariage.

Reggie devait quant à elle gérer la déception d'aimer un homme incapable de communiquer. Le tout, dans une robe bustier bordée de – *tadam !* – fausses plumes au col et doublée de tulle vaporeux…

— Qu'est-ce qui m'est passé par la tête quand j'ai choisi ça ? soupira-t-elle en se regardant dans le miroir.

— Tu as supplié maman de t'acheter cette robe. Tu as promis de ne plus jamais rien lui demander si elle acceptait.

La jeune femme grimaça.

— Eh bien, j'ai eu tort.

— Au moins, elle te va.

— Elle a des *plumes* ! Si j'avais su qu'on m'obligerait à la remettre, j'aurais pu au moins les enlever, mais je n'ai pas eu le temps de la retoucher. Quelle humiliation... Les chiens sont plus élégants que moi.

Elle indiqua d'un signe du menton Belle et Burt, qui suivaient la conversation. Belle portait la ravissante robe que Reggie lui avait cousue et Burt arborait un T-shirt imprimé pour ressembler à un smoking. Son dos allait mieux et tous deux semblaient bien décidés à forger une amitié durable.

— Il va y avoir des photos, se lamenta encore Reggie. Je vais devoir passer ma vie à me voir dans cette robe !

— J'essaye de compatir, tu sais, répondit Dena en tapotant son épaule dénudée. Mais n'oublie pas que c'est un mariage : les gens s'habillent de manière étrange, c'est normal.

— En général, ils ne ressortent pas une robe de bal vieille de treize ans.

Elle soupira de plus belle, puis se ressaisit.

— Très bien, j'arrête de me plaindre. J'ai prévu de ramener les chiens à la maison après la cérémonie et maman a dit que je pourrais me changer pour mettre la robe de soirée que j'avais achetée au départ. Il va juste falloir que je tienne... quoi ? Une heure ? Je devrais survivre.

Comparativement à l'absence de Toby et à ses inquiétudes au sujet de l'avenir de leur relation, la robe n'avait au fond pas beaucoup d'importance. Pourquoi ne l'avait-il pas appelée ? Il n'avait même pas envoyé de texto et n'était pas passé la voir. Pourtant, la ville n'était pas grande : il pouvait aller de son bureau à la maison à pied.

Ce silence absolu commençait à lui faire peur. Était-ce là sa réponse ? Il avait entendu ce qu'elle lui avait dit et avait décidé que ça ne l'intéressait pas, qu'il ne voulait pas de seconde chance avec elle. Peut-être même qu'il n'avait pas eu besoin de se poser la question et que tout ce qu'elle avait cru sentir entre eux n'avait pas été réel. S'était-elle imaginé des choses ? Face à une perspective aussi déprimante, les plumes étaient bien le cadet de ses soucis.

Soudain, Paisley passa la porte, interrompant le fil de ses pensées.

— On est prêts à commencer ! annonça-t-elle.

Elle se figea brusquement et contempla la robe de Reggie avec une moue perplexe.

— Oh ! mon Dieu. Tu ne plaisantais pas : c'est bien ta vieille robe de bal. Je m'en souviens parce que j'étais jalouse de toi ! Tu étais si belle et si cool dedans...

Dena sourit de toutes ses dents.

— Parle-lui des plumes. Elle adore ça.

— Non, je t'en supplie ! coupa Reggie.

Leigh les rejoignit, rayonnante et resplendissante.

— C'est si amusant ! Votre père est magnifique dans son smoking. Je passe la meilleure journée de ma vie !

Elle serra ses filles dans ses bras.

— Mes chéries ! Merci d'avoir accepté d'être mes demoiselles d'honneur.

— On t'aime, maman, répondit Reggie. On tient à être là pour toi.

— Dans n'importe quelle tenue, ajouta Dena dans un gloussement.

— Vous êtes ravissantes, toutes les deux. Franchement,

Reggie, je ne vois pas pourquoi tu t'inquiétais tant. La robe est très bien.

— Merci.

Elle sourit, dans l'espoir de paraître sincèrement ravie.

Paisley les aligna dans le couloir. Elles avaient prévu de laisser Reggie et Dena entrer dans la salle en premier avec les chiens. Leigh suivrait. Paisley fit un signe par la porte entrouverte et la musique s'éleva pour accompagner la procession.

Dena remonta l'allée en premier avec Burt. Son petit smoking provoqua quelques rires attendris ; mais ce ne fut rien en comparaison des réactions que s'attira Belle dès son apparition. Elle marcha sagement, tenant le panier de fleurs dans sa gueule et battant le rythme avec sa queue.

Reggie resta concentrée sur elle et évita de regarder la foule d'invités. Toby allait-il seulement venir ? Peut-être avait-il décidé que ça n'en valait pas la peine, en fin de compte.

Arrivée devant l'autel, elle positionna Belle puis prit sa place aux côtés de sa sœur. Sans le vouloir, elle leva un instant les yeux et repéra tout de suite la silhouette de Toby. Il tenait compagnie à sa grand-mère et paraissait plus séduisant que jamais dans son costume sombre. Leurs regards se croisèrent et Reggie tenta désespérément de deviner ses pensées. Il était venu. C'était un signe, non ? Elle l'espérait, en tout cas.

La cérémonie fut parfaite et émouvante. Reggie pleura plus que prévu, ses parents semblaient toujours aussi amoureux et les chiens eurent un comportement exemplaire. Alors que les invités se pressaient vers la salle de réception, Reggie monta les chiens dans la suite de la mariée, enfila rapidement un jean, un pull et son manteau avant de redescendre à sa voiture.

Il ne lui fallut que quelques minutes pour atteindre la maison. Elle débarrassa les chiens de leurs tenues de gala, courut dans sa chambre pour enfiler sa robe de soirée plus contemporaine et était déjà dans l'escalier quand la sonnette retentit.

— Qui ça peut-il bien être ?

Elle ouvrit la porte d'entrée et se retrouva nez à nez avec Toby.

— Que fais-tu ici ? demanda-t-elle avant de s'écarter pour le laisser passer. Tu ne restes pas pour la réception ? Le repas promet d'être luxueux, et tu peux me croire : j'ai vu le menu.

Ça allait aussi coûter une fortune à ses parents, mais quelle importance ? D'ailleurs, elle ferait sans doute mieux de cesser de parler, tout court. Elle avait toujours eu tendance à babiller quand elle était nerveuse et cette situation était clairement faite pour la mettre mal à l'aise. Après tout, la dernière fois qu'elle avait vu Toby, elle avait affirmé qu'il était encore amoureux d'elle. Ce n'était pas vraiment un souvenir apaisant.

— Tu t'es changée, dit-il.

— J'étais obligée. L'autre robe avait des plumes.

— Je garde de très bons souvenirs de ces plumes. Ou de toi dans cette tenue et de ce qui a suivi.

Elle tenta vainement de ne pas rougir.

— Oui… En même temps, faire l'amour après un bal de promo est une sorte de tradition, non ?

— C'était une belle nuit.

— En effet.

Il s'approcha sensiblement d'elle.

— Tu sais, j'ai beaucoup réfléchi à ce que tu m'as dit.

Oh ?

— À propos du menu de ce soir ?

— Non, répondit-il. À propos de mes sentiments pour toi.

Aïe ! OK, le moment de vérité était donc venu. Elle y survivrait. Elle était forte, ou du moins elle pouvait faire semblant de l'être. Peut-être que sa façon de présenter les choses n'avait pas été la meilleure, à l'hôpital, mais elle n'avait dit que la vérité. Et s'il était trop aveugle pour voir qu'il...

— Tu as raison.

Ces trois mots, à peine murmurés, faillirent s'envoler sans qu'elle les comprenne. Puis ils prirent sens et Reggie lâcha un hoquet de stupéfaction.

— Je... Quoi ?

— Je suis amoureux de toi. Je n'ai sans doute jamais cessé de t'aimer, ce qui expliquerait pourquoi je n'ai jamais eu de relation sérieuse depuis notre séparation.

— Vraiment ?

— Vraiment, répondit-il avec un sourire. Tu es si courageuse. D'où tires-tu ta bravoure ? Comment arrives-tu à dire la vérité aussi franchement, en dépit des risques ? Tu m'as toujours impressionné, Reggie. J'avoue que j'ai un peu peur de ne pas être à la hauteur, mais j'espère que tu sauras m'apprendre à devenir aussi courageux que toi.

Un vertige la saisit et la pièce se mit à tourner. Jamais elle n'aurait cru l'entendre prononcer des paroles aussi merveilleuses. C'était presque comme si... comme s'ils étaient sur le point de s'accorder enfin une seconde chance.

— Tu veux sortir avec moi ?

— Non. Je ne veux pas sortir avec toi. Je veux t'épouser.

Un silence tendu suivit ses mots. On n'entendait plus que le tic-tac de l'antique horloge du salon. Reggie sentit un picotement la parcourir de la tête aux pieds. Ce n'était pas de la chair de poule, mais de toute évidence son système nerveux avait du mal à suivre. Le choc, sans doute. Ou bien sa blessure à la tête.

— Je t'aime, dit-il.

Oh ! il aurait pu répéter cela un million de fois sans qu'elle s'en lasse !

— Je t'aime et je veux qu'on soit ensemble.

Il s'interrompit un court instant avant de reprendre :

— J'imagine que l'idée ne te dérange pas... Par contre, je te préviens : je ne suis pas seul. C'est tout ou rien.

— Tu parles de Harrison et de Judy ? Je sais.

Son demi-sourire revint.

— Alors, qu'en dis-tu ?

— Je...

Elle se jeta à son cou et l'embrassa. La joie, le soulagement et tout son amour éclatèrent en même temps dans sa poitrine. Jamais encore elle n'avait été aussi heureuse.

— Je t'aime, murmura-t-elle contre ses lèvres chaudes et sensuelles. Je t'aime beaucoup. Et j'ai Belle. Et je peux installer mon bureau ici dès demain, mais je serai obligée de retourner à Seattle de temps en temps, pour le travail.

— Tant mieux : moi aussi. On pourra peut-être faire du covoiturage.

Elle éclata de rire, incapable de le lâcher.

— Quelle conscience environnementale !

— En effet. D'ailleurs, j'ai des espaces encore libres dans mes locaux, si jamais tu veux t'y installer. Tu pourrais même garder ta maison de Seattle et la louer. Ce serait un bon investissement. Quant à Belle, nous l'adorons.

— Elle sera tellement contente de pouvoir enfin vivre avec son meilleur copain.

Soudain, elle recula, inquiète.

— Oh ! à propos de Harrison... Est-ce qu'il sera d'accord pour qu'on vive ensemble.

— Pour qu'on se *marie*, corrigea-t-il avec fermeté.

Un mariage ! Elle avait encore du mal à accepter la signification de ce mot. Pas parce qu'elle n'en avait pas envie, mais parce qu'elle n'avait jamais pensé que Toby puisse vouloir l'épouser. Elle avait été convaincue d'avoir laissé passer sa chance avec lui des années plus tôt ; et voilà qu'il lui donnait tort.

— Il est d'accord, la rassura-t-il. Nous avons parlé d'homme à homme, hier, et il pense que tu feras une très bonne maman pour nous.

Pour la deuxième fois, ce soir, elle dut ravaler ses larmes.

— C'est tellement gentil…

— Oui.

Il l'attira de nouveau dans ses bras.

— Tu sais, je n'ai envie que d'une chose, ce soir : t'emmener dans ta chambre et faire l'amour toute la nuit… Mais on ferait mieux de retourner à la réception, j'imagine.

Elle soupira.

— Merci de respecter ma famille comme tu le fais. J'apprécie ça. Par contre, mes parents ont prévu de partir pour Whistler après le repas ; donc, si tu veux passer la nuit ici, tu peux.

Son sourire sexy et rempli de promesses la fit frissonner.

— J'aimerais beaucoup ça.

— Moi aussi.

Il passa un bras autour de sa taille et se dirigea vers la porte.

— Maintenant, parle-moi un peu de ce fabuleux repas.

Elle sourit.

— Tu auras le choix entre du bœuf, de l'agneau ou du saumon. À moins que tu ne préfères l'option végétarienne.

— Non merci. Et quoi d'autre ?

— Pour le dessert, il y a un trio de crèmes au chocolat,

cheese-cake au cacao et un *shot* de Baileys dans une tasse gourmande. On l'a remplacé par du chocolat chaud pour les enfants, bien sûr.

Ils enfilèrent leurs manteaux tout en parlant.

— Un délice en perspective.

— Oh oui ! renchérit-elle.

— Mais je préférerais passer la soirée avec toi.

Elle éclata de rire.

— J'espère bien. Je serais très déçue que la nourriture soit plus importante pour toi que le sexe.

Il la serra de nouveau contre lui.

— Reggie, tu es plus importante que tout le reste. Je promets de t'aimer jusqu'à la fin de mes jours.

— Arrête ! Je vais tomber dans les pommes.

— Habitue-toi. Ce n'est que le début.

Pour le plus grand bonheur de Reggie, cette promesse allait en effet durer toujours...

Nora Roberts

Plongez dans la collection
Nora Roberts et découvrez des
histoires d'amour intemporelles,
vibrantes et uniques.

À découvrir tous les deux mois.

DIVERTIR • INSPIRER • ÉMOUVOIR

HARLEQUIN
www.harlequin.fr

RESTEZ CONNECTÉ AVEC HARLEQUIN

Harlequin vous offre un large choix de littérature sentimentale !

Sélectionnez votre style parmi toutes les idées de lecture proposées !

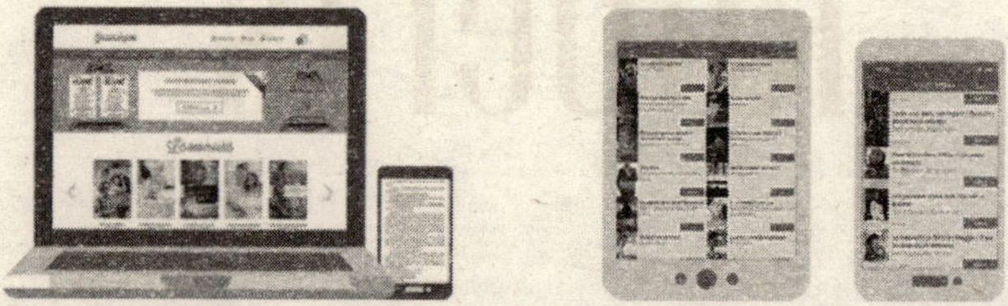

www.harlequin.fr

- **Découvrez** toutes nos actualités, exclusivités, promotions, parutions à venir...
- **Partagez** vos avis sur vos dernières lectures...
- **Lisez** gratuitement en ligne
- **Retrouvez** vos abonnements, vos romans dédicacés, vos livres et vos ebooks en précommande...

L'application Harlequin

- Des **ebooks gratuits** inclus dans l'application
- **50 nouveautés tous les mois** et + de 7 000 ebooks en téléchargement
- Des **petits prix** toute l'année
- Une **facilité de lecture** en un clic hors connexion
- Et plein d'autres avantages...

Téléchargez notre application gratuitement

Télécharger dans l'App Store

DISPONIBLE SUR Google Play

SUIVEZ-NOUS !

facebook.com/HarlequinFrance
twitter.com/harlequinfrance